TORSTEN FINK

Die Tochter des Magiers 2

Torsten Fink

Die Tochter des Magiers 2

Die Gefährtin

Roman

Originalausgabe

blanvalet

FSC
Mix
Produktgruppe aus vorbildlich bewirtschafteten Wäldern und anderen kontrollierten Herkünften

Zert.-Nr. SGS-COC-1940
www.fsc.org
© 1996 Forest Stewardship Council

Verlagsgruppe Random House FSC-DEU-0100
Das für dieses Buch verwendete FSC-zertifizierte Papier *Holmen Book Cream* liefert Holmen Paper, Hallstavik, Schweden.

1. Auflage
Originalausgabe Juli 2009 bei Blanvalet,
einem Unternehmen der Verlagsgruppe Random House GmbH, München

Umschlaggestaltung: HildenDesign München
Umschlagfoto: © HildenDesign unter Verwendung eines Motivs von © photoiasson / shutterstock
Lektorat: Simone Heller
HK · Herstellung: RF
Satz: Uhl + Massopust, Aalen
Druck und Einband: GGP Media GmbH, Pößneck
Printed in Germany
ISBN: 978-3-442-26632-6

www.blanvalet.de

Prolog

Das Land ertrank im Regen. Schauer auf Schauer zog über den schwarzen Fluss, und ferne Blitze zuckten über den Nachthimmel. Mitten im nächtlichen Strom zeichneten sich die Umrisse einer Siedlung ab, Pfahlbauten, die auf einer Insel dem Regensturm trotzten. Es war still in den Hütten. Niemand erzählte Geschichten, und nirgendwo lachten Kinder, die Siedlung schien nur auf den strömenden Regen zu lauschen. Die letzten Lichter wurden gelöscht, und die Finsternis legte sich schwermütig auf das Dorf. Nur in einem Haus brannte noch Licht. Eine einzelne Kerze kämpfte dort gegen die Schatten. Vor kurzem noch war das Samnath, das Versammlungshaus, voller Menschen gewesen, jetzt waren die Laternen gelöscht und die Menschen gegangen. Nur drei Männer waren zurückgeblieben. Sie saßen im Lichtkreis der schwachen Flamme und starrten schweigend auf ein weißes Tuch, das vor ihnen auf dem Boden ausgebreitet lag. Gelegentlich wehte der Wind feine Regenschleier durch die vielen schmalen Schlitze, die dem Haus als Fenster dienten. Zwölf Schilfrohrstücke lagen auf dem Tuch.

»Schlange, Boot und Mädchen, die Zeichen sind eindeutig«, sagte jetzt der jüngste der drei. Sein Gesicht war gerötet, und seine Hände schwitzten.

Die beiden Älteren schwiegen, einer von ihnen drehte geistesabwesend mit seiner rechten Hand Hanffasern zu einem Seil. Schatten tanzten an der Wand. Wie zum Beweis seiner Behauptung deutete der Jüngere nacheinander auf die Halmstücke zu seinen Füßen. Sie waren mit schwarzen Zeichen versehen. »Schlange, Boot und Mädchen«, wiederholte er. Er wirkte unruhig und seltsam aufgekratzt.

»Wir haben es gesehen«, sagte einer der beiden Älteren seufzend. Sein Haar bildete einen schütteren grauen Kranz um den Schädel. Er sah besorgt aus.

Der Jüngere war nicht zu beruhigen: »Ihr wart dabei, als ich das Schilf geschnitten habe, ihr habt zugesehen, wie ich die heiligen Zeichen auf den Halmen anbrachte. Die Klinge war in der Flamme gereinigt, das Tuch weiß und neu, wie es der Brauch verlangt.«

»Niemand unterstellt dir einen Fehler«, sagte der Grauhaarige wieder.

»Aber warum sind wir dann noch hier?«

Der Dritte, der bisher geschwiegen hatte, beugte sich vor und warf einen langen Blick auf die zwölf Halme. »Es gibt viel zu bedenken«, sagte er. Er hatte dichtes, schlohweißes Haar.

»Bin ich euer Edaling, oder nicht?«, fragte der Jüngste herausfordernd. Sein Blick wirkte unsicher.

»Du bist es«, erwiderte der Graue ruhig, »doch das ist keine kleine Sache. Es gibt viel zu bereden. Und deshalb habe ich euch gebeten zu bleiben.«

Der Weißhaarige wandte den Blick nicht von den Schilfstücken. Drei waren zur Seite gelegt worden. »Bevor wir aber über das reden, was nun zu tun ist, habe ich noch Fragen«, sagte der Weißhaarige.

»Die Zeichen waren eindeutig!«, sagte der Jüngste. In seiner Stimme schwang Trotz mit.

»So ist es, und genau das lässt mich zweifeln«, meinte der Weißhaarige. »Ich frage euch: Wie oft haben wir das Auwara schon befragt? Und wie oft waren die Zeichen so klar? Haben wir sonst nicht stundenlang beraten müssen, um zu verstehen, was das Schilf sagen will?«

»Und immer warst du es, der an meiner Deutung gezweifelt hat«, giftete der Jüngste.

»Beruhige dich, das war schon bei deinem Vater und dessen Vater nicht anders«, sagte der Graue begütigend. »›Immer der Seiler‹, haben sie gesagt, und beklagt, dass seine Gedanken verschlungener seien als die Netze, die er für uns fertigt.«

»Also stört dich, dass du deinem Edaling heute zustimmen musst?«, fragte der Jüngste noch einmal, so als hätte er den Grauen nicht gehört. Sein Gesicht war rot vor Erregung.

»Ich sage nur«, erwiderte der Weißhaarige bedächtig, »dass ich so etwas noch nie erlebt habe.«

»Keiner von uns hat das«, sagte der Graue, »aber von uns hat auch noch keiner erlebt, dass *Sie* erwacht.«

»So ist es«, sagte der Edaling schnell, »wir alle kennen nur die alten Geschichten. Und keiner von uns wusste, was zu tun ist. Aber das Auwara hat unsere Fragen beantwortet! Eindeutig!«

»Ich kann sehen, was es verlangt, wir alle können das«, erwiderte der Seiler. »Es ist nur so, dass dieses Opfer seit vielen Menschenaltern nicht mehr gebracht wurde.«

Der Edaling sprang erregt auf. »Willst du dich gegen das Auwara stellen?«

Der Graue legte ihm begütigend die Hand auf den Arm und sagte, an den Weißhaarigen gewandt: »Es war nicht nötig, weil *Sie* sich so lange nicht gezeigt hatte.«

Der Seiler schüttelte den Kopf. »Die Schläferin erwachte zu Zeiten der Väter unserer Großväter. Habt ihr die Geschichten vergessen? Und haben sie da das Blutopfer dargebracht? Nein!«

»Damals hatten sie die Maghai, große Maghai. Aber wen haben wir? Wo ist der mächtige Jalis? Wo die anderen? Sie haben uns verlassen. Wen haben wir noch – außer jenen, die uns die Liebsten sind?«, fragte der Grauhaarige bekümmert.

»Vielleicht sollten wir die Zauberer suchen«, meinte der alte Seiler.

»Maghai! Die Maghai haben behauptet, sie hätten das Unheil für alle Zeiten gebannt!«, zischte der Edaling. »Aber sie haben sich getäuscht – und uns!« Missmutig setzte er sich wieder.

»Das haben sie, und es ist seltsam, dass sie sich darin geirrt haben«, erwiderte der Seiler nachdenklich. Er hatte die Hanffäden zusammengedreht. Jetzt begann er, sie gedankenverloren wieder aufzufasern. »Ich frage mich, was *Sie* geweckt hat.«

Der Graue zuckte hilflos mit den Schultern. »Wer kann das wissen? Vielleicht der Krieg? Es wird viel Blut vergossen am Ufer des Dhanis. Vielleicht sind es die Toten im Wasser, die *Ihren* Schlaf stören.«

»Was ist mit dem Schatten, den Dwailis gesehen hat?«, fragte der Seiler.

»Dwailis ist ein verrückter, alter Narr!«, rief der Edaling.

»Das hast du auch gesagt, als er uns vor *Ihr* warnte, und er war der Erste, der *Sie* gesehen hat«, erwiderte der Weißhaarige.

»Ich war nicht der Einzige, der ihm nicht geglaubt hat«, rechtfertigte sich der Jüngere verdrossen.

Der Graue schüttelte unwillig den Kopf: »Es ist doch gleich, ob es der Krieg oder etwas anderes war. Die Zermalmerin ist erwacht. Und wir müssen das Unheil, das daraus folgt, ertragen.«

»Unheil? Es kann unser Ende bedeuten. Sie hat lange geschlafen, und sie ist hungrig! Aber wir können das Verhängnis noch abwenden. Nur ist keine Zeit mehr für Bedenken. Wir müssen schnell handeln!«, rief der Jüngste mit vor Erregung zitternder Stimme. »Die Zeichen sind eindeutig! Schlange, Boot und Mädchen.«

»Ist das alles, was dir wichtig ist, deine Zeichen?«, fragte der alte Seiler bitter.

»Ich bin der Edaling! Es ist meine Aufgabe, das Auwara zu legen, Alter, auch wenn dir das nicht gefällt.«

»Bitte, Männer, beruhigt euch«, sagte der Graue. »Ich habe euch gerufen, weil ich weiß, wie kummervoll dieser Weg noch werden wird. Wir, die Ältesten und der Edaling, wir führen dieses Dorf, und wir müssen einig sein, wenn wir zur Versammlung sprechen.«

»Ich habe diesen Streit nicht begonnen«, zischte der Edaling.

»Aber ich erkläre ihn für beendet!«, rief der Graue scharf. Er verlor offenbar die Geduld. »Hört, ihr Männer, die Weissagung der Halmzeichen ist klar. Keiner von uns kann es anders deuten: Das Opfer wird verlangt. Sind wir darin einig?«

»Ich habe kein gutes Gefühl, wenn wir das Auwara in dieser Frage entscheiden lassen«, sagte der Seiler langsam, »aber ich gebe zu, dass ich es auch nicht anders deuten kann.«

»Ah, du siehst ein, dass du dich geirrt hast? Was für ein seltenes Ereignis! Dann müssen wir jetzt bereit sein zu tun, was verlangt wird!«, forderte der Jüngste.

»Er hat Recht, alter Freund«, pflichtete ihm der Grauhaarige bei. »Seit vielen Menschenaltern befragen wir das Schilf und vertrauen den Zeichen. Und in diesem Fall nicht? Bald erscheint der Neue Mond, und dann müssen wir handeln. Worauf sollen wir warten? Schon vier unserer Fischer sind nicht wiedergekehrt. Jetzt wagt sich keiner mehr hinaus auf den Fluss. Vom Ufer werfen sie die Netze aus, und mit den Flussechsen müssen sie darum streiten. Und der Fang ist armselig genug. Es wird nicht mehr lange dauern, und der Hunger sitzt in diesem Dorf an jedem Tisch.«

Der Weißhaarige nickte langsam. »Ich weiß, aber ich fürchte, dass Unheil aus alldem erwächst. Ich werde nicht widersprechen, wenn das Auwara das Opfer einfordert, aber bedenkt, es wird eine unserer Familien treffen, ein Mädchen aus unserer Mitte. Das wird die Ihrigen hart ankommen.«

»Das lässt sich leider nicht vermeiden«, sagte der Edaling kühl.

»Du kannst das leicht sagen, denn du hast weder Kinder noch Enkel«, sagte der alte Seiler mit gezwungener Ruhe. »Ich fürchte jedoch, dass die Sippe der Erwählten sich wehren könnte. Es wird Beschuldigungen geben, Widerspruch, Streit.«

»Was schlägst du also vor, mein Freund?«

»Ich denke, wir lassen die Oberhäupter der Familien schwören, dass sie sich dem Los ohne Widerspruch fügen und auch niemandem beistehen, der dieses versucht. Vielleicht können wir so den Zwist gering halten. Aber geben wird es ihn, da könnt ihr sicher sein.«

»Immer siehst du schwarz«, rief der Jüngste verächtlich.

Der Weißhaarige blickte ihn scharf an: »Bedenke dies, würdiger Edaling dieses Dorfes; nicht ich bin es, der morgen das Los ziehen wird, sondern du! Deine Hand wird eines unserer Kinder zum Tode verurteilen. Du wirst morgen Abend wenigstens einen Feind mehr haben.«

»Ich bin nur die ausführende Hand, ein Diener der Mächte. Das Schicksal entscheidet, wen das Los treffen wird!«, erwiderte der Edaling mit seltsamem Stolz.

»Ich frage mich«, sagte der Graue langsam, »ob es nicht doch einen Weg gibt, all dies zu vermeiden.«

»Ich sehe keinen, alter Freund«, sagte der Seiler niedergeschlagen, »aber vielleicht findest du einen in dieser Finsternis.«

»Es wäre das erste Mal, dass ich dich darin überträfe«, erwiderte der andere lächelnd. Dann wurde er wieder ernst, zögerte kurz und sagte dann aber: »Wir könnten eine Fremde zum Opfer bestimmen.«

Einen Augenblick war es still im Versammlungshaus. Nur der Regen rauschte auf das Schilfdach. Die Kerze flackerte unruhig. Sie würde sich bald verzehrt haben.

Der Weißhaarige schüttelte den Kopf. »Unsere Vorfahren haben dem abgeschworen. Keine Fremde soll für unseren Fluch büßen.«

»Es ist auch gar nicht gesagt, dass das Opfer angenommen wird, wenn es nicht aus unserem Dorf stammt«, wandte der Edaling ein. Es klang übereifrig.

»Und ist denn gesagt, dass die Erwachte eines *unserer* Mädchen als Opfer annimmt?«, entgegnete der Grauhaarige scharf.

»Es ist doch auch gleich«, sagte der alte Seiler, und er klang sehr müde, »es gibt keine Fremden in unserem Dorf. Also wird eines unserer Kinder sterben müssen.«

Die drei Männer starrten schweigend in die zitternde Flamme. Die Entscheidung war gefallen, jetzt mussten sie nach Hause gehen und versuchen, damit zu leben. Aber keiner von ihnen wollte die Zusammenkunft beenden. Es war, als hofften sie, dass doch noch, von irgendwoher, Rettung käme. Sie lauschten dem stetigen Regen und hingen ihren düsteren Gedanken nach.

Plötzlich hob der Weißhaarige den Kopf: »Lasst uns etwas versuchen, Männer!« Er klang entschlossen und begann die Schilfhalme aufzusammeln.

»Was hast du vor?«, fragte der junge Edaling misstrauisch.

»Wir fragen das Auwara noch einmal.«

»Das ist gegen den Brauch!«, widersprach der Jüngste aufgebracht.

»Was erhoffst du dir davon?«, fragte der zweite Älteste erstaunt.

»Warte es ab«, sagte der Weißhaarige. Er drückte dem Edaling die Halme in die Hand und reichte ihm das weiße Tuch. »Hier. Das ist deine Aufgabe, Edaling.«

»Aber das ist gegen jede Sitte«, stotterte der.

»Das Urteil kann hinterfragt werden«, erklärte der Grauhaarige bedächtig.

»Tu es einfach!«, drängte der Weiße.

»Aber …«

»Tu es!«, donnerte der Seiler.

Der Edaling zuckte zusammen. »Ich tue es, aber nur … dir zuliebe«, stotterte er.

Der Grauhaarige seufzte und tauschte einen vielsagenden Blick mit dem Seiler. Es war offensichtlich, dass sie beide nicht viel vom Edaling hielten. Der faltete mit zitternden Fingern die Ecken des Tuches zusammen, ließ die Halme auf die kleine freie Fläche in der Mitte fallen und hob den Stoff vorsichtig an. Dann ließ er das Schilf im Tuch mit sanften Bewegungen tanzen und murmelte ein Gebet, in dem er die Ahnen und den Flussgott Dhanis bat, ihm die Hand beim Auwara zu führen. Er legte das Tuch ab. Die beiden Ältesten übernahmen die Enden und öffneten sie ein wenig. Der Edaling schloss die Augen. Schweißtropfen standen ihm auf der Stirn. Er leckte sich nervös die Lippen, wiederholte seine Bitte an Dhanis, dann steckte er die Hand in das Tuch und zog drei Halme heraus.

Er öffnete erst die Augen und dann seine Hand. Die drei Schilfrohrstücke zeigten ihre Zeichen.

Der Edaling wurde blass.

»Das ist unmöglich«, flüsterte der Grauhaarige.

»Noch einmal«, forderte der alte Seiler.

Sie wiederholten die Zeremonie Schritt für Schritt. Am Ende öffnete der Edaling seine verschwitzte Hand und zeigte die drei Halme, die er gezogen hatte. Die drei Männer schwiegen betroffen. Die Halme zeigten Schlange, Boot und Mädchen.

»Das kann nicht sein«, sagte der Graue tonlos.

Der Edaling schluckte. »Aber, kann es nicht sein, ist es nicht möglich, dass Dhanis selbst will, dass wir … ich meine … vielleicht hat er…«, stotterte er, aber er brachte seinen Satz nicht zu Ende.

»Ich kenne viele Geschichten aus alter Zeit«, sagte der Seiler langsam, »von Auwara-Urteilen, die angefochten wurden. Doch noch nie, niemals, hat das Schilf dreimal die gleiche Antwort gegeben.«

»Dhanis hat mir die Hand geführt«, sagte der Edaling trotzig.

»Mach dich nicht lächerlich«, schnaubte der Alte, dann stockte er und blickte sich um. »Riecht ihr das?«, fragte er leise.

Die anderen beiden hoben den Kopf. Ein leichter, süßlicher Verwesungsgeruch wehte durch den Raum. Der Seiler nahm die plumpe Kerze und hob sie an. Die Flamme flackerte unruhig, und die Schatten im Versammlungshaus zogen sich ein wenig zurück. War dort jemand? Alle drei starrten in die dämmrigen Winkel des Hauses, aber dort war niemand zu entdecken.

Schirqu

Die Toten berichten, dass es in ihrer Stadt Ud-Sror eine Straße aus kochendem Pech gebe. Dort wandeln die verfluchten Seelen der Grabschänder.

Abeq Mahas, Das Totenreich Uos

Ein Reiter kam den langen Weg von Süden herauf. Schwerer Regen ging seit Stunden nieder, und der schwarze Mantel des Mannes war völlig durchnässt. Jetzt hatte er etwas entdeckt, das ihn auf einen trockenen Platz hoffen ließ. Natürlich hätte er auch im Wald rasten können, der sich schon eine ganze Weile zu seiner Linken ausbreitete, aber er war ein Kind der Steppe, und Wälder gefielen ihm nicht. Unsichtbare Feinde mochten darin lauern, Menschen, Wölfe. Ein gemauertes Bauwerk mit freiem Blickfeld nach allen Seiten war sicherer. Jetzt war er fast dort. Er zügelte sein Pferd. Vor ihm ragte die Ruine eines Tempels in den dunkelgrauen Himmel. Tief hängende Wolken tauchten das Land in fahles Zwielicht. Sein Tier schnaubte unruhig. Er streichelte es beruhigend am Hals und öffnete die Bänder des Halfters, in dem seine lange Lanze steckte. Donner grollte. Der Reiter warf seinen langen Reitmantel zurück und tastete nach dem Griff seines Sichelschwertes. Er war jung und trug sein langes Haar zu einem Zopf gebunden, wie es bei seinem Volk üblich war. Das Pferd tänzelte. Der Steppenreiter schnalzte mit der Zunge und gab seinem Tier leicht die Fersen. In weitem Bogen umrundeten sie den Tempel, ohne dass der Reiter das zerfallene Mauerwerk auch nur eine Sekunde aus den Augen ließ. Es war einst ein Schirqu, ein Stufentempel gewesen, einer der bescheidenen Art, bei dem die oberen Stockwerke nur angedeutet waren und in denen die vier Hüter in einem einzigen Raum im Erdgeschoss verehrt wurden. Die falschen Stockwerke waren wohl schon vor vielen Jahren eingestürzt und hatten große Teile des eigentlichen Daches und eine Außenwand vollständig zerstört. Regen fiel durch die löchrige Decke in den verlassenen Götterraum, und dichtes Buschwerk wuchs aus den geborstenen Mauerresten. Der Reiter nahm die Lanze aus dem Halfter und beugte sich vor, um in den Tempel hineinzuspähen. Der hintere Bereich der Ruine lag in tiefen Schatten. Der Reiter schlug seine Kapuze zurück. Sein Pferd war immer noch unruhig. Er nahm seinen Schild vom Rücken und streifte ihn über den linken Arm. Vorsichtig ritt er näher an den verdunkelten Teil des Tempels heran. Bewegte sich dort etwas? Der Reiter ließ sein Pferd rückwärtsgehen und behielt den finsteren Raum im Auge. Dann wendete er sein Tier und umrundete den Tempel ein zweites Mal. Der Schirqu lag an einer Weggabelung. Ein Weg führte von Norden nach Süden, der andere bog nach Westen ab. Der Reiter suchte auf dem durchweichten Boden nach Spuren, aber dort war nichts zu sehen, außer den Tritten seines eigenen Pferdes. Er war unschlüssig. Er griff nach seinem Helm mit der furchterregenden Kriegsmaske, der am Sattel festgebunden war, ließ ihn dann aber doch dort hängen. Im Schritt umrundete er die Ruine ein drittes Mal, spähte erfolglos nach verräterischen Zeichen. Dann hielt er sein Pferd wieder an. Vor ihm klaffte der dunkle Eingang der Ruine. Sein Tier schnaubte. Er hieß es, still zu stehen, und legte sich die Lanze auf den Arm. Er war weit genug vom Tempel entfernt, um sein Tier für einen Angriff in Galopp zu versetzen, und er hatte genug Platz für einen schnellen Rückzug. Es war die vollkommene Ausgangsstellung für einen Kampf. Er lauschte. Unbewegt wie ein Standbild verharrten er und sein Tier im strömenden Regen. Ein Geräusch erklang aus den Schatten des Tempels. Es war der Huftritt eines Pferdes.

Der Reiter nahm seine Zügel fester und schüttelte sein nasses Haar. »Ich bin Koro von den Hakul«, rief er laut. »Wer immer dort ist, er möge sich zeigen!«

Eine schlanke Gestalt tauchte aus der Finsternis auf. Es war ein Mädchen, oder eher eine junge Frau, in ein schlichtes graues Gewand gekleidet und offensichtlich unbewaffnet. Der Hakul runzelte die Stirn. Ein Mädchen, allein in dieser Gegend? Sie war hübsch, wenn auch etwas zu mager für seinen Geschmack. Ihr dunkles Haar fiel glatt bis auf die Schultern, und ihr Gesicht war ebenmäßig und strahlte Ruhe aus. Sie hatte helle Augen, auch wenn der Reiter aus der Entfernung die Farbe nicht erkennen konnte. Sie mochten blau sein, oder grün.

»Bleib stehen!«, rief der Reiter. Die Seher hatten gesagt, das Mädchen habe grüne Augen. Er beugte sich unwillkürlich weiter vor, um sie besser zu sehen, und senkte dabei seine Lanze um eine Handbreit. »Bist du allein, Mädchen?«

»Nein, ist sie nicht«, sagte eine Stimme hinter dem Hakul. Koro riss gedankenschnell am Zügel, doch es war zu spät. Im Buschwerk war ein Mann aufgesprungen, bewaffnet mit einem starken Ast, den er jetzt dem Hakul in die rechte Seite rammte. Der Reiter verlor das Gleichgewicht. Sein Pferd scheute und warf ihn ab. Und dann war der Angreifer über ihm und stieß dem Gestürzten einen Dolch in die Brust. Als er die Klinge wieder aus dem Körper zog, blickte er dem Sterbenden in die brechenden Augen und sagte: »Bestelle in Ud-Sror, dass sie noch ein wenig länger auf Tasil aus Urath warten müssen!«

Dann war der Hakul tot. Der Kampf hatte nicht einmal drei Sekunden gedauert.

»Fang das Pferd ein, Kröte«, rief Tasil. Er sprang selbst vor, um es am Zügel zu packen. Aber das war ein Fehler. Das Tier scheute zurück und galoppierte laut wiehernd davon, den Weg zurück, den es gekommen war.

»Soll ich ihm nachreiten, Onkel?«, rief Maru.

Tasil blickte dem Tier kurz hinterher, dann winkte er ab. »Das war dein Fehler, und jetzt ist es zu spät. Sei's drum. Ist nur schade um die Beute. Verdammt seien die Hakul und ihre störrischen Pferde! Hast du den Helm gesehen?«

Er wischte seinen Dolch am Mantel des Gefallenen ab. »Ein Späher, unerfahren, zu unserem Glück, aber leider auch nicht sehr wohlhabend.« Er untersuchte den Leichnam. Seine wertlosen Ringe aus Kupfer ließ er dem Toten. Dann sah er sich das Schwert an und schüttelte den Kopf. »Damit muss schon der Vater seines Großvaters gekämpft haben. Schartig und kaum zu gebrauchen.« Er zog den Dolch aus der Scheide und prüfte die Klinge. »Nur Bronze, und schon zu oft nachgeschliffen. Ich habe wahrlich schon bessere Arbeiten gesehen, aber immerhin, es ist ein Dolch der Hakul.«

»Wie friedlich er aussieht«, sagte Maru, die das Gesicht des Toten betrachtete. Der Regen schien den Schmerz fortgewaschen zu haben.

»Du brauchst ihn nicht zu bedauern, Kröte. Er hätte dich genauso gerne getötet wie mich.«

»Glaubst du, er war allein, Onkel?«

»Wahrscheinlich, er hat ein Jagdhorn am Gürtel. Wären andere Hakul in der Nähe, hätte er sie sicher gerufen.«

»Ich dachte, wir hätten sie abgeschüttelt«, sagte Maru niedergeschlagen.

»Haben wir auch, Kröte. Ich denke, sie haben sich aufgeteilt, um nach uns zu suchen. Sonst wäre dieser junge Kerl hier nicht alleine gewesen. Ich würde sagen, das ist gut für uns, denn solange sie einzeln kommen, werden wir mit ihnen fertig. Und jetzt hilf mir, wir wollen ihn dort drüben ins Moor werfen. Seine Seele ist fort. Soll sein Körper dort Ruhe finden.«

»Aber wie sollen wir hier die Nacht über rasten, wenn nebenan …« Maru vollendete den Satz nicht.

»Gar nicht, Kröte. Wir werden bald aufbrechen. Es kann nicht mehr weit sein.«

»Nach Ulbai?«

»Ich habe nicht gesagt, dass wir in die Stadt reiten.«

»Aber du hast jeden Bauern, den wir getroffen haben, nach dem Weg dorthin gefragt.«

»Natürlich, Kröte. Es ist mir nämlich lieber, die Hakul suchen uns dort, statt an dem Ort, an dem wir wirklich sind.«

Maru half Tasil widerstrebend, den Hakul ins Moor zu tragen. Der ganze Landstrich bestand fast nur aus Moor und Marschland. Hier und dort fanden sich leichte Bodenwellen, zu niedrig, um Hügel genannt zu werden, aber immerhin fester Grund. Der Schirqu stand auf so einem lang gezogenen Buckel, der sich weit nach Norden und Süden erstreckte. Sie waren in Awi, dem Wasserland. Der Boden schmatzte unter ihren Füßen, als sie die Böschung hinter sich ließen. Tasil suchte einen sumpfigen Tümpel.

»Dort hinein«, entschied er.

Maru tat es ungern, aber sie gehorchte. Der tote Körper schlug mit dumpfem Klatschen auf und begann sofort zu versinken. Eine Schar schwarzer Schwäne wurde offenbar durch das Geräusch aufgeschreckt. Sie erschienen wie aus dem Nichts und stoben mit rauschenden Flügeln und misstönenden Schreien davon. Maru schauderte.

»Es ist nur die Hülle, Kröte, also stell dich nicht so an«, meinte Tasil, der die Schwäne keines Blickes würdigte. Er zerbrach die Lanze des Hakul und warf sie weit ins Moor hinaus.

»Und jetzt pack unsere Sachen. Wer weiß, vielleicht sind doch noch andere Hakul in der Nähe.«

Ein heftiger Blitz zerriss den Himmel. Der Regen ging in ein Gewitter über.

Sie kehrten zurück zum Tempel. Maru warf einen Blick über die Schulter. Der Körper des Kriegers war bereits verschwunden. Tasil hatte gesagt, das sei nur eine leere Hülle. Aber dennoch fand sie es Unrecht, so mit einem Toten zu verfahren. Nach allem, was sie wusste, kamen die Hakul nach ihrem Tod nicht nach Ud-Sror, sondern auf eine weite grüne Ebene, über die sie mit Geisterpferden dahinjagten. Aber würde dieser Hakul auch dorthin gelangen, wenn er ohne jeden Ritus in einem Sumpfloch versenkt worden war? Oder würden seine Ahnen ihn an der Pforte abweisen?

Maru blieb stehen. Da mischte sich ein mahlendes Geräusch unter den Regen. Sie hob den Kopf. Jetzt war sie sicher.

»Es kommt jemand.«

Tasil lauschte. Nun war es nicht mehr zu überhören. Es war das laute Knarren eines schweren Rades auf seiner Achse. Vielleicht ein Ochsenkarren?

»Versteck dich dort drüben, Kröte, ich werde sie am Schirqu erwarten«, sagte Tasil schnell.

Maru lief hinüber und verbarg sich im niedrigen Buschwerk, dort, wo Tasil dem Reiter aufgelauert hatte. Das Knarren kam näher. Tasil tat gelassen. Er wählte einen halbwegs trockenen Platz unter dem zerstörten Dach des Tempels und wartete. Jetzt konnte man den zweirädrigen Karren sehen, der den langen Pfad von Norden heruntergekommen war und sich gerade eine Bodenwelle hinaufkämpfte. Es war ein Eselskarren, doch wurde er nicht von einem Tier, sondern von einem Mann gezogen. Hinten schob eine weitere Gestalt. Sie war viel zierlicher als der Mann an der Deichsel, eine Frau. Maru entdeckte drei Kinder, die unter der Plane des Wagens kauerten. Hakul waren das jedenfalls nicht.

»Wer kommt da?«, rief Tasil in den Regen hinaus.

Die Frau erstarrte. Sie bemerkte erst jetzt die Ruine und den Fremden, der sie dort im Halbschatten erwartete. Der Mann schlug seinen Umhang zurück und stolperte zum Wagen. Er zog einen kurzen Speer von der Ladefläche und hielt ihn drohend auf Tasil gerichtet.

»Ihr habt nichts zu befürchten«, rief Tasil ihnen zu.

»Wer ist da?«, rief der Mann.

»Ich bin ein harmloser Reisender, ich raste hier nur«, antwortete Tasil.

»Aber können wir dir trauen?«

»Wären wir Räuber, hätten wir euch längst überfallen.«

»Wir? Wer ist da noch?«

»Maru!«, rief Tasil.

Maru kam aus ihrem Versteck. Sie schlug ihren Überwurf zurück, damit der Mann erkennen konnte, dass sie nur ein Mädchen war. Das schien ihn halbwegs von ihrer Harmlosigkeit zu überzeugen. Er nahm die Deichsel wieder auf und zog den Wagen zur Ruine. Der Speer behinderte ihn dabei, aber er hielt ihn weiter in der Hand. Die Frau half ihm und redete beruhigend auf die Kinder ein. Maru sah, dass der Mann weder Bauer noch Handwerker war. Der Stoff seiner Kleidung war kostbar, wenn auch völlig verschmutzt, und auch das Gewand seiner Frau ließ darauf schließen, dass die beiden wohlhabend waren.

»Einen seltsamen Rastplatz habt ihr euch ausgesucht«, sagte der Mann. »Dieser Tempel ist verflucht, sagt man. Voller böser Geister. Habt ihr die schwarzen Schwäne nicht gesehen?«

»Schwäne?«

»Sieben waren es, doch sie flogen einzeln, nicht im Schwarm. Ein böses Zeichen an diesem Ort des Unheils.«

»Dem einen mag er Unheil bringen, den anderen Heil. Bis jetzt haben uns die Geister in Ruhe gelassen. Außerdem ist es halbwegs trocken.«

Maru musste wieder an den jungen Hakul denken. Wie gelassen Tasil das gesagte hatte: »Dem einen mag er Unheil bringen …«

»Habt ihr …«, der Mann stockte, blickte sich zu seiner Frau um. Sie nickte ihm zu. Er fuhr fort: »Habt ihr etwas zu essen?«

Tasil nickte bedächtig und fragte: »Könnt ihr denn zahlen?«

Der Mann schluckte und schwieg betroffen. Hatte er kein Geld? Seine Kinder, keines war älter als sieben oder acht Jahre, sahen hungrig aus.

»Verzeih bitte meinem Onkel diesen Scherz«, sagte Maru schnell, »ihr seid unsere Gäste und müsst natürlich nichts zahlen.«

Tasil warf ihr einen eisigen Blick zu, aber dann sagte er: »Setzt euch. Meine Nichte wird gerne noch etwas Holz für dieses Feuer suchen, an dem ihr eure Kleider trocknen könnt.«

Die Frau lächelte dankbar, doch der Mann warf ihr einen strengen Blick zu und schüttelte den Kopf. »Es ist nicht nötig, dass du das Mädchen unseretwegen in den Regen schickst. Nur etwas zu essen, wenn ihr habt. Wir müssen gleich weiter.«

»Zu sehr in Eile, um ins Trockene zu kommen?«

Der Mann ließ sich doch überreden, wenigstens für kurze Zeit nach drinnen zu kommen. Das kleine Feuer, das Tasil und Maru dort am Morgen unterhalten hatten, war lange verloschen.

»Es lohnt sich nicht, es wieder anzufachen, Fremder, wir können hier nicht bleiben«, wiederholte der Mann.

Er wirkte gehetzt. Sein unruhiger Blick ging immer wieder über die Schulter zurück. Die Kinder drängten sich eng an ihre Mutter und sahen sich ängstlich um. Tasil entzündete das Feuer, was den Tempel in rötliches Licht tauchte. Maru fand ihn bedrückend. Er war stark verfallen, aber auch in seinen guten Tagen konnte er kaum viel besser ausgesehen haben. Sie hatte noch nie einen Schirqu gesehen, der so arm an Schmuck war. Nur die vier rußgeschwärzten Nischen an einer Wand wiesen darauf hin, dass hier einmal Opferfeuer für die Hüter gebrannt haben mochten. Die Statuen waren verschwunden. Obwohl der Fremde es nicht wollte, legte Maru einen Scheit Holz auf das Feuer. Er war nass. Dichter Rauch quoll auf. Tasil hatte am Morgen eine Wildziege gefangen und gebraten. Das Fleisch war kalt, aber die Fremden hielten sich nicht damit auf, es noch einmal zu wärmen.

Gegen alle Sitten wartete Tasil, der nichts aß, nicht ab, bis das Mahl beendet war, sondern begann gleich, seine Gäste auszufragen: »Deine Kleidung, die Gewänder deiner Frau – du siehst nicht aus wie ein Bauer oder Handwerker.«

Der Mann nickte. »Utaschimtu ist mein Name«, sagte er zwischen zwei Bissen. »Noch vorgestern war ich ein angesehener Richter in Ulbai. Doch Recht und Gesetz haben die Stadt verlassen, also werde ich nicht mehr gebraucht.«

Tasil stocherte im Feuer, als sei er nur mäßig interessiert. Aber Maru konnte ihm ansehen, wie neugierig er war. Ulbai, die Hauptstadt des Reiches, war nicht mehr fern.

»Kein Gesetz? Wie meinst du das?«, fragte er beiläufig.

»Du weißt, dass wir Krieg haben?«, fragte Utaschimtu.

»Das hat man mir erzählt«, erwiderte Tasil, »allerdings wissen die Bauern und Hirten in dieser Gegend nichts Genaues. Sie berichten von großen Schlachten, doch können sie meist nicht sagen, wo gekämpft wurde, oder gegen wen und warum. Sie sind nur sicher, dass der Kaidhan von Ulbai immer siegreich ist.«

Utaschimtu lachte bitter auf. »Das erzählen sie? Nun, das wundert mich nicht. Das ist es, was Luban-Etellu, unser hochgeborener Kaidhan, über seine Boten verkünden lässt. Lubans Männer schreiten von Sieg zu Sieg, so rufen sie es aus. Und sie suchen nach jungen Männern, die bereit sind, die Reihen des ruhmreichen Heeres zu verstärken.«

Tasil nickte nachdenklich. »Es schien mir da auch das eine oder andere, was ich hörte … nun, seltsam zu sein.«

»Ich bin Richter und gewohnt, Wahrheit von Lüge zu unterscheiden. Du weißt, dass die Stadt Serkesch sich vom Reich losgesagt hat? Du weißt, dass der Verräter Numur den Krieg mit Ulbai begonnen hat?«

»So etwas in der Art kam mir zu Ohren«, erwiderte Tasil, so als wüsste er es nicht viel besser als der Richter selbst.

Maru hingegen zuckte unwillkürlich zusammen. Sie hatten es nicht nur gehört, sie waren dabei gewesen, als es begann. War es wirklich schon ein halbes Jahr her, seit sie das brennende Serkesch so fluchtartig hinter sich gelassen hatten?

Utaschimtu fuhr kauend fort: »Nun, der Kaidhan schickte sein Heer flussaufwärts, nach Norden, um den Verräter Numur zu unterwerfen. Zuerst kam die Meldung von einem Sieg bei Igaru, dann hieß es, die Serkesch seien bei Aqar Bairuti geschlagen worden. Schließlich wurde gemeldet, die Truppen des Kaidhans stünden kurz davor, die Stadt Esqu zu erobern – verstehst du, was ich meine, Fremder? Jeder dieser Orte liegt viel weiter südlich als der vorherige. Und wenn wir Esqu belagern, dann müssen es die Serkesch doch erst erobert haben! Und Esqu liegt schon in Aurica!«

Utaschimtu war aufgebracht. Tasil sah ihn aufmerksam an, dann sagte er: »Ich verstehe, wenn Numur wirklich Esqu genommen hat, dann hat er schon das halbe Reich erobert.«

»Das halbe? Was ist denn noch übrig? Esqu ging vor fünf Wochen verloren. Und jetzt wird Numur mehr durch die Sümpfe von Awi als durch die Krieger des Kaidhans aufgehalten.«

»Also seid ihr auf der Flucht vor Numur?«

»Nein, wir sind auf der Flucht vor Luban, der es nicht wert

ist, den Namen seines großen Vorfahren Etellu zu tragen! Der Kaidhan begnügt sich nicht mehr damit, Hirten und Fischer mit Lügen in sein Heer zu locken – jeder Mann, der eine Waffe tragen kann, wird einberufen. Es würde ja angehen, wenn er dies mit Handwerkern und Bauern machte, aber selbst verdienstvolle Verwalter und Richter sind nicht mehr sicher! Ja, selbst die althergebrachten Unterschiede zwischen Kydhiern und Akkesch lässt er nicht mehr gelten. Er lässt Kydhier sein Heer befehligen und Akkesch müssen gehorchen. Er ist auch nicht besser als der Verräter Numur.«

Maru hatte den Mann bis jetzt bedauert, doch seine Überheblichkeit stieß sie ab. Utaschimtu setzte seinen Bericht fort. »Es war nicht leicht, aus der Stadt zu entkommen, das kannst du mir glauben, Fremder. Luban hat die Brücke über den Dhanis abgebrochen und den Hafen sperren lassen. Niemand darf die Stadt verlassen. Ich konnte einen Fischer bestechen, der uns auf die andere Seite brachte. Das kostete mich ein Vermögen. Ganz zu schweigen von dem, was ich alles zurücklassen musste. Was ich noch besaß, gab ich einem Bauern, der uns dafür diesen armseligen Karren überließ. Uns ist nicht viel mehr geblieben als das, was wir auf dem Leib tragen. Selbst um Essen müssen wir nun schon betteln.« Der Richter starrte zu Boden. Offensichtlich schämte er sich für seine Not.

»Was glaubst du, wann werden die Serkesch Ulbai erreichen?«, fragte Tasil. Das Schicksal der Flüchtlinge interessierte ihn ganz offensichtlich nicht.

Utaschimtu fing sich wieder. »Bist du auf dem Weg dorthin, Fremder? Dann kann ich dich nur warnen. Die Stadt wird bald belagert werden, aber sie wird sicher nicht schnell fallen. Ulbai war schon von jeher gut befestigt, und wir Akkesch haben sie in eine uneinnehmbare Festung verwandelt. Sie liegt hoch über dem Fluss, auf allen Seiten vom Wasser des Dhanis geschützt. Dennoch …«

»Du hast Zweifel?«

»Hunger und Krankheit machen nicht vor Mauern halt. Wer weiß, wie lange Ulbai einer großen Belagerung standhalten kann? Außerdem sind hier auch noch Kräfte am Werk, die ein armer Mensch wie ich nicht begreifen kann.« Er hielt inne. Dann fuhr er flüsternd fort: »Hast du von dem Gott gehört, der Numurs Heer vorangehen soll?«

»Ah, der neue Gott! Von dem haben auch die Bauern gesprochen, aber wie immer wussten sie nichts Genaues. Weißt du, was das für ein Gott ist?«

»Nein, Luban hat verboten, darüber zu sprechen. Ich selbst musste Männer zum Tode verurteilen, die es trotzdem taten. Ich weiß nur, dass dieser Gott Numur bisher immer den Sieg geschenkt hat. Er soll ein Diener des Kriegsgottes Strydh sein, so heißt es. Vielleicht ist es auch der Flussgott Dhanis, der sich an uns Akkesch rächen will, weil wir versuchen, ihn mit Gräben, Dämmen und Kanälen zu zähmen.« Der Richter schaute nachdenklich in das qualmende Feuer, dann stand er plötzlich auf. »Ich danke dir für das Mahl und das Feuer, Fremder, aber wir müssen nun weiter.«

»Weiter? Bei diesem Wetter? Wohin?« Tasils Erstaunen war dieses Mal echt.

»Wir sind hier nicht sicher. Ich war ein Hoher Richter des Kaidhans. Es ist möglich, dass er mir meinen Abschied weder erlaubt noch vergibt. Vielleicht lässt er mich verfolgen. Es ist besser, wir bringen möglichst viele Stunden zwischen uns und die Stadt. Und das empfehle ich dir übrigens auch, Fremder. Würde es nicht Tag und Nacht regnen, könntest du sehen, dass selbst die Sterne zittern. Schlimme Zeichen sind das. Luban und die große Stadt Ulbai sind dem Untergang geweiht. Glaube mir, es ist besser, nicht dort zu sein, wenn das geschieht.« Seufzend blickte er in den wolkenverhangenen Himmel. Der Schauer hatte kaum nachgelassen. »Wir ziehen weiter nach Süden, zur Küste. Vielleicht finden wir dort einen Fischer, der uns über das Meer bringt. Hier ist es jedenfalls nicht sicher. Und weil ich dir für deine Gastfreundschaft nichts geben kann, Fremder, warne ich dich. Die Krieger Lubans ziehen durch das Land. Sie werden sicher auch hierherkommen, und sie zwingen jeden unter Waffen, den sie finden. Warum kommt ihr nicht mit zur Küste? Gemeinsam wären wir sicher vor Räubern und Wölfen.«

»Ich danke dir für dein Angebot, Utaschimtu, doch gedenke ich, einen anderen Weg einzuschlagen.«

»Nun, ich habe dich gewarnt, mehr kann ich nicht tun.«

Dann nahm Utaschimtu die Deichsel wieder auf, und mit einem lauten Knarren setzten sich die schweren Räder in Bewegung. Als sie außer Sichtweite waren, sagte Tasil: »Lösch das Feuer, Kröte, wir brechen auf.«

»Nach Ulbai, Onkel?«, fragte Maru, während sie Erde über die Flammen häufte, um sie zu ersticken.

»Lass dich überraschen«, sagte Tasil grinsend.

Das Dorf im Strom

Klopfe an einen Baum, und höre, wie es klingt.

Farwisches Sprichwort

Maru spähte unter ihrer Kapuze aufmerksam nach rechts und links. Ihr Pferd trottete durch den Regen, der seit Stunden und Tagen die Welt in Morast verwandelte. Es würde bald Abend werden. Die Tritte ihres Pferdes waren schwer, denn der Boden war durchweicht, so dass man tief einsank. Marus Wollmantel war völlig durchnässt. Sie war müde, wie ihr Reittier, aber unruhig. Sie wusste, wo sie waren. Das Fenn, nannten es die Bauern. Sie hatten noch Beinamen dafür: Das Verfluchte, das Endlose oder einfach das Schwarze Fenn. Und ausgerechnet in diesen Sumpf führte Tasil sie nun hinein. Maru fühlte sich unwohl. Sie spürte eine ungute Spannung in der Luft, die sie nicht erklären konnte. Es ging nicht in die Große Stadt Ulbai, wie sie geglaubt hatte. Sie hatten den schmalen Weg eingeschlagen, der am Schirqu in den Wald abzweigte. Er war eine Weile einem flachen, aber breiten Hügel gefolgt und hatte sie schließlich auf einen alten Dammweg geführt, der sich lange durch sumpfiges Gelände und dann hinaus in den Strom schlängelte. Der Dhanis hatte sie wieder, der mächtige Strom, dem sie vor einem halben Jahr den Rücken gekehrt hatten, der Fluss, den die Kydhier Vater des Landes nannten. Sie waren an einem seiner Seitenarme, den die Bauern den Schwarzen nannten. Als Maru das dunkle Wasser sah, das sich zwischen den Schilfinseln hindurchschlängelte, wusste sie, warum. Aber es war beileibe nicht die Farbe des Stroms, die sie beunruhigte. Nein, es ging ein Gerücht um im Wasserland: Von einer gewaltigen Seeschlange, einer Awathani, die nach jahrhundertelangem Schlaf wieder erwacht sei. Die Bauern sprachen eigentlich von nichts anderem. Viel wussten sie nicht darüber, und schon gar nichts Genaues. Sicher waren sie nur, dass der Krieg, der das Reich zerriss, die Schläferin geweckt hatte. Und sie waren sich einig, wo das Untier zu finden war: Im Schwarzen Dhanis. Und genau da waren sie nun. Auf einem alten Damm, der hineinführte in den endlosen Sumpf, den der Strom hier mit tausend Armen durchzog.

Vor ihnen tauchte jetzt ein hoher Zaun auf. Maru hatte schon Zweifel bekommen, ob der Dammweg sie wirklich an ihr Ziel führen würde, aber jetzt waren sie offensichtlich irgendwo angekommen. Tasil hielt sein Pferd an. Der Weg endete an einem hölzernen Tor. Rechts und links davon zog sich ein hohes, aber nicht sehr starkes Gatter die Böschung hinunter bis ins Schilf und weiter ins schwarze Wasser. Tasil sah sich um. Ein Stück Holz baumelte an einem Strick neben dem Tor. Tasil nahm es und schlug damit auf die große Baumscheibe, die offensichtlich zu diesem Zweck dort aufgehängt war.

Nach wenigen Augenblicken zeigte sich ein Gesicht zwischen den Stäben des Tors. »Wer seid ihr, und was wollt ihr?«, fragte eine dünne Stimme.

»Wir sind Reisende und suchen Unterkunft für die Nacht.«

»Für eine Nacht?«

»Das sagte ich, ja.«

»Wie sind eure Namen? Wo kommt ihr her? Und was ist euer Ziel, Fremder?«

»Ich bin Tasil aus Urath, und das ist meine Nichte Maru. Wir wollen zur Stadt Ulbai.«

Das Tor öffnete sich einen Spalt. Dahinter zeigte sich ein Gesicht.

»Deine Nichte?«

»Ja, meine Nichte.«

»Kann ich sie sehen?«

Tasil starrte den Mann an. Es regnete in Strömen. Tasil winkte Maru nach vorn. Vorsichtig lenkte sie ihr Pferd an seine Seite. Der Weg war schmal und rutschig und die Böschung hinunter in den Sumpf steil. Das Tor öffnete sich noch etwas weiter. Ein Mann sah hervor. Er trug einen flachen Schilfhut und einen Strohmantel. Er war barfuß und hüpfte jetzt über die Pfützen hinaus auf den Weg. Er starrte Maru mit zusammengekniffenen Augen an. Regen lief ihm ins Gesicht.

»Ein Mädchen«, stellte er schließlich fest. »Und sie ist sicher nicht deine Frau?«

»Nein, meine Nichte, und sie würde die Nacht gern im Trockenen verbringen, genau wie ihr Onkel«, sagte Tasil ungeduldig.

»Aus Urath, sagst du. Liegt das im Norden?«

»Nein, im Süden«, erwiderte Tasil.

»Und da kommt ihr jetzt her?«

»Mehr oder weniger. Mann, wie lange willst du uns hier noch im Regen warten lassen?«

»Wir haben es gleich, wir haben es gleich«, beschwichtigte ihn der Wächter. »Seid ihr unterwegs jemandem begegnet? Kriegern vielleicht? Aus Ulbai? Oder von anderswo?«

»Nur einem Bauern, der uns gesagt hat, wo wir dieses Dorf finden«, erwiderte Tasil, »und das war gut so. Der Weg hierher ist in einem so erbärmlichen Zustand, dass ich mich schon fragte, ob an seinem Ende wirklich jemand wohnen kann.«

Maru saß auf ihrem Pferd und wartete. Der Pfad war wirklich in einem erbärmlichen Zustand. Sie waren ihm über eine ganze Anzahl kleinerer und größerer Inseln hinaus in den Fluss gefolgt. Zwischen den Eilanden hatte man einst Dämme angelegt, aber die waren teilweise weggespült oder abgetragen worden. Mehrfach hatten sie absteigen und ihre Tiere durch sumpfige Rinnsale führen müssen. Bis zu den Hüften waren sie durch Schlamm gewatet. Maru hatte nasse Füße und Hunger. Aber natürlich musste der Torwächter seine Fragen stellen, auch wenn es teilweise ziemlich seltsame Fragen waren. Das waren unruhige Zeiten, und die Welt außerhalb der Dörfer war gefährlich.

Dem Wächter schien zu gefallen, was Tasil sagte, denn er grinste breit. »Dann komm herein, Tasil aus Urath, wir werden schon ein trockenes Plätzchen für dich und deine Nichte finden. Nach Ulbai würdet ihr es heute ohnehin nicht mehr schaffen.«

Er hüpfte über die Pfützen zurück zum Tor und öffnete es. Maru begriff jetzt, warum Tor und Zaun so schwach befestigt waren. Sie schützten nicht mehr als einen kleinen, schilfgedeckten Unterstand. Dahinter begann eine Rampe, die nach wenigen Schritten im Nichts endete. Im strömenden Regen konnte Maru die Umrisse einer Insel ausmachen, die durch einen schmalen Flussarm vom Dammweg getrennt war. Sie war von einem weiteren Zaun geschützt. Der Wächter sprang in seine kleine Hütte und schlug einen blechernen Gong an.

»Was gibt es?«, rief eine Stimme von drüben.

»Zwei Reisende. Ein Mann und seine Nichte. Ein Mädchen.«

»Ein Mädchen?«

»Ja. Seine Nichte.«

Ein durchdringendes Knarren ertönte, und ein Teil des Zaunes senkte sich nach vorne herab. Maru erkannte erstaunt, dass es eine Zugbrücke war. Sie war nicht sehr breit. Sie mussten hintereinander darüberreiten. Auf der anderen Seite wurden sie von einem weiteren Mann erwartet. Er stand unter einem stark befestigten Holztor. Der ganze Zaun bestand aus dicken Stämmen, er wirkte fast wie eine Mauer. Von der Brücke aus sah Maru, dass unterhalb dieser Wehrmauer spitze Pfähle schräg aus dem Wasser ragten. Ihr Pferd stampfte unruhig auf der Stelle. Maru fragte sich, was das Tier so erregen mochte. Der Mann da vor ihr war es sicher nicht. Er fragte noch einmal nach ihrem Namen.

»Tasil und Maru aus Urath«, wiederholte er, wie um sie sich einzuprägen. »Willst du nach Ulbai, um deine Nichte einem Manne zu geben?«

Maru starrte den Wächter verblüfft an. Das war eine seltsame Frage, selbst für einen Awier.

Auch Tasil wirkte befremdet. »Nicht, dass dich das etwas anginge, ehrwürdiger Torwächter, aber wir reiten nicht in die Hauptstadt, um Hochzeit zu feiern. Es wäre doch auch ein ziemlich ungünstiger Zeitpunkt, oder?«

»Natürlich, natürlich«, sagte der Mann hastig. »Falsche Zeit, schlimme Zeit… der Krieg, ich verstehe«, sagte er und begann, die knarrende Zugbrücke wieder hochzuziehen.

»Gibt es also einen trockenen Platz für uns und unsere Pferde?«

»Den gibt es, natürlich. Wir haben zwar keine vornehme Herberge, wie du sie vielleicht aus der Stadt kennst, doch werdet ihr, so hoffe ich, zufrieden sein. Geht hier links hoch bis zur Edhil-Säule. Dort seht ihr auf der rechten Seite ein lang gestrecktes Haus. Es gehört Skef. Wenn ihr ihn fragt, wird er nichts dagegen haben, dass ihr eure Pferde dort unterstellt. Fragt ihn dann nach dem Haus von Hiri. Dort werdet ihr einen Schlafplatz finden. Dann geht weiter, zur Mitte der Insel ins Samnath und stellt euch den Ältesten vor. So ist es Brauch. Ich werde euch dort einstweilen ankündigen.« Und mit diesen Worten sprang er über die Pfützen davon. Sie stiegen von ihren Pferden und zogen sie am Zügel durch das Tor. Der Boden war zwar schlammig, aber er wirkte viel vertrauenerweckender als der Sumpf, den sie jetzt endlich hinter sich ließen. Eigentlich sollte die Aussicht auf ein trockenes Plätzchen sie doch froh stimmen, aber Maru fühlte eine ungewisse Beklemmung, als sie durch das Tor schritt. Sie konnte es sich nicht erklären und schob es schließlich auf den leichten, süßlichen Verwesungsgeruch, der aus dem Sumpf aufstieg.

Sie zogen ihre Pferde den leichten Hang hinauf Richtung Inselmitte. Das Dorf bestand aus einer Ansammlung dicht gedrängter Hütten, wie Maru sie noch nie gesehen hatte. Es waren schilfgedeckte Pfahlbauten, hoch genug gebaut, dass die Wohnräume selbst bei einem starken Hochwasser noch trocken stehen würden. Schweine und Ziegen tummelten sich in Gattern unter den Behausungen. Maru fragte sich, ob die Bewohner sie mit in die Hütten nahmen, wenn der Fluss es verlangte. Etwas anderes beschäftigte sie aber noch mehr: »Ist das nicht seltsam, Onkel? Die

Wächter haben uns hineingelassen, ohne dass du sie bestechen musstest. Sie haben noch nicht einmal Wegezoll verlangt.«

Tasil nickte. »Gut beobachtet, Kröte, aber für den Augenblick soll es mir recht sein. Ich will nicht noch eine Nacht im Nassen schlafen.«

Da war Maru mit ihm einer Meinung. Sie ritten seit Tagen durch Awi, und Maru verstand jetzt, warum man es das *Wasserland* nannte. Wenn es nicht regnete, nieselte es, und wenn es nicht nieselte, schüttete es wie aus Eimern. Wenn es wirklich einmal weder schüttete noch regnete, noch nieselte, dann dampfte die Luft in brütender Hitze, und das Atmen fiel schwer. Es wurde dann so unerträglich schwül, dass man sich bald wünschte, es würde wieder regnen. Überhaupt schien es in Awi mehr Wasser als Land zu geben. Jedem See folgte ein Teich oder Tümpel, und wenn man einen Bachlauf überquert hatte, wartete sicher schon der nächste Fluss, den man durchschwimmen musste. Und das »Land« schien nur aus Morast, Sümpfen, Mooren und Marschen zu bestehen. Es war ein Wunder, dass hier überhaupt Menschen leben konnten – und wollten.

Die Edhil-Säule tauchte vor ihnen auf. Sie war aus Holz, schmal und mit vielen Zauberzeichen verziert. Skefs Haus war nicht zu verfehlen. Es war mit Abstand das größte am Platz, der die Säule umgab. Skef selbst entpuppte sich als einsilbiger, aber freundlicher Mann, der ihre Pferde ohne Umstände unter seiner Hütte unterbrachte. Der Stall war geräumig, und der Boden seiner Hütte lag hoch genug für ihre Reittiere. Er verlangte nur ein Segel Kupfer für jedes Pferd und jede Nacht. Tasil gab ihm für die erste Nacht drei, woraufhin Skef anbot, die Tiere auch noch selbst mit Stroh trockenzureiben. Er schickte Tasil und Maru dann weiter zu Hiri, einer Frau, die fast genauso breit wie hoch war. Auch sie erwies sich als freundlich. »Wir haben nicht oft Gäste in unserem Dorf, und eine richtige Herberge gibt es gar nicht. Aber ich hoffe, ihr seid zufrieden mit dem, was ich euch anbieten kann«, schnaufte sie kurzatmig, als sie ihnen ihr Nachtlager zeigte.

Missmutig betrachtete Tasil ihre Unterkunft. Er legte unter normalen Umständen großen Wert auf eine eigene, abgeschiedene und vor allem verschließbare Kammer. Aber hier gab es nur offene, hölzerne Verschläge. Maru war das gleich, Hauptsache, es war trocken. Hiri hatte Tasils Blick gesehen und richtig gedeutet. »Es tut mir leid, wir sind nicht für hohen Besuch eingerichtet. Wie gesagt, es kommen nicht oft Reisende hierher. Früher habe ich hier meine Ziegen gehalten, aber dann ist mein Mann, dieser Narr, ertrunken.« Hiri seufzte, fuhr aber fort: »Und was für meine Ziegen gut war, kann doch für Menschen nicht schlecht sein, oder?«

»Und wo sind die Ziegen jetzt?«, fragte Tasil, der versuchte, Hiris Gedankensprüngen zu folgen.

»Ich habe sie meiner Ältesten geschenkt. Was soll ich alte Frau mich noch mit den störrischen Viechern abplagen?«

»Wir sind wohl nicht die einzigen Gäste«, sagte Tasil, der sich die anderen Verschläge ansah.

Auch Maru hatte gesehen, dass dort Decken ausgebreitet waren. Ein großer Akkesch-Schild lehnte an einer hölzernen Wand.

»Ja, mit euch sind es jetzt acht«, sagte Hiri. »So viele Fremde waren hier seit Jahren nicht mehr.«

Hiri bot ihnen auch etwas zu essen an, riet ihnen aber, zuerst zum Samnath zu gehen: »Dort sitzt der Rat der Ältesten und des Edalings, und sie mögen es nicht, wenn sich Fremde nicht gleich bei ihnen melden.«

»Was ist ein Edaling?«, fragte Maru.

»Oh, er ist der Wächter des Schreins und der Hüter der Riten. Er wohnt im Haus der Ahnen, und er ist derjenige, der für uns mit ihnen spricht.«

»Also ein Priester?«, fragte Maru.

»Wenn du so willst. Aber eigentlich trifft es das nicht. Schon gar nicht bei Hana.« Hiri schien nicht allzu viel von ihm zu halten. »So ist das eben mit alten Bräuchen. Manchmal folgt man ihnen einfach zu lange. Sein Großvater war Edaling, und sein Vater auch. Und dann eben Hana. Na ja, du wirst ihn kennen lernen. Ihn und die anderen.«

Maru hängte ihre Sachen zum Trocknen über die niedrigen Bretter des Verschlags.

»Gibt es hier einen Tempel?«, fragte Tasil unvermittelt.

»Einen Tempel? Es gibt das Schreinhaus für Dhanis, wo wir ihn und unsere Ahnen verehren, aber einen Tempel? Nein«, sagte Hiri.

»Kein Schirqu für die Hüter?«, fragte Maru erstaunt.

»Wozu? Die Hüter schlafen – warum sollten wir sie mit unseren Gebeten belästigen? Wir verehren Edhil, den Schöpfer der Welt, und Dhanis, den Vater unseres Landes. Andere Götter brauchen wir nicht«, sagte Hiri. Dann schlug sie sich auf die Stirn: »Aber halt, wo habe ich meine Gedanken? Es gibt einen Tempel. Drüben, auf dem Festland. Den hat vor vielen Jahren ein Abeq aus Ulbai eigenhändig errichtet. Aber es wurde ihm bald zu einsam dort, und unser Wetter bekam seinem Schirqu nicht. Er ist eingestürzt. Ihr müsstet ihn gesehen haben, er liegt an der Weggabelung.«

Das war also der Tempel, an dem sie den Hakul getötet hatten. Tasil schien über die Auskunft enttäuscht zu sein.

Hiri half Maru, die Decke auszubreiten. Sie setzte ihren Gedankengang fort: »Es ist Regenzeit. Alle sitzen im Samnath und warten, dass Fahs die Schauer endlich weiterziehen lässt.«

Regenzeit – Maru fand, das war eine sehr angemessene Beschreibung. »Hört es denn irgendwann auf?«, fragte sie.

»Natürlich«, sagte Hiri lächelnd, »heute vielleicht nicht mehr, aber der Regenmond ist im letzten Viertel. In vier Tagen kommt der Neue Mond und …«, sie stockte plötzlich.

»Ja?«, fragte Maru.

»Nichts. Dann wird es trockener, und es kommt die Zeit der Aussaat. Sonst nichts«, sagte Hiri, die es plötzlich sehr eilig hatte, zurück ins Haus zu kommen. Sie ließ ihre Gäste einfach stehen, und dann hörten sie, wie sie schnaufend die schmale Treppe nach oben hinaufstieg.

»Ist das nicht eigenartig, Onkel?«, fragte Maru, als die Tür oben ins Schloss fiel.

Tasil antwortete mit einem Achselzucken: »Awier«, sagte er dann, »ein seltsames Volk. Es heißt, sie seien vom selben Blut wie die Dhanier, vielleicht stimmt das. Auf jeden Fall aber ist dies das Dorf, das ich gesucht habe.«

Maru runzelte die Stirn. Das Dorf sah armselig aus. Was wollte Tasil hier? Sie hatte ihn unterwegs danach gefragt, aber wie immer keine befriedigende Antwort bekommen.

Sie zogen trockene Kleider an. Maru musste lächeln, als sie in ihr graublaues Garwan schlüpfte. Es war eigentlich nichts Besonderes, ein schlichtes ärmelloses Gewand, das knapp über den Knien endete und als einzige Zier einen schmalen Gürtel hatte. Aber es war noch nicht lange her, da hatte sie nur ein einziges Kleid besessen, und das hatte mehr von einem Sack als von einem Gewand gehabt. Jetzt besaß sie drei. Tasil hatte Wort gehalten. Als sie vom Grab Utus flohen, war ihr erstes Ziel eine Siedlung der Salzleute gewesen, wo Tasil ein Pferd und, wie versprochen, auch bessere Kleider für sie gekauft hatte. Sie waren dann nach Süden geritten, weiter durch das Land der Romadh, immer am Rand der Balas, der Salzwüste, entlang. Am Anfang hatte Tasil zur Eile getrieben. Doch nach und nach war klar geworden, dass sie nicht verfolgt wurden. Maru wusste inzwischen, dass man in Serkesch andere

Sorgen hatte. Krieg war ausgebrochen, und sie war froh um jede Stunde, die sie sich vom Reich entfernten. Über sein Ziel hatte sich Tasil lange in Schweigen gehüllt. Er schien etwas abzuwägen und führte Selbstgespräche in dieser Zeit. Schließlich waren sie in den Vorbergen der Imuledh angekommen. Hier hatte er eines Morgens die großen Leinensäcke mit der Beute aus dem Grab Utu-Hegaschs geschultert und war zwischen den Felsen verschwunden. Maru hatte einen ganzen Tag gewartet. Dann war Tasil zurückgekommen – ohne die Säcke. Wo er sie versteckt hatte, oder zu welchem Zweck, darüber schwieg er sich aus. Bis dahin hatten sie ein bequemes Leben geführt, sie hatten weder stehlen noch irgendwelche Gräber ausrauben müssen, und hatten sich vom Reich der Akkesch ferngehalten. Das änderte sich nun. Tasil nahm den Weg nach Aurica, und das gehörte dem Kaidhan. In Aurica gab es nicht viel, außer Schafherden, armseligen Dörfern, Wind – und Hügelgräbern. Die waren alt, sehr alt. Tasil hatte ihr gezeigt, wie man einen Raubschacht so anlegte, dass er nicht über einem zusammenfiel, und wie man die Steinmauern des eigentlichen Grabes öffnete, ohne das, was dahinter lag, zu beschädigen. Trotz seiner Umsicht und Erfahrung war die Ausbeute mager gewesen. Manche Gräber waren schon geplündert. In den anderen fanden sie oft nur alten Bronzeschmuck, den sie einschmelzen mussten, weil er sie sonst verraten hätte. Es gab weder Silber noch Eisen in diesen alten Gräbern. Es war mühselig und enttäuschend. Tasils Laune hatte sich von Tag zu Tag verschlechtert. Und dann hörten sie das Gerücht: Fremde Reiter seien aufgetaucht, in schwarzen Mänteln und mit schrecklichen Masken statt Gesichtern. Und sie suchten nach einem Mörder, einem Grabschänder, einem Südländer, der mit einem grünäugigen Mädchen reiste. Die Hakul hatten ihre Spur gefunden! Und so war aus ihrer Wanderung wieder eine Flucht geworden. Zuerst waren sie nach Süden geflohen, doch dann, eines Morgens, hatte Tasil eine neue

Richtung eingeschlagen. Das war in einer Hafenstadt am Schlangenmeer gewesen, nach einem Abend, an dem sich Tasil lange mit einem Mann aus Ulbai, einem Schreiber, unterhalten hatte. Aber natürlich hatte er ihr nicht verraten, worüber er mit diesem Mann gesprochen hatte.

»Trödel nicht, Kröte, wir werden erwartet«, riss sie Tasil schließlich aus ihren Gedanken.

Es war inzwischen dunkel geworden, und der Regen hatte etwas nachgelassen. Das Samnath lag in der Mitte der Insel, an ihrem höchsten Punkt. Es war ein großes Gebäude mit dem üblichen, dick gedeckten Schilfdach. Seine Holzwände waren durch viele schmale Schlitze unterbrochen. Lichtschein drang nach draußen. Drinnen sprach jemand, es war der typische Tonfall eines Erzählers. Maru blieb stehen. Diese Stimme… »Hörst du das, Onkel?«

Tasil runzelte die Stirn. »Es klingt zumindest sehr ähnlich.«

Als Maru über die Schwelle trat, war sie sich schon sicher. Einige Laternen erhellten das Samnath, aber ihr Licht war schwach und der Saal voller Schatten. Viele Menschen waren dort versammelt, Männer zumeist, die alle gebannt in die Mitte des Raumes starrten. Dort stand er: Biredh! Der blinde Erzähler gab eine seiner Geschichten zum Besten. Maru war so überrascht, ihn hier zu treffen, dass sie zunächst gar nicht darauf achtete, was Biredh zu erzählen hatte. Er war in seinem Element. Seine Stimme schien wie ein lebhafter Vogel durch die Halle zu flattern. Die Zuhörer hingen an seinen Lippen. Und jetzt nahm auch Maru den Faden der Geschichte auf. »… und sie kämpften wie Löwen, Malk Numur und Immit Schaduk«, erzählte Biredh. »Unter dem Tor des Brond stießen die beiden Recken zusammen. Und um sie herum stand die Stadt in lodernden Flammen.«

Maru traute ihren Ohren nicht. Biredh berichtete aus Serkesch!

»Und Numur durchbohrte zehn Krieger aus Ulbai mit seiner Lanze, und Schaduk erschlug zehn Männer Numurs mit seinem Schwert. Endlich aber standen sie einander gegenüber.«

Maru konnte nicht glauben, was sie da hörte: Der Immit? Gekämpft wie ein Löwe? Dieser schmächtige alte Mann war doch wohl kaum in der Lage gewesen, ein Schwert zu führen, und sicher war er außer Stande, Männer damit zu erschlagen. Sie erinnerte sich an das Bild, das der Daimon ihr gezeigt hatte: Schaduk, der halb verbrannt unter dem Tor gelegen hatte, und seine Frau, die schöne Umati, die verwundet zwischen toten Kriegern stand. Biredh nahm sich für seine Erzählung offenbar einige Freiheiten heraus.

»Und der Immit holte zu einem gewaltigen Streich aus und sprang auf Numur los, und mit seinem Hieb zerschmetterte er den Schild des Malk.« Ein Aufschrei lief durch die gebannt lauschende Menge. »Aber dabei zerbrach nicht nur der Schild, auch das Schwert zersprang in des Immit Hand! Und so stand er Numur gegenüber, ohne Schwert, mit zerfetzter Rüstung. Ein wehrloser Mann. Doch Numur ist nicht von jener Art, die Mitleid kennt. Er hob den siegreichen Speer seiner Ahnen und durchbohrte den Leib seines Feindes.«

Wieder erklangen Schreie. Die Spannung im Saal war mit Händen zu greifen.

»Und Schaduk brach zu Füßen des Abtrünnigen zusammen. Sterbend aber sagte er zu Numur: ›Edler Malk, du hast meine Krieger getötet und nun auch mich überwunden, aber was ist dein Sieg wert? Sieh, deine Stadt steht in Flammen, und ihre Mauern zerbersten. Bald schon wird nichts von ihr übrig sein als Asche und Staub.‹ Und dann starb Immit Schaduk.«

Maru glaubte, vereinzelt leises Schluchzen zu hören.

»Und Malk Numur blickte sich um und sah, dass der Immit wahr gesprochen hatte. Da packte ihn große Wut. Er hob den

Speer mitsamt dem gewaltigen Leib des Immit auf und rief: ›Soll es so sein, dass ich einen Sieg erringe, der mir nun unter den Händen zerrinnt? Hört keiner meiner Ahnen die Klagen meiner Stadt? Will keiner meiner Vorfahren eine Hand für Serkesch rühren, die Stadt, die wir, aus dem Hause Hegasch, mit unseren eigenen Händen gebaut haben?‹ Und mit diesen Worten rammte Numur den Speer seiner Vorfahren in die Erde, dass sie erbebte! Da erhörten seine Vorfahren sein Flehen, denn dort, wo Numur noch am selben Morgen den Körper seines geliebten Vaters zur ewigen Ruhe gelegt hatte, da erzitterte der Fels, und plötzlich brach er auf – und aus dem Grab von Raik Utu spie das Gestein eine große Woge Wassers hinaus! Und der Bach, der Jahrhunderte versiegt war, er sprudelte wie nach einem großen Regen! Das Wasser strömte durch das Tal der Gräber und hinaus zur Stadt Serkesch. Und es wird erzählt, dass Utu die Toten aus den Gräbern erweckte und sie aussandte, um die tausend Brände in der Stadt zu löschen. Denn als alle Flammen erstickt waren, da fand man viele Knochen auf den Straßen. Und die Serkesch fragten: ›Wie kann das sein? Woher kommt dieses Wasser, und wie konnten die Toten uns helfen?‹ Und Malk Numur antwortete: ›Habt ihr es nicht gesehen? Utu, mein Vater, Ahngott der Stadt, hat sich erhoben. Er hat die Toten zu Hilfe gerufen und uns Wasser gebracht in der Stunde der Not. Wahrhaftig – er ist ein Gott.‹ Da rief ein Fischer: ›Ich habe den Leib des Ahngottes gesehen. Er trieb mit dem Wasser hinaus auf den Dhanis und fort nach Süden.‹ Da traten die Priester aller Tempel zusammen. Sie deuteten die Zeichen und einig waren sie, wie nie zuvor. Der Oberste von ihnen, Mahas, der Diener Strydhs, sprach: ›So ist es der Wille von Gott Utu, dass wir seinem Leib nach Süden folgen und nehmen, was uns zusteht. Denn in Ulbai verehren sie Strydh nicht und sie lachen über ihn. Aber Utu, Strydhs Diener, wird ihnen das Lachen austreiben.‹ Und keiner war in Serkesch, der an seinen Worten zweifelte. Also nahmen sie ihre Schwerter und Schilde und zogen in den Krieg. Ihr Gott Utu aber schritt ihnen voran, und als die Akkesch aus Ulbai seiner angesichtig wurden, da warfen sie ihre Waffen fort und flohen. Und seither folgen die Serkesch ihrem neuen Gott den Fluss hinab – und schreiten von Sieg zu Sieg zu Sieg.«

Betretene Stille hatte sich im Samnath ausgebreitet.

»Er ist immer noch ein guter Erzähler«, murmelte Tasil anerkennend.

»Aber Onkel!«, flüsterte Maru, »das Wasser … aus dem Grab – das waren doch wir!«

Tasil betrachtete sie mit einem durchdringenden Blick. »So? Waren wir das? Es geschah doch erst, als ich das Grab schon verlassen hatte. Was genau ist eigentlich damals geschehen, Kröte?«

Das war nun eine Frage, die Maru auf keinen Fall beantworten wollte.

»Ich danke dir, alter Mann, du hast den Kindern Angst gemacht«, sagte eine höhnisch klingende Stimme vom Kopfende des Samnath. Dort, auf den Ehrenplätzen, saßen vier Männer. Es waren wohl die Ältesten, von denen der Wächter gesprochen hatte. Drei waren im Greisenalter, oder kurz davor, aber einer war viel jünger, sicher kaum dreißig. Er war dicklich und rotgesichtig, und er war es, der gerade gesprochen hatte.

»Man hat mich gebeten, davon zu erzählen, also erzähle ich, Edaling Hana«, entgegnete Biredh würdevoll.

»Diese neuen Geschichten gefallen mir nicht. Hast du keine besseren? Welche aus der Alten Zeit oder vom Helden Tiuf? Etwas, das wir kennen, das uns aufheitert an diesem verregneten Tag und in dieser schweren Zeit.«

»Was ist, fürchtest du dich etwa?«, fragte Biredh lächelnd.

Der Mann, den Biredh als Edaling Hana bezeichnet hatte, wurde wütend. »Du sitzt als Bettler auf meiner Schwelle, Alter, du solltest dein Mundwerk im Zaum halten.«

Einer der Älteren, der neben ihm saß, legte dem Edaling beruhigend eine Hand auf den Arm und deutete mit einer Kopfbewegung zur Tür. »Willst du unsere neuen Gäste nicht begrüßen, Hana?«

Der Edaling reckte seinen Kopf, um zu sehen, wer da in der Tür stand. Tasil trat einen Schritt vor. »Ich grüße die Anwesenden, und vor allem die ehrwürdigen Ältesten und den Edaling dieses Dorfes. Ich bin Tasil aus Urath. Ich danke für die Gastfreundschaft, die uns hier erwiesen wird.«

Maru spürte mit Unbehagen, dass sich aller Augen in der Halle allein auf sie richteten.

»Urath, wie? Liegt das im Norden?«, fragte der Edaling, der ebenfalls sie und nicht Tasil anstarrte.

»Im Süden, weit im Süden«, sagte Tasil.

»Wenn deine Absichten friedlich sind, bist du uns willkommen, Fremder«, sagte der Älteste, der Hana auf ihr Eintreten hingewiesen hatte. Er war fast kahl. Nur ein schütterer grauer Haarkranz umrankte seinen Schädel. »Ich bin Skeda, Ältester dieses Dorfes.«

Rechts neben Skeda saß ein weißhaariger Mann, der scheinbar gedankenverloren dabei war, mit geschickten Fingern ein dünnes Seil zu drehen. Er richtete jetzt das Wort an Tasil: »Wer ist das Mädchen da, an deiner Seite?«

»Das ist meine Nichte, Maru«, erklärte Tasil.

Ein Raunen ging durch den Raum. Köpfe wurden zusammengesteckt, und Menschen flüsterten einander leise zu.

»Sie sieht nicht aus, als wäre sie von deinem Volk, Urather«, sagte der Alte.

»Das kommt daher, dass nur ihre Mutter, meine Schwester, Uratherin war. Leider ist sie kurz nach der Geburt gestorben. Ihr Vater war ein Farwier, der aber schon vor ihrer Geburt …«

Weiter kam Tasil nicht, denn hinter einer Säule der Halle sprang jemand auf: »Ein Farwier, sagst du?«

Maru hatte den Mann bislang nicht bemerkt, und das war nur zu erklären, weil er im Halbschatten hinter der Säule gesessen hatte. Sonst war er schwerlich zu übersehen: Er war jung, zwar nicht sehr groß, aber breitschultrig, und seine Haut war von Kopf bis Fuß blassblau bemalt und mit dunkelblauen Zauberzeichen geschmückt, wie es in seiner Heimat, dem westlichen Waldland, Sitte war. Kein Zweifel: Er war so sicher ein Farwier, wie es Marus richtiger Vater nicht war.

»Wie war sein Name?«, fragte der Farwier jetzt.

Falls Tasil überrascht war, dass seine kleine Lügengeschichte so unerwartet auf den Prüfstein gestellt wurde, ließ er es sich nicht anmerken. »Er hieß Aiol, so hat meine Schwester es mir jedenfalls erzählt. Ich selbst habe ihn nie zu Gesicht bekommen. Wie gesagt, er verschwand vor Marus Geburt.«

Der Farwier schien enttäuscht zu sein. »Ich kenne niemanden dieses Namens«, sagte er im Ton des Bedauerns und setzte dann hinzu: »Aber ich freue mich, hier, in der Fremde, eine Tochter meines Volkes zu treffen.« Dabei deutete er eine Verbeugung an, die Maru unsicher erwiderte. Dann setzte er sich wieder. Sein Platz war inmitten einer kleinen Gruppe, die offensichtlich nicht zu diesem Dorf gehörte. Diese Leute wirkten kriegerisch. Einer mochte von der Kleidung, oder vielmehr Rüstung her ein Akkesch sein, ein anderer ein Kydhier. Die beiden Männer, die hinter dem Farwier saßen, konnte Maru keinem Volk zuordnen. Das waren wohl die Fremden, die Hiri erwähnt hatte.

Der Älteste ergriff wieder das Wort. Die Unterbrechung schien ihn verärgert zu haben. »Der Torwächter berichtete, dass du nicht auf Brautreise bist, Urather, ist das so?«

Tasil zögerte einen Augenblick, bevor er fragte: »Verzeih, aber wie ist dein Name, ehrwürdiger Ältester dieses Dorfes?«

»Man nennt mich Taiwe.«

»Ich danke dir für deinen Namen, Taiwe, doch gestehe ich, dass deine Frage mich befremdet. In meiner Heimat ist es nicht üblich, nach dem Stand einer Frau zu fragen, die in Begleitung reist.«

Das war eine echte Tasil-Antwort, wie Maru sie so oft gehört hatte. Er wich aus, immer unwillig, etwas über sich und seine Absichten zu verraten.

»Ich kenne die Gebräuche deiner Heimat nicht, Fremder«, erwiderte Taiwe kühl, »ich kann dir aber sagen, dass es in diesem Dorf als unhöflich gilt, unsere Gastfreundschaft in Anspruch zu nehmen, aber die Frage eines Ältesten nicht zu beantworten! Dein Zögern lässt uns außerdem annehmen, dass du vielleicht selbst Absichten bei deiner Nichte ...«

Das saß. Es war eine der seltenen Gelegenheiten, bei denen Maru erlebte, dass Tasil die Beherrschung verlor. Er fuhr auf: »Du unterstellst mir Blutschande? Ist es bei euch üblich, einen Gast zu beleidigen?«

Taiwe zuckte mit den Schultern. »Keineswegs, Tasil aus Urath, doch verstehe ich nicht, warum du eine einfache Frage nicht beantworten willst.«

Tasil biss sich unruhig auf die Lippen. Der Mann hatte ihn mit wenigen Worten in die Ecke getrieben. Maru konnte die Blicke der Dorfbewohner sehen. Das Wort »Blutschande« hing schwer über der Versammlung. Tasil gab klein bei: »Nun, sie ist meine Nichte. Sie begleitet mich auf meinen Reisen, weil sie sonst keinerlei Familie hat. Und wenn du es unbedingt wissen musst, dann sage ich dir, dass ich nicht vorhabe, sie in Ulbai zu verheiraten. Und auch anderswo nicht!« Dann hatte Tasil den Schlag verdaut und war selbst wieder bereit auszuteilen: »Aber wenn ich sie je einem Mann gebe, ehrwürdiger Taiwe, dann sicher nicht dir, denn du bist wirklich viel zu alt für sie.«

Die Spannung im Saal löste sich in Gelächter. Für den Augenblick war die ungeheure Unterstellung Taiwes vergessen. Doch nicht alle im Saal lachten. Maru sah eine Frau, die eindringlich auf den Edaling einflüsterte. Hana schien unwillig zuzuhören, aber dann errötete er, als sei er bei irgendetwas ertappt worden. Für einen kurzen Augenblick starrte die Frau Maru an. Ihr Blick war stechend, und Maru sah einen Zug um die Mundwinkel, der nach Verbitterung aussah. Dann verschwand ihr Gesicht wieder in den Schatten, aus denen es eben aufgetaucht war. Sie sah jemandem ähnlich, aber Maru kam nicht darauf, wem.

Der Edaling hob die Hand, um das Gelächter zu beenden. Dann ergriff er das Wort. »Es ist wirklich seltsam, Taiwe, dass du unserem Gast diese Frage stellst. Es ist nicht von Bedeutung, ob dieses Mädchen einem Mann versprochen ist oder nicht.«

Taiwe lehnte sich auf seinem Schemel zurück, wie um Abstand von Hana zu gewinnen, und sagte kalt: »Dass dir – und deiner Frau – diese Sache nicht wichtig ist, ist mir klar. Doch noch brauche ich deine Erlaubnis nicht, um hier Fragen zu stellen.«

»So habe ich das nicht gemeint«, sagte Hana, was einigermaßen hilflos klang. Maru verstand allmählich, warum Hiri so abfällig über den Edaling gesprochen hatte.

Es saß noch ein dritter Ältester am Ehrentisch. Er ergriff jetzt das Wort und sagte mit heiserer Stimme: »Gibt es keine Geschichten mehr? Haben wir nicht einen Erzähler hier?«

Im Samnath wurde vereinzelt gelacht, und Maru hörte, wie jemand zu seinem Nachbarn raunte: »Ausgerechnet Wifis will noch eine Geschichte hören? Der ist doch so taub wie ein toter Wasserbaum.«

Skeda nickte. »Wifis hat Recht! Wollen wir den Abend wirklich mit fruchtlosen Streitereien verbringen – oder doch lieber noch eine Geschichte hören? Wir haben neue Gäste. Schafft ihnen Platz, und reicht ihnen Brot, Salz und einen Krug Wasser. Wir haben einen Erzähler unter uns, der sicher noch die eine oder andere Sage weiß, um uns die trüben Gedanken zu vertreiben! Tasil und Maru aus Urath, ihr seid willkommen. Der Segen unseres Dorfes sei mit euch!«

Ein Junge führte sie durch den Saal zur Gruppe der Fremden. Als sie an Biredh vorbeigingen, nickte der ihnen schweigend zu. Sein Gesicht mit den leeren Augenhöhlen blieb dabei ausdruckslos. Wenn er sich freute, sie zu treffen, ließ er es sich nicht anmerken. Der Farwier bedeutete den anderen, enger zusammenzurücken, um auf der langen Holzbank Platz zu schaffen, und er nötigte Maru, sich neben ihn zu setzen. Maru war froh, dass der blinde Erzähler jetzt wieder das Wort ergriff. Es wäre sehr unhöflich gewesen, sich während seiner Geschichte zu unterhalten. So gewann sie Zeit, sich etwas zu überlegen, denn der Farwier schien beinahe umzukommen vor Neugier.

Biredh erzählte eine Geschichte vom beliebten Helden Tiuf. Das waren meist harmlose, hintergründige Geschichten, bei denen es immer etwas zu lachen gab. Dieses Mal wurde der Held von einem reichen Mann gerufen, dem ein riesiger Eber die Felder verwüstete. Der Reiche besaß jedoch nicht nur viele fruchtbare Felder, sondern hatte auch zwei liebreizende Töchter, die sich, wie es stets geschah, unsterblich in Tiuf verliebten. Und so kam es, dass sich der strahlende Held lieber abwechselnd mit beiden Töchtern vergnügte, anstatt auf die Jagd zu gehen. Es war eine Geschichte voller Zweideutigkeiten, die die Kinder nicht verstanden. Sie wunderten sich nur, warum ihre Eltern so schallend lachten. Und auch Maru wunderte sich. Denn sie sah, dass diesem Gelächter die Heiterkeit fehlte. Irgendeine dunkle Wolke schien auf dem Samnath zu lasten, und die Menschen versuchten beinahe verzweifelt, sich ablenken zu lassen. Biredh gab sein Bestes. Er ließ den Held strahlen, und die Töchter gurren. Alles schien leicht und fröhlich. Schließlich wollte es das Schicksal, oder vielleicht auch nur der Erzähler, dass Tiuf sich mit beiden Töchtern zur selben Zeit im Garten verabredete, was kein guter Einfall war. Der folgende, laute Streit der beiden Frauen rief zuerst den wütenden Vater, dann den wilden Eber auf den Plan. Biredh schilderte anschaulich, wie sich alle, Vater, Töchter und Held, voller Angst in eine morsche Eiche retteten. Tiuf kletterte aber auf einen großen Ast, der so verfault war, dass er unter seinem Gewicht brach. Der Held stürzte mit dem Ast in die Tiefe und genau auf den gefürchteten Eber, der von der Masse aus Mann und Holz erschlagen wurde.

»Und so kam es«, schloss Biredh, »dass der Reiche für sein Silber nicht nur vom wilden Eber befreit, sondern neun Monde später, als der Held Tiuf längst in der Fremde neue Abenteuer bestand, gleich zweimal Großvater wurde.«

Es wurde viel gelacht, als die Geschichte zu Ende war. Dann begann die Versammlung, sich aufzulösen. Eltern schleppten ihre zeternden Kinder heim, Frauen holten ihre unwilligen Männer ab. Der Regen hatte nachgelassen. Für Maru gab es jetzt kein Entkommen mehr. Der Farwier, sein Name war Bolox, bestürmte sie mit Fragen. Er war noch recht jung, vielleicht zwanzig, und sehr neugierig. Maru hatte sich in der Zwischenzeit an Tasils Rat erinnert, bei einer Lüge immer möglichst nah an der Wahrheit zu bleiben. Und so erzählte sie dem enttäuschten Farwier, dass sie leider keinerlei Erinnerung, weder an Vater noch an Mutter hatte. Und leider wusste sie auch fast gar nichts über das ruhmreiche Volk der Farwier. Beides entsprach so ziemlich der Wahrheit. Ihre Erinnerungen an ihre Eltern waren wirklich verblasst. Da war nur das, was Jalis, der Maghai, ihr in einem Wachtraum gezeigt hatte. Der Geruch ihrer Mutter, das Stoppelfeld, über das sie gerannt war, und die kleine bronzene Schlange, die vermutlich ihrem Vater gehörte, der vielleicht, auch wenn Jalis selbst es kaum hatte glauben wollen, ebenfalls ein Maghai gewesen war.

»Ich verstehe«, entgegnete Bolox, »und ich sehe, dass dein Vater dich auch nichts lehren konnte über den Schutz vor den Gefahren dieser Welt.«

»Wie meinst du das?«

»Vielleicht ist das in diesen Gegenden anders, doch in der Heimat wissen wir um die Geister, die in den Bäumen und Steinen wohnen. Unsere Wälder sind groß und dunkel, und nur unsere Äxte verschaffen uns Licht. Siehst du diese Zeichen?« Er deutete auf die dunkelblauen Linien, die seinen Körper schmückten. »Sie verhindern, dass uns die Geister der gefällten Bäume nachstellen. Wenn du willst, kann ich dich lehren, sie zu verwenden.«

»Später vielleicht«, murmelte Maru. Es lag etwas in den Augen des jungen Farwiers, das ihr nicht gefiel. Sie war froh, dass sich jetzt Biredh ihrer Gruppe näherte. Sie sprang auf. »Ich grüße dich, Biredh, nimm meinen Platz.«

»Sei auch du mir gegrüßt, Maru Nehis. Du bist weit von deiner Heimat entfernt.«

»Ja, Urath ist weit«, sagte Maru schnell.

»Ihr kennt euch?«, fragte Bolox überrascht.

»Wer kennt den berühmten Erzähler Biredh nicht?«, warf Tasil ein, der hinter Bolox saß.

»Ich kannte ihn bislang nicht, und das bedaure ich zutiefst«, sagte der Alte, den Maru für einen Akkesch hielt. Sein bronzener Brustharnisch und ebensolche Arm- und Beinschienen ließen keinen Zweifel daran, dass er ein Krieger war. Er war grauhaarig, und es schien, als sei ihm die Rüstung etwas zu groß. Vielleicht hatte sie ihm besser gepasst, als er jünger und kräftiger gewesen war. Maru fragte sich, warum er sie an diesem friedlichen Ort nicht abgelegt hatte.

»Ich danke dir für deine freundlichen Worte, Ulat«, erwiderte Biredh bescheiden lächelnd. In seinen leeren Augenhöhlen tanzten die Schatten, und Maru fragte sich wieder einmal, wie er seine Augen verloren hatte.

»Es war mir leider nicht vergönnt«, sagte Ulat, »denn, wie ihr wisst, war mein Platz stets dort, wo gekämpft wurde, in vorderster Linie, in den Hlain Mukas. Da war wenig Zeit für Zerstreuung, und nie verirrte sich ein Erzähler in diese gefährliche Gegend.«

Maru kannte die Hügelkette, von der der Akkesch sprach. Sie überragte die weite Ebene der Fal-Hajd, wo seit Menschengedenken um Weiden gestritten wurde. Erst hatten dort die Budinier gegen die Kydhier gekämpft, und als diese von den Akkesch besiegt worden waren, setzten jene den Krieg fort. Maru wusste aber auch, dass diese Kämpfe seit vielen Jahren fast nur noch ein Ritual waren. Man zog in den Krieg, wenn die Felder abgeerntet, die Jungtiere selbständig und die Männer gelangweilt waren. Dann marschierten kleine Heere kreuz und quer durch die staubige Ebene, und nur manchmal kam man sich so nah, dass tatsächlich gekämpft werden musste. Wirklich blutig waren diese Scharmützel schon lange nicht mehr. Es reichte gerade, um hinterher, an langen Winterabenden, ein paar Geschichten zu erzählen.

»Was hat dich bewogen, deinen so gefährlichen Platz jetzt zu verlassen?«, fragte Tasil mit spöttischem Unterton.

Der Akkesch sah ihn scharf an. »Du weißt vielleicht, Urather, dass wir Krieg haben und dass der Feind nach Ulbai vorstößt. Was soll ich da noch in den Mukas? Ich war nicht der Einzige, der unseren Schab aufgefordert hat, unseren sinnlos gewordenen Posten zu verlassen, um dort hinzugehen, wo Krieger ihren Mut beweisen können. Dieser Feigling wollte davon jedoch nichts wissen. Also habe ich, mit diesem tapferen jungen Kydhier hier, unserer Ansai den Rücken gekehrt, um mich dem Heer des Kaidhans anzuschließen.« Bei diesen Worten deutete er auf den jungen Mann an seiner Seite. Der Kydhier errötete.

»Du solltest vielleicht nicht verschweigen, Ulat, dass du dir davon eine fette Belohnung erhoffst«, warf einer der beiden Männer ein, die Maru bislang keinem Volk hatte zuordnen können. Er war hager, braungebrannt und von einer tiefen Narbe auf der linken Wange gezeichnet.

»Ich bin kein Söldner, Iaunier«, entgegnete Ulat scharf.

»Ich schon«, erwiderte der andere gelassen.

Maru kannte dieses Volk bisher nur vom Hörensagen. Die Iaunier lebten in großen Städten am nordwestlichen Rand des Schlangenmeeres. Sie galten als gerissene Händler, kühne Seefahrer und – gewissenlose Räuber.

»Ich bin Meniotaibor aus Pleigos«, stellte sich der Iaunier jetzt vor. »Ich war Rudermeister eines schnellen Schiffes, doch das Schicksal war uns nicht wohlgesinnt. Ein schwerer Sturm hat uns erwischt, und unser Schiff ging auf einer Sandbank verloren. Meine Gefährten beschlossen, sich zu Fuß in die Heimat durchzuschlagen, doch ich wollte nicht mit leeren Händen heimkehren. Ich suchte eine Möglichkeit, etwas Silber zu verdienen, und wie man hört, verspricht Luban-Etellu reichen Lohn. Der Schweigsame hier an meiner Seite ist Vylkas, ein Dakyl aus den Wolfsbergen. Wir trafen uns unten an der Küste und wanderten gemeinsam hierher.«

»Dann seid ihr alle hier, um für Luban zu kämpfen?«, fragte Tasil.

»So war es gedacht«, bestätigte Meniotaibor.

Ulat sah missmutig drein und sagte: »Aber wir kämpfen aus unterschiedlichen Gründen, damit du es weißt, Urather.«

»Mir ist gleich, weshalb ihr für den Kaidhan streiten wollt«, antwortete Tasil, »doch gestattet mir eine Frage: Warum seid ihr in diesem Dorf und nicht in Ulbai, das doch keinen Tag entfernt liegt?«

Meniotaibor lächelte: »Nun, Urather, die Nachrichten, die wir aus Ulbai erhalten, sind widersprüchlich. Es ist sicher, dass der

Kaidhan viele tapfere Krieger braucht, um seine Stadt zu verteidigen, weit weniger sicher ist jedoch, dass er sie auch bezahlen kann. Vor allem, wenn er, und danach sieht es aus, diesen Kampf verlieren sollte. Es ist für einen Fürsten immer viel leichter, guten Lohn zu versprechen als auszuzahlen.«

»Auch ich habe gehört, dass der Krieg nicht gut für Luban läuft«, sagte Tasil.

»Du hast Nachrichten von den Kämpfen?«, fragte der Akkesch. »Das ist gut, denn wir haben seit Tagen nichts gehört.«

»Ich bezweifle, dass ich Neues zu berichten weiß, doch heute traf ich auf dem Weg einen Richter, der aus Ulbai geflohen war.«

»Ein Richter, der vor Numurs Heer flieht? Zu meiner Zeit hatten diese Männer mehr Rückgrat«, meinte Ulat abfällig.

»Er floh nicht vor Numur, ehrenwerter Akkesch. Vor Luban ist er geflüchtet. Er beklagte sich bitterlich, dass das Gesetz in Ulbai nichts mehr gelte. Alle Männer würden ohne Ansehen von Stand und Abstammung zum Heer eingezogen. Die Werber streifen durchs Land und locken Bauern und Fischer mit falschen Versprechen ins Heer. Und wer nicht überredet werden kann, wird gezwungen. Er beklagte auch, dass sogar Kydhier jetzt Akkesch befehligten.«

»Die Zeiten ändern sich wohl«, brummte Ulat kopfschüttelnd.

Tasil erzählte, was der Richter über die angeblichen Siege Lubans von Serkesch bis Esqu erwähnt hatte. Der Dakyl stieß einen verächtlichen Laut aus, und Meniotaibor, der Iaunier, grinste breit. »Ich verstehe. Ich kenne dieses Land nicht gut, aber wenn jede dieser Schlachten weiter südlich stattfand als die vorherige, sollte selbst ein Schwachkopf erkennen, was da vorgeht.«

»Es geht noch weiter, Numur soll schließlich auch Esqu vor einigen Wochen erobert haben, und jetzt sind nur noch die Sümpfe von Awi zwischen ihm und Luban.«

»Das passt zu dem, was ich hörte«, meinte Meniotaibor nachdenklich, »aber die Stadt liegt auf einem Hügel und soll gut befestigt sein. Mein Volk hat vor vielen Jahren vergeblich versucht, sie zu erobern. Der Stachel dieser Niederlage schmerzt uns noch heute.«

»Numur hat einen Gott auf seiner Seite. Ich weiß nicht, ob Menschen ihn aufhalten können«, meinte der Farwier mit Ehrfurcht in der Stimme.

Maru dachte an den neuen Gott der Serkesch. Wenn sie die Übertreibungen aus Biredhs Erzählung abzog, hatte sie eine klare Vorstellung davon, wie Utus Aufstieg begonnen hatte. Es war das Werk eines Daimons. Nur, dass es niemand außer ihr wusste.

»Ja, dieser Gott erfüllt die Herzen seiner Feinde mit Furcht, so viel steht fest. Der Richter erzählte, dass Luban bei Todesstrafe verbieten ließ, über ihn zu sprechen.«

»Viel von dem, was du erzählst, hörten wir schon selbst«, sagte Meniotaibor nachdenklich, »doch wenn Luban versucht, einen Gott mit einem Gesetz zu bekämpfen, dann muss es wirklich schlecht um seine Sache stehen. Es war wohl eine weise Entscheidung, den weiteren Verlauf der Dinge hier abzuwarten.«

»Ich verstehe dich nur zu gut, Iaunier«, meinte Tasil.

»Dass du es verstehst, hätte ich mir denken können, Urather«, warf Ulat verdrossen ein, und die Art, wie er jedes Mal das Wort »Urather« aussprach, zeugte von Verachtung. Maru wusste, dass die Akkesch nicht gut auf die Urather zu sprechen waren. Es ging um irgendeine verlorene Schlacht, weit im Süden und vor langer Zeit, bei der sie sich von ihren damaligen Verbündeten verraten fühlten.

Tasil ließ sich nicht aus der Ruhe bringen. »Ich verstehe also, dass diese Krieger ihre Haut nicht an eine verlorene Sache verkaufen wollen, aber was ist mit dir, tapferer Akkesch? Ist dein Platz nicht an der Seite deines Kaidhans? Für Ruhm und Ehre?«

»So ist es auch! Ich bin nur noch hier, weil ich versuche, diese

Männer zu überzeugen, mir nach Ulbai zu folgen. Aus keinem anderen Grund!«

»Ich folge dir überallhin, Ulat!«, rief der junge Kydhier plötzlich.

»Ich danke dir, Arbi, wenigstens auf dich ist Verlass«, sagte Ulat, woraufhin der Kydhier wieder verlegen errötete. Er war wirklich noch jung, und sein rundes Gesicht wirkte – Maru fand keinen besseren Ausdruck dafür – friedfertig.

Das Samnath hatte sich unterdessen geleert. Einige einzelne Männer saßen noch auf ihren Schemeln. Sie schienen wenig Lust zu haben, nach Hause zu gehen. Außerdem war da noch die Frau des Edalings, die ein paar Hocker geraderückte. Sonst waren außer den Fremden nur noch die Ältesten und der Edaling dort.

Hana trat jetzt zu ihnen an den Tisch: »Verzeih, Urather, dass unser Ältester Taiwe dich mit Fragen belästigt hat«, sagte er halblaut. »Er übertreibt es manchmal.«

»So, tue ich das?«, fragte Taiwe, der viel dichter hinter dem Edaling stand, als der wohl geglaubt hatte.

»Ja, das tust du!«, sagte Hana, der wütend herumfuhr. »Wir sollten unsere Gäste mit der schuldigen Ehrerbietung behandeln!«

»Nun, wenn du ihnen keine Fragen stellst, Hana – einer muss es ja tun«, entgegnete Taiwe trocken.

»Ich weiß alles, was ich wissen muss.«

»So? Dann bist du unter die Seher gegangen, scheint mir. Ich weiß nur, was Tasil in Ulbai *nicht* will. Er hat uns noch nicht gesagt, was seine Absichten sind.«

Hana biss sich auf die Lippen. Es war ganz offensichtlich, dass er Taiwe nicht gewachsen war. Aus den Halbschatten warf ihm seine Frau zornige Blicke zu.

»Das wollte ich ihn fragen«, sagte Hana lahm, »aber du hast mich unterbrochen.«

»Dann frage ihn jetzt!«

Tasil hatte den Streit aufmerksam verfolgt. Jetzt meldete er sich zu Wort. »Ich bitte euch, es wäre mir nicht recht, wenn es meinetwegen in diesem Dorf Zwist gäbe. Ich bin nur ein reisender Händler, der Waren und Nachrichten feilbietet. Und ich denke, in Ulbai besteht Bedarf an beidem.«

»Wenn der Torwächter Recht hat, dann reist du mit leichtem Gepäck. Viel Ware scheinst du nicht zu befördern«, sagte Taiwe.

»Nicht alles, was Wert hat, ist schwer, ehrwürdiger Taiwe. Ich bin sicher, dass der Kaidhan Verwendung für einen zuverlässigen Mann hat.«

»Nachrichten verkaufst du also«, warf der Iaunier ein. »Du meinst, du bist Kundschafter, oder Spion?«

»Kundschafter? Nein, das wäre mir viel zu gefährlich. Ich versuche, mich aus den Händeln der Mächtigen herauszuhalten«, wehrte Tasil, scheinbar erschrocken, ab.

»Bist du hier, um uns auszuspionieren, Tasil aus Urath?«, fragte Taiwe, der ihm ganz offensichtlich nicht traute.

»Nichts liegt mir ferner! Ich suche nur einen trockenen Platz für die Nacht, für mich und meine Nichte.«

»Gut«, sagte der Edaling schnell, »das ist ein einfaches und friedliches Dorf. Hier gibt es nichts zu erkunden.«

»Das hoffe ich sehr. Doch habe ich anderes gehört«, erwiderte Tasil lächelnd.

Es wurde still im Samnath. Die Söldner sahen einander vielsagend an. Der Edaling öffnete den Mund, brachte aber kein Wort heraus. Taiwe trat einen Schritt zurück und fasste Tasil nachdenklich ins Auge. Der Älteste Skeda kam näher heran. »Was willst du gehört haben, Urather?«, fragte er.

»Awi ist ein einsames Land«, begann Tasil, »und wenn man es durchquert, trifft man nicht viele Menschen. Aber jeder, den ich traf, sprach von nichts anderem als der Awathani, der Großen Seeschlange, die …«

»Nenn ihren Namen nicht, Fremder!«, rief Hana.

»Dann ist es also wahr? Man erzählte mir von einem Dorf im Schwarzen Dhanis, das ihre Heimat sei.«

»Es ist nur eine Legende, dass sie in unseren Gewässern ihre Heimat hat«, sagte Skeda langsam.

»Märchen sind das, nichts weiter!«, zischte die Frau des Edalings, die plötzlich neben Hana stand. »Das erzählen nur Menschen, die dieses ehrbare Dorf in Verruf bringen wollen!«

Jetzt sah Maru, wem sie ähnlich sah. Sie musste eine nahe Verwandte des Ältesten Skeda sein.

»Es wäre besser«, sagte Taiwe, »du würdest dich aus diesen Angelegenheiten heraushalten, Skeldiga. Dort am Tisch sitzt der alte Wifis. Wenn du dich nützlich machen willst, dann bringe ihn heim, und höre auf, unsere Beratungen zu belauschen!«

»Ich bin die Frau unseres Edalings! Er ist es, der in diesem Dorf …«

Skeda unterbrach sie scharf: »Vergiss nicht deinen Respekt vor den Ältesten, Tochter! Taiwe hat Recht: Es ist besser, du gehst und kümmerst dich um Wifis.«

»Und mein Mann hat dazu nichts zu sagen?«

Hana konnte ihrem wütenden Blick nicht standhalten. »Nun geh schon, Weib, das hier ist Männersache«, murmelte er schließlich verlegen.

Als Skeldiga wütend davonstapfte, war Maru ziemlich sicher, dass Hana diese Worte noch bereuen würde. Nachdem die Frau, mit dem widerstrebenden Wifis im Arm, in der Dunkelheit verschwunden war, schickte Skeda mit einem einfachen Wink auch die letzten Männer aus dem Samnath fort. Jetzt waren sie unter sich.

»Wenn du hier bist, um die Erwachte zu suchen, dann bist du

nicht bei Sinnen, Urather. Jeder Mensch mit etwas Verstand geht ihr aus dem Weg. Es könnte sonst leicht geschehen, dass sie das Letzte ist, was er sieht«, sagte Skeda.

»Man hört, sie soll riesig sein«, sagte Meniotaibor.

»Und ihre Haut so dick wie hundert Schilde«, fügte der Akkesch an.

»Und ungeheuer wertvoll!«, meinte der Iaunier.

»Ihre Haut? Wirklich?« Tasil spielte den Überraschten. Maru musste an Jalis denken, den Maghai aus Awi. Er hatte einen Harnisch aus der Haut einer Seeschlange getragen. Wie versessen Tasil darauf gewesen war, diesen Panzer in die Finger zu bekommen – und wie enttäuscht, als er unter seinen Händen zu Staub zerfiel. Er kannte den Wert der legendären Haut nur zu gut.

»Es gibt nicht viele Menschen, die sagen können, wie groß die Erwachte ist oder wie stark ihre Haut«, erklärte Skeda ernst, »denn nur wenige, die sie sahen, haben das auch überlebt; sicher ist nur, dass sie alt ist, uralt. Und seit sie lebt, wächst sie. Noch einmal, sie ist gefährlich, Fremder, und deshalb ist es das Beste, sich von ihr fernzuhalten. Ihre Haut mag wertvoll sein, aber sie verlangt einen unermesslichen Preis in Blut dafür.«

»Aber ihr lebt doch in ihrer Nachbarschaft, ehrwürdiger Skeda«, meinte Ulat.

Der Älteste schüttelte den Kopf: »Leben? Hast du heute ein Boot auf dem Fluss gesehen? Sie ist dort draußen, und solange sie in der Nähe ist, wird sich keiner unserer Fischer aufs offene Wasser wagen. Nur von Land und in den schmalen Seitenarmen werfen sie Angeln und Netze aus, und um das Wenige, das sie fangen, müssen sie noch mit den Flussechsen streiten.«

»Habt ihr nicht versucht, diese Schlange zu töten?«, fragte Bolox.

»Töten? Hundert Männer würden nicht reichen, sie zu bezwingen, Farwier.«

Bolox sah ihn zweifelnd an. Ein unbezwingbarer Gegner schien etwas zu sein, das er sich einfach nicht vorstellen konnte. Er strotzte vor Selbstvertrauen.

»Ihre Haut mag dick sein«, sagte er stolz, »aber meine Axt ist groß und scharf. Wenn ich nur eine Handvoll guter Männer aus meiner Heimat hätte, dann …«

»Hast du nicht zugehört, Bolox aus dem Waldland? Sie ist ungezählte Jahre alt, und es ist gar nicht gesagt, dass sie überhaupt sterblich ist. Sie ist eine Geißel, von den Göttern gesandt, um die Menschen zu prüfen.«

»Soweit ich weiß«, warf Tasil ein, »ist sie schon in früheren Zeiten immer wieder aufgetaucht, doch ist sie auch stets nach kurzer Zeit wieder verschwunden.«

»So erzählt man es sich«, bestätigte Skeda, »doch lebt niemand mehr, der es bezeugen könnte.«

Maru fiel auf, dass weder Hana noch Taiwe etwas sagten. Hana starrte auf den Fußboden. Die Zurechtweisung durch die Ältesten schien ihm noch zu schaffen zu machen, vielleicht dachte er auch an den sicher bevorstehenden Ärger mit seiner Frau. Aber auch in Taiwe schien etwas zu arbeiten. Plötzlich fing sie einen durchdringenden Blick von ihm auf. Es lief ihr kalt den Rücken herunter, ohne dass sie hätte sagen können, warum.

»Aber haben die Altvorderen euch nicht überliefert, wie sie zu besiegen ist?«, fragte Tasil. Es klang besorgt. Maru erkannte, dass er Anteilnahme vortäuschte. Sie war sicher, dass er auf etwas Bestimmtes hinauswollte. Was hatte ihm dieser Schreiber nur erzählt? Maru bemerkte einen kummervollen Zug in Taiwes Gesicht. Hana und Skeda tauschten einen kurzen, schwer zu deutenden Blick aus.

Sie verbergen etwas, dachte sie. Und wenn ihr das auffiel, war es Tasil sicher auch nicht entgangen.

Skeda zögerte, bevor er Tasils Frage beantwortete. »Es ist, wie gesagt, schon viele Jahre her. Das letzte Mal geschah es, bevor die Akkesch in dieses Land kamen. Es heißt, dass sich damals die Maghai aus ganz Awi versammelten, um die Erwachte zu bannen. Sie sollen sieben Tage an dem Bann gewoben haben. Sie hatten Erfolg, doch, wie du siehst, nicht für immer.«

»Ah, die Maghai…«, sagte Tasil gedehnt.

»Unheimliche Burschen, wenn ihr mich fragt«, murmelte der Akkesch.

»Aber die Maghai sind wenige geworden, und sie haben sich in alle Winde zerstreut«, sagte Skeda seufzend. »Jalis, der Mächtige, der hätte vielleicht etwas gegen dieses Untier ausrichten können. Aber er ist vor einem Jahr in den Norden gegangen, und seither haben wir nichts mehr von ihm gehört. Nein, von den Zauberern haben wir keine Hilfe zu erwarten.«

Maru schluckte betroffen. Sie war dabei gewesen, als Jalis unter Tasils Dolch starb. Und noch jemand wusste darüber Bescheid: Biredh! Aber der blinde Erzähler saß schweigend da und schien versonnen zu grübeln. Auch Tasil ließ sich nicht anmerken, dass dieser Name heikel für ihn war.

Die Männer im Samnath hingen ihren Gedanken nach. Nach einer angemessenen Pause sagte Tasil gelassen: »Ich hörte außerdem etwas von einem heiligen Ort. Es heißt, es gebe da, verborgen im Schwarzen Fenn, einen Tempel aus Gold.«

Das war es also! Endlich verstand Maru die Heimlichtuerei der letzten Tage. Deshalb wollte Tasil also unbedingt in diesen Sumpf und nicht in die Stadt. Ein Tempel aus Gold! Das war etwas, dem er unmöglich widerstehen konnte.

Es war erstaunlich, welche Wirkung dieses kleine Wort auf die Söldner hatte: Gold – das Metall des Kaidhans, ihm allein vorbehalten, Gold – wertvoller als Silber und selbst Eisen! Maru konnte sehen, dass in den Augen der Krieger ein gefährlicher Funke aufglomm. Tasil hatte ihre Gier geweckt. Nur der Farwier Bolox schien mit seinen Gedanken irgendwo anders zu sein. Er starrte sie auf eigentümliche Weise an.

Skeda schüttelte unwillig den Kopf: »Das ist die größte von all den Lügen, die über dieses Dorf erzählt werden! Ein goldener Tempel? Wo hast du das her, Urather?«

Tasil lächelte. »Es ist schon einige Tage her, da traf ich in der Hafenstadt Karaq einen Flüchtling, wie es so viele gibt in diesen Tagen. Es war ein Schreiber, vom Hof in Ulbai. Er kannte viele Geschichten über die Stadt und das Land. Und auf mich machte er, wenn ich das sagen darf, einen ehrbaren Eindruck. Er wirkte nicht wie ein Mann, der Lügen weitergibt, ehrwürdiger Skeda.«

»Bei Dhanis, wir sind nur arme Fischer!«, rief Skeda und verdrehte die Augen. »Und doch verfolgt uns diese Geschichte seit hundert Jahren. Jeder neue Kaidhan hat sie gehört und seine Krieger hierhergeschickt, um den Märchentempel zu suchen. Jedes Mal haben sie das ganze Fenn auf den Kopf gestellt – und sind stets wieder mit leeren Händen abgezogen. Es gibt kein Gold in diesem Dorf, Urather! Oder siehst du uns in Reichtum schwelgen? Sieh dich doch um! Glaubst du einem Schreiber aus der Stadt mehr als deinen eigenen Augen?«

Tasil tat überrascht: »Verzeih einem Reisenden, wenn er wiedergibt, was ihm ein Diener des Kaidhans erzählte, ehrwürdiger Skeda. So stimmt es also nicht, dass dieses Dorf jedes Jahr einen Tribut in einem geheimnisvollen Fass entrichtet? Einem Fass, das außer dem schwarzen Wasser des Flusses nur noch einen einzelnen Ring aus Gold enthält?«

»Wo hast du das her?«, fragte Hana. Er war blass geworden.

Die Söldner sahen einander an. Maru konnte beinahe ihre Gedanken lesen: Ein Tempel aus Gold mochte ein Märchen sein, zu schön, um wahr zu sein. Aber ein Ring aus Gold? Das war etwas

Greifbares, den konnten sich diese Krieger auch gut am eigenen Finger vorstellen.

»Es ist gleich, woher du das hast, Urather«, sagte Skeda, der seine Gefühle wesentlich besser im Griff hatte als der Edaling, »es ist und bleibt eine Lüge.«

»Ich wollte euch keinesfalls zu nahe treten«, versicherte Tasil, »doch auf mich wirkte der Flüchtling, von dem ich es hörte, wie ein vertrauenswürdiger Mann. Offenbar kann man selbst den Schreibern in diesem Reich nicht mehr trauen. Die Not muss wirklich groß sein in Ulbai.«

»Lass es gut sein, Fremder«, sagte Skeda, »es ist spät geworden, und wir alle sind müde. Es wäre wohl besser, wenn wir uns zur Ruhe begeben.«

Taiwe nickte. »Wirklich, die Nacht ist schon weit vorangeschritten. In ihren Schatten kann man so manches sehen, was gar nicht da ist. Und wenn ihr morgen nach Ulbai wollt, solltet ihr zeitig aufbrechen.«

Das war beinahe schon unhöflich. Tasil ging nicht darauf ein. »Über Biredhs Geschichten vergesse ich immer die Zeit«, sagte er heiter, »und du hast Recht, ehrwürdiger Skeda, bei Tageslicht sieht doch alles anders aus.«

Der Älteste Taiwe drehte sich ohne ein weiteres Wort um und verschwand durch einen der Ausgänge in der Nacht.

Die Söldner wirkten überrascht, dass der Abend so ein jähes Ende nahm. Es war von Gold die Rede gewesen. Sie schienen nicht bereit, dieses Thema so einfach aufzugeben.

»Dieser Tempel, weißt du mehr darüber, Urather?«, fragte Meniotaibor.

Tasil schüttelte den Kopf: »Aber nein, wo denkst du hin? Wie gesagt, ich habe nur gehört, was dieser Mann in Karaq erzählte. Es wird so sein, wie Skeda sagt: Es ist nur ein Märchen.«

Meniotaibor wirkte nicht überzeugt. »Das haben sie auch von

der Seeschlange gesagt. Ich glaube, in diesen Sümpfen können Märchen schnell wahr werden.«

»Nun, nicht alle«, sagte Skeda knapp. »Doch jetzt entschuldigt uns. Morgen wartet wieder ein langer Tag voller Arbeit auf uns.«

»Auf uns nicht«, erwiderte Meniotaibor lachend. »Aber du hast Recht, es ist Zeit für das Nachtlager.«

Der Dakyl hatte den ganzen Abend noch kein Wort gesagt. Jetzt stand er auf, nickte und verschwand.

»Man kann über Vylkas sagen, was man will, aber er ist kein Mann überflüssiger Worte«, sagte der Akkesch lachend. »Komm, Arbi, es wird Zeit, dass auch meine alten Knochen ihren Schlafplatz finden. Wer weiß, vielleicht kann ich ja von dem Tempel aus Gold träumen. Eine gute Nacht wünsche ich allen. Möge dieser elende Regen bald aufhören.«

Der Kydhier stand eilig auf und folgte dem Alten.

»Seht sie euch an, wie Herr und Hund«, meinte Meniotaibor grinsend, als sie verschwunden waren. »Das war ein interessanter Abend mit guten Geschichten. Ich danke euch dafür. Und wisst ihr was? Ich habe den Eindruck, dass sie noch nicht zu Ende erzählt sind.«

Als er gegangen war, stand auch Biredh auf. Maru bot ihm ihre Schulter an, um ihn zu Hiris Hütte zu führen.

»Das ist freundlich von dir, Maru Nehis«, sagte Biredh, und als er ihre Schulter fühlte, sagte er: »Du bist gewachsen, Mädchen.«

Maru lächelte und sagte: »Vielleicht bist du auch nur kleiner geworden, alter Mann.«

Der Erzähler lachte: »Frech bist du auch noch? Dann lass uns mal sehen, ob du mir in dieser finsteren Nacht den Weg weisen kannst.«

»Kann ich euch helfen?«, fragte plötzlich Bolox, der an ihre Seite getreten war. »Wir Farwier finden uns in der Dunkelheit gut zurecht.«

»Ich danke dir für deine Freundlichkeit, Bolox, und wenn wir uns je in einem eurer finsteren Wälder treffen sollten, dann werde ich gern auf dein Angebot zurückkommen. Doch heute Nacht wird mir die Schulter dieser jungen Frau mehr als genügen«, erwiderte Biredh.

Der Farwier schien nach einer passenden Antwort zu suchen. Doch offenbar fiel ihm keine ein. Er verschwand grußlos in der Nacht.

Biredh lächelte hintersinnig. »Ich bin seit drei Tagen hier, und das war das erste Mal, dass er mir Hilfe angeboten hat. Liegt das an mir – oder an ihm, Maru Nehis?«

Maru zuckte mit den Schultern. »Woher soll ich das wissen, Biredh? Ich kenne diesen Farwier doch erst seit eben.«

»Wenn du es nicht weißt, dann betrachte es als Rätsel. Die Lösung könnte dich überraschen.«

»Ich hoffe«, sagte Maru gähnend, »diese Aufgabe hat bis morgen Zeit. Wir sind den ganzen Tag geritten, und ich sehne mich nach etwas Schlaf.«

Sie traten vor die Hütte. Maru war beinahe überrascht, dass es nicht regnete. Die Wolkendecke war aufgerissen. Einzelne Sterne blinkten hervor. Das Dorf lag in fast völliger Dunkelheit. Nur aus drei oder vier Häusern drang etwas Licht. Maru hoffte, dass eines davon Hiris Hütte war. Der Boden war nass und rutschig, und sie musste aufpassen, wohin sie trat. Sie kamen nur langsam voran. Plötzlich blieb Biredh stehen. »Warte einen Augenblick, Maru Nehis.«

»Was ist?«

»Dein Onkel.«

Erst jetzt fiel Maru auf, dass Tasil nicht hinter ihnen war. Er war der letzte ihrer Gruppe gewesen. Sie drehte sich um. Das Samnath hinter ihnen lag in Dunkelheit. Also waren der Edaling und Skeda auch schon gegangen. Offenbar hatten sie es eilig gehabt. Es war still, nur das leise Murmeln des Flusses war zu hören.

»Wo ist er?«, fragte Maru.

»Es könnte wichtig für dich sein, das herauszufinden, Mädchen«, sagte Biredh leise.

»Gut, dann bringe ich dich schnell zu Hiri und …«

Biredh unterbrach sie: »Was glaubst du? Wer von uns beiden findet den Weg besser in dieser Finsternis? Du – oder ein Blinder?«

»Aber der Boden ist tückisch.«

»Ich habe meinen Stock – und ich bin blind, nicht hilflos. Also lauf, aber sei vorsichtig. Hüte dich vor den Schatten.« Und mit diesen Worten ließ er sie stehen.

Kaum hatte sie sich umgedreht, als sich neue Wolken vor die Sterne schoben. Es wurde stockfinster – und unvermittelt setzte der Regen wieder ein. Maru tastete sich vorsichtig zurück zum Samnath. Dann blieb sie stehen. Sie hörte etwas. Zwei Männer, die miteinander flüsterten, aber das Rauschen des Regens übertönte das Gesagte. Leise huschte sie näher heran, bis sie die Stimmen verstehen konnte. Um Deckung musste sie sich nicht sorgen. Die Nacht war so pechschwarz geworden, dass sie ihre eigene Hand nicht vor Augen sah.

Das Gespräch war offenbar schon längere Zeit im Gange. Das Erste, was Maru hörte, war: »… sie sieht dir nicht besonders ähnlich.«

»Sie kommt mehr nach ihrem Vater.«

»Nun, Tasil aus Urath, ich habe Augen im Kopf. Ich weiß nicht, wer sie ist, aber ich behaupte, dass kein Tropfen Blut deines Volkes in ihren Adern fließt.«

»Glaube, was du willst, ehrwürdiger Taiwe, ich weiß, was ich weiß.«

Es gab eine kurze Pause. Maru tastete sich langsam weiter voran. Sie spürte Holz. Das mussten die Stufen zum Samnath sein. Maru ging dahinter in Deckung – für alle Fälle.

»Entscheidend ist, dass sie noch mit keinem Mann gemein war, und so ist es doch, oder?«

Maru traute ihren Ohren nicht. Taiwe wollte wissen, ob sie noch Jungfrau war?

»Das habe ich inzwischen begriffen, würdiger Ältester«, spottete Tasil. »Dennoch, sie steht nicht zur Verfügung.«

Zur Verfügung? Wofür? Worüber redeten die beiden bloß? Maru bekam ein flaues Gefühl im Magen. Der Regen wurde stärker. Die beiden Männer standen vermutlich unter dem Dachüberstand des Samnath und somit im Trockenen. Maru hatte dieses Glück nicht.

»Ich habe dich beobachtet, Tasil aus Urath. Ich habe deine schnellen Hände und deine wachsamen Augen gesehen, und ich habe deine wohlbedachten und listigen Fragen gehört. Du verstehst es, Menschen zu täuschen und deine Absichten zu verschleiern. Wie harmlos du von der todbringenden Bestie geplaudert hast! Aber ich habe dich durchschaut, Urather. Du bist aus einem einzigen Grund in dieses Dorf gekommen. Nicht, weil es auf dem Weg nach Ulbai liegt, und nicht, weil du von der Erwachten gehört hast.«

»Wie klug du bist«, lautete die spöttische Antwort.

Taiwe schwieg einen Augenblick, und Maru dachte, dass Tasil sich seinen Spott besser verkneifen sollte. Der Älteste war scharfsinnig. Er hatte das Gespinst von Halbwahrheiten, hinter dem Tasil sich zu verstecken pflegte, offenbar mit Leichtigkeit durchschaut. Wenn er wusste, was ihr »Onkel« vorhatte, dann wusste er mehr als sie selbst.

»Du bist hier wegen des Goldes«, sagte Taiwe schlicht.

»Ist das so?«, erwiderte Tasil leichthin, als wäre das völlig bedeutungslos. »In dem Fall hätte ich meinen Weg wohl umsonst gemacht, denn in diesem Nest gibt es doch kein Gold, wenn ich eurem Edaling Glauben schenken darf.«

Taiwe lachte leise. »Du glaubst ihm doch kein Wort, Urather, und du hast Recht damit.«

Es dauerte einen Augenblick, bis Tasil fragte, und Maru konnte hören, wie gespannt er auf die Antwort war: »Also – ist es wahr?«

»Sieh her«, sagte der andere. Eine kleine Flamme loderte in der Dunkelheit auf, und Schatten sprangen in alle Richtungen davon. Maru duckte sich hinter die Treppe.

»Bei Fahs«, murmelte Tasil ergriffen, und es war das erste Mal, dass Maru so etwas wie Ehrfurcht in seiner Stimme hörte.

Die Flamme verlosch, und die Dunkelheit eroberte den Platz vor dem Samnath wieder zurück.

»Ich gebe dir zwölf wie diesen, wenn du in meinen Vorschlag einwilligst.«

Zwölf wovon? Maru wurde ganz unruhig. Was hatte der Älteste zu bieten? Tasil schwieg eine Weile, bevor er sagte: »Wenn ich dich recht verstehe, ist es dein Vorschlag, nicht der deines Dorfes?«

»So ist es, doch wird niemand Einwände erheben.«

»Auch Hana nicht?«

Maru fragte sich, was Tasil vorhatte. Er klang beeindruckt, doch er zögerte, das Angebot anzunehmen – oder abzulehnen. Seine Fragen schienen darauf zu zielen, Zeit zu gewinnen.

Taiwe lachte wieder leise. »Hana wird natürlich dagegen sein, denn er hasst mich. Aber er ist schwach. Um ihn, oder vielmehr sein Weib, musst du dir keine Sorgen machen. Sie werden kaum triftige Gründe gegen unsere Abmachung finden – wir haben doch eine Abmachung?«

»Ich muss darüber nachdenken«, sagte Tasil, »du verlangst viel.«

»Ich biete auch viel. Denke darüber nach, aber nicht zu lange, Urather. Ich erwarte deine Entscheidung.«

Damit war das Gespräch beendet. Maru hörte Schritte auf dem Holzboden vor dem Samnath. Taiwe verschwand im Regen. Dann näherten sich die Schritte Tasils der Treppe.

»Wie lange hast du gelauscht, Kröte?«

Erwischt!

Maru erhob sich aus ihrer nutzlosen Deckung. Er war nicht weiter als eine Armlänge von ihr entfernt, aber sie konnte ihn nicht sehen. »Nicht lange, Onkel«, sagte sie zögernd.

»Und was hast du gehört?«

»Er hat dir ein Angebot gemacht. Es scheint um Gold zu gehen. Und… «, setzte sie nach einigem Zögern hinzu, » …um mich.«

»Mehr hast du nicht herausgefunden? Ich bin enttäuscht, Kröte«, sagte Tasil. Es klang spöttisch. »Du musst doch völlig durchnässt sein.«

»Geht«, murmelte Maru, die keinen trockenen Faden mehr an sich hatte.

Plötzlich war Tasils Mund dicht an ihrem Ohr. »Darüber reden wir noch, Kröte, aber jetzt verschwinde, ich muss mich um den zweiten Lauscher in dieser Nacht kümmern.« Und dann sagte er laut: »Ich grüße dich, Bolox, Sohn der Farwier, in dieser lichtlosen Nacht.«

Schritte kamen näher. »Wie hast du mich erkannt, Urather?« Es klang nach Verwunderung, nicht nach schlechtem Gewissen.

»Als der Alte eben die Flamme entzündete, da spiegelte sich der Lichtschein in der Schneide deiner Axt.«

»Ah, ich werde zukünftig darauf achten.«

»Jetzt lauf, Maru, ich glaube, ich habe mit dem Krieger noch einiges zu besprechen.« Und dann war er wieder dicht bei Maru und flüsterte ihr zu: »Aber lass es dir nie wieder einfallen, mich zu belauschen! Du würdest es bereuen!«

Maru spürte eine Bewegung seines Armes und hörte ein leises, metallisches Geräusch: Tasil hatte sein Messer gezogen. Ihr wurde kalt, auch wenn ihr klar war, dass das nicht ihr galt.

»Ja, Onkel«, sagte sie. Sie hoffte, dass die Sache mit dem Messer eine reine Vorsichtsmaßnahme blieb, und lief an dem Farwier vorbei durch den Regen davon.

Vor dem Eingang zu Hiris Herberge brannte eine Laterne, die Maru den Weg wies. Sie trat ein und schüttelte ihr nasses Haar.

»Nanu«, sagte der Akkesch, der dabei war, seine Rüstung zu polieren, »wolltest du nicht den Blinden herführen? Bolox wollte euch entgegengehen.« Grinsend fügte er hinzu: »Er schien sehr um euch besorgt.«

»Ist Biredh denn nicht hier?«, fragte Maru entsetzt.

»Siehst du ihn irgendwo?«

Maru wurde heiß und kalt. Sie hatte ihn allein gelassen. Vielleicht war er gestürzt und lag jetzt draußen hilflos im Morast. »Wir müssen ihn suchen«, rief sie.

»Wir?«, fragte der Akkesch erstaunt.

Plötzlich stand der Dakyl wie aus dem Boden gewachsen vor Maru. »Ich finde ihn«, sagte er mit rauer Stimme. Dann drehte er sich um und verschwand nach draußen.

Maru lief ihm eilig hinterher. Der Regen war noch stärker geworden. Ein Blitz zuckte über den Himmel. Der Dakyl hatte eine Laterne entzündet und hielt den Blick auf den Boden gerichtet. Suchte er eine Spur? Maru hielt das für aussichtslos. Der Boden war aufgeweicht. Hunderte von Menschen liefen hier den ganzen Tag hin und her – wie wollte er da im Schlamm eine einzelne Fährte finden? Wieder blitzte es, und wenige Sekunden später grollte lang anhaltender Donner durch die Nacht. »Hier«, sagte Vylkas und zeigte auf den Boden. Das Licht seiner Lampe war schwach. Maru konnte nicht erkennen, was er meinte. Aber der

Dakyl war sich sicher. Gebückt folgte er einer Spur, die zwischen die Hütten führte. Maru blieb dicht bei ihm. Regen peitschte ihr ins Gesicht. »Was siehst du denn da?«, rief sie, als er immer weiter zwischen die Hütten vordrang. »Stock«, meinte er nur. Ein mächtiger Blitz spaltete den Himmel. »Dort«, sagte der Dakyl und zeigte in die Nacht.

Ja, dort stand eine einsame Gestalt im Unwetter. Es war Biredh, auf seinen Stock gestützt. Er lehnte an dem hölzernen Zaun, der die Insel umgab. Maru rief ihn, doch lauter Donner übertönte ihren Ruf. Das Gewitter schien jetzt direkt über dem Dorf zu sein. Sie liefen zu ihm. »Biredh!«, rief sie noch einmal.

Er antwortete nicht.

»Was machst du hier?«, fragte Maru. Biredh drehte sich nicht zu ihr um, seine leeren Augenhöhlen starrten durch eine Lücke im Zaun hinaus auf den Strom.

»Ich lausche dem Fluss«, sagte er schließlich.

»Bei diesem Unwetter?«, rief Maru. Sie musste sich anstrengen, um den prasselnden Regen zu übertönen. Die Laterne des Dakyl verlosch.

»Bei jedem Wetter, Maru Nehis. Hörst du es nicht?«

»Nein, ich glaube, meine Ohren sind voller Wasser«, rief sie verdrossen. »Lass uns in unsere Unterkunft gehen. Wir holen uns sonst noch den Tod.«

»Der Krieg ist im Fluss«, sagte Biredh.

»Was?«, rief Maru.

Ein langer Blitz zerriss die Nacht. Maru konnte durch den Zaun sehen, wie hunderttausende Tropfen auf dem schwarzen Strom tanzten. Und da war noch etwas. Mehrere helle Dinge, die im Wasser trieben. Sie waren fast weiß, und das Leuchten des Blitzes dauerte lange genug, um Maru erkennen zu lassen, was sie waren. Der Dakyl presste sein Gesicht an einen Spalt im Zaun. Ein erneuter Blitz erhellte die Nacht. Der Donnerschlag erfolgte fast gleichzeitig. Als er verebbte, sagte Vylkas nur ein Wort: »Leichen.«

Maru nickte, ihr war flau geworden. Ein halbes Dutzend toter Menschen trieb den Fluss hinab. Sie glaubte sogar, einen Geruch von Verwesung wahrzunehmen.

»Strydh ist auf dem Weg hierher, Maru Nehis«, sagte Biredh, »und er schickt seine Boten, ihn anzukündigen.« Er schüttelte den Kopf, lauschte und sagte: »Eine böse Nacht, voller Tod und Schatten.« Und dann drehte er sich um und ging davon.

Maru folgte ihm.

Als sie endlich wieder ihre Herberge erreichten, erwartete Tasil sie mit einem Grinsen: »Du kannst wohl nicht genug von diesem Wetter bekommen, Kröte, wie?«

Biredh ging grußlos an ihm vorüber. Maru war nicht nach Scherzen zumute. »Da treiben Leichen im Fluss«, sagte sie leise. Das Bild der weißen Körper im schwarzen Wasser ging ihr nicht aus dem Kopf.

Tasils Grinsen verlosch. »Leichen?«, fragte er mit einem Stirnrunzeln.

»Sieben«, sagte der Dakyl, der hinter Maru eingetreten war, »aber keine Flussechsen.«

»Seltsam«, meinte Tasil nur.

Maru lief ein Schauer über den Rücken. Die Flussechsen! Vylkas hatte Recht. Die toten Körper mussten doch eine willkommene Beute für die gefräßigen Räuber sein. Aber sie hatten sich nicht gezeigt.

»Ein böses Zeichen«, sagte der Dakyl, als hätte er ihre Gedanken gelesen, und er berührte Stirn und Brust in einer seltsamen Geste. Dann verschwand er ohne ein weiteres Wort in seinem Verschlag.

Meniotaibor hatte dem kurzen Gespräch gelauscht. »Die Dakyl

glauben, dass sie mit dieser Geste das Unheil von Kopf und Herz fernhalten«, erklärte er grinsend. »Sie haben viele seltsame Bräuche da, in den Wolfsbergen.«

»Vielleicht hilft es ja«, sagte Maru matt. Sie nahm ein Tuch, um sich abzutrocknen.

»Wer weiß?«, meinte der Iaunier. »Aber ich würde dieser Sache nicht zu viel Bedeutung beimessen. Vielleicht gehen die Flussechsen einfach nur nicht ins Wasser, wenn es gewittert.«

»Das mag sein«, sagte Tasil, »ich denke aber eher, dass diese Toten einfach noch nicht lange im Wasser sind.«

Meniotaibor kratzte sich nachdenklich am Kinn. »Das würde bedeuten, dass sie nicht weit von hier getötet wurden. Ich kann nicht behaupten, dass mir der Gedanke gefällt.«

»Wenn es so ist, können wir es auch nicht ändern. Es waren nur sieben, wie der Dakyl sagte. Wahrscheinlich war es also nur ein Scharmützel zwischen Spähern, oder ein Gefecht zwischen Schiffen auf dem Fluss. Sei es, wie es sei – auf dieser Insel sind wir heute Nacht sicher.«

Ulat, der Akkesch, kam aus seinem Verschlag hervorgekrochen. »Wir sollten dennoch unsere eigene Wachsamkeit nicht vernachlässigen.« Er stieß den Kydhier, der in dem Verschlag neben ihm lag, mit dem Fuß an. »He, Arbi, mein junger Freund, geh zum Torwächter, und sag ihm, was Vylkas gesehen hat. Er soll die Augen aufhalten.«

Der Kydhier erhob sich eilig. »Zum Torwächter, natürlich«, murmelte er. Er wirkte müde.

»Vergiss deinen Speer nicht, man weiß ja nie«, sagte Ulat.

Arbi nickte und griff nach seinem Speer. »Und wenn der Wächter schläft?«, fragte er.

»Dann weckst du ihn – und sorgst dafür, dass er nicht wieder einschläft. Wir sind im Krieg. Da können wir uns keine Unachtsamkeit erlauben.«

»Natürlich, Ulat, ich eile«, rief der Kydhier. Maru hatte den Eindruck, dass er froh war, von Ulat einen Befehl erhalten zu haben.

Meniotaibor sah ihm grinsend hinterher. Er kratzte sich an der Narbe auf seiner Wange. »Da unser Freund Ulat so umsichtig für unsere Sicherheit gesorgt hat, können wir, denke ich, jetzt beruhigt schlafen gehen.«

Maru bezweifelte, dass sie einschlafen konnte. Der Anblick der Leichen ging ihr nicht aus dem Kopf. Dann fiel ihr auf, dass sie den Farwier nirgendwo gesehen hatte. Erschrocken fuhr sie noch einmal von ihrem Lager auf. »Onkel«, flüsterte sie Tasil zu.

»Was ist denn noch, Kröte?«

»Wo ist Bolox?«

»Vermisst du ihn etwa?«, fragte Tasil, und Maru glaubte, ein leises Lachen zu hören.

»Nein, aber hast du, ich meine, ist er …?«

»Keine Angst, er ist bei bester Gesundheit. Hörst du nicht, wie er schnarcht? Der junge Mann braucht viel Schlaf, denn morgen ist sein großer Tag. Und auch wir werden morgen einiges zu tun haben. Also mach Augen und Mund zu, und lass uns endlich schlafen.«

ERSTER TAG

Das Angebot

Wenn du das Fass haben kannst, lasse den Krug stehen.

Iaunisches Sprichwort

»Steh auf, Kröte, du bist nicht hier, um zu schlafen.«

Maru erwachte. Sie lag in einem engen Verschlag auf einer Decke und einer dicken Lage Stroh. Sie brauchte einen Augenblick, um zu wissen, wo sie war.

»Du bist die Letzte«, sagte Tasil, der am Fußende ihres Nachtlagers stand und sich ein Stück Brot in den Mund schob. »Da hinten in der alten Tränke kannst du dich waschen. Aber beeil dich.«

Maru war nicht besonders begeistert davon, schon am frühen Morgen so herumgescheucht zu werden, aber so war es eben. Wenigstens schien draußen die Sonne. Maru trocknete sich gerade ab, als im Dorf lautes Geschrei ertönte. Als sie vor die Hütte trat, hielt Tasil ihr Brot und Käse hin.

»Was ist denn los?«, fragte Maru.

»Es gab wohl ein Unglück mit einer Ziege.«

»Ein Unglück?«

»Ja, ein Junge rannte eben hier vorbei. Er sagte, dass eine Ziege ins Wasser gestürzt sei.«

»Wie kann sie denn ins Wasser stürzen? Die Insel ist doch eingezäunt!«

Es ertönte wieder ein Schrei aus vielen Kehlen. Das kam aus der Richtung, in der das Tor lag.

»Wärest du früher aufgestanden, dann hättest du gesehen, dass die Hirten ihre Ziegen und Schafe hinüber aufs Festland treiben wollten. Wo sollen sie denn hier weiden? Vielleicht fiel die Ziege ja von der Brücke.«

»Und deshalb schreien sie so? Weil eine Ziege ins Wasser gefallen ist? Warum fischen sie sie nicht einfach heraus?«

Tasil grinste und sagte: »Wenn ich den Jungen richtig verstanden habe, bekam die Ziege Gesellschaft von zwei Flussechsen.«

»Das arme Tier!«, rief Maru entsetzt.

»Nun, vielleicht war es ihr einfach bestimmt, im Magen einer Echse zu enden. Nun iss, das wird ein langer Tag!«

Maru hatte aber keinen Appetit mehr. Meniotaibor kam den Hang hinaufgeschlendert.

»Sei gegrüßt, Uratherin«, rief er, »ausgeschlafen?«

»Warst du an der Brücke?«, fragte Maru, nachdem sie seinen Gruß erwidert hatte.

»Ja, und darüber bin ich froh, denn wer es nicht war, der hat ein erstaunliches Schauspiel versäumt.«

»Du meinst die Ziege?«, fragte Tasil.

»Nein, ich meine den Farwier.«

»Bolox? Was hat der damit zu tun?«, fragte Maru überrascht.

»Ah, junge Uratherin, gerade du hättest das sehen sollen«, sagte der Iaunier und zwinkerte ihr verschwörerisch zu. Maru runzelte die Stirn. Er schien auf irgendetwas anzuspielen, aber sie wusste nicht, worauf.

»Also«, begann Meniotaibor, »wir waren unten am Wasser, um zu sehen, ob noch mehr Leichen im Fluss sind, als die, die Vylkas in der Nacht entdeckt hat.«

Die Leichen! Bisher hatte Maru es geschafft, nicht an sie zu denken. Ein Schatten fiel auf den Tag.

»Aber der Fluss lag leer und schwarz in der Morgensonne – keine Toten mehr weit und breit«, berichtete Meniotaibor weiter, »da sehen wir, wie zwei Hirten ihre Tiere über die Brücke treiben wollen. Plötzlich bricht eine Ziege aus, springt über das Geländer und landet im Fluss. Was sie zu dieser Dummheit verleitete? Ich weiß es nicht. Vielleicht hat sie etwas gestochen. Jedenfalls meint das Schicksal es nicht gut mit ihr, denn unten im Fluss liegen zwei große Echsen, die sich sofort auf das arme Tier stürzen. Jede von ihnen will die Beute aber für sich alleine. Und so hat jede eine halbe Ziege im Maul und versucht, auch noch den Rest aus dem Maul ihrer Schwester zu reißen. Das arme Tier ist noch nicht ganz tot und meckert zum Steinerweichen. Und oben auf der Brücke stehen die Hirten und schimpfen und fluchen, aber sie wissen nicht, was sie tun sollen. Da taucht plötzlich unser Farwier zwischen ihnen auf. Er hat einen gewaltigen Stein in der Hand und schleudert ihn der ersten Bestie auf den Schädel, dass es kracht. Und, so wahr ich hier stehe, das Biest ist so erschrocken, dass es seine Beute fahren lässt und verschwindet. Doch bevor die andere Echse sich freuen kann, dass sie die Ziege nun für sich alleine hat, steht Bolox oben auf dem Geländer und springt mit einem Satz herab, dem Untier auf den Rücken! Und dann macht er der Flussechse mit einem einzigen gewaltigen Hieb seiner Axt den Garaus!«

Maru musste dem Iaunier Recht gegen, sie hatte wirklich etwas versäumt.

Tasil hingegen gab sich unbeeindruckt: »Hat die Ziege noch gelebt?«, fragte er.

»Nein, sie war natürlich längst tot«, sagte Meniotaibor.

»Also hat dieser Held sein Leben für eine tote Ziege gewagt? Ich weiß nicht, ob ich ihn dafür bewundern soll.«

Der Iaunier lachte laut. »Du hast nicht Unrecht, Mann. Ich selbst wäre nie auf den Gedanken gekommen, da hinunterzuspringen. Vielleicht ist das Denken nicht die Stärke des Farwiers, aber ich muss sagen, wie er da über der Bestie stand und die Axt schwang – es war ein beeindruckender Anblick. Doch sieh selbst, da kommt er.«

Vom Wasser kam ein seltsamer Zug herauf. Kinder sprangen lachend und schreiend vorneweg, und einige erwachsene Dörfler folgten ihnen. Mittendrin marschierte Bolox, seine blutige Axt in der einen, einen Echsenkopf in der anderen Hand. Arbi und Vylkas waren hinter ihm. Sie schleiften den schuppigen Körper des Tieres über den aufgeweichten Boden. Ulat schritt missmutig hinterdrein.

»Ich grüße dich, Bolox«, rief Tasil ihm entgegen. »Wie ich höre, hast du heute Morgen schon wahre Heldentaten vollbracht.«

Bolox strahlte. »Es war nur eine Echse, nichts weiter«, sagte er mit schlecht gespielter Bescheidenheit. Die blaue Farbe war bis zur Brust von seiner Haut gewaschen, aber die Zauberzeichen hatten sich gehalten.

»Leichtsinnig war es«, warf der Akkesch kopfschüttelnd ein, »den Feind anzugreifen, ohne Flankenschutz und Rückendeckung.«

»Ach, hör auf, Alter, manchmal muss man den Gegner eben einfach überrumpeln!«, rief Bolox lachend. Dann warf er Maru den Schädel mit großer Geste vor die Füße. »Hier«, sagte er.

Maru sprang erschrocken zurück. Es war leicht zu erkennen, wo die Klinge des Farwiers die Echse getroffen hatte. Die Stirn war zwischen den Augen gespalten, und allerlei Dinge, die Maru nicht sehen wollte, quollen aus der hässlichen Wunde hervor.

»Was soll ich damit? Nimm das weg!«, rief sie entsetzt. Blut sickerte auf den Boden. Die Männer um sie herum lachten. Selbst ein paar Kinder grinsten. Der Farwier sah plötzlich verdrossen drein.

Tasil hob den Schädel auf und gab ihm den Farwier zurück. »Es ist vielleicht ein bisschen zu früh für diese Art Geschenk.«

Zögernd nahm Bolox den zertrümmerten Echsenkopf zurück.

Dann sagte er: »Du hast Recht, Urather. Das war nicht angemessen. Verzeih, Mädchen.«

Maru war verwirrt. Irgendetwas bekam sie anscheinend nicht mit.

»Ich glaube, wir haben genug gescherzt. Es gibt Wichtigeres zu tun«, meinte Tasil. Er schnappte sich einen der Jungen, die dem Zug gefolgt waren. »Weißt du, wo eure Ältesten wohnen?«

Der Junge nickte.

»Dann lauf, und sag ihnen, dass wir sie im Samnath treffen wollen. Bolox hat ihnen etwas mitzuteilen. Und vergiss Hana, euren Edaling, nicht.«

Der Knabe rannte davon, und ein ganzer Schwarm seiner Freunde folgte ihm.

»Dann lasst uns dieses Biest hinauf zum Samnath schleppen. Ich weiß nicht, ob man diese Tiere essen kann, aber wenigstens die Awier können wir beeindrucken«, sagte Tasil. Er machte aber keinerlei Anstalten, selbst mit Hand anzulegen, als der Zug sich wieder in Bewegung setzte.

»Wo ist Biredh?«, fragte Maru. Ihr war erst jetzt aufgefallen, dass der Erzähler nirgendwo zu sehen war.

»Ich weiß nicht, er scheint heute Nacht verschwunden zu sein«, sagte Meniotaibor, der neben ihr zum Versammlungshaus hinaufging. »Aber wenn wir ihn treffen, müssen wir ihm erzählen, was heute Morgen geschehen ist. Ich bin sicher, er kann eine wirklich gute Geschichte daraus machen.«

Die Sonne stieg schnell höher, und der Boden dampfte vom Regen der vergangenen Nacht, aber der Himmel trübte sich schon wieder ein. Bald würde es abermals regnen. Im Samnath nahm Tasil Bolox noch einmal auf die Seite. Er redete auf ihn ein und schien ihn zu ermutigen. Mehrfach klopfte er ihm auf die Schulter. Maru fragte sich, was Tasil mit ihm vorhatte. Nach und nach füllte sich das Samnath. Vor allem Kinder kamen, aber anscheinend hatten sich auch viele Erwachsene Zeit genommen, um nicht zu versäumen, was es hier zu sehen und hören gab. Einer der Fremden hatte eine Flussechse erschlagen und wollte jetzt den Rat des Dorfes sprechen. Das versprach, spannend zu werden.

Die Ältesten kamen gemeinsam. Taiwe stützte den alten Wifis, der krummbeinig neben ihm her trippelte. Hana kam kurz danach. Seine Frau war bei ihm und redete leise auf ihn ein.

Der Älteste Skeda eröffnete die Versammlung. Er deutete auf den zerschmetterten Echsenkopf, den Bolox auf den Boden vor die Ehrenplätze gelegt hatte. »Ich habe von deiner Heldentat gehört, Farwier, und ich beglückwünsche dich zu deinem Sieg. Doch weiß ich nicht, was der Rat unseres Dorfes damit zu tun hat. Verlangst du eine Belohnung?«

Bolox drehte seine mächtige Axt verlegen in den Händen. Er räusperte sich und schien nach den richtigen Worten zu suchen. »Ehrwürdiger Skeda, diese Echse zu töten, war nichts Besonderes …« Er stockte. »Und der einzige Lohn, den ich verlange, ist der, dass ihr mich anhört.«

»Das ist nicht mehr als recht und billig«, erwiderte Skeda freundlich.

»Es sollte nur nicht zu lange dauern, meine Zeit ist kostbar«, sagte Hana mürrisch.

Taiwe sagte gar nichts, er drehte gleichmütig mit seinen geschickten Fingern an einem dünnen Seil.

»Es war in der letzten Nacht«, fuhr Bolox fort, »ich war schon in meiner Herberge, als mir auffiel, dass der Erzähler noch nicht bei uns war. Also ging ich ihn suchen, und da sah ich Erstaunliches.« Er legte wieder eine Pause ein. »Ich sah zwei Männer, die beieinander standen, und sie schienen über etwas zu verhandeln.« Wieder stockte Bolox. Taiwes Finger bewegten sich nicht mehr. Er starrte den Farwier überrascht an.

Bolox räusperte sich noch einmal, und dann sagte er schnell, so als müsse er etwas Unangenehmes hinter sich bringen: »Der eine Mann bot dem anderen goldene Ringe an.«

Es wurde totenstill in der Halle. Hana beugte sich vor. Sein Schemel knarrte: »Wer war das? Wer hat es gewagt…«

Skeda unterbrach ihn: »Du musst dich irren«, sagte er schnell, »es werden Ringe aus Bronze gewesen sein!«

Maru wusste es besser. Das war es also, was Taiwe zu bieten hatte. Es gab wenig, das Tasil Ehrfurcht einflößte. Gold gehörte sicher dazu.

»Ich bin ein Farwier, und meine Augen erkennen Gold, wenn sie es sehen. Dieser warme Glanz im Feuer… selbst aus der Ferne und durch den Regen – es war Gold, bei meiner Axt.«

Die Ältesten schwiegen.

Bolox fuhr verunsichert fort: »Nun, habt keine Sorge, ich habe nicht vor, euer Geheimnis zu verraten.«

»Und sprichst du auch für deine Freunde? Kannst du das? Glaubst du wirklich, sieben Fremde könnten so ein Geheimnis bewahren?«, fragte Skeda ruhig.

»Hört mich weiter an, ich bitte euch! Ich konnte nicht alles verstehen, was die beiden Männer miteinander besprachen, doch verstand ich, dass der eine dem anderen Gold bot. Ihr werdet wissen wollen, wofür…«

Hana unterbrach ihn. »Ich will vor allem wissen, wer! Wer hat unser Geheimnis verraten, Farwier?« Maru konnte die Erregung in seiner Stimme hören. Er ahnte wohl, wer derjenige war.

Bolox schüttelte den Kopf. »Dies ist bedeutungslos, wie du bald verstehen wirst, würdiger Edaling. Kurzum, als die Männer sich trennten, stellte ich den Zweiten zur Rede und erfuhr den Grund. Es ging um… nun, sagen wir, es ging um einen wichtigen Bestandteil eines Rituals, den der Erste von ihm erwerben wollte…«

Skeda stand auf. »Schweig, Fremder. Dies sind Dinge, die nicht für alle Ohren bestimmt sind. Deine Freunde sollten gehen. Und ihr Frauen – schafft die Kinder fort, und geht selbst heim. Das ist eine Sache für uns Männer. Das gilt übrigens auch für dich, Skeldiga.«

Bolox hob die Hand. »Frauen und Kinder magst du wegschicken, Skeda, doch meine Freunde müssen hören, was hier besprochen wird.«

»Das verstößt gegen das Gesetz unseres Dorfes«, zischte Hana. »Sie sollen verschwinden!«

»Sie bleiben«, erwiderte Bolox knapp, »und auch da werdet ihr bald verstehen, warum.«

»Ich glaube nicht, dass es jetzt noch darauf ankommt«, sagte Taiwe gelassen. Seine Finger drehten wieder an dem feinen Seil. »Sie wissen ohnehin schon mehr, als sie sollten.«

Die Söldner rührten sich nicht vom Fleck. Es ging um Gold! So viel hatten sie verstanden. Maru konnte erkennen, dass keiner von ihnen in Bolox' Vorhaben eingeweiht war. Nur einer wusste Bescheid: Tasil.

Als die Frauen besorgt und die Kinder murrend verschwunden waren, setzte Bolox seine Rede fort: »Ich weiß also, was ihr vorhabt. Ihr wollt durch ein altes Ritual die Große Schlange bannen, so wie es einst die Maghai taten. Doch habt ihr nicht selbst gesagt, dass eure Zauberer verschwunden sind? Und selbst sie vermochten es doch nicht, dieses Untier für alle Zeiten zu bannen. Und da wollt ihr Fischer und Bauern sie übertreffen?«

»Es gibt auch Riten ohne die Maghai«, zischte Hana.

»Nicht übertreffen«, sagte Skeda bedächtig, so als habe er den Edaling gar nicht gehört, »aber wir wollen Zeit gewinnen. Für uns und unsere Familien.«

»Ich verstehe euch gut, ehrwürdiger Skeda«, versicherte Bolox, »denn ich entstamme dunklen Wäldern, voller Gefahren, und auch wir legen Wert auf den Schutz unserer Familien. Doch glaube ich, dass ihr einen Fehler macht. Könnt ihr sie bannen? Und wenn ja, wie lange? Für ein Jahr, für eure Lebensspanne? Die eurer Kinder? Was wollt ihr dann tun? Wollt ihr fliehen? Und dann erfahren, dass der Fluch eures Dorfes nun andere Menschen entlang des Flusses vertilgt? Der Dhanis hat viele Arme, und viele Menschen leben an seinen Ufern. Sollen sie alle an eurer Stelle leiden?«

Der Farwier ging langsam auf und ab, während er sprach. Seine Rede war eindringlich und gut durchdacht. Maru hätte ihm das niemals zugetraut. Dann wurde ihr klar, dass er nicht von allein auf diese Gedanken gekommen sein konnte. Jemand musste ihm geholfen haben. Es war unschwer zu erraten, wer da seine Hand im Spiel hatte.

»Das klingt, als hättest du einen besseren Plan, Farwier«, sagte Taiwe.

»Ja, das habe ich. Macht dem ein Ende. Für alle Zeit!«

Hana lachte höhnisch. »Ein vortrefflicher Gedanke, Farwier. Weißt du nicht, womit wir es hier zu tun haben?«

»Eine Seeschlange. Ein Tier. Alt und gefährlich, aber doch nur eine Bestie. Es ist mir klar, dass euch der Mut und vielleicht die Kraft fehlt, es mit ihr aufzunehmen. Deshalb mein Angebot: Wir töten sie für euch!«

Niemand im Samnath sagte etwas. Man hätte eine Nadel fallen hören können. Dann aber räusperte sich der Akkesch und unterbrach die schwer lastende Stille: »Junger Freund, wen meinst du mit ›wir‹?«

Der Iaunier, der neben ihm saß, lachte laut auf. »Ein guter Scherz, Farwier, wirklich!«, rief er. Er stand auf, streckte sich und schickte sich an zu gehen. Es wurde unruhig im Saal.

»Du setzt das Leben deiner Freunde aufs Spiel, ohne dass sie davon wissen?«, fragte Skeda erstaunt.

»Ich bin mir ihrer Zustimmung sicher, denn wir werden es natürlich nicht umsonst tun, Ältester Skeda«, erwiderte Bolox.

Meniotaibor blieb stehen.

»Jeder von uns ...«, rief Bolox und wartete, bis sich die Unruhe im Samnath legte, »erhält dafür von euch so viel Gold, wie er tragen kann.«

»Er ist wahnsinnig geworden«, sagte Ulat heiser. Irgendetwas schien ihm auf die Stimme geschlagen zu sein.

»Ich kann dem Akkesch nur Recht geben, Farwier«, sagte Skeda. »Du bist nicht bei Sinnen! Niemand kann die Erwachte töten!«

»Hat es denn schon jemand versucht?«, fragte Bolox schlicht.

Skeda schüttelte fassungslos den Kopf. »Unmöglich«, murmelte er.

Taiwe ergriff das Wort: »Dein Angebot ist großzügig und mutig, Bolox aus dem Waldland. Es ehrt dich, und auch uns. Aber dies ist keine kleine Sache. Du wirst verstehen, dass wir uns beraten müssen, bevor wir das entscheiden.«

»Beraten? Bist du auch vom Wahnsinn besessen, Taiwe? Unsere Antwort ist klar ...«, rief Hana aufgebracht.

»Du hast nicht das Wort, Hana!«, wies ihn Taiwe schroff zurecht. »Wir werden uns beraten, wie es unsere Väter und deren Väter bei allen schwierigen Entscheidungen zu tun pflegten. Dann, und erst dann, kannst du sagen, was du glaubst, sagen zu müssen. Und ihr, Gäste unseres Dorfes, verlasst das Samnath. Wir werden euch rufen, wenn unsere Entscheidung gefallen ist.«

Als sie die Halle verließen, packte Tasil Maru am Arm und flüsterte ihr zu: »Ich muss wissen, was hier besprochen wird. Glaubst du, du passt da drunter?«

Das Samnath lag zwar auf dem höchsten Punkt der Insel, dennoch hatten seine Erbauer es auf niedrige Pfähle gestellt. Ein Mann hätte seinen Körper sicher kaum darunter zwängen können, aber eine junge und schlanke Frau wie Maru konnte es schaffen. Sie nickte. Als sie mit den anderen nach draußen trat, duckte sie sich ab und verschwand neben der Treppe unter dem Holz. Es sprach für die Geistesgegenwart der Söldner, dass keiner von ihnen eine Miene verzog oder ein Wort darüber verlor.

Maru kroch auf dem Bauch voran. Unter dem Samnath war der Boden erfreulicherweise trocken. Trotzdem würde ihr beinahe neues Kleid im Staub leiden. Sie seufzte und schlich weiter. Der Holzboden über ihr knarrte. Sie hörte die hämische Stimme des Edalings, aber verstehen konnte sie ihn noch nicht. Plötzlich sprang ihr etwas ins Gesicht. Maru unterdrückte einen Schrei. Es war nur eine Maus, die sie aufgescheucht hatte und die bei ihrer Flucht die falsche Richtung eingeschlagen hatte. Maru versuchte, nicht daran zu denken, was sich noch alles unter dem Samnath herumtreiben mochte. Sie musste weiter. Die Stimmen wurden deutlicher. Hana sprach immer noch. Offenbar erhob er schwere Vorwürfe gegen Taiwe. Maru hörte mehrmals das Wort »Verrat«. Sie hatte bislang nicht den Eindruck gehabt, dass der Edaling im Dorf besonders geschätzt wurde, aber jetzt hörte sie zustimmendes Gemurmel von den Männern. Sie konnte das verstehen. Taiwe hatte Fremde, genauer gesagt, einen Fremden, in die Geheimnisse des Dorfes eingeweiht. Es war sein Pech, dass sie beobachtet worden waren. Tasil konnte sehr verschwiegen sein, wenn es ihm nützte. Aber es war trotzdem seltsam unbedacht von dem Alten gewesen. Sie fragte sich, was ihn dazu bewogen hatte. Sie kroch voran, bis sie fast am Kopfende der Halle war, und lauschte. Sie hätte sich gern auf den Rücken gedreht, aber dazu war nicht genug Platz. Hana sprach immer noch. Er redete davon, dass man in früheren Zeiten Menschen bei schweren Vergehen auch aus der Dorfgemeinschaft ausgeschlossen hatte.

»Ist es das, was du verlangst? Dass ich verbannt werde, Hana?«, fragte die Stimme Taiwes kühl dazwischen.

»Ich verlange gar nichts«, antwortete der Edaling wütend.

Er traut sich nicht, dachte Maru, *er wagt es nicht, Taiwe offen anzugreifen.* Sie wunderte sich. Hana hasste den Mann, das war klar. Eine bessere Gelegenheit, ihn loszuwerden, würde er kaum bekommen.

»Wenn du es nicht verlangst, dann können wir ja jetzt endlich über das Angebot des Farwiers beraten«, sagte Taiwe trocken.

»Ich halte es nach wie vor für Irrsinn«, sagte Skeda jetzt. Zustimmendes Raunen im Saal zeigte, dass er mit dieser Meinung nicht allein stand.

»Es *ist* Irrsinn«, antwortete Taiwe gelassen und fügte hinzu: »Aber ist das unsere Sorge? Es sind nicht unsere Männer, die ausziehen, das Biest zu töten. Nein, wir können bei dieser Jagd nur gewinnen.«

Maru spürte eine Berührung am Fuß. Wohl noch eine verirrte Maus.

»Ich verstehe nicht, was du meinst, Freund Taiwe«, sagte Skeda zweifelnd.

»Seht, ihr Männer, es sind noch drei Tage bis Neumond, und ihr versteht sicher, dass ich das Opfer nicht bringen will.«

»Die Ahnen haben es aber so entschieden«, zischte Hana.

»Zumindest ist es das, was du sagst, Hana.«

»Bin ich euer Edaling, oder nicht? Ihr wart dabei, als ich das Auwara durchgeführt habe. Ihr habt zugesehen, als ich die Zeichen, nach altem Brauch, auf den Halmen vermerkte und die Altvorderen und Dhanis um Rat bat. Schlange, Boot und Mädchen – noch nie waren die Zeichen so eindeutig. War es nicht so?«

Maru verstand nicht, was Hana meinte, aber die Männer im Saal stimmten murmelnd zu.

Taiwe sagte: »Und hast du vergessen, dass du dreimal die selben Zeichen gezogen hast? Glaubst du wirklich, dass das mit rechten Dingen zuging?«

»Du hast mich zweifeln lassen, in jener Nacht, Taiwe, das gebe ich zu, doch inzwischen bin ich sicher: es war Dhanis selbst, der mir die Hand geführt hat. Und wenn er dreimal das Opfer verlangt – wie können wir uns da noch verweigern?«

Auch jetzt schien der Edaling die Mehrheit der Männer auf seiner Seite zu haben, denn das Gemurmel klang wieder nach Zustimmung.

»Recht hat er!«, rief eine Stimme aus der Menge.

»Du solltest schweigen, Mann. Dies ist das Samnath, nur die Ältesten und der Edaling sprechen hier!«, wies Skedas Stimme den Rufer zurecht.

Die Maus an ihrem Fuß erwies sich als hartnäckig. Maru versuchte, sie mit einem leichten Tritt zu verscheuchen. Sie antwortete mit einem Zischen.

»Die Ahnen haben nicht gesagt, welche Familie das Opfer bringen muss«, rief Taiwe über ihr mit Bitterkeit in der Stimme.

Maru hörte kaum zu. Ganz vorsichtig drehte sie ihren Kopf so weit, dass sie ihren Fuß sehen konnte. Ein dunkles, schlankes Band glitt über ihren Knöchel. Maru erstarrte. Eine Schlange. Sie war nicht sehr groß, nur drei oder vier Spannen lang. Das war schlecht.

»Das Los, das Los hat entschieden«, rechtfertigte sich Hana.

»Wir alle wissen, wer dieses Los gezogen hat, Hana«, antwortete Taiwe.

Die Unruhe im Saal wurde größer.

Auf ihrem Weg durch Awi hatten Tasil und Maru jeden Abend mit langen Stöcken die Umgebung ihres Lagerplatzes abgeklopft, um Schlangen zu vertreiben. Und immer hatten sie mindestens eine entdeckt. Sie musste jetzt an das denken, was Tasil bei dieser Gelegenheit zu sagen pflegte: »Je kleiner sie sind, desto tödlicher ist ihr Gift.«

»Dieser Zwist bringt uns nicht weiter«, sagte Skeda, als sich die Unruhe gelegt hatte. »Es ist entschieden. Das Opfer ist gewählt und wird gebracht. Träfe es nicht deine Enkelin, dann das Kind eines anderen, Taiwe. Wäre das etwa gerechter?«

Die Schlange schob sich langsam weiter Marus Bein hoch. Sie konnte ihre gespaltene Zunge auf der Haut spüren.

»Verzeih, Skeda, du hast Recht, doch ich dachte, dass das Schicksal es vielleicht gut mit uns und den unsrigen meint. Schließlich hat es die Fremden hergeführt.«

»Worauf willst du hinaus, alter Freund?«

»Du selbst, Skeda, hast es gesagt, in jener dunklen Stunde. Wäre es nicht besser, eine Fremde brächte dieses Opfer für uns?«

Oben wurde es ganz still. Die Schlange verließ Marus Bein. Sie glitt langsam hinab auf den Boden, aber sie kroch nicht davon, sondern direkt auf Marus rechten Arm zu. Maru konnte jetzt ihre Augen sehen. Was oben gesprochen wurde, drang kaum in ihr Bewusstsein.

»Nun, Taiwe, jeder von uns würde lieber diese Uratherin statt deiner Enkelin Lathe opfern, aber hast du nicht selbst gesagt, dass wir keine Fremden für unseren Fluch büßen lassen können?«, fragte Skeda im Samnath.

»Wenn sie denn überhaupt noch Jungfrau ist!«, warf Hana missmutig ein.

»Ich glaube, dass ist eines der wenigen Dinge, bei denen er nicht gelogen hat«, sagte Taiwe.

Die Schlange erreichte jetzt Marus Oberarm. Sie war nur eine Handbreit von ihrem Gesicht entfernt. Maru hielt die Luft an.

»Dennoch, unsere Ahnen haben diesem Brauch für alle Zeiten abgeschworen. Das hast du selbst gesagt«, sagte Skeda.

»Und wenn das Opfer freiwillig gebracht wird?«, fragte Taiwe.

Die Schlange starrte Maru an und verharrte mit erhobenem Kopf. Nur ihre Zunge bewegte sich.

»Ich kann mir nicht vorstellen, dass die Uratherin ihr Leben für uns gibt. Warum sollte sie?«, fragte Skeda.

»Ich glaube nicht, dass es ihre Entscheidung ist, denn ich glaube nicht, dass sie eine Verwandte, geschweige denn die Nichte des Urathers ist. Tochter eines Waldmenschen und einer Südländerin? Wie soll das gehen? Habt ihr sie nicht gesehen? Ich würde mich nicht wundern, wenn dhanisches Blut in ihren Adern fließt. Und ihr ›Onkel‹, oder was immer er ist, schien über meinen Vorschlag weit weniger entsetzt als mancher hier.«

Die Schlange blickte Maru weiter unverwandt an. Marus Herz schlug bis zum Hals.

»Er ist bereit, das Mädchen zu opfern?«, fragte Skeda erstaunt.

»Er hat gesagt, dass er darüber nachdenken will, was mich in meinem Verdacht bestärkt, dass sie eben nicht seine Nichte ist.«

Maru lag wie erstarrt. Die Schlange züngelte ihren Oberarm entlang.

»Das ist kein Ja«, giftete Hana.

»Es ist aber auch kein Nein«, erwiderte Taiwe scharf.

»Du hast uns dennoch in eine schwierige Lage gebracht, Taiwe, denn dank dir kennen die Fremden nun unser Geheimnis«, sagte Skeda.

»Ja, es war ein Fehler«, gab Taiwe zu. »Ich ahnte nicht, dass wir beobachtet werden, aber vielleicht ist das auch ein Wink des Schicksals, das will, dass wir das Angebot des Farwiers annehmen.«

Wieder füllte unruhiges Gemurmel den Saal.

»Erkläre uns das, Taiwe«, bat Skeda.

»Wenn du kannst«, höhnte Hana.

»Was haben wir denn zu verlieren?«, fragte Taiwe. »Es sind noch drei Tage bis Neumond. Nehmen wir an, die Fremden finden die Erwachte, und es gelingt ihnen tatsächlich, sie zu töten – wir wären den Fluch für alle Zeiten los, und meine Enkelin wäre gerettet.«

»Aber das Gold!«, sagte Hana.

»Das Gold? Nun, das wird sich weisen, wenn es so weit ist. Eines nach dem anderen.«

Die Schlange rollte sich zusammen. Sie schien auf Marus Arm schlafen zu wollen!

»Ich kann mir nicht vorstellen, dass sie die Erwachte besiegen können«, sagte Skeda zweifelnd.

»Ich auch nicht«, erwiderte Taiwe. »Ich denke aber, dass sie sie finden werden, denn dieser Dakyl scheint ein guter Jäger zu sein. Oder vielleicht findet die Zermalmerin auch sie, wer weiß? Die Fremden werden diese Begegnung jedenfalls kaum überleben, und dann nehmen sie, was sie wissen, mit ins Grab.«

Ferner Donner rollte über den Himmel. Es würde bald ein Gewitter geben.

»Also willst du sie in ihr Verderben laufen lassen?«, fragte Skeda. Es klang erstaunt.

»Es sind Söldner. Sie suchen die Gefahr und vielleicht auch den Tod. Das ist ihr Schicksal. Wenn sie nicht hier sterben, dann in diesem sinnlosen Bruderkrieg.«

»Deine Kälte erstaunt mich, alter Freund«, sagte Skeda betroffen.

»Ich bin erkaltet, seit Hanas Los meine Enkelin getroffen hat. Sie ist das Licht meines Alters, das nun auf dem Altar der Bestie verlöschen soll. Soll ich da singen und tanzen?«, fragte Taiwe verbittert. Dann seufzte er und sagte: »Verzeih, alter Freund. Ich hoffe, du kannst, ihr alle könnt verstehen, dass ich jeden anderen Weg versuchen muss, bevor ich Lathe den Opfergang antreten lasse.«

»Und glaubst du, diese anderen Wege führen zu ihrer Rettung? Du sagtest selbst, dass die Söldner wohl kaum Erfolg haben werden«, sagte Skeda. »Wenn sie alle tot sind, ist nichts gewonnen.«

»Alle?«, fragte Taiwe. »Ich kann mir nicht vorstellen, dass

sich der Urather mit seiner ›Nichte‹ an dieser Hatz beteiligt. Er scheint mir nicht der Mann, der sich auf tollkühne Unternehmungen einlässt. Er wird abwarten. Und wenn die Krieger scheitern, glaubt er ja immer noch, dass er auf einem anderen Weg an das Gold herankommt. Und so kommt meine Enkelin vielleicht doch noch mit dem Leben davon.«

»Aber das Gold!«, zischte Hana.

»Es ist nur Metall, nichts weiter. Das wird er einsehen«, sagte Taiwe ruhig.

Das war offenbar etwas, was die Männer im Saal untereinander besprechen mussten, denn es wurde laut oben.

Skeda wartete, bis die Unruhe verebbt war, dann sagte er: »Ich sehe, du hast es gut bedacht, Taiwe, wie stets. Also, sollten wir dem Vorschlag des Farwiers zustimmen?«, fragte Skeda.

»Wenn Hana keine Einwände mehr hat«, sagte Taiwe trocken.

Aber der Edaling schwieg.

Maru hätte sich jetzt nur zu gern zurückgezogen, aber die Schlange auf ihrem Arm rührte sich nicht. Oben wurde jemand beauftragt, die Fremden zu rufen. Erneut erklang ferner Donner. Maru konnte sehen, wie die ersten Tropfen draußen auf die nasse Erde fielen. Irgendwo zuckte ein Blitz. Eine Maus tauchte in Marus Blickfeld auf. Sie suchte den Boden ab. Die Schlange hob den Kopf. Sie ließ die Maus nicht aus den Augen. Träge entrollte sie sich und schlängelte sich von Marus Arm in den Staub. Langsam kroch sie auf ihre Beute zu. Maru hörte die schweren Schritte der Söldner, die das Samnath betraten. Die Maus war ahnungslos. Der Kopf der Schlange schnellte nach vorn, und ihre Zähne schlugen in den Körper ihres Opfers. Die Maus quiekte erschrocken auf, und die Schlange ließ sie wieder los. Ihre Beute trippelte noch einige wenige unsichere Schritte, dann fiel sie zuckend auf die Seite. Die Unruhe im Saal legte sich wieder. Maru hatte mehr als genug gehört. Während die Schlange langsam begann, ihr Opfer zu verschlingen, schlich sie eilig davon. Als sie neben der Treppe ins Freie kroch, ging ein heftiger Gewitterschauer nieder. Wahrscheinlich wurde sie von Tasil im Samnath erwartet. Doch sie hatte keine Lust, ihn zu sehen. Ihre Gedanken rasten. Taiwe hatte sie also Tasil abkaufen wollen. Und Tasil hatte nicht abgelehnt! Sie lief hinunter zu Hiris Hütte. Sie würde sich umziehen und sich dann sehr lange waschen, und dann würde sie überlegen, was zu tun sei.

Als sie ihre Unterkunft betrat, war Hiri gerade dabei, in den Verschlägen neues Stroh aufzuschütten. »Nanu, nicht im Samnath?«

»Bin ausgerutscht. Muss mich umziehen«, murmelte Maru verdrossen. Sie wäre jetzt lieber alleine gewesen.

»Ich verstehe, mein Kind, aber ich glaube, du versäumst nicht viel. Die Männer mit ihrer Wichtigtuerei. Es ist doch immer dasselbe.«

»Sag, Hiri«, begann Maru, der es in den Sinn kam, dass sie von der Frau sicher einiges würde erfahren können, »Taiwe und Hana, die mögen sich nicht besonders, oder?«

»Nicht mögen?« Hiri lachte kurzatmig. »Sie hassen einander, seit Hana Edaling ist. Weißt du, Hanas Großvater, der ebenfalls Hana hieß, das war ein Mann von großer Weisheit, ein Edaling wie in den alten Geschichten. Sein Sohn, der ihm nachfolgte, war klug, und vielleicht hätte er große Weisheit erlangt, wenn das Schicksal ihn nicht so früh abberufen hätte. Aber Hana? Er war jung damals, zu jung. Und mehr aus Mitleid denn aus Klugheit beschloss die Versammlung, ihn mit diesem Amt zu betrauen. Was hat ein Edaling schon groß zu tun? Er putzt den Dhanis-Schrein und achtet darauf, dass die Riten eingehalten werden. Wer konnte denn ahnen, dass ausgerechnet in seiner Zeit das alte Unheil erwachen würde? Nur einer, Taiwe, war schon damals gegen Hana, und er hat seine Meinung nicht für sich behalten. Seither hasst ihn Hana, und Taiwe lässt ihn jeden Tag spüren, für wie dumm er ihn hält.« Hiri wandte sich dem nächsten Verschlag zu. Sie wendete das Stroh und schüttete neues dazu.

»Ich weiß von dem Opfer«, sagte Maru.

Hiri hielt inne. »Du weißt es? Nun, das Los hat entschieden, dass es Taiwes Enkelin Lathe sein soll, und es war Hana, der dieses Los gezogen hat. Das ist sein Amt. Aber viele denken, dass es nicht der Wille der Ahnen, sondern der seines Weibes Skeldiga war, der seine Hand dabei lenkte.« Hiri seufzte und sagte: »In schlimmen Tagen leben wir: Die Erwachte im Fluss, der Krieg, der Zwist im Dorf. Aber ich vergesse die Zeit. Ich muss hinüber zu meiner Ältesten, sie hat große Sorgen mit einer Ziege, und ich hoffe, wir kommen zurecht, ohne die alte Wika um Rat fragen zu müssen.«

Und sie war verschwunden, bevor Maru fragen konnte, wer diese Wika war.

Maru hatte sich gerade umgezogen, als Tasil und die Söldner vom Samnath zurückkamen. Bolox war in Hochstimmung, aber er war der Einzige.

»Ich weiß immer noch nicht, wer dich zu unserem Anführer gemacht hat«, sagte Meniotaibor, als er den Regen aus seinem Gewand wrang.

»Es war mein Einfall, und ich war es, der diese Dörfler überzeugt hat, das Angebot anzunehmen«, erwiderte Bolox stolz und setzte hinzu: »Gold, Freunde, Gold, so viel wir tragen können!«

»Dennoch, Farwier. So ein Unternehmen erfordert Erfahrung, viel Erfahrung«, sagte Ulat mürrisch, »sag uns doch, in wie vielen Schlachten du gekämpft hast.«

»Ich habe schon mehr Feinde bezwungen, als du denkst, Akkesch, Menschen und Tiere. Und es ist sicher noch nicht so lange her wie bei dir, Graukopf.«

»Dir fehlt es an Achtung, Jüngling. Wenn du willst, können wir herausfinden, wer von uns beiden der Bessere ist. Mein Speer gegen deine Axt, Grünschnabel!«

»Ich bitte euch«, warf Tasil ein, »diese Streitereien führen doch zu nichts. Ihr solltet lieber darüber nachdenken, wie ihr die Awathani bezwingen wollt.«

»Mit unserem Mut und unseren Waffen«, sagte Bolox.

»Ein bisschen durchdachter sollte unser Plan schon sein«, spottete Meniotaibor.

»In die Enge müssen wir sie treiben, sie ablenken und dann in der Flanke angreifen«, rief Ulat, »so haben wir Akkesch von alters her noch jeden Feind bezwungen.«

»Und wie willst du einem Tier, das im Wasser lebt, in die Flanke fallen, edler Akkesch?«, fragte Meniotaibor.

»An Land, wir müssen sie an Land zwingen!«

»Kriegstaktik der Akkesch«, rief Bolox voller Verachtung, »immer umständlich, immer langwierig. Schnell müssen wir sein! Wir müssen sie nur finden, meine Axt besorgt den Rest.«

Eines musste ihm Maru lassen, er verfügte über grenzenloses Selbstvertrauen.

»Nun, deine Axt ist scharf, Farwier, das habe ich gesehen«, sagte Meniotaibor, »aber nach allem, was ich höre, ist diese Schlange hundertmal größer als so eine Flussechse. Da brauchen wir vielleicht etwas Besseres.«

»Ah, und unser schlauer Iaunier hat natürlich schon einen Plan«, meinte Ulat spöttisch.

»Vielleicht habe ich den«, erwiderte Meniotaibor nachdenklich. »Ihr könnt es natürlich nicht wissen, aber vor vielen Jahren wurde meine Heimatstadt Pleigos einmal belagert. Der Feind war uns hundertfach überlegen, aber wir haben ihn vernichtet.«

»Und wir habt ihr dieses Kunststück vollbracht?«, fragte Ulat.

»Wir haben die Brunnen vergiftet«, antwortete der Iaunier schlicht.

»Gift?« Ulat klang angewidert.

»Gift«, bekräftigte Meniotaibor, »wir füttern diese Bestie mit einem vergifteten Köder.«

»Das erscheint mir nicht sehr ehrenhaft«, sagte Bolox zweifelnd.

»Aber erfolgversprechend«, warf Tasil ein. Er hatte dem Streit aufmerksam zugehört. Maru kannte seine Vorgehensweise. Er hielt sich zurück und lenkte, was geschah, aus dem Hintergrund in die Richtung, in der er es haben wollte.

»Wir wissen nichts«, sagte Vylkas plötzlich.

Die anderen sahen ihn überrascht an. Der Dakyl hatte sich bislang gar nicht geäußert.

»Was meinst du, mein Freund?«, fragte Meniotaibor.

»Wie groß ist sie? Wo ruht sie? Wo frisst sie? Wir müssen mehr über sie wissen. Dann machen wir einen Plan«, erklärte Vylkas.

Die anderen schwiegen, vielleicht überrascht davon, dass der Dakyl so viele Worte hintereinander gesprochen hatte.

Schließlich ergriff Tasil das Wort: »Ich glaube, er hat Recht. Ihr müsst mehr über die Awathani erfahren. Ihr müsst sie vor allem finden, oder wenigstens eine Spur von ihr. Dann wird sich der Rest vielleicht von selbst ergeben.«

»Du sprichst immer von ›ihr‹ Urather, ich nehme doch an, dass du uns begleiten willst, oder?«, fragte Ulat misstrauisch.

»Oh, ich verstehe nichts von der Kriegskunst, edler Akkesch, und auch nichts von der Jagd. Ich bin nur ein einfacher Reisender und will euch nicht im Wege stehen.«

Meniotaibor sah ihn nachdenklich an. Schließlich sagte er: »Heißt das, du willst auch nichts vom Gold?«

»So ist es, Meniotaibor. Es steht mir nicht zu. Ich bin kein Held wie ihr. Die Belohnung gebührt allein euch.«

Maru las in den Gesichtern der Krieger. Es war eigentlich leicht zu durchschauen, was Tasil vorhatte, und es klappte: Sie konnte den Söldnern ansehen, wie sie in Gedanken das Gold erst durch sechs und jetzt durch fünf teilten. Er hatte ihren schwachen Punkt längst gefunden. Die Gier vernebelte ihre Gedanken.

Der Kydhier wurde losgeschickt, um Boote und, wenn möglich, einheimische Führer zu besorgen. Sie wollten gleich aufbrechen, auch wenn es immer noch stark regnete. Tasil bot an, in der Zwischenzeit im Dorf weitere Erkundungen einzuziehen. »Diese Dörfler sind verschwiegen, aber vielleicht verraten sie mir doch das eine oder andere, das eurer Suche weiterhilft.«

»Du bist ein mutiger Mann, Tasil«, spottete Meniotaibor. »Welche Gefahren du auf dich nimmst! Pass auf, dass diese Awier dich nicht fressen.«

»Von einem Urather kann man nicht viel mehr erwarten«, knurrte Ulat missgelaunt. Er schien immer noch damit zu hadern, dass nicht er zum Anführer der Söldner bestimmt worden war. Nach Marus Einschätzung war es allerdings so, dass sie bis jetzt eigentlich gar keinen Anführer hatten – oder vielleicht auch drei.

Arbi, der Kydhier, schaffte es tatsächlich, zwei junge Fischer aufzutreiben, die sich und ihre Boote für die Suche zur Verfügung stellten. Sie machten allerdings zur Bedingung, dass sie sich vom offenen Fluss fernhalten würden. Außerdem verlangten sie zwei Segel Bronze täglich für ihre Dienste. Ulat nannte das unverschämt und versuchte, die beiden Männer herunterzuhandeln. Sie blieben stur. Schließlich würden sie nicht nur ihre Boote, sondern auch die eigene Haut wagen.

Meniotaibor machte der Sache ein Ende. »Wir sind bald reich, Akkesch, also lass uns nicht an einem Stück Bronze sparen.« Und er gab den Fischern, was sie verlangten.

Es war beinahe Mittag, als die Söldner bei leichtem Nieselregen endlich aufbrachen. Sie boten einen kriegerischen Anblick. Ulat hatte zu Brustpanzer, Arm- und Beinschienen auch noch einen schweren Bronzehelm angelegt. Mit seinem riesigen Schild und dem langen Speer kam er Maru beinahe vor wie ein Held aus lang vergangener Zeit. Nur seine vom Alter gebeugte Gestalt wollte nicht recht in dieses Bild passen. Bolox, der Farwier, war beinahe das genaue Gegenteil des Akkesch. Er war jung, trug seine große Axt nachlässig auf der Schulter, und sein einziger Schutz bestand aus einem leichten Lederhelm und einem kurzen Hemd, das sich über seinen starken Körper spannte. Maru hatte den Verdacht, dass es das war, worauf es ihm ankam: Er wollte seine beeindruckenden Muskeln zeigen. Die blassblaue Farbe und die dunkelblauen Zauberzeichen, die seine Haut bedeckten, reichten ihm als Schutz. Bolox schien außerdem mit unerschütterlichem Selbstvertrauen gepanzert zu sein. Er brauchte keine Rüstung. Vylkas besaß weder Panzerhemd noch Schild, wohl aber ein furchterregendes Wolfsfell. Der Kopf des Tieres war über einen Helm gezogen, und die Pranken ruhten auf seinen Schultern. Als Waffen führte er ein Bündel von fünf kurzen Wurfspeeren und ein kurzes Schwert mit sich. Er war ein Jäger mit jeder Faser seines Körpers, das war unverkennbar, und Maru hätte sich nicht gewundert, wenn er sich bei der Jagd in einen Wolf verwandelt hätte. Er ging dem kleinen Trupp voraus und schien schon jetzt nach dem Wild Ausschau zu halten. Meniotaibor folgte ihm. Der Iaunier trug einen geschwärzten Helm mit weit nach vorne gezogenem Wangenschutz. Seine Augen lagen dadurch tief im Schatten. Seine Arm- und Beinschienen waren aus Leder, mit Bronze prachtvoll geschmückt, und auch die beiden kurzen Iaunischen Schwerter, die er an gekreuzten Gurten trug, steckten in aufwändig verzierten Lederscheiden. Arbi beschloss den kleinen Zug der Söldner. Seine Bewaffnung war die eines einfachen Kriegers: Leichter Lederschild, kleine Kriegsaxt. Sein lederner Helm war mit Kupferstreifen verstärkt, aber einige fehlten bereits. Maru konnte sich nicht helfen:

das runde Gesicht des Kydhiers passte einfach nicht unter einen Helm. Er sah aus wie ein Fischer oder Bauer, der sich zum Spaß als Krieger verkleidet hatte. Auf der Nordseite der Insel fand sich eine kleine Bucht, die den Fischern als Hafen diente. Die plumpen Boote hatte man an Land gezogen und mit Strohmatten abgedeckt. Zwei Männer waren dabei, Schäden an ihren Netzen zu flicken. Zwei weitere Männer saßen auf einigen Schilfbündeln und schienen nachdenklich hinaus auf das Wasser zu starren. Sie trugen die langen awischen Strohmäntel, weshalb Maru sie nicht gleich erkannte. Es waren Wifis und – Biredh.

»Hier treibst du dich also herum, Alter«, begrüßte ihn Tasil.

»Du weißt doch, ich bin immer gerne nahe am Fluss.«

»Und? Hat er dir etwas Spannendes zu erzählen?«

»Vieles, Tasil, aber nicht das, was du gerne hören würdest«, entgegnete Biredh ernst.

Als die Fischer ihre Boote ins Wasser schoben, sprang Wifis plötzlich auf. »Das dürft ihr nicht! Ihr dürft nicht hinausfahren!«, rief er.

Die Fischer ließen sich aber nicht aufhalten. »Schon gut, Alter«, sagte einer, und er sprach sehr laut, »wir fahren nicht aufs Meer, und wir kommen wieder.«

»Versprichst du mir das? Versprichst du mir, dass ihr nicht auf das Meer fahrt?« Wifis hielt den Fischer am Arm fest. Er sprach drängend. Maru begriff, dass der Alte geistig verwirrt war.

»Versprochen, Wifis«, erwiderte der Fischer und löste seinen Arm lächelnd aus dem Griff des Ältesten.

»Der Alte ist ja völlig verrückt«, sagte Meniotaibor.

»Nicht verrückter als ihr, wie mir scheint, Schlangenjäger«, erwiderte Biredh.

Vylkas machte seine Geste gegen das Unglück, legte seine Wurfspeere ins Boot und stieg ein. Die anderen folgten ihm. Sie stießen sich ab, und die Fischer lenkten die Boote hinaus auf den

Fluss. Wifis starrte ihnen mit hängenden Schultern hinterher. Sie überquerten eilig den offenen Strom und verschwanden bald in einem der schmalen Wasserarme, die sich so zahllos zwischen den Schilfinseln hindurchschlängelten.

»Nun, das hat lange genug gedauert«, sagte Tasil, als die Boote außer Sicht waren, und nahm Maru beiseite. »Jetzt wird es Zeit, dass wir die Dinge hier ein wenig vorantreiben. Wir haben viel zu tun, Kröte.«

»Ich weiß. Du wirst versuchen, bei Taiwe mehr Goldringe für mich herauszuschlagen«, sagte Maru grimmig. Die ganze Zeit hatte sie die Wut mit sich herumgetragen. Jetzt musste es heraus.

Tasil sah sie grinsend an: »Was denkst du von mir, Kröte? Glaubst du wirklich, ich verkaufe dich für ein paar armselige Ringe, wenn ich einen ganzen Tempel aus Gold haben kann?«

»Du hast das Angebot aber nicht abgelehnt!«

»Natürlich nicht, ich bin doch kein Narr und schlage die Tür zu, durch die ich noch gehen will. Taiwes Angebot hat den Stein ins Rollen gebracht. Jetzt müssen wir dafür sorgen, dass er nicht liegen bleibt.«

Maru war verunsichert. »Also … willst du mich gar nicht … verkaufen?«, fragte sie stotternd.

Tasil lächelte auf seine wölfische Art, dann sagte er: »Nun, Taiwe hat mir zwölf Ringe aus Gold für dich geboten. Jeder ist ungefähr zwanzig gute Sklaven wert, vielleicht auch mehr. Du siehst, ich könnte dich leicht und ohne Mühe gegen zweihundertvierzig Sklaven eintauschen. Und einer von denen wird doch sicher weniger störrisch sein als du, Kröte. Oder was meinst du? Und jetzt solltest du mir endlich berichten, was du unter dem Samnath gehört hast. Du hast doch etwas gehört, oder?«

Maru schenkte ihm einen tiefen Blick aus ihren grünen Augen. Tasil spielte mit ihr, das war klar. Sein selbstgefälliges Grinsen verriet ihn. Aber sie wollte sich nicht aus der Fassung bringen lassen. Sie schluckte ihre Wut hinunter und erzählte ganz ruhig, was sie belauscht hatte. Die Sache mit der Schlange auf ihrem Arm erwähnte sie nicht.

»Wenig Überraschendes«, sagte er, als sie berichtet hatte. »Dieser Taiwe ist wirklich nicht dumm.«

»Glaubst du, dass Meniotaibor und die anderen Erfolg haben? Dass sie die Awathani töten werden?«, fragte sie.

Tasil sagte: »Zu Anfang habe ich nicht damit gerechnet, aber vielleicht habe ich sie unterschätzt. Dieser Meniotaibor ist ein listiger Hund. Sein Gedanke war gut. Mit Gift ist diesem Untier vielleicht wirklich beizukommen.«

»Und dann?«

»Werden wir rechtzeitig zur Stelle sein, um unseren Teil am Gold zu sichern, Kröte. Das solltest du zumindest hoffen. Sonst muss ich dich vielleicht doch noch eintauschen. Aber von nichts kommt nichts. Ich habe einiges zu erledigen. Du wirst dich in der Zwischenzeit hier umsehen. Finde heraus, was du herausfinden kannst. Über den Tempel, die Ältesten, den Edaling. Behalte sie ja gut im Auge, wenn ich weg bin, vor allem Taiwe. Achte einfach auf alles, was wichtig ist.«

Maru nickte. Jetzt war es wie früher. Er schickte sie los mit einem Auftrag, der so weit gefasst und unbestimmt war, dass sie ihn kaum erfüllen konnte – und er verschwand und folgte seinen geheimen Pfaden. Aber so war es eben.

Wika

Das Fenn ist am trügerischsten, wo du glaubst, sicheren Grund zu finden.

Awisches Sprichwort

Sie hatte gehofft, ungestört mit Biredh reden zu können, doch Tasil hatte offenbar den gleichen Gedanken. Er setzte sich neben die beiden Alten und fragte sie nach ihrer Meinung zum Wetter. Maru war klar, dass er sie aushorchen wollte. Irgendetwas sagte ihr, dass er bei Biredh wenig Erfolg haben würde. Und Wifis? Tasil hatte selbst gesagt, dass der Alte verrückt war. Es regnete immer noch. Marus Garwan war schon wieder völlig durchnässt. Verdrossen machte sie sich daran, ihren Auftrag zu erfüllen. Das Einfachste würde sein, sich die Insel erst einmal anzusehen. Bislang kannte Maru nur den nördlichen Teil, von der Brücke bis zum Samnath. Sie stellte bald fest, dass es nicht viel mehr zu sehen gab. Auch auf der flussabwärts gewandten Südseite standen die schilfgedeckten Hütten auf Pfählen und dicht gedrängt. Auf den Wegen spielten Kinder im Matsch, dazwischen suchten kurzbeinige Schweine nach Essbarem. Das Leben im Dorf schien seinen Gang zu gehen. Aber dennoch spürte Maru eine schwere Last, die auf diesen Hütten lag. Die Kinder wussten vielleicht nichts davon, aber die Erwachsenen wirkten bedrückt. Maru hörte die Leute miteinander reden. Sie sprachen über das Wetter, die Nachbarn, kranke Haustiere, aber kein Wort über den Krieg, der doch gar nicht weit von ihren Hütten tobte. Dann fiel Maru auf, dass auch niemand über die Awathani sprach. Sie hörte Fischer, die darüber klagten, dass sie nicht hinausfahren konnten, aber sie vermieden es, den Grund dafür zu nennen. Die Zeiten waren hart, wie immer, vielleicht sogar härter, aber niemand behauptete, die Awathani sei an allem schuld. Die Dörfler schienen sie aus ihren Gedanken auszusperren, wie all das andere Böse, das sie umgab. Und doch sprach aus jedem Satz die Angst, die sie beherrschte. Maru entdeckte, dass es auf der Südseite der Insel einen ebensolchen Hafen wie im Norden gab. Das Gatter, das die kleine Bucht schützte, war geöffnet, aber es sah nicht aus, als ob irgendwelche Boote draußen wären. Dicht an dicht lagen die Nachen am Ufer. Fischer waren damit beschäftigt, den Rumpf eines Bootes auszubessern. Unweit der Bucht stand ein auffällig großes Haus. Es ruhte auf massiven Säulen und war, mit Ausnahme des Samnaths, größer als alle anderen Hütten, die Maru gesehen hatte. Jemand war auf dem Dach und deckte neue Lagen Schilf auf. Wegen seines Regenüberwurfs konnte Maru ihn nicht gleich erkennen, aber dann hörte sie eine keifende Stimme, die den Mann antrieb, weil es immer noch hineinregnete. Sie gehörte eindeutig Skeldiga. Das war also vermutlich das Haus des Dhanis-Schreins, von dem Hiri gesprochen hatte. Ob die beiden darin wohnten? Maru hätte große Lust gehabt, sich den Schrein anzusehen, aber sie spürte kein Verlangen, Skeldiga oder Hana zu begegnen. Dann fiel ihr ein Junge auf, ungefähr in ihrem Alter, also fast schon ein Mann, der etwas Schweres durch den Regen trug. Es war in Stroh gewickelt und dampfte. Er hatte es eilig, und sein Ziel war das Schreinhaus.

»Skeldiga, der Junge kommt«, rief Hana vom Dach.

Seine Frau erschien oben an der Treppe. »Aber du machst das erst fertig!«, schrie sie nach oben.

»Spät kommst du«, schalt sie den Jungen und nahm ihm ab, was er trug. Sie wickelte einen schwarzen Topf aus dem Stroh und hob den Deckel an. »Wieder nur Gemüse und Fisch? Was denkt ihr euch? Deine Schwester wird noch verhungern. Glaubt ihr, dass Gemüse die Zermalmerin zufrieden stellt?«

Der Junge schwieg. Maru sah, dass er die Fäuste geballt hatte.

»Ziegenfleisch! Hörst du? Sag deiner Mutter, deine Schwester braucht mehr Fleisch«, schimpfte Skeldiga.

Der Junge gab wieder keine Antwort.

»Verschwinde jetzt«, sagte die Frau des Edalings schlecht gelaunt. »Vielleicht hast du nichts zu tun, aber wir müssen noch viel vorbereiten!« Und damit verschwand sie im Haus.

Der Junge blieb noch eine Weile vor dem Eingang stehen. Er spähte hinein und schien mit sich zu kämpfen, aber dann drehte er sich um und lief davon. Maru folgte ihm, aber sie umrundete zunächst eine Hütte, damit es dem Edaling auf dem Dach nicht auffiel. Der Junge lief schnell, und selbst von hinten konnte Maru ihm ansehen, dass er wütend war. Auf Höhe des Samnaths hatte sie ihn fast eingeholt.

»He, du, warte«, rief sie. Etwas Besseres fiel ihr nicht ein.

Der Junge warf einen Blick zurück über die Schulter und ging weiter. Maru musste rennen, um zu ihm aufzuschließen.

»Was ist los? Hast du Angst vor mir?«, fragte sie.

Der Junge blieb stehen. Der Regen rann ihm übers Gesicht. »Ich habe vor niemandem Angst!«, sagte er.

»Und warum rennst du dann so?«

»Ach, was geht das dich an, Fremde?«

Maru sah ihm ins Gesicht. »Ich glaube, es geht mich sehr viel an.«

Der Junge erwiderte ihren Blick, und sie konnte sehen, dass der Zorn aus seinen braunen Augen wich. »Du bist die Nichte von diesem Urather, oder?«

»Genau, Maru Nehis heiße ich. Oder einfach Maru.«

»Stimmt es, dass er dich verkaufen will?«

»Das ist nicht wahr«, sagte Maru sehr bestimmt, obwohl bei dieser Frage sofort der nagende Zweifel wieder erwachte.

Der Junge sah auf einmal müde und traurig aus.

»Wie ist dein Name?«, fragte Maru.

»Ich bin Rema.«

»Sag, Rema, warum hast du Skeldiga eben etwas zu essen gebracht?«

»Das war doch nicht für sie! Das Essen ist für Lathe, meine Schwester.«

»Hält der Edaling sie etwa gefangen?«, fragte Maru überrascht. Sie konnte keine Ähnlichkeit zwischen Rema und seinem Großvater erkennen.

»Sie sagen, dass sie sie vorbereiten müssen, für das Opfer. Damit die Riten eingehalten werden«, antwortete Rema verbittert.

Das mochte wirklich der Grund sein. Jedes Opfer erforderte einen bestimmten Ritus, der genauestens beachtet werden musste. Nur dann bestand die Aussicht, dass die Götter oder Ahnen das Opfer auch annahmen. Das wusste Maru noch aus Akyr, wo sie aufgewachsen war. Die Vorbereitungen konnten Stunden, bei hohen Festen oder wichtigen Opfern auch Tage in Anspruch nehmen. Aber natürlich stellte der Edaling so auch sicher, dass das Mädchen nicht flüchtete oder von Verwandten entführt wurde.

»Hast du noch nicht daran gedacht, sie zu befreien, Rema?«, fragte Maru, einer plötzlichen Eingebung folgend.

»Natürlich habe ich das«, sagte Rema seufzend, »aber Großvater Taiwe hat es mir verboten. Er sagt, dass sie dann ein anderes Mädchen opfern würden – und das wäre eine Schuld, die wir uns nicht aufladen dürften.« Traurig sagte er: »Ich glaube, da hat er Recht. Ich kenne jedes Mädchen hier im Dorf. Eigentlich sollte keine von ihnen sterben. Aber meine Schwester auch nicht!«

Maru nickte und schwieg. Das mit der Befreiung war ein schöner Einfall gewesen. Sie hatte nicht darüber nachgedacht, was daraus folgen würde. Taiwe schon. Er war wirklich ein kluger Mann.

»Aber jetzt bist du hier, Maru Nehis, und das ändert alles«, sagte Rema.

Maru starrte ihn verständnislos an.

»Wenn dein Onkel dich wirklich verkauft, müssen wir weder Lathe noch irgendein anderes Mädchen aus dem Dorf opfern.«

Maru wusste nicht, was sie sagen sollte. Er meinte das ernst.

»Er hat immerhin drei Dutzend goldene Ringe für dich geboten. Ich kann verstehen, dass dein Onkel das Angebot nicht abgelehnt hat.«

»Es war nur ein Dutzend – und Tasil hat das Angebot nicht angenommen!«, stellte sie entschieden klar.

Rema sah unglücklich aus: »Er hat es wirklich abgelehnt?«, fragte er leise.

Maru wurde verlegen. Er schien seine Schwester sehr zu lieben. »Nicht endgültig«, sagte sie, um den Jungen zu trösten, was ihr im selben Augenblick sehr seltsam vorkam. »Außerdem – die Krieger sind gerade draußen in den Sümpfen, um die Awathani zu töten. Und wenn sie Erfolg haben, muss niemand geopfert werden. Auch deine Schwester nicht«, sagte sie und setzte in Gedanken hinzu: *Und ich auch nicht.*

»Nenn sie nicht beim Namen, bitte. Und niemand kann sie töten«, sagte der Junge düster.

»Oh, es sind wirklich erfahrene Krieger, ich glaube, der Iaunier hat vor, sie zu vergiften. Und mein Onkel sagt, dass das möglich ist.«

»Das wäre schön«, sagte Rema, ohne dass es sehr überzeugt klang. »Ich glaube nicht, dass es genug Gift auf dieser Welt gibt, um so ein Untier zu töten. Außerdem«, er zögerte, »sagen die Leute, dass sie unsterblich ist.«

Maru dachte nach. Als ihr Onkel den Einfall Meniotaibors gelobt hatte, da hatte der Plan überzeugend geklungen. Aber der Junge hatte nicht Unrecht. Angeblich war die Seeschlange riesig.

Was hieß das genau? War sie größer als das Samnath? Oder größer als das ganze Dorf? Der Dakyl hatte Recht. Sie mussten mehr über die Awathani wissen.

»Hast du sie gesehen?«, fragte sie den Jungen. Auf das Naheliegende kam man immer zuletzt.

»Nein«, erwiderte Rema. »Aber *Sie* ist fürchterlich.«

»Woher weißt du das? Hat sie denn überhaupt jemand schon einmal gesehen?«

Rema zögerte mit der Antwort. »Der alte Dwailis ist *Ihr* begegnet. Er war der Erste. Skeldiga hat behauptet, er habe *Sie* geweckt. Aber sie erzählt oft solche bösen Sachen, und niemand hört auf sie, außer Hana.«

»Dwailis? Wer ist das?«

»Ein verrückter Alter. Er lebt ganz allein mitten im Fenn. Zuerst hat ihm keiner geglaubt, denn er erzählt oft wirres Zeug. Aber dann sind einige unserer Männer verschwunden. Und ein paar unserer Fischer haben erzählt, dass sie ihren schwarzen Rücken im Strom gesehen haben. *Sie* ist riesig.«

Riesig. Da war es wieder, dieses Wort.

»Was heißt das, ich meine, wie groß ist sie denn genau?«

Rema starrte sie befremdet an. »Ich verstehe deine Frage nicht, Maru Nehis. Meinst du denn, wir haben *Sie* auf Elle und Faden vermessen? Es ist die Erwachte. Ein Schlag ihres langen Schwanzes ist genug, um das Dorf oder eine ganze Stadt hinwegzufegen. Reicht dir das nicht?«

Maru seufzte. Hoffentlich würde Vylkas etwas Genaueres herausfinden. Auf jeden Fall schien die Awathani wirklich sehr groß zu sein. Wie viel Gift würde man also brauchen? Und vor allem – welches? Da kam ihr ein neuer Gedanke: »Sag, gibt es hier jemanden im Dorf, der sich auf besondere Pflanzen versteht, giftige Pflanzen? Oder auf das Heilen?«

Der Junge sah sie nachdenklich an. »Nicht im Dorf«, sagte er zögernd, »aber flussaufwärts im Sumpf haust die alte Wika. Die ist eine Kräuterfrau.«

Im Sumpf. Tasil hatte gesagt, sie solle das Dorf im Auge behalten. Aber das war doch wichtiger, oder?

»Wie finde ich sie?«

»Gar nicht«, erwiderte Rema trocken, »sie lebt auf einer der Inseln. Nur mit dem Boot gelangt man zu ihr. Und du hast keines.« Er schien sich bei dem Gedanken an die Kräuterfrau unwohl zu fühlen.

»Aber du hast doch sicher eins, oder dein Vater?«

»Meine Familie hat eines. Mein Vater ist lange schon tot.«

»Das tut mir leid«, sagte Maru. Hier schienen viele Männer früh zu sterben. Rema war unschlüssig. Tasil hätte ihn jetzt wahrscheinlich bestochen. Das kam natürlich nicht in Frage. Sie beschloss, es auf ihre Weise zu versuchen.

»Bitte, Rema. Bring mich zu ihr. Vielleicht kann die Kräuterfrau uns beiden helfen.«

»Was meinst du?«

»Vielleicht weiß sie, wie man die Awa … die Große Schlange töten kann. Kräuterfrauen wissen so etwas. Vielleicht.«

Der Junge zögerte. »Meinst du wirklich?« Dann nickte er nachdenklich. »Normalerweise wären meine älteren Brüder jetzt mit unserem Boot auf dem Fluss, aber sie fischen seit Wochen nur noch vom Ufer aus. Alles andere wäre zu gefährlich. Ich kann meiner Mutter sagen, dass ich mit dir in einem der flachen Kanäle auf Flusskrebsfang gehe. Erlauben würde sie es sonst nie.«

»Wo liegt euer Boot?«

»In der Nordbucht.«

»Dann erwarte ich dich dort und – ich danke dir für deine Hilfe!«

Nachdem sie sich getrennt hatten, lief Maru zur Nordbucht. Sie hatte diese fast erreicht, als sie zufällig Tasil entdeckte, der sich vorsichtig von Hütte zu Hütte bewegte. Es wäre übertrieben gewesen zu sagen, dass er schlich, aber er schien darauf zu achten, sich möglichst ungesehen zu bewegen. Er hatte seinen Mantel übergeworfen, und der war ebenso grau wie der Regen und der ganze Tag. Er war Maru nur ins Auge gefallen, weil er gerade über eine große Pfütze sprang. Dann war er schon wieder mit dem Schatten der nächsten Hütte verschmolzen. Was hatte er vor? Nun, es gab einen Weg, das herauszufinden. Was das Schleichen anging, war Maru inzwischen mindestens genauso geschickt wie Tasil. Allerdings hatte sie ihren Überwurf in der Herberge gelassen. Er saugte sich nämlich so schnell mit Wasser voll, dass er gegen diesen dauernden Regen eigentlich nutzlos war. Sie drückte sich an ein Gatter und – Tasil war fort. Sie wartete einen Augenblick. Ein paar Ziegen kamen neugierig näher. Tasil tauchte wieder auf, schlenderte langsam zur nächsten Hütte und war wieder ihren Blicken entzogen. Auch das hatte sie von ihm gelernt: Wer sich langsam bewegte, fiel weniger auf. Sie tat es ihm gleich, schlug einen Haken, um aus seinem Blickfeld zu kommen, und huschte um die nächste Hütte. Wo steckte er? Dann sah sie ihn wieder. Er wollte offenbar auf die Südseite. Maru folgte ihm. Es war erstaunlich, wie unauffällig er sich verhielt. Er schlenderte einmal ganz dicht an einer Gruppe spielender Kinder vorüber, und die nahmen ihn nicht einmal wahr. Dann hatte er offensichtlich sein Ziel erreicht. Es war das Schreinhaus. Der Edaling war vom Dach verschwunden. Vermutlich saßen sie gerade drinnen und verschlangen das, was Rema für seine Schwester gebracht hatte. Tasil stieg die Treppe hoch, blickte sich oben noch einmal um, und dann schlüpfte er durch die Tür, ohne sich mit Anklopfen aufzuhalten. Maru wartete, aber drinnen blieb es ruhig. Eigentlich hatte sie damit gerechnet, eine keifende Skeldiga zu hören, aber nichts dergleichen geschah. Was wollte Tasil von den beiden? Für einen kurzen Augenblick dachte Maru daran, sich näher heranzuschleichen, um zu lauschen. Das konnte gefährlich werden, und es war ungewiss, ob sie überhaupt nahe genug herankam. Wenn sie allerdings Erfolg hätte… Sie zögerte. Tasil war nicht sehr erbaut gewesen, dass sie ihn in der vorigen Nacht belauscht hatte. Er hatte es den ganzen Tag noch nicht erwähnt, und Maru hatte keine Lust, ihn daran zu erinnern. Dann fiel ihr ihre Verabredung mit Rema ein. Das gab den Ausschlag. Tasil mochte seinen Plänen nachgehen, sie hatte ihre eigenen. Eilig lief sie zur nördlichen Bucht. Sie hatte die leise Hoffnung, dass sie Biredh dort noch antreffen würde. Aber er war fort und Rema noch nicht da. Nur der alte Wifis saß auf den Schilfbündeln und starrte hinaus auf den Fluss. Sie stellte sich bei einer der Hütten unter und wartete.

»Ich musste noch die Schweine füttern«, entschuldigte sich Rema, als er endlich kam. Dann reichte er ihr ein Bündel Stroh.

»Was ist das?«, fragte Maru.

»Gegen den Regen.«

Sie rollte es auf. Es war ein Überwurf, wie ihn die Einheimischen trugen. »Danke«, sagte sie und legte ihn um.

»Hilf mir, das Boot ins Wasser zu schieben«, sagte Rema.

Sein Boot war eines der kleinsten, die Maru bislang gesehen hatte, aber es war schwerer, als es aussah. Mit vereinten Kräften schoben sie es ins Wasser. Als sie die Abdeckmatten zusammenrollten und verstauten, sprang der alte Wifis auf. »Ihr dürft nicht hinausfahren«, rief er.

»Schon gut, Wifis, wir fahren nur auf den Fluss, nicht aufs Meer«, sagte Rema laut, aber freundlich.

»Ihr dürft nicht aufs Meer fahren. Ihr kommt nicht zurück.«

»Wir bleiben auf dem Fluss, keine Angst, Wifis«, wiederholte Rema. Dann half er Maru ins Boot, sprang selbst hinein und stieß es vom Ufer ab. Wifis stand bis zu den Knöcheln im Wasser und sah ihnen hinterher.

»Er hatte drei Söhne«, sagte Rema, als sie den Hafen verlassen hatten. »Wie es heißt, bauten sie gemeinsam ein großes Boot, weil es ihnen nicht mehr genügte, den Strom zu befischen. Sie fuhren hinaus aufs Meer und kamen nicht wieder. Es ist lange her, aber seitdem sitzt Wifis hier und wartet auf ihre Rückkehr.«

»Er ist so traurig«, sagte Maru.

»Es ist Wifis. Ich kenne ihn nicht anders«, sagte Rema. »Ich glaube, Großvater Taiwe und Skeda lassen ihn nur noch aus Freundschaft im Rat der Ältesten sitzen, denn gesagt hat er dort schon lange nichts mehr. Und vielleicht auch, weil Hana sich darüber ärgert.« Er reichte ihr ein schmales hölzernes Paddel.

»Was soll ich damit?«

»Rudern natürlich. Wir müssen stromaufwärts.«

»Ich habe das noch nie gemacht«, wandte Maru ein.

»Dann wird es Zeit, dass du es lernst«, erwiderte Rema.

Es war nicht besonders schwer, und Maru lernte schnell. Rema lenkte das Boot nach Osten. Sie hielten sich dicht an der Insel und folgten dann dem Dammweg Richtung Festland. Ein Meer von Schilf lag vor ihnen. Aber dann teilte es sich, und Rema lenkte das Boot zielsicher in einen der Wasserarme. Sie kamen nur langsam voran, denn der Arm war schmal und gewunden, und sie mussten auf Hindernisse im Wasser achten. Rechter Hand erstreckte sich ein Wald mit schlanken Bäumen, die ellentief im Wasser standen. Auf der linken Seite überzog Schilf flache, sumpfige Inseln. Es war nicht leicht zu erkennen, wo hier wirklich festes Land war. Das Wasser war schwarz und floss nur träge. Der Arm, dem sie folgten, teilte sich mehrfach, aber Rema kannte den Weg. Einmal sah es so aus, als seien sie in eine Sackgasse geraten, doch es war nur eine Insel aus treibendem Suwagras. Es war mühsam, das Boot hindurchzubugsieren.

»Ist das Wasser hier tief?«, fragte Maru, als sie sich wieder einmal mit dem Paddel im zähen Gras verheddert hatte.

»Knietief, denke ich«, antwortete Rema, »warum?«

»Wir könnten auch aussteigen und ziehen oder schieben. Das geht sicher schneller.«

»Davon würde ich abraten«, sagte Rema und wies mit einer Kopfbewegung auf eine nahe Sandbank. Dort lagen zwei Flussechsen mit halb aufgesperrtem Maul und ließen den Regen auf ihre Rücken prasseln.

Maru hatte sie gar nicht gesehen. Die Idee auszusteigen, war wohl doch nicht so gut.

Graue Vögel liefen am Ufer entlang. Einer trippelte zwischen den Mäulern der Echsen hin und her und pickte mit seinem Schnabel zwischen ihren Reißzähnen.

»Was sind das für Vögel?«, wollte Maru wissen.

»Madenhacker, sie suchen nach Ungeziefer. Kennt ihr die nicht, da wo du herkommst?«

»Nein, bei uns gibt es keine Flussechsen.«

»Wirklich nicht? Seltsam, aber dann verstehe ich, warum du hier ins Wasser steigen wolltest«, sagte Rema.

Als er begriff, dass sie sich im Sumpf gar nicht auskannte, begann er zu erklären. Er zeigte ihr die unterschiedlichen Schilfarten, das Blattschilf, das einem Mann bis an die Brust reichen konnte, und das Rohrschilf, das leicht dreimal so hoch wuchs. »Weiter im Westen, im Leugfenn, gibt es ganze Inseln aus Riesenschilf. Das wird so hoch wie Wasserbäume, fünfmal so lang wie ein Mann.«

»Leugfenn?«

»Ja, so nennen wir das Fenn jenseits der Weideninseln.«

Maru hätte gern gewusst, was denn das für Inseln sein mochten, aber sie verschob die Frage. Rema erklärte – und sie hörte ihm gerne zu. Er zeigte ihr die Schwarzen Störche, die im Schilf nach Fröschen suchten, und die giftigen Baumnattern, die beinahe unsichtbar in den Astgabeln der Wasserbäume auf Beute lauerten. Sie erfuhr, dass die leisen und so verloren klingenden Rufe von Sumpf-Unken stammten und dass die einsame Vogelstimme, die über dem Wasserwald erschallte, dem Regenpfeifer gehörte: »Es ist gut, einen in der Nähe zu haben, denn sie ändern ihr Lied, wenn sie Gefahr bemerken«, erklärte Rema. Er warnte sie noch einmal vor dem Suwagras, das keinen Boden brauchte, sondern auf dem Wasser schwamm. »Manchmal werden die Gras-Inseln so alt und stark, dass Schilf und sogar Büsche und kleine Bäume darauf wachsen können. Sie sehen dann aus wie festes Land. Wer zu Fuß unterwegs ist, kann da leicht in eine tödliche Falle geraten«, erklärte er. Er schien sogar ein wenig stolz auf die gefährlichen Wunder zu sein, die das Fenn zu bieten hatte.

»Warum lebt diese Wika eigentlich hier draußen?«, fragte Maru.

»Sie mag Menschen nicht besonders, glaube ich«, sagte Rema, »und die meisten ihrer Kräuter findet sie wohl hier.«

»Allein zwischen all diesen Echsen, ist das nicht gefährlich?«

»Ich glaube, die haben mehr Angst vor Wika, als sie vor denen. Und vielleicht gefällt es ihr hier auch einfach.«

Maru seufzte. »Schwer vorstellbar. Aber ich glaube, ich könnte diesen Sumpf auch weit weniger schrecklich finden, wenn es endlich einmal aufhören würde zu regnen.«

Rema lachte. »Komm in drei Monden wieder! Dann geht das Wasser zurück, und wo wir jetzt noch rudern können, musst du durch knietiefen Morast waten. Die Flussechsen sind dann aus den Seitenarmen verschwunden, dafür fressen dich die Mücken auf. Aber still jetzt, wir sind da.«

Einige hohe Weiden schoben sich ins Blickfeld. Der Wasserarm verbreiterte sich, und vor ihnen ragte eine kleine Insel auf. Sie war anders als die flachen, sumpfigen Eilande, an denen sie bisher vorbeigerudert waren. Es war ein Hügel, der sich aus dem Wasser erhob, so wie die Insel, auf der das Dorf lag, nur viel, viel kleiner. Mächtige Weiden wuchsen dort, und auf der Kuppe des steilen Hügels stand eine kleine Hütte. Sie ruderten langsam darauf zu.

»Wika! Wika! Dürfen wir dich besuchen?«, rief Rema laut.

Keine Antwort.

»Wika! Dürfen wir dich besuchen?«, rief er noch einmal.

Zwischen den Weiden tauchte ein breiter Schilfhut auf. Ein hageres Gesicht darunter musterte sie mit durchdringenden Blicken.

»Was schreist du so, Rema, Afars Sohn? Ich bin nicht taub.«

»Verzeih, Wika, diese Fremde will dich etwas fragen. Dürfen wir an Land?«

»Eine Fremde? Lass sehen, wer das ist.«

Maru schlug ihren Überwurf zurück. Sie waren jetzt nur noch zwei Armlängen vom Ufer entfernt.

»Unbekannt, aber nicht fremd«, murmelte die alte Frau. Dann sagte sie: »Worauf wartet ihr, steigt endlich aus.«

Sie vertäuten das Boot an einer Weide und sprangen an Land.

»Passt auf, wo ihr hintretet«, mahnte Wika.

Maru konnte am Boden nichts Besonderes erkennen. Es gab kein Beet und auch keine Pflanze, die besonders umhegt oder gepflegt aussah. Es war einfach halbwegs festes Land.

»Ihr Dummköpfe«, schimpfte die Alte, die das wohl anders sah: »Halmkraut und Blaublatt sind schwer zu finden.«

Nach wenigen Schritten standen sie auf einem schmalen Trampelpfad, an dessen Ende sie von Wika erwartet wurden. Sie war klein und hager und musste hundert Jahre alt sein – so kam sie Maru jedenfalls vor. Sie war ganz in Schilf gekleidet, und ihr graues Haar hing wirr unter ihrem breiten Hut hervor, aber ihre

Augen waren von klarem, stechendem Blau. Sie musterte Maru lang, murmelte leise ein paar Worte, die Maru kaum hörte und noch weniger verstand.

»Ich sehe, ich sehe«, sagte sie dann nickend, »aber wie ist dein Name, Kind?«

»Maru, ich meine, Maru Nehis werde ich genannt.«

»Seltsamer Name, fremder Name. Der zweite ist besser als der erste. Seltsam ist das«, sagte sie und starrte Maru lang an. Dann wandte sie sich mit bohrendem Blick Marus Begleiter zu und sagte: »Rema, mein Junge, willst du wohl einer alten Frau einen Gefallen tun? Willst du das?«

»Natürlich, Wika«, versicherte er eilig.

»Auf der anderen Seite meiner Insel, da wo der Pfad endet, da habe ich Angeln ausgelegt. Ein gutes Dutzend. Geh doch, und sieh nach, was ich gefangen habe. Machst du das? Und setze mir meinen Fang dann in die große Reuse. Aber sei vorsichtig, hörst du? Dass dir ja keiner auskommt oder eingeht! Kannst du das, Afars Sohn und Taiwes Enkel?«

Rema nickte und wollte schon loslaufen, aber Wika hielt ihn am Arm. »Und dann suchst du Würmer, hörst du? Auf die Haken mit ihnen und ausgeworfen. Kannst du das?«

»Aber ja, Wika«, sagte Rema. Maru sah ihm an, dass er sich vor dem durchdringenden Blick der Alten fürchtete.

»Und dann wartest du dort, bis wir beide dich abholen. Aber pass auf, pass gut auf, dass dich der Alte Vater nicht kriegt. Drüben auf der Sandbank liegt er und will an meine Fische und an alles andere, was zart genug für seine alten Kiefer ist.«

»Ich passe auf«, rief Rema und lief schnell davon.

»Ein guter Junge. Ganz der Vater. Und jetzt komm, Nehis.«

»Wo gehen wir hin?«, fragte Maru. Sie fühlte sich eingeschüchtert.

»Ich brauche einen Sud. Und du sicher auch, oder nicht, Nehis?«, fragte Wika und stieg erstaunlich schnell den Hügel hinauf. Maru folgte ihr. Es regnete immer noch.

Die Hütte war klein und zwischen alte Weiden gezwängt. Wurzeln reichten bis an die Lehmwand und kamen, wie Maru bald feststellte, auch durch den Boden der Hütte.

»Die nassen Sachen, zieh sie aus. Mach nichts schmutzig, Nehis«, sagte die Alte, als sie eingetreten waren. Sie zog eine Handvoll Kräuter aus ihrer Tasche und warf sie auf den Tisch.

Maru zog den Überwurf aus und suchte einen Platz, um ihn aufzuhängen. Ihre Augen mussten sich noch an das Zwielicht in der Hütte gewöhnen. Viel Platz gab es nicht, und jeder Fingerbreit wurde genutzt. Zwischen den schmalen Fenstern hingen Kräuter an der Wand. Auf den Tischen standen Mörser, Töpfe, Krüge und anderes Geschirr. Dazwischen waren weitere Pflanzen ausgebreitet. Selbst auf dem unebenen Boden war kaum Platz. Schilfbündel standen dort neben Kerzen, Tiegel fanden sich neben Pfannen und weiteren, zum Trocknen ausgebreiteten Pflanzen.

»Vor die Tür, die Weiden passen darauf auf. Und nimm meinen gleich mit, dummes Kind«, sagte die Alte.

Gehorsam trat Maru vor die Tür und legte die beiden Schilfmäntel auf einen großen bemoosten Stein unter den Weiden, der vor dem Eingang aus dem Boden ragte. Kräuterfrauen waren seltsam. Das wusste sie noch aus ihrer Heimat. Man stellte sich am besten gut mit ihnen.

»Hier, trink das«, sagte die Alte und hielt ihr einen dampfenden Becher hin, als sie wieder in die Hütte zurückkehrte.

»Was ist das?«

»Kräutersud. Gut für den Geist.«

Maru nippte zögernd daran. Wer konnte wissen, was die Alte da zusammengebraut hatte?

»Und? Wie ist er?«

»Bitter«, antwortete Maru wahrheitsgemäß.

»So muss er sein, genau so muss er sein«, sagte Wika, in sich hinein lachend.

Dann räumte sie einige Tiegel und Töpfe von zwei Schemeln und stapelte sie auf dem Boden. »Setz dich, Kind, setz dich doch zu mir.«

Maru nahm Platz. Die Alte entzündete eine Kerze. Dann nahm sie den Schemel und rückte ihn nah heran, bevor sie sich darauf setzte und Maru lange ins Gesicht starrte. Sie roch nach Sauerampfer.

»Ich habe dich erwartet, Nehis«, sagte Wika schließlich.

»Erwartet?«, erwiderte Maru unsicher.

»Ich habe mich schon gefragt, wann du endlich zu mir findest. Trink den Sud, bevor er kalt wird. Kalt wirkt er nicht.«

Maru nippte noch einmal an dem bitteren Gebräu. Das gab ihr Zeit nachzudenken.

»Spürst du es denn nicht?«, fragte Wika, und immer noch war ihr durchbohrender Blick auf Maru gerichtet.

»Was denn?«, fragte Maru verunsichert.

»Wir ziehen einander an. Wir von unserer Art, obwohl …« Wika schloss die Augen, ohne den Satz zu beenden. Maru studierte das feine Netz der Alterslinien, die sich in das Gesicht der Frau gegraben hatten. Wie alt mochte sie sein? Sie zuckte zusammen, als die Alte die Augen plötzlich wieder aufriss und sagte: »Aber vielleicht bist du gar nicht … sag, deine Eltern, wer waren sie?«

Maru dachte nach. Es erschien ihr sinnlos, die Lügengeschichten Tasils zu erzählen. »Ich weiß es nicht«, sagte sie, »meine Mutter ist früh gestorben, mein Vater verschwunden.«

Die Alte starrte ihr in die Augen. Es war unmöglich, dem Blick standzuhalten. »Du weißt noch etwas, Nehis, das kann ich riechen. Du hast doch keine Geheimnisse vor einer alten harmlosen Frau wie mir, oder?«

Maru schluckte. »Man hat mir gesagt«, begann sie und geriet ins Stottern, »also, es kann sein, dass mein Vater, dass mein Vater, so sagte man mir, ein Maghai ...«

»Ha!«, rief Wika laut und schlug dabei mit der flachen Hand auf den Tisch, dass die Töpfe klapperten. Dann lachte sie laut und meckernd.

Maru wurde rot.

»Die Maghai!«, rief Wika, und es klang beinahe wie Jubel. »Narren sind sie, alle! Diese einfältigen Zauberer. Aber dass einer so weit gehen würde ...« Dann wurde sie wieder ernst und brachte ihr Gesicht ganz nahe an das von Maru. »Und weißt du wer, nein, was frage ich, du weißt es nicht. Maghai-Tochter? Das ist seltsam, ganz gegen jeden Eid und Schwur. Aber das erklärt es, das erklärt vieles. Oder nicht?« Sie biss sich auf die Lippen, und ihre Finger trommelten unruhig auf dem Tisch.

Maru war verunsichert. Wika war sprunghaft, und dennoch hatte sie zielstrebig den dunklen Punkt ihrer Herkunft freigelegt. Ihre Fragen führten in eine Richtung, in die Maru nicht gehen wollte. Da gab es Geheimnisse und Abgründe, vor denen sie sich fürchtete. Sie dachte an Jalis. Er hatte ähnliche Fragen gestellt und dann ... sie schüttelte den Gedanken ab. »Was erklärt es, Wika?«, fragte Maru eingeschüchtert.

Aber Wika antwortete nicht, sondern fragte ihrerseits: »Sag, Nehis, warum bist du zu mir gekommen?«

Für den Augenblick war Maru erleichtert. Offenbar wollte die Kräuterfrau die Frage ihrer Abstammung nicht weiter vertiefen. Das war gut, oder?

»Du hast sicher von der Awathani gehört«, begann sie vorsichtig.

Wika lachte. »Gehört? Gehört? Die Erwachte, ich habe sie gesehen, Kind!«

»Du hast sie gesehen, wirklich?«

Bis jetzt schien niemand im Dorf die Seeschlange gesehen zu haben, außer einem alten Mann im Sumpf.

»Ja, ich habe sie gesehen. Vor sieben Nächten. Blutflechten schnitt ich, in einem der Wasserwälder, nah am Dhanis – da erhob sich der Fluss. Eine Welle rauschte heran, mir bis zur Hüfte, und dann erhob sich eine neue schwarze Insel, mitten im Strom – und war ebenso schnell wieder verschwunden.«

»Wie sieht sie aus, wie groß ist sie?«, fragte Maru aufgeregt.

»Das kann ich dir nicht sagen, Kind. Nur ihr Rücken war es wohl, ein kleines Stück, das aus dem Wasser kam, und Nacht war es, der Himmel bewölkt. Aber kein Zweifel: Sie war es, die Unheilsbringerin, die Zermalmerin, die Große Schlange, die wir nur aus Erzählungen kannten. Eine Riesin ist sie, Jahrtausende alt und voller Kraft, aber auch schwer, unendlich schwer vom Gewicht der Zeit. Geruht hat sie, in steinernem Schlaf, bis sie erwachte. Zur Unzeit, Nehis.« Und bei den letzten Worten sah Wika Maru scharf an.

»Unzeit? Wie meinst du das?«

»Deswegen bist du nicht hier, deswegen nicht. Du hattest eine andere Frage, Nehis. Stell sie, bevor du etwas hörst, was dir nicht gefällt.«

Wika musterte sie aus nächster Nähe, ihre Gesichter berührten sich beinahe. Maru rutschte unruhig auf ihrem Schemel zurück. Es wäre ihr wirklich lieber gewesen, Wika würde etwas mehr Abstand halten. Warum antwortete sie nicht auf ihre Frage? Und was sollte diese dunkle Andeutung? Aber vielleicht würde sich eine Gelegenheit finden, darauf zurückzukommen.

»Wie du vielleicht weißt, sind einige Fremde im Dorf, Söldner«, setzte Maru an. Sie hatte so eine Ahnung, dass das, was sie zu erzählen hatte, Wika nicht gefallen würde: »Sie haben vor, die Awathani zu töten.«

»Narren«, sagte Wika schlicht und lehnte sich zurück.

Maru stockte. Das Urteil von Wika war knapp und vernichtend.

Trotzdem fuhr sie fort: »Dafür sollen sie viel Gold aus dem Tempel bekommen.«

»Ah, daher. Da war den ganzen Tag schon so ein Geschmack in der Luft. Metall. Gold. Ein Geruch von Gier, der über den Sumpf zieht. Ein ewiger Fluch. Und wieder hat er ein paar Männer ereilt. Weiter.«

»Einer dieser Krieger hatte nun einen Einfall, den mein Onkel für vielversprechend hält.«

»Dieser Mann aus dem Süden, nicht wahr? Ich habe von ihm gehört. Schlau ist er. Ist er wirklich dein Onkel? Der Südländer?«

»Nein, aber ich soll ihn so nennen«, gab Maru zögernd zu. Woher wusste die Alte von Tasil?

»Das dachte ich mir. Das fühle ich. Weiter«, befahl Wika.

»Also, sie haben vor, das heißt, sie wollen versuchen, die Awathani zu vergiften.«

Wika sah sie unbewegt an. Ihre Augen blickten kalt.

Trotzdem stellte Maru endlich die Frage, wegen der sie eigentlich hierhergekommen war, auch wenn sie sich dabei sehr unwohl fühlte: »Ich wollte fragen, also, ich wollte wissen, ob du ein Gift kennst, das stark genug ist, die Große Schlange zu töten.«

Wika verzog keine Miene. »Du wolltest? Willst du jetzt nicht mehr?« Ihre Stimme klang schneidend.

Maru fühlte sich unglücklich. »Ich habe das Gefühl, dass dir die Frage nicht gefällt, Wika«, sagte sie schließlich.

»Ich bin keine Giftmischerin, Nehis. Du hast Recht, deine Frage gefällt mir nicht.« Sie stand auf und begann, auf dem Tisch Platz zu schaffen, und befühlte mit knochigen Fingern ein paar Moose.

»Wundkraut, wir werden es bald brauchen. Viel davon. Wenn du willst, kannst du mir ein wenig zur Hand gehen, Mädchen«, sagte sie.

»Wenn ich das kann, gerne«, sagte Maru, die sich immer noch unbehaglich fühlte.

»Die Erwachte vergiften? Niedertracht spricht aus diesem Plan, große Niedertracht. Ich verstehe nicht, dass gerade du dich daran beteiligst, Nehis. Ich spüre, dass Hirth dich liebt, Nehis. Willst du diese Liebe enttäuschen?«

Maru fühlte sich nun richtig schlecht, auch wenn sie nicht verstand, was diese letzte Bemerkung bedeuten sollte. Warum sollte die Erdgöttin gerade sie lieben? Und was hatte die Hüterin der Äcker mit einer Seeschlange zu tun? Aber sie hatte doch gute Gründe für ihre Frage, sehr gute Gründe. Wika musste das verstehen.

»Weißt du von dem Opfer?«, fragte sie.

Wika, die dabei war, Moose auf einen Haufen zu schichten, hielt inne. »Was für ein Opfer?«

»Bei Neumond. Sie haben vor, ein Mädchen zu opfern, Taiwes Enkelin Lathe.«

Wikas Augen verengten sich zu Schlitzen. »Die kleine Lathe? Ich selbst habe ihr auf die Welt geholfen. Wer will sie opfern?«

»Das Dorf, die Ältesten, Edaling Hana, alle. Sie haben ein Ritual vollzogen, das Auw…, Auw…«

»Auwara? Sie haben das Schilf befragt? Sie sind so dumm!«, rief Wika zornig. »Ein Menschenopfer? Ist die Alte Zeit wiedergekehrt? Wer soll es durchführen? Haben sie doch noch irgendwo im Fenn einen halbverfaulten Maghai ausgegraben? Maghai, immer mischen sie sich ein, und immer ist es hinterher schlimmer als vorher! Es ist doch nicht Dwailis, oder? Oder?«

»Dwailis?«, fragte Maru.

»Nein, nicht Dwailis. Sicher nicht. Er ist ein alter Narr, aber so verrückt ist er nicht«, murmelte Wika.

»Ich glaube, Hana soll das Ritual vollziehen«, sagte Maru vorsichtig.

»Hana? Ha!«

Wieder schlug Wika mit der Faust auf den Tisch, dass das Geschirr klapperte. »Warum nicht gleich sein Weib? Was versteht dieser Einfaltspinsel von den alten Blutriten?«

»Und genau deshalb frage ich nach dem Gift«, versuchte Maru, noch einmal auf ihre Frage zurückzukommen. »Wenn die Söldner Erfolg haben, wenn sie die Awathani töten können, dann muss niemand geopfert werden, nie mehr!«

»Keiner hat es mir erzählt. Jeden Tratsch erfahre ich. Aber das haben sie verheimlicht. Das Sumpffieber soll sie holen!« Wika legte ihre Kräuter zur Seite und stützte sich auf den Tisch. »Von den Fremden haben sie berichtet. Von dir, deinem Onkel, der nicht wie dein Onkel aussieht. Sie reden und reden. Wenn ihre Ziegen krank sind, rufen sie mich, wenn sie das Reißen in den Gliedern spüren, fragen sie nach mir. Aber nichts von dem Opfer, nichts von der kleinen Lathe.« Sie sah Maru wieder scharf ins Gesicht. »Aber das ist nicht alles, oder? Du bist nicht nur hier wegen Lathe.«

Maru holte tief Luft. Es fiel ihr schwer, es auszusprechen: »Taiwe hat meinem Onkel Gold geboten. Für mich.«

»Ah! Das ist es also! Wieder das verfluchte Gold. Aber – er ist nicht dein Onkel.«

»Nein, ist er nicht.«

»Ich schmecke es, rieche es. Er hat dich gekauft. Er kann dich verkaufen. Ist es das? Ja, vielleicht ist es das. Aber da ist noch mehr«, wiederholte Wika murmelnd.

Maru dachte nur ungern daran, aber es war so: Sie war immer noch Tasils Sklavin. Manchmal vergaß sie es schon fast. Sie war erstaunt, dass Wika das erriet.

Plötzlich legte die Alte die Hand an Marus Schläfe und blickte ihr tief in die Augen. »Ich sehe, ich sehe. Da ist viel verborgen. Aber nein! Diesen Weg will ich nicht gehen.«

Maru fragte sich, wovon sie jetzt wieder sprach.

»Wie heißt er, was ist er?«, fragte Wika.

»Wer?«

»Der Mann, den du Onkel nennst.«

»Tasil heißt er. Er stammt aus Urath, und er ist… eine Art Händler«, sagte Maru.

»Händler? Vielleicht. Alles und jeden wird er verkaufen, ist es nicht so? Vielleicht auch dich, Nehis. Aber da ist… er ist doch kein Maghai, oder?«

»Tasil? Nein«, antwortete Maru, aber dann ergänzte sie: »Er kann zaubern, ein wenig. Einfache Dinge. Er kann Menschen überzeugen.« Sie wusste nicht, wie sie es sonst beschreiben sollte.

»Er kann mehr, als du glaubst, scheint mir. Sag, Nehis, warum bleibst du bei ihm?«

Maru starrte Wika an. Eine weitere seltsame Frage. Schließlich war sie seine Sklavin. »Er hat mich gekauft. Wie du sagtest.«

»Und?«

»Er hat das Band mit meinem Namen.« Das stimmte. Er hatte das dünne Sklavenhalsband mit ihrem Namenszeichen immer noch.

»Ich verstehe«, sagte Wika. »Höre, Nehis: Denke darüber nach, warum du bei ihm bleibst.«

Maru verstand nicht, warum Wika das so wichtig war. Warum sollte sie nicht bei ihm bleiben? Sollte sie weglaufen? Wohin denn? Wusste die Alte nicht, wie man mit entflohenen Sklaven verfuhr? Außerdem: Sie hatte doch niemanden. Das alles war so klar, dass sie sich diese Fragen schon lange nicht mehr stellte. Ihre Gedanken gerieten ins Stocken. Irgendetwas in ihr war mit dieser Antwort unzufrieden. Maru fühlte sich plötzlich im Innersten beunruhigt. Sie hatte ein Gefühl, als würde ihr die Antwort auf Wikas Frage den Boden unter den Füßen wegziehen. Was meinte die Alte nur? Die Verunsicherung war so tiefgreifend, dass Maru plötzlich wütend wurde: »Sag, Wika, warum diese Rätsel? Warum sagst du mir nicht einfach, was du weißt?«

Wika lachte laut auf. »Wenn ich es dir sage, Nehis, wirst du es nicht glauben. Dummes Mädchen. Du musst es selbst herausfinden.«

Maru war verstimmt. Die Alte war verrückt. Vielleicht hatte sie auch Spaß daran, sie mit eigenartigen Fragen zu verwirren. Helfen konnte – oder wollte – sie ihr jedenfalls nicht. Maru stand auf. »Ich danke dir für diesen Sud, Wika«, sagte sie.

»Wie? Du willst schon gehen, Nehis? Dachte, du wolltest einer alten Frau behilflich sein.«

»Wie könnte ich das, wo ich doch nichts weiß und nichts verstehe.«

»Ah, habe ich das Küken etwa verärgert?«

»Du hast gesagt, ich muss es selbst herausfinden. Wie kann ich das, wenn ich hier herumsitze und du mir nichts sagst?«

Wika warf ihr einen schwer zu deutenden Blick zu. »So ungeduldig, Nehis? Willst mich allein lassen, mit der vielen Arbeit?«

»Ich bin Tasils Sklavin, nicht deine!«, entfuhr es Maru. Kaum hatte sie es hervorgestoßen, da tat es ihr auch schon leid. Aber es war gesagt.

»Tasils Sklavin? Das bist du, Nehis, mehr als du denkst. Aber geh. Finde deine Antworten. Doch hüte dich vor dem Schatten.« Wika sprach ganz ruhig und ordnete Kräuter auf dem Tisch.

Maru hatte plötzlich einen Kloß im Hals. Was war nur los mit ihr? »Was für ein Schatten?«, fragte sie.

Aber Wika gab ihr keine Antwort. Sie warf die Kräuter in einen Mörser und begann, sie zu zerstoßen.

Maru lief aus der Hütte, raffte ihren Überwurf vom Stein und stürmte den Hügel hinab. Das war ganz und gar nicht so gegangen, wie sie gehofft hatte. Kräuterfrauen! Sie waren eben alle verschroben oder verrückt. In diesem Sumpf noch mehr als in Akyr. Es regnete immer noch. Sie folgte dem Pfad bis an sein Ende und fand Rema, der auf eine große Weide geklettert war.

»Was machst du da oben?«, fragte Maru.

Statt einer Antwort wies Rema mit dem Kinn auf eine Sandbank im Fluss. Dort lag eine riesige Flussechse und schien sie zu beobachten.

»Komm runter, wir müssen weiter«, sagte sie.

Rema kletterte den Baum hinab. »Wo warst du denn so lange?«, fragte er.

»Wieso lange? Das hat doch nicht das Viertel einer Stunde gedauert.«

»Du nimmst mich auf den Arm. Ich sitze hier seit mindestens zwei Stunden auf dieser Weide, Auge in Auge mit dem Alten Vater.«

Maru schüttelte den Kopf. »Das kommt dir nur so vor.«

»Hast du erfahren, was du wolltest?«, brummte Rema, als er unten angekommen war.

»Nein, habe ich nicht«, sagte Maru.

»Das heißt, wir fahren zurück?«

Maru überlegte. Wika hatte in Ufernähe eine Grube ausgehoben. Sie war durch einen schmalen Kanal mit dem Fluss verbunden. Das war ihre Reuse. Sie war voller Fische.

»Weißt du, wo Dwailis wohnt?«, fragte Maru.

»Dwailis? Natürlich. Weit im Süden, aber gerade noch im Isberfenn.«

»Kannst du mich hinbringen?«, fragte Maru, die keine Ahnung hatte, wo dieses Isberfenn sein mochte.

»Könnte ich sicher, doch was willst du dort?«, fragte Rema.

»Das sage ich dir, wenn wir da sind.«

»Aber meine Mutter wird mich bald zurückerwarten.«

»Dann ist es wohl besser, wir beeilen uns.«

»Was war denn los?«, fragte Rema noch einmal, als er das Tau löste und ins Boot kletterte.

Maru hatte den ganzen Weg über geschwiegen. Jetzt sagte sie: »Nichts, in diesem Sumpf sind nur alle irgendwie verrückt.«

Rema griff nach dem Paddel. »Alle?«, fragte er, betont ruhig.

»Die Alten zumindest«, sagte Maru, die ihre schlechte Laune dann doch nicht an Rema auslassen wollte.

»Ich weiß nicht«, sagte er, »mein Großvater Taiwe ist bestimmt nicht verrückt.«

»Den habe ich auch nicht gemeint«, sagte Maru seufzend.

»Sondern?«

»Ach, schon gut, Wika vielleicht.«

»Sie ist seltsam«, widersprach Rema bestimmt, »das mag sein. Verrückt ist sie aber nicht.«

»Schon gut. Können wir jetzt los?«

Aber Rema machte keine Anstalten, das Boot in Bewegung zu setzen. Er drehte sich zu Maru um und sagte: »Eines noch; wir müssen den Fluss überqueren.«

»Was meinst du?«

»Dwailis, er wohnt weit südlich des Dorfes und auf der anderen Seite des Stroms.«

»Und?«

»Es kann sein, dass *Sie* im Strom ist.«

»Die Awathani?«

»Bitte, sprich ihren Namen nicht aus! Sie könnte es hören und kommen.«

Maru nickte ergeben. Jetzt wusste sie, warum im Dorf niemand über die Seeschlange sprach. »Ich werde es mir merken«, versprach sie.

»Gut, wenn wir das offene Wasser überqueren, müssen wir uns beeilen, sehr beeilen. Wenn ich es sage, musst du so schnell paddeln, wie du nur kannst.«

Maru versprach auch das, und Rema stieß das Schilfboot endlich vom Ufer der Insel ab. Er lenkte es in einen weiteren, schmalen Kanal. Maru hoffte, dass sie ihn nicht zu sehr verärgert hatte. Ihren Ausbruch schlechter Laune hatte er mit bemerkenswerter Ruhe übergangen. Überhaupt: Sie mochte ihn.

Nach kurzer Zeit erreichten sie den Schilfgürtel, der die sumpfigen Arme vom Dhanis trennte. Der Regen hatte ein wenig nachgelassen. Rema verlangsamte ihre Fahrt. Das gegenüberliegende Ufer schien nicht viel weiter als einen Steinwurf entfernt. Er zögerte.

»Was ist?«, fragte Maru.

»Ich weiß nicht, ich habe ein ungutes Gefühl.«

Auch Maru fühlte sich beklommen. Das offene schwarze Wasser floss glatt dahin. Es gab keinerlei Anzeichen von Gefahr. Große Inseln aus Suwagras trieben träge stromabwärts. Aber diese Ruhe war irgendwie nicht geheuer. »Sollen wir es lieber an einer anderen Stelle versuchen?«, fragte sie.

Rema seufzte. »Diese ist so gut wie jede andere. Es sind wohl nur die Geschichten, die man so hört.«

»Wahrscheinlich«, sagte Maru. Sie hoffte, dass er Recht hatte, aber das ungute Gefühl blieb. Der Strom roch faulig.

»Gut, denk an das, was ich gesagt habe: So schnell, wie es geht, los jetzt!«

Rema tauchte das Blatt seines Paddels ins schwarze Wasser und brachte das Boot auf den Strom hinaus. Maru hätte am liebsten »Halt« gerufen, aber jetzt war es zu spät. Also paddelte sie, so schnell sie konnte. Etwas stimmte nicht. Aber was? Das schwere Boot glitt über das Wasser, nahm einen kleinen Strudel mit und wurde schneller. Sie kamen gut voran. Dann wusste sie es: Es war still. Es waren weder Unken noch Regenpfeifer zu hören. Nur der Regen rauschte leise ins schwarze Wasser. Maru versuchte, den

Takt zu halten, den Rema vorgab, aber sie war bei weitem nicht so schnell wie er. Plötzlich sah sie etwas, im Augenwinkel, auf einer der Inseln, mitten im Strom. Da war eine schattenhafte, dunkle Gestalt. Menschlich, oder nicht? Ein weiterer Strudel erfasste das Boot und drehte den Bug aus der Fahrtrichtung. Sie verlor beinahe das Gleichgewicht. »Rema«, rief sie, »siehst du ihn?«

»Wen?«, fragte Rema, keuchend vor Anstrengung. Er steuerte das Boot mit dem Paddel zurück auf Kurs.

Maru suchte die Insel ab, aber die Gestalt war verschwunden. »Dort drüben, auf der Insel, da stand jemand«, rief sie.

»Da kann niemand stehen, das ist Suwagras.« Für einen winzigen Augenblick hielt er im Paddeln inne, aber dann schien er seine Anstrengungen noch zu steigern. »Schneller«, keuchte er.

Sie paddelten schneller. Plötzlich sah Maru neben dem Boot eine lange Reihe von Luftblasen aufsteigen. Es war eine Bahn, die ihrem Gefährt zu folgen schien. Maru ließ sie nicht aus dem Auge. Die Blasen kamen näher, überholten das Boot auf der linken Seite und schwenkten dicht vorm Bug plötzlich scharf nach rechts, bevor sie verschwanden. Ein schneller Strudel erfasste sie, und das Boot drehte sich erneut. Plötzlich stiegen überall um sie herum Blasen auf. Es roch nach Verwesung. Eine riesige Luftblase kam dicht vor ihrem Boot nach oben.

»Achtung!«, rief Rema und zog sein Paddel aus dem Wasser. Instinktiv tat Maru es ihm gleich. Faulige Gase stiegen auf, und das schwarze Wasser unter ihnen geriet in Bewegung. War der Strom nicht eben noch so friedlich und träge geflossen? Jetzt bildeten sich überall Strudel und Wirbel, die ihr Boot erfassten und mal in die eine, dann in die andere Richtung drehten.

»Halt dich fest!«, rief Rema. Das musste er nicht zweimal sagen. Maru klammerte sich längst an die Schilfbündel der Bordwand. Ein dunkles Brausen schwoll an. Es schien direkt unter ihnen zu sein. Das Boot drehte sich schneller. Das Wasser unter ihnen brodelte gelblich auf, aber nicht nur dort, auf der ganzen Breite des Flusses war das Wasser mit einem Mal in wilder Bewegung. Da unten war etwas. Maru stellte entsetzt fest, dass ihr Boot *flussaufwärts* getrieben wurde. Unter ihnen bewegte sich etwas. Es musste riesig sein. War *Sie* es? Maru wollte es nicht wahrhaben, aber das wild tanzende Wasser unter ihr ließ keine Zweifel zu: Die Awathani hatte sie gefunden, und sie spielte mit ihnen und ihrem Boot. Harte Wellen aus dem Nichts trafen den kleinen Nachen. Maru schrie auf. Das Wasser schäumte, und Maru, die hinabstarrte, dachte für einen Augenblick, dort unten, tief unter den schwefelgelben Schaumkronen, etwas zu sehen. Schwarz, dunkel, viel dunkler als das finstere Wasser des Stroms. Plötzlich wurde ihr Boot angehoben. Einmal, zweimal. Maru und Rema schrien. Ihr Gefährt wurde von einer mächtigen Wassersäule erfasst und in die Luft geschleudert. Es drehte sich, neigte sich zur Seite, landete klatschend auf dem Fluss. Die Schilfbündel ächzten. Schlagseite! Wasser strömte über die Bordwand. »Wir kentern! Auf die andere Seite, die andere Seite!«, rief Rema entsetzt und warf sich nach rechts. Maru löste sich aus ihrer Erstarrung und tat es ihm gleich. Ihr Boot richtete sich stöhnend auf. Der Strom kochte. Überall wurde Wasser emporgeschleudert, Wellen jagten kreuz und quer über den Fluss. Wilde Strudel wirbelten in gegensätzliche Richtungen. Ihr Boot tanzte. Sie sahen, in derselben Sekunde, aber dutzende Schritte entfernt, wie eine ganze Insel aus Suwagras von einer schwarzen Masse angehoben wurde und in tausend Teile zerriss. Dann fiel die riesige Welle unter dem Gras plötzlich zusammen und versank in einem mächtigen Strudel im Strom. Der Strudel währte nur einen Augenblick, dann stürzte das Wasser über seinen Rand, fast wie bei einem Wasserfall, und schloss ihn mit lautem Rauschen. Eine große Welle raste über den Fluss und drückte ihr Boot zur Seite. Es sackte ab, nahm Wasser auf, und wieder mussten sie sich auf die rechte Seite werfen, um ein Kentern zu verhindern. Sie klammerten sich verzweifelt fest, am Schilf, aneinander. Dann hörte es auf. Die Wellen verebbten, das Brausen verklang. Das Boot kreiselte noch eine Weile in Wirbeln und Strudeln, aber dann war es vorüber. Der Dhanis beruhigte sich. Nur die Fetzen von treibendem Gras bewiesen, dass sich dort eben, für einen Augenblick, die Große Seeschlange gezeigt hatte. Maru und Rema hielten einander immer noch umklammert.

»Was war das?«, fragte Maru keuchend, obwohl sie es natürlich genau wusste.

»Was wohl?«, sagte Rema. Das Entsetzen stand ihm ins Gesicht geschrieben.

»Hast du sie gesehen?«, fragte Maru. Sie bemerkte plötzlich, dass sie sich an Remas Arm festhielt.

Rema schüttelte den Kopf. »Ich weiß nicht. Da war etwas, unter dem Suwagras. Aber vielleicht war das auch nur Wasser.« Sein Atem ging schwer.

»Glaube ich nicht«, keuchte Maru.

»Ich auch nicht«, sagte Rema. Er war kalkweiß im Gesicht. Maru konnte sich vorstellen, dass sie auch nicht sehr viel besser aussah. Sie ließ Rema verlegen los und zog sich ein Stück von ihm zurück. Ihr rasender Herzschlag beruhigte sich allmählich. Sie tastete nach ihrem Paddel und schwor sich, die Awathani nie wieder beim Namen zu nennen. Fetzen von Suwagras trieben haltlos an ihrem Boot vorüber.

»Sie hat uns verschont«, flüsterte Maru.

Rema nickte. Er nahm einen kleinen hölzernen Eimer und begann, das eingedrungene Wasser aus dem Boot zu schöpfen.

»Das wird uns kein Mensch glauben«, flüsterte Maru.

Rema nickte noch einmal schwach. Eine Weile trieben sie auf dem Strom dahin, ohne die Paddel zu benutzen. Dann sagte der Junge: »Es wird auch besser sein, wenn wir es niemandem erzählen.«

»Warum?«, fragte Maru. Sie starrte immer noch auf das schwarze Wasser, als könne *Sie* jeden Augenblick zurückkehren.

Rema nahm sein Paddel zur Hand. »Seit *Sie* hier aufgetaucht ist, sind vier unserer Fischer auf dem Strom verschwunden. Ich weiß nicht, wie ihre Familien darüber denken, wenn wir von unserer Begegnung berichten. So viel Glück wird vielleicht nicht gern gesehen.«

Maru hatte ungefähr eine Ahnung, was er meinte. Sie schloss die Augen und sah noch einmal den schwarzen Buckel, der das Suwagras anhob. »Wika hat gesagt, dass sie riesig ist, aber ich konnte es mir nicht vorstellen.«

»Wika ist ihr begegnet? Das wusste ich nicht. Du siehst, auch sie hält es für klüger, es niemandem im Dorf zu sagen.« Rema tauchte sein Paddel ein, aber er begnügte sich damit, es als Ruder zu benutzen, um das Boot endlich an das andere Ufer zu lenken. »Es ist erstaunlich, dass sie es dir erzählt hat, Maru Nehis.«

»Und sonst niemand, außer Wika und diesem Dwailis?«

»Nein, soweit ich es weiß, nicht. Aber halt, warte. Auch der Älteste Wifis will sie gesehen haben. Dwailis war der Erste. Er hat uns gewarnt, und am Anfang hat ihm niemand geglaubt. Aber es war auch seltsam: Er sagte, die Erwachte werde von einem lebenden Schatten begleitet. Und so etwas gibt es in keiner der alten Geschichten. Dann verschwanden zwei unserer Fischer. Ein paar Nächte später behauptete der alte Wifis, sie gesehen zu haben. Aber auch ihm wollte niemand glauben. Bis wieder zwei der Unsrigen verschwanden. Und wenn du jetzt der Natter Skeldiga zuhörst, wirst du erfahren, dass es Dwailis war, der sie gerufen oder geweckt hat und der auf jeden Fall irgendwie mit ihr im Bunde steht.«

»Ich verstehe«, sagte Maru.

»Ist das der Grund, warum du zu ihm willst? Weil du glaubst, dass er mit ihr ...«

»Nein, aber die Art, wie Wika über ihn sprach – ich glaube, er weiß irgendetwas.«

Rema dachte einen Augenblick nach, dann sagte er: »Der Schatten, du hast ihn gesehen, so wie der Alte«, sagte Rema nachdenklich, »aber ich nicht.«

»Ich sah ihn doch auch nur kurz. Er war so schnell verschwunden.«

»Das mag eine Erklärung sein«, sagte der Junge, »aber jetzt nimm dein Paddel. Ich will fort vom offenen Wasser, bevor *Sie* es sich vielleicht noch einmal anders überlegt – und bevor wir in Sichtweite des Dorfes sind.«

Donner grollte über den Himmel, als sie wieder in den Schilfgürtel eintauchten. Der Regen beugte die Halme. Erst, als sie langsam zwischen Schilfinseln dahinglitten, wurde Maru bewusst, wie ungeheuer knapp das eben gewesen war. Sie begann zu zittern. Wie leicht hätte das böse enden können! Sie hatten Glück gehabt, großes Glück. Wasser stieg ihr plötzlich in die Augen. Sie versuchte, sich zusammenzureißen. Erst jetzt entfaltete der Schock der unheimlichen Begegnung seine volle Wirkung, aber wenn sie jetzt anfangen würde zu weinen, würde sie nicht so schnell wieder aufhören können. Sie biss die Zähne zusammen und richtete ihre Gedanken auf das Paddeln. Dann dachte sie wieder an den Schatten. Sie hatte ihn nur für einen Wimpernschlag gesehen. Eine dunkle Gestalt im Regen. Ein Mensch? Maru verspürte ein seltsames Gefühl im Nacken. So als würden sie beobachtet. Sie drehte sich um – aber da war nichts. Nur endloses Schilf und schwarzes Wasser. Sie wurden immer langsamer. Schließlich trieb ihr Boot nur noch in der trägen Strömung des schmalen Kanals, den sie durchfuhren. Rema zog sein Paddel aus dem Wasser und drehte sich zu Maru um. Er war leichenblass. Offenbar hatte auch er erst mit Verzögerung verstanden, was vorgefallen war. Er blickte zu Boden und sagte: »Müssen wir unbedingt jetzt zu Dwailis fahren?«

Maru legte ihr Paddel zur Seite und nahm seine Hand. »Nein, du hast Recht, Rema. Für heute ist es genug. Lass uns ins Dorf zurückkehren. Es ist ja auch schon spät.«

Er nickte. Dann nahm er den nächsten Seitenkanal und steuerte das Boot zurück zum Fluss. Sie schwiegen eine ganze Weile, während sie langsam durch die schmalen Kanäle ruderten. Der Donner wurde lauter, und der prasselnde Niederschlag wandelte sich zu einem heftigen Gewitterschauer. Rema lenkte ihr Gefährt in einen Wasserwald und rollte eine Strohmatte aus, die sie über den Nachen zogen.

»Es läuft sonst voll«, erklärte er knapp.

Sie kauerten sich darunter und warteten. Rema meinte, dass es sicher nicht lange dauern würde. Die Dämmerung senkte sich allmählich über den Sumpf.

»Findest du den Weg auch nachts?«, fragte Maru, um das Schweigen zu unterbrechen.

»Natürlich«, sagte Rema.

Sie duckten sich unter die Matte, lauschten auf den Regen, und Maru bat Rema, von seiner Heimat zu erzählen. Also berichtete er vom Isberfenn, das sich auf dieser Seite des Dhanis weit nach Westen erstreckte. Das war der Teil, den er gut kannte, der Teil, in dem das Dorf lag. Maru hörte ihm gerne zu, aber der Schatten ging ihr nicht aus dem Sinn. Der Schatten und die Schlange, das hing irgendwie zusammen. Und die Schlange kam aus den Tiefen des Sumpfes. Rema wusste aber auch nicht, wo sie ihr Lager oder Nest haben mochte.

»Tausend Arme durchziehen das Fenn. Einige sind schmal und flach, andere breit und bodenlos. Und der Hauptarm des Dhanis ist so tief, dass manche behaupten, er habe gar keinen Grund. Ich kenne das Fenn gut, so gut es einer von uns nur kennen kann, aber es ist riesig. Sie kann überall schlafen – oder nirgends. Manche behaupten, sie schlafe in den Wolken.«

Rema erzählte von den Dhaig, den Inseln im Sumpf, den einzigen Stellen, die so etwas wie festen Grund boten. Sie wurden auch die Weideninseln genannt, denn diese Bäume pflegten dort zu wachsen. Im Westen bildete eine ganze Kette dieser Inselchen die Grenze zum Leugfenn. »Aber dorthin gehen wir nicht, denn es gibt dort Trugbilder, und die Toten entzünden dort Irrlichter, um Fremde ins Verderben zu locken.«

Einmal, als Rema noch ein Kind gewesen war, hatte ihn sein Vater dorthin mitgenommen. Er konnte sich noch gut an das Riesenschilf erinnern und auch an die Flussechsen, die dort besonders alt und groß wurden. Der Vater habe ihn auf einer der Inseln auf eine Weide klettern lassen. Es sei ein sonniger und trockener Tag gewesen, mit guter Sicht, aber ein Ende der Sümpfe habe er dennoch nicht sehen können. Und genau das habe ihm sein Vater wohl auch zeigen wollen. Und Rema erklärte Maru, dass sich dann irgendwo in weiter Ferne der Weiße Dhanis hinab ins Meer schlängele. Aber selbst dort fände sich noch lange nicht das Ende der Sümpfe: »Damals hat mein Vater mir erzählt, dass sie bis an den Rand der Welt reichen, aber ich weiß inzwischen, dass das nicht stimmt. Irgendwo muss wieder festes Land beginnen.«

»Warst du schon mal dort?«

»Wo?«

»Auf festem Land?«

»Ich war schon dreimal in Ulbai. Das liegt auf einem Hügel.«

»Und außerhalb Awis?«

»Nein, noch nie, warum?«

»Nur so«, sagte Maru.

Das Gewitter wurde stärker, und Wasser drang sogar noch durch die Matte ins Boot. Rema schöpfte es mit dem Holzeimer geduldig hinaus.

»Der alte Dwailis, wieso lebt er alleine, mitten im Sumpf?«, fragte Maru irgendwann.

Rema antwortete mit einem Schulterzucken. »Keine Ahnung, da lebt er schon, solange ich denken kann. Ich glaube, er mag das Dorf nicht. Und das beruht auf Gegenseitigkeit.«

»So wie bei Wika?«, fragte Maru.

»Nein, anders. Er ist ja keine Kräuterfrau«, sagte Rema. Maru kicherte leise, dankbar für den kleinen Scherz.

»Man sagt«, fuhr der Junge fort, »er ist ein sehr guter Fischer, zu gut, wenn du die anderen fragst.«

»Das verstehe ich nicht.«

»Er hat immer Erfolg. Selbst, wenn Alwa uns zu zürnen scheint und unsere Netze und Schnüre leer bleiben – er fängt immer etwas. Er braucht wenig für sich selbst und verkauft nicht oft etwas, und wenn, dann gleich in Ulbai. Aber ich weiß noch, als wir einmal einen schlimmen Mond hatten, voller Stürme und ohne einen einzigen guten Fang, da kam er und hat uns, uns Fischer, mit Fisch versorgt.«

»Und das nimmt man ihm übel?«

»Ich sagte ja, zu viel Glück wird bei uns nicht gerne gesehen.«

»Dieses Land ist seltsam«, sagte Maru nachdenklich.

»Ist es anderswo besser?«, fragte Rema.

»Nein, aber trockener.«

»So? Warte – ich glaube, es hat aufgehört.« Rema schlug die Decke zurück. Der Schauer war wirklich weitergezogen. Die tief stehende Sonne warf lange goldene Strahlen zwischen die Wasserbäume. Ein Storch stakte hindurch. Ein Regenpfeifer übertönte den Teppich der Unkenrufe. Für einen Augenblick sah der Sumpf wundervoll aus. Und jeder Gedanke an eine Große Seeschlange oder einen drohenden Schatten war weit entfernt.

Eschet

Jeder Schab Eschet sei verantwortlich seinem Schab Ansai, der wiederum seinem Schab Kischir gehorche. Jener lege Rechenschaft ab dem Schab-ut-Schabai, der allein dem Kaidhan untersteht, und weder der Hohe Verwalter noch die Priester der Hüter erteilen ihm Befehle. Allein der Abeq Strydhs mag ihm Rat geben. Jeder Schab jedoch, vom Schab-ut-Schabai bis zum Schab Eschet bedenke, dass er sein Leben dem Kaidhan schuldet und jenem stets in allem und vor allen anderen verantwortlich ist.

Etellu-Kaidhan, Anweisung an das Heer

Als sie sich dem Dorf näherten, war die Abenddämmerung schon weit fortgeschritten. Maru staunte immer noch, wie schnell in diesem Land die Sonne unterging. In Akyr dauerte das wesentlich länger. »Vielleicht hat Edhil es einfach eilig, dieses trostlose Land zu verlassen«, dachte sie. Wieder fragte sie sich, was Menschen in dieser Wasserwüste hielt. Sie war noch keinen ganzen Tag hier, und schon hatte sie viele düstere Geschichten gehört: Der Vater von Rema, der Mann von Hiri, die Söhne von Wifis, die Fischer, die die Awathani geholt hatte – hier konnte man leicht ums Leben kommen. Und diejenigen, die nicht im Sumpf starben, wurden in ihm verrückt. Jedenfalls die meisten. Sie wollte so schnell wie möglich hinaus aus dieser Einöde. Eine Stimme in ihrem Hinterkopf sagte ihr, dass das auch hieße, sich von Rema zu verabschieden. Sie biss sich auf die Lippen. Aus irgendeinem Grund schien ihr Herz schneller zu schlagen, wenn sie an ihn dachte. Sie verdrängte den Gedanken wieder. Vielleicht würde er ja mitkommen! Ob Tasil das erlauben würde? Tasil. Was mochte er den ganzen Tag unternommen haben? Ihr schlechtes Gewissen meldete sich. Er hatte sie beauftragt, das Dorf zu überwachen, und sie war auf eigene Faust losgezogen. Sie hatte gehofft, bei ihrem unerlaubten Ausflug etwas Wichtiges in Erfahrung bringen zu können, aber was hatte sie erreicht? Nichts! Wika würde ihnen nicht helfen, die Awathani zu vergiften. Und Dwailis? Nun, den hatten sie auf den nächsten Tag verschoben. Sie musste sich eingestehen, dass ihr Ausflug ein Fehlschlag gewesen war. Andererseits: Sie war der Zermalmerin begegnet. Das war sicher mehr, als Tasil würde vorweisen können. Aber sollte sie ihm überhaupt davon erzählen? Und von dem Schatten, den sie auf der Suwagras-Insel gesehen hatte? Der Gedanke an diese Gestalt verfolgte sie.

»Da stimmt etwas nicht«, sagte Rema.

Maru richtete sich im Boot auf, um zu sehen, was Rema meinte. Sie hatten gerade die Schilfgrenze erreicht. Das Dorf lag vor ihnen. Sie mussten nur noch den Fluss überqueren. Hatte er etwa die Große Schlange gesichtet? Dann sah sie selbst, was er meinte. Eine dicke weiße Rauchwolke stand über dem Dorf, und Lärm hallte über den Fluss. Maru hörte weinende Frauen und schreiende Kinder. Und irgendjemand brüllte Befehle.

»Los, Beeilung«, rief Rema und tauchte sein Paddel ein.

Maru tat es ihm gleich. Irgendetwas geschah dort im Dorf. Brannte es? Oder wurde es überfallen? Beinahe klang es so. Wenn sie konnten, mussten sie helfen. Wenn sie konnten. Das Gatter, das den Hafen sichern sollte, stand weit offen. Rema lenkte das Boot ans Ufer, und sie sprangen an Land. Die Schreie wurden lauter. Der Rauch kam ungefähr von dort, wo die Edhil-Säule stand. Was war da nur los? Was immer es war, es klang nicht gut. Rema rannte, und Maru folgte ihm, so schnell sie konnte. Da war eine Menschenmenge, das ganze Dorf schien versammelt. Sie bogen um die Ecke von Skefs Stall. Plötzlich wurde Rema von zwei starken Händen an der Schulter gepackt.

»Hier ist noch einer!«, rief eine raue Stimme. Dann spürte auch Maru einen harten Griff an der Schulter. »Und hier … ach nein, nur ein Weib!«, rief eine zweite Stimme und ließ sie wieder los. Sie stolperte und stürzte.

»Hoppla! Hoffentlich hat sich die Kleine nicht wehgetan. Wäre doch schade«, röhrte die zweite Stimme lachend. Raue Männerstimmen fielen in das Gelächter ein. Maru blickte auf ein paar lederne Stiefelspitzen. Ein knöchellanger Schuppenpanzer fiel auf die Füße des Sprechers. Sie rappelte sich auf. Vor ihr stand ein schwer gepanzerter Krieger der Akkesch. Er stützte sich auf seine Lanze und grinste sie von oben herab an. »Na, Kleine, habe ich dich erschreckt? Du musst nicht vor mir knien, ich bin kein Gott, nur ein Krieger des Kaidhans, was für dich aber auf dasselbe hinauslaufen sollte.«

Maru starrte den Sprecher verblüfft an.

»Deswegen sind wir nicht hier, reiß dich zusammen, Schamaku!«, rief eine junge, helle Stimme.

Maru stand auf. Sie hatte von Tasil gelernt, dass es wichtig war, in jeder Lage einen kühlen Kopf zu bewahren. Schnell blickte sie sich um. Das ganze Dorf war versammelt. Ein Feuer aus nassem Holz qualmte an der Edhil-Säule. Sie war bereits angesengt. Wenn sie nicht achtgaben, würde sie bald in Flammen aufgehen. Nahe beim Feuer waren die Männer des Dorfes zusammengetrieben worden. Nicht alle, aber alle, die im Waffenalter waren. Und Rema gehörte jetzt auch dazu. Sechs Krieger bewachten sie. Weitere Krieger drängten die übrige Menge, die Alten, die Frauen und die Kinder zurück. Sie alle trugen die schweren Panzer der Akkesch. Die großen, runden Schilde hatten sie auf den Rücken geschnallt, und mit ihren langen Speeren hielten sie die Dorfbewohner im Zaum. Frauen flehten um Gnade für ihre Männer und Söhne, so als seien sie zum Tode verurteilt. Vielleicht stimmte das sogar. Maru verstand jetzt, was da vor sich ging: Es waren die Werber, von denen der Richter gesprochen hatte. Sie waren gekommen, um alle tauglichen Männer in den Waffendienst zu zwingen. Maru sah die Ältesten Taiwe und Skeda, die auf einen Krieger einredeten. Das musste der Schab sein. Maru verstand nicht, was die beiden sagten, aber sie konnte ihnen ansehen, wie flehentlich ihre Bitten waren. Der Krieger gab sich unbeeindruckt und blickte stur geradeaus. Er war jung, viel jünger als die Männer, die er befehligte. Vermutlich hatte er seinen Rang nur seiner Abstammung zu verdanken. Maru zählte ein Dutzend Bewaffnete, also war es wohl nur eine Eschet. Hätten die Dorfbewohner Waffen gehabt … nein, das war Unsinn. Bewaffneter Widerstand wäre Selbstmord gewesen. Was sollten diese einfachen Leute gegen diese harten Krieger mit ihren Rüstungen und Waffen ausrichten? Rechts von Maru hatte sich eine Frau vor einem Akkesch niedergekniet. Sie klammerte sich an seinen Gürtel und bat um Schonung für ihren Sohn. Der Krieger lachte und stieß sie mit dem Fuß fort. Maru überlegte fieberhaft. Die Verzweiflung der Dorfbewohner war nur zu begreiflich. Wenn die Männer in den Krieg ziehen mussten, würden sie lange nicht wiederkommen. Und wer würde die Netze auswerfen, solange sie fort waren? Wenn diese Eschet aus Ulbai all die Männer mitnahm, dann konnte das den Untergang des Dorfes bedeuten. Noch etwas wurde ihr mit bitterer Schärfe bewusst. Tasil erklärte ihr zwar nicht sehr viel, aber sie hatte im Samnath doch genug über den Krieg gehört, um zu verstehen, dass die Sache des Kaidhans so gut wie verloren schien. Das hieß, dass die Männer in eine verlorene Schlacht ziehen sollten. Und Verlierer einer Schlacht kehrten oft nicht heim. Und Rema war einer von ihnen. Sie musste etwas unternehmen! Aber was? Der Schab! Er war der Schlüssel. Seine versteinerte Miene sah nach Verachtung aus, aber das stimmte gar nicht. Maru konnte es beinahe riechen: Der Mann hatte Angst! Seine Überheblichkeit war nur Tarnung. Er war jung und überfordert, und er hasste, was er tun musste. Er war sicher nicht Schab geworden, um wehrlose Fischer zum Heerdienst zu pressen. Vielleicht war er sogar klug genug, um zu wissen, wie wenig solche Krieger im Kampf taugen würden, in einem Krieg, der ohnehin schon so gut wie verloren war. Das alles machte ihn unglücklich – und verwundbar für eine besondere Waffe, eine Waffe, die Maru von Tasil erhalten hatte. Es wurde Zeit, sie endlich anzuwenden.

Sie drängte sich an dem Krieger, der sie verspottet hatte, vorbei, schob sich durch die schreiende Menge und achtete darauf, sich dem Schab langsam zu nähern. Er durfte keinen Verdacht schöpfen. Es war gut, dass Taiwe und Skeda ihn ablenkten. Maru fiel auf, dass Hana nirgendwo zu sehen war, aber das war jetzt nebensächlich. Sie erreichte den Schab und legte ihm ihre Hand sanft auf den Arm. Es war wichtig, ihn zu berühren, die Verbindung zu seinem Geist war anders gar nicht möglich. Er spürte ihre Hand und wandte sich ihr irritiert zu. Und Maru sprach mit ihm. »Das Wichtigste ist, dass du selbst glauben musst, was du sagst«, hatte Tasil ihr erklärt, »und wenn du etwas verlangst, musst du bereits sehen, wie es geschieht.« Seine Erklärungen waren knapp und ungenau. Maru fand bald heraus, dass er es einfach nicht besser wusste. Entweder war sein Lehrmeister nicht sehr gut, oder Tasil war ein schlechter Schüler gewesen. Doch daran durfte sie jetzt nicht denken. Zweifel waren bei ihrem Vorhaben nicht erlaubt.

»Verzeih, hoher Schab«, begann sie lächelnd. Die Zweite Stimme, das war das Geheimnis, die Stimme, die ohne Worte auskam und die niemand vernahm, außer dem, der angesprochen wurde. Jeder in der Nähe hörte, wie Maru sagte: »Ich will dich nicht stören, denn ich sehe, du bist ein Mann, der viel Verantwortung zu tragen hat.« Aber ihre zweite Stimme, die nur ein Flüstern in der Seele des Schabs war, sprach dabei von der ungeheuren Last, die er sich aufgeladen hatte und die er doch eigentlich gar nicht tragen müsste.

Der Schab blinzelte unsicher. Er öffnete den Mund, sagte aber nichts. Sein Blick wurde leicht verklärt, denn während Maru die Worte »Können wir euch nicht helfen, zu unser beider Nutzen?«, aussprach, schlich sich der Gedanke in sein Innerstes, wie angenehm es doch wäre, das Joch seines Amtes abzuschütteln und Frieden zu bringen – dem Dorf, seinen Männern, sich selbst. Und alles, was er dafür tun musste, war, seine Leute zurückzurufen und die Insel zu verlassen. Es war so ungeheuer einfach. Das versicherte ihm die zauberhafte Stimme, die seine Gedanken umschmeichelte.

Maru spürte die ersten Schweißperlen auf der Stirn. Einfach? Es war alles andere als einfach. Sie musste das eine sagen und das andere denken. Es war schwer, das Gleichgewicht zu bewahren. »Es ist sicher besser, wenn ihr einfach wieder abzieht, denn ich glaube nicht, dass der Kaidhan über so kümmerliche Krieger glücklich wäre«, sagte sie. Und die Zweite Stimme erklärte dem Schab, dass er gelobt und vielleicht sogar befördert würde, wenn er klug und selbständig entschiede.

»Befördert«, sagte der Schab nachdenklich.

»Alles in Ordnung, Beschu?«, fragte einer der Krieger und trat näher heran.

»Alles bestens, Mann«, sagte der Schab langsam. Und dann sagte er: »Lasst sie gehen, wir ziehen ab.«

»Wir ziehen ab?«, fragte der Speerträger verblüfft.

»Du bist sehr großzügig, Herr«, sagte Maru, während sie gleichzeitig dem Schab auf einer anderen Ebene zuraunte, dass er der Befehlshaber sei und sich keinen Widerspruch gefallen lassen müsse.

»Habe ich mich nicht klar ausgedrückt? Wir ziehen ab. Sofort!«

»Aber die Männer, die wir bringen sollen?«

»Holen wir woanders. Mit diesen Fischern ist ohnehin nichts anzufangen.«

»Aber …«

»Kein Aber, oder willst du die Peitsche spüren, Hund?«

Der Akkesch schluckte seinen Widerspruch runter. Er rief die anderen zu sich. »Ihr habt es gehört, Männer, wir ziehen ab.«

Maru ächzte. Sie bekam Kopfschmerzen. Es war eine Sache gewesen, den verunsicherten Schab zum Gehen zu bewegen, aber jetzt musste er sich gegen seine Männer durchsetzen. Ihre Hand lag immer noch sanft und unauffällig auf seinem Arm. Sie durfte den Kontakt zu ihm nicht verlieren. Der Zauber gelang. Nach einem weiteren kurzen, aber scharfen Wortwechsel, nahmen die Männer ihre Speere auf und marschierten ab. Die Dorfbevölkerung schaute ihnen staunend hinterher. Erst als die Eschet jenseits der Brücke war, bemerkte Maru, dass sie selbst am ganzen Leib vor Anstrengung zitterte. Ihre Umgebung schien zu verschwimmen. Gedämpft klangen vereinzelte Jubelrufe an ihr Ohr.

»Großvater Taiwe, wie hast du das geschafft?«, fragte Rema, der mit vielen anderen zu den Ältesten gelaufen kam.

»Geschafft? Gar nichts habe ich geschafft!«, rief Taiwe unwirsch.

»Es scheint, als habe er es sich plötzlich anders überlegt«, sagte Skeda unsicher, »weil dieses Mädchen ihn einfach … darum gebeten hat.«

Offenbar wussten sie beide nicht, was sie von der Geschichte halten sollten. Maru wurde schwarz vor Augen.

»Geht es dir nicht gut?«, fragte Rema sie besorgt.

»Ich glaube, dieser Sumpf bekommt mir nicht«, sagte sie schwach. Ihre Knie waren wachsweich.

»Ich bringe dich zu Hiri«, sagte Rema.

»Und pass gut auf sie auf«, sagte Taiwe.

Maru schlug die Augen auf. Sie war in ihrem Verschlag in der Herberge. Die dicke Hiri war dort, und Rema auch.

»Das Kind ist auch viel zu mager, sie muss essen!«, schnaufte Hiri.

»Wie soll sie essen, wenn sie schläft?«, fragte Rema ungehalten.

»Ich schlafe nicht«, sagte Maru.

»Ah, sie ist erwacht. Hast du Hunger? Ich kann dir eine Suppe bringen. Fisch oder Huhn, sag, was ist dir lieber?«, fragte Hiri. Ihr breites Gesicht strahlte.

»Huhn«, sagte Maru.

»Geht es dir gut?«, fragte Rema besorgt.

»Ja, natürlich. Was war denn?«

»Was war? Du bist umgefallen, einfach so«, sagte Rema.

»Wie lange bin ich schon hier?«

»Nur ein paar Augenblicke, nicht länger«, sagte Rema.

»Und jetzt wollt ihr meine Nichte mit dünner Suppe vergiften? Bringt ihr Fleisch, das gibt ihr Kraft!«, sagte eine Stimme aus dem Dunkel.

Tasil war zurück. Für einen kurzen Moment hatte sich Maru geborgen, umsorgt und sicher gefühlt. Dieses Gefühl verflog beim ersten Wort aus Tasils Mund.

»Lasst uns alleine!«, verlangte er knapp.

Rema starrte ihn kurz feindselig an, aber dann lächelte er Maru zu und ging.

»Ich werde ein Zicklein für dich schlachten«, sagte Hiri, »denn dein Onkel hat Recht. Fleisch gibt dir Kraft!« Und bevor Maru Einspruch erheben konnte, war sie verschwunden.

»Wie ich höre, sind hier seltsame Dinge geschehen, während ich fort war«, begann Tasil, als sie alleine waren.

»Eine Eschet aus Ulbai. Sie wollten alle Männer mitnehmen«, erklärte Maru.

»Aber sie sind ohne Futter für die Schlacht abgezogen. Ich habe sie gesehen. Sie kamen mir entgegen.«

»So ist es«, sagte Maru. Sie war vorsichtig. Tasils Gesicht lag im Schatten. Es war unmöglich zu erkennen, was er dachte.

»Und jetzt fragt sich das ganze Dorf, wie das geschehen konnte. Manche meinen, es waren die Ältesten, aber andere sagen, es war die Nichte des Urathers.«

Maru schwieg.

»Ich bin beeindruckt, Kröte. Offenbar hast du ja doch etwas bei mir gelernt. Wie hast du das geschafft?« Sein Ton war freundlich, aber das konnte auch eine Maske sein.

»Der Schab. Er war überfordert. Man konnte leicht sehen, dass er lieber an einem ganz anderen Ort gewesen wäre.«

»Ich verstehe, es war ihm wohl nur nicht bewusst – und du hast das geändert.«

»So, wie du es mir beigebracht hast, Onkel«, sagte Maru.

»Ich? Ganz bestimmt nicht, Kröte. Ich habe dir beigebracht, wie man einen unsicheren Mann in einem schwachen Moment in die richtige Richtung lenkt. Du hast einen Schab und seine Eschet gegen ihren klaren Befehl handeln lassen.«

War das ein Lob? Es klang ganz danach, aber auch wieder nicht. Dann trat er aus dem Schatten. Jetzt konnte sie sehen, dass es sicher kein Lob war.

»Ich habe dir außerdem beigebracht, das heimlich zu tun, ohne Aufsehen zu erregen, ohne dass ein ganzes Dorf zusieht! Und ich habe dir beigebracht, dass der Zauber nicht ewig wirkt. Aber du hast es nicht begriffen, Kröte! Spätestens morgen früh wird der Schab wieder wissen, warum er hierhergekommen war. Dann kehrt er zurück. Zornig, in seinem Stolz verletzt, denn er wird wissen, dass ihn ein einfaches Mädchen, nein, eine Hexe, mit Zauberei überlistet hat. Und dann kann auch ich die Dorfbewohner nicht mehr schützen.«

Maru schluckte. So weit hatte sie einfach nicht gedacht.

»Aber vielleicht haben wir auch Glück. Ich habe seine Leute gesehen. Sie sahen nicht sehr zufrieden aus. Vielleicht ermorden sie ihn.«

»Ermorden?«, fragte Maru schwach.

»Nun, wer bei den Akkesch in Kriegszeiten Befehle nicht befolgt, hat sein Leben verwirkt.«

»Aber das ist ja schrecklich!«

»Findest du? Ich halte es im Augenblick für die bessere zweier schlechter Möglichkeiten. Wenn du also das nächste Mal auf den Gedanken kommst, dich einzumischen, denk gefälligst nach!«

»Ja, Onkel«, sagte Maru unglücklich. Als die Eschet abmarschiert war, da war ein starkes Glücksgefühl durch ihre Adern geströmt. Tasil hatte nichts davon übrig gelassen.

»Ich hörte außerdem, dass du dich mit diesem jungen Burschen Rema im Sumpf herumgetrieben hast.«

»Ja, Onkel.«

»Habe ich dir nicht gesagt, dass du das Dorf und die Ältesten im Auge behalten sollst?«

»Doch, Onkel, aber …«

»Kein Wort mehr, ich werde mir überlegen, wie ich dich dafür bestrafe.«

Ein jämmerliches Meckern drang von draußen herein. Dann ein scharfes Geräusch. Vermutlich hatte Hiri gerade ihrem Zicklein die Kehle durchgeschnitten.

»Ich denke, Hunger wäre ein guter Anfang«, sagte Tasil, und dann beugte er sich drohend über Maru, die immer noch auf ihrer Decke lag. »Aber wenn du noch einmal meine Befehle nicht befolgst, *Sklavin*, dann kann es sein, dass ich selbst ein paar Hälse durchschneide – deinen, oder den von deinem Freund Rema, verstanden?«

Maru spürte, wie der Zorn in ihr aufstieg, aber sie schluckte die scharfe Antwort, die ihr auf der Zunge lag, hinunter. Es war gefährlich, ihn weiter zu reizen. Tasil hatte schlechte Laune. Das lag sicher nicht nur an ihr, aber an ihr ließ er sie aus. Das war ungerecht! Er hätte wenigstens fragen können, was sie dort draußen gewollt und erreicht hatte. Vor der Herberge ertönte raues Gelächter. Die Söldner kehrten zurück.

»Wir setzen dieses Gespräch später fort«, flüsterte Tasil drohend.

»Meinetwegen«, sagte Maru trotzig. Sie wollte sich auch nicht alles gefallen lassen.

»Was höre ich da? Beinahe ein Kampf und ich nicht dabei«, rief Meniotaibor, der Iaunier, der als Erster in die Herberge eintrat.

»Keine Spur«, erwiderte Tasil. »Nur ein paar Werber aus Ulbai.«

»Und sie haben niemanden mitgenommen, wie ich höre. Angeblich, weil die Ältesten und deine Nichte ihnen gut zugeredet haben. Das ist eine seltsame Geschichte, Urather«, meinte der Iaunier.

»Wir haben sie wohl knapp verpasst, wie ärgerlich«, sagte Ulat und hängte seinen großen Schild an seinen Verschlag.

»Du kannst ihnen nachlaufen, wenn du Sehnsucht nach deinesgleichen hast, Alter. Vielleicht holst du sie noch ein«, spottete Bolox.

»Grünschnabel, ich hätte einfach nur gerne ein paar Neuigkeiten über den Krieg gehört, aus berufenem Mund! Diese Fischer wissen doch nichts.«

»Wir war eure Jagd?«, fragte Tasil. Er wollte wohl unauffällig das Thema wechseln.

»Jagd? Gerudert sind wir, den ganzen Tag und endlos durch diesen elenden Sumpf geirrt. Ein Kanal hier sieht aus wie der andere. Ohne die beiden Bootsführer hätten wir nie zurückgefunden«, sagte der Akkesch kopfschüttelnd.

Vylkas, der Dakyl, schnaubte verächtlich. »Wir haben ihre Spur«, erklärte er knapp.

»Ihre Spur? Wirklich?«, fragte Tasil.

»Vylkas ist ein Jäger, der vor den Göttern bestehen würde! Selbst Boga würde ihn in sein Herz schließen«, meinte Meniotaibor. »Wir haben viele Wasserarme abgesucht, waren im Süden und Norden, aber weit im Westen, da hat er ihre Spur gefunden.«

»Im Norden, die Enge, viele Steine, die meidet sie«, sagte Vylkas. Mit seinem dichten schwarzen Bart und in seinem nassen Fell erschien er in Marus Augen wie ein zerzauster Wolf.

»Genau, aber im Leugfenn, so nennen sie es, da gibt es einen breiten Kanal, der hinüber bis zum Weißen Dhanis führt. Den benutzt sie.«

»Jagt dort, schläft hier«, sagte der Dakyl.

»Wir hätten dort warten sollen, vielleicht hätten wir sie zu Gesicht bekommen«, murrte Bolox.

»Ach, komm, Farwier, wir waren nicht vorbereitet«, sagte Meniotaibor, »und hast du die Spuren nicht gesehen? Wir haben einen Abdruck im Schlamm gefunden, Urather, von einer ihrer Klauen. Größer als ein Mann, war es nicht so? Sie muss wirklich eine Riesin sein!«

»Wir könnten wirklich Verstärkung gebrauchen«, warf Ulat ein. »Ich denke, mit ein oder zwei Ansai guter Männer könnten wir sie dort stellen und in einen Kampf mit Aussicht auf Erfolg zwingen.«

»Ich weiß nicht, wo du diese Verstärkung hernehmen willst, Ulat. Die Fischer hier sind tapfer wie Schafe, und sie kämpfen vermutlich ähnlich gut«, sagte der Iaunier.

»Wir brauchen hier keine hundert Akkesch, die sich gegenseitig auf den Füßen stehen! Ein Dutzend Farwier würde reichen«, sagte Bolox übellaunig.

»Wie mir scheint, versteht ihr Farwier nicht viel von der Ordnung eines Heeres«, polterte Ulat.

Maru beobachtete den Streit. Es hatte sich also nicht viel getan, dachte sie. Sie konnten einander immer noch nicht leiden. Allerdings schien es, als hätte Meniotaibor die Führung der fünf übernommen.

»Ich sage, wir versuchen es mit Gift!«, sagte er jetzt. Sein Daumen strich über die Narbe auf seiner Wange. »Ich bin kein ängstlicher Mann, aber dieser Riesin mit einem Schwert oder Speer gegenübertreten? Nein, ich hänge an meinem Leben.«

»Du wirst ein ganzes Fass Gift brauchen. Wo willst du es hernehmen?«, fragte der Akkesch gereizt. »Und wie willst du sie dazu bringen, es zu verschlingen? Willst du sie bitten?«

»Es wird doch hier irgendjemanden geben, der sich mit Kräutern und Giften auskennt«, meinte Meniotaibor gelassen. »Haben wir erst genug davon, dann können wir einen Köder auslegen. Meinetwegen auch das Mädchen, das sie opfern wollen.«

Maru starrte den Iaunier entsetzt an. Er meinte das ernst!

»Das ist weder besonders tapfer noch besonders ehrenhaft«, sagte Bolox. Er war dabei, seine Axt trockenzureiben. Seine Bewegungen waren beinahe zärtlich.

»Einen besseren Gedanken habe ich bisher noch nicht gehört«, warf Tasil ein.

»Ah, der tapfere Urather ist auch noch da«, höhnte Ulat. »Hast du denn bei deinen gefährlichen Nachforschungen hier im Dorf etwas herausgefunden?«

Tasil lächelte. »Ich war nicht nur im Dorf, tapferer Akkesch, und ich werde euch gerne sagen, was ich in Erfahrung gebracht habe. Vielleicht ist das eine oder andere für euch von Bedeutung.«

»Was kann das schon sein?«, fragte Ulat mit einer abwertenden Handbewegung.

»Ich war drüben, auf jenem langen Höhenrücken im Osten.

Wie ein Halbmond legt er sich um diesen Sumpf, was, wie ich finde, eine seltsame Form ist.«

»Meinetwegen kann er auch aussehen wie ein ganzer Mond und ein paar Sterne dazu«, brummte der Akkesch. Er machte aus seiner Abneigung gegen Tasil weiterhin keinen Hehl.

»Doch lassen wir das für den Augenblick außer Acht«, fuhr Tasil unbeirrt fort. »Ich erkundete den Weg, der von Ulbai zum Meer führt. Ich hatte die Hoffnung, dort vielleicht irgendeinen Hinweis zu finden. Wer sagt denn, dass dieser Goldene Tempel wirklich im Sumpf steht? Leider hatte ich dabei keinen Erfolg. Dort gibt es keine Bauwerke, außer man zählt den zerfallenen Schirqu und Vogelnester als solche. Aber anderes sah ich: Im Süden lagert eine große Gruppe von Männern, Imricier, wie ich annehme. Sie tragen zumindest die lederne Kleidung der Bergbewohner. Ich halte sie für Söldner, auf dem Weg in die Stadt. Sie waren nur leicht bewaffnet, aber eben zahlreich. Sechzig Mann oder mehr.«

»Das ist vielleicht die Verstärkung, die wir brauchen«, sagte Ulat und rieb sich nachdenklich die grauen Bartstoppeln am Kinn.

»Brauchen? Wozu? Um unser Gold mit ihnen zu teilen? Niemals«, sagte Meniotaibor kühl. Dann fragte er Tasil: »Glaubst du, sie kommen hierher?«

»Nicht unbedingt, denn dieses Dorf ist schwer zu finden. Wenn man nicht weiß, dass es hier liegt, würde man nie den schlechten Weg auf sich nehmen.«

»Wohl wahr«, meinte der Iaunier grinsend.

»Dann ritt ich nach Norden, bis zu den Stromschnellen, der steinigen Enge, die Vylkas vorhin erwähnt hat. Ich hatte Glück, denn der Regen ließ nach, als ich dort war. Also kletterte ich auf eine Weide und sah mich um. Ich sah Rauch im Nordosten, viel Rauch, wie von einem großen Heerlager.«

»Numur?«, fragte Meniotaibor.

»Ich nehme es an.«

»Dann ist er näher, als wir dachten«, brummte Ulat.

»Ich hoffe, ihr könnt damit etwas anfangen«, sagte Tasil bescheiden.

»Ein guter Späher hätte sicher mehr in Erfahrung gebracht, hätte sich das Lager des Feindes aus der Nähe angesehen. Aber von einem Händler kann man wohl nicht viel mehr erwarten«, meinte der Akkesch.

»Schön, es sind Krieger in der Nähe«, sagte Meniotaibor mit einem Schulterzucken, »aber eigentlich ändert das gar nichts. Sie werden vorüberziehen, denn sie sind sicher nicht ausgezogen, um dieses jämmerliche Sumpfnest zu erobern.«

»Aber vorsichtig sollten wir sein, eigene Wachen aufstellen«, forderte Ulat. »Diese Dörfler verstehen nichts vom Krieg und von den Maßnahmen, die in so einem Fall zu treffen sind.«

»Meinetwegen, Akkesch. Wenn es dir Spaß macht, kannst du gerne einen Wachplan für die Nacht erstellen«, meinte Meniotaibor gähnend, »aber wage nur nicht, mich einzuteilen.«

Sie alle waren müde von den Anstrengungen des Tages. Keiner von ihnen verspürte große Lust, sich an diesem Abend unter die Awier zu mischen. Nach einem schweigsamen Mahl – Tasil machte seine Drohung, Maru hungern zu lassen, dann doch nicht wahr – gingen sie zeitig zu Bett.

»Onkel?«, fragte Maru leise, als sie in ihrem Verschlag lagen.

»Was?«

»Du hast etwas ausgelassen, oder?«

»Was meinst du?«

Eigentlich meinte sie vor allem seinen Besuch bei Hana, am frühen Morgen. Sie fragte sich immer noch, was er von dem Edaling gewollt haben mochte. Aber das konnte sie ihn schlecht fragen, schließlich war sie ihm heimlich hinterhergeschlichen. Doch da war noch etwas anderes: »In deinem Bericht. Die Imricier, Numurs Krieger – was geschieht, wenn sie auf die Eschet aus Ulbai treffen?«

Tasil lachte leise, bevor er flüsternd antwortete: »Ah, setzt der Verstand der Kröte langsam wieder ein? Nun, ich weiß nicht, was daraus folgt. Außerdem sollte mein kleiner Bericht auch nicht zu gut sein. Ich bin doch nur ein armer Händler, der von solchen Dingen nicht viel versteht.«

»Und – die Hakul?«

»Keine Spur von ihnen. Du kannst also beruhigt schlafen. Und das solltest du jetzt auch endlich tun.«

Aber Maru konnte nicht schlafen. Sie fühlte sich zwar völlig zerschlagen, und jede Faser ihres Körpers sehnte sich nach Ruhe, aber ihr Geist war hellwach. Sie lauschte dem leichten Regen, der über dem Dorf niederging. Es war viel geschehen. Die Eschet, Wika – und die Awathani! Wenn sie die Augen schloss, sah sie den brodelnden Strom vor sich, und sie vermeinte noch einmal, das Brausen des Wassers zu hören. Selbst der faulige Geruch schien ihr noch in der Nase zu stecken. Sie öffnete die Augen. Der Geruch – er war da! Die Nachtluft war damit durchsetzt. Maru richtete sich auf. Ihr Herz klopfte. So hatte es gerochen, als sie der Awathani begegnet waren. Nein, eigentlich schon vorher! War es – der Schatten? Sie hatte den ganzen Abend immer wieder über diese Begegnung nachgedacht. Sie begann wieder zu zittern, allein durch die Erinnerung an das tosende Wasser und die tödliche Gefahr. Sie riss sich zusammen. Etwas an dieser Gestalt, auch wenn sie sie nur einen Sekundenbruchteil gesehen hatte, war ihr vertraut vorgekommen. Sie schloss die Augen. Konnte das sein? So weit von Serkesch entfernt? Nach einem halben Jahr? Sie stand auf. Wenn es so war, dann ließ sich das herausfinden. Ihr Herz schlug wieder bis zum Hals, aber alles war besser als diese ungewisse Ahnung. Sie kroch leise aus ihrem Verschlag und schlich zum Ausgang. Wollte sie das wirklich? Wollte sie durch die Finsternis schleichen, um einen Schatten zu jagen? Einen Schatten, der sich, nach dem, was sie von Wika wusste, vielleicht in der Nähe der riesigen Bestie aufhielt? Das war eigentlich Wahnsinn. War der Sumpf etwa ansteckend? Beinahe hätte sie gelacht. Die Anspannung war gewaltig. Sie biss die Zähne zusammen und tastete sich durch die Dunkelheit bis zur Tür. Auf der Schwelle saß Arbi, der Kydhier, auf einem Schemel. Ulat hatte ihm die erste Wache gegeben. Er hielt seinen Speer umklammert und – schlief tief und fest. Maru stahl sich an ihm vorbei. Der weiche, kühle Nieselregen wirkte erfrischend. Der Wind kam aus dem Süden und mit ihm der Geruch von Fäulnis. Sie folgte ihm, schlug aber einen Bogen um das Samnath, in dem noch Licht brannte. Eine Stimme drang aus den schmalen Fensterschlitzen: Biredh erzählte. Biredh – sie hatte ihn am Abend nirgendwo gesehen. Auch der Blinde bewegte sich über heimliche und verschlungene Pfade. Er kam und ging, wie es ihm gefiel. Auch ihn umgab ein Geheimnis. Sie dachte an die Traumbilder zurück, die sie in Serkesch gesehen hatte. Biredh im Fluss, umgeben von gelben Schmetterlingen. Sie schüttelte unwillig den Kopf. Sie durfte sich nicht ablenken lassen. Der Weg vor ihr lag in Dunkelheit. Sie schlich weiter voran. Der Geruch wurde stärker, dann wieder schwächer, und plötzlich wieder stärker. Sie folgte ihm. Ganz langsam zog er sie nach Süden, zum Fluss. Spielte da jemand mit ihr? Da war der südliche Hafen. Auf den Wellen im Fluss spiegelte sich schwach das wenige Licht, das die Nacht hergab. Die Umrisse der Schilfboote waren kaum auszumachen. Der Geruch war jetzt sehr stark.

»Ich grüße dich, Maru Nehis«, sagte eine silbrige Stimme aus der Dunkelheit.

Alle Zweifel waren beseitigt. Er war es.

»Utukku«, sagte Maru matt.

»Wir haben uns gefunden«, sagte der Daimon.

Gefunden? Sie hatte bestimmt nicht nach ihm gesucht. Etwas bewegte sich zwischen den Booten, etwas mit kupferfarbenen Augen.

»Was tust du hier?«, fragte Maru.

»Ich habe auf dich gewartet, Maru Nehis.«

Es war immer noch schwer, seine Stimme vom Plätschern des Wassers zu unterscheiden.

»Ich wusste doch bis gestern selbst nicht, dass ich hierherkomme«, sagte Maru.

»Ich wusste es. Früher. Später. Der Fluss. Ich warte.«

»Aber warum? Was tust du hier?«

»Maghai-Blut. Ich brauche es.«

Maru dachte zurück an die Grabkammer. Drei Tropfen Blut hatte sie ihm gegeben. Und sie erinnerte sich an die warnende Stimme in ihrem Hinterkopf, die ihr gesagt hatte, dass sie das eines Tages bereuen würde. War dieser Tag jetzt gekommen?

»Ich habe es dir doch schon gegeben, in der Kammer, weißt du nicht mehr?«

Der Daimon lachte schnarrend. »Mehr«, sagte er.

Maru versuchte, Zeit zu gewinnen. »Wozu denn?«, fragte sie.

»Ich habe den Fels für dich geöffnet.«

Das war nicht zu leugnen. Er hatte ihr damals das Leben gerettet.

»Ich weiß«, sagte sie. Sie roch ihn, der leichte Geruch von Verwesung, er stammte wirklich von ihm. In Serkesch hatte sie das nicht gerochen. Was hatte sich geändert? Plötzlich waren seine kupfernen Augen ganz nah.

»Dein Blut, Maru Nehis, gib es mir!«

Der Daimon war noch dunkler als die Nacht, die ihn umgab. Maru fragte sich, warum sie ihn eigentlich fürchtete. Er hatte ihr geholfen, mehr als einmal. Aber die warnende Stimme in ihrem Hinterkopf war wieder da und nicht zu überhören. Ein paar Tropfen Blut waren nichts, doch sie hatte das Gefühl, dass der Preis in Wahrheit viel höher war – und vielleicht war gar nicht sie es, die ihn bezahlen musste.

»Ich habe dich gesehen, heute, auf dem Fluss«, sagte sie. Sie musste mehr Zeit gewinnen, nachdenken.

»Ich sah dich, den Jungen auch.«

»Die Awa… die Große Schlange war auch dort.«

»Ich weiß es, Maru Nehis. Sie folgt mir.«

Maru stutzte. Sie folgte ihm? Ein Gedanke kam ihr, so ungeheuerlich, dass sie ihn fast nicht zu denken wagte. Sie hatte ihn in der Nähe der Schläferin gesehen und Wika, die Kräuterfrau, auch. Konnte das sein? Es gab eine Verbindung. Das hatte sie schon vorher gewusst. Aber konnte es sein, dass…

»Hast du die Schläferin geweckt?«, fragte sie langsam. Das war es. Sie kannte die Antwort, bevor der Daimon sprach.

»Sie hat lange geschlafen«, antwortete die silbrige Stimme.

»Aber sie tötet Menschen!«

»Unendlicher Hunger, alter Zorn«, sagte der Daimon. »Dein Blut, Maru. Gib es mir.«

»Aber warum, Utukku? Warum hast du sie aufgeweckt?«

Der Daimon schwieg eine kurze Weile. Wären die beiden brennenden Augen nicht gewesen, hätte Maru glauben können, er sei verschwunden. Dann sagte er: »Ein Dorf. Wie dieses.«

Es war wie früher: Utukkus silberne Stimme war vom Plätschern des Flusses kaum zu unterscheiden, und seine Worte waren ohne erkennbaren Zusammenhang. Dennoch war etwas anders, etwas, das deutlich fühlbar, aber schwer zu beschreiben war. In Serkesch, da war er ein blasser, kraftloser Schatten gewesen, nebelhaft und unwirklich. Jetzt war er *wirklich*, selbst in der Finsternis fühlte sie seine Stärke. Das ängstigte sie. Sie wusste nichts zu sagen, und so schwieg sie. Dann fuhr der Daimon fort: »Ich habe es dir gezeigt.«

Maru wusste plötzlich, was er meinte. Als sie ihm ihr Blut gegeben hatte, war eine Flut von Bildern auf sie eingestürmt, ungeordnet, wild, aber sie hatte keines vergessen. Eines hatte ein brennendes Dorf gezeigt, an einem Fluss, an dessen Ufer fremdartige Bäume wuchsen. Krieger zerrten Menschen aus Hütten. Und Utukku saß im Fluss und sah zu.

»Mehr. Damit du es verstehst. Ich kann es dir zeigen«, flüsterte die silberne Stimme.

Maru schüttelte den Kopf. Sie war sicher, dass der Daimon das auch in dieser lichtlosen Nacht sehen konnte.

»Ich will gar nicht mehr sehen«, sagte sie. Das stimmte, die Gewissheit, dass Utukku die Schläferin geweckt hatte, war mehr als genug für eine Nacht. Aber es war noch schlimmer. Ein Verdacht keimte in ihr auf, noch war es nur eine Frage: Ob er die Awathani auch hätte wecken können, wenn er ihr Blut nicht bekommen hätte? Sie fürchtete sich vor der Antwort

»Ich kann sie fernhalten, Maru Nehis.«

Maru schwieg. Konnte er das wirklich? Es klang verlockend, im ersten Augenblick. Aber er würde das sicher nicht umsonst tun.

»Dein Blut. Maghai-Blut, Maru Nehis. Die Kraft.«

Las er ihre Gedanken? Und wenn sich die Awathani von diesem Dorf fernhielt, dann musste sie anderswo ihren Hunger stillen. Das konnte nicht die Lösung sein. Und der Daimon – was hatte er vor? Wenn er sie wirklich zähmen konnte – was würde die Awathani anrichten, wenn er sie lenkte?

»Sie ist nicht hier«, sagte er. »Heute nicht. Aber morgen?«

Das war eine unverhohlene Drohung.

»Utukku!«, rief sie. »Das darfst du nicht!«

Aber er antwortete nicht. Seine Augen schlossen sich. Und dann war er fort. Maru konnte es fühlen. Schritte näherten sich, begleitet vom leichten Takt eines Stockes.

»So spät noch auf, Maru Nehis?«, fragte Biredh.

Sie drehte sich um. Es hatte aufgehört zu regnen, und am Himmel zeigten sich einzelne Sterne.

»Ich konnte nicht schlafen«, sagte sie.

»Und, was sagt er?«, fragte Biredh.

»Wer?«, fragte Maru erschrocken. Hatte der Blinde den Daimon bemerkt? Der unangenehm süßliche Geruch hing immer noch in der Luft.

»Dhanis. Hast du nicht gerade mit ihm gesprochen?«

»Nur ein Gebet, Biredh, das andere überlasse ich dir. Du verstehst ihn viel besser als ich«, seufzte Maru erleichtert.

»Mag sein«, erwiderte der Erzähler, »doch nicht immer höre ich gerne, was er zu berichten hat.«

»Was sagt er denn?«, fragte Maru, um abzulenken.

»Er weiß nur von Krieg und Tod.«

Plötzlich kam ihr ein Bild wieder in den Sinn, das sie in der vorigen Nacht gesehen hatte. Der Blitz, der den Himmel spaltete, und die weißen Leiber, die in seinem Licht den Fluss hinabtrieben. Sie hatte den ganzen Tag nicht mehr daran gedacht. »Du meinst die Toten von gestern Nacht?«

Biredh seufzte. »Die Toten von gestern«, wiederholte er bitter. »Hast du gehört, dass heute noch jemand nach ihnen fragt? Schon ist ihr Sterben vergessen. Zu viele schlimme Dinge geschehen, und Dhanis hat wenig Hoffnung, dass sich das ändern wird.«

Maru schluckte. Der Alte hatte Recht. Niemand, auch sie nicht, fragte noch nach den Toten, die sie in der vorigen Nacht so erschreckt hatten. Es gab da ein Sprichwort in Akyr: *Der Krieg geht immer weiter, und nie schaut er zurück*. Allmählich verstand sie, was damit gemeint sein mochte.

»War es denn jemals anders?«, fragte sie betreten.

Biredh lachte plötzlich. »Was redest du so altersweise daher, du Kind? Überlasse das doch besser Greisen wie mir. Du kannst noch viele Tage erleben, die fröhlicher, heller und besser sind als diese.«

Maru seufzte. Vielleicht hatte Biredh Recht, und bessere Tage würden kommen, aber es war schwer vorstellbar. Und es war auch gar nicht sicher, dass sie selbst es auch erleben würde.

ZWEITER TAG

Fakyn

In großen Kriegen pflegen die Winter streng, die Sommer heiß und die Regenfälle stark zu sein.

Etellu-Kaidhan

Nach einer viel zu kurzen Nacht wurde Maru durch einen Fußtritt geweckt.

»Wach auf, Kröte, es gibt Ärger.«

Sie schrak hoch. Draußen herrschte ungewisses Dämmerlicht. War die Sonne schon aufgegangen? »Was ist denn los?«, fragte sie verschlafen.

»Deine Freunde aus Ulbai stehen vor dem Tor«, sagte Tasil.

Maru versuchte, die Müdigkeit abzuschütteln. Um sie herum waren die Söldner dabei, sich zum Kampf zu rüsten.

»Seid auf alles gefasst, das sind Akkesch!«, warnte Ulat, der seinen langen Speer in der Hand wog. Er sah besorgt aus.

»Nahrung für meine Axt«, meinte Bolox mit Augen, die vor Vorfreude auf den Kampf glänzten.

Kurz darauf rannte Maru mit den anderen hinunter zum Tor. Meniotaibor war bereits dort. Er stritt mit dem Brückenwächter.

»Aber es sind Krieger des Kaidhans, ich muss die Brücke herunterlassen«, jammerte der.

»Versuch es, und du bist tot, alter Mann!«, sagte der Iaunier kalt.

Von allen Seiten liefen die Männer des Dorfes heran. Bewaffnet war allerdings keiner von ihnen. Auch Frauen und Kinder zeigten sich zwischen den Hütten oder am Zaun. Maru sah Taiwe und Skeda, die versuchten, für Ordnung zu sorgen. Sogar Hana ließ sich blicken. Skeldiga war dicht hinter ihm und redete auf ihn ein.

»Zum letzten Mal: Lasst die Brücke herunter!«, rief es von der anderen Seite.

Maru erkannte die Stimme wieder, es war der junge Schab. Sie spähte durch eine Lücke im Zaun. Er stand drüben mit zweien seiner Krieger. Sie hatten das äußere Tor aufgebrochen. Das war nicht allzu schwer, in der Nacht war es nicht einmal bewacht. Doch jetzt standen sie an der Rampe der langen Zugbrücke und kamen nicht weiter. Rechts und links des Damms waren Akkesch in den Sumpf hinabgestiegen. Sie suchten wohl nach einem anderen Weg, den Fluss zu überwinden. Wollten sie schwimmen? Maru hätte ihnen abgeraten. Es gab Flussechsen dort unten im Wasser.

»Ihr seid Untertanen von Kaidhan Luban-Etellu. Erweist euren Gehorsam, oder ihr werdet es büßen!«, schrie der Schab. Seine Stimme überschlug sich.

Taiwe drängte sich jetzt nach vorne an den Zaun. »Was wollt ihr denn von uns?«, rief er hinüber.

»Wir suchen tapfere Männer für die Schlacht – und wir wollen die Zauberin, die mich gestern behext hat.«

»Wir müssen ihn hineinlassen«, rief Hana, »alles andere wäre Wahnsinn!«

Taiwe warf dem Edaling einen Blick voller Verachtung zu. »Hast du nicht gehört, Hana? Sie suchen tapfere Männer. Du kannst dich also wieder im Schrein verkriechen, so wie gestern.« Dann drehte er sich um und rief dem Schab zu: »Du warst doch gestern schon hier und hast entschieden, dass wir für den Kampf nicht taugen, Herr.«

Maru hörte, wie Skeldiga zischend auf ihren Mann einredete.

»Lasst die Brücke hinunter – oder ihr bereut es!«, rief der Schab.

Taiwe und Skeda sahen einander an. Sie wussten offensichtlich nicht, was zu tun war.

»Lasst sie ruhig kommen, wir kümmern uns um sie«, sagte Bolox lächelnd.

»Wenn ihr sie ins Dorf lasst, gibt es ein Blutvergießen«, warnte Tasil.

»Was geht euch das an?«, fragte Skeda zornig. »Haltet euch da heraus!«

»Es geht uns sehr viel an, ehrwürdiger Ältester«, sagte Meniotaibor. Er strich mit dem Daumen langsam über seine tiefe Narbe. »Diese Akkesch sollen Kämpfer nach Ulbai bringen. Sie werden also auch uns fragen. Und wir werden Nein sagen, denn wir haben Wichtigeres zu tun, wie du dich vielleicht erinnerst. Wahrscheinlich wird ihnen die Antwort nicht gefallen. Also werden sie uns zwingen wollen – wir lassen uns aber nicht zwingen. Es wird also zum Kampf kommen, und das wollt ihr doch sicher nicht, oder?«

»Aber wir können uns doch dem Willen des Kaidhans nicht widersetzen«, sagte Skeda.

»Warum nicht?«, fragte Tasil. »Soll der Schab ruhig noch ein bisschen schreien. Bald werden sie aufgeben und abziehen. Das Heer Numurs wird Ulbai bald erreichen, dann haben sie ganz andere Sorgen. Ich glaube nicht, dass wir diese Eschet jemals wiedersehen werden.«

»Das ist meine letzte Warnung – senkt die Brücke!«, schrie der Schab.

Die Sonne hatte sich über den Horizont erhoben. Es war drückend schwül, und der Fluss dampfte in der Hitze. Lang anhaltender Donner rollte über den Himmel. Maru presste ihr Gesicht an den Spalt im Zaun. Der Schab starrte herüber, dann hob er den rechten Arm und gab jemandem ein Zeichen, den sie nicht sehen konnte.

Im hohen Schilf, rechts und links des Dammwegs, tauchten plötzlich die Köpfe vieler Männer auf. Sie ließen lange Lederbänder kreisen. Ein seltsames, schwirrendes Geräusch erklang.

»Achtung! Steine!«, rief Ulat und riss seinen Schild hoch.

Steinschleuderer! Sekunden später regnete es hühnereigroße Steine auf das Dorf hinab. Maru drückte sich dicht an den Zaun. Sie packte eine verdutzte Frau, die ratlos neben ihr stand, und zog sie schnell in Deckung. Menschen schrien auf. Maru sah eine Greisin, die an der Schulter getroffen wurde und zusammenbrach. Ein Kind stand allein auf dem Weg und weinte. Rema tauchte aus dem Nichts auf, schnappte es, und trug es davon.

»Unter die Hütten, unter die Hütten!«, brüllte Tasil.

»Wo kommen die denn her?«, rief Meniotaibor. Maru war das gleich. Sie blieb in der Deckung des Zauns. Die Frau neben ihr wollte davonlaufen. Sie hielt sie fest. Ein zweiter Steinschauer rauschte über den Fluss. Dorfbewohner, die den Verletzten hatten helfen wollen, wurden nun selbst getroffen. Männer und Frauen rannten kopflos durcheinander, Kinder weinten, und Verwundete jammerten.

»Die Imricier!«, rief Tasil. »Sie kämpfen oft mit Steinschleudern.«

Also hatte die Eschet die Söldner aus den Bergen getroffen und gleich angeworben. Maru fühlte sich grauenvoll. Der Schab war ihretwegen zurückgekommen. Wenn hier Menschen starben, war es ihre Schuld. Sie spähte durch den Spalt. Dort, im hohen Schilf, standen die Imricier, kleine, drahtige Männer aus den Bergen, und ließen ihre Schleudern kreisen. Sie hatten nichts, um sich zu wehren. Ulat, der Akkesch, lief hinaus auf den freien Platz, seinen großen Schild schützend über den Kopf erhoben. Er gab einer verletzten Frau und ihrem Säugling Deckung, als der dritte

Steinschauer niederging. Kaum ließ der Hagel nach, als Bolox neben dem Akkesch auftauchte. Gemeinsam schafften sie Frau und Kind unter die nächste Hütte. Dann hörten die Schauer auf, aber das machte es nicht besser, denn nun kamen die Steine einzeln und unvorhersehbar. Überall schlugen sie ein, auf den Dächern, auf den Wegen, sie prasselten gegen den Zaun und die Hüttenwände. Niemand traute sich noch aus der Deckung.

»Ihr müsst sie reinlassen, ihr müsst sie reinlassen«, zeterte Hana, der Edaling.

»Wer die Brücke auch nur anfasst, stirbt«, brüllte Meniotaibor.

Der Himmel hatte sich verfinstert. Blitze zuckten aus tief hängenden Wolken, und erste schwere Tropfen fielen. Da ertönte ein einzelner schriller Schrei in der Ferne. Maru lief es kalt über den Rücken. Sie hatte das schon einmal gehört: Es war der Todesschrei eines Menschen. Ein Hornsignal erschallte. Sie spähte vorsichtig hinaus. Dort, wo der Damm aus dem Wasserwald hervorkam, tauchten plötzlich zahllose Krieger auf. Zwischen den Bäumen stieg ein Pfeilhagel auf und ging auf die überraschten Imricier nieder. Die meisten von ihnen hatten keinen Schild, um sich zu schützen. Verwundete stöhnten auf, andere warfen sich zu Boden, um den Pfeilen zu entgehen.

»Zu mir, Männer, zu mir!«, rief der Schab aus Ulbai. Er suchte hinter dem aufgebrochenen Tor Deckung. Durch das Schilf schwärmten die Angreifer aus. Axtkämpfer stürmten den Dammweg entlang. Die Akkesch kämpften sich in ihren schweren Rüstungen durch den Morast. Sie wollten sich bei ihrem Schab sammeln, aber sie kamen nur quälend langsam voran, zu langsam. Die vier, die es schafften, versuchten einen Schildwall zu bilden. Pfeile rauschten durch die Luft. Maru zuckte vom Spalt im Zaun zurück. Die Schützen hatten schlecht gezielt. Viele Geschosse bohrten sich in die Holzwehr, einige fanden auch Lücken im Zaun und flogen hindurch. Sie sah einen Fischer, der mit einem Pfeil im Oberschenkel zu Boden taumelte.

»Bleib in Deckung, Kröte«, rief Tasil ihr zu. Sie nickte stumm. Draußen schrien Männer, Waffen klirrten, und Schilde krachten aufeinander. Noch einmal wagte Maru einen Blick durch den Spalt. Der dünne Schildwall der Akkesch hatte dem Ansturm nicht standgehalten. Ihr Schab lag bereits tot am Boden. Sie sah Imricier, die ins Wasser sprangen, um sich schwimmend zu retten, und Akkesch, die kopflos versuchten, durch den Sumpf zu entkommen. Ihre schwere Rüstung wurde ihnen dort zum Verhängnis. Fast bis zur Hüfte im Morast einsinkend, wurden sie von ihren Verfolgern schnell eingeholt und gnadenlos niedergemacht. Maru sah ein halbes Dutzend Echsen, die sich mit erstaunlicher Geschwindigkeit in den schwarzen Strom schoben. Sie wandte sich ab. Wer jetzt noch im Wasser war… sie wollte den Gedanken nicht zu Ende denken. Bald hörte sie verzweifelte Schreie aus dem Fluss. Dann war es vorbei.

Hornsignale ertönten. Maru spähte wieder hinaus. Die Angreifer sammelten sich auf dem Damm. Schwerer Donner grollte, und die Schleusen des Himmels öffneten sich. Missmutig duckten sich die Krieger da draußen unter dem Regen. Einige nahmen die Schilde über den Kopf. *Sie sind wohl noch nicht lange in Awi*, dachte Maru. Sie sah Bogenschützen und viele Axtkämpfer mit leichten Schilden aus Rinderhaut. Dazwischen rückten einige Speerträger vor. Sie wurden von einem großen Krieger in einem langen, ledernen Schuppenpanzer angeführt. Er kam Maru bekannt vor. Er stieg über die toten Körper der Akkesch, ohne ihnen Beachtung zu schenken, und musterte die Insel und ihre Verteidigungsanlagen. Jetzt erkannte ihn Maru wieder: Es war Fakyn, der Hüne! Er hatte den Händler beschützt, der sie damals in Akyr für den Raik von Serkesch gekauft hatte. Offensichtlich hatte er es in Numurs Heer weit gebracht.

»Ich bin Fakyn, Schab der Eisernen Kischir vom Heere Numurs des Siegers, Herr der fünf Städte, Alldhan von Ober- und Unterkydhien, Aurica und Awi. Öffnet das Tor, und senkt die Brücke!«

»Versuche, Zeit zu gewinnen«, riet Tasil Taiwe, der ratlos neben ihm stand.

Der Älteste nickte und rief dann hinüber. »Wir grüßen dich, Schab Fakyn. Was wollt ihr von uns?«

»Wir sind hier, um euch vom Joche Lubans zu befreien. Haben wir nicht eben eure Feinde vernichtet? Wollt ihr uns jetzt in diesem elenden Regen ertrinken lassen? Oder wollt ihr uns nicht lieber mit einem Festmahl und einem trockenen Platz für die Nacht danken?«

»Nur für diese Nacht?«, fragte Taiwe.

»Wir haben nicht vor, uns lange hier aufzuhalten«, antwortete Fakyn. »Öffnet das Tor, und unterwerft euch – dann wird niemand verletzt.«

Maru begriff sofort, dass das weder Ja noch Nein hieß. Dort drüben standen sicher mehr als zweihundert Krieger. Sie auf die Insel zu lassen, hieß, sich ihnen auf Gedeih und Verderb auszuliefern. Aber würde der Fluss sie ewig aufhalten?

Meniotaibor und Tasil tauschten einen Blick. Der Iaunier zuckte mit den Achseln, aber Tasil wandte sich warnend an Skeda und Taiwe: »Wenn ihr diese Flöhe erst einmal im Pelz habt, werdet ihr sie nie wieder los.«

Plötzlich gab es ein schnarrendes Geräusch. Jemand hatte die Verriegelung der Brücke gelöst. Es war Hana, der sie triumphierend angrinste. Donnernd schlug die Brücke auf der Rampe auf. »Ihr seid willkommen, siegreiche Krieger«, rief Hana hinüber. Das Entsetzen, das ihn umgab, schien er gar nicht zu bemerken.

Meniotaibor zog sein Schwert, aber Tasil hielt ihn zurück.

»Dieser Narr wird sehen, was er davon hat«, sagte er düster. »Am besten, ihr macht das Tor auf«, riet er den Ältesten. »Versucht zu retten, was zu retten ist.«

Taiwe und Skeda öffneten das Tor, und unter Blitz und Donner und in strömendem Regen rückten die Krieger Numurs ins Dorf ein. Maru verfolgte ihren Einmarsch mit sehr gemischten Gefühlen.

Tasil klopfte ihr auf die Schulter. »Kopf hoch, Kröte. Jetzt gilt es, den Stier bei den Hörnern zu packen.«

Er schob ein paar Dörfler zur Seite, trat vor und hob die Hand zum Gruß. »Ich grüße dich, Fakyn, Schab Numurs. Wie ich sehe, hast du es weit gebracht«, rief er, als der Hüne durch das Tor kam. Fakyn starrte ihn an, trat einen Schritt näher und erkannte ihn schließlich: »Tasil aus Urath? Das erklärt, warum ich nach dem Kampf im Bet Raik deine Leiche nicht finden konnte!«

»Ich freue mich auch, dich zu sehen, Fakyn. Du bist weit von deiner Heimat entfernt, Kydhier«, sagte Tasil und zeigte sein Wolfslächeln.

»Ein Krieger hat seine Heimat in der Schlacht, Urather, wusstest du das nicht?«

»Ich kann mir behaglichere Behausungen vorstellen«, entgegnete Tasil trocken.

»Du bist auch kein Krieger, Urather. Es ist schade, dass ich versprochen habe, dass niemand verletzt wird, sonst… Aber wer ist der Anführer dieser Menschen. Du etwa?«

Plötzlich schob sich Hana zwischen Taiwe und Tasil nach vorne: »Ich bin Hana, der Edaling dieses Dorfes, und heiße dich willkommen, edler Schab. Ich war es, der die Brücke hinabließ, Herr«, sagte er unter vielen Verbeugungen.

Fakyn verzog sein Gesicht. »Ich habe keine Ahnung, was ein Edaling ist, aber wenn ich dich betrachte, kann es nicht viel sein. Gibt es hier keinen Ältesten?«

»Ich bin Taiwe, und das ist Skeda, wir sind Älteste des Dorfes, Herr«, sagte Taiwe würdevoll.

»Ah, endlich, ein Mann!«, sagte Fakyn. »Ich brauche Unterkunft und Nahrung für mich und meine Männer. Wenn kein Platz ist, schafft welchen. Diese Bewaffneten da, was sind das für Leute? Awier sind das nicht.« Er meinte die Söldner, die sich um Meniotaibor versammelt hatten und die einmarschierenden Krieger mit Kennermiene musterten.

»Es sind Fremde, Gäste in unserem Dorf, Herr.«

»Ich hoffe, sie wissen sich auch als solche zu benehmen, denn dieses Nest ist nun unser Dorf.« In der Nähe Fakyns hatten sich einige Unteranführer versammelt. Einem von ihnen rief der Hüne nun einen Befehl zu: »Raschu, du und deine Eschet, ihr bewacht das Tor. Niemand verlässt oder betritt diese Insel, ist das klar?«

»Ich gehorche«, erwiderte der Schab und gab seinen Leuten ein Zeichen. Missmutig schulterten die ihre Speere und marschierten im Regen zurück über die Brücke. Fakyn winkte einen anderen Schab heran: »Harys, du kümmerst dich um die Verwundeten. Such ihnen eine gute Unterkunft, und sag dem Heiler, dass er ja gut für sie sorgt.«

Der Schab nickte. »Und die Gefangenen?«, fragte er.

»Das soll Nawis erledigen. Er soll ihnen einen Stall suchen, wo er sie einpferchen kann. Der Heiler mag später nach ihnen sehen.«

Es gab nicht viele Gefangene, kaum mehr als ein Dutzend, allesamt Imricier. Die meisten hatten Wunden davongetragen. Akkesch hatte man nicht gefangen genommen. Maru sah durch das Tor, wie die Sieger drüben im Sumpf die Leichen ausplünderten und um Schilde und Schuppenpanzer stritten. Die nackten Körper warfen sie in den Fluss. Eine große Zahl Echsen hatte sich bereits dort versammelt.

»Ich gehorche«, sagte der Schab knapp und begann seine Leute aufzuscheuchen.

Maru erkannte Fakyn fast nicht wieder. In Serkesch war er nur ein unbedeutender kydhischer Krieger gewesen, ein Schab Eschet, mehr nicht. Aber es war zu sehen, dass seine Leute, selbst die Akkesch, seine Befehlsgewalt uneingeschränkt anerkannten. Er hatte es wirklich weit gebracht und trat entsprechend selbstsicher auf.

Nun wandte er sich wieder an die Ältesten: »Habt ihr ein Haus, eines, das besser ist als diese armseligen Hütten?«

»Wir haben das Samnath, unser Haus der Versammlung, und ein Schreinhaus, Herr«, sagte Taiwe.

»Ein Schrein? Für wen? Die Hüter? Oder euren Flussgott?«

»Es ist ein Schrein für Dhanis, Herr, den Vater allen Landes, und ich bin der Edaling, sein Diener«, sagte Hana unterwürfig.

»Dass du ein Diener bist, sehe ich. Zeig mir diesen Schrein und dieses andere Haus, ich will sehen, ob sie gut genug sind. Und du, Tasil, gehst mir besser aus dem Weg. Wenn ich dich sehe, werden Erinnerungen wach, die nach dem Schwert schreien.«

»Dieser Schab scheint dich ins Herz geschlossen zu haben, Urather«, sagte Meniotaibor spöttisch.

»Eine alte Geschichte«, erwiderte Tasil knapp.

Die Söldner hatten sich in Hiris Herberge zurückgezogen und beobachteten durch die Spalten der schlichten Bretterwand, was draußen vorging. Krieger jagten Hühner und Schweine durch den Regen. Große Feuer wurden vorbereitet. Eine ganze Ansai war vor kurzem, mit vielen Männern aus dem Dorf, ausmarschiert. Auch Rema musste mit. Jetzt hörten sie, wie drüben im Wasserwald Bäume gefällt wurden.

»Reichlich viel Feuerholz«, meinte Ulat, als er auf die Axtschläge lauschte. Nachdenklich rieb er seine grauen Bartstoppeln.

»Sie schlagen kein Feuerholz«, entgegnete Bolox. »Da fallen ganze Bäume, auch wenn diese Wasserbäume diesen Namen kaum verdienen. Ich kenne den Klang gut aus meiner Heimat. Meine Axt sehnt sich nach Eiche, Buche oder wenigstens Tanne.«

»Leidet unser tapferer Held etwa an Heimweh?«

»Nichts, was sich nicht mit einem kleinen Zweikampf beheben ließe, Akkesch«, entgegnete der Farwier düster.

Ulat lachte. Dann wurde er wieder ernst. »Dieser Kydhier, Fakyn, er scheint mir ein ehrenhafter Krieger zu sein.«

»Er kann mir gestohlen bleiben mit seiner Ehrenhaftigkeit. Er kommt zu einem schlechten Zeitpunkt«, meinte Meniotaibor.

»Das ist wahr«, sagte Bolox. »Wollen wir hoffen, dass sie wirklich morgen wieder abziehen, denn sonst müssen wir die Jagd abblasen.«

»Ich glaube, das können wir ohnehin«, sagte Ulat, »ist nicht übermorgen schon Neumond? Wie sollen wir das schaffen?«

»Geben alle Akkesch so schnell auf?«, fragte Bolox. »Noch in der Neumondnacht können wir die Awathani erlegen.«

»Aber nicht, wenn diese Krieger noch hier sein sollten. Meinst du, sie lassen uns einfach unserer Wege gehen? Und selbst wenn, wie sollen wir an unsere Belohnung kommen? Glaubst du, sie sehen zu, wie wir uns die Taschen mit Gold vollstopfen?«, fragte Ulat übellaunig.

»Wir haben kein Gift«, sagte der Dakyl. Es war, soweit Maru sich erinnern konnte, das Erste, was er an diesem Tag sagte.

Meniotaibor nickte nachdenklich. »Vylkas hat Recht. Ich denke, wir müssen unseren Plan ändern.« Wie immer, wenn er nachdachte, strich sein Daumen über die Narbe auf seiner Wange.

»Und hast du schon einen Vorschlag, Iaunier? Dann lass hören«, forderte Ulat.

»Wir sollten nicht mehr nach der Schlange, sondern einfach nach diesem sagenhaften Tempel suchen.«

Es dauerte eine Weile, bis alle verstanden, was er meinte. Bolox sah ihn zweifelnd an: »Du willst das Gold *rauben*?«

Der Iaunier zuckte mit den Schultern. »Warum nicht? Das erscheint mir im Augenblick erfolgversprechender als die Jagd nach diesem Untier.«

Der Akkesch kratzte sich nachdenklich am Kinn. »Da ist was dran, aber auch das können wir vergessen, solange diese Krieger hier herumlungern.«

»Ich wollte Ehre und Ruhm gewinnen, nicht zum Dieb werden!«, rief Bolox.

»Umso besser, dann bleibt mehr für uns!«, entgegnete Meniotaibor grinsend.

Ulat lachte meckernd und schlug dem Iaunier anerkennend auf die Schulter. »Das ist ein Mann mit Witz und Geist, sieh ihn dir an, Arbi. Selbst in schwierigen Zeiten hat er immer noch einen Scherz auf den Lippen.«

Der Kydhier, der wie immer nur schweigend gelauscht hatte, errötete, als er die Blicke der anderen spürte.

»Sie bereiten sehr viele Feuer vor«, sagte Maru plötzlich.

Die Männer sahen sie befremdet an. Jetzt war es an Maru zu erröten. Es war nicht üblich, dass sich Frauen in die Unterhaltung von Männern einmischten, das hatte sie vergessen. Tasil grinste breit. Aber Meniotaibor war aufmerksam geworden: »Was meinst du damit, Mädchen?«

Maru räusperte sich. »Ich meine, dass da sehr viel Fleisch über sehr vielen Feuern braten wird. Viel mehr, als die Krieger von Fakyn je werden essen können.«

Der Iaunier starrte hinaus, dann nickte er und sagte: »Deine Nichte ist gar nicht so dumm, Urather. Dass wir nicht selbst darauf gekommen sind! Sie hat vollkommen Recht. Sie erwarten Verstärkung. Es werden also noch mehr Krieger kommen.«

»Noch mehr? Was wollen die nur hier?«, fragte Bolox verdrossen. »Ulbai liegt nördlich, wenn sie die Stadt belagern wollen, dann sind sie hier falsch.«

»Ich habe gehört«, warf Tasil ein, »dass Luban die Brücke über den Dhanis hat abbrechen lassen. Ich nehme also an, dass Numur versuchen wird, die Stadt südlich zu umgehen. Dann kann er sie von allen Seiten einschließen.«

»Für jemanden, der keine Ahnung vom Kriegshandwerk haben will, kennst du dich erstaunlich gut aus, Tasil aus Urath«, sagte Ulat langsam, und es klangen sowohl Anerkennung wie auch Misstrauen aus seinen Worten.

»Oh, ich kam nicht selbst auf diesen Gedanken«, wehrte Tasil bescheiden ab. »Der Flüchtling, den wir vor einigen Tagen trafen, ihr erinnert euch? Er erzählte mir davon.«

Die Tür der Herberge öffnete sich. Schab Harys trat mit Hiri ein. »Hört, Fremde, wir brauchen dieses Haus für unsere Verwundeten. Packt eure Sachen.«

Bolox griff nach seiner Axt, doch Meniotaibor legte ihm schnell die Hand auf den Arm. »Ich verstehe, Schab. Eure Männer sind hier gut aufgehoben. Ich wundere mich, dass ihr sie jetzt erst bringt.«

»Die Hütten sind eigentlich bequemer, doch können nicht alle laufen, und die Treppen zu diesen Pfahlbauten sind schmal«, erklärte Harys.

»Und hat der edle und umsichtige Schab auch einen Vorschlag, wo wir unterkommen können?«, fragte Ulat übellaunig.

Harys zuckte mit den Schultern. »Ich würde sagen, das ist eure Angelegenheit. Bei dem Mann, der die Pferde unterstellt, soll noch Platz sein.«

»Habt ihr Kydhier euch die Schweineställe schon unter den Nagel gerissen?«, fragte Ulat bissig.

Der Schab sah ihn erstaunt an. »Ich habe bisher keinen Streit mit dir, Alter. Doch das muss nicht so bleiben.«

»Wen nennst du ›alt‹, Bürschchen?«, fragte Ulat wütend. Er hatte plötzlich seinen langen Speer in der Hand.

Tasil stand auf einmal neben ihm und sagte: »Schon gut, Ulat, beruhige dich. Er meint es nicht so. Lass uns einfach packen und ein neues Nachtlager suchen.«

Es wirkte: Der Akkesch starrte den Schab noch kurz feindselig an, aber dann zuckte er mit den Schultern und schien die Angelegenheit abzuhaken, was, wie einzig und allein Maru bemerkte, vor allem daran lag, dass Tasil, für einen kurzen Augenblick, seine Zauberstimme eingesetzt hatte.

Wie es sich zeigte, hatte Hiri bereits einen neuen Platz für sie gefunden: »Mein Neffe Fedem«, schnaufte sie kurzatmig, »er wohnt mit seiner Frau unten am Wasser. Seine Hütte ist nicht groß, und der Stall darunter noch kleiner, aber da die Krieger alle seine Ziegen gestoh… mitgenommen haben, hat er nun mehr Platz, als ihm lieb ist. Ich führe euch hin. Er wird euch gerne aufnehmen.«

»Ein Ziegenstall?«, fragte Ulat beleidigt.

»Besser als nichts«, meinte Meniotaibor, »ich hoffe nur, dein Neffe hat den Stall ordentlich ausgemistet.«

Da Maru für zwei packen musste, waren sie die letzten in der Herberge. Die Söldner waren schon unterwegs in ihre neue Unterkunft, was vermutlich hieß, dass die besten Plätze vergeben sein würden. Während Maru noch ihre Decken aufrollte und verschnürte, trugen die Krieger die ersten Verwundeten in die Herberge. Eine kleine, hagere Frau kommandierte die Träger herum. Maru erkannte die Stimme sofort wieder. Es war Wika.

»All das Blut, all der Schmerz, aber jetzt ist Linderung da. Ist es nicht so? Doch, so ist es«, sagte die alte Kräuterfrau. Sie stand in ihrem Schilfmantel in der Tür und betrachtete jeden, der hineingetragen wurde. »Sieh an, sieh an, das ungeduldige Küken«, rief sie, als sie Maru entdeckte.

»Ich grüße dich auch, Wika«, erwiderte Maru einsilbig.

Tasil warf ihr einen langen Seitenblick zu. Er hatte nichts von ihren Abenteuern hören wollen und wusste daher nicht, dass sie bei der Kräuterfrau gewesen war. *Nun, hätte er gefragt* …, dachte Maru.

»Ah, ist das der Mann aus dem Süden, der Mann, den du Onkel nennst?«, fragte die Alte und musterte Tasils hageres Gesicht aus nächster Nähe.

»Wer bist du, Weib?«, fragte Tasil brüsk.

Wika lachte. »Du bist nicht so klug wie deine Nichte, scheint mir. Erkennst du die Heilerin nicht, wenn sie vor dir steht?«

»Ein Kräuterweib?«

Wika brachte ihr Gesicht noch näher an das seine. Sie flüsterte: »Und was bist du, Mann aus dem Süden? Händler bist du nicht. Maghai erst recht nicht. Vieles kannst du, wie mir scheint. Doch begehrst du auch vieles. Und Blut, viel Blut sehen die, die dir nahe sind.«

»Geh doch weg mit deinen Sumpfweisheiten, alte Unke«, sagte Tasil unwirsch. »Komm, Kröte, du hast lange genug getrödelt.«

Maru lud sich ächzend die schweren Taschen auf.

»So eine schwere Last auf so schmalen Schultern?«, fragte Wika, die plötzlich hinter ihr stand. Dann flüsterte sie: »Weißt du die Frage noch? Denk über die Frage nach, Maghai-Tochter!«

Als sie im strömenden Regen vor der Herberge standen, packte Tasil sie an der Schulter. »Was hat die alte Hexe mit dir zu bereden?« Sein Blick war finster.

Maru stöhnte unter dem Gewicht der Taschen. »Nichts«, keuchte sie, »sie ist verrückt, lebt schon zu lange im Sumpf.«

»So? Und das soll alles sein? Kann es sein, dass du versuchst, mir etwas zu verheimlichen, Kröte?«

Maru schüttelte stumm den Kopf. Sie hatte nichts verheimlicht. Er hatte nur einfach nicht gefragt.

Tasils Augen und Gedanken waren schon wieder anderswo. Er beobachtete die Krieger, die durch den Morast hasteten. »Jetzt komm endlich. Dieser Platz wird zunehmend ungemütlich.« Dann legte er noch einmal seine Hand auf ihre Schulter und blickte ihr tief in die Augen. »In dieser Angelegenheit ist das letzte Wort noch nicht gesprochen!«

Das war ein Satz, den Maru häufig von Tasil hörte. Und oft vergaß er es dann doch. Sie hoffte, dass es auch in diesem Fall so sein würde. Missmutig trottete Maru hinter Tasil zu ihrer neuen Herberge. Als sie ankamen, waren die Söldner gerade dabei, einige Bretter aus der Außenwand herauszureißen.

»Wir wollen wenigstens ein bisschen frische Luft hier drin haben«, erklärte Meniotaibor, »dieser Stall stinkt wie die Urheimat aller Ziegen!«

Maru konnte dem nicht widersprechen. Tasil gab Fedem, dem Neffen Hiris, eine Handvoll Kupferstücke. Dafür besorgte er frisches Stroh, während sie den Stall ausmisteten. Danach roch es wenigstens ein bisschen besser. Aber Zeit auszuruhen gab es für Maru ohnehin nicht. Tasil hatte einen neuen Auftrag für sie. »Ich muss wissen, was hier vorgeht, Kröte. Wir Männer können uns hier nicht unauffällig bewegen. Du schon. Also sieh dich um, und gib uns Bericht. Aber trödle nicht!«

»Soll ich nicht besser mitgehen?«, fragte Bolox plötzlich. »Vier Augen sehen doch mehr als zwei«, fügte er hinzu.

Die Männer grinsten. »Das kommt darauf an, ob diese Augen nicht durch etwas in ihrer Nähe abgelenkt sind«, spottete Meniotaibor.

»Ich weiß nicht, was du meinst«, sagte Bolox verdrossen.

Maru starrte von einem zum anderen. Was ging denn hier vor? Wäre es in dem Stall ein bisschen heller und Bolox' Haut nicht blau gefärbt gewesen, hätte sie geschworen, dass er errötete.

Tasil grinste auch, aber dann schüttelte er den Kopf. »Unauffällig, Bolox, darauf kommt es an, und ich fürchte, deine farwische Bemalung sticht hier jedem Krieger sofort ins Auge.«

Brummend setzte sich Bolox wieder auf seinen Platz.

Maru musste also allein auf Erkundung gehen. Das war ihr eigentlich auch lieber so. Der Farwier benahm sich manchmal etwas merkwürdig. Außerdem konnte sie besser nachdenken, wenn sie alleine war. Und es gab viel, worüber sie nachdenken musste: Die Awathani, die dunklen Andeutungen von Wika und vor allem Utukku. Er wollte ihr Blut, aber sie durfte es ihm nicht geben. Das war das Einzige, worin sie sich sicher war. Er hatte sich verändert. Das wusste sie, obwohl sie ihn in der finsteren Nacht gar nicht hatte sehen können. Dieser Geruch von Tod, der ihm anhaftete, seine unverhohlenen Drohungen. Würde er wirklich die Erwachte auf das Dorf loslassen? Nur, um an ihr Blut zu kommen? Er hatte von Kraft gesprochen. War es das, was ihr Blut für ihn war? Eine Kraftquelle? Oder war da noch mehr? Sie wusste es nicht, und sie wusste auch nicht, wen sie fragen konnte. Wika? Biredh? Beide mochten sich in solchen Dingen auskennen, aber aus irgendeinem Grund scheute sie sich, sie zu fragen. Sie seufzte und lief durch den Regen. Es gab keine Anzeichen dafür, dass er irgendwann einmal nachlassen würde. Es gab noch jemanden, der über diese Dinge etwas zu wissen schien: Dwailis. Jetzt bereute es Maru, dass sie ihn am Vortag nicht besucht hatten. Es hieß, der Alte sei verrückt, aber so wie Wika über ihn gesprochen hatte, war das nicht alles. Sie hatte gesagt, dass nur ein Maghai den Opferritus durchführen könne – und dabei hatte sie Dwailis' Namen genannt. War er einer der alten Zauberer? Wenn ja, dann schien es im Dorf niemand zu wissen. Sie lief weiter. Die Wege zwischen den Hütten hatten sich in Morast verwandelt. Die Welt versank im Regen. Maru war froh, dass sie den Strohüberwurf von Rema noch hatte. Rema! Er hatte mit den Kriegern hinausziehen müssen. Maru machte auf dem Absatz kehrt und lief zum Tor. Vielleicht ließ sich erfahren, was sie dort drüben vorhatten, und auch, wie lange es dauern würde. Rema. Sie brauchte ihn. Ohne ihn würde sie den Weg zu Dwailis nicht finden. Rema. Sie stellte fest, dass sie gern an ihn dachte.

Die Wache hatte sich vor dem Regen in den kleinen Unterstand des Wärters zurückgezogen. Dicht gedrängt stand eine ganze Eschet unter dem Schilfdach und starrte verdrossen in das unablässig vom Himmel fallende Wasser. Ein Krieger musste allerdings auf der Brücke selbst ausharren. Er hatte seinen runden Lederschild auf den Kopf gelegt und unter dem Kinn festgebunden. Das war einfallsreich, aber sicher auch ziemlich unbequem, wie Maru dachte. Der Wächter schenkte ihr zunächst keine Beachtung, aber als sie versuchte, die Brücke zu überqueren, schnellte sein Speer vor und versperrte ihr den Weg. »Hast du nicht gehört, Mädchen? Keiner darf hinaus!«

»Aber ich will nach meinem Vetter sehen. Er ist drüben im Wald«, behauptete sie.

»Bei den Holzfällern? Trotzdem kann ich dich nicht hinüberlassen. Nimm einfach an, dass es ihm gut geht.«

»Aber er ist Fischer, kein Holzfäller, er verletzt sich vielleicht.«

»Dann solltest du ihn nicht ablenken. Ein Unglück kann so schnell geschehen«, sagte der Krieger grinsend. Für einen Wimpernschlag war Maru in Versuchung, die Stimme einzusetzen, aber sie wusste, dass das Unsinn gewesen wäre. Da war eine ganze Eschet, und Tasil hatte Recht: Es war gefährlich, diese Kraft in aller Öffentlichkeit zu gebrauchen. Mit Unbehagen dachte sie an die Ereignisse vom Vortag. Die meisten Dörfler glaubten noch, die Eschet aus Ulbai sei von Taiwe und Skeda zum Abzug überredet worden, was Maru sehr recht war. Aber einige hatten besser aufgepasst und hegten Zweifel. Und dann hatte dieser Schab aus Ulbai sie noch laut der Hexerei beschuldigt. Sie hatte am Morgen schon den einen oder anderen seltsamen Blick aufgefangen. Es lag scheue Bewunderung in diesen Blicken, aber auch Furcht. Maru wollte nicht, dass jemand Angst vor ihr hatte. Der alte Taiwe wusste inzwischen sicher längst, was da geschehen war. Aber verstand er es auch? Noch hatten die Dorfbewohner andere Sorgen, aber wenn sie erst einmal anfingen nachzudenken, würden sie bald Fragen stellen. Und das konnte gefährlich werden. Maru schob diese Gedanken zur Seite und wandte sich mit einem freundlichen Lächeln an den Wächter: »Sag, edler Krieger, was machen die Männer eigentlich dort drüben?«

»Wirst du schon sehen«, brummte der Speerträger.

Maru sah tatsächlich etwas, nämlich viele Männer, die am Damm arbeiteten. Offenbar versuchten sie, die Schäden auszubessern.

»Sie bringen den Weg in Ordnung, ist es das?«, fragte sie.

»Möglich«, lautete die knappe Antwort.

»Du weißt es nicht?«, fragte Maru mit gespielter Überraschung.

»Natürlich weiß ich es«, sagte der Krieger unwillig. »Sie befestigen den Weg, wie du sagtest, Mädchen. Und jetzt verschwinde, ich habe zu tun!«

Maru sah ein, dass sie hier nicht mehr erfahren würde. Sie wäre gerne auf eine der Hütten geklettert, um eine bessere Übersicht zu bekommen, doch in jeder der Pfahlbauten waren Krieger Fakyns untergebracht. Sie strich den Zaun entlang und spähte immer wieder hinüber zum Dammweg. Sie entdeckte eine Gruppe, die eilig viele lange Baumstämme über den Damm trug. Das versprach spannend zu werden. Sie blieb stehen und sah zu, wie die Männer die dünnen Stämme bis zum äußeren Tor trugen und dann ablegten.

»Sie bauen eine breitere Brücke, Maru Nehis«, sagte jemand. Es war Biredh, der sich unter dem Dachvorstand der nächsten Hütte untergestellt hatte.

»Biredh!«, rief Maru erfreut, »wo warst du nur?«

Es war so viel geschehen, dass ihr erst jetzt auffiel, dass sie den Blinden den ganzen Tag nicht gesehen hatte. Er beantwortete ihre Frage nicht, sondern sagte: »Es kommen jetzt Tage, da wird man einen Erzähler weder brauchen noch ihm zuhören. Blutige Tage, angefüllt mit Schrecken und Gefahren.«

Das war entmutigend. Maru seufzte. »Weißt du, was geschehen wird?«, fragte sie.

Biredh lächelte plötzlich. »Ich weiß sicher nicht mehr als du, Maru Nehis. Vielleicht habe ich nur die Gabe, die Zeichen besser lesen zu können.«

»Welche Zeichen?«, fragte Maru und hoffte, der Alte würde nicht wieder nur in Rätseln sprechen.

»Sie verbreitern den Weg. Sie bauen eine neue Brücke. Was kann das heißen? Etwas wird kommen – oder Jemand. Jemand, der wichtig ist, oder Etwas, das schwer ist. Vielleicht beides? Den Rest überlasse ich dir, Maru Nehis.«

Also doch wieder nur Rätsel. Maru seufzte. Schwer und wichtig? Wer oder was sollte das sein? Sie schüttelte den Kopf. Irgendwie würde sie das schon herausfinden. Eine andere Frage beschäftigte sie: »Sie haben uns aus Hiris Herberge gewiesen. Dich auch? Wo bist du jetzt untergekommen?«

»Ich sitze meist mit meinem Freund Wifis unten am Hafen und werde heute Nacht wohl in einem der Boote schlafen. Das ist gut genug.«

»So ein Unsinn! Wir haben ein Dach über dem Kopf. Da ist sicher noch Platz für dich.«

»Und du meinst, dort bin ich besser aufgehoben?«, fragte Biredh lächelnd.

Irgendetwas in der Art, wie er die Frage stellte, beunruhigte Maru. Ihre Nackenhaare stellten sich auf. Was meinte er denn jetzt schon wieder? Dann schüttelte sie den Gedanken ab. »Natürlich. Es ist warm und trocken, es riecht nur ein bisschen nach Ziege.«

Biredh lachte. »Ein guter Geruch, ist es doch der Duft friedlicher Zeiten. Dann führe mich hin, Maru Nehis. Ich würde jetzt doch gerne aus diesem ewigen Regen herauskommen.«

»Hast du noch Sachen bei Hiri? Ich kann sie schnell holen gehen.«

»Ich habe meinen Mantel und meinen Stock. Mehr brauche ich nicht.«

Es fand sich tatsächlich noch ein Platz in der neuen Unterkunft für den Erzähler. Maru schien es, als würden sich diese harten Krieger freuen, den Blinden in ihrer Mitte zu haben. Nur Tasil gab sich unzufrieden: »Ich hoffe, du hast mehr mitgebracht als diesen blinden Mann, Kröte.«

Maru berichtete von den Arbeiten am Damm und zögernd gab sie Biredhs Vermutung wieder: »Wenn sie den Weg und die Brücke verbreitern, heißt das, dass etwas Großes und Schweres erwartet wird. Ein Wagen vielleicht, aber er muss breiter sein als die Eselskarren, die man in dieser Gegend hier verwendet. Auf jeden Fall scheint es ungeheuer wichtig zu sein.«

»Streitwagen vielleicht?«, mutmaßte Meniotaibor.

»Die sind nicht breiter als Karren«, widersprach Ulat, »vielleicht eher Kriegsmaschinen, für die Belagerung.«

»Wen wollen sie denn hier belagern? Die Flussechsen?«, fragte Bolox höhnisch.

»Vielleicht wissen sie von der Awathani«, meinte Meniotaibor.

»Das ist alles möglich, aber wir müssen es genauer wissen«, sagte Tasil.

»Ich gehe schon«, sagte Maru seufzend.

»Und ich hoffe für dich, du bringst jetzt wirklich mehr in Erfahrung, Kröte«, mahnte Tasil. Auch das war ganz Tasil. Immer gab er sich streng und fordernd, wenn andere Männer in der Nähe waren.

»Auf jeden Fall ist es ein Wetter, in dem Kröten sich wohl fühlen sollten«, meinte der Iaunier. Maru schenkte ihm einen langen Blick aus ihren grünen Augen, den er aber leider nicht bemerkte, weil er zu sehr damit beschäftigt war, über seinen eigenen Witz zu lachen. Ulat und Bolox stimmten in das Gelächter ein, und Tasil grinste sie breit an. Irgendwann würde sie ihm klarmachen, dass sie auch einen richtigen Namen hatte – sogar zwei! Wütend warf sie sich den Schilfmantel über und trat hinaus in den Regen. Es war jetzt kaum jemand draußen unterwegs. Die Lagerfeuer waren gerichtet und abgedeckt. Vereinzelt sah sie Krieger aus Serkesch, die von Hütte zu Hütte eilten, aber es waren weit weniger als noch vor einer halben Stunde. Der Klang von Hämmern und Äxten schallte über das Dorf. Auch von den Dorfbewohnern ließ sich niemand sehen. Es fiel Maru erst jetzt auf, dass selbst die Kinder nicht mehr draußen spielten, was sicher nicht am Regen lag, denn den waren sie gewohnt. Eine ungewisse Angst lag über der Siedlung. Maru hatte so eine Ahnung, was die Awier dachten: Die Sache mit der Awathani war schon schlimm genug. Jetzt war ihr Dorf von fremden Kriegern besetzt. Und die Eroberer schienen auf etwas zu warten. Sie verrieten nicht, was es war, aber es konnte einfach nichts Gutes bedeuten. Maru lief zum Samnath. Es war gut bewacht. Sie hatte gehofft, sich wieder darunterschleichen zu können. Sicher wurden da drinnen wichtige Dinge besprochen, aber es gab keine Möglichkeit, ungesehen unter den Boden zu gelangen. Sie lief hinüber zum Schreinhaus. Bewaffnete saßen an den Säulen und auf der Treppe. Keine Spur von Hana oder seiner Frau. Auch hier würde sie nichts herausfinden. Maru seufzte. Tasil würde nicht zufrieden sein. Sie lief hinunter zum südlichen Hafen. Axtkämpfer bewachten ihn, sechs an der Zahl. Fakyn verstand es, einen Ort zu sichern. Doch wozu der ganze Aufwand? Sie lief zur nördlichen Bucht, auch dort waren Wachen. Sie sah zwei Krieger, die sich über den alten Wifis lustig machten, und drei weitere, die in der Nähe unter einer Hütte saßen und darüber lachten. Es gab ihr einen Stich, das zu sehen, und traurig wandte sie sich ab. Schließlich lief sie wieder zum Tor. Vielleicht konnte sie Rema dort irgendwo entdecken. Außerdem, wenn etwas in dieses Dorf kam, dann würde sie es am Tor zuerst sehen, oder? Die Brückenarbeiten machten erstaunliche Fortschritte. Ein älterer Krieger führte dort Aufsicht. Vielleicht war er der Baumeister des Heeres, denn seine Anweisungen ließen erkennen, dass er sich auf diese Arbeit verstand. Männer, Kydhier ebenso wie Awier aus dem Dorf, waren dabei, Pfosten in den schlammigen Flussgrund zu rammen. Bogenschützen standen oben und hielten nach Echsen Ausschau. Eine ganze Anzahl behauener Wasserbäume lag am Ufer bereit. Obwohl Maru von solchen Dingen nicht viel verstand, erkannte sie doch den Plan, den der Baumeister verfolgte. Er hatte nicht vor, die Zugbrücke zu ersetzen, er nutzte sie als Bestandteil für eine neue, breitere Brücke. Rechts und links wuchsen schon die Pfeiler in die Höhe, die sie tragen würden. Die Zugseile der alten Brücke waren bereits abgeschnitten, das Geländer entfernt. Die ersten Hölzer waren aufgelegt, und Männer waren dabei, Verbindungsstangen mit Seilen zu befestigen. Schön würde die Brücke sicher nicht werden, aber stabil sah sie jetzt schon aus. Auch am Damm wurde noch gearbeitet. Es waren dort sicher mehr als hundert Männer im Einsatz. Sie alle schufteten fieberhaft. Hieß das, dass, was immer es war, bald hier eintreffen würde?

Ein Hornsignal schallte aus dem Wald heraus und beantwortete ihre Frage. Dort bewegte sich etwas. Der Schab der Wach-Eschet trat aus dem Unterstand hinaus in den Regen, schüttelte etwas Wasser aus seinem Horn und erwiderte das Signal. Das Dorf geriet in Bewegung. Aus jeder Hütte stürzten Bewaffnete hervor, gürteten sich eilig und sammelten sich hinter dem Tor. Jetzt war es also so weit.

Der Baumeister stöhnte: »Schneller, ihr Hunde, schneller!«

Die Männer an der Brücke fluchten und verdoppelten ihre Anstrengungen. Aber sie würden es trotzdem nicht schaffen, ihr Bauwerk war nicht einmal zur Hälfte fertig. Maru beobachtete den Waldrand. Ein Streitwagen tauchte auf. Der Mann neben dem Wagenlenker blies noch einmal in sein Horn und wieder antwortete der Schab. Die Krieger hinter ihr begannen, rechts und links des Eingangs Stellung zu beziehen. Schabai bellten Befehle. Da drüben kam etwas, etwas Großes, das sogar die Bäume überragte. Es schien in Tücher gewickelt zu sein und bewegte sich langsam voran. War es das, worauf hier alle warteten? Jetzt kamen weitere Krieger aus dem Wald. Speerträger und dann auch Krieger, an deren Schultern breite Klingen blitzten. Waren das die gefürchteten Doppeläxte, wie sie die Leibwache des Raik in Serkesch getragen hatte? Maru strengte ihre Augen an. Ohne Zweifel, es war die Leibwache. Jetzt ahnte Maru, wen sie zu erwarten hatte. Ihr wurde flau im Magen. Eine Reihe von drei Streitwagen tauchte auf dem Dammweg auf. In den ersten beiden führten Männer große Standarten, die aber, wohl wegen des Regens, zusammengerollt waren. Im dritten Wagen stand ein Mann, unter dessen Mantel eine prachtvolle Rüstung schimmerte.

»Wenn es bei dem Regen noch leuchtet, muss es Silber sein«, sagte Tasil, der plötzlich neben Maru auftauchte.

»Malk Numur«, sagte Maru leise. Sie hatte den Malk nie gemocht.

»Er nennt sich jetzt Alldhan, Kröte.«

Das machte es in ihren Augen nur noch schlimmer. Sie dachte

an Iddin, Numurs Bruder, der unter Tasils Messer gestorben war. Iddin, der vernünftigere, ruhigere, einfach *bessere* der beiden Malk. Aber Numur hatte die Macht in Serkesch und, so wie es aussah, fast im ganzen Reich übernommen.

Auch die anderen Söldner waren jetzt am Zaun. »Was ist das da, da hinten, was durch den Wald kommt?«, fragte Ulat.

»Ich weiß nicht«, sagte Meniotaibor, »es ist groß, doch wie eine Kriegsmaschine sieht es nicht aus.«

Etwas anderes beschäftigte Maru noch mehr. Hinter der Gruppe um den Alldhan kam eine weitere Schar Leibwächter, aber dann folgten einige Reiter. Sie trugen lange schwarze Mäntel. »Sieh nur, Onkel«, flüsterte sie.

Tasil starrte hinaus, bis er sicher war, dass der strömende Regen seine Sinne nicht täuschte. »Hakul!«, fluchte er, und Maru entdeckte auf seinem Gesicht Züge, die dort selten zu finden waren: Er sah besorgt aus.

»Beeilt euch, ihr Männer«, rief der Baumeister, »oder wollt ihr, dass uns der Alldhan an die Flussechsen verfüttert?«

Immerhin waren die Pfeiler fertig, und die Männer konnten den Fluss verlassen. Die Bogenschützen nahmen die Pfeile von den Sehnen und gingen rechts und links des Damms in Aufstellung, um Alldhan Numur zu begrüßen. Und als hätten sie nur darauf gewartet, versammelten sich unter der Brücke jetzt die Echsen.

Alldhan

Ihr werdet es nicht schaffen, dass alle Menschen euch lieben, viel leichter erreicht ihr, dass sie euch fürchten. So sagt mir denn, soll der weise Mann die unerreichbare Frucht anstreben – oder die so nahe wachsende pflücken?

Raik Utu-Hegasch, Ratschläge für meine Söhne

Alldhan Numur-Hegasch hatte keine Augen für die Menschen des Dorfes; weder für die Männer, Frauen und Kinder, die sich wie eine Herde Schafe beunruhigt zusammendrängten, noch für die beiden Ältesten Taiwe und Skeda, die vor den Dörflern standen und ihn mit respektvoll gesenktem Haupt erwarteten. Er achtete nicht einmal auf seinen Schab Fakyn, der ihn ehrerbietig begrüßte, oder die Krieger, die in langer Reihe zu seinen Ehren angetreten waren. Er sprang von seinem Wagen und fragte ungehalten: »Bei Strydh! Soll Utu, unser Gott, die Nacht im Sumpf verbringen? Warum ist diese Brücke noch nicht fertig?«

Maru hielt sich im Hintergrund. Sie wusste nicht, ob der Alldhan sie wiedererkennen würde, aber sie wollte es auch nicht darauf ankommen lassen. Natürlich war das Unsinn. Wenn Numur in diesem Dorf seine Zelte aufschlug, würde er bald von Tasils und damit auch von ihrer Anwesenheit erfahren. Eine Begegnung war vermutlich unvermeidlich. Eilig hatte sie es damit aber nicht. Ein langer Zug von Kriegern strömte über die halbfertige Brücke ins Dorf. Die Pferde der Hakul scheuten vor dem schmalen Holzbau, vielleicht aber auch vor den zahlreichen Echsen, die sich im Fluss drängten. Ihre Reiter führten sie am Zügel hinüber. Die Kriegshelme mit den schrecklichen Masken baumelten an den Sätteln.

»Die Männer arbeiten, so schnell sie können, Herr«, sagte Fakyn.

»Dann können sie nicht viel. Gib ihnen die Peitsche. Sie sollen spätestens zur dritten Stunde nach Mittag fertig sein. Wenn nicht, gib ihr Fleisch den Echsen im Fluss«, sagte Numur.

»Ich gehorche«, erwiderte Fakyn düster.

Maru blickte hinaus. Das rätselhafte Etwas war auf halbem Wege im Schlamm stecken geblieben. Es war mit zahlreichen Seilen an einem Wagen festgebunden, der von sechs Ochsen gezogen wurde. Es war riesig. Einige schwarz gekleidete Männer begleiteten den Wagen. Einer von ihnen schien den Arbeitern Anweisungen zu geben. Weitere Krieger kamen über den Dammweg heran. Es waren viele, sehr viele, mindestens eine Kischir, eher zwei. Dazwischen entdeckte Maru einige Männer, die keine Krieger zu sein schienen. Und wenn sie es richtig sah, waren dort auch einige Kinder zu sehen. Der Zug stockte, weil der Wagen den Weg blockierte und sie hinab in den Sumpf steigen mussten, um ihn zu umgehen. Maru fragte sich, ob sie in diesem Dorf überhaupt noch Platz finden würden. Dann sah sie noch etwas Seltsames. Da war ein weiterer Wagen auf dem Damm. Er kam weit nach dem Ochsenkarren und musste jetzt warten, weil der Weg versperrt war. Es schien ein Käfigwagen zu sein, so wie man ihn für Sklaven, manchmal auch für Raubtiere verwendete. Er war mit einem Tuch verhüllt.

»Hat dieses armselige Nest einen Ältesten oder Vorsteher?«, fragte Numur.

Taiwe und Skeda traten vor. »Wir sind die Ältesten des Dorfes, Herr.«

»Gut. Hört. Ich will, dass alle eure Männer am Damm arbeiten. Und ich erwarte, dass Weg und Brücke heute Abend fertig sind. Wenn nicht, werdet ihr es bereuen.«

Maru konnte sehen, wie besorgt die beiden Ältesten waren. Sie hatten verstanden, dass der Alldhan es ernst meinte. Ein langer

Blitz zerriss den Himmel, und Donner grollte. Die Pferde von Numurs Streitwagen tänzelten unruhig.

»Gibt es einen würdigen Tempel in diesem Dorf?«, fragte er.

»Es gibt nur ein Schreinhaus für Dhanis, den Flussgott, Herr«, sagte Fakyn, »und das ist für unseren Gott Utu zu klein.«

»Reißt es nieder«, befahl Numur, »dann haben wir sicher genug Platz.«

Die Dorfbewohner schrien entsetzt auf. Plötzlich drängte sich Hana zwischen Taiwe und Skeda nach vorne und warf sich im Schlamm auf die Knie. »Herr, bitte nicht den Schrein, ich flehe dich an!«

»Wer ist das?«, fragte Numur kalt.

»Er ist so etwas wie der Priester dieses Dorfes«, sagte Fakyn.

»Ein Priester? Er gleicht eher einem Wurm, der aus dem Schlamm hervorkriecht. Nun, Priester, ich kenne deinen Flussgott. Es gibt auch in meiner Heimat noch Narren, die ihn verehren. Doch Dhanis ist alt und müde geworden. Er liegt nur noch träge in seinem Bett und schläft. Ich bringe euch einen neuen Gott: Utu, dessen Sohn ich bin. Er allein hat unsere brennende Stadt gerettet, und er allein führt mein Heer von Sieg zu Sieg. Du solltest nicht versuchen, dich ihm zu widersetzen.«

Numur sprach laut, und Maru verstand, dass er nicht nur den Priester, sondern die gesamte Dorfbevölkerung vor jedem Widerstand warnte. Hana lag zitternd im Schlamm und wusste nichts mehr zu sagen. Dafür ergriff Taiwe jetzt das Wort: »Herr, wir haben von der Macht deines Gottes gehört, und wir bezweifeln sie nicht. Wie könnten wir? Offensichtlich ist doch, dass ein Gott mit dir und deinen Kriegern sein muss, denn du bist stets siegreich aus jeder Schlacht hervorgegangen. Und doch bitte ich dich, Herr, den Schrein des Dhanis zu schonen. Er ist unser Gott von alters her, wir leben an seinen Ufern, und wir sind auf sein Wohlwollen angewiesen.«

Numur starrte den Ältesten an. Er schien zu überlegen. Als er in das Dorf gekommen war, auf seinem Streitwagen, umgeben von seinen Gewappneten, da hatte Maru ihn fast nicht wiedererkannt. Vor einem halben Jahr war er unsicher und aufbrausend gewesen. Er hatte sich kaum selbst beherrschen können, geschweige denn andere. Jetzt wirkte er stolz, sich seiner Macht bewusst und über die Maßen selbstsicher.

»Ein mutiger Mann bist du, Ältester, das erkenne ich an«, sagte Numur herablassend. »Gibt es vielleicht einen anderen Ort in diesem Dorf, der als heilig oder gesegnet angesehen wird?«, fragte er.

»Nur den Platz der Edhil-Säule, Herr«, antwortete Taiwe zögernd.

Numur zauderte einen winzigen Augenblick, dann gab er seinen Befehl: »Fällt sie! Der Sonnengott hat dieses Land doch schon längst verlassen. Und baut ein Regendach für Utu, meinen Vater, der dort seinen Platz finden soll.«

Den Dorfbewohnern stockte der Atem. Numur forderte den Schöpfergott heraus? Selbst die Krieger Numurs wirkten betroffen.

»Er hat sich verändert«, seufzte eine Stimme neben Maru. Sie gehörte Biredh. Er wirkte bekümmert.

»Ich verstehe das nicht, Biredh«, flüsterte Maru, »er schont Dhanis, aber nicht Edhil?«

»Das kommt daher, Kröte, dass er vorhat, den Fluss zu überqueren, nicht die Sonne«, sagte Tasil, der hinter ihr stand, grimmig.

»Aber das wird großes Unglück bringen!«, rief Maru leise. Sie konnte es nicht fassen: Edhil war der Vater aller Götter und Menschen, er hatte die Welt erträumt. Es war einfach undenkbar, was Numur da verlangte!

»Offenbar vertraut er auf den Schutz seines Vaters«, sagte Biredh. Regen lief ihm über das Gesicht.

Numur schrie: »Was ist, ihr Männer? Ich habe euch einen Befehl erteilt!«

Da war er wieder, der alte Numur, der Unbeherrschte. Aber er war jetzt Alldhan, Herr des Reiches, mit großer Macht ausgestattet und Sohn eines Gottes. Zögernd machten sich einige Männer seiner Leibwache auf den Weg. Die Dorfbewohner wichen entsetzt zurück. Kurz darauf waren die schweren Schläge der Äxte zu hören. Der Regen ließ plötzlich nach. Die Wolken rissen auf, und ein paar Sonnenstrahlen wanderten in der Ferne über den Sumpf. Ein misstönendes Krachen erklang vom Edhil-Platz. Die Säule war gefallen.

»Seht ihr? Die Sonne scheint noch! Fürchtet euch nicht, ihr Narren! Mein Vater, Gott Utu, hält seine Hand schützend über diese Siedlung!«, schrie Numur laut. Dann wandte er sich an Fakyn: »Ich hoffe, Schab, du hast für gute Unterkunft gesorgt?«

»Es gibt in diesem Dorf nur ein Haus, das diesen Namen auch verdient, Herr. Die Fischer pflegen sich dort zu versammeln.«

»Dann führe mich dorthin. Es gibt viel zu planen und zu besprechen.«

Donner grollte. Die Wolken schoben sich wieder zusammen, und die Menschen duckten sich unter dem prasselnden Regen. Die einrückenden Krieger fluchten über den Morast, und die Verwalter und Schreiber, die mit ihnen kamen, hoben die Säume ihrer langen Gewänder. Und dort, zwischen diesen Männern, entdeckte Maru ein vertrautes Gesicht: Es war Utaschimtu, der Hohe Richter aus Ulbai. Er sah blass aus. Und dort waren auch seine Frau und die Kinder, die sich ängstlich zusammendrängten. Sie waren dem Krieg also doch nicht entkommen.

»Er ist wahnsinnig«, sagte Ulat, der Akkesch. Sie hatten sich in ihre neue Behausung zurückgezogen, um sich zu beratschlagen.

»Ein gefährlicher Mann, mit großer Macht«, meinte Meniotaibor nachdenklich.

»Er fordert die Götter heraus. Das wird er noch bereuen«, sagte Bolox düster.

Tasil war schweigsam.

»Du hast nichts dazu zu sagen, Urather? Wenn ich das richtig verstanden habe, kennst du den Mann, ist es nicht so?«, wollte Meniotaibor wissen.

»Kennen? Das will ich nicht behaupten. Ich *kannte* ihn, als er noch ein hitzköpfiger Malk war, unreif und jähzornig. Er hatte seinerzeit einen Priester an seiner Seite, einen Diener Strydhs, Mahas mit Namen. Der verstand es halbwegs, ihn im Zaum zu halten. Ich frage mich, wo dieser Abeq jetzt sein mag, denn dieser neue Numur gefällt mir ebenso wenig wie euch.«

Maru hatte den einäugigen Abeq Mahas nicht gemocht, aber Tasil hatte Recht. Er hatte Numur mehr oder weniger im Griff gehabt. Der Wahnsinn schien über Numur gekommen zu sein, wie es Ulat gesagt hatte. Er hatte sich am Höchsten aller Götter versündigt. Wie anders wäre das zu erklären als mit Irrsinn? Auf jeden Fall war es besser, dem Alldhan aus dem Wege zu gehen, so gut es ging. Maru schickte ein Stoßgebet zu den Hütern, dass sie ihm nicht unter die Augen treten musste, aber sie wurde nicht erhört. Ein Schab erschien am Stall und forderte sie alle auf, ins Samnath zu kommen – unbewaffnet. Die Männer zögerten. »Unbewaffnet? Warum verlangt er nicht gleich, dass wir nackt erscheinen?«, fragte Ulat spitz.

»Würde er es verlangen, müsstet ihr auch diesem Befehl folgen, Krieger«, erklärte der Schab gelassen, »denn Numur ist unser Alldhan. Sein Wort ist Gesetz.«

Was blieb ihnen übrig? Sie legten ihre Waffen ab und folgten dem Schab ins Versammlungshaus. Die Halle war voller Krieger Numurs. Auf dem Platz der Ältesten saß der Alldhan, umgeben von vieren seiner schwer bewaffneten Leibwächter. In seiner Nähe saßen einige Männer, die vermutlich Schreiber oder Verwalter waren, und auch Utaschimtu, der Richter, saß dort. Er flüsterte angelegentlich mit einem neben ihm sitzenden Schab. Ein Gefangener schien er nicht zu sein. In seinem Gesicht zeigte sich eine seltsame Mischung aus Unsicherheit und Stolz. Es sah ganz so aus, als sei er jetzt ein treuer Diener jenes Herrn, den er vor zwei Tagen noch als Verräter verflucht hatte. In einem Winkel, etwa dort, wo am ersten Abend die Söldner gesessen hatten, saßen die Hakul. Es waren sechs an der Zahl, und ihr Anführer war leicht an seinem mit Pelz gesäumten Mantel zu erkennen. Maru war froh, dass Tasil seine Hakul-Dolche im Stall gelassen hatte. Ihr hatte er stets verboten, eine Waffe zu tragen, denn er war der Meinung, das sei Männersache. So lag ihre kunstvoll geschmiedete Klinge gut versteckt unter ihren anderen Sachen. In der Mitte der Halle standen Taiwe, Skeda und Hana. Offenbar war Numur schon länger mit ihnen beschäftigt, denn als sie das Samnath betraten, hörte Maru den Alldhan sagen: »… und deshalb frage ich dich noch einmal, Fischer, ist es möglich, den Sumpf zu durchqueren?«

Taiwe zögerte einen Augenblick, bevor er sagte: »Deine Krieger werden ihn nicht zu Fuß durchqueren können, Herr, nicht in der Regenzeit. Denn zwischen hier und dem Weißen Dhanis liegen viele tiefe Rinnen und Flussarme, und vieles, das aussieht wie festes Land, ist in Wahrheit bodenloser Morast. Außerdem wimmelt es dort von Flussechsen und Nattern. Noch niemand hat diese Sümpfe im Regenmond zu Fuß durchquert, Herr, und ich glaube nicht, dass deine Baumeister einen sicheren Weg hindurch anlegen können. Selbst die Akkesch haben es nie versucht.« Der Älteste sprach langsam und wählte seine Worte mit Bedacht und Vorsicht.

»Ich bin selbst Akkesch, Mann, vergiss das nicht«, sagte Numur ungehalten. »Wann ist diese elende Regenzeit vorbei?«

»Nun, sie neigt sich dem Ende zu, Herr, doch wird der Wasserstand noch lange hoch bleiben, ja sogar noch steigen, denn bald kommt das Wasser aus dem fernen Norden den Dhanis herab.«

»Noch steigen? Nun, das muss nicht schlecht sein, denn wenn ich dich recht verstehe, gibt es Wasserwege, die durch diesen elenden Sumpf führen. Breite Wege, gut befahrbar. Ist es nicht so?«

»So ist es, Herr, sie sind verschlungen und nicht leicht zu finden, aber es gibt sie. Nur …«, er zögerte.

»Nur, was?«, fragte der Alldhan.

»Du hast vielleicht von der Großen Schlange gehört, Herr.«

Numur verdrehte die Augen, sagte aber nichts.

Also fuhr Taiwe stockend fort: »Die Schläferin ist erwacht, Herr, und sie zieht durch den Fluss und durch die Sümpfe. Sie schont Boote und selbst Schiffe nicht.«

»Ah, die Awathani! Die Städtezermalmerin! Die Schiffevertilgerin!«, rief Numur mit bitterem Lachen aus. »Das Wasserland ist voller Geschichten über sie. Und in jeder Geschichte hat sie mehr Menschen getötet und mehr Schiffe versenkt als in der vorherigen! Und jeder, der von ihr spricht, macht sie größer und größer und noch einmal größer.« Er sprang auf. »Aber es ist nur eine Schlange! Groß vielleicht, doch nur ein Tier! Sorge dich nicht, Awier: Wenn sie es wagt, meinem Heer in die Quere zu kommen, werden meine Männer sie töten, denn Gott Utu ist mit uns! Oder zweifelst du an unserem Gott?«

»Nein, Herr, das tue ich nicht«, sagte Taiwe langsam.

»Das würde ich dir auch nicht geraten haben. Wir werden den Sumpf überqueren, zu Land und auf dem Wasser, wie immer es sein muss. Wir werden Pfade anlegen und Boote bauen. Viele Boote und Flöße, und ihr werdet sie bauen, Fischer!«

»Darf ich fragen, wie viele du brauchst, Herr, und – wie lange?«, fragte Taiwe, als Numur sich wieder gesetzt hatte. Maru bewunderte den Ältesten. Er ließ sich nicht einschüchtern, obwohl er sicher wusste, wie gefährlich dieses Gespräch für ihn war.

»Wie lange? So lange, bis ich sie nicht mehr brauche! Was soll die Frage, Mann?«

»Verzeih, Herr, aber das Schilf ist jetzt voller Wasser und nicht gut geeignet, Boote zu bauen, die lange halten sollen.«

»Ich rede nicht von Jahren, sondern von Wochen! Schilf ist doch wohl Schilf. Oder schwimmt es jetzt etwa nicht, Alter?«

»Doch, Herr, das tut es. Und wie viele Boote brauchst du?«

Numur warf dem Ältesten einen feindseligen Blick zu, dann besprach er sich kurz mit einem Verwalter. Schließlich sagte er: »Nun, Boote für fünfhundert Mann dürften fürs Erste genügen.«

»Fünfhundert? Aber Herr, so viele … wir würden Jahre dafür brauchen.«

Numur sah den Ältesten kalt an. »Ihr habt zwei Wochen. Meine Männer werden euch helfen. Bis dahin werden meine Krieger und Baumeister diesen Sumpf erkunden. Unser Gott Utu wird einen Weg finden, für uns, und wenn du zu ihm betest, vielleicht auch für euch. Geht, und wenn die Brücke vollendet ist, macht ihr euch an den Bau der Schiffe!«

»Ja, Herr«, sagte Taiwe.

Die drei Awier verbeugten sich und zogen sich zurück. Als Taiwe an Maru vorbeiging, warf er ihr einen kurzen Blick zu. Es lag Sorge darin, und noch etwas anderes, das Maru nicht deuten konnte. Skeda, der neben ihm ging, sah ebenso unglücklich aus wie sein Freund, und Hana, der hinter den Ältesten her stolperte, war ein zitterndes Häuflein Elend.

Numur besprach sich wieder kurz mit seinem Verwalter, der daraufhin einige Männer zu sich winkte und ihnen Befehle erteilte. Der Schab, der die Söldner hereingeführt hatte, meldete sie dem

Alldhan. Maru sah erst jetzt, dass Numur die Fensterschlitze im ganzen hinteren Bereich mit Tüchern hatte verhängen lassen. Den Sinn dieser Maßnahme verstand sie nicht, denn durch den fehlenden Durchzug war es furchtbar stickig in der Halle geworden.

»Sieh an, Tasil der Urather«, begrüßte sie Numur mit herablassendem Lächeln.

»Ich fühle mich geschmeichelt, dass du mich noch erkennst, erhabener Alldhan«, erwiderte Tasil mit einer angedeuteten Verbeugung.

»Es ist eigenartig, dass ich dich gerade jetzt hier treffe. Denk dir, diese tapferen Hakul dort, die sich vor zwei Tagen unserem Zug angeschlossen haben, sie sind auf der Suche nach einem Mann aus dem Süden, der das Grab eines ihrer Fürsten geplündert und viele ihrer Stammesbrüder getötet hat. Und liegt Urath nicht weit im Süden?«

Die Hakul sprangen auf.

»Ist er es?«, rief ihr Anführer und zog seinen Dolch. »Ist er der Mörder unserer Brüder? Der Schänder unserer Gräber?«

Sofort erhoben sich zwei Leibwächter des Alldhans. Sie ließen den Mann, der ein gutes Dutzend Schritte von Numur entfernt stand, nicht mehr aus den Augen.

Tasil blickte den Hakul mit gut gespieltem Schrecken an. »Aber nein, sicher nicht, stolzer Krieger. Der Alldhan erlaubt sich nur einen Scherz.«

Numur schien die Situation zu genießen: »So, einen Scherz? Dann erkläre ihn doch unseren Gästen, Urather. Diese Steppenkrieger haben so selten Gelegenheit zu lachen.«

»Gerne, Herr, wenn du es erlaubst«, sagte Tasil: »Wisse denn, Krieger, dass ich in Serkesch schon einmal dieser Verbrechen beschuldigt wurde. Zum Glück konnte der Alldhan selbst jeden Verdacht entkräften, denn schließlich war ich Gast in seiner Stadt, als diese Untaten verübt wurden.«

»Ist das wahr?«, fragte der Hakul misstrauisch.

Numurs überhebliches Grinsen verlosch. »Konnte ich das? Wirklich? In diesen Tagen ist viel geschehen.«

Maru blickte staunend von einem zum anderen. Sie bewunderte Tasils Geistesgegenwart und noch mehr seine Kühnheit. Numur hatte Tasil damals gedeckt, weil er ihn brauchte. Es war dreist, sich jetzt darauf zu berufen. Dann sah sie die Gesichter der Schab, der Krieger und der Verwalter. Der eine oder andere mochte damals dabei gewesen sein, in der Hohen Kammer des Bet Raik von Serkesch. Jetzt blickten sie auf ihren Alldhan. Er war der Sohn eines Gottes, er konnte, ja, er durfte nicht lügen. Numur schien das zu begreifen: »Aber es mag so gewesen sein, Urather«, sagte er langsam.

Die Hakul zögerten. Maru sah ihrem Anführer an, dass er weder Tasil noch Numur glaubte. Er sagte: »Unsere Seher haben ihn beschrieben: Ein Mann aus dem Süden, hager, in Begleitung eines Mädchens mit den grünen Augen der Erdgöttin Hirth. Und steht dort nicht solch ein Mädchen bei ihm? Ich staune, dass ich ihn nicht gleich erkannt habe.«

»Und ich staune, edler Krieger, dass du das Wort des Alldhans bezweifelst«, sagte Tasil verwundert.

Der Hakul biss sich auf die Lippen.

»Wirklich? Du zweifelst an mir? Ist das so, Yaman Auryd von den Hakul?«, fragte Numur mit falscher Freundlichkeit.

»Natürlich nicht, Alldhan«, sagte der Hakul gereizt und stieß seinen Dolch zurück in die Scheide.

»Ich bin erfreut, das zu hören«, sagte Numur, »und ich erinnere dich daran, dass du diesen Dolch tragen darfst, weil er ein Zeichen deiner Würde ist. Solltest du ihn noch einmal in meiner Gegenwart ziehen, so würden meine Leibwächter dich das büßen lassen.«

Der Hakul antwortete mit einem finsteren Blick, den der

Alldhan nicht beachtete. Er wandte sich wieder Tasil zu. »Sind das deine Männer dort?«

Tasil tat überrascht. »Meine Männer? Aber nein, wo denkst du hin, Herr? Es sind tapfere Krieger, die ich zufällig hier traf, doch gehen sie ihren Geschäften nach, ich den meinen.«

»Wir werden vielleicht später noch ergründen, was das für Geschäfte sein mögen, Urather«, sagte Numur gelassen. Dann fuhr er fort: »Und wer ist der Anführer dieser Männer?«

Meniotaibor blickte kurz zu Bolox und Ulat, bevor er antwortete: »Wir haben keinen Anführer, Herr, doch ich denke, ich darf für uns sprechen. Ich bin Meniotaibor aus Pleigos, das, wie du sicher weißt, in Iaunien liegt.«

»Ein Iaunier? An Land? Haben deine Leute dich auf einem ihrer Raubzüge ausgesetzt oder über Bord geworfen?«, spottete Numur.

»Weder noch, Herr, mein Schiff ging in einem Sturm unter, und ich konnte mich an Land retten.«

»Ihr seid Söldner?«

»So ist es, Herr.«

»Es ist Krieg in diesem Land, Iaunier. Ich verstehe, dass er euresgleichen anzieht. Doch gibt es in diesem Streit nur zwei Parteien, die meine und die von Luban, dem Thronräuber. Ich weiß, dass ihr nicht in meinen Diensten steht – dient ihr also im Heer des Verräters?« Numur stellte diese Frage in freundlichstem Plauderton, aber dennoch war sie wie eine unsichtbare Schlinge, die sich um den Hals der Söldner legte. Die Krieger Numurs starrten Meniotaibor feindselig an.

Der Iaunier lächelte. »Es ist beinahe so, wie du sagtest, Herr, doch stehen wir nicht in Lubans Diensten. Es ist wahr, wir hörten, dass er Krieger sucht, und folgten dem Ruf seines Silbers. Doch wussten wir wenig über Verlauf und Gründe für diesen Krieg, denn wir alle stammen aus fernen Ländern. Erst hier erfuhren wir mehr und beschlossen, Luban nicht zu folgen. Fragt euren Schab Fakyn: Als die Männer Lubans uns anwerben wollten, haben wir uns verweigert.«

»Aus fernen Ländern?«, fragte Numur. »Das mag für dich gelten und für jenen, den ich für einen Farwier halte, oder jenen schwarzbärtigen Halbwilden, der mir aus den Bergen im Westen zu stammen scheint. Aber der dort sieht aus wie ein Akkesch und der Junge hinter ihm wie ein Kydhier. So fern sind diese Länder nicht.«

»Verzeih dem Iaunier seine Ungenauigkeit, Herr«, sagte Ulat und trat einen Schritt nach vorn. »Deine scharfen Augen haben richtig gesehen. Ich bin Ulat von den Akkesch, und jener junge Mann ist Arbi, ein Kydhier. Wir beide dienten dem Reich lange in den Hlain Mukas. Wir hörten vom Krieg, doch waren die Nachrichten widersprüchlich. Unser Schab wollte sich aus dem Streit zwischen dir und Luban heraushalten, wir aber beschlossen, uns die Sache aus der Nähe anzusehen und uns dann für die gerechte Sache zu entscheiden.«

»Und weißt du nun, welches die gerechte Sache ist, Ulat?«

»Ich habe mich Lubans Werbern verweigert, Herr, beantwortet das deine Frage nicht?«

Numur schüttelte missbilligend den Kopf. »Ihr sagt, was ich hören will, und ihr sagt, was ihr nicht tut und wem ihr nicht dient. Doch weiß ich immer noch nicht, was ihr hier in diesem Dorf treibt.«

Meniotaibor und Ulat schwiegen. Keiner von beiden war offensichtlich bereit, ihr Vorhaben zu offenbaren. Bolox trat nach vorn. »Ich bin Bolox von den Farwiern, Herr, und gemeinsam mit diesen Männern bin ich hier, um dieses Dorf von seinem Fluch zu befreien.«

Numur sah ihn stirnrunzelnd an. Es sah aus, als wolle er aus den Zauberzeichen, mit denen der Farwier bemalt war, erraten, was Bolox meinte.

Bolox wartete ein paar Augenblicke, und dann sagte er stolz: »Wir werden die Awathani töten.«

Für einen Augenblick war es still im Saal. Numur sah Bolox an, als habe er einen Verrückten vor sich. »Die Awathani? Ihr wollt die Seeschlange töten?«, fragte er ungläubig.

»So ist es, Herr.«

Der Alldhan starrte ihn an, dann begann er laut zu lachen. Seine Verwalter, die Schabai, die Leibwächter und Krieger, sie alle stimmten in das Gelächter mit ein.

»Utu möge uns beistehen«, rief Numur, »hier haben wir wahre Helden! Bereit, sich mit der Großen Zermalmerin anzulegen. Mann, ich bekomme Angst vor dir!«

Bolox verfärbte sich dunkel vor Zorn, Ulat ballte wütend die Fäuste, und Arbi sah aus, als würde er vor Scham am liebsten im Boden versinken. Vylkas ertrug das immer lauter werdende Gelächter dagegen mit ebensolchem Gleichmut wie Meniotaibor. Tasil tat, als ginge ihn die Sache nichts an. Maru war auch nicht nach Lachen zumute. Numur war unberechenbar, das war ihr klar. Sein Gelächter konnte schnell in einen fürchterlichen Wutausbruch umschlagen. Und noch jemand ließ sich von der übertriebenen Heiterkeit nicht anstecken: Mit finsteren Mienen standen die Hakul in ihrem Winkel und ließen Tasil und Maru keinen Moment aus den Augen.

»Nun gut, ihr Helden«, rief Numur kopfschüttelnd, als das Gelächter allmählich verebbte, »ich gebe zu, dass ich noch nie auf Männer traf, die Größeres vorhatten. Ihr habt meine Bewunderung!«

Er grinste breit, was Maru seltsam unpassend für einen Alldhan erschien.

»Vielleicht ergibt sich heute Abend Gelegenheit, mehr über euer kühnes Unterfangen zu erfahren. Es wird uns das Mahl sicher angenehm würzen. Ich verspreche, es wird ein Festmahl, wie ihr es ganz sicher nicht mehr oft genießen werdet, wenn ihr euer Vorhaben wirklich in die Tat umsetzen wollt.« Er lachte wieder, und sein Hofstaat fiel erneut ein, wenn auch leiser als zuvor. Numur schüttelte immer noch den Kopf, aber dann wurde er ernst. »Nun, ich gebe zu, dieses Dorf steckt voller Überraschungen, doch haben wir Wichtigeres zu tun, als uns mit euren Narreteien zu beschäftigen. Geht in eure Unterkunft, ihr Helden. Meine Schabai werden morgen entscheiden, ob sie euch euer Vorhaben ausreden, damit eure Tapferkeit meinem Heer zugutekommt, oder wie wir sonst mit euch verfahren.«

Unter dem Grinsen der Krieger Numurs zogen sich die Söldner zurück. Maru konnte die Wut in ihren Augen sehen. Nur der rundgesichtige Arbi schaute unglücklich drein. Als sich auch Tasil zum Gehen anschickte, hielt Numur ihn auf. »Du nicht, Tasil aus Urath, mit dir habe ich noch ein Wort zu wechseln.«

Da das Maru weder ein- noch ausschloss, entschied sie sich, einfach zu bleiben. Numur starrte sie beide eine Weile an. Vielleicht ging er die Ereignisse aus Serkesch noch einmal in seinem Geiste durch. Er nickte schließlich, stand auf und sagte: »Lasst uns allein. Ich habe mit diesem Mann etwas zu besprechen.«

Die Schabai und Verwalter zögerten. Der Befehl überraschte sie offensichtlich.

»Habt ihr nicht gehört? Ihr habt genug Aufgaben zu bewältigen. Geht, seht nach der Brücke, und kümmert euch um die Boote. Lasst uns allein!«

Ratlos einander anblickend, erhoben sich Würdenträger und Krieger und räumten das Versammlungshaus. Auch die Hakul verließen den Saal. Sie würdigten Tasil und Maru keines Blickes, aber eine Woge aus Eiseskälte begleitete sie. Es wäre Maru fast lieber gewesen, sie hätten sie angegriffen.

Es dauerte eine Weile, bis das Samnath sich geleert hatte. Ganz allein waren sie mit dem Alldhan jedoch nicht. Vier seiner Leibwächter blieben im Raum, und an der Tür standen vier weitere, die Hände immer griffbereit an ihren schweren Äxten.

»Ich kann nicht sagen, dass ich mich freue, dich zu sehen«, begann Numur.

»Dann liegt die Freude wohl ganz auf meiner Seite, Herr«, erwiderte Tasil mit schlecht gespielter Demut.

»Erspare uns die Heuchelei, Urather. Wenn ich mich richtig erinnere, hast du mich damals an den Immit und an meinen Bruder verraten. Und meinen Bruder und den Immit an mich. Man kann dir nicht trauen.«

»Und trotzdem willst du mich sprechen?«

»Ich weiß, dass du käuflich bist. Und ich denke, wenn ich wissen will, was in diesem seltsamen Dorf vor sich geht, werde ich es am ehesten von dir erfahren. Ist es nicht so, Urather?«

»Ich bin auch erst vorgestern hier eingetroffen, Herr. Ich bezweifle, dass ich etwas von Wert für dich weiß.«

»Wert?« Numur lächelte. »Sage mir, wie viel dir dein Kopf wert ist, Urather. Du wirst mir verraten, was du weißt, oder ich werde dich gleich hier töten lassen. Oder vielleicht überlasse ich dich auch den Hakul. Sie sollen viele schmerzhafte Wege kennen, einen Mann ins Reich der Toten zu schicken.«

Maru beobachtete Tasil. Sie konnte ihm ansehen, dass er fieberhaft nach Wegen suchte, dieser Falle zu entkommen. Und der Alldhan? Als es um die Edhil-Säule ging, da hatte er sich benommen wie ein Verrückter. Aber jetzt wirkte er ruhig und gelassen.

»Nun, ich habe das eine oder andere gehört, Herr«, sagte Tasil jetzt vorsichtig.

»Weiter.«

»Die Söldner. Sie kamen her, um sich Luban anzuschließen.«

Maru stockte der Atem. Wollte Tasil die Söldner ans Messer liefern, um seine eigene Haut zu retten?

»Das weiß ich selbst, Urather«, sagte Numur mit gereiztem Kopfschütteln.

»Aber jetzt sind sie wirklich nur noch hier, um die Awathani zu töten«, fuhr Tasil fort.

Numur starrte ihn an. »Wer, um alles in der Welt, hat sie auf diese verrückte Idee gebracht?«

Tasil zuckte mit den Schultern.

»Du?«, fragte Numur lachend. Seine Leibwächter grinsten. »Wie, um der Hüter willen, hast du sie dazu gebracht?«, fragte er und lachte laut. Dann wurde er wieder ernst, und das Grinsen auf den Gesichtern seiner Wachen erlosch. Der Alldhan trat an eines der Fenster und schob das Tuch, mit dem es verhängt war, zur Seite. Er blickte hinaus. Draußen regnete es immer noch. »Wenn du dahintersteckst, Urather, dann muss dabei etwas für dich herausspringen. Und da Ruhm dich kaum interessiert, geht es wohl um Silber, richtig?«

»Eigentlich«, sagte Tasil bedächtig, »geht es um Gold, Herr.«

»Gold?«, fragte Numur und drehte sich überrascht um.

»So ist es, Herr«, erwiderte Tasil gelassen.

Numur kam näher. »Gold? Hier? Glaubst du etwa an das Märchen von dem Schatz, den die Schlange bewachen soll?«

»Ich glaube nur an das, was ich sehe, Herr«, antwortete Tasil.

Numur nickte, als habe Tasil seine Meinung bestätigt. »Ich dachte mir, dass dir jedweder Glaube fehlt, Urather, denn es scheint nicht viel zu geben, was dir heilig ist. Soll ich für einen Augenblick ebenso denken wie du und das Dorf danach beurteilen, was ich sehe? Gut, so sei es, aber das sagt mir, dass ich hier keine Reichtümer zu erwarten habe. Ist es nicht so? Oder hast du etwas entdeckt, was den Augen des Alldhans verborgen blieb, Urather?«

»Ich sah einen Ring aus Gold, Herr. Und die Dorfbewohner haben zugegeben, dass sie noch viel mehr haben.«

»Die Dorfbewohner?«, fragte Numur zweifelnd, aber Maru konnte in seinen Augen sehen, dass seine Gier erwacht war.

»Erinnerst du dich an den Schmuck, den der Immit trug, Herr? Es war Gold, das Metall, das dem Kaidhan vorbehalten ist. Hast du dich nie gefragt, wo es herkommt?«

»Ich habe mich eher gefragt, warum er, und nicht seine schöne Frau Umati diesen Schmuck trug«, sagte Numur langsam. Er wirkte leicht geistesabwesend. »Aber warum sollte dieses Gold ausgerechnet von hier stammen?«

»Von woher sonst? Die Viramatai handeln mit Eisen, die Hattu mit Silber, und die Budinier liefern Kupfer – doch noch nie hörte ich von einem Land, das Gold ins Reich der Akkesch schickt.«

»Gold …«, sagte Numur langsam, dann sah er Tasil scharf an. »Und weißt du auch, wo diese Awier ihr angebliches Gold hernehmen?«

»Noch nicht, Herr, doch bin ich dabei, das herauszufinden«, sagte Tasil, und als er den unzufriedenen Gesichtsausdruck des Alldhans sah, fügte er schnell hinzu: »Ich weiß aber, dass es um einen versteckten Tempel geht.«

»Ein Tempel also? Das ist möglich. Die alte Zeit mag solche Reichtümer vor uns versteckt haben. Ich glaube aber, es wird nicht nötig sein, dass du dich weiter bemühst, Tasil. Ich werde diese Fischer einfach selbst fragen. Wenn etwas dran ist an dem, was du behauptest, verfüge ich über bewährte Mittel und Wege, sie zum Reden zu bringen«, sagte Numur kalt lächelnd.

Maru schluckte. Vielleicht hatte Tasil seinen Hals noch einmal vom Richtblock des Henkers gezogen, aber an seiner statt mussten jetzt alle Dorfbewohner um ihre Hälse fürchten.

»Ich glaube nicht, dass die einfachen Fischer allzu viel darüber wissen, Herr«, wandte Tasil vorsichtig ein.

»Das lässt sich herausfinden«, erwiderte der Alldhan knapp.

»Natürlich, Herr, doch ich denke, allein die Ältesten und vielleicht der Edaling werden von dem geheimen Tempel wissen, und außerdem …«

»Ja?«

»Es heißt, dass dieses Dorf seit ewigen Zeiten den jährlichen Tribut in Form eines goldenen Ringes entrichtet. Und jeder Kaidhan aus Ulbai hat seine Leute hergeschickt, um die Quelle dieses Reichtums zu finden.«

»Ich bin kein Kaidhan, Urather«, warf Numur ein.

»Ich weiß, Herr, doch ich denke, auch die Kaidhane verstanden sich auf… besondere Wege, Menschen zum Sprechen zu bringen. Wenn sie dennoch keinen Erfolg hatten, dann muss irgendeine Zauberei dahinterstecken.«

»Zauber? Du meinst, die Maghai haben ihre Hand im Spiel?«, fragte Numur zweifelnd. Er ging langsam auf und ab. Seine Leibwächter ließen weder ihn noch Maru und Tasil aus den Augen.

»Wer sonst? Diese Awier sind doch Nachfahren der alten Dhanier, wie man sagt«, erklärte Tasil, »und wenn es noch Maghai auf dieser Welt gibt, dann findet man sie hier, in den Sümpfen.«

»Wenn es nicht so völlig deinem Wesen widerspräche, könnte man fast meinen, du versuchtest, dieses Dorf zu beschützen, Urather.«

»Dieses Dorf ist mir gleich, doch fürchte ich die Maghai. Sie sind gefährlich und unberechenbar, wie du sicher weißt, Herr.«

»Mächtige Verbündete, gefährliche Gegner und unberechenbar wie Nattern«, murmelte Numur nachdenklich. Er stand mit geschlossenen Augen und verschränkten Armen in der Mitte des Samnaths. Er schien mehr zu sich selbst als zu Tasil zu sprechen.

»Wenn du mir also etwas Zeit gibst, Herr, werde ich sicher mehr herausfinden können, ohne die Maghai zu reizen.«

Alldhan Numur schwieg. Es war schwer, ihn zu durchschauen. In Serkesch hatte Maru zwar auch nicht immer gewusst, was Numur vorhatte, doch waren seine Gefühle leicht zu erraten gewesen. Auch heute hatte sich gezeigt, dass er von Zeit zu Zeit die Beherrschung verlor. Aber jetzt hatte er sich im Griff und hielt seine Gefühle verborgen. Hatte er den Köder geschluckt? Ihr war klar, dass Tasil versuchte, sich für Numur unentbehrlich zu machen. Solange der Alldhan annahm, Tasil könne ihm zu einem Schatz verhelfen, würde er ihn kaum töten.

Schließlich erwachte Numur aus seiner Erstarrung. Er schüttelte den Kopf und sagte: »Zeit, Urather? Mein Vater ist zu den Göttern aufgestiegen, aber dennoch kann ich niemandem Zeit schenken, die ich nicht habe. Glaubst du, ich will hier verweilen? Ich will diesen Krieg beenden. Dazu muss ich durch den Sumpf, denn nur dann kann ich den Verräter und seine Stadt vom Nachschub abschneiden. Und das Gold? Du hast einen Ring gesehen, mehr nicht. Vielleicht war ja dieser Ring das Blendwerk eines Maghai? Und die Dorfbewohner nutzen ihn, um Narren wie diese Söldner zu ködern. Vielleicht ist er aber auch wirklich Teil eines großen Schatzes. Und weiter? Nun, ich nehme an, die Kammern Lubans sind voll von Gold. Wenn nicht, dann werde ich mich später um diesen sagenhaften Tempel kümmern. Wer weiß? Vielleicht lasse ich diesen ganzen elenden Sumpf trockenlegen. Meine Wassermeister sagen, das sei möglich. Neues Ackerland zu Ehren meines Vaters Utu! Aber ich werde sicher nicht jetzt meine Zeit verschwenden, indem ich in diesen trostlosen Sümpfen nach einem vergessenen Tempel stochere.«

Numur stockte. Bisher schien er mehr mit den Schatten des Samnath gesprochen zu haben, aber jetzt fuhr er herum und fasste Tasil scharf ins Auge: »Ist das vielleicht dein Auftrag? Dass du mich hier aufhältst? Sollst du dem Verräter Luban Zeit verschaffen? Was hat er vor? Will er Verstärkung heranschaffen? Will er fliehen?«

Tasils Verblüffung war echt: »Lubans Auftrag? Herr, du verkennst mich!«

»Das glaube ich nicht, Tasil aus Urath. Ich kenne dich nur zu gut!«

»Dann weißt du doch auch, dass ich mich sicher nicht einer verlorenen Sache verschreibe, Herr.«

»Ich denke«, sagte Numur langsam, »dass das bei dir immer nur eine Frage des Preises ist, Urather.«

Tasil schwieg. Maru spürte seine Betroffenheit. Er war es nicht gewohnt, dass seine Überredungskünste verpufften. Er trat einen Schritt näher an Numur heran und hob die Hand, um sie dem Alldhan auf den Arm zu legen. *Die Stimme!*, dachte Maru. *Er will die Stimme einsetzen!* Natürlich. Das war hoch gefährlich, aber vielleicht ihre letzte Möglichkeit zu entkommen. Wenn Numur sie nicht brauchte, war ihr Leben in höchster Gefahr. Wenn aber der Alldhan nur für wenige Minuten vergaß, was alles in Serkesch geschehen war und welche Geheimnisse Tasil kannte, dann konnten sie vielleicht verschwinden. Doch Tasil hatte seinen ersten Schritt noch nicht vollendet, als plötzlich die Axt eines Leibwächters nach vorne schnellte. Ihre Schneide verharrte dicht vor seinem Hals. Tasil zuckte zurück.

Numur zeigte ein müdes Lächeln. »Ich bin der Alldhan des Reiches und der Sohn eines Gottes. Hast du angenommen, ein sterblicher Mann dürfe mich berühren?«

»Ich wollte nicht …«, begann Tasil und verstummte dann.

»Ich werde über deinen Vorschlag nachdenken, Urather. Doch glaube ich nicht, dass ich noch einmal mit dir ins Geschäft kommen will. Heute Abend werden wir die Ankunft Utus in diesem Dorf feiern, und morgen früh werde ich entscheiden, was ich mit dir und den anderen mache. Und jetzt geh mir aus den Augen, Tasil aus Urath. Du verunreinigst meinen Geist.«

Tasil war wütend. Und er war in Sorge. Maru konnte das deutlich sehen, als sie das Samnath verließen, und sie teilte diese Besorgnis. Sie hatte sich vor der Begegnung mit Numur gefürchtet, und ihre Befürchtungen waren noch übertroffen worden.

Vor dem Samnath wurden sie von den Hakul erwartet. Sie standen beiderseits der Holztreppe. Es regnete in Strömen, aber das machte ihnen offensichtlich nichts aus. Tasil gab sich unbeeindruckt und wollte zwischen ihnen hindurch. Der Anführer packte ihn am Arm: »Ich werde dich nicht aus den Augen lassen, Urather«, zischte er. »Du stehst vielleicht unter dem Schutz des Alldhans, aber der wird nicht ewig währen. Und dann sind wir da.«

Tasil streifte die Hand des Mannes ab. »Du verwechselst mich, Auryd von den Hakul, und das ist gefährlich. Für mich ebenso wie für dich.«

»Du drohst mir?«

Tasil lächelte: »Du fühlst dich bedroht? Ich bin ein unbewaffneter Mann.« Und damit ließ er ihn stehen.

Maru war froh, dass die Hakul sich nicht um sie kümmerten. Auf halbem Weg zu ihrer Hütte blieb Tasil plötzlich stehen. »Das ist nicht gut gelaufen, Kröte, gar nicht gut.«

»Ich weiß«, sagte sie verzagt.

»Wir haben Glück, dass er uns nicht gleich dort drin hat töten lassen.«

»Aber das konnte er nicht«, erwiderte Maru leise.

Tasil warf ihr einen mürrischen Blick zu. »Was denkst du nur, Kröte? Er ist der Alldhan, Herr über Leben und Tod aller seiner Untertanen. Er kann tun, was er will.«

»Aber er ist auch der Sohn eines Gottes.«

»Umso schlimmer für uns.«

Maru schüttelte den Kopf. Sie wusste nicht recht, wie sie erklären sollte, was sie meinte. »Ich glaube, er muss sich deshalb zurückhalten«, sagte sie schließlich.

Tasil dachte einen Augenblick nach. Plötzlich lächelte er. »Du bist gar nicht so dumm, Kröte, gar nicht so dumm.«

Das war so etwas wie Anerkennung. Maru hätte sie genießen können, wenn sie gewusst hätte, was Tasil meinte. Er lächelte und sagte: »Ich glaube, dieser neue Gott wird uns helfen. Jetzt brauchen wir nur noch einen Priester.«

Maru konnte ihm nicht folgen. »Einen Abeq?«, fragte sie verwirrt.

»Natürlich. Dieser Gott Utu wird doch ein paar eigene Abeqai haben«, meinte Tasil grinsend. Dann ging er weiter: »Komm jetzt, Kröte, ich muss nachdenken, und das kann ich nicht, wenn ich in diesem Regen ersaufe.«

Maru stapfte hinter ihm durch den Matsch. Dann hörte sie ihn leise summen. Er war guter Laune. Wenn sie nicht alles täuschte, hieß das, dass er einen Plan hatte. Sie hoffte sehr, dass es so war.

Der Gott und die Bestie

Fahs Blitze treffen nicht immer den höchsten Baum.

Awisches Sprichwort

Der neue Gott erreichte das Dorf am frühen Nachmittag bei leichtem Regen und unter den feierlichen Gesängen seiner Priester. Das ganze Dorf musste ihn begrüßen, auch Maru und die Söldner waren mit viel Nachdruck dazu aufgefordert worden. Und nun kam er. Der Karren ächzte unter dem Gewicht des Gottes, und seine schweren Räder gruben sich tief in den aufgeweichten Boden. Die Ochsen zogen ihn brüllend über die neue Brücke, die unter der Last stöhnte, aber hielt. Numurs Krieger hatten das Tor des Wehrzauns eingerissen, denn die Statue war viel zu groß, um darunter hindurchzupassen. Singende und Gebete murmelnde Priester schritten dem Karren voraus. Sie trugen weder das Weiß der Abeqai der Hüter noch das Grau der Priester Strydhs. Ihre Gewänder waren schwarz, mit einer blauen Schärpe geschmückt. Sie legten frische grüne Zweige auf den Weg, die aber von den Ochsen achtlos in den Morast getreten wurden. Ein einzelner Priester folgte dem Wagen. Er war groß und hager, trug die Farben des neuen Gottes und außerdem eine Augenklappe.

»Sieh nur, Onkel«, flüsterte Maru, »da ist Abeq Mahas.«

»Sehr gut. Ich habe mich schon gewundert, dass er Numur aus den Augen, oder sagen wir besser, aus *dem* Auge gelassen hat«, erwiderte Tasil grinsend.

Der Ochsenkarren mühte sich hinauf zum Edhil-Platz. Der Hang war nicht sehr steil, aber der Boden nachgiebig und tückisch. Mahas winkte ein Dutzend Krieger heran, die mit anpackten und den Karren ächzend hinaufschoben. Viele Seile waren vom Wagen zur Figur gespannt, um sie zu sichern, und weitere Taue wurden von Kriegern gehalten, dennoch schwankte der Koloss bedenklich. Endlich erreichte der Wagen seinen Bestimmungsort. Die Säule des Sonnengottes war spurlos verschwunden, aber dafür hatten die Baumeister des Alldhans in bemerkenswerter Geschwindigkeit ein hohes Gerüst aus dem schlanken und leichten Holz des Wasserbaums errichtet und mit Schilf abgedeckt. Die sechs Ochsen wurden ausgespannt und der Wagen von vielen Männern unter großer Anstrengung gewendet und rückwärts unter dieses Dach geschoben. Als er stand, sicherten die Priester die Räder mit starken Blöcken, bevor die Seile, die die Verhüllung trugen, gelockert wurden.

Numur war nirgends zu sehen, wie Maru verwundert feststellte. Sie stand mit den Söldnern weit zurückgezogen unter einer Hütte. Sie musste sich recken, um zu sehen, was vor sich ging. Abeq Mahas übernahm die Enthüllung der Figur. Er trat nach vorne, ließ den Blick seines einen Auges lang über die Menge schweifen, dann hob er die Arme und verharrte so für eine Weile. Es war, als wolle er für Ruhe und Aufmerksamkeit sorgen, aber beides war nicht nötig. Die Priester sangen nicht mehr, und die Dorfbewohner hatten den neuen Gott mit tiefem Schweigen begrüßt. Mahas senkte die Arme wieder und entzündete in einer schnell herbeigeschafften Kupferschale ein Opferfeuer. Das Öl flammte auf, und Regentropfen vergingen zischend in der Flamme. Der Priester erhob seine Arme erneut, dann rief er: »Seht das Bildnis Utu-Hegaschs, einst Raik der Stadt Serkesch. Zu den Toten ist er gegangen, und wir Narren weinten, denn wir dachten, es sei zu früh für Utu, den geliebten Raik. Wir erkannten nicht die hohe Absicht, die Strydh und Uo verfolgten, als sie ihn an ihre Seite riefen. Wohl vermuteten wir ihn unter den Ahngöttern, die unsere Stadt beschirmten, aber wir erkannten nicht, dass es ihm bestimmt war, zu den hohen Göttern aufzusteigen. Dann aber brannte seine Stadt, und Utu erhob sich aus dem Grab, und mit ihm kam das Wasser – das Wasser, mit dem das Feuer unserer Feinde gelöscht wurde. Nun folgen wir ihm, wohin er uns auch führt, denn er geleitet uns von Sieg zu Sieg. Vor seinem strahlenden Angesicht gehen seine Feinde zu Grunde. Seht nun seine Erhabenheit, Krieger des Alldhans und Menschen dieses Dorfes.«

Er gab ein Handzeichen, und die Priester enthüllten die Statue. Ein Raunen lief durch die Menge. Auch Maru war beeindruckt. Die Statue war nicht aus Ton oder Stein, sondern vollständig aus Bronze gefertigt.

»Wir grüßen Gott Utu!«, riefen die Krieger und gingen in die Knie. Die Dorfbewohner folgten ihnen zögernd.

Maru stand im Schatten einer Hütte und sah mit offenem Mund zu. Es war Tasil, der unauffällig dafür gesorgt hatte, dass sich ihre Gruppe langsam aus der Menge zurückzog. So waren sie nicht im Blickfeld der Priester. Dennoch knieten Arbi, Ulat und Bolox nieder, während Tasil ebenso ungerührt stehen blieb wie Meniotaibor und Vylkas. Auch Maru dachte gar nicht daran, sich vor dieser Statue in den Schlamm zu werfen. Sie wusste, dass es nicht Utu war, der Serkesch gerettet hatte. Ein Daimon war es gewesen, ein Wesen mit dunklen Absichten. Und er hatte es getan, um ihr Leben zu retten. Im Grunde genommen, so dachte Maru für einen winzigen Augenblick, hätten die Menschen ebenso gut sie verehren können. Dann schüttelte sie den Kopf über sich selbst. Vielleicht wurde Utu hier zu viel Ehre zuteil, aber er war immerhin ein Ahngott. Es war sicher Sünde, über ihn oder seine Anhänger zu spotten. Auf jeden Fall war das Standbild beeindruckend. Es war viel größer als jenes, das im Ahntempel von Serkesch stand. Die Statue zeigte einen würdigen Mann mit gelocktem Bart, leicht geöffnetem Mund und ernstem Blick. In der Rechten hielt er ein großes, eisernes Schwert, in der Linken eine Weizengarbe. Das Bemerkenswerteste waren seine hell leuchtenden Augen, die die schimmernde Bronze noch überstrahlten. Sie waren groß, aus Silber und Bernstein und damit unvorstellbar kostbar.

Meniotaibor schien von einer besonderen Art Ehrfurcht ergriffen: »Ich habe schon viele Städte geplündert«, raunte er, »aber so etwas habe ich noch nie gesehen. Ich wusste gar nicht, dass es auf der Welt so viel Bernstein gibt.«

»Es ist fürwahr erstaunlich«, flüsterte Tasil, »offenbar war den Schmieden von Serkesch für diesen Gott das Beste gerade gut genug.«

»Glaubst du, wir werden im Tempel etwas Wertvolleres finden als die Augen dieses Gottes?«, fragte Meniotaibor leise.

»Kaum, aber es wird weniger gut bewacht sein«, erwiderte Tasil. Auch ihm hörte Maru an, dass er beeindruckt war.

»Es sei denn, die Zermalmerin liegt wirklich auf dem Schatz, wie man sich erzählt«, meinte der Iaunier nachdenklich und rieb mit seinem Daumen über die Narbe an seiner Wange. »Hier dagegen sind es ja nur Menschen.«

Abeq Mahas kündigte draußen derweil ein Festmahl für alle Krieger und Dorfbewohner zu Ehren ihres Gottes Utu an. Er vergaß allerdings zu erwähnen, dass man die Speisen für dieses Mahl allesamt den Dörflern weggenommen hatte. Ein lauter Donnerschlag machte der Zeremonie ein jähes Ende. Der leichte Regen wurde von einem heftigen Wolkenbruch abgelöst. Blitze zuckten über den Himmel, und krachender Donner erfüllte die Luft. Selbst die Awier flüchteten vor dem Regensturm ins Trockene. Die Söldner zogen sich tiefer in den Stall unter der Hütte zurück, wo sie schnell Gesellschaft durch viele fluchende Krieger und stumme Dorfbewohner bekamen.

»Dieses Land trägt seinen Namen zu Recht!«, schimpfte ein Kydhier. »Hier bestehen nicht nur die Flüsse und Seen, sondern auch das Land und die Luft aus Wasser. Ich werde den Hütern ein großes Opfer bringen, wenn ich je wieder den Staub der Fal-Hajd schlucken darf.«

Ein anderer erwiderte feixend: »Ich werde dich daran erinnern, wenn du dich wieder über den Sand in deinen Stiefeln beschwerst.«

Ein paar Kydhier lachten, und die Awier, die sich den ganzen Tag ängstlich unter der neuen Herrschaft weggeduckt hatten, lachten vorsichtig mit. Vielleicht waren sie erleichtert festzustellen, dass auch ihre Eroberer normale Menschen waren, die Witze rissen und lachten. Draußen, unter der Überdachung für die Statue, drängten sich zwei junge Priester und einige Bewaffnete zusammen. Der Schab musterte besorgt die schwarzen Wolken, vor denen immer wieder lange Blitze zuckten. Der Donner klang, als würde der Himmel zerreißen.

»Vielleicht ist Fahs erwacht«, murmelte einer der Kydhier, »und ihm gefällt nicht, was er da sieht.«

»Die Hüter schlafen«, erwiderte ein anderer, »und dafür bin ich heute das erste Mal dankbar.«

Plötzlich sah Maru einen zweiten Karren den Hang hinaufkommen. Es war der Wagen mit dem Zwinger, den sie mittags schon einmal gesehen hatte. Jetzt war der Käfig mit einem schweren grauen Tuch verhängt. Zwei Ochsen zogen ihn brüllend über den glatten Boden, an der Statue vorbei, Richtung Samnath. Ihre Treiber schlugen sie und fluchten ohne Unterlass. Es war schwer zu unterscheiden, ob sie die Ochsen oder das Unwetter meinten. Für einen Augenblick war es Maru, als würde sie unter dem Saum des Tuches eine menschliche Hand sehen, aber es war ein so kurzer Moment, dass sie sich nicht sicher war. Fünf Speerträger folgten dem Karren. Sie hielten die Schilde über dem Kopf und machten keine Anstalten, mit anzupacken, ganz im Gegenteil, sie schienen auf Abstand bedacht.

»Was ist denn unter diesem Tuch?«, fragte Meniotaibor einen der Kydhier.

Der sah ihn kurz an und sagte dann mit geheimnisvoller Miene: »Ein Raubtier, das gefährlichste der Welt, aber du wirst nicht erraten, was es ist.«

Der Iaunier zuckte mit den Achseln. »Dann ist es sicher ein Bär oder vielleicht ein Berglöwe, wie es sie in Kydhien geben soll. Ich sah noch nie einen, doch sagt man, die seien sehr gefährlich.«

»Das sind sie beide, doch sie sind nichts im Vergleich zu dieser Bestie, glaube mir.«

»Und was ist es nun?«, fragte Meniotaibor.

»Ich würde es dir verraten, doch ist da ein Schloss vor der Antwort, und ich finde den silbernen Schlüssel nicht.«

»Silber? Bist du toll, Mann? Ich werde warten, bis es aufhört zu regnen, dann werde ich mir dieses Wundertier aus der Nähe ansehen. Ohne, dass ich dir Silber in den Rachen stopfe.«

Der Kydhier lachte: »Tu das, Fremder, aber ich kann dich nur warnen. Komm dem Käfig nicht zu nahe, du würdest es vielleicht nicht überleben.«

Der Wolkenbruch zog weiter, der Donner verebbte und wurde abgelöst vom sanften Rauschen eines starken Regens. Meniotaibor versuchte, von einem der anderen Krieger Näheres zu erfahren, aber die Kydhier hielten zusammen und beantworteten alle Fragen nur mit einem breiten Grinsen. Also tat der Iaunier bald so, als würde es ihn nicht mehr interessieren. Maru hörte kaum zu. Das alberne Gerede des Kydhiers bestätigte ihren Verdacht. Da musste ein Mensch in diesem Käfig sitzen. Aber was für ein Mensch konnte gefährlicher sein als ein Raubtier? Und gefährlich musste er sein, denn die Speerträger, die ihn bewachten, schienen beinahe ängstlich darauf bedacht, dem verhüllten Zwinger nicht zu nahe zu kommen. Als Maru diese Fragen an Tasil richten wollte, war er verschwunden. Sie dachte zuerst, er habe sich vielleicht weiter ins Innere ihres Unterstandes zurückgezogen, aber sie konnte ihn nirgends entdecken.

»Soll ich ihn finden?«, fragte eine raue Stimme. Sie gehörte Vylkas, der plötzlich neben ihr stand.

Maru hatte sich am Anfang ein wenig vor diesem schweigsamen Mann mit seinem schwarzen Bart und den finsteren Brauen gefürchtet. Das war schnell vergangen. In gewisser Weise war er ihr inzwischen der liebste unter den rauen Söldnern. Meniotaibor war ihr zu verschlagen, Ulat redete zu oft vom Krieg, Arbi war zu unterwürfig, und Bolox starrte sie auf eine Weise an, die ihr von Mal zu Mal weniger gefiel. Vylkas war verschlossen, aber aufrichtig. Zumindest war das ihr Eindruck. Und er war klug. Er hatte sofort erfasst, nach wem sie Ausschau gehalten hatte. Trotzdem konnte sie sein Angebot nicht annehmen. Tasil war heimlich verschwunden. Das hieß, er verfolgte einen Plan. Es wäre nicht klug gewesen, ihm mit dem Dakyl nachzuspionieren. Wenn, dann musste sie das alleine übernehmen. Sie sagte: »Ich danke dir, Vylkas, aber ich denke, ich weiß, wo er ist.«

Dann drückte sie sich zwischen den Kriegern hindurch und verließ den Stall. Es war natürlich nicht wahr, dass sie wusste, wo Tasil steckte. Sie hatte nicht die geringste Ahnung. Sie lief hinunter zu ihrer Unterkunft, einfach, weil ihr nichts Besseres einfiel. Was konnte er vorhaben? War er vielleicht bei Abeq Mahas? Natürlich, das war das Naheliegende! Sie warf trotzdem zuerst einen Blick in ihre Unterkunft, in der vagen Hoffnung, vielleicht Biredh zu treffen. Sie hatte Fragen. Über die Große Schlange, Gott Utu und vor allem über den Daimon. Schon mehrfach hatte sie daran gedacht, ihn nach all diesen Dingen zu fragen, aber sie war immer noch unschlüssig, ob sie den blinden Erzähler wirklich ins Vertrauen ziehen konnte. Was wusste sie schon über ihn? Sie dachte an die Traumbilder, die sie gesehen hatte. Biredh im Fluss, umflattert von leuchtend gelben Schmetterlingen. Was mochte das bedeuten? Biredh war nicht in der Unterkunft. Vielleicht war er unten am Fluss, bei Wifis. Sie zögerte. Wen sollte sie jetzt suchen? Biredh oder doch lieber Tasil? Sie durfte Tasil nicht in die Quere kommen. Andererseits wollte, nein, musste sie wissen, was er vorhatte.

Eine Mädchenstimme riss sie aus ihren Gedanken: »Du bist Maru, nicht wahr?«

Sie nickte. Das Mädchen war jung, vielleicht neun oder zehn Jahre alt. Ihre Ähnlichkeit mit Rema war unübersehbar.

»Mein Großvater hat mich geschickt. Er will mit dir reden.«

»Taiwe? Mit mir?«

»Er erwartet dich hinter Skefs Stall.«

»Meinte er vielleicht meinen Onkel?«

»Von einem Onkel hat er nichts gesagt. Das Mädchen mit den grünen Augen, Maru genannt, das soll ich finden und zu ihm schicken. Du hast doch grüne Augen, oder? Und du bist ein Mädchen, wenn auch schon ziemlich alt dafür, oder?«

»Danke«, sagte Maru verdrossen.

Was mochte der Älteste von ihr wollen? Nun, es war leicht, das herauszufinden. Sie schob alle anderen Gedanken zur Seite und lief zu Skefs Hütte. Zwei Speerträger bewachten den Stall. Sie schlich auf die Rückseite. Durch die Bretter konnte sie sehen, dass auch die Pferde der Serkesch und Hakul hier untergestellt waren. Taiwe erwartete sie unter dem Dach eines kleinen Anbaus. Er drehte geistesabwesend an einem Seil, wie er es fast immer tat, wenn Maru ihn sah.

»Ich grüße dich, ehrwürdiger Taiwe«, rief sie ihn an.

Der Älteste schreckte aus seinen Gedanken hoch. Er begrüßte sie mit einem Nicken und bot ihr einen Platz auf einem Fass an. Maru setzte sich. Der Alte betrachtete sie nachdenklich, dann legte er sein Seil zur Seite und begann: »Ich habe gesehen, was du mit dem Schab gemacht hast.«

Maru schluckte. Ihr fielen all die Warnungen ein, die Tasil ihr eingetrichtert hatte: Welche unberechenbare Folgen es haben konnte, bei diesen kleinen Zaubereien erwischt zu werden. »Menschen fürchten, was sie nicht verstehen, und das kann leicht in Hass umschlagen«, hatte er ihr einmal erklärt. Sie hatte entgegnet: »Und die Maghai? Die hassen sie nicht, oder?« Darauf hatte Tasil nur gelacht und gesagt: »Die hassen sie sehr, aber vor denen haben sie auch sehr viel Angst. Wir sind aber keine Maghai.« Sie hatte Tasil immer noch nicht erzählt, was Jalis über sie und ihren Vater gesagt hatte. Er hatte sie aber auch nie gefragt. Diese Gedanken schossen Maru durch den Kopf, während sie überlegte, was sie dem Ältesten antworten sollte. Sie hatte nicht den Eindruck, dass Taiwe sich vor ihr fürchtete oder sie gar hasste. Es lag nichts Feindseliges in seinem Blick. Trotzdem war sie auf der Hut: »Was habe ich denn schon groß gemacht?«, fragte sie vorsichtig.

»Bitte, Kind, beleidige mich nicht«, sagte Taiwe sanft. »Ich kann nicht sagen, wie du es vollbracht hast, doch der Schab hatte Recht: Du hast ihn behext.«

»Aber ich bin doch keine Kräuterfrau, ich verstehe nichts von solchen Dingen«, behauptete sie.

»Keine Angst, ich werde nichts darüber verraten«, erwiderte Taiwe, »aber du verstehst vielleicht meine Neugierde, zumal mir durchaus klar ist, dass du kein Kräuterweib bist.«

»Das weißt du?«, fragte Maru. Vielleicht gelang es ihr, mit Gegenfragen etwas Zeit zu gewinnen. Sie musste darüber nachdenken, was sie dem Ältesten anvertrauen konnte – und was nicht.

»Wika hat es mir gesagt«, sagte Taiwe.

»Wika?«

»Sie war beeindruckt von dir, Maru Nehis, sehr beeindruckt.«

»Das ist mir gar nicht aufgefallen«, murmelte Maru.

»Ja, sie ist schwer zu durchschauen, die alte Frau, genau wie dein angeblicher Onkel – und wie du.«

»Ich?«, fragte Maru erstaunt. Es war das erste Mal, dass ihr jemand so etwas sagte.

»Wika war ziemlich einsilbig, was dich betraf. Ich habe sie nämlich nach dir gefragt, und von der Sache mit dem Schab erzählt. Aber sie sagte nur: ›Zu unserer Schwesternschaft gehört sie nicht.‹« Taiwe seufzte und legte das dünne Seil geistesabwesend in kunstvolle Schlingen. »Wärst du ein Mann, Maru Nehis, so würde ich dich für einen Maghai halten.«

»Ein Mann bin ich ganz sicher nicht«, sagte Maru bestimmt.

»Nun, allmählich finden wir heraus, was du alles nicht bist, Mädchen, doch ist das eigentlich gar nicht das, was ich wissen will.«

Maru schwieg. Taiwe war wirklich ein kluger Mann. Sie mochte ihn. Aber er war nicht ihr Freund. Sie durfte nicht vergessen, dass er versucht hatte, sie Tasil abzukaufen. Er wollte sie der Awathani opfern. War das der Grund, warum er sie hatte rufen lassen? Würden gleich Awier aus den Schatten hervorspringen, sie packen und davonschleppen, um sie in der nächsten Nacht der riesigen Bestie zu opfern? Sie blickte sich um. Hütten duckten sich unter dem endlosen Regen. Im Stall stampften Pferde mit den Hufen, und es roch nach Heu. Ein kleiner Vogel pickte im Schlamm nach Regenwürmern. Aber außer Taiwe war kein Mensch zu sehen, und soweit sie das erkennen konnte, war er unbewaffnet. Irgendwie glaubte sie auch nicht, dass er sie entführen würde. Das passte einfach nicht zu ihm.

»Mein Frage, Maru Nehis, ist, ob du das noch einmal tun kannst.«

Maru blickte den Alten entgeistert an. »Noch einmal? Du meinst, ich soll noch einmal einen Schab und seine Leute ›behexen‹?«

»Nicht einen Schab, Kind, sondern den Alldhan.«

»Numur?« Sie traute ihren Ohren nicht. »Ich soll die Stimme auf Numur …« Sie brach den Satz ab, aber es war zu spät. Sie hatte sich verraten.

»Ah, du erreichst es also über deine Stimme«, sagte Taiwe ruhig.

»Gar nichts erreiche ich!«, rief Maru aufgebracht. »Hast du es nicht gesehen? Der Schab kam zurück, und dann gab es viele Tote. Was glaubst du? Was wird Numur tun, wenn er feststellt, dass ihn jemand in diesem Dorf …« Sie beendete auch diesen Satz nicht, aber Taiwe hatte schon verstanden, was sie meinte. Er sah niedergeschlagen aus.

»Es ist wahr, ich verstehe nichts von diesen Dingen, Maru Nehis. Ich bin nur ein einfacher Seiler, ein Mann ohne besondere Gaben. Aber du, Mädchen, hast Kräfte, wie sie nicht jeder hat.

Du kannst Menschen dazu bringen, Dinge zu tun, die sie nicht wollen. Wie diesen Schab. Kannst du nicht auch Numur sagen, dass er dieses Dorf verlassen soll? Der Neumond rückt näher, und wenn wir das Opfer nicht bringen, wird die Erwachte weitere Wochen diese Gewässer heimsuchen, gleich ob der Alldhan mit seinen Kriegern noch hier ist oder nicht; gleich ob die Söldner noch hier sind oder nicht. Noch hält sie sich fern von unserem Dorf, doch ich fürchte, das wird nicht so bleiben. Ich verlange nur einen Tag Zeit von dir. Dann könnten wir fliehen, in die Sümpfe gehen und das Opfer bringen. Numur würde uns niemals finden, ich bezweifle sogar, dass er uns überhaupt suchen würde.«

»Das Opfer«, fragte Maru, »sprichst du von deiner Enkelin – oder von mir?«

Taiwe verstummte.

»Es ist auch gleich, ehrwürdiger Taiwe. Es tut mir leid, aber was du verlangst, übersteigt meine armseligen Kräfte bei weitem. Ich kann dir nicht helfen.«

»Kannst du nicht – oder willst du nicht?« Taiwe war aufgesprungen. Von einem Augenblick auf den nächsten war alle Sanftheit von ihm gewichen. Zornig packte er sie am Arm.

»Wenn du so schreist, werden gleich Numurs Krieger hier erscheinen«, sagte Maru warnend.

So plötzlich, wie die Wut Taiwe gepackt hatte, ließ sie ihn auch wieder los. Er zog seine Hand, beinahe erschrocken, von ihrem Arm zurück, setzte sich und barg sein Gesicht in den Händen. Dann hatte er sich wieder im Griff. Er richtete sich auf und sagte: »Verzeih, es steht mir nicht zu, das von dir zu verlangen, ich kann dich nur bitten.«

»Höre, Taiwe, eigentlich sollte ich dir das nicht sagen, aber diese Stimme, sie wirkt nur bei schwachen Menschen. Solche kann sie dazu bringen, Dinge zu tun, die sie im Innersten sowieso tun wollen.«

Taiwe blickte zum Himmel. »Schwach? Der Schab? Mag sein. Aber ich bitte dich, denke darüber nach. Ich weiß nicht, wie stark Numur ist. Vielleicht musst du ihn auch gar nicht gegen seinen Willen zu irgendwas bringen, vielleicht findest du einen anderen Weg.«

Er streckte seine Hand aus und ließ Regen darüberlaufen, dann sagte er: »Der Alldhan ist mächtig, doch habe ich Zweifel, dass er stets bei klarem Verstand ist. Glaubst du nicht, dass es hier einen schwachen Punkt gibt, den du nutzen kannst?«

»Taiwe, es tut mir leid«, sagte Maru noch einmal, »aber ich bin doch nur ein Mädchen, ich verstehe nichts von solchen Dingen. Du solltest eher meinen Onkel fragen.«

»Den Urather?« Taiwe schüttelte traurig den Kopf. »Mädchen, ich weiß, dass er sicher nicht dein Onkel ist, und ich weiß, dass man ihm nicht trauen kann. Er würde das ganze Dorf an Numur verkaufen, wenn er sich davon einen Gewinn verspräche. Und dich übrigens auch.«

Maru dachte an Tasils Gespräch mit Numur. Da hatte es wirklich so ausgesehen, als habe er versucht, das Dorf zu schützen. Aber würde das auch so bleiben? Der Älteste hatte leider Recht: Tasil war nur bis zu einem gewissen Punkt, genauer, bis zu einem gewissen Preis, vertrauenswürdig. Andererseits konnte dieser Preis manchmal überraschend hoch sein. »Du kennst ihn nicht so gut wie ich, Taiwe«, sagte sie, »er ist nicht mehr auf seinen Gewinn bedacht als andere auch.«

Taiwe warf ihr einen Blick zu, der ihr sagte, dass er anders darüber dachte. Er zögerte kurz, dann beugte er sich vor und sah Maru durchdringend an. »Du weißt, dass der Mann, den du Onkel nennst, gestern bei mir war?«

Maru schüttelte den Kopf. Sie waren getrennte Wege gegangen. Sie war mit Rema zu Wika gefahren, und Tasil hatte sich umsehen wollen. Er war also auch bei Taiwe gewesen.

»Er hatte seltsame Fragen, Maru Nehis. Keine einzige zum Goldenen Tempel, aber viele zu unseren Bräuchen und vor allem den Riten und dem Zeitpunkt der Opferung. Er war wie ein Wolf, der eine Beute umschleicht, die er von vorne nicht angreifen kann, und der nach einem anderen Weg an sein Ziel sucht.«

Maru runzelte die Stirn. Das klang nach Tasil. Aber warum erzählte der Älteste ihr das?

»Er war danach noch bei Skeda. Und selbst mit Hana hat er gesprochen, wie ich erfahren habe. Skeda hat er dieselben Fragen gestellt wie mir, und ich nehme an, dass es bei Hana kaum anders war. Natürlich sollte er eher mit Skeldiga reden, wenn er etwas von unserem Edaling will, aber auch das hat er getan. Er ist wirklich ein kluger Mann.«

Maru fühlte sich unwohl. Wie sollte sie Tasil verteidigen, wenn sie nicht wusste, was er tat?

»Und eben habe ich den Urather noch einmal getroffen. Denk dir, da hatte er nur noch eine einzige Frage. Er wollte wissen, ob wir auch jetzt noch vorhaben, das Ritual durchzuführen. Nein, Maru Nehis, es war keine Frage, ich würde sagen, er hat mich dazu gedrängt.«

Maru wurde blass. Davon hatte sie nichts gewusst. Was hatte Tasil vor? Was hatte er davon, wenn die Awier das Mädchen opferten? Oder dachte er etwa daran – *sie selbst* gegen das Gold einzutauschen? Maru schüttelte den Kopf. Das wollte sie nicht glauben. Sie fühlte den Blick des Ältesten. Warum erzählte Taiwe ihr das? Wollte er vielleicht nur einen Keil zwischen sie und Tasil treiben?

Dann hatte sie plötzlich einen Einfall: »Du hast doch etwas, das er haben will, ehrwürdiger Taiwe: Gold! Eine Handvoll wird genügen. Damit kannst du ihn als Verbündeten gegen Numur gewinnen. Glaub mir, er versteht viel mehr von solchen Dingen als ich.«

Taiwe schüttelte den Kopf, dann sagte er: »Ich kann ihm das Gold nicht geben, ihm und keinem anderen.« Er seufzte. »Schlimme Tage erleben wir. Die Zeit zerrinnt unter unseren Händen. Wenn wir das Opfer bringen müssen, dann sollten wir es schnell tun, das weiß ich. Und doch rede ich hier von meiner Enkelin. Dhanis hat hier eine schwere Prüfung für mich ersonnen. Und als sei das nicht genug, ist Numur mit seinem Gott über uns gekommen. Er hat sich an Edhil versündigt. Wir alle werden einen Preis dafür zu zahlen haben.«

»Was meinst du damit, dass du ihm das Gold nicht geben kannst?«, fragte Maru.

Taiwe stand auf, sah sie finster an und sagte: »Versuche nicht, mich auszufragen, Mädchen.« Und damit ließ er sie ohne ein weiteres Wort stehen.

Maru sah ihm nach. Hatte sie ihn enttäuscht? Er tat ihr leid, aber sie konnte ihm doch nicht helfen. Vielleicht war Numur wirklich verrückt, das mochte sein. In manchen Augenblicken war er ihr ganz vernünftig erschienen, aber in anderen wirkte er tatsächlich wie ein Besessener. Vor allem, wenn es um Utu ging. Da war etwas in seiner Art, von diesem Gott zu sprechen, die Maru nicht begriff. Es war keine glühende Verehrung oder Bewunderung, wie sie es bei Abeq Mahas vorhin gehört hatte, es war etwas ganz anderes. Maru hatte noch kein Wort dafür. Vielleicht würde Biredh es wissen. Wenn sie schon Tasil nicht finden konnte, dann hatte sie vielleicht mit dem blinden Erzähler mehr Glück. Sie lief zum Hafen, aber da waren nur die Wächter und der alte Wifis. Keine Spur von Biredh. Sie dachte daran, den Alten zu fragen, aber dann verwarf sie den Gedanken wieder. Er war verrückt und machte sie traurig. Sie lief ohne Plan durch das Dorf. Vielleicht würde sich zufällig etwas ergeben. Dann blieb sie stehen. Was hätte Tasil an ihrer Stelle getan? Er lief nie aufs Geratewohl irgendwohin, immer hatte er einen Plan und eine Absicht. Meistens hatte er sogar mehrere Pläne und Absichten. Das war verwirrend, aber trotzdem ergaben alle seine Handlungen irgendwann einen Sinn, auch wenn das nicht immer gleich offenbar wurde. Abeq Mahas – er wollte mit dem Priester reden. Das hatte er gesagt. Mehr oder weniger. Aber wo mochte der sein? Eigentlich kam nur ein Ort in Frage: Das Samnath. Dort würde er mit Numur zusammensitzen und beraten. Also lief sie zum Versammlungshaus. Dabei schlug sie einen Bogen um den Stall, in dem vielleicht noch die Söldner waren, und auch um den Edhil-Platz. Sie hatte weder Lust Bolox noch das riesige Standbild zu sehen. Gleichzeitig achtete sie auch darauf, dem Fluss nicht zu nahe zu kommen. Utukku war ein Wasser-Daimon, so viel wusste sie inzwischen, und er war nun wirklich der Letzte, dem sie begegnen wollte.

Sie entdeckte den Wagen mit dem Käfig. Er war wenige Schritte vom Kopfende des Samnaths abgestellt worden und immer noch mit einem schweren Tuch verhängt. An einer Seite war es ein wenig zurückgeschlagen, aber das Innere des Zwingers blieb in Finsternis verborgen. Es war ein Holzkäfig, wie er auch für Sklaventransporte benutzt wurde, aber die kantigen Gitterstäbe schienen Maru ungewöhnlich stark. Die Ochsen und ihr Treiber waren verschwunden, aber die fünf Bewaffneten, die den Wagen begleitet hatten, bewachten ihn. Immer noch sah es so aus, als wollten sie dem Wagen nicht zu nahe kommen. Maru schlenderte möglichst unauffällig näher heran, aber den Wächtern fiel sie trotzdem frühzeitig auf. Gleich zwei Bewaffnete stellten sich ihr in den Weg, und Misstrauen schlug ihr entgegen. »Was hast du hier zu suchen?«, fuhr sie der erste Wächter an.

»Nichts«, sagte Maru, »ich war nur neugierig.«

»Verschwinde. Weißt du nicht, dass neugierige Mäuse früh sterben?«

»Aber ich will doch nur sehen, was für ein wundersames Tier ihr da gefangen haltet.«

Es gab eine Bewegung im Zwinger. Da war ein Schemen in der Dunkelheit hinter den Stäben, unmöglich genauer zu erkennen. Aber dann legte sich eine Hand um eines der Hölzer. Es war eine sehr schlanke Hand.

»Tier? Ich wollte, es wäre ein Tier. Aber jetzt verschwinde, bevor du Ärger bekommst, Mädchen«, sagte der zweite Wächter. Es klang beinahe freundlich.

»Wie du meinst, tapferer Krieger«, erwiderte sie. Die Hand – entweder sie gehörte einem Jungen oder einer Frau, da war sich Maru sicher. Sie zögerte, hoffte, dass sich vielleicht ein Gesicht zeigen würde. Aber dort rührte sich jetzt nichts mehr. Maru drehte sich um und schlenderte davon, so als ginge sie die Angelegenheit weiter nichts an. Sie überlegte fieberhaft: Ein junger Mann, oder doch eher eine Frau? Die Finger waren lang, feingliedrig. Sie gehörten sicher keiner Bäuerin und auch keinem Schmied. Diese Hand hatte in ihrem Leben nicht schwer gearbeitet. Sie war schmutzig, das hatte Maru auch sehen können. Wahrscheinlich saß die Gefangene schon eine ganze Weile in diesem Käfig. Aber warum? Wer war das? Ein Maghai? Eine Kräuterfrau? Eine Fürstentochter? Sie – oder er – musste gefährlich sein. Sie drehte sich noch einmal um. Die Hand hielt einen der hölzernen Stäbe umfasst. Je länger Maru sie betrachtete, desto sicherer wurde sie, dass sie einer Frau gehörte. Wer mochte das sein? Das war ein weiteres Rätsel, das es zu lösen galt.

Fragen

Du kommst mit deiner Frage zu deinem Kaidhan? Hast du bedacht, Freund, dass sein Wort Gesetz ist? Erhältst du seinen Rat, so musst du ihm folgen, gleich, wohin dich dies führt.

Etellu-Kaidhan, Gesetze

Maru umrundete das Samnath und wandte sich nach Süden. Vielleicht war Tasil doch im Schreinhaus. Da hatte sie ihn schon einmal hineinschleichen sehen. Plötzlich entdeckte sie zwei dunkle Gestalten, die an einer Hütte lehnten. Sie trugen lange schwarze Reitmäntel und schienen das Haus zu beobachten. Maru drückte sich an die nächste Wand. Wenn die Hakul dort standen, dann waren sie vielleicht hinter Tasil her. Aber wollten sie ihn nur beobachten – oder hatten sie etwas ganz anderes vor? Unter dem Schreinhaus saßen einige Krieger und starrten in den endlosen Regen. Maru entdeckte auch zwei Abeqai bei ihnen. Das ergab Sinn. Es war nur natürlich, dass sich die Priester für den Schrein und vielleicht sogar den Edaling interessierten. War Abeq Mahas auch dort? In Serkesch war Mahas nicht von Numurs Seite gewichen, aber Maru hatte irgendwie das Gefühl, dass die beiden sich jetzt aus dem Weg gingen. Es tat sich etwas. Die Tür des Schreinhauses öffnete sich, und zwei Männer erschienen auf dem Treppenabsatz. Es waren Tasil und – Abeq Mahas. Viel Liebe war nicht zwischen ihnen, das war unverkennbar. Der Priester wirkte verdrossen. Maru lief zur Treppe. Die Krieger unter dem Schreinhaus hoben ihre Köpfe, aber dann sahen sie, dass da nur ein Mädchen durch den Regen lief. Tasil warf ihr einen kurzen, strengen Blick zu. Er wollte also nicht, dass sie näher kam. Also blieb sie auf halber Höhe stehen. Mahas beachtete sie nicht. Er schüttelte gerade den Kopf und sagte: »Das mag alles sein, wie du sagst, Urather, aber der Alldhan weiß, was er zu tun hat.«

»Aber du siehst doch, dass dieser jämmerliche Edaling nichts weiß. Glaubst du, die einfachen Fischer wissen mehr?«

»Das wird sich dem Alldhan schnell offenbaren. Doch dein Vorschlag ist gut, ich werde ihn also bitten, zuerst die Ältesten zu befragen. Sie scheinen mir die Pfeiler dieses Dorfes zu sein. Wenn sie nachgeben, werden diese Awier einsehen, dass es zwecklos ist, den Tempel weiter vor uns zu verbergen.«

»Du bist weise, ehrwürdiger Abeq, doch bedenke, dass der Tempel vielleicht für immer in diesem Sumpf verschwindet, wenn die beiden Pfeiler, wie du sie nanntest, zerbrechen. Und dann wird Utu nie den goldenen Schmuck bekommen, der ihm zusteht.«

»Deine Hingabe an Utu rührt mich, Urather«, spottete der Abeq.

Tasil lächelte und sagte dann halblaut: »Ich denke nur, mit dem Gold können die Priester des Neuen Gottes viele Herzen erreichen, die ihnen jetzt noch verschlossen sind – oder gar eher dem Menschen Numur als dem Gott Utu zugetan sind.«

Der Priester hielt kurz inne, bevor er leise erwiderte: »Du spielst ein gefährliches Spiel, Urather. Der Alldhan ist ein treuer Diener seines Gottes, wie seine Priester auch. Kein Gold der Welt wird daran etwas ändern.«

»Natürlich nicht, ehrwürdiger Abeq«, versicherte Tasil.

»Gut, aber geh jetzt. Finde mehr über den Tempel heraus, wenn du kannst. Du solltest Erfolg haben, wenn du dich auch morgen noch in der Gunst Utus sonnen willst.«

Tasil verbeugte sich, lief schnell die Treppe hinab, packte Maru an der Schulter und zog sie außer Hörweite der Krieger. »Was willst du denn hier, Kröte?«

»Ich habe dich gesucht, Onkel. Außerdem wollte ich dir sagen, dass dort, unter jener Hütte, zwei Hakul auf dich warten.«

Tasils Hand zuckte zum Gürtel, dabei trug er gar keine Waffe. Sein Blick suchte unauffällig die Schatten ab. »Die habe ich längst gesehen, Kröte«, behauptete er. »Noch was?«

Maru schüttelte den Kopf, aber dann sagte sie: »Doch, vielleicht. Dieser Zwinger, da wird jemand gefangen gehalten.«

»In dem Tierkäfig?«

»Ja, ich glaube, es ist eine Frau.«

»Du glaubst? Was soll ich mit so einer halben Nachricht, Kröte?«

»Es ist schwer, mehr zu erfahren. Der Wagen ist zugehängt, und fünf Krieger bewachen ihn. Sie haben Angst vor dem, was in diesem Käfig ist.«

»Angst?«

»Ja, sie fürchten sich, das ist deutlich zu sehen.«

Tasil schwieg einen Augenblick, dann sagte er: »Gut, das kann wichtig sein, muss aber warten. Wir haben anderes zu tun. Ich muss mit Taiwe reden, und du gehst zu Skeda, Kröte.«

»Skeda?«

»Natürlich, Skeda. Sag ihm, dass Numur morgen anfangen wird, nach dem Tempel zu fragen. Erinnerst du dich an diesen fetten Kaufmann in Serkesch, wie hieß er noch?«

»Atib?«

»Genau. Erzähle Skeda, mit welchen Mitteln man ihn damals zum Reden bringen wollte.«

Daran erinnerte sich Maru nur zu gut. Mit kochendem Pech hatten sie seinen Mund ausgießen wollen. Er war dem nur entgangen, weil er seine Vergehen vorher gestanden hatte. Und dann hatte ihn die Frau des Immit, die rätselhafte Umati, vor aller Augen erstochen. »Aber warum soll ich ihm das erzählen?«, fragte Maru verwirrt.

»Weil es seinen Leuten bevorsteht. Numur wird sie foltern.«

»Aber das ist entsetzlich!«, rief Maru.

»Sag ihm, dass er das verhindern kann, wenn er uns vorher die Lage des Goldenen Tempels offenbart.«

»Aber Onkel, hast du nicht zu Numur gesagt, dass der Tempel so nicht gefunden werden könne?«

»Gut aufgepasst, Kröte. Es ist bedauerlich, dass mir der Alldhan das nicht glaubt. Nun, vielleicht, weil ich es selbst nicht glaube. Wenn du mit Skeda sprichst, erzähl ihm ruhig, dass ich mich bei Numur und Mahas für das Dorf eingesetzt habe. Leider bedeutet das, dass man nun ihn und Taiwe zuerst befragen wird.«

Maru sah Tasil entsetzt an.

Tasil achtete nicht darauf. »Anschließend erwarte mich vor dem Samnath. Ich werde mit Numur das eine oder andere zu besprechen haben. Nun schau nicht drein wie eine Ziege, wenn's donnert. Lauf! Die Zeit wird knapp!«

»Aber …«

Tasil packte sie am Kragen: »Hör zu, Kröte, Numur und dieser einäugige Abeq trauen mir nicht. Sie werden mich nur so lange leben lassen, wie sie sich Nutzen davon versprechen. Und dich übrigens auch. Also: Mach dich nützlich!«

Maru schluckte und wollte schon loslaufen, aber dann fiel ihr noch etwas ein. »Onkel«, rief sie.

»Was denn noch?«

»Taiwe – ich habe vorhin mit ihm gesprochen, oder vielmehr er mit mir.«

»Was wollte er denn ausgerechnet von dir, Kröte?«

Maru berichtete Tasil kurz von dem Gespräch, vor allem, dass der Älteste verlangt hatte, sie möge die Stimme auf Numur anwenden. Zum Schluss sagte sie: »Aber noch etwas hat er gesagt, etwas Merkwürdiges. Er sagte, er könne dir das Gold nicht geben. Und auch keinem anderen.«

Tasil runzelte die Stirn. »Das hat er gesagt? Sollte es da wirklich einen Zauber geben? Das wäre schlecht. Für uns und für das Dorf. Hoffen wir, dass er das nur sagte, um dich zu täuschen.«

»Aber Taiwe macht einen ehrlichen Eindruck, Onkel.«

»So, findest du? Entweder er hat dich belogen, oder die Söldner, denen er das Gold schließlich versprochen hat. Allzu ehrlich kann dieser Awier also nicht sein. Und jetzt lauf! Die Zeit drängt.«

Maru lief. Tasil hatte Recht. Es ging nicht mehr um Gold, es ging um Leben oder Tod. Allerdings war sie sich sicher, dass er immer noch darauf aus war, sowohl mit dem Leben als auch mit dem Gold davonzukommen. Es war eben Tasil. Es regnete wieder stärker. Unter den Tritten der Krieger Numurs hatten sich alle Wege in bodenlosen Morast verwandelt. Marus fast neues Garwan hatte, trotz Strohüberwurf, sehr gelitten. Sie sah inzwischen aus, als hätte sie sich im Schlamm gewälzt. Aber das war nun auch gleich. Wenn sie keinen Erfolg hatte, würde sie bald keine Garwane und überhaupt nichts mehr zum Anziehen brauchen. Sie lief schneller. Eine große Gruppe von Männern kreuzte ihren Weg. Es waren Fischer, die unter Bewachung einiger Krieger auszogen. Sie trugen Sicheln und Äxte. Offenbar sollten sie Schilf und Holz für Numurs Boote besorgen. Der Alldhan verlor wirklich keine Zeit. Maru hielt Ausschau nach Rema, aber sie konnte ihn nicht entdecken. Ihr Weg führte Maru zunächst zu Hiri, denn sie hatte keine Ahnung, wo Skeda zu finden sein würde. Hiri schickte sie zu einer Hütte nahe der Brücke. Unterwegs bemerkte Maru, dass sie nicht alleine war. Da waren zwei schwarze Gestalten, die ihr durch den Regen folgten. Hakul! Sie versuchten gar nicht, sich zu verbergen, sondern folgten ihr ganz offen, wie eine stumme Drohung. »Als gäbe es in diesem Sumpf nicht auch so schon genug Gefahren«, dachte Maru.

Sie lief die Treppe zu Skedas Hütte hinauf. Doch Skeda war nicht dort. Er hatte sie für Krieger des Alldhans räumen müssen. Sie fand ihn schließlich in einem Verschlag unter dem Pfahlbau. Er saß dort im Dämmerlicht und hielt ein Netz auf den Knien. Er war offenbar gerade daran, es zu flicken. Das Licht unter der Hütte war schwach, aber die Kerze, die neben Skeda stand, war nicht entzündet worden.

»Ich grüße dich, Skeda, ehrwürdiger Ältester dieses Dorfes«, sagte Maru.

Skeda ließ die Knochennadel sinken und blickte auf. »Ich grüße dich auch, Mädchen aus Urath«, sagte er bedächtig.

»Was machst du da?«, fragte Maru, die nicht recht wusste, wie sie anfangen sollte.

»Eine Echse hat mir das Netz zerrissen. Das passiert, wenn wir am Ufer fischen müssen.«

Er hob das Netz und betrachtete es unzufrieden. »Vielleicht sollte ich es besser meinem Freund Taiwe bringen, mir fehlt die ruhige Hand. Aber ich nehme nicht an, dass du hier bist, um mit mir über Netze zu reden?«

»Das ist richtig, ehrwürdiger Ältester. Ich habe eine wichtige Frage.«

»Taiwe hat mir schon gesagt, dass du irgendwann hier auftauchen würdest. Dein Onkel hat mich schon aufgesucht.«

Maru wusste nicht, was sie darauf sagen sollte. War Tasils Vorhaben so durchschaubar? Sie starrte hinaus in das unaufhörlich fallende Wasser. Die beiden Hakul standen immer noch dort. »Hat Taiwe dir auch gesagt, was ich dich fragen werde?«, fragte sie schließlich.

»Du wirst wissen wollen, wo der Goldene Tempel zu finden ist. Das meinte zumindest Taiwe.«

Maru seufzte. »Hat er dir auch gesagt, dass bald auch ganz andere Menschen kommen und dich danach fragen werden?«

»Was meinst du, Kind?«

»Der Alldhan weiß von dem Tempel, der Abeq auch. Sie wollen das Gold.«

»Du fragst für sie?«, fragte der Älteste erstaunt.

»Ja und nein. Sie werden von meinem Onkel erfahren, was du mir sagst.«

»Wäre es da nicht besser für mich, ich sagte es ihnen selbst?«, fragte Skeda bedächtig. Er zog einen Faden durch das Netz.

»Darum geht es längst nicht mehr«, sagte Maru. »Sieh: Ich frage dich, mehr nicht, und du kannst es mir sagen, oder auch nicht. Der Alldhan dagegen wird nicht aufhören zu fragen, bis du es ihm gesagt hast.«

Der Älteste schien unbeeindruckt, also wurde Maru deutlicher: »Er fragt vielleicht mit Feuer und kochendem Pech.«

Skeda nickte. »Auch das hat Taiwe vorhergesagt. Er war oft in Ulbai und kennt das Recht der Akkesch.«

»Du weißt, dass sie dich … quälen werden?«, fragte Maru verblüfft.

»Natürlich«, sagte Skeda, »aber das ändert nichts. Ich kann es weder dir noch ihnen sagen.« Maru dachte nach. Der Älteste redete so ruhig über die Folter, als sei es wie Haareschneiden. Hatte er wirklich eine Vorstellung von den Qualen, die man ihm zufügen konnte? Sie versuchte es auf einem anderen Weg: »Sie werden mit den Ältesten beginnen. Doch sie werden vielleicht auch eure Familien … fragen.« Sie vermied das Wort Folter, denn es ging ihr nur schwer über die Lippen.

»Ich weiß. Aber ich kann es nicht ändern«, sagte Skeda ruhig.

»Aber warum nicht?«, fragte Maru verzweifelt.

»Das ist etwas, das du nicht verstehen wirst, Mädchen aus der Fremde.«

»Bitte, erklär es mir! Ich will nicht mit ansehen, wie die Priester all die Menschen hier …« Sie brachte den Satz nicht zu Ende.

»Und wenn sie vor meinen Augen meine Enkel hinschlachten – ich kann es nicht offenbaren.«

Dem Ältesten standen mit einem Mal Tränen in den Augen. Er senkte den Blick, und er tat, als müsse er neues Garn auf seine Nadel fädeln. Maru blickte auf seine zitternden Hände und das Netz, das er hielt. Nein, hier würde sie nichts herausfinden.

»Kannst du mir nicht wenigstens einen Hinweis geben, irgendetwas?«, versuchte sie es noch einmal.

Skeda schüttelte stumm den Kopf. Es mussten wirklich mächtige Zauber sein, die ihm den Mund verschlossen. Tasil hatte das einfach als Vermutung in den Raum geworfen, um sich bei Numur wichtig zu machen, aber Maru glaubte inzwischen, dass es wirklich so war. Dann kam ihr noch eine Frage in den Sinn: »Seid ihr Ältesten denn die Einzigen, die es wissen?«

Skeda sah sie mit brennenden Augen an: »Ja, wir sind die Einzigen hier. Und jetzt geh, ich habe viel zu tun. Ich will meinem Sohn kein zerrissenes Netz hinterlassen.«

Maru schwieg betroffen. Es sah wirklich so aus, als sei Skeda dabei, mit dem Leben abzuschließen. Sie verließ den Unterstand. Es regnete immer noch. Die Hakul erwarteten sie bereits. Sie machten keinerlei Anstalten, sich ihr zu nähern; sie standen einfach nur da, als stumme Erinnerung an eine Rechnung, die noch zu begleichen war. Maru blickte zum Himmel. Schwere Tropfen klatschten ihr ins Gesicht. Irgendwo da oben schliefen die Hüter. Sie sandte ihnen ein stummes Gebet.

Wohin jetzt? Wenn Tasil mit Taiwe und Numur sprechen wollte, war er sicher noch beschäftigt. Also hatte sie etwas Zeit. Sollte sie noch einmal versuchen, mehr über die Frau im Käfig zu erfahren? Würde das irgendetwas ändern? Sie ging drei Schritte und blieb plötzlich stehen. Da war etwas. Skeda hatte es gesagt. Etwas, das wirklich alles ändern konnte. Aber was? Sie spürte es. Es war wichtig. Es war beinahe greifbar. Sie schloss die Augen – dann wusste sie es. *Hier*. Das war es. Der Älteste hatte gesagt, dass außer den Ältesten niemand *hier* Bescheid wusste. Das schloss zwei Menschen aus: Wika und Dwailis. Dwailis, dieser Name fiel verdächtig oft. Hätte sie ihn nur besucht, als sie die Gelegenheit gehabt hatte! Jetzt waren die Boote bewacht und Rema wahrscheinlich irgendwo da draußen, um Schilf für Numurs Flotte zu schneiden. Dwailis. Der Name hakte sich bei ihr fest. Sie war inzwischen fast sicher, dass er ein Maghai war, so wie Wika über ihn geredet hatte. Und dass er immer Glück beim Fischen hatte? Vielleicht auch Zauberei. Die Leute im Dorf wussten davon offenbar nichts. Und die Ältesten? Maru biss sich auf die Lippen. Dwailis. Er war nicht »hier«, und Skeda wusste vielleicht, dass er mehr als nur ein verrückter Alter im Sumpf war. Und Wika? Wusste sie auch Bescheid? Maru änderte die Richtung und lief wieder zu Hiris Herberge. Wenn sie viel Glück hatte, kümmerte sich die Heilerin dort um die verwundeten Krieger. Sie lief schnell, denn Tasil hatte Recht: Viel Zeit hatten sie nicht mehr. Die Dämmerung rückte näher, und es war leicht möglich, dass es ihr letzter Abend werden würde. Sie lief, so schnell es der tiefe Morast zuließ. Als Maru in die Herberge hineinplatzte, war ein kleiner Mann mit Glatze gerade dabei, Verbände zu wechseln.

»Bist du hier, um mir zur Hand zu gehen, Mädchen?«, fragte er mürrisch.

»Nein«, keuchte Maru atemlos, »ich suche Wika, die Kräuterfrau.«

»Ah, die Sumpfhexe? Sie war gestern hier, wollte die Männer mit ihren Moosen und Kräutern vergiften. Aber das habe ich ihr ausgetrieben.«

Maru warf erst jetzt einen Blick auf den Verband, den der Mann wechselte. Das sah nach Wundbrand aus.

»Ich glaube, sie weiß, was sie tut«, sagte sie vorsichtig.

»So? Und ich weiß das nicht? Ich bin schon lange beim Heer, Mädchen. Und viele meiner Verwundeten haben überlebt! Ich habe Erfahrung mit Kriegsverletzungen, weit mehr als so ein awisches Weib mit seinen Säften und Tränken. Und wenn du nicht hier bist, um zu helfen, verschwinde gefälligst, ich habe zu tun.«

Maru lief wieder nach draußen. Die Hakul warteten unter einem Dachvorstand auf sie. Der Regen war noch ein wenig stärker geworden. Es war hoffnungslos. Wika war offenbar nicht im Dorf, Dwailis unerreichbar, und die Ältesten schwiegen. Die Ältesten? Maru fiel es wie Schuppen von den Augen. Es war unfassbar, dass sie das übersehen hatte: In diesem Dorf gab es *drei* Älteste!

Maru lief zum nördlichen Hafen, wo der alte Wifis zu sitzen pflegte. Am liebsten hätte sie Freudensprünge vollführt. Der Regen machte ihr nichts mehr aus, ganz im Gegenteil. Sie hoffte, dass er die Hafenwache unter die Dächer getrieben hatte. Sie war aufgeregt. War das die Lösung? Sie lief, und mit jedem Schritt schrumpfte die Freude: Wifis war verrückt – und schwerhörig. Was, wenn die Krieger immer noch bei ihm saßen und sich über ihn lustig machten? Was, wenn sie auch nur in Hörweite waren? Und wenn sie ungestört mit ihm reden konnte, würde er sie verstehen? Würde er wissen, was sie von ihm wollte? Und konnte er ihr helfen? All diese Fragen schossen ihr durch den Kopf. Je näher sie ihrem Ziel kam, desto verzagter wurde sie. Selbst wenn der Alte wusste, was sie von ihm wollte – was, wenn der Zauber, der die anderen am Reden hinderte, auch bei ihm wirksam war? Nun, was hatte sie zu verlieren? Sie erreichte den Hafen. Das Gatter zum Fluss war verschlossen. Die Boote lagen an Land. Es waren keine Fischer draußen. Dort, auf seinen Schilfbündeln, saß Wifis. Sein breiter Schilfhut lag neben ihm. Sein graues Haar hing wirr im Gesicht. Wie stets blickte er starr ins Nichts. Maru sah sich um. Die Wachen hatten sich wirklich unter die Hütten zurückgezogen. *Wenigstens den Hut hätten sie ihm doch aufsetzen können*, dachte sie. Maru seufzte. Der Alte tat ihr leid. Sie konnte seine Verzweiflung fast körperlich spüren. Sie lief zu ihm und reichte ihm seinen Hut. Er nahm ihn und blickte sie verwirrt an. Sie half ihm, ihn aufzusetzen. »Hast du meine Söhne gesehen?«, fragte er.

Maru schüttelte den Kopf.

»Sie müssen bald zurück sein«, sagte Wifis.

»Kann ich dich etwas fragen, ehrwürdiger Wifis?«, fragte Maru. Aus dem Augenwinkel beobachtete sie die Hakul. Diese hatten sich wieder einen halbwegs trockenen Dachüberstand gesucht und beobachteten sie. Die Wachen hockten missmutig im Trockenen und beachteten sie gar nicht. Wahrscheinlich sahen sie nur ein Mädchen, das dem alten Mann seinen Hut gab. Der Regen war auf ihrer Seite. Wifis starrte wieder auf den Fluss hinaus. Maru war sich nicht sicher, ob er ihre Frage überhaupt gehört hatte. Sie wiederholte sie, etwas lauter.

»Fragen?«, antwortete Wifis mit zittriger Stimme.

Maru legte ihre Hände wie eine Muschel an das Ohr des Ältesten und fragte: »Weißt du, wo der Goldene Tempel ist?«

Wifis zuckte mit dem Kopf erschrocken zur Seite. War sie vielleicht zu laut gewesen? Sie blickte nach links und nach rechts. Die Wachen starrten immer noch gelangweilt in den rauschenden Regen.

»Ich weiß nicht, wann meine Söhne wiederkehren«, antwortete Wifis unsicher.

Maru versuchte es noch einmal: »Nicht deine Söhne. Der Tempel. Im Sumpf. Weißt du, wo er ist?«

Jetzt huschte ein verklärtes Lächeln über Wifis' Gesicht. »Tempel«, sagte er. »Ich werde es meinem Ältesten verraten, wenn er wieder hier ist. Hast du ihn gesehen?«

Es war ungefähr so schwierig, wie sie erwartet hatte. Sie griff zu einer Lüge. Sie hätte es nicht getan, wenn sie nicht so verzweifelt gewesen wäre. »Er ist zum Tempel gefahren. In den Sumpf. Sag mir, wo das ist. Dann hole ich ihn.«

Wifis schüttelte den Kopf. Verwirrung zeichnete sich in seinem Gesicht ab. »Aber er weiß es nicht. Er fährt vorbei, immer weiter. Auf das Meer. Aber wir fahren nicht auf das Meer.«

Das war ein Hinweis, oder? Der Tempel könnte irgendwo zwischen dem Dorf und dem Meer liegen. Maru biss sich auf die Lippen. Sie würde hinterher den Göttern ein Opfer bringen müssen. Es war grausam, den Alten zu belügen. Wieder sprach sie ihm direkt ins Ohr: »Vielleicht rastet er. Ich kann für dich nachsehen, wenn du willst. Sag mir, wo ich den Tempel finde.«

»Aber das kann ich nicht«, sagte der Alte, und plötzlich kicherte er albern. »Wer bist du nur, dass du das nicht weißt? Niemand spricht darüber.«

Das war zu wenig. Sie musste einfach mehr in Erfahrung bringen. Maru sah noch eine Möglichkeit: »Kann mir Dwailis sagen, wo ich den Tempel finde? Oder Wika?«

Wifis warf ihr einen verschmitzten Blick zu, dann schüttelte er den Kopf. »Nein, das können sie nicht. Wollen sie nicht, dürfen sie nicht. Wika schon gar nicht, Dwailis erst recht nicht. Drauf spucken kann er. Sagen kann er nichts.« Der Blick des Alten trübte sich wieder ein. »Willst du mit mir warten, Mädchen? Meine Söhne kommen bald zurück. Stramme Burschen. Einem Mädchen müssen sie gefallen. Und verheiratet sind sie alle nicht.« Und dann kicherte er vergnügt.

Es war herzzerreißend. »Nein, ehrwürdiger Wifis. Ich kann leider nicht mit dir auf deine Söhne warten. Ich bitte dich um Verzeihung.«

Der Alte schien beleidigt zu sein. Er verschränkte die Arme vor der Brust und kehrte Maru wie ein schmollendes Kind den Rücken zu. Maru legte ihm zum Abschied die Hand auf die Schulter und ging. *Dwailis kann darauf spucken*. Sie hatte also doch noch etwas erfahren. Wohl fühlte sie sich nicht. Sie hatte den hilflosen alten Mann überlistet. Am Abend würde sie sich lange reinigen und dann die Götter sehr innig um Verzeihung bitten müssen. Sie rückte ihren Strohmantel zurecht und machte sich auf den Weg. Sie folgte dem Wehrzaun am Ufer, denn sie wollte den Hakul nicht zu nahe kommen. Ein Blick über die Schulter zeigte ihr, dass die beiden ihr weiterhin gemächlich folgten. Sie hoffte, dass Tasil mit ihr zufrieden sein würde. Wenn sie sich nicht sehr irrte, lag der Tempel flussabwärts, unweit von Dwailis' Insel. Die zu finden, war hoffentlich etwas leichter. Mit einer gewissen Hochstimmung lief sie den Zaun entlang. Es dämmerte, und der Regen ließ ein wenig nach. Und dann bemerkte Maru einen leichten Geruch von Verwesung.

»Ich grüße dich, Maru Nehis«, flüsterte die silberne Stimme.

Maru blieb stehen. Utukku war auf der anderen Seite des Zaunes. Ganz langsam erhob er sich aus dem schwarzen Wasser des Flusses. Es war das erste Mal, dass ihn Maru bei Tageslicht sah. Er hatte sich sehr verändert. Vor einem halben Jahr war er blassblau und durchsichtig erschienen, jetzt war er von tiefem Mitternachtsblau, und die roten Muster seiner Haut waren von der Farbe getrockneten Blutes. Der Geruch war schlimm, trotzdem trat Maru näher an den Zaun. Sie wollte ihn genauer sehen. Die Zeichen, sie sahen nicht nur aus wie getrocknetes Blut – einige waren wirklich offene Wunden, wie von innen durch die dunkle Haut gesprengt. Maru meinte, pulsierendes Fleisch zu sehen, obwohl der Daimon immer noch körperlos war und der Regen durch ihn hindurchzufallen schien. Keine Welle im Wasser verriet anderen Menschen seine Anwesenheit.

»Was willst du?«, fragte Maru leise.

Der Daimon lachte schnarrend. »Du weißt es. Blut. Dein Blut. Sieh, wie ich leide.«

Die offenen Wunden schienen zu eitern. Wie war das möglich? Kam daher der Verwesungsgeruch? Maru blickte sich um. Die Hakul beobachteten sie aus einiger Entfernung. Maru hoffte, dass es einfach so aussah, als würde sie durch den Zaun auf den Strom hinausblicken.

»Du bekommst es nicht«, sagte sie entschlossen.

»Ich bekomme es. Heute. Morgen. Später«, sagte die silbrige Stimme.

»Ich werde den Fluss verlassen und nie zurückkehren.«

»Wenn du es schaffst, Maru Nehis«, sagte der Daimon.

»Drohst du mir, Utukku?«, fragte sie leise.

»Drohen?« Der Daimon schien über die Bedeutung des Wortes nachzudenken. Dann sagte er: »Nein. Warnen? Ja. Habe ich dich nicht gerettet? Warum die Zweifel, Maru Nehis?«

»Ich kann einfach nicht.«

»Du kannst. Wirst können. Danach.«

»Wonach, Utukku?«

Aber der Daimon schloss seine kupferfarbenen Augen und ließ sich langsam in den Strom zurücksinken. Als er im Wasser verschwand, glaubte sie für einen Augenblick, dünnen Rauch aus seinen Wunden aufsteigen zu sehen. Dann war er fort. Maru atmete tief durch. *Hoffentlich habe ich genug Zeit gewonnen*, dachte sie. Wenn alles gut ging, und das war ein großes »Wenn«, konnte sie vielleicht schon am nächsten Tag aus diesem Sumpf verschwunden sein. Und dann würde sie diesen Daimon hoffentlich nie wiedersehen. Er machte ihr Angst. Sie seufzte. Die Zeit drängte, und es gab viel zu tun. *Am besten, ich mache einen Schritt nach dem andern*, dachte sie. Also lief sie zum Samnath, um sich mit Tasil zu treffen.

Tasil lehnte an der Treppe einer Pfahlhütte neben dem Samnath. Er schien schon auf sie zu warten.

»Ich hoffe, du hast gute Gründe, so spät zu kommen, Kröte«, begrüßte er sie mürrisch.

»Natürlich, Onkel, sehr gute.«

Sie sah sich um. Die beiden Hakul, die sie verfolgt hatten, standen nicht weit entfernt. Zwei weitere hatten sich dazu gesellt. Auryd, ihr Anführer, war einer von ihnen.

»Die Hakul sind schon die ganze Zeit hinter mir her, Onkel.«

»Ich weiß, sie sind lästiger als Schmeißfliegen«, knurrte Tasil, »nur im Samnath hatte ich Ruhe vor ihnen.«

Dann winkte er ihr mit einer Kopfbewegung, ihm zu folgen. »Komm, Kröte, diese Hütten sind zu hellhörig.« Sie gingen einige Schritte hinaus auf einen kleinen freien Platz. Tasil sah sich misstrauisch um, aber sie waren allein mit dem strömenden Regen.

»Hast du bei Numur etwas erreicht?«, fragte Maru neugierig.

»Nicht viel«, sagte Tasil. Dann grinste er: »Allerdings habe ich ihm verraten, dass der Abeq das Fällen der Edhil-Säule missbilligt hat und sie sogar wieder aufstellen will.«

»Abeq Mahas will sich gegen die Entscheidung des Alldhans stellen?«, fragte Maru erstaunt.

Tasil zuckte mit den Achseln und grinste dann noch breiter. »Sagen wir mal, der gute Abeq weiß zwar selbst noch nichts davon, aber ich halte für möglich, dass es dennoch geschieht.«

Maru staunte. Selbst jetzt, in ihrer verzweifelten Lage, verstand es Tasil, seine Feinde gegeneinander aufzuhetzen. Aber würde ihnen das helfen?

»Nun, Kröte, ich habe es eigentlich nicht nötig, mit meinen Heldentaten zu prahlen. Du hast etwas erfahren? Dann hast du mehr erreicht als ich, denn dieser Taiwe war verschlossen wie eine Auster.«

»Ich habe etwas erfahren, wenn auch nicht nur von Skeda, Onkel«, sagte Maru, und dann berichtete sie ihm von ihren Gesprächen mit beiden Ältesten. Dass Dwailis vielleicht ein Maghai war, ließ sie dabei aus. Sie hatte das Gefühl, dass das Tasil nichts anging. Der hörte zu, ohne sie zu unterbrechen. Seine Miene blieb ausdruckslos, aber als sie fertig war, sagte er: »Du bist vielleicht doch gar nicht so dumm, Kröte, gar nicht so dumm.«

Maru kannte Tasil lange genug, um zu wissen, dass das ein großes Lob war. Sie strahlte.

»Also flussabwärts, im Sumpf, unweit des verrückten Dwailis. Es wird herauszufinden sein, wo das ist«, murmelte er.

»Wirst du es Numur verraten, Onkel?«

»Jetzt noch nicht, Kröte. Vielleicht morgen früh, wenn es wirklich hart auf hart kommen sollte, aber ...« Tasil verstummte, denn laute Rufe waren zu hören. Sie schienen von der Südseite der Insel zu kommen. Ein Schab tauchte in der Tür des Samnath auf. »Was ist los, Männer, was soll diese Schreierei?«, rief er, nach Süden gewandt.

Jemand antwortete, aber Maru konnte nichts verstehen. Sie folgte Tasil, der sich neugierig wieder dem Versammlungshaus näherte. Im Süden der Insel schien etwas zu geschehen.

»Flussechsen? Na und? Ihr seid doch bewaffnet, oder?«, rief der Schab jetzt verärgert. Er sprang die Stufen hinab und rannte um die Ecke. Tasil folgte ihm, Maru folgte Tasil, und auch die Hakul setzten sich in Bewegung. Wieder erhielt der Schab aus der Ferne eine Antwort, die Maru nicht verstand. Sie liefen um die Ecke des Samnath und sahen den Schab zwischen zwei Hütten verschwinden. Eine seltsame Aufregung erfasste Maru. Sie hatte das Gefühl, dass gleich etwas geschehen würde. Sie zog Tasil am Mantel. Der drehte sich unwillig um. »Was ist, Kröte? Ich will das sehen.«

Maru schüttelte stumm den Kopf. Irgendetwas in ihrem Gesichtsausdruck ließ Tasil zögern.

Ein Krieger kam den aufgeweichten Weg heraufgestolpert.

»Was ist denn los, Mann?«, rief Tasil ihn an.

»Echsen«, keuchte der Mann im Vorüberlaufen. »Aberdutzende. Sie wollen an Land.« Maru sah zwischen den Hütten ein Stück des Wehrzauns. Dort standen zwei Krieger, die mit ihren Speeren wild durch den Zaun stocherten. Die Holzpfähle bewegten sich. Irgendetwas schien von draußen gegen den Zaun zu drängen. Ein Hornsignal ertönte, und überall vor den Hütten erschienen Bewaffnete. Ein weiterer Schab kam aus dem Samnath gelaufen und rannte den Hügel hinunter. »Nur die Speere, Männer, diese verdammten Echsen drehen durch!«

Die Wege zwischen den Pfahlbauten füllten sich mit Kriegern. Oben, in den Eingängen der Hütten, zeigten sich weitere Menschen, die sehen wollten, was dort los war. Utaschimtu, der Richter, war dort. Er hatte eines seiner Kinder auf dem Arm. Aber das nahm Maru nur am Rande wahr.

»Oh, nein«, flüsterte sie.

»Was ist denn, Kröte?«, fragte Tasil noch einmal. Sie hatte ihre Hand noch an seinem Mantel, aber das war sicher nicht der Grund dafür, dass er nicht weiterlief.

Unten am Zaun wurde plötzlich gelacht und gejohlt. Offenbar hatten die Krieger jetzt die Oberhand gewonnen. Ein Schab brüllte Befehle und schickte Männer zum Hafen, wo sich anscheinend noch mehr Tiere tummelten. Maru glaubte, eine ganz leichte Erschütterung des Bodens zu spüren. Tasil bemerkte es auch. »Was, in Fahs Namen, ist da los?«, flüsterte er. Plötzlich tauchten Meniotaibor, Bolox und die anderen Söldner neben ihnen auf. »Was gibt es denn hier?«, rief der Farwier lachend. »Eine Jagd, und ich bin nicht eingeladen? Kommt, Freunde, meine Axt ist hungrig.«

Maru wollte etwas sagen, brachte aber keinen Ton hervor. Bolox machte einen Schritt nach vorne, aber dann packte ihn Tasil hart am Arm. »Warte!«, sagte er. Der Farwier blieb verwundert stehen und öffnete den Mund zu einer Antwort, aber Tasil deutete hinaus auf das Wasser und sagte: »Sieh!«

Sie konnten nicht viel vom Fluss sehen, denn die hohen Pfahlbauten versperrten ihnen die Sicht. Aber in dem Ausschnitt, den sie einsehen konnten, bewegte sich etwas. Maru hätte es beinahe für eine Sinnestäuschung gehalten, aber dann erkannte sie, dass dort eine Welle war, eine lang gezogene, dunkle Welle, die ungeheuer schnell auf das Dorf zulief. Und dann wurde sie höher und höher und türmte sich auf zu einer schwarzen Wand aus Wasser, die auf die Siedlung zuraste. Maru konnte den Blick nicht abwenden. Das Gejohle am Wasser hatte aufgehört. Es war beinahe still. Dann hörten sie das Brausen, das mit der Welle auf sie zukam. Tasil löste sich als Erster aus der Erstarrung. »Zurück, und nach oben«, rief er. Er packte Maru am Arm und zog sie mit sich fort. Maru sah noch, wie unten zwischen den Hütten verzweifelte Krieger auftauchten, ihre Waffen wegwarfen und um ihr Leben rannten, dann stolperte sie hinter Tasil den Hügel hinauf. Jemand rannte sie um, es war Ulat, der nicht stehen blieb. Der Dakyl half ihr gemeinsam mit Tasil auf, schleppte sie hinauf bis fast zum Samnath. Dann brach die Welle donnernd über die Insel herein. Ihr Anbranden ließ den Boden erzittern. Allein diese Erschütterung reichte, um sie alle von den Beinen zu holen. Maru drehte sich schreckerfüllt um. Hinter ihr schossen Wassermassen zwischen den Pfahlbauten hindurch, rissen Hütten und Ställe ein, schwemmten Boote, Echsen, Hütten und Menschen vor sich her. Hilfeschreie erfüllten die Luft, verzweifelte Rufe von Männern, Frauen und Kindern, übertönt noch vom Brausen des Wassers und dem Krachen zusammenbrechender Hütten. Das schwarze Wasser hatte sich in eine weiß kochende Gischt verwandelt. Leiber von Flussechsen und Kriegern wirbelten umher. Die Woge stürmte den Hügel hinauf, verlor an Geschwindigkeit und verharrte, nur wenige Schritte von Maru und den anderen entfernt. Und dann zog sie sich zurück, ebenso plötzlich und schnell, wie sie gekommen war, riss Menschen, Tiere und Hütten mit sich, hinaus auf den Strom. Maru saß wie betäubt auf dem schlammigen Boden und betrachtete mit ungläubigem Staunen die Zerstörung. Hütten zerfielen, gekenterte Boote trieben davon, und dazwischen klammerten sich Menschen irgendwo fest oder suchten verzweifelt nach Halt und Schutz. Ziegen und Schweine strampelten durchs Wasser, und dann waren da die Echsen, die ohne Sinn und Verstand umherirrten oder auf die Insel flüchteten. Eine Weile dauerte das wirbelnde Chaos an, und dann war es vorbei. Das Wasser hatte sich in den Fluss zurückgezogen, die Wogen glätteten sich, und der Schwarze Dhanis floss wieder so träge wie zuvor. Wäre der Strom nicht voller Trümmer und verzweifelter Menschen gewesen, hätte man glauben können, es sei gar nichts geschehen. Stille breitete sich über der Insel aus.

Dann erschien plötzlich Fakyn zwischen den Söldnern. Er brüllte: »Wer seinen Speer noch hat, kümmere sich um die Echsen! Die Fischer sollen in die Boote! Wer schwimmen kann, soll denen helfen, die es nicht können. Beeilung, Beeilung, viele gute Männer sind in Not!«

Maru saß immer noch im Schlamm. Sie hatte keinen Speer, und sie konnte nicht schwimmen. Sie fühlte sich nutzlos und war starr vor Schreck. Auf dem Hügel tauchten jetzt viele Menschen auf. Es waren die Dorfbewohner und Krieger von der Nordseite, die nun angesichts der furchtbaren Zerstörung entsetzt stehen blieben. Dann kamen noch mehr Männer gelaufen. Es schienen jene zu sein, die zum Arbeiten an Land gewesen waren. Vielleicht waren sie schon auf dem Rückweg gewesen, als das Unglück geschah. Sie ließen ihre Schilfgarben und Werkzeuge fallen und rannten den Hügel hinab. Maru entdeckte Rema unter ihnen. Von den Söldnern fasste sich Bolox als Erster, er schlug seine Axt in den Boden, lief zum Fluss hinunter und warf sich in die Fluten. Er war ein geschickter Schwimmer. Auch Ulat kam auf die Beine. »Bei den Hütern«, murmelte er, »bei den Hütern.«

»Was, um Alwas willen, war das?«, fragte Meniotaibor. Er war leichenblass im Gesicht.

»Die große Schlange«, sagte Maru leise.

Der Iaunier hatte es trotzdem gehört. »Die Awathani? Bist du sicher, Mädchen?«

»Sie war es«, sagte der Dakyl. »Weit draußen, unsichtbar, treibt die Echsen an Land. Ein schlimmer Feind.«

»Das kannst du laut sagen«, flüsterte Meniotaibor. »Haben wir wirklich vor, diese Bestie zu töten, Freunde?«

»Diese nicht, aber andere«, sagte Vylkas. »Komm, Flussechsen sind im Dorf.«

Meniotaibor kam auf die Knie. »Du hast Recht, mein Freund. Nimm deine Wurfspeere, ich habe meine Schwerter. Lass uns Echsen töten!«

»Du hast es gehört, Arbi, auf in die Schlacht«, rief der Akkesch. Er half dem jungen Kydhier auf die Beine und schlug sich auf die Brust. »Wir sind Krieger, verdammt sollen wir sein!« Gemeinsam liefen sie los, aber sie sahen aus, als fühlten sie sich ziemlich unsicher auf den Beinen. Maru sah Bolox, der unten im Wasser versuchte, die zerfetzte Wand eines Hauses ans Ufer zu ziehen. Eine Frau hatte sich mit zwei Kindern und einer Ziege darauf gerettet.

»Was für eine Gewalt«, murmelte Tasil neben ihr. Auch er stand jetzt auf und reichte Maru seine Hand. Sie nahm sie dankbar an und ließ sich auf die Füße helfen. Ihnen bot sich ein Bild der Verwüstung. Doch immerhin geschah jetzt etwas. Fakyn hatte die Sache in die Hand genommen. Einige Krieger waren dabei, die kopflos flüchtenden Echsen zu töten. Es waren Dutzende. Andere schoben, gemeinsam mit den Fischern, die aufs Land geworfenen Schilfboote in den Fluss. Die Menschen im Strom halfen sich gegenseitig, so gut es ging. Sie zogen einander auf treibende Schilfdächer und Holzpfähle, gleich, ob es sich um Krieger oder Dorfbewohner handelte. Nicht für jeden kam die Hilfe rechtzeitig. Maru sah einige leblose Körper im Wasser treiben. Auch die Schäden an Land waren verheerend. Mehr als ein Dutzend Hütten waren ganz oder teilweise zusammengebrochen, einige sogar völlig verschwunden. Maru fiel eine Gruppe von Dorfbewohnern auf, die sich um einen großen Stein bemühten. »Was tun die da?«, fragte sie, einfach, um überhaupt irgendetwas zu sagen.

»Ich glaube, das ist der Dhanis-Schrein, jedenfalls stand doch dort das Schreinhaus, oder nicht?«

Maru musste zweimal hinschauen, dann erkannte sie, dass Tasil Recht hatte. Das Schreinhaus war fast nicht wiederzuerkennen. Einige seiner starken Säulen mussten eingeknickt sein, und das Gebäude war zur Seite gekippt. Offenbar hatte das Wasser den Schrein fortgerissen. Jetzt versuchten die Dorfbewohner, ihn wieder aufzurichten.

»Gut, Kröte, sieh zu, ob du dich irgendwie nützlich machen kannst. Ich werde auf meine Weise helfen«, sagte Tasil schließlich. Er gab ihr einen leichten Schlag auf die Schulter. »Aber schlaf nicht ein!«, sagte er. Dann ließ er sie stehen und lief hinunter zum Ufer. Maru blieb stehen. Was sollte sie tun? Etwa den Kriegern helfen, die an Land die großen Echsen abschlachteten? Sie schloss die Augen und sah noch einmal die Welle auf die Insel zurasen. Schnell riss sie die Augen wieder auf. Für einen Moment glaubte sie, weit draußen, hinter den Regenschleiern, den mächtigen Leib der Awathani gesehen zu haben.

»Den Beinamen Städtezermalmerin trägt sie nicht ohne Grund«, sagte eine Stimme neben ihr.

»Biredh!«, rief Maru.

»Ist es sehr schlimm?«, fragte der blinde Erzähler.

»Es ist furchtbar, so viel Zerstörung, so viel Tod.«

»Das war nicht zu verhindern«, sagte Biredh ruhig.

»Was?«, fragte Maru. Verständnislos starrte sie den Blinden an. Seine leeren Augenhöhlen blickten ins Nichts. Und langsam, ganz langsam verstand Maru den Zusammenhang. Sie hatte Utukku das Blut verweigert und dann... Es war ihre Schuld! Hätte sie dem Daimon gegeben, was er wollte, wäre das nicht geschehen! Sie wollte etwas sagen, aber die Stimme versagte ihr den Dienst. Es war, als hätte ihr jemand mit der Faust in die Magengrube geschlagen.

»Sie ist hier, um zu zerstören, und etwas Dunkles stachelt sie an«, sagte Biredh. »Riechst du nicht den Geruch von Verwesung, wenn sie in der Nähe ist?«

Marus Knie zitterten. Sie hätte sich gerne irgendwo hingesetzt.

Plötzlich schüttelte Biredh mit einem traurigen Lächeln seinen Kopf. »Nun, was redet ein blinder Mann von Dunkelheit? Eines vielleicht, Maru Nehis: Wenn du kannst, meide die Finsternis, und wende dich stets dem Licht zu.«

»Was?«, fragte Maru. Das Blut rauschte in ihrem Kopf. Was wollte er ihr sagen? Biredh wandte ihr den Kopf zu. Es war fast, als würden die leeren Augenhöhlen sie anstarren: »Nun, Kind, am Dhanis, auf dieser Insel, im Fenn, wirken starke, dunkle Kräfte, wie sie auf unserer Welt leider so häufig sind. Manche drohen, andere locken mit goldenen Versprechungen. Glaube einem alten Mann: Es ist immer falsch, ihnen nachzugeben.«

Maru setzte sich in den Schlamm. Sollte sie das trösten? Es war ihre Schuld. Dann barg sie ihr Gesicht in den Händen. Sie hätte gerne geweint, aber sie konnte nicht. Es war alles ihre Schuld.

Auf Leben und Tod

Ist es den Richtern aber nicht möglich, durch Zeugen oder Beweise die Wahrheit ans Licht zu bringen, so steht es ihnen, ebenso wie dem Kläger und dem Beklagten, frei, die Götter um ein Urteil zu bitten.

Gesetzbuch der Akkesch, Dreizehntes Gesetz

Maru lief seit einer Stunde durch den Regen. Sie wusste kaum, was sie tat. Es war wie ein böser Traum. Sie sah Tasil, der zwei tote Hakul an Land zog, und Bolox, der eine ganze Familie rettete. Sie versuchte zu helfen, aber sie stand so unter Schock, dass sie eigentlich immer nur im Weg war. Sie stolperte über die Insel. Überall lagen die toten Körper von Flussechsen, die von den Kriegern regelrecht zerstückelt worden waren. Regen. Der Regen war gut. Er spülte das Blut fort und kühlte ihre brennenden Augen. Sie irrte ziellos zwischen den Pfahlbauten umher. Niemand beachtete sie, und darüber war sie froh. Alle waren damit beschäftigt, irgendwie zu helfen. Nur sie, sie war völlig nutzlos. Der Abend brach herein, und es wurde schnell dunkel. Maru wusste nicht, wo sie hin sollte. Weglaufen? Sie konnte nicht weinen, auch wenn sie das so gerne getan hätte.

Plötzlich tauchte Wika wie aus dem Boden gewachsen vor ihr auf.

»Nun, Nehis, wieder so eine schwere Last auf den Schultern?«

Maru antwortete nicht. Die Kräuterfrau kam näher, viel zu nahe, ihr Gesicht war keine Handbreit von Marus entfernt.

»Was ist los, Mädchen? Du haderst? Quälst dich? Dein Atem. Du solltest ihn hören! Wie gepresst er klingt!«

Maru wich unwillkürlich ein Stück zurück. Aber Wika blieb dicht bei ihr. Ihre schmalen Augen durchbohrten sie förmlich.

»Weglaufen kannst du nicht. Nicht vor mir. Nicht vor dir. Was geschehen ist, ist geschehen. War es deine Schuld? Nein! Der Schatten. Ich habe dir gesagt, hüte dich vor ihm. Wie dumm ich war! Du kannst ihm nicht ausweichen, denn er sucht dich. Das sehe ich jetzt. Mein Fehler, Nehis, nicht deiner. Seine Tat, nicht deine.«

Maru hörte die Worte, aber sie drangen nicht zu ihr durch. »Was machst du hier?«, fragte sie, obwohl sie wusste, dass das eine seltsame Frage war. Wika war schließlich die Heilerin des Ortes.

»Habe es gespürt, im Wasser, in der Erde. Schlimme Sache. Musste kommen. Und was hast du jetzt vor, Nehis? Ich sehe einen Kampf, siehst du ihn nicht? Willst du dich weiter in Selbstmitleid suhlen? Oder nimmst du ihn an, diesen Kampf ?«

Sie spürte plötzlich Wikas Hand auf ihrer Schulter. Sie musste schon länger da gelegen haben, aber erst jetzt fühlte Maru eine große Wärme, die von dort aus ihren Körper durchströmte. Es tat gut.

»Ah, verharren sollst du nicht, Mädchen! Du hast Aufgaben, Kräfte, Fragen, kannst nicht aufgeben. Darfst nicht!«, drängte die Kräuterfrau.

Maru spürte, wie sich tief in ihr ihre Erstarrung löste, spürte die Regentropfen auf der Haut, hörte ihren eigenen Herzschlag. Und dann schüttelte sie den Kopf. »Ich gebe nicht auf«, sagte sie langsam.

»Gut! Sehr gut!«, sagte Wika grimmig und schlug Maru mit ihrer knochigen Hand hart vor die Brust. »Nicht nur denken. Dein Herz! Musst kämpfen! Handeln!«

Maru nickte verwirrt.

»Hilf, Nehis. Aber nicht mir. Dir. Anderen. Die dich brauchen! Und wisch deine Tränen ab. Andere haben mehr Recht zu weinen.«

»Das ist nur der Regen«, sagte Maru.

Wika lachte, drehte sich um und verschwand hinter den Regenschleiern. Maru fasste sich an die Wangen. Es war doch nicht nur der Regen. Sie hatte geweint, ohne es zu merken. Sie blickte sich um. Überall liefen Menschen durcheinander. Dinge wurden ans Ufer geschleppt. Krieger waren dabei, aus Trümmern behelfsmäßige Unterkünfte für die zu zimmern, die ihr Obdach verloren hatten. Die größte entstand oben auf dem Hügel, neben dem Samnath, so als fürchte man, das furchtbare Verhängnis könne sich wiederholen. Maru hatte es gar nicht bemerkt, aber sie war dorthin zurückgekehrt, von wo sie das Unglück hatte mit ansehen müssen. Sie entdeckte Fakyn, der immer noch bemüht war, Ordnung in das Chaos zu bringen. Feuer waren entlang des Ufers entzündet worden. Und draußen suchten Fischer mit Fackeln den Fluss nach weiteren Überlebenden und nach Toten ab. Sie suchte Tasil, aber sie fand ihn nicht. Bolox war da. Er schleppte schwere Dinge den Hang hinauf, und es sah fast so aus, als sei es ihm umso lieber, je schwerer sie waren. Sie sah Abeq Mahas, der seine Priester antrieb, den Verletzten zu helfen. Das Unglück schien alle Unterschiede in Herkunft, Stellung und Rang zu verwischen. Akkesch halfen Awiern, Fischer bargen Krieger, Schab wateten durch knietiefen Schlamm, um Schweine und Ziegen in Sicherheit zu bringen. Dann entdeckte sie Tasil, der sich ganz ruhig mit dem Anführer der Hakul unterhielt. Sie traute ihren Augen nicht.

»Pass auf, Mädchen«, rief eine raue Stimme.

Maru zog gerade noch rechtzeitig den Kopf ein. Ein Krieger wuchtete einen langen Pfahl den Berg hinauf. Er hätte sie beinahe damit über den Haufen gerannt. Sie hatte ihn schon einmal gesehen, aber wo? Dann fiel es ihr wieder ein: Es war einer der Wachen vom Käfig. Die Gefangene! In dem allgemeinen Durcheinander war sie vielleicht nicht mehr bewacht! Das war es! Sie wusste plötzlich, wem sie helfen konnte.

Sie lief zum Samnath. Der Käfigwagen stand dort – und er war unbewacht. Krieger hasteten hin und her, aber keiner schien auf den Zwinger zu achten. Maru verlangsamte ihre Schritte. Es galt, nicht aufzufallen. Die Fensterschlitze im hinteren Bereich des Samnath waren immer noch verhängt. Das kam ihr jetzt entgegen. Sie huschte zur Wand des Versammlungshauses und dann weiter. Der Käfig war immer noch unter dem schweren Tuch verborgen. Jetzt wurde es schwierig. Die Krieger hatten Angst vor der Gefangenen, dafür musste es einen Grund geben. Doppelte Vorsicht war angebracht. Sie schlich zu einem der schweren Holzräder, kauerte sich dahinter nieder und sah sich um. Hier war sie allen Blicken entzogen und gleichzeitig nicht zu nah an den hölzernen Gitterstäben. Leise klopfte sie gegen das Rad. Nichts rührte sich. Noch einmal. Jetzt gab es eine Bewegung. Ein schlanker Arm erschien zwischen den Gitterstäben und hob das Tuch an. Ein Gesicht erschien dort in den Schatten. »Wer ist da?«, flüsterte eine weibliche Stimme.

»Nur ein Mädchen«, rief Maru leise. »Und wer bist du?«

»Was willst du?«, fragte die Frau aus dem Käfig. Besonders zu freuen schien sie sich über Marus Besuch nicht.

»Dir helfen, wenn ich kann«, sagte Maru, und setzte schnell hinzu: »Und wenn ich weiß, wer du bist.«

Die Frau schwieg einen Augenblick. Dann sagte sie: »Verbirg dich«, und begann, an dem schweren Stoff zu zerren.

Maru duckte sich hinter das schwere Rad. Immer noch rannten viele Menschen hin und her, und manche kamen auch in die Nähe des Käfigs. Aber niemand achtete auf ihn. Das Tuch hatte einen Spalt auf der dem Samnath zugewandten Seite. Dort wurde es nun einige Spannen zur Seite gezogen. Maru achtete darauf, erst einmal außer Reichweite zu bleiben. Die Männer hatten gesagt, sie sei gefährlich. Das hatte sie nicht vergessen. Das Tuch war jetzt eine Elle weit zurückgeschlagen.

»Geh ein Stück zurück«, forderte Maru.

Die schlanken Hände verschwanden von den hölzernen Stäben, und Maru hörte den Holzboden knarren, als die Gefangene sich zurückzog. Sie trat an den Zwinger heran.

»Erschrick nicht«, sagte die Frauenstimme.

Maru spähte in den Käfig. Da war nur ein Schemen im Dunkeln. Sie vergaß ihre Vorsicht und hob das Tuch weiter an. Nahe des Samnaths brannten einige Feuer. Es waren die, die von den Kriegern am Morgen für das Festmahl aufgeschichtet worden waren. Ihr Schein warf unstetes Licht durch die Gitterstäbe. Jetzt konnte Maru die Gefangene sehen. Sie sah schrecklich aus. Der fast zum Skelett abgemagerte Körper war mit zerfetzten Lumpen verhüllt. Verfilztes, langes Haar hing ihr im Gesicht. Sie rutschte näher an das Gitter heran. Maru empfand keine Angst mehr, nur noch Mitleid. Sie sah der Frau in die Augen. Sie lagen tief eingefallen in den Höhlen. Müde waren sie, und doch blickten sie hoheitsvoll und kalt. Ein Schauer lief Maru über den Rücken. Sie kannte diese Augen.

»Umati?«, fragte sie unsicher.

»Ah, du bist das Mädchen aus dem Bet Raik«, antwortete die Stimme.

Maru konnte es nicht glauben. »Umati? Aber wie? Warum?«, stotterte sie.

»Wie? Numur nahm mich gefangen. Warum? Er glaubt, dass er mich noch braucht. Aber er hat auch Angst vor mir. Jetzt mach den Mund zu, und hilf mir.«

»Aber wie?«, fragte Maru. Umati, die junge Frau von Immit Schaduk. Damals hatte sie Maru erwischt, als sie Tasils verräterischen Hakul-Dolch versteckt hatte – aber nicht verraten. Und dann hatte sie Tasil und vielleicht auch ihr das Leben gerettet, beim großen Kampf im Bet Raik. Der Schab der Leibwache war unter ihren Händen gestorben. Sie war eine gefährliche Kämpferin.

»Eine Klinge, ich brauche eine Klinge, Mädchen«, unterbrach Umati ihren Gedankengang.

»Aber wozu?«

»Ich will hier raus«, sagte Umati sanft.

»Mit einer Klinge?«

»Du kannst mir auch den Schlüssel bringen, wenn du ihn findest. Jetzt schau nicht so blöde. Beeil dich! Wir haben nicht ewig Zeit.«

Maru blickte die zerlumpte Gestalt im Käfig verstört an. Der Anblick der einst so schönen Frau verwirrte sie. Wie hatte sie gestrahlt, an der Seite des Immit, in ihren schönen Kleidern, dem prachtvollen Schmuck! Davon war nichts übrig. Dort kauerte eine verwilderte Elendsgestalt und bat um Hilfe. Und sie bat nicht sehr freundlich. Maru fühlte sich … überrumpelt!

»Worauf wartest du? Willst du die Wächter fragen, wenn sie zurückkommen?«

Maru riss sich zusammen. Eine Klinge. Das dürfte nicht so schwer sein. Sie sah sich um. Unweit des Zwingers lag eine verendete Echse. Man hatte ihr den Kopf abgehackt und auf eine Lanze gespießt. Sie lief geduckt hin, zog den Speer aus der Erde und schlich schnell zurück.

»Geht auch ein Speer?«

»Wenn du den Kopf entfernst, bestimmt, dummes Kind.«

Maru wurde rot. Eigentlich hatte die Frau kein Recht, so mit ihr umzuspringen. Sie war schließlich hier, um ihr zu helfen. Sie streifte den Kopf von der Lanzenspitze ab und warf ihn angewidert zur Seite.

»Brich die Spitze ab, Mädchen, schnell.«

Maru nickte. Sie legte den Speer auf den Boden, stellte einen Fuß auf die Spitze und hob den Schaft an. Aber er brach nicht.

»Nicht so. Zwischen den Stäben hier«, sagte Umati ungeduldig.

Maru versuchte es. Es gab ein splitterndes Geräusch.

»Jetzt wirf den Schaft weg, aber warte«, rief die Frau, als Maru schon fast weg war.

»Was?«, fragte Maru.

Das Gesicht Umatis erschien zwischen den Gitterstäben. »Ich danke dir, Mädchen. Das war tapfer von dir.«

Maru lächelte schüchtern. »Du hast mir auch geholfen, damals.«

Umati lachte leise. »So ist es, und es ist gut, dass du das nicht vergessen hast. Aber jetzt geh. Oder hat man dir nicht gesagt, dass ich gefährlich bin?« Bei diesen Worten lachte sie leise und zog das schwere Tuch wieder zu.

Maru hätte gerne noch etwas gesagt, aber es fiel ihr nichts Kluges ein. »Viel Glück«, hauchte sie schließlich und war unsicher, ob Umati das hörte. Dann lief sie geduckt davon. Sie hatte ihr geholfen, einer Gefangenen Numurs. Das war doch gut. Warum hatte sie jetzt nur kein gutes Gefühl? Sie bog um die Ecke des Samnath und – prallte mit einem Hakul zusammen. Er packte sie am Arm und hielt sie fest.

»Was tust du hier?«, herrschte er sie an.

»Gar nichts«, rief Maru und versuchte sich loszureißen.

»Du warst an dem Käfig dort, Uratherin. Was hast du da gemacht?«

»Nichts, gar nichts. Geh doch hin, und sieh nach, Krieger. Und lass mich los!«

Der Mann ließ sie ohne Vorwarnung los. Sie verlor das Gleichgewicht und stürzte zu Boden.

»Vielleicht sehe ich wirklich nach, später. Und jetzt verschwinde!«, sagte der Krieger düster.

Maru rappelte sich auf und lief davon. Der Hakul hatte sie beobachtet. Das war schlecht, das war sehr schlecht. Maru lief hinunter zum Ufer. Es kam darauf an, was der Mann gesehen hatte. Wie lange mochte er da gestanden haben? Hatte er nur ein neugieriges Mädchen an einem verbotenen Ort gesehen, oder hatte er die Sache mit dem Speer beobachtet? Sie schüttelte den Gedanken ab. Geschehen ist geschehen. Sie konnte es jetzt doch nicht mehr ändern. Sie lief weiter. Sie wollte sich endlich nützlich machen, helfen, vielleicht würde das die finsteren Gedanken vertreiben. Am Ufer war das Entsetzen über die Verheerung immer noch fast mit Händen zu greifen. Die Awier beklagten ihre Toten und versuchten gleichzeitig, den Lebenden zu helfen. Maru konnte sehen, wie schwer ihnen jeder Schritt fiel. Dann traf sie Rema. Sie war froh, ihn zu sehen, und sie hatte das Gefühl, dass er sich auch freute. Aber die Trauer lag schwer auf seinem Gemüt. »Meine Tante Igadhe ist verschwunden, mit ihrem kleinen Sohn«, sagte er. »Die Männer suchen nach ihr, aber es ist nur noch wenig Hoffnung.«

»Das tut mir leid«, sagte Maru, die viel mehr nicht zu sagen wusste. Dann fragte sie: »Wie geht es deiner Schwester Lathe? War sie nicht im Schreinhaus, als das Unglück geschah?«

Das Schreinhaus, oder das, was davon übrig war, stand ganz in der Nähe. Einige Männer machten sich daran zu schaffen. Maru verstand allerdings nicht, was sie da vorhatten.

»Lathe lebt und ist unverletzt, wofür ich den Hütern heute noch ein Dankopfer bringen muss«, sagte Rema. »Jetzt ist sie bei unserer Mutter, auf der anderen Seite der Insel.«

Und dann ließ er sie stehen, weil jemand nach ihm rief, der offenbar seine Hilfe brauchte. Maru sah ihm nach. Er sah traurig aus. Und die Last der Schuld, die sie verdrängt hatte, kam zurück. Sie seufzte und blickte sich um. Sie wollte sehen, wo sie gebraucht wurde. Sie entdeckte den Edaling. Er war mit einigen Männern und Frauen damit beschäftigt, den Schrein, der beim Zusammenbruch des Hauses hinausgeschleudert worden war, sorgsam von Schlamm zu reinigen. Seine Frau saß auf der geborstenen Treppe ihres Hauses, einen leeren Topf auf den Knien, und starrte ausdruckslos ins Nichts. Maru half einigen Frauen, in den Trümmern ihrer Hütten nach noch brauchbarem Hausrat zu suchen. Und sooft sie zum Schreinhaus sah, saß Skeldiga immer noch schweigend auf den Stufen, den leeren Topf fest umklammert.

Als die zweite Abendstunde gekommen war, befahl Alldhan Numur, das Festmahl zu Ehren von Utus Ankunft abzuhalten. Er hatte sich die ganze Zeit nicht sehen lassen, war weder erschienen, als die Toten aufgebahrt wurden, noch war er zu seinen Kriegern oder gar den Dorfbewohnern gekommen, die dem Tod noch einmal entronnen waren. Fakyn und die Ältesten Skeda und Taiwe hatten die Aufräumarbeiten geleitet, hatten dafür gesorgt, dass die gröbsten Trümmer beseitigt und die Überlebenden versorgt worden waren. Selbst Abeq Mahas und seine Priester hatten sich nützlich gemacht. Die Arbeiten kamen gut voran, so gut, wie es eben unter den Umständen möglich war. Niemand hatte nach dem Alldhan gefragt, niemand hatte ihn vermisst. Es war, als sei er gar nicht anwesend. Doch jetzt stand Numur, umgeben von seinen Leibwächtern, vor dem Samnath und verlangte nach dem Festmahl für den Neuen Gott.

»Aber Herr«, wandte Fakyn ein, »wir haben viele Tote zu beklagen, und viele Menschen hier haben alles verloren. Ist das wirklich die richtige Zeit für ein Fest?«

Der Alldhan musterte Fakyn kalt und erwiderte: »Schab Fakyn, wie klein ist dein Glaube? Siehst du nicht, welche Wunder Utu hier gewirkt hat? Du beklagst die Toten – aber wären es nicht zehnmal mehr, wenn Utu den Wassern nicht befohlen hätte innezuhalten? Er hat viele von uns gerettet. Verdient er da nicht unseren Dank?«

Abeq Mahas kam vom Ufer herauf. Sein Gewand war schlammbespritzt. »Utu ist ein mächtiger Gott«, pflichtete er dem Alldhan bei.

»Mächtig, das ist er!«, bekräftigte Numur: »Seht doch, ihr Awier. Ihr habt bislang nicht an ihn geglaubt, habt zu dem alten Gott Dhanis gebetet. Doch jetzt weint ihr um Männer, Frauen, Kinder und eure verlorenen Hütten. Wo war euer Gott, als ihr ihn brauchtet? Seht nur, sein Haus ist zerstört, sein Schrein liegt im Schlamm. Dhanis hat euch verlassen, Awier, aber Utu, der mein Vater war, ist bei euch. Erschienen zu eurer Rettung. Ehrt ihn!«

Es war der Wille des Alldhans. Also blieben die Toten unbestattet, und die Feuer, die entzündet worden waren, um die Not zu sehen und zu lindern, dienten nun als Lagerfeuer für die Braten, die zu Utus Ehren verzehrt werden sollten. Es war sehr still, als Awier, Kydhier und Akkesch inmitten der Zerstörung saßen und im strömenden Regen mehr der Toten als des neuen Gottes gedachten. Donner grollte, als Numur im Samnath das Mahl mit dem rituellen Opfer eröffnete. Er entzündete Öl in einer Schale und verbrannte Kräuter und den Schenkel eines Lamms. Bratenduft stieg auf, aber Maru hatte keinen Hunger. Sie saß zwischen Tasil und Vylkas, obwohl Bolox ihr auch einen Platz an seiner Seite angeboten hatte. Die Hocker und Schemel waren an den Längsseiten des Samnath aufgereiht worden, und die Speisen standen auf niedrigen Tischen bereit. Ihnen gegenüber hatten sich die Hakul niedergelassen. Der Mann, der sie am Zwinger gesehen hatte, saß neben Yaman Auryd. Sie waren nur noch zu viert. Zwei ihrer Stammesbrüder waren draußen aufgebahrt, eingehüllt in ihre schwarzen Mäntel, die Kriegsmasken auf dem Gesicht. Maru hatte gesehen, wie Tasil sie tot aus dem Wasser gezogen hatte. Die Hakul rührten die Speisen nicht an, und die Söldner warfen nur kleine Stücke Fleisch in die Opferfeuer.

»Was ist mit dir und deinen Männern, Yaman Auryd?«, fragte Numur. »Schlagen euch die Toten etwa auf den Magen? Ich habe gehört, dass die Hakul ein kriegerisches Volk seien. Ist das nicht wahr? Es ist Krieg, ihr Männer, und Krieger fallen. So will es das Schicksal.«

»Nun, Alldhan«, erwiderte Auryd ruhig, »es ist wahr. Wir alle sind Krieger und oft unter dem Banner Strydhs geritten. Ich selbst sah schon viele Männer sterben und habe ihren Tod mit einem Mahl geehrt. Nun sind zwei meiner Männer tot, ertrunken, nicht erschlagen. Und wäre der Urather nicht gewesen, hätten wir ihre Leichen vielleicht nie gefunden. Nun können wir sie wenigstens nach unserem Brauch auf ihre letzte Reise schicken. Doch verzeih uns, wenn wir nichts essen, Alldhan, in meinem Volk ist es nicht üblich, den Leichenschmaus vor der Beisetzung abzuhalten.«

»Dies ist keine Totenfeier, Hakul! Wir ehren unseren Gott Utu, der dieses Dorf heute erreicht hat. So haben wir es bisher in jeder Stadt und jedem Dorf gehalten, das vom Joch Lubans befreit wurde.«

»Wenn dies ein Brauch der Akkesch ist, so bleibt er mir fremd«, sagte der Yaman würdevoll und schob seinen ohnehin leeren Teller zur Seite.

Numur nahm sich ein weiteres Stück Fleisch. »Was ist denn schon groß geschehen? Habt ihr noch nie eine Überflutung gesehen? Wir Akkesch leben an diesem Strom seit hundert Jahren und die Kydhier noch länger. Ich frage euch, wie oft hat Dhanis Siedlungen zerstört und Städte überschwemmt? Und doch geht das Leben weiter! Ist es nicht so, ehrwürdiger Abeq?«

Abeq Mahas, der einige winzige Stücke Lamm auf dem Teller liegen hatte, tupfte seinen Mund mit einem Tuch ab, bevor er antwortete. »So ist es, hochgeborener Alldhan.« Sein Gesicht war eine undurchdringliche Maske.

Auryd schüttelte den Kopf: »Mein Volk lebt in der offenen Steppe und ist klug genug, seine Zelte weit von den Flüssen entfernt aufzuschlagen, dennoch habe ich schon gesehen, wenn der Frühling die Flüsse über die Ufer treten lässt und plötzlich Seen sind, wo zuvor noch Grasland war. Doch noch nie, niemals, hörte ich von einer Flutwelle, die den Fluss *herauf*kommt!«

Maru hatte eigentlich angenommen, dass sich die Ursache für die Überflutung inzwischen herumgesprochen hatte. War das etwa nicht der Fall?

»Hast du sie nicht gesehen, Hakul? Es war diese verfluchte Awathani«, sagte jetzt Ulat neben ihr.

Der Hakul starrte ihn an. »Diese Schlange, die sie die Zermalmerin nennen? Das ist eine Macht, die ich nicht verstehe. Und die hat meine Männer getötet?«, fragte er.

Numur lachte. »Bist du sicher, Auryd, dass sie schon tot waren, als der Urather zu ihrer Rettung erschien?«

Betretenes Schweigen breitete sich aus. Die Anschuldigung war ungeheuerlich. Maru warf einen schnellen Seitenblick auf Tasil. Sie konnte sehen, dass er erbleichte. Vor Zorn? Tasil richtete sich auf und sagte mit gezwungener Ruhe: »Der hochgeborene Alldhan erlaubt sich einen Scherz. Es müsste ein schlechter Mann sein, der einen Ertrinkenden ermordet, statt ihn zu retten. Und es muss gute Augen haben, wer das vom Inneren des Samnaths aus gesehen haben will.«

»Sei vorsichtig, Tasil aus Urath, mit dem, was du sagst!«, rief Numur wütend und wurde feuerrot. Er warf die Lammkeule, die er in der Hand gehalten hatte, auf den Teller. Er hielt einen Augenblick inne, dann wechselte er unvermittelt das Thema: »Die Luft in diesem Saal ist so drückend wie eure Laune, ihr Männer. Gibt es keine Musik und keinen Tanz in diesem armseligen Nest? Was frage ich, das gibt es natürlich nicht! Aber wo ist der Erzähler? Ich habe ihn doch schon gesehen! Er soll kommen und etwas erzählen!«

Das war wieder der alte Numur, sprunghaft und unberechenbar. Maru war besorgt. Niemand konnte wissen, was der Alldhan als Nächstes tun würde. Doch jetzt wurden erst einmal Männer ausgesandt, um nach Biredh zu suchen. Während sie auf den Erzähler wartete, erschien Maru dieses Mahl immer unwirklicher. Da saßen Männer, einige aßen, die meisten nicht, und sie redeten wenig und wenn, dann nicht über das, was geschehen war. Kein Wort über die Awathani, kein Wort über die Leichen oder die Flut. Man sprach über das Essen, den Verlauf des Feldzuges, sogar den elenden Regen. Es schien fast, als ob es außerhalb des Versammlungshauses keine zerstörte Insel gäbe. Gerne hätte Maru geglaubt, dass die vergangenen Stunden nur ein böser Traum gewesen seien, doch sie wusste es besser. Draußen war viel geflüstert worden: Die Flut sei eine Strafe der Götter, weil der Alldhan die Edhil-Säule gefällt habe. Das hörte sie von Kriegern und Dorfbewohnern, aber nur, wenn kein Priester in der Nähe war. Doch es schien, als sei dieses Gerücht an der Tür zum Samnath verstummt. Erst jetzt fiel Maru auf, dass weder die beiden Ältesten noch der Edaling zum Mahl erschienen waren. Waren sie überhaupt eingeladen worden?

Sie war froh, als Biredh endlich erschien und sich bereit erklärte, eine Geschichte zu erzählen. Es war eine große Aufgabe, in diesem Samnath die trübe Stimmung zu vertreiben, doch die Stimme des Alten war frisch und lebendig und zog durch das Samnath wie eine angenehme Brise an einem stickigen Tag. In Biredhs Erzählung ging es um sieben Brüder, die auszogen, einem Alfskrol einen Schatz zu rauben. Es war eine gute Geschichte, voller Wendungen und Überraschungen. Maru ließ sich gerne in den Bann ziehen. Sie folgte den Brüdern auf ihrer Reise in ferne Berge, durch unheimliche Wälder und tödliche Wüsten. Immer waren die Brüder in Gefahr, und immer blieben sie siegreich, selbst als der schreckliche Alfskrol sie in einen Hinterhalt lockte. Sie besiegten ihn mit vereinten Kräften und gewannen den Schatz. Dann jedoch gerieten sie in Streit, weil sie sich nicht über eine gerechte Verteilung einigen konnten. Jeder konnte eine besondere Heldentat anführen, die ihn nach seiner Meinung berechtigte, mehr von dem Schatz zu beanspruchen als seine Brüder. Gerade als Biredh schilderte, wie der jüngste der sieben den Löwenanteil forderte, weil er dem Alfskrol die erste Wunde zugefügt habe, riss ein markerschütternder Schrei die Zuhörer aus der Geschichte.

Biredh verstummte.

»Was war das?«, fragte ein Priester.

»Das kam von draußen«, sagte ein Schab überflüssigerweise.

Fakyn, der einen Ehrenplatz neben Numur hatte, war aufgesprungen. »Heda, Wachen! Einen Bericht!«, rief er.

Draußen ertönte ein weiterer Schrei. Ein Krieger stürzte mit vor Schreck geweiteten Augen in das Samnath. »Die Bestie! Sie ist ausgebrochen!«

»Den Alldhan! Schützt den Alldhan«, brüllte ein Schab. Der Befehl war unnötig, denn die Leibwächter hatten sich schon um ihren Fürsten versammelt.

Fakyn warf einen verächtlichen Seitenblick auf dieses Bild und rief: »Fangt sie! Sie darf nicht entkommen.«

Dann griff er nach seiner Axt und lief, so schnell es die Würde eines Schab Kischir zuließ, hinaus. Die anderen Schabai und Krieger folgten ihm. Betreten blieben Priester, Verwalter und Schreiber zurück. Bolox war aufgesprungen, und seine Hand suchte seine Axt, doch sie hatten unbewaffnet im Samnath erscheinen müssen. Dennoch war der Farwier offensichtlich unschlüssig, ob er den Kriegern nicht doch folgen sollte.

»Ausgebrochen? Welche Bestie meinte der Mann?«, fragte Yaman Auryd verwundert. Er war mit den Seinen aufgestanden. Maru bemerkte erleichtert, dass auch die Hakul ohne Waffen waren.

»Das gefährlichste aller Wesen«, sagte Abeq Mahas düster.

»Ein Weib nur, aber tödlicher als eine Sandviper. Wir hätten ihr längst den Kopf abschlagen sollen.«

Numur wandte sich ihm zu: »Stellst du meine Entscheidung in Frage, ehrwürdiger Abeq?«

»Natürlich nicht, hochgeborener Alldhan«, erwiderte Mahas. Es klang nicht sehr überzeugend.

Tasil sah Maru fragend an. Sie hatten bislang gar keine Gelegenheit gehabt, über die Gefangene zu sprechen.

»Umati«, beantwortete Maru flüsternd die stumme Frage.

»Nur ein Weib?«, rief Bolox. »Und die verbreitet so viel Schrecken? Das muss ich sehen!« Er stand auf und lief aus der Hütte.

Ulat, Arbi und Vylkas folgten ihm zögernd. Meniotaibor blieb dagegen sitzen und nahm sich von dem Lamm. »Seltsam, aber wenn gejagt wird, bekomme ich immer Hunger«, sagte er grinsend.

Biredh stand noch mitten im Saal. Er hatte seine Geschichte nicht beenden können. Jetzt schien er aufmerksam zu lauschen. Aus der Ferne erklang ein weiterer dünner Schrei. Mit Unbehagen sah Maru, wie der Hakul, der sie am Käfig gesehen hatte, mit seinem Anführer flüsterte. Yaman Auryd hörte zu. Er nickte, dann hob er plötzlich den Blick und starrte Maru nachdenklich an.

Tasil entging das nicht. Wieder richtete er einen fragenden Blick auf Maru.

»Er hat mich am Zwinger gesehen«, flüsterte sie ihm zu.

»Du hast ihr geholfen?«, fragte Tasil halblaut.

Maru nickte.

»Dann ist das schlecht«, sagte Tasil ruhig.

Draußen wurde gerufen, und Befehle wurden gebrüllt. Es klang kopflos und verwirrt.

Tasil lächelte grimmig: »Die Angst macht sie blind«, sagte er leise.

Maru hoffte, dass Umati es schaffen würde. Gleichzeitig war

sie besorgt. Der Hakul hatte sie gesehen. Das konnte böse ausgehen. Sie blickte immer wieder zu Tasil, doch der schien die Ruhe selbst zu sein. Hatte er bereits einen Plan? Wusste er, wie er sie retten konnte – oder hatte er das gar nicht vor? Maru schluckte. Tasil war undurchschaubar. Sie konnte nicht damit rechnen, dass er seinen eigenen Hals für den ihren wagen würde. Maru lauschte gespannt auf die Geräusche, die durch die offene Tür drangen. Der Lärm entfernte sich. Es klang, als würde er sich nach Norden verlagern. Er verebbte, schwoll noch einmal an, und dann wurde es ruhig. Nur das Rauschen des Regens war noch zu hören. War es vorbei? Hatten die Krieger die Flüchtende gefasst? Schnelle Schritte kamen näher. Dann stürmte ein Läufer in das Samnath. Numur sprang auf. »Ah, endlich. Habt ihr sie?«

»Nein, Herr«, keuchte der Krieger, »sie ist auf den Fluss entkommen. Doch wir verfolgen sie.«

»Entkommen? Eine unbewaffnete Frau? Einem ganzen Heer von Kriegern? Mann, du spielst mit deinem Leben!« Numur war außer sich vor Wut. Der Bote duckte sich. Er zitterte, und Maru war sicher, dass das nicht nur von der Anstrengung kam. Vorsichtig sagte er: »Sie war nicht unbewaffnet, Herr.«

»Und welcher Narr hat sich seine Waffe von ihr abnehmen lassen? Er soll hier erscheinen und sich rechtfertigen!«

»Ich fürchte, Herr, das kann er nicht mehr«, sagte der Bote kleinlaut.

Die Rückkehr der Schabai rettete den Boten aus der Gefahr. Maru sah ihnen in die Gesichter. Übellaunig waren sie und besorgt. Ganz anders Bolox und die anderen Söldner. Sie betraten lachend das Samnath, so wie Männer, die einer spannenden Hatz beigewohnt hatten, in der nun eben ausnahmsweise das Wild und nicht die Hunde gewonnen hatten. Fakyn sprach für die Schabai. Wasser tropfte von seinem langen Lederpanzer. Er stand in der Mitte des Saales und meldete: »Die Gefangene ist entkommen, Herr.«

»Ah! Der tapfere Fakyn, einer der besten Schab meines Heeres, wie alle mir versichern. Du erzählst mir, was ich längst schon weiß. Doch verstehe ich nicht, wie das möglich war! Ich habe dich zum Schab der Eisernen Kischir gemacht, Kydhier. War das ein Fehler?«, fragte Numur. Schneidende Verachtung lag in seiner Stimme.

»Das vermag ich nicht zu beantworten, Herr.«

»Du vermagst auch meine Gefangene nicht zu bewachen, und du vermagst nicht, sie einzufangen. Es gibt vieles, was du nicht vermagst, wie mir scheint. Beantwortet das meine Frage nicht, Fakyn?«

»Verzeih, Herr, aber die Jagd ist noch nicht beendet.«

»Dann berichte mir doch, was geschehen ist, tapferer Schab Fakyn von den Kydhiern, vielleicht kann ich dann verstehen, wie ein schwaches Weib so vielen starken Kriegern entrinnen konnte.«

Fakyn ertrug den Hohn scheinbar mit Gleichmut, doch so wie Maru ihn von früher kannte, kochte er innerlich vor Wut. Zögernd begann er zu berichten: »Wie du weißt, Herr, erfuhren wir zuerst durch einen Schrei, dass etwas geschehen war. Dies war der Wächter, der der Gefangenen das Essen brachte. Wir fanden eine Speerspitze in seiner Brust. Offenbar hat sie diese Waffe auch genutzt, um die Gitterstäbe zu lockern, durch die sie dann hinausschlüpfte.«

Numur hörte schweigend zu. Es herrschte angespannte Stille im Saal. Von draußen drang das gedämpfte Rauschen des Regens heran.

»Deine Männer schwärmten aus, Herr, doch die Dunkelheit verbarg die Flüchtende, und der verfluchte Regen dämpfte das Licht unserer Fackeln. Dann hörten wir einen Schrei vom Tor. Wir fanden einen weiteren Toten, einen der Wächter. Aber auf der anderen Seite der Brücke haben wir eine ganze Eschet und viele weitere Männer auf dem Damm. Also konnte sie dort nicht entkommen. Und sie war zu klug, um es schwimmend zu versuchen. Es war mein Fehler, Herr, zu spät zu begreifen, dass ihr nur ein Weg offen stand. Um von dieser Insel zu entkommen, brauchte sie ein Boot.«

»Ein Boot? Und das wusstest du nicht gleich, Fakyn?«, unterbrach ihn Numur.

»Nein, Herr. Wir liefen zum nördlichen Hafen, denn mir war klar, dass sie es im Süden nicht wagen würde. Viel zu viele Menschen, auch Krieger, viele Feuer, viel Licht. Sie brauchte den Schutz der Dunkelheit und musste nach Norden.«

»Wirklich, das ist so naheliegend, dass jedes Kind darauf gekommen wäre«, rief Numur ungehalten.

Maru sah Tasil grinsen. Hatte er das vorausgesehen? Wenn einer, dann er. Numur ganz sicher nicht.

»Nun, Herr, ich wusste den Hafen bewacht«, verteidigte sich Fakyn. »Trotzdem schickte ich natürlich jeden verfügbaren Mann dorthin. Allein, wir kamen zu spät. Die sechs Männer waren tot.«

»Alle sechs?«, rief Numur. Es gelang ihm dabei nicht völlig, sein Entsetzen zu verbergen.

»Ja, Herr. Ich wusste, dass dieses Weib gefährlich ist, doch hätte ich nie gedacht, dass sie es mit sechs schwer bewaffneten Männern aufnehmen kann.«

»Bewaffnet? Das mag sein«, rief Numur wütend. »Aber wahrscheinlich waren sie betrunken, oder haben auf ihrer Wache geschlafen. Es ist nicht schade um sie!«

Maru schauderte bei der Eiseskälte in Numurs Worten. Aber Umati war entkommen, und das war die Hauptsache. Fakyn schwieg einen Augenblick. Maru sah ihm von hinten an, dass er immer noch vor Zorn bebte. Aber wieder schluckte er seine Wut hinunter und sagte mit gezwungener Ruhe: »Ich glaube nicht, dass einer der Männer seine Pflicht verletzt hat, Herr. Sie sind für dich gestorben, auch wenn ihr Tod sinnlos scheint, denn sie konnten die Bestie nicht aufhalten. Umati nahm ein Boot und ruderte hinaus auf den Fluss. Meine Männer verfolgen sie, doch habe ich Zweifel, dass sie sie bei dieser Dunkelheit im Sumpf aufspüren werden.«

»Jagt sie, findet sie, und fangt sie!«, rief Numur. Er war aufgesprungen und lief erregt auf und ab. »Und wenn ihr sie nicht fangen könnt, dann tötet sie. Lange genug habe ich mich mit diesem Weib abgeplagt, doch immerhin verdanke ich ihr noch die Erkenntnis, wie unfähig meine Schabai und meine Krieger sind. Gott Utu wird enttäuscht sein.« Er blieb plötzlich stehen und wurde von einer Sekunde auf die andere ganz ruhig: »Sag, Schab Fakyn, ihr Wächter, er wurde mit einem Speer getötet, sagtest du. Wie konnte diese Bestie einen Speer in ihren Besitz bekommen?«

»Das weiß ich nicht, Herr«, sagte Fakyn. »Vielleicht hatte sie Hilfe.«

Maru schloss die Augen und schickte ein stummes Gebet zu den Hütern, doch dann hörte sie Yaman Auryd sagen: »Vielleicht ist es mir möglich, dieses Rätsel zu lösen, Alldhan.«

Maru wurde kalt.

»Dir, Yaman?«, fragte Numur zweifelnd.

»Einer meiner Männer hat etwas beobachtet, am frühen Abend, an diesem Käfig – besser gesagt, jemanden.« Dann zeigte er mit großer Geste auf Maru: »Dieses Mädchen dort. Die Nichte des Urathers.«

Maru saß ganz still. Erschrocken blickte sie den Hakul an. Sie hatte so gehofft, gegen jede Vernunft, dass der Hakul aus irgendeinem Grund schweigen würde.

»Deine Nichte, Tasil? Am Sklavenzwinger? Ist das wahr?«, fragte Numur mit geheuchelter Liebenswürdigkeit.

»Herr, ich kann mir nicht vorstellen, dass meine Nichte Maru irgendetwas mit der Flucht dieser Frau zu tun haben könnte«, erklärte Tasil sehr bestimmt. Er lächelte den Hakul an: »Du musst dich irren, Mann, sie mit jemandem verwechseln.«

Der Hakul-Krieger schüttelte finster den Kopf: »Ich weiß, was ich gesehen habe, Urather«, sagte er.

»Aber warum, um der Hüter willen, sollte sie so etwas tun?«, fragte Tasil.

»Das ist eine sehr gute Frage, Urather«, meinte Numur. »Sie ist deine Nichte. Weißt du nicht, was sie tut? Warum sollte sie so etwas tun? Vielleicht hat sie jemand beauftragt? Du vielleicht, Urather?«

»Solange ich sie gesehen habe, war sie unten am Strand«, sagte Tasil, »und, bei Fahs, dem Hüter des Windes, kann ich schwören, dass ich ihr keinen Auftrag dieser Art gab. Ich hatte anderes zu tun, wie dir dieser Hakul sicher bestätigen kann.«

»Als ich bei dir stand, um dir dafür zu danken, dass du meine Männer aus dem Fluss gezogen hattest, da war sie nicht bei dir«, sagte der Yaman nachdenklich.

»Aber bei mir«, warf Bolox ein.

Maru war völlig überrascht. Sie hatte den Farwier nur ein paar Mal von weitem gesehen. Aber Bolox wiederholte es: »Sie war bei mir, die meiste Zeit nach dieser schrecklichen Flut.«

»Die meiste Zeit?«, fragte Numur. »Das heißt aber nicht immer, oder?«

Ulat räusperte sich. »Nun, Herr, verzeih, dass ich mich jetzt erst zu Wort melde, aber wenn der Farwier die Hilfe der Uratherin nicht brauchte, habe ich sie in Anspruch genommen.«

Tasil beugte sich zu Maru hinüber und raunte ihr ins Ohr: »Was immer du sagst, du musst es selbst glauben, hörst du?«

Maru hörte ihn, aber sie war sich nicht sicher, ob sie ihn verstand. Sie war froh, dass sie bislang gar nicht selbst gefragt worden war, und betete, dass das so bleiben möge.

»Ich kann das bestätigen, Herr«, sagte Meniotaibor lächelnd.

»Ich glaube nicht, dass sie je weiter als ein paar Schritte vom Ufer weg kam, bei all dem Durcheinander, der Not und den vielen Menschen, die Hilfe brauchten.«

Maru blickte verwirrt von einem zum anderen. Warum logen die Söldner für sie?

»Sie ist mir aber dort nicht aufgefallen«, sagte Fakyn misstrauisch.

»Vielleicht fragen wir sie einfach selbst?«, schlug Abeq Mahas vor, der der ganzen Angelegenheit bisher schweigend gefolgt war.

Aus, dachte Maru.

Numur zögerte, bevor er diesen Vorschlag mit einem schroffen Nicken annahm. Der Abeq stand auf. Er lächelte freundlich, ein Gesichtsausdruck, für den es ihm deutlich an Übung fehlte, und winkte Maru zu sich heran. Maru folgte dieser Aufforderung mit weichen Knien. Der Abeq kam ihr entgegen und beugte sich, immer noch lächelnd, zu ihr hinab. Wie hatte Tasil das gemeint, dass sie es selbst glauben müsse?

»Nun, mein Kind«, begann der Abeq, »weißt du, wer und was ich bin?«

Maru nickte. »Abeq Mahas«, sagte sie. Sie hatte einen Kloß im Hals und musste sich räuspern.

»Sehr richtig, Kind, ich bin ein Priester. Ich diene Strydh, und ich diene Utu. Was du mir sagst, ist, als würdest du es diesen Göttern selbst sagen – und du weißt doch sicher, dass man die Götter nicht belügen darf, oder?«

Er sprach mit ihr, als sei sie ein kleines Kind, lächelte und durchbohrte sie gleichzeitig mit dem Blick seines einen kalten Auges. Maru nickte wieder. Natürlich, wenn sie die anderen überzeugen wollte, dann musste sie sich erst selbst überzeugen. So, als wollte sie den Stimmenzauber anwenden. Nur dass sie hier nicht einen verunsicherten Mann, sondern einen ganzen Saal voller Feinde überzeugen musste, und das, ohne jemanden zu berühren.

»Also, mein Kind, hab keine Angst, was immer du sagst, dir wird nichts geschehen«, versprach der Priester.

Maru glaubte ihm kein Wort. Wenn herauskam, dass sie Umati geholfen hatte, würde sie sterben. Und Tasil und vielleicht auch die Söldner gleich mit. So einfach war das.

Der Abeq fuhr fort: »Warst du am Zwinger? Hast du der Gefangenen den Speer gegeben? Vielleicht ohne Arg und böse Absicht?«

Maru sah ihn an. Streng genommen musste sie nicht einmal lügen, sie hatte Umati ja nur die Speerspitze gegeben, nicht die ganze Waffe. Das war Haarspalterei, aber es half ihr. Sie sammelte sich und sagte mit klarer und ruhiger Stimme: »Nein, ehrwürdiger Abeq, ich habe der Frau keinen Speer gegeben.«

»Ah, ich verstehe«, sagte Abeq Mahas freundlich. »Lass mich anders fragen: Hast du ihr sonst in irgendeiner Weise geholfen? Warst du am Zwinger, wie der Hakul gesagt hat?«

Maru war der festen Überzeugung, dass man nicht lügen durfte. Es war falsch. Außerdem waren Lügen tückisch, und oft machten sie alles nur schlimmer. Aber hier ließ es sich kaum vermeiden. Sie wollte nicht sterben. Und der Abeq hatte mit dem Lügen angefangen, als er behauptete, ihr würde nichts geschehen. Sie versuchte, ruhig zu werden. Sie musste es sehen. Das war das Geheimnis: Sie musste ein Bild vor ihrem inneren Auge haben. Tasil hatte ihr das nur unvollkommen erklären können: *Du musst bereits sehen, wie es geschieht*, hatte er gesagt, als er sie in das Geheimnis der Stimme einweihte. Und so war es. Sie brauchte ein klares Bild, dann konnte sie einen Menschen mit der Stimme dazu bringen, es Wirklichkeit werden zu lassen. Sie hatte gesehen, wie der Schab mit seiner Eschet abzog, lange bevor es geschah. Und dann war es so gekommen. Doch das hier war etwas völlig anderes. Sie sammelte sich. Und dann sah sie sich selbst am Ufer, wie sie Ulat half, und Bolox. Es war so deutlich, als würde es gerade geschehen.

Sie sah den Abeq frei und offen und ein bisschen verwundert an, legte alle Kraft, die sie hatte, in ihre Stimme und sagte: »Nein, Herr, ich war nicht dort, ich habe ihr nicht geholfen.« Und als sie das Echo ihrer Worte in der Halle hörte, da hätte sie es beinahe selbst geglaubt.

Der Abeq sah sie verwirrt an. Natürlich, er war davon ausgegangen, dass sie schuldig war und im Auftrag ihres Onkels gehandelt hatte. Jetzt war diese Überzeugung ins Wanken geraten. Alldhan Numur wirkte ebenfalls verunsichert. Das überhebliche Grinsen war aus seinem Gesicht verschwunden. Viele Männer im Saal sahen einander an. Maru bemerkte überrascht, dass sie ganze Arbeit geleistet hatte: Wer Zweifel an ihrer Unschuld gehabt hatte, war nun überzeugt, und wer vorher von ihrer Schuld überzeugt gewesen war, hatte nun Zweifel. Selbst Yaman Auryd wirkte verunsichert. Er blickte seinen Mann fragend an. Doch der schüttelte unwillig den Kopf, trat einen Schritt vor und sagte: »Ich, Enydh von den Hakul, sage, dass dieses Mädchen lügt. Ich sah sie am Zwinger der Gefangenen, und ich sah, dass sie sich dort zu schaffen gemacht hat.«

Fast. Maru hatte es fast geschafft, alle im Saal von ihrer Unschuld zu überzeugen. Doch dieser Mann wusste es besser.

»Bezichtigst du meine Nichte einer Lüge, Hakul?«, fragte Tasil ruhig.

»Ja, Urather, genau das tue ich!«

»Aber wenn du sie beschuldigst, beschuldigst du auch mich, Mann«, sagte Bolox und erhob sich.

»Und mich ebenso«, sagte Ulat.

Auch Meniotaibor erhob sich von seinem Platz. »Willst du uns alle drei Lügner nennen, Hakul?«, fragte er.

Aber Enydh ließ sich nicht einschüchtern. »Ich sah, was ich sah, und ich bin bereit, die Wahrheit meiner Behauptung den Göttern zur Prüfung vorzulegen!«

Ein Raunen ging durch den Saal. Maru ahnte, dass in diesen Worten eine schwerwiegende Bedeutung lag.

»Du rufst die Götter als Zeugen an, Enydh von den Hakul?«, fragte Abeq Mahas verwundert.

»Das tue ich, Priester! Und da dieses halbe Kind keine Gegnerin ist, fordere ich ihren Onkel vor meine Klinge.«

Jetzt begriff Maru, worum es ging: Ein Gottesurteil!

»Du willst, dass ich gegen dich kämpfe, Krieger?«, fragte Tasil zögernd.

»Die Götter werden entscheiden, wer von uns Recht hat, Urather«, sagte der Hakul stolz. Seine Selbstsicherheit verriet, dass er keinen Zweifel am Ausgang des Kampfes hatte. Das war aus seiner Sicht leicht zu verstehen, schließlich fühlte er sich im Recht. Außerdem war er ein kampferprobter Krieger und Tasil nur ein harmloser Händler. Maru wusste es besser. Sie wusste, dass der Hakul in einem Kampf Tasil kaum gewachsen war. Aber sie verstand, dass Tasil sich nicht zu schnell darauf einlassen durfte. Es musste nach der Furcht eines friedfertigen Mannes aussehen.

»Du bist tapfer, Hakul«, höhnte Bolox, »forderst einen friedlichen Händler heraus. Willst du dich nicht lieber mit mir messen?« Er trat einen Schritt vor. Die blauen Zauberzeichen tanzten auf seinen Muskeln.

»Du bist nicht der Onkel dieses Mädchens«, entgegnete der Hakul.

»Aber du hast mich ebenso verleumdet wie sie. Du magst ihren Onkel fordern, aber ich will, dass du mir und meiner Axt vor den Göttern Rechenschaft ablegst. Oder hast du Angst?«

Nun saß Enydh in der Falle.

Ulat stand auf und spuckte auf den Boden. »Du kannst deine Waffen auch mit den meinen kreuzen, Hakul«, sagte er gelassen.

»Oder mit meinen«, fügte Meniotaibor grinsend hinzu.

Jemand lachte. Es war Numur. »Was haben wir denn hier? Drei tapfere Männer, die für dieses Mädchen kämpfen wollen?«

»So ist es, Herr«, sagte Bolox grimmig. »Die Priester sollen Ort und Zeit bestimmen, ich werde diesen Lügner dort bestrafen.«

»Nicht ich bin der Lügner, Farwier!«, schrie der Hakul.

Numur lachte wieder. Diese Entwicklung schien ihm zu gefallen. Er klatschte begeistert in die Hände und rief: »Noch vor wenigen Stunden habe ich mich beklagt, dass es in diesem Dorf an Unterhaltung mangele, und nun bieten mir diese Fremden einen Kampf auf Leben und Tod an! Utu und Strydh scheinen meine Opfer angenommen zu haben. Verzeih, Biredh, dass wir deine Geschichte unterbrochen haben, aber du musst zugeben, dass dies hier besser ist als alles, was du erzählen könntest.«

»Das mag so sein, Herr«, erwiderte Biredh leise.

Numur wandte sich an den Richter, der still und blass in der Ecke saß. Maru hatte ihn gesehen, vorhin, unten am Fluss. Da hatte er den leblosen Körper seines jüngsten Sohns in den Armen gehalten. Falls Numur davon wusste, war es ihm gleich: »Was sagst du, Hoher Richter Utaschimtu? Ist es statthaft, dass ein anderer als der Beschuldigte die Klingen mit dem Kläger kreuzt? Was sagt das Recht der Akkesch?«

Utaschimtu schreckte aus seinen Gedanken hoch. Unsicher blickte er von einem zum anderen. Maru bezweifelte, dass er viel von dem gehört hatte, was gesprochen worden war. Zögernd antwortete er: »Sollte das Gericht nicht in der Lage sein, die Wahrheit zu finden, so können die Götter angerufen werden, Herr.«

»Das war nicht meine Frage, Richter«, rief Numur ungehalten. »War das Recht in Ulbai schwerhörig? Ich will wissen, ob dieses Mädchen selbst kämpfen muss, oder ob jener blauhäutige Farwier dort sie vertreten darf?«

Utaschimtu erschrak und versuchte, sich zu sammeln. »Das

Recht sagt… es sagt, dass einer Frau nicht gestattet ist, das Gericht oder die Götter um ein Urteil anzurufen. Daraus folgt… dass sie auch nicht selbst kämpfen darf, Herr. Es mag also ein Vertreter bestimmt werden, Herr«, antwortete er langsam.

Maru stand mitten im Samnath und wusste nicht, wie ihr geschah. Bald würde Blut vergossen werden, ihretwegen. Und es wurde nicht besser, als ihr klar wurde, dass bereits Männer gestorben waren, weil sie Umati zur Flucht verholfen hatte.

Yaman Auryd trat nach vorne und sagte: »Ich schlage vor, dass es morgen bei Sonnenaufgang geschieht, Alldhan, doch liegt die Entscheidung bei dir, denn dies ist dein Dorf, nicht meines.«

»Du sagst es, Yaman. Ich bestimme Ort und Zeit, und ich sage: Kämpft jetzt, und kämpft vor dem Angesicht Utus!«

»Jetzt?«, fragte Auryd erstaunt. »Bei Regen und Nacht?«

»Wenn wir darauf warten, dass es in diesem Land einmal nicht regnet, werden wir den Kampf nie erleben. Der Farwier und der Hakul mögen sich vorbereiten. Meine Männer werden zu Füßen Utus einen Kampfplatz abstecken.«

»Das ist ein Hakul, sie sind falsch und kämpfen nicht ehrlich«, sagte Ulat, als sie in ihrer Unterkunft Bolox auf den Kampf vorbereiteten.

»Ich habe davon gehört«, sagte Bolox gelassen. Er hatte aus einer Art Kreide und mit speziellen Ölen hellblaue Farbe angerührt, mit der er jetzt die Bemalung seines Körpers auffrischte. Ein zweiter Tiegel enthielt dunkleres Blau. Das war für seine Zauberzeichen. Maru hatte ihm schüchtern ihre Hilfe angeboten. Er hatte kurz überlegt, aber dann stolz abgelehnt. »Ginge es auf eine Hochzeit oder ein anderes Fest, glaube mir, Uratherin, die Hilfe deiner schlanken Hände wäre mir sehr willkommen. Doch vor einer Jagd oder einem Kampf muss der Krieger sich selbst schmücken.«

Maru sah ihm zu. Er wirkte sehr ruhig, und obwohl er nur einen Wassertrog als Spiegel nutzen konnte, zog er die dunkelblauen Zeichen ohne Fehler nach.

»Willst du meinen Schild oder meine Rüstung?«, fragte Ulat.

Bolox schüttelte den Kopf. »Ich danke dir, aber ich habe meine Axt und mein ledernes Hemd. Das wird ausreichen.«

»Warum tust du das, Bolox?«, fragte Maru plötzlich.

Er sah sie erstaunt an. »Dieser Pferdedieb hat mich einen Lügner genannt. Niemand nennt mich ungestraft einen Lügner.«

»Außerdem lassen wir unsere Gefährten und Waffenbrüder nicht im Stich, wenn sie in Gefahr sind«, sagte Ulat stolz. Und als er Marus Blick sah, ergänzte er: »Auch wenn es sich in diesem Fall bei dem Bruder um eine Schwester handelt.«

Darauf wusste Maru nichts zu sagen. Tasil saß in einer Ecke und betrachtete den Farwier bei seinen Vorbereitungen. Er sah unzufrieden aus und hatte seit dem Verlassen des Samnath nichts gesagt.

»Was ist los, Onkel?«, fragte sie ihn leise.

»Dieser Kampf ist reine Zeitverschwendung«, murmelte Tasil düster. »Wir sollten unsere Gedanken darauf richten, wie wir hier herauskommen und wie wir diesen Mann namens Dwailis in diesem elenden Sumpf finden. Stattdessen muss dieser Farwier den Helden spielen. Ich hoffe nur, er ist so gut, wie er glaubt, es geht schließlich auch um meinen Hals.«

Maru schluckte. In erster Linie ging es hier um sie. Wenn Bolox verlor, war bewiesen, dass sie gelogen und Umati geholfen hatte. Sie wollte sich nicht vorstellen, was das für sie heißen würde.

Ulat versorgte unterdessen Bolox weiter ungefragt mit Ratschlägen: »Verlasse dich nicht auf so etwas wie Ehrbarkeit bei diesem Feind. Die Hakul wissen gar nicht, was das ist. Er wird mit Schwert und Schild antreten. Das kann ein Vorteil für ihn sein, denn ein Schwert ist immer schneller als eine zweihändige Axt.«

»Höre, Akkesch, wenn ich versage, darfst du hinterher gerne herausfinden, wie du es besser machst, aber jetzt verschone mich mit deinen unnützen Weisheiten. Er ist ein Hakul, ein Pferde-Krieger, der jetzt zu Fuß kämpfen muss. Und wenn ich es richtig weiß, stammt er aus einem Land, in dem es nie regnet. Ich bin Farwier, ich kenne nichts Schöneres als den Geruch des Waldes nach einem langen Regen. Damit bin ich aufgewachsen. Meinen ersten Bären habe ich im Herbst getötet, mit nassem Laub zu meinen Füßen. Wer ist also hier im Vorteil, Ulat von den Akkesch?«

Ulat murmelte ein paar halblaute Verwünschungen, ließ Bolox aber danach in Ruhe. Dann wurden die Kämpfer zum Edhil-Platz gerufen.

»Wünscht mir Glück, Brüder«, sagte Bolox, als er aufbrach.

Maru folgte mit Tasil am Schluss des kleinen Zuges. »Kann das gut gehen?«, fragte sie Tasil besorgt.

»Hast du Zweifel, Kröte?«

»Es ist ein Gottesurteil. Wie könnten die Götter da auf Bolox' Seite sein? Der Hakul ist doch im Recht«, flüsterte sie.

Tasil blieb stehen und legte ihr die Hand auf die Schulter. »Hast du es gar nicht gemerkt, Kröte?«

»Was denn?«

»Bolox weiß nicht, dass er im Unrecht ist. Du hast ihn vom Gegenteil überzeugt.«

»Ich?«

»Natürlich. Hätte ich es nicht selbst gesehen, würde ich es nicht für möglich halten, aber sie alle haben dir geglaubt. Oder sagen wir, fast alle. Dieser Hakul ist ein sturer Esel.«

Maru starrte ihn verständnislos an.

»Du hast die Stimme benutzt, Kröte. Hast du das etwa selbst nicht bemerkt?«

»Aber ich dachte, das geht auf diese Weise gar nicht«, flüsterte Maru, beinahe erschrocken.

»Das dachte ich auch, Kröte, das dachte ich auch. Aber du hast es irgendwie geschafft. Und wenn wir das hier überleben, werden wir versuchen herauszufinden, wie du das gemacht hast.«

Numurs Krieger hatten mit Fackeln einen Kreis von ungefähr zwanzig Schritt Durchmesser abgesteckt. Donner rollte, und in weiter Ferne ließen Blitze die Wolken leuchten. Die Fackeln zischten und qualmten im stetigen Regen. Zu Füßen des Gottes und damit im Schutz der Überdachung war ein hölzerner Sessel aufgestellt worden, auf dem Numur Platz genommen hatte. Seine Leibwächter waren bei ihm, unruhig in die Dunkelheit schielend. Die Schabai und Priester standen dahinter, ebenfalls unter dem Dach, und betrachteten missmutig den Himmel. Auch der unglückliche Utaschimtu war dort. Den einfachen Kriegern blieben nur Plätze im Regen. Dort warteten sie auf den Beginn des Kampfes. Awier konnte Maru in der Menge nicht entdecken, aber die Dorfbewohner hatten wohl auch andere Sorgen. Abeq Mahas trat in die Mitte des Kreises. Der Hakul hatte seinen Mantel abgelegt und, wie Ulat vorhergesagt hatte, zu Sichelschwert und Schild gegriffen. Ein mit bronzenen Platten verstärkter Lederpanzer schützte seine Brust. Seine Kriegsmaske hatte er nicht angelegt. Er war größer und schlanker als Bolox, und seine Miene verriet finstere Entschlossenheit. Bolox auf der anderen Seite des Kreises streckte sich und ließ seine große Axt mit einer Hand kreisen. Sein kurzes ledernes Hemd spannte sich über der muskulösen Brust. Der Regen begann schon, die Farbe von seinen nackten Armen zu waschen.

»Diese beiden Männer sind hier, um ihren Streit den Göttern zur Entscheidung vorzulegen«, rief Abeq Mahas. Er winkte zwei Priestern, die eine Opferschale heranschleppten. Sie gingen vorsichtig, denn der Boden war tückisch.

»Bringt euer Opfer, Männer!«, forderte der Abeq die Kämpfer auf.

Ein weiterer Priester brachte einen schwarzen Topf mit Innereien. Die Männer nahmen davon und warfen es ins Feuer, ohne dabei einander aus den Augen zu lassen.

»Wir rufen die Götter Strydh, Utu und die Hüter zu Zeugen dieses Kampfes«, rief Mahas laut. »Ihr Götter, hier stehen Bolox von den Farwiern und Enydh von den Hakul. Unversöhnlich sind sie im Streit und rufen euch als Zeugen und Richter an. In eurem Namen, im Namen von Strydh und Utu, Alwa und Hirth, Fahs und Brond, frage ich: Ist einer unter euch, der aus diesem Kampf weichen möchte? Gibt es einen Mann, der einsieht, dass er dem anderen Unrecht tat? Es wäre keine Schande, dies jetzt einzugestehen, und hier, vor den Augen der Götter, um Vergebung zu bitten. Noch ist Gelegenheit, diesen Streit mit einer Sühne und ohne Blutvergießen zu beenden.«

Der Abeq wartete einen kurzen Augenblick, aber weder Bolox noch Enydh rührten sich. »Dann soll es so sein!«, rief Mahas. »Die Götter werden dem Recht zum Sieg verhelfen.«

Er gab seinen Priestern einen Wink. Genauso vorsichtig, wie sie sie hereingebracht hatten, trugen sie die brennende Schale wieder aus dem Kreis.

»Die Kämpfer mögen ihre Waffen nehmen«, rief Mahas. »Dies ist nun die Stätte des Gerichts, und es sind die Götter, die hier Recht sprechen, nicht sterbliche Menschen. Ihr Urteil ist endgültig. Wer den Kreis verlässt, solange sein Gegner noch lebt, bekennt sein Unrecht.«

Abeq Mahas drehte sich um und stapfte durch den Morast zum Alldhan. Wind kam auf. Das Wetterleuchten schien schnell näher zu rücken. Bolox hob seine Axt, um seinen Gegner zu grüßen, und näherte sich vorsichtig der Mitte des Kreises. Er kämpfte barfuß, wie Maru erst jetzt bemerkte. Der Hakul erwiderte den Gruß, indem er mit seinem Sichelschwert zweimal gegen seinen Lederschild schlug und »Hakul!« rief.

Seine Stammesbrüder antworteten ebenfalls mit einem lauten »Hakul!«.

Bolox hatte die Mitte erreicht und ließ seine schwere Axt kreisen. Enydh bewegte sich vorsichtig seitwärts. Bolox sprang nach vorne und holte aus. Der Hakul wich schnell zur Seite. Aber der Angriff war nur eine Finte, und Bolox grinste breit. »So schreckhaft, Krieger?«

Der Hakul antwortete nicht. Er hob sein Schwert und täuschte seinerseits einen Angriff an. Maru sah, dass er Schwierigkeiten hatte, mit seinen Reitstiefeln festen Stand zu finden. Bolox wich einen halben Schritt zurück. Dann ließ er wieder seine Axt kreisen, täuschte erneut einen Angriff an, und wieder sprang der Hakul zur Seite. Mit Sorge bemerkte Maru, dass der Boden auch Bolox Schwierigkeiten bereitete, er versank bis zu den Knöcheln im Morast. Donner grollte, und Wind und Regen wurden stärker. Der Hakul sprang nach vorne, seine scharfe Klinge zerteilte die Luft – und mehr nicht, denn sein Gegner war längst ausgewichen. Der Farwier holte aus und ließ seine Axt niedersausen. Der Hakul sprang zurück. Die Wucht seines Angriffs brachte Bolox aus dem Gleichgewicht, seine nackten Füße fanden keinen Halt. Der Hakul sah seine Gelegenheit und wollte angreifen, doch er rutschte mit dem Standbein weg. Beide Kämpfer wichen eilig zurück. Sie umkreisten einander. Der Wind peitschte ihnen Regen ins Gesicht.

»Der Schlamm hat dich gerettet, Hakul«, knurrte Bolox.

»Oder dich, Waldmensch«, erwiderte der Hakul. Er sprang vor und rutschte aus. Bolox war zurückgewichen. Er sah seinen Gegner straucheln und griff an, aber auch er fand keinen Halt auf dem glatten Boden. Beide Krieger wurden von ihrem eigenen Angriff fast zu Boden gerissen. Wieder schreckten sie zurück und umkreisten einander. Die Zuschauer begannen zu murren.

»Ewig wird dich dieser verfluchte Matsch nicht vor meiner Axt schützen, Hakul«, rief Bolox. Statt einer Antwort griff der Hakul wieder an. Dieses Mal blieb Bolox stehen und parierte den Schlag des Sichelschwerts mit dem Stiel seiner Axt. Der Hakul unterlief die erhobene Axt und rammte ihn mit dem Schild. Maru konnte nicht sagen, ob er das so geplant hatte oder ob ihn einfach die Wucht des Angriffs mitgerissen hatte. Auf anderem Boden hätte Bolox' starker Körper den Stoß sicher abfangen können, doch hier fehlte ihm der feste Stand. Er stürzte, und der Hakul mit ihm. Bolox landete mit dem Rücken im Schlamm, aber er war geistesgegenwärtig genug, seinem Gegner noch im Fallen das Knie in den Unterleib zu rammen. Enydh wurde zur Seite geworfen. Er rollte stöhnend über seine Schulter ab, rappelte sich mühsam auf und versuchte gleichzeitig, mit seinem Schwert nach Bolox zu schlagen. Der hatte sich aber schon zur Seite geworfen und kam nun auf die Knie. Beide Krieger zogen sich hastig zurück und standen wieder auf. Sie keuchten. Bolox breitete die Arme aus, hob sein schlammbespritztes Gesicht in den Regen und schickte einen wütenden Schrei gen Himmel. Enydh schlug als Antwort auf seinen Schild und rief: »Hakul!«

Dann begannen die beiden wieder, einander zu umkreisen. Vorsichtig, den Gegner ebenso beäugend wie den tückischen Boden. Wieder täuschten sie Angriffe an, wieder wichen sie voreinander zurück. Donner grollte.

»Selbst Fahs mag diesen Kampf nicht«, brummte Ulat.

»Wie auch, auf diesem Boden ist es ein reines Glücksspiel«, meinte Meniotaibor und fügte hinzu: »Ich hoffe, der Farwier macht endlich ernst, ich habe auf ihn gesetzt.«

Maru hörte kaum zu, sie konnte die beiden Kämpfer nicht aus den Augen lassen. Es mochte sein, dass den Göttern dieser Zweikampf missfiel, Maru zog er in den Bann. Schließlich ging es hier um ihr Leben. Die Zuschauer murrten lauter – und dann machte Bolox Ernst: Er holte weit aus und griff an. Seine Axt ging wie ein Blitz nieder. Der Hakul, der wohl mit einer weiteren Finte gerechnet hatte, war nur halbherzig ausgewichen. Als er merkte, dass es dieses Mal wirklich gefährlich wurde, war es fast zu spät. Im letzten Augenblick brachte er noch seinen Schild zwischen sich und die Axt des Farwiers. Der Lederschild lenkte den Schlag ab, und die Waffe bohrte sich in den Grund. Maru stöhnte auf und viele Zuschauer ebenso. Der Hakul taumelte von der Wucht des Angriffs, aber er erkannte die günstige Gelegenheit und ging auf seinen Gegner los, dessen Axt im bodenlosen Untergrund feststeckte. Doch wieder fanden seine Stiefel keinen Halt im Morast. Als er endlich zuschlug, war Bolox schon wieder außerhalb seiner Reichweite. Blitze zuckten über den Himmel. Das Gewitter hatte nun endlich das Dorf erreicht. Bolox knurrte grimmig und versuchte einen erneuten Angriff. Der Hakul wich aus, schlug seinerseits zu und erreichte nichts. Maru folgte gebannt den Bewegungen der Kämpfer: Finte, Ausweichen, Angriff, Ausweichen, Finte, Ausweichen, wieder Angreifen. Je länger der Kampf dauerte, desto tückischer wurde der Boden unter den Füßen der beiden Männer. Schließlich, als seien sie der endlosen Finten gleichzeitig müde geworden, rannten sie gegeneinander an. Sie prallten hart zusammen. Beide stürzten zu Boden. Hastig rappelten sie sich auf. Bolox schlug zu, obwohl sie beide noch auf den Knien waren. Der Hakul sah den Schlag spät, konnte aber gerade noch ausweichen. Sein Schwert schnitt durch die Luft, verfehlte Bolox aber weit. Sie kamen wieder auf die Beine und versuchten es erneut. Wasser und Schlamm tropfte von ihren Klingen. Bolox griff an, sein mächtiger Hieb verfehlte den Gegner, und seine Axt bohrte sich tief in den Morast. Er verlor den Halt, und seine Hand glitt vom Griff der Axt. Er rutschte weg, und die Waffe geriet aus der Reichweite seiner starken Arme. Maru schrie auf. Der Hakul stieß einen Jubelschrei aus und griff den Wehrlosen an. Bolox bückte sich unter dem Schlag Enydhs hindurch und fuhr seinem Feind mit bloßer Hand an die Gurgel. Enydh ließ erschrocken sein Schwert fallen und versuchte, die Hand von seiner Kehle zu reißen. Sie stürzten wieder zu Boden. Das Gewitter wurde jetzt zum Unwetter. Blitze spalteten den Himmel, und die Fackeln am Rande des Kreises verloschen im Regensturm. Die beiden Kämpfer hielten einander umklammert, beide versuchten aufzustehen, aber der andere verhinderte es. Beide versuchten, nach ihren Waffen zu greifen, aber sie erreichten sie nicht. Dann durchfuhr ein krachendes Geräusch die Nacht. Eine Windböe hatte das Regendach der Statue gepackt, angehoben und die Verankerungen gelöst. Das schlanke Gestell wankte. Plötzlich brachen mit lautem Knall Querstreben, und das Gerüst zersplitterte in seine Bestandteile. Männer schrien erschrocken auf, aber ihre Schreie gingen im plötzlichen Sturm unter. Regen peitschte über den Platz. Maru sah Numur, der von seinem Sitz aufsprang, als habe ihn etwas gestochen. Es regnete plötzlich hölzerne Stangen. Die Zuschauer wichen von der Statue zurück. Ihr zerfetztes Schilfdach segelte durch die Nacht und riss einige Männer nieder, bevor es endlich auf den Boden schlug und in tausend Teile zersprang. Blitz und Donner tobten gleichzeitig über der Insel. Die Zuschauer des Kampfes rannten fluchend und schreiend davon. Nur Bolox und Enydh achteten nicht auf das, was um sie herum geschah. Leib an Leib rangen sie in der Mitte des Kreises und versuchten, einander mit bloßen Händen zu töten. Da griff eine erneute Böe die kläglichen Überreste des Gerüsts, und die letzten Stangen lösten sich und regneten auf den Kampfplatz nieder. Maru hatte sich unter das Dach einer Hütte geflüchtet. Sie schrie laut zur Warnung, aber der Regensturm übertönte sie. Die Kämpfenden bemerkten die Gefahr im letzten Augenblick, ließen voneinander ab und warfen sich zur Seite. Ein langer Stamm bohrte sich dort in den Schlamm, wo die beiden eben noch gelegen hatten. Und Gott Utu stand unbewegt über ihnen, seine Bernsteinaugen ausdruckslos in die Ferne gerichtet. Der Widerschein der Blitze spiegelte sich auf seiner bronzenen

Haut. Dann war das Gestell endlich ganz verschwunden und diese Gefahr vorüber. Aber immer noch zuckten Blitze über das Dorf, und immer noch peitschte der Wind den Regen in Böen über den Platz. Bolox und Enydh kamen auf die Füße, beide über und über mit Schlamm bedeckt, und suchten im Morast nach ihren Waffen. Überall lagen Trümmer des Gerüstes. Dann tauchte plötzlich Abeq Mahas zwischen den Kämpfern auf, sein graues Haar klebte nass an seinem hageren Schädel. »Es ist genug, Männer«, rief er gegen den Sturm. »Die Götter wollen nicht, dass dieser Kampf heute entschieden wird. Wie es scheint, sind beide Kämpfer im Recht. Lasst es gut sein für heute! Wir werden morgen beraten, was zu tun ist.«

»Ist es nicht Sache des Alldhans, das zu entscheiden?«, rief Bolox.

Maru wischte sich den Regen aus dem Gesicht. Sie sah sich um. Der Alldhan war gar nicht mehr da. Auch der Richter und all die Verwalter und Schabai waren verschwunden.

»Ich bin der Abeq Abeqai Strydhs und Utus! Ich erkenne den Willen der Götter!«, rief Mahas laut. »Lasst ab, Männer!«

Die Kämpfer starrten einander an. Beide schienen begierig, den Kampf fortzusetzen. Dann schickte der Hakul einen Fluch in die Wolken und schrie: »Dies ist noch nicht zu Ende, Farwier! Fahs kann dich nicht ewig beschützen!«

»Meine Axt wird dein Blut morgen trinken, Hakul«, gab Bolox zurück.

Und damit gingen sie auseinander. Als Maru den Platz verließ, stellte sie fest, dass Tasil verschwunden war.

»Nicht einmal eine Wunde«, sagte Bolox enttäuscht, als er sich in ihrer Unterkunft den Schlamm abwusch.

»Ja, dieses Wetter ist eine Schande. Kein Wetter für einen guten Kampf«, meinte Ulat.

»Ich hoffe sehr, ihr könnt diesen Streit morgen entscheiden«, sagte Meniotaibor.

»Die Götter haben den Hakul vor seinem sicheren Tod gerettet«, behauptete Bolox.

»Natürlich, wenn man davon absieht, dass auch du einen schweren Stand hattest«, erwiderte Meniotaibor spöttisch.

»Lass den Jungen, es fehlen ihm eben ein paar Jahre Erfahrung. Aber das kommt schon noch«, meinte Ulat großzügig.

»Vorsicht, alter Mann, meine Axt ist heute nicht satt geworden«, sagte Bolox.

»Das wundert mich«, entgegnete der Akkesch grinsend, »mir war, als hätte sie genug Schlamm gefressen.«

Bolox richtete sich auf und spannte seine Muskeln. Es sah kurz so aus, als wolle er auf Ulat losgehen, aber dann warf er den Kopf in den Nacken und – lachte laut. »Du sagst es, ein Bad im Schlamm war es, kein Kampf«, rief er. »Und ich kann jeden nur warnen – dieser Morast ist ein zäher Gegner.«

Die Söldner lachten und klopften sich auf die Schenkel, aber Maru war gar nicht nach Lachen zumute. Die Entscheidung war nur vertagt. Plötzlich erschien Tasil, völlig durchnässt, im Eingang des Stalls.

»Ah, der Urather«, begrüßte ihn Meniotaibor, »wo warst du? Du hast einen wahrhaft denkwürdigen Kampf verpasst.«

Tasil schüttelte die Nässe aus seinem Umhang und schnaubte verächtlich. »Ich beglückwünsche dich, dass du noch lebst, Farwier. Leider habe ich gehört, dass ich auch dem Hakul aus gleichem Grund gratulieren muss.«

»Der Sturm hat uns unterbrochen, sonst würde ich dir jetzt seinen Kopf zu Füßen legen«, brummte Bolox.

»Oder er mir deinen«, erwiderte Tasil.

»Ich will nicht sagen, dass ich dich vermisst habe, Tasil aus Urath«, warf Meniotaibor ein, »doch hast du meine Frage nicht beantwortet. Wo warst du, als dieser Mann an deiner Stelle kämpfte?«

Es entstand eine gewisse feindselige Stille.

»Ich dachte mir, es ist nur recht und billig, ihm den Kampf zu gönnen, wo ihr doch offensichtlich entschlossen seid, mir das Denken zu überlassen«, antwortete Tasil grimmig.

Die Stille wurde nicht geringer.

»Hört, Männer, dieser Kampf hat nichts entschieden. Bolox ist es leider nicht gelungen, den Hakul der Lüge zu überführen«, sagte Tasil.

»Der verdammte Schlamm«, rechtfertigte sich der Farwier.

»Darum geht es nicht. Habt ihr vergessen, warum gekämpft wurde? Der Hakul hat meine Nichte verleumdet. Ihr habt für sie gebürgt. Doch ging dieses Gottesgericht ohne Urteil zu Ende.«

»Aber sie werden den Kampf doch morgen sicher fortsetzen«, meinte Ulat.

»Darauf würde ich nicht wetten. Dieses fehlende Urteil wirft einige Fragen auf. Jemand hat der Gefangenen geholfen, das glaubt zumindest Numur. Wenn es aber nicht meine Nichte war, wer war es dann? Jetzt überlegt, Männer. Wer kommt dafür in Frage? Seine Krieger? Die Awier aus diesem Dorf? Oder einer von uns?«

Die gute Laune der Männer war wie weggeblasen.

»Aber es könnten doch auch die Hakul gewesen sein«, widersprach Ulat.

»Das glaube ich auch«, meinte Tasil nickend. »Enydh hat ja zugegeben, am Käfig gewesen zu sein. Ich glaube aber nicht, dass Numur *will*, dass es die Hakul waren. Er braucht Frieden mit diesem Volk. Zumindest, solange er hier unten im Süden Krieg führt und die Nordgrenze bei Serkesch kaum geschützt ist.«

»Das Gottesurteil wird die Wahrheit ans Licht bringen«, sagte Ulat im Brustton der Überzeugung.

»Und eben genau das ist die Gefahr für uns, Männer«, sagte

Tasil. »Numur ist zwar nicht der Klügste, doch er hat nun Zeit nachzudenken.«

»Aber die Hüter sind auf meiner Seite«, beharrte Bolox.

»Und vielleicht wird Numur genau deshalb nicht mehr auf ihr Urteil warten.«

Meniotaibor verstand es als Erster: »Du meinst, er fürchtet, dass der Hakul im Unrecht ist, und wird dem Richtspruch zuvorkommen wollen?«

»Das meine ich. Und deshalb müssen wir baldmöglichst hier weg.«

»Aber er ist von altem Blut, ein Fürst der Akkesch, und sein Vater ist ein Gott. Traust du ihm solche Niedertracht wirklich zu?«, fragte Ulat zweifelnd.

»Du kannst gerne hierbleiben und es herausfinden, Akkesch, ich allerdings habe andere Pläne«, erwiderte Tasil mit kühlem Lächeln.

»Langsam, Urather«, sagte der Iaunier, »gesetzt den Fall, dass wir wirklich hier wegmüssen, wie willst du das anstellen? Das einzige Tor ist bewacht, der Damm voller Krieger. Du hast es doch gehört. Wie willst du da fliehen?«

»Außerdem«, warf Bolox ein, »haben wir da noch etwas zu erledigen, oder habt ihr das etwa vergessen?«

»Ah, endlich ein Mann, der einen guten Gedanken gebiert«, sagte Tasil.

»Jetzt verstehe ich gar nichts mehr«, gab Ulat zu.

»Der Farwier hat Recht. In diesem Sumpf da draußen wartet ein Goldschatz auf uns«, sagte Meniotaibor. »Ich kann ihn fast riechen. Und ich werde sicher nicht mit leeren Händen abziehen.«

»Davon war ja auch nie die Rede«, sagte Tasil. »Wenn wir uns aus diesem gastlichen Dorf verabschieden, spricht nichts dagegen, dass wir noch einen Besuch im Tempel machen.«

»Wir?«, fragte Meniotaibor misstrauisch. »Eigenartig, mir war immer so, als wolltest du mit unserer Jagd nichts zu tun haben.«

»So war es auch, und so ist es noch – wenn du die Jagd auf die Awathani meinst. Wenn wir jedoch von einem gewissen Tempel reden, sehe ich die Sache anders.«

»Ich verstehe – du suchst den Gewinn, aber scheust die Gefahr«, sagte Meniotaibor langsam. Maru kam es vor, als hörte sie eine seltsame Form der Anerkennung in diesen Worten.

»Er ist ein Urather, was willst du da erwarten?«, meinte Ulat verdrossen.

»Sagt, ist heute nicht die Nacht des Opfers?«, fragte Bolox plötzlich.

»Morgen«, sagte Vylkas knapp.

»Wir können die Ältesten verfolgen, wenn sie das Opfer bringen«, meinte Meniotaibor.

»Das können wir«, bestätigte Tasil, »wenn wir dann noch leben. Außerdem ist es nicht gesagt, dass Numur sie das Opfer bringen lässt. Und wenn er sie lässt, wird er sicher nicht weit hinter ihnen sein. Oder sie brechen heimlich auf, dann entwischen sie uns vielleicht.«

»Bei den Hütern, es scheint, als sei der Weg zum Gold für uns versperrt«, fluchte Ulat.

»Es sei denn, wir sind *vor* den Ältesten und vor Numur an diesem Tempel«, meinte Tasil lächelnd.

»Wie soll das gehen?«, fragte Meniotaibor. »Wir wissen ja gar nicht, wo wir diesen sagenhaften Tempel suchen müssen.«

»Ihr nicht, aber ich«, verkündete Tasil.

Die Söldner warfen einander vielsagende Blicke zu.

»Du weißt, wo der Tempel ist?«, fragte Ulat ungläubig.

Tasil nickte. »Nicht genau. Ich weiß aber, wo wir suchen müssen.«

Meniotaibor blieb misstrauisch: »Wie soll ich das verstehen, Urather?«

»Ich habe einen Anhaltspunkt. Es gibt einen Ort in diesem Sumpf, der nicht verborgen ist. Und der Tempel soll nicht weiter als einen Steinwurf von jenem Ort entfernt sein. Das sollte zu finden sein.«

»Und hat dieser Ort einen Namen, und weißt du vielleicht auch, wie wir da hinkommen sollen?«, fragte der Akkesch misstrauisch.

»Den Namen behalte ich vorerst für mich, aber ich kann dir sagen, dass wir Boote brauchen werden.«

»Du traust uns nicht?«, fragte Ulat.

»Nun, sagen wir, ich fühle mich wohler, wenn ich weiß, dass selbst unter Folter keiner von euch diesen Namen preisgeben kann, Akkesch.«

»Ich fürchte die Folter nicht, Urather.«

»Ich schon«, meinte Meniotaibor. »Die Akkesch sind berühmt für ihren Einfallsreichtum auf diesem Gebiet. Aber zurück zum Plan. Wir brauchen Boote, sagst du. Irgendwie glaube ich nicht, dass Numur uns welche überlassen wird.«

»Und genau deshalb war ich vorhin am Hafen. Es liegen nur noch drei Boote dort. Ihr erinnert euch, Krieger des Alldhans sind Umati hinaus in den Sumpf gefolgt. Sie sind immer noch da draußen. Wenn sie Glück haben, finden sie dieses Weib *nicht*, es könnte ihnen sonst schlecht bekommen. Jedenfalls war vorhin nur eine Handvoll Krieger am Hafen, nicht einmal eine Eschet. Die anderen waren alle beim Kampf.«

»Der ist jetzt leider vorbei«, sagte Ulat.

»Ich glaube nicht, dass sie mehr dort hinstellen werden. Es ist ein Gerücht im Umlauf, dass die Entflohene zurückkehren will, um sich an Numur zu rächen. Das wird dem Alldhan den Schlaf rauben – und vielen Kriegern, die ihn heute Nacht behüten müssen.«

Meniotaibor lachte. »Ein Gerücht? Ich kann mir beinahe denken, wer diese Mär ausgestreut hat, Urather, ich kann es mir denken.«

»Also – sollen wir gleich aufbrechen?«, fragte Bolox.

»Langsam, tapferer Farwier«, sagte Tasil. »Es gibt noch eine Schwierigkeit zu lösen. Denn ich weiß zwar, wie dieser Ort heißt, doch muss zunächst noch jemand in Erfahrung bringen, wie wir dort hingelangen.« Und bei diesen Worten sah er Maru an. Die Söldner folgten seinem Blick.

»Deine Nichte?«, fragte Meniotaibor zweifelnd.

»Sie ist nicht so unnütz, wie ihr vielleicht denkt«, sagte Tasil mit seinem wolfsartigen Lächeln.

»Nicht so unnütz, wie ihr denkt«, wiederholte Maru, als sie durch den Regen schlich. Manchmal ging er wirklich zu weit. Wäre es denn so schlimm gewesen, seine »Nichte« einfach einmal zu loben? Hätte er nicht sagen können: »Sie ist klüger als ihr alle zusammen?«

Nun, offenbar war das zu viel verlangt. Ob er seine leiblichen Verwandten auch so behandelte? Hatte er überhaupt welche? Er sprach eigentlich nie über seine Familie. Sie wusste nicht mehr von ihm, als dass er aus der Stadt Urath weit im Süden stammte. Es war immer, als schliche ein Schatten böser Erinnerungen über sein Gesicht, wenn sie ihn auf seine Heimat und Herkunft ansprach. Deshalb tat sie es nicht mehr. Vielleicht war das ein Fehler. Wika kam ihr plötzlich in den Sinn. Wieso nur hatte die Kräuterfrau sie gedrängt, sich selbst zu fragen, warum sie bei Tasil blieb? Bei Sklaven war das eben so. Sie schüttelte den Gedanken ab. Sie hatte eine Aufgabe, die es zu erfüllen galt. Ob Tasil es zugab oder nicht: Wieder einmal hing es von ihr ab. Sie musste möglichst ungesehen auf die Südseite der Insel. Das Einfachste wäre, den Zaun entlangzuschleichen, aber sie wollte dem Wasser nicht zu nahe kommen, nicht, solange Utukku in der Nähe war. Also stahl sie sich vorsichtig über den Hang. Das Unwetter war weitergezogen, und der Wind trieb feinen Regen über die Insel. Am Edhil-Platz wurde gearbeitet. Das Dach des Gottes musste neu errichtet werden. Sonst waren kaum Menschen unterwegs. Sie blieb vorsichtig. Tasil hatte Recht, sie schwebten in tödlicher Gefahr. Numur war unberechenbar. Und dann waren da noch die Hakul. Anfangs sah sie in jedem Schatten einen schwarzen Mantel, aber dann stellte sie fest, dass es wirklich nur Schatten waren. Die Steppenreiter waren nirgends zu entdecken. Hatten sie es aufgegeben, sie zu verfolgen? Vielleicht betrauerten sie ihre toten Stammesbrüder. Tasil hatte sie aus dem Fluss gezogen. Das hatte ihn in der Achtung der Hakul steigen lassen. Aber hatte Numur vielleicht Recht mit seinem ungeheuerlichen Vorwurf? Hatte Tasil die beiden Feinde ertränkt, als sich ihm die Gelegenheit geboten hatte? Maru schauderte es bei dem Gedanken. Sie dachte kurz darüber nach und entschied dann, es nicht zu glauben. Tasil nutzte zwar jeden Vorteil sofort aus, aber selbst er würde nicht so gewissenlos sein, oder? Im Samnath brannte noch Licht. Numurs Leibwächter saßen auf den Stufen. Maru entdeckte weitere Krieger, mindestens zwei Eschet, die das Haus bewachten. Sie sahen müde aus. Was Numur wohl plante? Maru nagte an ihren Lippen. Der Alldhan misstraute ihnen, vor allem Tasil. Und er brauchte sie nicht mehr. Wozu auch? Um den Goldenen Tempel zu finden? Da hatte er andere Mittel. Hatte er nicht gesagt, er würde nach dem Krieg den ganzen Sumpf austrocknen, zu Ehren seines Vaters? Natürlich, wenn Tasil ihm den Schatz liefern würde, dann würde Numur sofort zugreifen. Maru lief weiter. Und wenn man es von ihrer und Tasils Seite betrachtete, sah die Sache noch einmal ganz anders aus. Vielleicht könnten sie Numur wirklich zum Gold führen, und dann? Würde er sie leben lassen? Kaum. Dankbarkeit war nicht Numurs starke Seite. Tasil hatte Recht: Sie mussten so schnell wie möglich von dieser Insel herunter. Am besten noch in dieser Nacht und möglichst weit weg, hinaus aus diesem Sumpf. Auf den »Besuch« im Tempel hätte Maru gern verzichtet. Aber das war nicht ihre Entscheidung. Sie huschte über die Kuppe. Links lag die neue Unterkunft für die Krieger, die Fakyn hatte errichten lassen, und dort unten am Ufer brannten die Feuer der Dorfbewohner. Sie hatten sich unter behelfsmäßigen Dächern für die Nacht eingerichtet und betrauerten nun, inmitten all der Zerstörung, ihre Toten. Maru zögerte, hinunterzugehen. Das alles war ihretwegen geschehen. Wie konnte sie diesen Menschen noch unter die Augen treten? Sie seufzte. Es musste sein. Sie ging weiter. Sie hatte den Auftrag, Rema zu suchen. Der Gedanke, ihn zu sehen, munterte sie etwas auf. Das Schreinhaus war durch die Flutwelle eingeknickt und weitgehend zerstört worden. Das Dach war der Verwüstung aber entgangen. Die Dorfbewohner hatten es von den Wänden gelöst und auf einige behelfsmäßige Pfosten gesetzt. So schützte es wenigstens vor dem Regen. Als Maru den Hügel hinabkam, bemerkte sie, dass sich sehr viele Menschen dort versammelt hatten. Seltsamerweise umringten sie das schützende Dach, hielten aber gleichzeitig Abstand. Maru lief näher an den Ring heran. Offenbar geschah dort etwas, aber sosehr sie sich auch reckte, sie konnte nichts erkennen. Sie tippte eine Frau an: »Verzeih, aber kannst du mir sagen, was hier geschieht?«

»Es ist Wifis. Er stirbt, wenn die Heilerin kein Wunder vollbringt.«

»Wifis?«, rief Maru entsetzt aus.

»Du bist das Mädchen aus der Fremde, oder?«, fragte die Frau.

Maru nickte.

»Sie sagen, das Unglück kam mit dir in dieses Dorf.«

Maru erbleichte. Am liebsten wäre sie davongelaufen, aber plötzlich packte sie eine knochige Hand am Arm: »Nehis? Bist du das? Versteckst du dich hinter diesen Fischweibern?«

Es war Wika.

Maru versuchte halbherzig, sich aus dem Griff zu befreien. »Ich verstecke mich nicht«, behauptete sie.

»Umso besser, ich brauche dich hier, komm.« Und mit diesen Worten zog die Kräuterfrau sie durch die Menge. Dann blieb sie kurz stehen und warf der Frau, mit der Maru gesprochen hat, einen eisigen Blick zu. »Und du, Weib, solltest besser dein Schandmaul halten. Nicht das Mädchen hat die Zermalmerin geweckt.«

Die angesprochene Frau schien nicht sehr beeindruckt. Sie schwieg, aber ihr Blick war sehr beredt. Es waren sicher keine freundlichen Gedanken, die sie gegenüber Wika und Maru hegte. Maru fing noch weitere düstere Blicke auf. Wika schnaubte verächtlich und zog sie mit festem Griff durch die Menge, die zögernd Platz machte. Unter dem Dach waren zahlreiche plumpe Kerzen und einige Laternen entzündet worden. Auf einer Schüttung frischen Strohs lag Wifis. Maru war keine Heilerin, aber als sie nähertrat, sah sie sofort, dass es mit ihm zu Ende ging. Sein Atem ging rasselnd. Sie sah blutgetränkte Verbände an seiner Schulter und über seiner Brust. Er war nicht allein, Taiwe, Skeda und Hana saßen bei ihm. Und dann entdeckte Maru zu ihrer Überraschung auch Biredh, der beim Kopf des Sterbenden saß. Dahinter stand der Schrein. Es war eine helle Steinplatte, in die das grobschlächtige Bildnis eines vielarmigen Mannes gehauen war. Er hatte einen mächtigen Bart, der in einen mit Fischen gefüllten Fluss überging. Wika ließ Marus Arm los und betupfte die Stirn des Alten mit einem feuchten Tuch. »Lindern wird es, mehr nicht. Mehr kann ich nicht«, murmelte sie.

»Was ist geschehen?«, fragte Maru leise.

»Wir wissen es nicht genau«, sagte Taiwe, »wir fanden ihn am Hafen, aus schweren Wunden blutend. Es geschah wohl, als sie die Frau jagten.«

»Umati?«, fragte Maru entsetzt.

»Ich weiß ihren Namen nicht. Sie ist ihnen wohl entkommen. Vielleicht hat sie ihn im Blutrausch getötet, denn da lagen noch viele andere tote Männer.«

Maru wollte nicht glauben, was sie da hörte. Hatte Umati den alten Mann getötet?

»Noch eine Bestie, die unser Dorf heimsucht«, murmelte Skeda düster.

»Sie haben ihn einfach dort liegen lassen, zwischen den Toten«, sagte Taiwe bitter. »Nur um ihre Verwundeten haben sie sich gesorgt.«

»Ihren Heiler kenne ich«, sagte Wika. »Es ist besser für Wifis, dass er ihm nicht in die Hände fiel. Besser, er ist bei uns.«

»Aber helfen kannst du ihm auch nicht mehr«, stellte Taiwe fest.

»Nein, das kann ich nicht«, erwiderte Wika müde. »Leichter kann ich es ihm machen. Nur das.«

Maru fühlte sich jämmerlich. Wifis starb. Und auch dafür war sie verantwortlich. Es war unerträglich. Sie flüsterte: »Das ist alles meine Schuld.«

Niemand sagte etwas. Maru spürte die Blicke der anderen: Taiwe, der sich bestätigt fühlte, Skeda, der sich fürchtete, und Hana, der nichts verstand.

Wika kam zu ihr, wieder viel zu nah und sah sie schräg von unten an. »Willst du wieder weinen, Nehis? Wem soll das nützen? Schuld? Woran? An allem? Großes Wort. Hast du das Schwert geführt? Nein. Deine Schuld? Unsinn!«, schimpfte Wika und wandte sich ab. Dann drehte sie sich plötzlich um, packte Maru wieder hart am Arm und starrte ihr aus nächster Nähe ins Gesicht. »Natürlich, Nehis, alles, was du tust, hat Folgen. Immer. Gute. Schlechte. Undenkbare. Aber was, wenn du nichts getan hättest? Keine Folgen? Oder doch? Denke darüber nach.«

Maru stammelte: »Aber …«

Wika unterbrach sie schroff: »Nichts aber, Nehis. Geschehen ist geschehen. Du bist hier, um zu helfen. Nicht um zu jammern. Das ist nutzlos.«

»Aber wie könnte ich denn helfen? Ich bin keine Heilerin.«

»Natürlich nicht! Das wäre ja noch schöner.« Wika lachte meckernd. »Eine ist genug für dieses armselige Dorf. Nein, reden sollst du, mit Wifis. Er hat nach dir gefragt.«

»Nach mir?«

»Nach mir? Nach mir?«, äffte Wika sie nach. »Nach einem hübschen Mädchen mit grünen Augen. Kennst du ein anderes – dann hole es!«

Maru trat näher an das Lager von Wifis heran. Der Alte blickte mit unruhigen Augen in die Ferne. Plötzlich griff er ihre Hand und zog Maru zu sich hinunter.

»Du wolltest meine Söhne suchen, nicht wahr? Hast du sie gefunden? Meine drei Söhne?«, fragte er mit brüchiger Stimme.

Maru sah verängstigt zu Wika. Würde der Alte sterben, während sie seine Hand hielt?

»Was soll ich sagen?«, fragte sie flüsternd.

»Tröste ihn«, befahl die Alte. »Erleichtere sein Herz.«

Maru schluckte und sagte: »Ich habe sie gesehen, auf ihrem großen Boot. Es sind prachtvolle Burschen, du hattest Recht, ehrwürdiger Wifis.«

»Aber wo sind sie jetzt? Warum sind sie nicht hier?«, fragte Wifis mit weit aufgerissenen Augen. »Taugen sie so wenig? Wo ich sie jetzt brauche, da …« Ein Hustenanfall beendete den Satz. Blut trat auf die Lippen des Ältesten.

»Lasst uns allein!«, befahl Wika den anderen harsch.

Die Ältesten und Hana zögerten, aber dann gehorchten sie.

»Gilt das auch für mich?«, fragte Biredh sanft.

»Nicht für dich, du weißt es doch schon. Du bleibst, Märchenerzähler.«

Maru fühlte sich unwohl. Was erwartete die Kräuterfrau von ihr?

Wika flüsterte ihr ins Ohr: »Ich weiß, du kannst es.«

»Aber was denn, Wika?«, fragte Maru hilflos.

»Die Stimme, du hast sie. Das weiß ich. Maghai-Tochter, nicht wahr? Sprich mit ihm. Mach es ihm leicht! Wenigstens jetzt.«

Maru schreckte vor dem zurück, was Wika verlangte. Durfte sie Wifis mit Zauberei blenden? War es das, was die Kräuterfrau wollte? Die Stimme war doch etwas, mit dem man Leute betrog, sie dazu brachte, etwas zu tun, das sie besser nicht tun würden. Sie war noch nie auf den Gedanken gekommen, dass man mit dieser anrüchigen Kunst auch jemandem helfen konnte. Dann dachte sie an den frühen Abend, als es ihr gelungen war, einen ganzen Saal von ihrer Unschuld zu überzeugen. Konnte sie also auch einen Sterbenden täuschen? Sie sammelte sich um jenen tiefen Punkt innerer Ruhe, den sie anstrebte, bevor sie die Stimme einsetzte. Sie atmete tief ein, und dann sah sie es: Das große Boot mit weißem Segel und prall gefüllten Netzen, das zurückkehrte von der Fahrt aufs Meer. Ein junger Mann stand im Bug, einer am Mast, und ein weiterer führte das Segel. Weiße Wolkenbänke standen am Horizont, und ein leichter Wind blies das Boot den Fluss hinauf. Sie hatten es eilig, denn sie wussten, dass ihr Vater auf sie wartete. Dieses Bild stand Maru klar vor Augen, und das war es, was sie Wifis erzählte. Seine Augen leuchteten, als er starb.

»Gut gemacht, Nehis«, lobte Wika, als es vorbei war. »Du kannst seine Hand jetzt loslassen.«

»Hoffen wir, dass ihn seine Söhne auf der anderen Seite erwarten«, sagte Biredh leise, als die Kräuterfrau dem Ältesten die Augen schloss.

Maru fühlte sich entsetzlich leer. Ihr war es vorgekommen,

als würde der sterbende Mann Kraft aus ihr heraussaugen. Er sah friedlich aus, wie er da im Kerzenschimmer auf dem Stroh lag.

»Du siehst, Nehis, du kannst mehr als lügen und täuschen«, raunte Wika. »Musst nur lernen, sie besser zu nutzen, deine Gaben. Richtig zu nutzen. Aber nicht von dem Südländer. Nicht von ihm. Er kann dich nicht lehren.«

»Aber ich habe es doch von ihm gelernt.«

Wika lachte nur. »Ein Betrüger ist er. Wird sich das Wissen gestohlen haben und geraubt. Weiß wenig, versteht nichts!«

»Warum bist du eigentlich hierhergekommen, Maru Nehis?«, fragte Biredh plötzlich.

Maru konnte die Augen kaum vom toten Wifis lassen. Sie hatte seine Hand noch gehalten, als er starb, hatte gefühlt, wie das Leben in ihm aufhörte. Sie riss sich zusammen. »Ich suche Rema«, sagte sie zögernd.

»So? Taiwes Enkel sucht das Kind? Gefällt dir wohl, der Junge, wie?«, fragte Wika. Sie grinste breit.

Maru beschloss, diese Frage nicht zu beantworten. »Darum geht es nicht«, behauptete sie, »ich brauche seine Hilfe.«

»So? Um Hilfe fragst du die armen Leute, die so vieles verloren haben an diesem Tag? Was ist es, das Rema für dich tun soll, tun kann, Maghai-Tochter?«

Unbehagen stieg in Maru auf. Die Alte ging so selbstverständlich davon aus, dass ihr Vater ein Zauberer war. Dabei war doch selbst der große Jalis sich nicht völlig sicher gewesen. Woher nahm sie diese Gewissheit?

»Es steht gar nicht fest, dass mein Vater ein Zauberer war«, sagte sie vorsichtig.

Wika lachte. »Leugne es nur, Kind, leugne. Offensichtlich ist es. Kannst selbst die Sterbenden noch täuschen. Wenige nur können das, Nehis. Nur Maghai.«

»Quäle sie nicht, Wika«, bat Biredh. »Sie hat es schwer genug.«

»Aber Antwort will ich! Was kann ein armer Junge für dich tun, Nehis?«

Maru seufzte. »Wir müssen dieses Dorf verlassen, Wika, denn wir sind hier nicht sicher. Der Alldhan wird uns töten lassen, eher früher als später. Wir brauchen Rema als Führer.«

»Rema? Wenn ihr nur fliehen wollt, ist es einfach. Stromabwärts, bis zum Meer – dann ist alles offen, viele Möglichkeiten. Aber Rema war nie am Meer«, sagte die Kräuterfrau.

Maru zögerte, dann gab sie zu: »Wir wollen nicht ans Meer, wir suchen die Insel von Dwailis. Mein Onkel weiß, dass der Goldene Tempel dort in der Nähe sein muss.«

Wika starrte sie finster an.

»Er ist nicht dein Onkel«, sagte sie nach langer Pause.

»Das weiß ich«, antwortete Maru.

»Zu gefährlich. Jagen werden sie euch. Töten vielleicht. Rema kann nicht mit.«

»Aber wir brauchen jemanden, der uns führt«, sagte Maru. Sie wollte sich von der Sturheit der Kräuterfrau nicht entmutigen lassen.

»Vielleicht«, warf Biredh mit sanfter Stimme ein, »vielleicht ist es ausreichend, ihr den Weg zu weisen.«

Wika warf dem Blinden einen wütenden Blick zu, aber dann lenkte sie unvermittelt ein. »Du willst also wissen, wo Dwailis wohnt, der alte Narr? Das willst du?«

Maru nickte.

»Und das Gold willst du? Ist es das, was dich zu ihm zieht?«

Maru zuckte mit den Schultern. Über das Gold hatte sie sich bisher gar keine Gedanken gemacht. Sie wollte nur weg von hier und den Fluss möglichst weit hinter sich lassen, für immer. Es war ein Unglück, dass Tasil sie nicht ließ, sondern immer tiefer in diesen Sumpf hineinzog. Aber dann dachte sie wieder an das, was Wika vorhin gesagt hatte. Über die Folgen ihrer Taten, und die Folgen, wenn sie nichts tat. »Das Gold ist nicht wichtig, nicht für mich«, sagte Maru schließlich, »aber es gibt etwas anderes.«

Die Alte sah sie lauernd an. »Und was soll das sein, Nehis?«

»Das Opfer. Ihr dürft es nicht bringen. Es wäre vergeblich.«

»Und woher weißt du das, Mädchen aus der Fremde?«, fragte Wika, plötzlich ganz mild.

Maru zögerte. Sie war allein mit Biredh und Wika. Weise Menschen, erfahren, viel erfahrener als sie selbst in der Welt der Götter und Daimonen. Wenn jemand ihr erklären konnte, warum Utukku ausgerechnet sie verfolgte, bedrohte, ihr Blut haben wollte, wenn jemand wusste oder wenigstens ahnte, was der Daimon bezweckte, dann Wika und Biredh. Sie holte tief Luft und sagte – nichts. Kein Wort brachte sie heraus. Es war, als wäre ihre Zunge gelähmt. Stand sie unter einem Bann? War es ein Zauber, wie der, von dem Tasil gesprochen hatte? Ein Bann, der verhinderte, dass sie über Utukku sprach? Oder war es etwas anderes, etwas, das sie warnte, das sie daran erinnerte, dass Vertrauen in dieser Welt gefährlich war? Sie schluckte, setzte an und schüttelte den Kopf. Es ging nicht. Sie schloss die Augen, setzte an, konnte es nicht aussprechen, sammelte sich und brachte schließlich unter großer Anstrengung hervor: »Ich habe ihn gesehen, den Schatten. Den, den du auch gesehen hast, Wika. Er ist es, der die Erwachte antreibt.«

»Gesehen hast du ihn also, den verfluchten Schatten. Und du weißt etwas über ihn. Und er über dich. Noch mehr Zauberei. Ich spüre sie. Ist es nicht so, Nehis?«, fragte Wika mit bohrendem Blick.

Maru nickte. »Ich kann dir nicht mehr sagen, Wika, auch wenn ich möchte. Aber glaube mir bitte, der… Schatten, er stachelt die Erwachte an. Sie wird durch ein Opfer nicht zu besänftigen sein.«

»Du solltest ihr glauben, Wika«, sagte Biredh.

Die Alte warf ihm wieder einen bösen Blick zu. »Ist das deine Sache, blinder Mann? Aber glauben? Sie sagt nur, was ich schon vorher sagte! Das Opfer. Sinnlos. Mädchen zu schlachten! Ein böser Brauch aus bösen Tagen. Ja, da ist Wahrheit in ihren Worten. Dunkelheit auch. Und viel Schweigen über wichtige Dinge. Große Dinge. Und das Opfer? Nicht ich entscheide hier. Die Ältesten und der Edaling sind es.« Dann war sie wieder ganz dicht bei Maru und sagte drohend: »Du wirst deine Stimme auf keinen dieser Menschen hier anwenden, Nehis, verstehst du? Nicht auf Hana, den Wurm, nicht auf Taiwe oder Skeda. Verstehst du?«

Maru nickte. Sie war bislang noch gar nicht auf diesen Gedanken gekommen. Aber natürlich, wenn sie so stark war…

»Gutes Kind, gehorsames Kind«, sagte Wika, und es klang spöttisch.

»Sagst du mir jetzt den Weg?«, fragte Maru.

»Den Weg zu Dwailis? Viele Pfade führen durch das Fenn. Sichere, einfache, schwierige, geheime. Welchen willst du, Nehis?«

Maru seufzte. Die Frau stellte ihre Geduld auf eine harte Probe. »Sag mir bitte einfach einen Weg, ehrwürdige Wika, einen, dem wir Fremden alleine folgen können.«

»Einfach muss er also sein«, brummte die Kräuterfrau, »damit auch Narren ihn finden.« Dann erklärte sie es: »Einen solchen Pfad habe ich für dich, Nehis. Wenn ihr die Insel verlasst, wendet euch nach Westen. Die Himmelsrichtungen werdet ihr doch kennen, oder? Seid auf der Hut, die Wege im Isberfenn sind verschlungen und haben schon viele in die Irre geführt. Dann stoßt ihr auf Inseln. Nicht aus Schilf. Andere Inseln. Fester Grund. Mit Weiden. Daran erkennt ihr sie. Die Dhaig nennen wir sie. Du weißt, was eine Weide ist? Gut! Dort beginnt das Leugfenn. Meidet es! Fahrt entlang der Weideninseln nach Süden und zurück nach Osten. Ist ein Halbkreis fast. Wenn diese Inseln enden, seid ihr beinahe dort. Eine Insel unter vielen kleinen, nördlich der Dhaig. Aber sie ist wieder anders. Hoch, nackt. Manchmal ist Rauch darüber. Der alte Dwailis macht gerne Feuer. Findest du das? Schaffst du das, Nehis?«

Maru nickte stumm. Es klang nicht so schwierig. Wika sah sie mit grimmiger Miene an. Sie setzte an, etwas zu sagen, zögerte, seufzte und kam wieder viel zu nah an Maru heran. Sie legte ihre Hand auf Marus Schulter und sah ihr tief in die Augen. Ihre harten Züge wurden plötzlich weich. »Eines noch, Nehis, will ich dir sagen«, begann sie. »Dwailis. Er ist ein alter Narr, aber er ist auch mehr.«

»Ich weiß«, erwiderte Maru, »er ist ein Maghai, nicht wahr?«

Wika schnaubte verächtlich. »Offensichtlich ist das, oder? Wenigstens für unsereins. Aber das heißt für dich Gefahr, Nehis!«

Und als Maru sie verständnislos anstarrte, fuhr Wika fort: »Schau, Nehis. Habe viel nachgedacht, seit ich dich sah. Dein Erbe, dein Blut, deine Stärke. Deine Herkunft vor allem. Deine Eltern, Nehis. Maghai ist verboten, Kinder zu zeugen. Da gibt es Eide, mächtige Eide und Zauber.«

Maru hörte zu. Jalis hatte auch etwas in der Art gesagt. Er hatte ihr erklärt, dass die Bruderschaft fürchtete, dass sonst auch Kinder ohne die Gabe das geheime Wissen von ihren Vätern erfahren würden. Dass Menschen, denen es einfach nicht bestimmt war, Maghai zu sein, mit diesem Wissen Unheil anrichteten. Irgendetwas hatte sie an dieser Begründung immer gestört. Würde sie nun mehr erfahren?

»Du weißt, dass sie Kinder nur nach ihrer Begabung in die Lehre nehmen? Dass sie sie auch manchmal rauben? Kennst das Kinderlied vom Schwarzen Maghai, Nehis? Gut. Jeder kann mit der Gabe geboren werden. Bauernsohn, Fürstenkind. Ein Geschenk der Götter, bei uns Kräuterfrauen. Oder ein Fluch, bei den Maghai. Hörst du zu? Gut. Rücksichtslos sind sie, die Maghai, alles ordnen sie ihren Zielen unter. Eifersüchtig sind sie auch. Hüten große und kleine Geheimnisse, die Narren. Vor allem aber haben sie Angst, Nehis.«

»Die Maghai? Aber wovor denn?«

»Die Maghai!«, bekräftigte die Alte. »Die Angst zerfrisst sie. Was, wenn einer kommt, dem die Götter die Gabe in die Wiege legen und der sie erbt von einem, der schon stark war? Doppelt beschenkt, Nehis! Das dulden sie nicht. Können sie nicht. Deshalb die Eide. Deshalb die Verbote, die Zauber.«

Ganz langsam verstand Maru, was die Kräuterfrau meinte. »Du glaubst, ich habe …«

»Du hast die Gabe zweimal erhalten, Nehis. Das glaube ich. Aber sicher weiß ich es nicht. Da ist ein Schleier vor deinem Schicksal, deiner Bestimmung. Dein Vater, er muss ein starker Maghai sein. Hat sich und dich verborgen.«

Dann stimmte also, was Jalis vermutet hatte. Aber er hatte ihr nicht alles erzählt. Doch was bedeutete das nun? Was wusste Wika?

Die Kräuterfrau sah auf einmal sehr müde aus. »Ach, Nehis«, sagte sie seufzend, »du bist, was nicht sein darf. Die Bruderschaft wird dich suchen, dich töten, wenn sie von dir erfährt.«

»Aber vielleicht bin ich gar nicht so begabt«, rief Maru verzweifelt.

Wika lachte meckernd. »So ist es gut! Leugne es, Kind, verbirg es. Schnell lernst du! Jeder Maghai kann dein Todfeind sein.«

Maru schwieg betroffen. In ihrem Inneren war Leere. Noch mehr Feinde? »Und Dwailis?«, fragte sie schließlich.

»Dwailis? Ein Narr ist er, und verrückt. Hat der Bruderschaft den Rücken gekehrt. Vor langer Zeit. Nur halbe Gefahr für dich, also. Aber Gefahr, Nehis! Kann nicht für ihn bürgen. Verbirg deine Gabe. Sprich nie darüber. Wende sie nicht an. Sie riechen es, spüren es, wenn irgendwo ein Maghai seine Zauber wirkt. Haben dich vielleicht auch schon gerochen, Nehis. Sei auf der Hut! Du störst ihre Pläne.«

»Aber was für Pläne denn? Ich störe doch niemanden«, sagte Maru verwirrt. War die Welt nicht ohnehin schon gefährlich genug? Musste sie sich jetzt auch noch vor der Bruderschaft der Maghai fürchten?

Wika lachte. »Du bist ein Stachel in ihrem Fleisch, Nehis. Kommt nicht drauf an, was du tust. Oder wo du bist, Nehis.« Dann wurde sie wieder ernst und musterte Maru mit durchdringendem Blick. »Immer schmieden sie Pläne, die Narren. Und wieder neue Pläne. Und dann immer noch einen größeren. Von alters her. Aber was haben sie erreicht? Was ist aus dem Großen Plan geworden? Nichts! Weniger als nichts! Klein sind sie geworden. Und verfolgen mit ihrem Hass jeden, der größer werden könnte. Das heißt, sie verfolgen dich, Nehis!«

»Du bist eine Schwarzmalerin, Wika«, warf Biredh plötzlich ein.

»Und du kannst Schwarz nicht von Weiß unterscheiden, blinder Mann«, schnappte Wika zurück.

»Ich weiß wohl, wann Tag und wann Nacht ist, Wika. Ich spüre die Sonne und den Regen, fühle die Hoffnung und die Furcht. Und ich denke, du hast für heute genug Angst gesät. Wenn du erlaubst, werde ich diese junge Frau nun von deinen düsteren Worten erlösen und sie bitten, mich zu meinem Nachtlager zu geleiten.«

»Allen Grund hat sie, Angst zu haben. Je mehr, desto besser!«, knurrte Wika.

»Komm, Maru Nehis, lass Wika ruhig unken. Wir wissen nicht, was werden wird, aber ich verbürge mich dafür, dass bald die Sonne aufgehen wird, komme, was da wolle.« Dann wandte er sich noch einmal an die Kräuterfrau: »Du hast noch eine Aufgabe, Wika. Bring diese Narren davon ab, die kleine Lathe zu opfern.

Du weißt doch jetzt, dass es vergeblich wäre. Die Zermalmerin ist nicht von selbst aus dem Schlaf erwacht. Der Schatten treibt sie an. Dafür gibt es kein Ritual. Und kein Opfer wäre stark genug, sie zu besänftigen.«

»Ich weiß es längst. Reden werde ich mit ihnen. Mit den Narren. Versprechen kann ich nichts. Die Sorgen trüben ihren Verstand.«

»Dann gib dir Mühe. Sie werden deinem Liebreiz kaum widerstehen können, alte Freundin«, sagte Biredh lächelnd, woraufhin Wika in schallendes Gelächter ausbrach.

Das hatte etwas Befreiendes. Maru fühlte sich für einen Augenblick erleichtert, aber dann sah sie Wifis, der tot im Stroh lag, und die düsteren Gedanken kehrten zurück.

Biredh bat sie, ihn zur Statue Utus zu führen, und sie schlug diesen Weg ein, ohne nach dem Grund zu fragen. Sie führte ihn durch den stummen Kreis der Dorfbewohner, die immer noch dort in der Nacht standen. Maru konnte ihre misstrauischen Blicke im Rücken fühlen. Leichter Regen ging nieder. Während sie den Hang hinaufstapften, hing sie ihren Gedanken nach. Wika hatte ihr mehr als genug zum Nachdenken aufgegeben. Wohin sie auch blickte, überall lauerte Gefahr. Utukku, Numur, die Awathani, die Hakul und jetzt auch noch die Maghai.

»Sag, Biredh, was hat Wika gemeint, als sie sagte, dass die Maghai einen Großen Plan haben?«

»Hatten, Maru Nehis, hatten. Ich glaube, sie haben ihn längst aufgegeben.«

»Und was heißt das?«

Biredh seufzte. »Warum denkst du eigentlich, dass ausgerechnet ich dir etwas darüber sagen kann?«

»Ich weiß nicht. Ich hoffe einfach, dass du eine Geschichte dazu kennst.«

Biredh blieb kopfschüttelnd stehen. »Eine Geschichte? Das wäre zu viel gesagt, Maru Nehis. Wir reden hier über die Graue Zeit. Mehr als ein Flüstern hat uns aus diesen Tagen der Verzweiflung nicht erreicht. Die Goldenen Städte waren zerstört und neue noch nicht gebaut. Die wenigen Menschen, die den Untergang überlebt hatten, lebten verstreut. Strydhs Hunger nach Krieg und Zerstörung war jung und schien unstillbar. Doch was nützt einem Herrn sein Reich, wenn niemand darin lebt, ihm zu dienen? Also nahm der Gott die Wölfe des Krieges an die Leine, bevor die Menschensaat ganz zertreten war. Es heißt, dass einige Weise, die in die Sümpfe geflohen waren, sich in dieser finsteren Zeit heimlich zusammenfanden. Sie gründeten die Bruderschaft der Maghai und schworen einander, ihr Wissen weiterzugeben und von Generation zu Generation zu mehren. Doch sie wussten auch, dass Blut unzuverlässig ist. Sie hatten gesehen, wie große Herrscher Söhne zeugten, die nichts taugten, und wie unfähige Kinder den Baum verdarben, den ihre Eltern gehegt hatten. Um diesem Fluch zu entgehen, leisteten sie einen weiteren Schwur. Keiner von ihnen sollte je ein Kind zeugen. Ihr Erbe wollten sie nur weitergeben an einen, mit dem sie keine Blutsverwandtschaft verband. Stattdessen hielten sie Ausschau unter gewöhnlichen Kindern, die die Begabung zu ihrer Kunst von höheren Mächten in die Wiege gelegt bekamen. Du hast davon gehört: Der Schwarze Maghai, der um Dörfer schleicht und Kinder raubt. Nun verstehst du vielleicht, warum sie das tun. Sie hielten sich verborgen, vererbten ihr Wissen und wirkten über Jahrhunderte an ihrem Großen Plan. Denn das war ihr dritter Schwur: Sie schworen, Strydh eines Tages die Herrschaft wieder zu entreißen, damit die Menschheit wieder in Frieden würde leben können. Aber das ist alles so lange her, dass sie sich selbst kaum noch daran erinnern können. Ihre Heimlichkeit, die ihnen als Schutz dienen sollte, kehrte sich gegen sie. Denn bald begannen sie, einander zu misstrauen.

Und jeder fürchtete, der andere könne mächtiger werden als er selbst.«

Maru hörte gebannt zu. Die Maghai hatten vor, Strydh vom Thron zu stürzen? Aber wie sollte das gehen? »Aber was war denn ihr Großer Plan, Biredh?«, rief sie ungeduldig.

»Dir fehlt es an Geduld, Maru Nehis, aber gut, vielleicht ist das das Vorrecht der Jugend, die Antwort lieber schnell als genau zu fordern. Dann höre weiter. Du weißt, dass Strydh der Herr der Welt ist, weil seine älteren Geschwister, die Hüter, schlafen?«

Maru nickte. Das wusste doch wirklich jedes Kind. Strydh hatte sie überlistet und mit einem Schlafzauber gebannt.

»Ja, jeder weiß es«, fuhr Biredh fort, »und die Maghai wissen es auch. Doch war es immer so gewesen? Nein! Und musste es immer so bleiben? Wieder nein! Wer schläft, kann geweckt werden. Als die Weisen ihre Bruderschaft gründeten, hatten sie nichts Geringeres vor, als dem Kriegsgott das Szepter der Macht zu entreißen und es den Hütern wiederzugeben. Sie suchten nach einem Weg, sie aus ihrem jahrtausendelangen Schlaf zu reißen. Sie suchten nach Bogas Horn.«

Maru dachte nach. Das Horn des Jägers. Es gab viele Geschichten darüber. Er hatte es fortgeworfen, nachdem sein Gefährte im Kampf gefallen war. Schon viele hatten danach gesucht. Gefunden hatte es keiner. Auch die Maghai offenbar nicht. »Sie hatten keinen Erfolg«, stellte sie nüchtern fest.

»Richtig, Maru Nehis, der Erfolg blieb ihnen verwehrt. Vielleicht, weil die Bruderschaft schon im Entstehen den Keim des Zerfalls in sich trug und jeder Zauberer bald seinen eigenen Weg ging und seinem eigenen Plan folgte. Vielleicht, weil sie gar nicht wissen, von welcher Art und Gestalt Bogas Horn eigentlich ist. Aber vielleicht hat es auch einen ganz anderen Grund.« Biredh hob seine leeren Augenhöhlen zum Himmel, so als suche er dort oben etwas. Dann sagte er leise: »Vielleicht, Maru

Nehis, ist es einfach so, dass die Hüter gar nicht geweckt werden wollen.«

Maru verschlug es den Atem. Wie konnte der Alte so etwas behaupten? Sie erinnerte sich an die Gebete, die sie als Kind in Akyr gelernt hatte. Viele davon endeten mit den Worten: *Mögen die Hüter bald ihre Augen öffnen*, oder: *Möge Bogas Horn bald erschallen und die Hüter wecken*. Und jetzt behauptete Biredh, dass sie vielleicht gar nicht erwachen wollten?

»Du bist erschrocken, Maru Nehis? Dann denke nach! Vielleicht waren es die Hüter einfach leid, die Schicksale der Menschen zu lenken. Vielleicht ließen sie sich deshalb so leicht von ihrem Bruder Strydh betrügen.«

»Aber Biredh!«, rief Maru entsetzt.

Der Alte lächelte traurig. »Nun, ich weiß es einfach nicht, Maru Nehis. Ich bin weit gewandert und habe vieles gehört. Die Menschensaat hat viel Leid erfahren, seit sie auf dieser Erde wächst, doch das meiste hat sie sich selbst zugefügt. Aber jetzt komm, vielleicht sind dies auch nur die schwarzen Gedanken eines müden alten Mannes nach einem Tag voller Schrecken. Bring mich in unsere Unterkunft, denn ich sehne mich nach Schlaf.«

Sie gingen weiter, aber sie gingen sehr langsam. Maru dachte über das Gehörte nach. Der Große Plan der Maghai. Vielleicht hätten sie weniger planen und mehr suchen sollen. Sie begriff immer noch nicht, was die Zauberer gegen sie haben sollten. Sie hatte nicht darum gebeten, die Gabe gleich zweimal zu erhalten. Sie hätte sie gern auch zurückgegeben, wenn das möglich gewesen wäre. Und der Große Plan? Sollten die Maghai doch nach Bogas Horn suchen. Sie würde sie nicht daran hindern. Sie hatte ganz andere Sorgen.

Hammerschläge dröhnten über das Dorf und rissen Maru aus ihren Gedanken. Es war späte Nacht, ja, der Morgen konnte nicht mehr weit sein, und Numurs Männer arbeiteten immer noch fieberhaft am Schutz der Statue. Das Dach über dem Standbild tauchte hinter der Kuppe auf. Es war schon beinahe fertig. Maru fragte sich, warum sie sich solch eine Mühe machten. War das Standbild so empfindlich, dass es nicht einmal eine Nacht im Regen stehen durfte? Außerdem: Wenn sie den Alldhan richtig verstanden hatte, würde das Heer bald weiterziehen, und sie konnte sich nicht vorstellen, dass sie ihren Gott ausgerechnet hier zurücklassen würden. Numur war seltsam in allem, was den Neuen Gott betraf.

»Sag, Biredh«, fragte sie, um das Schweigen zu brechen, »warum ist der Alldhan so … eigenartig, wenn es um den Gott Utu geht?«

»Was meinst du, Maru Nehis?«, fragte Biredh. Sein Stock klopfte im langsamen Takt ihrer Schritte auf den Boden.

»Ich weiß nicht, mir fehlen die richtigen Worte dafür. Er verehrt ihn nicht so, wie es seine Männer und die Priester tun. Aber er hat die Edhil-Säule für ihn fällen lassen. Jetzt bauen sie ein Dach, obwohl sie doch bald weiterziehen. Er scheint sehr darauf bedacht, es ihm Recht zu machen.«

»Deine Worte sind so falsch nicht, Maru Nehis«, sagte Biredh sanft. »Erinnerst du dich, was man sich über Utus Tod erzählte, als du nach Serkesch kamst?«

Maru dachte nach. Die Menschen der Stadt waren der Meinung, dass Raik Utu vor seiner Zeit gestorben war. Und irgendetwas war mit einer Krankheit, für die es keine Erklärung gab. Sogar Maghai waren in die Stadt gerufen worden, um den Raik zu … Maru stockte. »Iddin und Numur«, flüsterte sie, »sie haben keine Heiler gerufen, oder Kräuterfrauen, sondern Maghai!«

»Seltsam, nicht wahr?«

»Du meinst, sie wollten ihn nicht heilen, sondern …«

»Du solltest es nicht aussprechen, Maru Nehis, nicht auf dieser Insel, nicht in dieser Nacht, die Ohren hat.«

»Er hat seinen Vater …?« Maru beendete den Satz nicht. Eigentlich gab es kaum Grund, so erstaunt zu sein. Sie hatte schon damals das Gerücht gehört, dass die beiden Malk ihre Stiefmutter getötet hatten – und sie hatten wirklich alles versucht, um sich gegenseitig umzubringen. Es wunderte sie, dass sie erst jetzt darauf kam. Es war so naheliegend: Numur hatte seinen Vater getötet – und der war nach seiner Ermordung zum Gott aufgestiegen. Kein Wunder, dass der Alldhan jetzt wirklich alles tat, um Utu versöhnlich zu stimmen.

»Du verstehst jetzt vielleicht, Maru Nehis, dass Numur ein sehr besonderes Verhältnis zu diesem Gott hat«, sagte Biredh.

»Er hat … Angst«, rutschte es Maru hinaus.

»Du solltest wirklich vorsichtiger werden, Maru Nehis«, flüsterte der blinde Erzähler und blieb plötzlich stehen.

»Was ist?«, fragte Maru beunruhigt. Biredh hatte Recht: Es war Vorsicht geboten. Aber sie war müde, und ihre Aufmerksamkeit hatte nachgelassen.

»Nichts, Maru Nehis, allerdings sollten wir uns hier trennen.«

»Hier? Aber warum denn?«

»Ich höre da ein Flüstern im Strom, eine Stimme, einen Ton, dem ich nachgehen muss. Der Fluss will, dass wir gemeinsam den Morgen begrüßen.«

»Ich kann dich begleiten, Biredh«, bot Maru an.

»Ich danke dir für dieses Angebot, doch ich kann das wohl allein. Hast du nicht noch etwas zu erledigen? Für deinen ›Onkel‹?«

»Zu erledigen?«

»Ich dachte mir schon, dass du den Wald nicht riechen kannst«, sagte Biredh mit einem Lächeln in der Stimme. »Du solltest hinunter gehen in eure Unterkunft, Maru Nehis. Du wirst sicher schon erwartet. Ich gehe zum Wasser. Ich glaube, dieser Ziegenstall wäre heute kein guter Platz für mich.«

Natürlich, Biredh sprach wieder einmal in Rätseln. Wie hatte sie etwas anderes erwarten können? Sie trennten sich, und Maru nahm den kürzesten Weg zur Herberge. Biredhs Worte, sie hatten etwas von einer Warnung. Sie war beunruhigt, ohne dass sie dafür einen bestimmten Grund hätte nennen können. Der Wind schien gedreht zu haben. Sie blieb stehen und sog die Luft ein. Es roch nach Regen, Schlamm und Schilf. Keine Spur von Verwesung. Dafür war da wirklich etwas, was an einen Wald erinnerte. Sie runzelte die Stirn. Der Regen hatte nachgelassen, und die Wolkendecke war hier und dort aufgerissen. Ihre Augen hatten sich inzwischen ganz gut an die Dunkelheit gewöhnt. Vor ihr lagen die Pfahlbauten, besetzt von Numurs Kriegern, während die eigentlichen Bewohner in den Verschlägen und Ställen darunter schlafen mussten. Sie konnte den Wehrzaun sehen. Durch die Lücken schimmerte das Wasser des Dhanis. Zwischen den Hütten war die Nacht voller Schatten, aber sie wollte sich von den rätselhaften Andeutungen Biredhs nicht ins Bockshorn jagen lassen. Sie lief weiter. Ein Schemen vor ihr bewegte sich plötzlich, und ohne dass sie es hätte verhindern können, prallte sie mit ihm zusammen. Sie rutschte aus und schrie leise auf. Der Schemen fing ihren Sturz ab und hielt sie mit kräftigen Armen fest. Ein Geruch von Harz und Holz umgab ihn.

»Habe ich dich erschreckt, Mädchen?«, fragte eine Stimme verlegen.

»Bolox?«, fragte Maru ungläubig, als sie ihren ersten Schrecken überwunden hatte. Er roch wirklich nach … Wald.

»Ich habe dich gesucht«, erklärte der Farwier leise und fragte noch einmal: »Habe ich dich erschreckt?«

»Kaum«, behauptete Maru.

»Wir Farwier haben gute Augen in der Dunkelheit«, sagte Bolox stolz, »das lernen wir in unseren Wäldern.«

»Du kannst mich übrigens jetzt auch loslassen, Bolox.«

Die Hände des jungen Mannes zuckten zurück. »Verzeih, ich wollte nicht, dass du stürzt.«

»Danke, das hast du geschafft«, murmelte Maru, »aber warum hast du mich gesucht?«

»Nun, wir haben … ich denke, es ist an der Zeit, also, ich denke, es gibt Grund, also, wir sollten etwas besprechen, Maru«, sagte Bolox stotternd.

Maru wunderte sich. Der Farwier war vielleicht eher ein Mann der Tat als des Wortes, aber dass er so dermaßen stotterte, war ihr bisher nicht aufgefallen.

»Ist irgendetwas geschehen?«, fragte sie, plötzlich besorgt. »Ist mit den anderen alles in Ordnung?«

»Nein, ich meine, ja.«

»Was denn jetzt?«, fragte Maru gereizt. Sie fühlte sich in der Gegenwart des Farwiers nicht sehr wohl.

»Es ist nichts geschehen, und mit den anderen ist alles in bester Ordnung, zumindest war es das, als ich sie eben verließ. Ich habe eigentlich Wache, aber ich musste dich sehen.«

Maru fragte sich, wann Bolox endlich zur Sache kommen würde. »Aber was gibt es denn?«, fragte sie.

»Ich bin ein Farwier und du zur Hälfte auch.«

»Ich weiß«, antwortete Maru, die keinen einzigen Tropfen farwischen Blutes in sich wusste, langsam.

»Und ich habe einen Handel mit deinem Onkel.«

Tasil hatte seine Hände im Spiel? Sie fragte: »Und was für ein Handel soll das sein?«

»Ich habe mit ihm ausgemacht, also, wir sind übereingekommen …«, Bolox holte tief Luft und presste das Folgende schnell heraus, »… dass du mein Weib wirst, wenn ich die Awathani erlegt habe.«

Maru war froh, dass es so dunkel war, denn sie war sicher, dass sie ein ausgesprochen dummes Gesicht machte. »Ich, dein Weib?«

»So ist es, Maru. Und ich bin sicher, ich würde es nicht bereuen.«

»Ich, dein Weib?«, fragte Maru noch einmal. Sie wusste nicht, ob sie lachen oder weinen sollte.

»Ich bin ein Farwier aus altem Geschlecht, Helden zählen zu meinen Vorfahren! Und vorbei sind die Tage, da ich ins Holz gehen musste, um meinen Lebensunterhalt zu bestreiten«, sagte Bolox stolz.

»Und mein Onkel hat mich als Preis für die Schlange angeboten?«, fragte Maru ungläubig.

»So ist es. Ich bekomme dich, wenn die Bestie tot und der Schatz gefunden ist.«

»Ich nehme an, es geht auch um Gold?«, fragte Maru schwach.

»Eine Handvoll, doch das bist du mir wert. Denn wenn du auch noch recht mager bist, sehe ich doch die echte farwische Schönheit in dir heranreifen.«

»Danke«, sagte Maru düster.

»Nun, wie es aussieht, wird der Handel nicht so abgeschlossen werden können, wie wir es ursprünglich planten. Doch ich denke, wenn wir das Gold haben, wird dein Onkel schon in unsere Hochzeit einwilligen, Maru. Dann kann ich dich endlich alles lehren, was das Weib eines Farwiers wissen muss.«

»Weib eines Farwiers«, wiederholte Maru langsam. Das alles war so unwirklich, so *lächerlich*.

»Du wirst lernen, zu häuten und zu gerben, die Kriegsfarben anzurühren, die Speisen des Waldes zuzubereiten und natürlich wirst du mir viele Kinder schenken.«

»Bolox, du bist verrückt«, sagte Maru langsam. Noch in der Dunkelheit spürte sie seine tiefe Betroffenheit, als sie das sagte.

»Aber ich habe einen Handel mit deinem Onkel«, beharrte er.

»Aber nicht mit mir, Bolox, nicht mit mir. Außerdem, wenn ich das richtig sehe, hast du die Große Schlange noch nicht getötet, oder habe ich da etwas versäumt?«

»Wie gesagt, unsere Pläne haben sich geändert.«

»Und den Tempel wirst du auch nicht finden, oder warst du inzwischen dort und bist gerade, beladen mit Schätzen, zurückgekehrt?«

»Auch nicht, aber …«

»Du wirst ihn auch nicht finden, nicht ohne meine Hilfe, denn ich bin bislang die Einzige, die den Weg kennt. Ist es nicht so?«

»Nun, das mag sein, aber …«

»Wenn ich also den Tempel finde, steht dann nicht mir das Gold zu? Wäre es dann nicht mein Recht, einen von euch als Ehemann zu ›kaufen‹, wenn ich das will?« Maru spürte den Zorn in sich wachsen. Sie versuchte, sich zu zügeln, denn der Farwier war doch nur ein dummer Junge, der von Tasil benutzt wurde. Er konnte nichts dafür.

»Aber du bist doch nur ein Weib, und es ist nicht üblich, dass …«

»Ein Weib? Vielleicht, aber bestimmt nicht deines, Bolox von den Farwiern!«

Plötzlich spürte sie wieder seinen festen Griff an ihren Armen. »Du bist wirklich störrisch, Maru, wie dein Onkel sagte.« Sein Tonfall hatte sich geändert.

»Lass mich los, Bolox!«, zischte sie.

Aber der Farwier ließ sie nicht los. Eben noch hatte er verunsichert gewirkt, doch jetzt schien er sich gekränkt zu fühlen. Sein Griff war fest. »Kein Weib hat mich je zurückgewiesen, Mädchen«, sagte er düster.

»Dann bin ich eben die Erste. Lass mich los!«

»Habe ich nicht mein Leben für dich gewagt, heute, auf dem Kampfplatz?«

»Ich habe dich nicht darum gebeten.«

»Du bist undankbar, Weib.«

»Ich bin kein Weib, schon gar nicht deines.«

»Und das Opfer?«, fragte er plötzlich kalt, ohne seinen Griff zu lockern.

»Was?«

»Morgen erscheint der Neue Mond. Weißt du nicht, dass dein Onkel dich auch als Opfer an die Awier verkauft hat?«

»Nein, das weiß ich nicht!«, log Maru und versuchte sich loszureißen. Aber die Hände des Farwiers waren wie Bänder aus Eisen.

»Ich könnte dich retten«, behauptete Bolox, »ich allein.«

»Du?«, fragte Maru verblüfft. Für einen Augenblick hörte sie auf, sich zu sträuben.

»Natürlich, wer sonst? Ist es nicht so, dass sie eine Jungfrau zum Opfer brauchen? Ich könnte dafür sorgen, dass du schon bei Sonnenaufgang keine Jungfrau mehr bist.«

Maru starrte Bolox mit offenem Mund an. Das war unglaublich.

Bolox verstand ihr verblüfftes Schweigen falsch. Er zog sie an sich und sagte: »Du bist mein! Ich werde dir die Schönheit unserer Heimat zeigen, und die vielgelobte Stärke der farwischen Männer. Wir sind ein fruchtbares Volk, Maru von den Farwiern.«

Maru versuchte, sich aus seinem Griff zu befreien, aber das war aussichtslos. Die Stimme! Sie versuchte, sich zu sammeln, um Bolox mit der Stimme zur Vernunft zu bringen, aber es gelang ihr nicht. Irgendwie schien seine Umklammerung, seine Nähe, der Duft nach Harz und Bärenfett, ihre Fähigkeiten zu beeinträchtigen. Dann musste es eben so gehen. Liebestolle Hunde pflegte man in ihrer Heimat mit einem Guss kalten Wassers zu trennen. Sie versuchte das Gleiche nun mit Worten:

»Höre, Bolox, lieber lasse ich mich von der Zermalmerin fressen, als dir in deine Wälder zu folgen! Du bist mir zu jung und zu hässlich. Lass mich los!«

Aber er schien sie gar nicht zu hören: »Ich werde dir ein guter Mann sein, und wenn du erst einmal erfahren hast, wie herrlich es ist, das Weib eines …«

»Pssst«, zischte Maru.

»Du solltest dich nicht länger zieren, Mädchen, sieh es ein: Das Schicksal will, dass du mein Weib …«

Maru trat ihn gegen das Schienbein. »Leise!«, zischte sie, »hörst du es nicht?«

Bolox verstummte.

Und da war es: ein leises Klirren von Metall in der Dunkelheit. Schritte, die über die nasse Erde näher kamen. Viele Schritte.

»Numurs Männer«, hauchte Maru. »Schnell, wir müssen die anderen warnen.«

Bolox ließ sie widerstrebend los. »Aber, du und ich …«, flüsterte er.

»Jetzt komm!«, zischte sie.

Endlich hatte Bolox den Ernst der Lage begriffen. Er ließ sie los. Sie hasteten zu ihrer Unterkunft, die nur zwei oder drei Dutzend Schritte entfernt in der Dunkelheit auf sie wartete. Am Horizont deutete sich das erste Dämmerlicht des Morgens an. Es konnte nicht mehr lange dauern und die Sonne würde aufgehen. Maru sah viele dunkle Schatten, die sich rund um den Ziegenstall zu versammeln schienen.

»Erwacht!«, brüllte Bolox plötzlich neben ihr los. »Erwacht! Feinde! Feinde!« Er zog seine Axt aus dem Gürtel und stürmte auf die nächsten Schatten los.

Maru folgte ihm, so schnell sie konnte. Numurs Männer hatten sicher nicht mit einem Angriff von hinten gerechnet. Bolox' Schatten verschmolz mit einem dumpfen Schlag mit denen der Krieger, dann flogen die Schatten auseinander, und Männer stürzten fluchend zu Boden. Maru hastete voran, wich liegenden Körpern aus, stolperte, fing sich ab und rannte weiter. Sie konnte den Eingang schon erahnen. Rechts und links von ihr tauchten jetzt Gestalten in der Dunkelheit auf, die ebenfalls auf den Eingang zustürmten. Von drinnen hörte sie Rufe und schnelle Schritte. Die Söldner waren offenbar kampfbereit. Natürlich, sie hatten bestimmt nicht geschlafen. Vor Maru wuchs ein Schatten aus dem Boden. Maru ließ sich fallen und rollte sich zur Seite ab. Etwas sauste durch die Luft. Erst hinterher erkannte sie, dass sie einem Schwertstreich ausgewichen war. Vor ihr lag jetzt der Eingang. Sie robbte schnell darauf zu. Ein Mann stolperte fluchend über sie.

»Strydh! Strydh!«, hörte sie Bolox rufen. Es klang fast wie Jubel.

Aus der Nacht um sie herum antworteten Männer mit Gebrüll. Und auch die Krieger Numurs riefen den Kriegsgott Strydh um Hilfe an. Maru kam nicht weiter. Dicht vor ihr ballten sich kämpfende Leiber. Jemand schien den Eingang zum Stall verbissen zu verteidigen. Einer der Angreifer wurde plötzlich von einer unsichtbaren Gewalt zurückgeworfen. Er brach stöhnend neben Maru zusammen. Etwas berührte sie am Arm. Es war der Schaft eines Wurfspeers. Sie kroch eilig zur Seite, drückte sich an die Wand. Hier hatten sie doch Bretter beseitigt, um den Stall zu lüften. Maru tastete nach einer Lücke, fand sie, griff das Brett daneben und riss es aus der Wand. Dann noch eines. Sie quetschte sich hindurch. Der Stall lag in tiefer Finsternis. Sie hörte nur, dass am Eingang immer noch hart gekämpft wurde. Männer fluchten und stöhnten, und Metall prallte klirrend auf Metall. Dann ertönte draußen eine laute Stimme: »Zurück, Männer, zurück! Lasst sie!«

War das Fakyn?

»Die Bogenschützen! Deckt den Eingang mit Pfeilen! Zurück da!«

Etwas sauste durch die Dunkelheit. Am Eingang schrie jemand.

Die Bogenschützen hatten offenbar nicht abgewartet, bis ihre Waffenbrüder den Befehl befolgt hatten.

»Feuer! Bringt Feuer, Männer! Wir räuchern die Hunde aus!«, rief die Stimme.

Maru wusste jetzt sicher, dass es Fakyn war. Am Eingang hörte der Kampf auf. Die Angreifer zogen sich zurück. Auch die Söldner wichen zurück in den Schutz der Dunkelheit. Immer noch sausten einzelne Pfeile durch die Finsternis. Die Schützen konnten unmöglich ein Ziel sehen, sie schossen einfach blind in die Nacht. Die Geschosse, die den Eingang fanden, waren trotzdem gefährlich. Maru kroch aus der Schusslinie.

»Ulat? Bolox?«, fragte eine Stimme im Dunkeln. Es klang nach Meniotaibor.

»Hier!«, antworteten zwei keuchende Stimmen.

»Vylkas, Arbi?«, rief der Iaunier.

»Hier.«

»Hier.«

»Tasil? Das Mädchen?«, fragte die flüsternde Stimme

»Ich hab sie draußen verloren«, sagte Bolox leise.

»Ich bin hier!«, sagte Maru. Sie kroch zu ihrem Nachtlager und tastete fieberhaft nach ihrem Dolch. Immer noch flogen Pfeile mit leisem Pfeifen durch die Dunkelheit.

»Ich bin hier«, hustete Tasil. War er verletzt?

»Gut. Was jetzt?«, fragte Meniotaibor leise.

»Sollen sie nur kommen«, keuchte Ulat irgendwo in der Dunkelheit.

»Wenn die Hütte brennt, sind wir verloren«, sagte Tasil schnell. »Wir müssen hier raus!«

»Da sind dutzende Männer vor dem Eingang«, flüsterte Bolox. Er stöhnte leise. Offenbar war er verwundet.

»Die Rückseite – und dann zum Hafen«, flüsterte Tasil.

Draußen flammten Lichtpunkte auf.

»Genau, wir brechen durch!«, rief Ulat leise. »Der Schildpfeil!«

»Was?«, fragte Bolox.

»Schlachtordnung der Akkesch«, erklärte Ulat hastig. »Ich nehme die Spitze. Meniotaibor, du links, Bolox rechts hinter mir. Tasil und Vylkas sichern die Flanke, das Mädchen in der Mitte, Arbi, mein Freund, du sicherst hinten. Wir bleiben dicht zusammen, stürmen vor und durchbrechen die Reihen wie ein Pfeil.«

»Schildpfeil?«, fragte Bolox zweifelnd.

»Klingt gut für mich«, sagte Meniotaibor. »Schnell jetzt, wir müssen Bretter lösen. Aber leise!«

Etwas zerbrach neben dem Eingang. Flammen sprangen in den Raum.

»Feuertöpfe, sie haben Feuertöpfe!«, rief Tasil.

Weitere Töpfe zerbrachen an der Wand. Einer flog durch die Tür und landete im Stroh. Er zerbrach nicht, aber Öl floss hinaus, und das Stroh fing Feuer. Tasil trat das Tongefäß mit dem Fuß hinaus. Flammen schossen vor dem Eingang in die Höhe.

»Kommt schon«, drängte Bolox.

Das Feuer vertrieb die Dunkelheit. Je heller es loderte, desto schlechter waren ihre Aussichten. Maru hatte ihren Dolch gefunden. Sie nahm ihn fest in die Hand. Der Eingang ihrer Unterkunft lag im Osten, etwa der Inselmitte zugewandt. Dort brannte es schon an mehreren Stellen. Sie sammelten sich an der nordwestlichen Ecke des Stalls und lockerten hastig und möglichst leise einige Bretter aus der Wand.

»Los jetzt«, rief Ulat und stürmte voran.

Sie sprengten die gelockerten Latten aus ihrer Verankerung und stürmten hinaus. Maru hatte nicht viel von dem verstanden, was der Akkesch gesagt hatte. Sie wusste nur, dass sie in der Mitte bleiben sollte. Die Männer rannten los und sie mit ihnen. Es waren Krieger auch auf dieser Seite der Hütte, doch waren es nicht viele, und sie hatten offenbar nicht mit einem Ausfall der Belagerten gerechnet. Die Flammen an der Hütte wuchsen und warfen gespenstisches Licht in die Nacht. Gedeckt hinter seinem riesigen Schild rannte Ulat die Ersten über den Haufen, Meniotaibor und Bolox waren hinter ihm. Mit Gebrüll stürzten sie sich auf den Feind. Der wich zurück. Aber hinter den ersten Kriegern warteten weitere in der Dunkelheit. Eine ganze Eschet tauchte vor ihnen auf, der Schab mit einer Fackel in der Faust. Noch bevor Ulat ihn erreichte, schrie der Schab auf und ließ die Fackel fallen. Ein Wurfspeer hatte ihn getroffen, und Vylkas stieß im Rennen einen Jubelschrei aus. Sie rannten weiter. Die Eschet sah ihren Schab fallen und stob auseinander. Ulat rammte einen Krieger mit seinem Schild, ein anderer wurde von Meniotaibors Schwertern außer Gefecht gesetzt. Hinter ihnen brüllte jemand Befehle. Maru sah über die Schulter zurück. Auf beiden Seiten der brennenden Hütte tauchten Krieger, viele Krieger auf. Sie rannte weiter. Bolox hieb mit seiner Axt auf den Schild eines Speerträgers ein.

»Nicht stehen bleiben!«, brüllte Ulat.

Der Speerträger stach nach Bolox, der zurückweichen musste. Da tauchte Tasil wie ein Schatten hinter dem Mann auf und stieß ihm seinen Dolch in die Seite. Der Schildpfeil verlor seine Form. Von allen Seiten rannten Numurs Krieger heran. Nur vor ihnen waren die Linien dünner, nur da hatten sie Aussichten zu überleben. Der Feind war über ihnen. Einer rammte Tasil mit dem Schild. Maru sah ihn straucheln und stürzen. Aber als der Krieger mit einem Triumphschrei zum tödlichen Schlag ausholte, wurde er von einem Schemen von hinten gepackt und zur Seite geworfen. »Der Urather gehört mir!«, brüllte die schwarze Gestalt. Es war Yaman Auryd. Dann taumelte er zurück, weil Vylkas ihm einen seiner Wurfspeere in den Schenkel rammte. Tasil kam wieder auf die Beine. Maru stolperte weiter. Da war der Hafen. Drei einsame Speerträger erwarteten sie. Bolox hob seine große Axt und rannte brüllend auf sie los. Als sie den Farwier auf sich zustürmen sahen, ließen erst der eine, dann die beiden anderen ihre Waffen fallen und nahmen entsetzt Reißaus.

»Die Schilde, schnappt euch die Schilde«, brüllte Ulat.

»In die Boote«, schrie Tasil.

»Hierher!«, rief ihnen eine Stimme zu. Es war Biredh. Er saß in einem der Boote.

Maru hatte keine Zeit, sich zu wundern. Sie half Tasil, das Boot ins Wasser zu schieben, und sprang hinein.

»Rudert, rudert«, rief Meniotaibor keuchend.

Maru blickte zurück. Am Strand tauchten die Krieger Numurs auf, wütende Schatten vor dem flackernden Licht der brennenden Hütte.

Sie waren durch das Gatter. Maru ruderte wie wild.

»Die Bogenschützen! Wo sind die Bogenschützen?«, donnerte Fakyn am Strand.

Das Ufer füllte sich mit Feinden.

Ulat brüllte: »Die Schilde hoch, nehmt Deckung!«

»Kopf runter«, rief Tasil. Er hatte einen der Schilde am Strand aufgehoben, warf sich jetzt über Maru und hielt den Schild in die Höhe. Es zischte, als die Pfeile ins Wasser schlugen und im Schilf des Bootes stecken blieben. Maru sah Biredh, der scheinbar ungerührt im Bug ihres Bootes saß und ruderte.

»Biredh!«, rief sie. »Deckung!«

Aber Biredh lachte nur und sagte, »Sie werden doch nicht auf einen blinden Mann schießen«, so als würden die Bogenschützen wirklich sehen können, auf was sie da im Dunkeln schossen.

Der Pfeilregen ließ nach. Sie waren weit genug auf dem Strom, um Deckung in der Dunkelheit zu finden. Maru blickte zurück. Am Ufer tanzten Fackeln, und vor dem Schein der brennenden Hütte sahen sie Bogenschützen, die blindlings in die Nacht schossen. Aber der Fluss vor ihnen lag in Dunkelheit. Vielleicht konnten sie entkommen.

»Biredh, woher wusstest du, dass wir kommen?«, fragte Maru keuchend.

»Eine gute Frage«, warf Tasil ein.

Biredh ruderte weiter. »Es lag etwas in der Luft. Habt ihr es nicht bemerkt? Auch Dhanis murmelte etwas von Gefahr. Blind zu sein, Maru Nehis, ist in Nächten wie diesen ein Vorteil. Ich hörte, wie sie eure Hütte einkreisten, und ich wusste, dass der einzige Weg für euch der über das Wasser sein würde.«

»Warum hast du uns denn nicht gewarnt?«, fragte Maru.

»Dafür war es zu spät, Maru Nehis.«

»Und wenn wir es nicht geschafft hätten?«, wollte Maru wissen.

»Würde ich immer noch dort sitzen und auf euch warten, nehme ich an«, entgegnete Biredh heiter, »aber wollt ihr eigentlich die ganze Arbeit mir überlassen? Greift euch die Paddel, und rudert, bevor eure Feinde auf die Idee kommen, in die Boote im Süden zu steigen.«

Maru blickte zurück. Ihre Hütte stand in lodernden Flammen. Vor ihnen auf dem Fluss zeichneten sich schwarz die Umrisse der beiden anderen Boote ab. Donner grollte, und ein Regenpfeifer sang. Er begrüßte die anbrechende Morgendämmerung.

DRITTER TAG

Isberfenn

Im zehnten Jahr der Herrschaft Etellu-Kaidhans erschienen die Iaunier mit vielen Schiffen vor seiner Küste, um die große Stadt Ulbai zu plündern. Etellu aber bat Fahs um Hilfe, und der Herr der Winde erträumte einen Sturm, der die Schiffe versenkte und viele Männer tötete. Die übrigen irrten durch die Sümpfe, von den Kriegern Etellus gejagt. Viele starben, weil sie vom schwarzen Wasser des Isberfenns tranken, andere gingen an Hunger und Durst zu Grunde. Die letzten aber töteten einander im Wahn gegenseitig.

Etellu-Kaidhan, Bericht seiner Herrschaft

Sie überquerten in ihren drei Booten eilig den Fluss und tasteten sich durch die Dunkelheit am breiten Schilfsaum entlang nach Süden. Vom Dorf schallte ein dünnes Hornsignal über den Strom.

»Was bedeutet das, Onkel?«

»Sie rufen die zurück, die Umati jagen, Kröte«, sagte Tasil. Dann rief er nach vorne: »Wir müssen weg vom offenen Fluss. Die Suchtrupps, die Awathani!«

»Sag ihren Namen nicht, Onkel«, bat Maru, »sie kann es hören und kommt dann.«

»Unsinn«, brummte Tasil.

Vylkas, der mit Meniotaibor im ersten Boot saß, hatte den Ruf gehört. Er erspähte einen breiten Einschnitt im Schilf und lenkte sein Boot hinein. Sie folgten ihm. Maru warf einen letzten Blick zurück. Die brennende Hütte erhellte die Nacht über dem Dorf. Dann schloss sich das Schilf hinter ihr, und der Schein des Feuers vermischte sich mit dem Licht des neuen Tages.

Sie hatten Glück: Der Kanal, den Vylkas gewählt hatte, führte sie tief in den Sumpf hinein. Er war breit und frei von Suwagras, so dass sie rasch vorankamen. Es wurde heller, und der Regen wurde schwächer, bis er schließlich ganz aufhörte. Regenpfeifer begrüßten den Morgen. Sie ruderten schweigend und schnell, immer mit einem Blick über die Schulter, doch es kamen keine Verfolger. Dann erreichten sie eine offene Stelle, von der mehrere Wasserarme abzweigten. Vylkas und Meniotaibor verlangsamten die Fahrt und ließen die Nachfolgenden längsseits kommen. Maru blickte in erschöpfte Gesichter. Ulat, der mit Bolox im zweiten Boot saß, bat den Farwier, ihm aus der Rüstung zu helfen, die einen Riss und eine mächtige Beule über der Brust hatte. »Ich glaube, ich habe mir eine Rippe gebrochen«, stöhnte er. Bolox löste die Riemen des Panzers.

»Wo ist denn Arbi?«, fragte Maru erschrocken.

»Er hat es wohl nicht geschafft«, sagte Tasil schlicht, als keiner der anderen etwas sagen wollte.

»Er ist gefallen, als er uns den Rücken deckte. Er ist ein Held«, stöhnte Ulat mit gepresster Stimme.

»Es hätte jeden von uns erwischen können«, meinte Meniotaibor düster und nahm seinen schwarzen Helm ab. Sein ledernes Hemd war an mehreren Stellen zerrissen, und an seiner Schulter klebte getrocknetes Blut.

»Ich werde ein Zeichen für ihn in einen Baum schnitzen. So ehren wir unsere Helden im Waldland«, erklärte Bolox. »Noch Jahrhunderte wird man seiner gedenken.«

»Dazu bräuchten wir erst einmal einen Baum, und soweit ich es sehe, gibt es hier nur Schilf«, meinte Tasil. »Wir sollten machen, dass wir weiterkommen.«

»Erst Wunden versorgen«, sagte Vylkas.

Sein Gesicht war ganz grau. Offenbar hatte auch er etwas abbekommen, auch wenn Maru die Wunde nicht sehen konnte.

»Gut, aber wir müssen uns beeilen«, mahnte Tasil.

»Wohin geht unsere Fahrt eigentlich?«, fragte Ulat, der bei jeder Bewegung vor Schmerz stöhnte. »Hat das Mädchen denn was in Erfahrung bringen können?«

»Hat es«, sagte Maru knapp. Sie mochte es nicht, wenn man über sie redete, als sei sie gar nicht da. »Ich meine, ich kenne den Weg zu Dwailis' Insel«, sagte sie, als sie die düsteren Blicke der Söldner sah. Es war vielleicht nicht der richtige Zeitpunkt, empfindlich zu sein.

»Die Wunden. Brauche Schlammflechten, Blutegel, Schilf«, erklärte Vylkas knapp. »Dann kann ich sie versorgen.«

Obwohl Tasil weiter auf Eile drängte, lenkten sie die Boote in einen schmalen Seitenarm, wo sie hohes Schilf den Blicken möglicher Verfolger entziehen würde. Eine Flussechse ließ sich träge von einer Sandbank ins Wasser gleiten.

»Aufpassen, Kröte, das ist sicher nicht die einzige«, meinte Tasil.

Sie besorgten, was der Dakyl verlangt hatte, schnitten Schilf für Verbände und sammelten Schlamm, um Wunden zu schließen. Von allem gab es im Isberfenn reichlich. Vylkas selbst kümmerte sich um die Blutegel. Er behauptete, sie hätten Heilkraft.

»Mag sein, mein Freund, dass ihr in den Wolfsbergen diese Art Heilkunde pflegt«, meinte Meniotaibor, »aber diese Tiere kommen nicht an meine Wunden.«

Sie alle hatten etwas abbekommen. Tasil hatte eine Fleischwunde am Unterarm, Bolox war mit blauen Flecken und vielen kleinen Schnittwunden geradezu übersät. Vylkas steckte ein abgebrochener Pfeil im Unterschenkel. Der Widerhaken saß tief im Fleisch. Meniotaibor wollte ihn herausschneiden.

»Später«, sagte der Dakyl. »Braucht Feuer, Feuer reinigt.«

Maru war ebenfalls verwundet worden. Sie selbst hatte es gar nicht bemerkt, aber Tasil sagte plötzlich: »Was hast du da am Rücken?«

»Am Rücken?« Maru hatte dort schon die ganze Zeit ein leichtes Ziehen verspürt, dem aber keine Bedeutung beigemessen. Jetzt griff sie mit der Hand an die Stelle. Ihr Garwan war aufgerissen, und der Stoff fühlte sich klebrig an.

Tasil grinste. »Sauberer Schnitt, Kröte.«

Maru wurde flau im Magen.

»Ehrenzeichen«, sagte Vylkas, als er sich die Wunde ansah. »Aber schon geschlossen. Brauchst meine Kunst nicht.«

»Es ist ein Wunder, dass uns nichts Schlimmeres widerfahren ist«, meinte Meniotaibor, der seine Schulter auf Rat des Dakyl mit einer Art Sumpfflechte kühlte.

»Ein Wunder, an dem Arbi leider nicht teilhaben kann«, sagte Ulat düster.

»Es war ein guter Kampf«, warf Bolox ein, »wir haben viele getötet.«

»Das bringt ihn nicht zurück«, erwiderte Ulat.

»Ich wundere mich über dich, Akkesch. Ist es nicht das Schicksal und der Wunsch des Kriegers, in der Schlacht zu sterben?«, fragte Meniotaibor. »Wir alle hoffen doch, dass diese Stunde einst auch für uns kommen wird. Oder wollt ihr alt und grau auf dem Sterbebett dahinsiechen, Männer?«

»Er war kein Krieger«, sagte Ulat leise.

Die Söldner sahen ihn verwundert an, sagten aber nichts.

»Wie meinst du das?«, fragte Maru schließlich.

Ulat seufzte bekümmert. »Er war in der gleichen Ansai wie ich«, begann er, »das ist wahr, doch war er nur ein Sklave unseres Schab. Dabei wollte er so gerne ein Krieger sein. Ich mochte ihn, denn er war von guter Art. Ich habe euch erzählt, dass dieser Schab ein Feigling war, der den Kampf scheute und sich aus dem Bruderkrieg heraushalten wollte. Vielleicht war er aber auch nur klüger als ich, denn wir Krieger waren untereinander zerstritten. Die einen, vor allem die Kydhier, wollten für Numur, die anderen, die Akkesch zumal, für Luban kämpfen. Mir war es gleich. Ich wollte nur nicht länger auf den staubigen Hügeln sitzen und warten, bis mir das Alter die Waffen aus der Hand nimmt. Also entschloss ich mich, in den Krieg zu ziehen. Ich fragte Arbi, ob er mich nicht begleiten wolle, denn es marschiert sich leichter, wenn du einen Gefährten an deiner Seite hast. Wie er sich gefreut hat, als ich ihn fragte! So haben wir uns davongestohlen, wie Diebe in der Nacht. Und ein Dieb bin ich, denn viele Jahre guten Lebens habe ich Arbi geraubt.«

Bolox legte ihm eine Hand auf die Schulter. »Mach dir keine Vorwürfe, Alter, er ist als Krieger einen ehrenhaften Tod gestorben, das ist mehr, als er als Sklave erwarten durfte. Sie werden ihn in der nächsten Welt als Kämpfer ehren.«

»Auf jeden Fall müssen wir ein Opferfeuer für ihn entzünden«, forderte Ulat. Dann bat er Biredh: »Sag, blinder Mann, kannst du nicht seine Geschichte bewahren und von Zeit zu Zeit erzählen? Arbi soll nicht in Vergessenheit geraten.«

Biredh nickte. »Es ist eine gute und traurige Geschichte, und ich werde sie und Arbis Namen bewahren. Sicher findet sich Gelegenheit, anderen von ihm zu berichten. Verdient hat er es. Doch vergesst darüber nicht die Opferfeuer, Krieger«, mahnte er.

»Das werden wir nicht«, versprach Ulat.

Und die Söldner kamen überein, die Flamme zu entzünden, sobald diese Geschichte ausgestanden sei. Aus der Ferne wehte dünner Hörnerklang über den Sumpf. Ein anderes Horn antwortete. Es klang etwas näher.

»Wir müssen endlich weiter«, drängte Tasil, »Numurs Leute sind uns auf den Fersen.«

»Keine Angst, Urather, die waren ziemlich weit weg«, meinte Meniotaibor mit einem Grinsen.

»Aber sie kamen aus verschiedenen Richtungen, das heißt, sie schwärmen aus, Iaunier. Und denkt auch an die, die vielleicht immer noch auf der Jagd nach diesem Weib durch die Sümpfe irren.«

»Dann wäre es gut, ein klares Ziel zu haben«, erwiderte Meniotaibor. »Ich hoffe, deine Nichte kann uns den Weg weisen.«

Maru räusperte sich. Dann erzählte sie, was sie wusste: »Wir müssen zu einer Insel, auf der ein Mann namens Dwailis wohnt. Sie liegt im Süden, nicht weit vom offenen Fluss im Isberfenn, doch leider müssen wir den Strom meiden. Ich weiß aber einen anderen Weg. Er ist weiter, soll aber sicher sein.«

»Sicher?«, fragte Meniotaibor spöttisch. »Ich kann mir nicht vorstellen, dass irgendetwas in diesem Sumpf wirklich sicher für uns ist.«

Maru erzählte ihnen, was sie von Wika über die »festen Inseln« im Westen und den Weg nach Süden wusste.

»Fester Grund ist gut«, sagte Vylkas, »für Feuer.« Es war ihm anzusehen, dass ihm die Pfeilwunde Schmerzen bereitete.

»Aber wo in diesem verwünschten Sumpf ist Westen?«, fragte Ulat.

Es regnete zwar nicht, aber eine dichte Wolkendecke verhüllte den Morgenhimmel. Die Sonne würde ihnen den Weg jedenfalls nicht weisen. Vylkas schüttelte nur verwundert den Kopf, so als könne er die Frage gar nicht verstehen. »Dort«, sagte er nur und wies zielsicher in eine bestimmte Richtung.

Es zeigte sich schnell, dass es eine Sache war, die Richtung zu wissen, und noch einmal eine andere, ihr auch zu folgen. Mannshohes oder höheres Schilf säumte die Kanäle. Wo kein Rohr war, zogen sich Wälder aus dünnen Wasserbäumen hin. Sie nahmen den Kanal, der am ehesten nach Westen zu führen schien, aber er änderte bald seine Richtung, wurde schmaler und verzweigte sich dann in dünner werdende Arme, die, wie sie zu ihrem Leidwesen feststellen mussten, beide bald im Röhricht versickerten. Sie versuchten einen anderen Weg, der sie nach Norden führte, um sich bald wieder zu verzweigen. Sie entschieden sich für den Arm, der nach Westen wies, kämpften sich mühsam durch Suwagras und landeten schließlich in einem Wasserwald, der von vielen schmalen Kanälen durchzogen war. Hier wurde es selbst für den Dakyl unmöglich, die Richtung zu bestimmen, und die Söldner stritten viel darüber. Einmal fuhren sie sogar im Kreis. Es war inzwischen drückend heiß geworden, und der Sumpf dampfte.

»Die Unken verspotten uns schon«, brummte Tasil missmutig, als sie den Wald endlich hinter sich hatten und wieder durch das endlose Schilfmeer paddelten.

Für Maru klangen die traurigen Rufe eher, als würden die Tiere um Arbi klagen. Sie dachte an das, was Rema ihr über das Fenn erzählt hatte, und lauschte dem Ruf des Regenpfeifers, aber er verriet ihr den Weg auch nicht. Sie erreichten eine neue Gabelung und hielten an, um sich zu beraten. Plötzlich bemerkte Maru eine Bewegung im Schilf. Halme waren zur Seite gebogen worden. Dahinter erschienen zwei Augen, dunkel, erhaben und kalt. Umati! Sie sah kurz das Gesicht der Frau, die sie mit einem Finger an den Lippen bat zu schweigen. Maru sah sich verstohlen um. Keiner außer ihr hatte sie bemerkt. Als sie wieder dahin zurückblickte, wo die Frau eben noch gewesen war, war sie verschwunden, nur die Schilfhalme federten leicht nach.

»Was war das?«, fragte Bolox misstrauisch. Offenbar hatte er die Bewegung doch bemerkt.

»Ich glaube, nur eine Baumnatter«, sagte Maru schnell. Sie musste an die vielen Krieger denken, die die Frau gestern Abend getötet hatte. Wenn Umati nicht wollte, dass sie etwas sagte, war es wohl besser, ihrem Willen zu folgen.

»Schade, dass sie fort ist. Im Augenblick habe ich so einen Hunger, dass ich sogar eine Schlange essen würde«, meinte Bolox seufzend.

»Roh?«, fragte Tasil lachend.

»Selbst roh!«

»Ich glaube nicht, dass dir diese Schlange gut bekommen wäre«, sagte Biredh mit hintergründigem Lächeln.

»Wir Farwier haben einen starken Magen, Alter. Aber lass uns nicht mehr vom Essen reden, es ist auch so schon schlimm genug.«

Also hatte auch Biredh Umati bemerkt. Warum hatte er nichts gesagt? Und warum zeigte sich Umati nicht? War sie nicht ebenso wie sie selbst auf der Flucht vor Numur? Hätten sie sich nicht zusammentun können? Umati wäre eine starke Verbündete. Maru biss sich auf die Lippen. Wer konnte schon wissen, welchen seltsamen Pfaden diese geheimnisvolle Frau folgte? Sie hatte ihre eigenen Pläne, und irgendwie war Maru sicher, dass es dabei eher um Rache als um Gold ging. Sie hatte das Gefühl, dass sie sie nicht zum letzten Mal gesehen hatte.

Sie fuhren weiter, stritten über den Weg, landeten in Sackgassen und wendeten fluchend, während die Flussechsen, die sie immer wieder aufscheuchten, ihren Weg mit kalter Aufmerksamkeit zu verfolgen schienen. Schließlich tat sich vor ihnen dann doch ein breiter Wasserarm auf, der genau von Ost nach West strömte.

»Worauf warten wir denn?«, fragte Bolox, als Vylkas, der die Führung übernommen hatte, zögerte.

Der Dakyl hob die Hand, als der Farwier an ihm vorbeirudern wollte. Es war still. Die Regenpfeifer sangen nicht mehr, und selbst die Unken waren verstummt. Ein süßlicher Duft zog durch die Luft. Es roch – nach Verwesung!

»Wir müssen zurück, schnell, schnell!«, rief Maru leise.

Die Söldner rührten sich nicht.

»*Sie* ist hier! Die Erwachte!«, flüsterte Maru.

Der Dakyl nickte plötzlich. Sicher war ihm der Geruch nicht entgangen, er hatte ihn nur nicht deuten können. Er gab den anderen eilig Zeichen. Für einen Augenblick zögerten sie, aber dann sahen sie seinen Gesichtsausdruck. Sie wendeten und paddelten so schnell wie möglich in den schmalen Arm zurück. Eine plötzliche Welle lief über den Kanal, verfächerte sich in die Seitenarme und drückte ihre Boote ins Schilf. Und dann kam *Sie*. Etwas Schwarzes teilte die Wasseroberfläche. Es war nicht ihr Kopf, nur ein Teil ihres Leibes, eine ungeheure schwarze Masse, die sich wie neues Land aus dem Wasser erhob und in langsamen Bewegungen durch den breiten Kanal schob. Maru schien es, als würde sie einfach kein Ende nehmen. Dann versank die lebende Insel wieder. Nur die Wellen, die durch das schwankende Schilf zogen, zeugten noch von ihrer Anwesenheit.

»Die Hüter mögen uns beistehen!«, flüsterte Ulat heiser.

Die anderen schwiegen. Das gespenstische Schauspiel war vorüber, aber keine Hand rührte sich, um die Boote wieder in Bewegung zu bringen.

»Das war knapp«, sagte Tasil schließlich.

»Gut, dass der Dakyl aufgepasst hat«, meinte Bolox.

»Das Mädchen hat sie gewittert«, erwiderte Vylkas kopfschüttelnd. »Ich habe die Zeichen nicht verstanden.«

»Und sollen wir ihr jetzt dafür den Ehrenkranz überreichen?«, fragte Meniotaibor spöttisch. »Wir müssen weiter, Männer!«

»Aber nicht durch diesen Kanal«, sagte Ulat. »Vielleicht kommt sie zurück.«

Also drehten sie um und suchten einen anderen Weg. Die

Hitze nahm zu. Das Wasser dampfte, und das Atmen fiel schwer. Sie ruderten jetzt meist schweigend, selbst zum Streiten war es zu schwül. Ganz allmählich kamen sie weiter voran nach Westen. Vylkas litt immer noch starke Schmerzen. Er hatte sich Blutegel auf die Pfeilwunde gesetzt – das sollte verhindern, dass sich die Wunde entzündete. Eine Maßnahme, deren Sinn Meniotaibor immer noch bezweifelte. »Aber es ist dein Bein, mein Freund«, sagte er, nachsichtig lächelnd, »du kannst damit tun, was du willst.«

Die Männer lachten, vielleicht nur, um die ungeheure Anspannung zu lösen. Bolox lachte nicht mit. Er war den ganzen Tag schon schweigsam gewesen, und wenn Maru einen Blick von ihm auffing, lag Finsternis darin. So auch jetzt. Maru vergaß ihren Ärger darüber, dass sie gerade ausgelacht worden war. Es gab da noch etwas zu klären: Tasil hatte sie mit dem Farwier verkuppeln wollen. Wenn sie endlich einmal wieder ungestört wären, würde sie ihn zur Rede stellen. Doch vorerst hieß es weiterrudern. Sie waren noch lange nicht am Ziel. Gegen Mittag wurde die Schwüle unerträglich. Die Wolkendecke hatte sich aufgelöst, und das erste Mal seit Tagen war die Sonne zu sehen. Sie stand hoch am Himmel und ließ den Sumpf kochen. Sie litten Durst, denn sie hatten kein Trinkwasser mitnehmen können, aber sie waren noch nicht so durstig, dass sie vom schwarzen Wasser des Fenns getrunken hätten. So irrten sie weiter durch die gewundenen Wasserarme, kämpften sich durch Suwagras-Inseln und landeten in Sackgassen. Aber allmählich drangen sie weiter nach Westen vor.

»Diese Hitze ist schlimmer als dieser furchtbare Regen«, brummte Tasil.

»Du wirst nicht mehr lange auf Regen warten müssen, Tasil aus Urath«, sagte Biredh.

»Ich hoffe, du hast Recht, alter Mann«, erwiderte Tasil.

So als hätte er Biredh gehört, rollte lang anhaltender Donner über den Himmel. Maru warf einen Blick nach oben. Der Himmel verfinsterte sich. Das sah nach einem schweren Gewitter aus. Dann bemerkte sie noch etwas. Über dem Schilf erhob sich in weiter Ferne eine einsame Weide.

»Da vorne!«, rief sie leise.

Vylkas hob den Kopf und blickte in die Richtung, in die Maru zeigte. Dann nickte er. Jetzt hatten sie ein sichtbares Ziel. Sie ruderten schneller, aber wieder war das Fenn nicht auf ihrer Seite. Mehrfach mussten sie umkehren. Dann stießen sie erneut auf einen breiten Kanal. Die Weide war kaum näher gerückt. Es begann zu regnen. Einzelne schwere Tropfen fielen. Die Unken, die unter der Hitze verstummt waren, ließen jetzt wieder ihre traurigen Rufe über den Sumpf schallen. Die Regenpfeifer antworteten ihnen.

»Die Schlange ist nicht in der Nähe«, sagte Vylkas. Er sah blass aus. Die Wunde machte ihm zu schaffen. Die Blutegel hatten sich rund gesaugt.

»Dann sollten wir es wagen«, meinte Meniotaibor. Und ohne eine Antwort abzuwarten, lenkte er ihr Boot hinaus auf den Kanal.

»Du solltest ihm folgen, Urather«, sagte Biredh.

»Ganz wie du meinst, Alter«, erwiderte Tasil grimmig.

Erste schwere Tropfen fielen. Bald wurden sie dichter. Die Schwüle wich, und das Atmen ging leichter. Sie kamen eine Weile gut voran, und der stärker werdende Regen erfrischte sie. Meniotaibor ließ seinen Helm voll Wasser laufen und trank lachend daraus. Maru begnügte sich damit, aus der hohlen Hand zu trinken. Die Sicht wurde schlechter, alles, was weiter als einen Steinwurf entfernt war, verschwamm Grau in Grau. Aber sie waren nahe genug, ihr Ziel nicht mehr aus dem Auge zu verlieren. Der großen Weide gesellten sich mehrere kleine hinzu. Dann bog der Wasserarm scharf nach Süden ab, etwa einhundert Schritte zu früh. Sie folgten seinem Verlauf mit der finsteren Entschlossenheit, endlich diese Insel zu erreichen, und mit der Hoffnung, dass der Kanal seinen Lauf erneut ändern würde. Aber er tat ihnen den Gefallen nicht. Vylkas hob plötzlich den Arm. Da kam etwas näher, ein rhythmisches Geräusch: Ruderer. Sie hoben ihre Paddel leise aus dem Wasser und lauschten. Das war ein großer Trupp, der sich da näherte, das hörte selbst Maru. Mussten sie wieder kämpfen? Auf dem offenen Wasser standen ihre Aussichten schlecht. Und wenn die, die da kamen, Bogenschützen an Bord hatten, waren sie gänzlich verloren. Maru spürte die Furcht, die in ihr hochkroch. Da entdeckte der Dakyl plötzlich einen völlig von Suwagras überwucherten Einschnitt ins Schilf. Er gab ein Handzeichen und wendete das Boot. Ohne zu zögern, folgten ihm die anderen. Sie kämpften sich eilig durch das zähe Pflanzengewirr. Maru blickte zurück. Das Suwagras trieb langsam wieder zurück an die Oberfläche. Sie ruderten weiter und lenkten die Boote ins Schilf. Das rhythmische Geräusch kam näher, wurde langsamer, verstummte. Maru hielt den Atem an. In der Ferne riefen Unken, und der Regen rauschte leise im Schilf, sonst war es still.

»Ich weiß nicht, Raschu, bist du sicher?«, fragte eine Stimme.

»Ich habe etwas gehört«, antwortete eine zweite, tiefere Stimme.

»Ich kann aber nichts sehen.«

»Das hat in diesem verfluchten Sumpf nichts zu bedeuten. Sie könnten hier irgendwo im Schilf stecken, keinen Speerwurf entfernt, und wir würden sie nicht entdecken.«

»Das mag sein, aber es kann auch nur eine von diesen elenden Flussechsen gewesen sein.«

»Möglich«, sagte der, der Raschu genannt wurde, aber es klang nicht überzeugt.

»Dann lass uns weiterrudern«, sagte die erste Stimme. »Wir können nicht hinter jeder Echse herjagen, in der Hoffnung, dass sie vielleicht gar keine ist.«

»Da hast du nicht Unrecht, Dyl. Also los, Männer, genug gerastet, dieser Sumpf ist groß, und der Feind kann überall sein.«

Die Angesprochenen tauchten murrend ihre Paddel ins Wasser. Es mussten wirklich viele sein, zwei Dutzend wenigstens, schätzte Maru. Sie entfernten sich langsam. Der Regen wurde noch stärker.

Meniotaibor wollte wieder zurück in den Kanal, aber Vylkas schüttelte den Kopf. Der Wasserarm, in dem sie sich versteckt hatten, war sehr schmal, ihre Boote passten kaum hindurch, und er war dicht mit Suwagras und Schilf bewachsen, aber er führte in die richtige Richtung. Sie folgten ihm. Die Weiden rückten immer näher. Dann war der Wasserarm zu Ende. Meniotaibor und Bolox stiegen aus und prüften den Boden.

»Er trägt«, sagte Bolox knapp.

Jetzt sprangen auch die anderen an Land und zogen ihre Boote ins Schilf. Maru hörte das Wasser, das sich unter ihren Füßen sammelte. Festland war das nicht gerade, aber es genügte. Maru führte Biredh, und Meniotaibor stützte Vylkas. Sie drangen vorsichtig voran und scheuchten eine Flussechse auf, die fauchend den Rückzug antrat. Dann stieg das Gelände an. Weiden standen dort ineinander verschlungen. Endlich! Maru hatte schon fast geglaubt, sie würden diese Insel nie erreichen. In Wikas Beschreibung hatte es so einfach geklungen – nach Westen rudern und dann den Inseln folgen. Jetzt war es schon Mittag, und sie hatten gerade einmal ihr erstes Ziel, die Weideninseln, erreicht. Sie war sehr erleichtert, als sie festen Grund unter den Füßen spürte, und ließ sich ins dicke Moos fallen. Bolox ging die Gegend erkunden. Sie schleppten Vylkas unter die Bäume, wo es halbwegs trocken war. Meniotaibor entfernte die Blutegel und warf einen Blick auf die Wunde. »Entzündet ist es nicht, aber wir können die Pfeilspitze nicht dort lassen.«

»Feuer«, sagte Vylkas.

»Zu gefährlich«, meinte Tasil, »wenn sie den Rauch sehen, finden sie uns.«

»Machen wir es hier unter den Bäumen«, schlug Ulat vor. »Müssen nur trockenes Holz finden und die Flamme klein halten, dann wird es gehen.«

Tasil wurde überstimmt, und Maru half, nach geeignetem Holz zu suchen. Bolox kehrte von seiner Erkundung zurück.

»Seltsame Insel, lang, aber schmal«, verkündete er. »Und sie hat Schwestern, im Norden ebenso wie im Süden, soweit ich das im Regen erkennen kann.«

»Ausgezeichnet«, sagte Meniotaibor, »das heißt, die Angaben der alten Kräuterhexe stimmen.«

Sie entzündeten ein kleines Feuer, und Vylkas erklärte ihnen, dass sie die Klinge erhitzen und damit den Pfeil herausschneiden mussten. Die Söldner zögerten, keiner von ihnen wollte diese heikle Aufgabe übernehmen.

»Wenn du willst, kann ich das machen«, sagte Biredh lächelnd.

»Schon gut, Alter, ich übernehme das«, erwiderte Meniotaibor und griff seufzend nach der Klinge. Maru konnte sich das nicht mit ansehen. Sie lief auf die andere Seite der Insel, die wirklich keinen Steinwurf entfernt war. Vom Lagerplatz hörte sie ein lautes Stöhnen. Maru tat allein der Gedanke an das Messer, das da in Vylkas' Bein nach einer Pfeilspitze bohrte, weh. Sie brauchte Ablenkung. Also suchte sie sich eine hochgewachsene Weide und kletterte hinauf, um sich einen besseren Überblick zu verschaffen. Der Stamm war nass und glatt, und sie musste sich durch dichtes Geäst kämpfen, aber schließlich erreichte sie den Wipfel und konnte das Blätterdach überblicken. Der starke Regen schränkte die Sicht ein. Im Norden und im Süden lagen zwei weitere Inseln, leicht an den dichten Weiden zu erkennen. Sonst sah sie nichts außer Schilf, schlanken Wasserbäumen und schmalen Kanälen. Es sah so aus, als würde es die Wasserbäume nur im Isberfenn geben, während im Westen endlos

Röhricht aus dem schwarzen Wasser ragte. Sie meinte sogar, das Riesenschilf sehen zu können, von dem Rema gesprochen hatte.

»Eine Spur von Numurs Männern, Kröte?«, fragte Tasil von unten.

Maru hatte bislang gar nicht danach gesucht. Sie sah sich noch einmal um: Regen und Schilf, sonst nichts.

»Nein, Onkel«, rief sie hinunter.

»Siehst du die anderen Inseln, die mit den Weiden?«

»Nur die nächsten zwei, Onkel, der Regen fällt zu dicht.«

»Dann komm da oben runter, wir wollen nicht ewig hier verweilen.«

An Aufbruch war aber vorerst nicht zu denken. Meniotaibor hatte den Pfeil entfernen können, aber Vylkas war ziemlich mitgenommen, auch wenn er versuchte, sich nichts anmerken zu lassen. Er war leichenblass.

»Rasten wir hier ein wenig«, schlug Ulat gähnend vor. »Die Hüter wissen, wie müde ich bin.«

»Ausruhen können wir uns später«, drängte Tasil.

»Gib dem Dakyl einfach eine halbe Stunde. Dann geht es weiter«, sagte Meniotaibor. Also setzten sie sich unter das dichte Blätterdach und starrten hinaus in den Regen.

Bolox drehte unruhig seine Axt in den Händen. »Leider gibt es kein Wild auf dieser Insel, und wir haben keinen Bogen, um Wasservögel zu jagen.«

»Braten können wir hier ohnehin nichts. Das wäre stundenweit zu riechen«, meinte Ulat verdrossen.

»Eine schöne fette Ente würde ich jetzt auch roh verschlingen«, erklärte Bolox.

Maru merkte wieder, wie hungrig sie war.

»Ach, kommt, Männer«, rief Meniotaibor, »wer wird denn ans Essen denken? Heute Abend sind wir reich. Da schnalle ich doch den Gürtel gerne mal für einen Tag etwas enger.«

»Wie wollen wir die Beute eigentlich aufteilen?«, fragte Ulat unvermittelt.

Er bekam nicht gleich eine Antwort. Schließlich sagte Bolox zögernd: »Nun, jeder nimmt so viel, wie er tragen kann, so hatten wir es ja auch mit den Ältesten ausgemacht.«

»Diese Abmachung gilt schon lange nicht mehr. Außerdem, was, wenn es weniger ist?«, wollte Ulat wissen.

»Warum sollte es weniger sein?«, fragte Bolox erstaunt.

»Das weiß ich nicht, aber ich frage jetzt. Ich will nicht, dass es nachher Streit gibt«, sagte der Akkesch.

»Streit? Unter Waffenbrüdern wie uns? Ausgeschlossen!«, meinte Bolox.

»Wir machen gleiche Teile, so einfach ist das«, sagte Meniotaibor.

»Wie viele?«, fragte Ulat.

»Nun, für jeden von uns einen, was dachtest du denn?«, fragte der Iaunier.

»Einen dann auch für Arbi«, forderte Ulat.

»Für Arbi? Aber der ist doch tot, Mann!«, rief Meniotaibor.

»Gestorben für uns, Iaunier. Ihm steht ein Anteil zu!«, beharrte der alte Krieger.

»Und was soll er damit, Akkesch?«, fragte der Iaunier verärgert. »In Ud-Sror braucht er kein Gold!«

»Ich nehme es für ihn. Ich bin sicher, er hat Verwandte in Kydhien. Denen werde ich es bringen.«

»Du?« Meniotaibor lachte bitter. »Das könnte dir so passen, Akkesch, dass du mit zwei Teilen von der Beute aus dem Tempel marschierst.«

»Was willst du hier andeuten, Iaunier?«, sagte Ulat und sprang auf. Für den Augenblick schien er seine gebrochene Rippe vergessen zu haben.

Auch Meniotaibor erhob sich. Maru blickte besorgt von einem

zum anderen. Sie stritten um Gold, das sie noch gar nicht hatten. Aus dem Augenwinkel bemerkte sie, dass Tasil den Vorgang mit einem feinen Lächeln beobachtete.

Bolox stand plötzlich zwischen den Streithähnen. »Ihr Männer, noch haben wir den Schatz nicht, und niemand weiß, ob wir ihn überhaupt finden werden. Also hört auf damit!«

Die beiden anderen blitzten sich feindselig an, aber dann entspannte sich der Akkesch plötzlich und sagte: »Du hast Recht, mein blauhäutiger Freund. Es ist nicht klug, die Beute zu verteilen, wenn die Stadt noch gar nicht erobert ist.«

»Das meine ich auch«, sagte Meniotaibor grimmig und setzte sich.

Für den Augenblick schien die Sache geklärt, aber Maru war sicher, dass das letzte Wort in dieser Frage noch nicht gesprochen war.

»Die Insel«, sagte Vylkas plötzlich. Er hatte sich an dem ganzen Streit nicht beteiligt. Er lag auf einem Polster aus Moos und befühlte den Boden.

»Was ist damit?«, fragte Tasil.

»Der Boden, die Bäume. Anders als alles andere«, meinte der Dakyl nachdenklich.

»Das ist wahr, mein Freund«, sagte Meniotaibor, »und es ist gut, dass es so ist, denn sonst würden wir immer noch durch diesen Sumpf irren.«

Vylkas schüttelte den Kopf. »Meinen Dolch brauche ich.«

Die Klinge lag noch bei der erkalteten Feuerstelle. Maru reichte sie dem Dakyl. Er hatte ihre Neugierde geweckt.

Vylkas nahm die Waffe und stach sie in die Erde. Es gab ein knirschendes Geräusch.

»Stein«, stellte Bolox mit einem Achselzucken fest.

»Fester Grund, eben«, sagte Meniotaibor. Keiner von ihnen begriff, worauf der Dakyl hinauswollte.

»Helft mir«, verlangte Vylkas, »die Erde.«

Maru verstand als Erste, was er meinte. Sie zog ihren Dolch und half ihm, eine Schicht Erde abzutragen. Die anderen sahen staunend zu. Schließlich hatten sie den Boden so weit gelockert, dass Vylkas mit bloßen Händen graben konnte. Er legte einen Stein frei, dann noch einen. Sie waren sauber ineinandergefügt.

»Was ist das?«, fragte Ulat verwundert.

»Alt«, flüsterte Vylkas und grub weiter, »sehr alt.«

Die anderen halfen ihm jetzt. Sie rissen Gras heraus und warfen die Erde mit ihren Händen zur Seite. Schließlich hatten sie eine Reihe von sieben großen Steinen freigelegt. Sie waren allesamt rechteckig und ohne jeden Zweifel von Menschenhand bearbeitet worden.

»Bei den Hütern, was hat das zu bedeuten?«, fragte Ulat staunend.

»Hast du es nicht begriffen, Akkesch?«, fragte Tasil. Er hatte als Einziger nicht beim Graben geholfen. »Es ist eine Ruine. Nichts weiter.«

»Nichts weiter, Urather?«, fragte Meniotaibor. »Das meine ich aber wohl. Diese Insel, ihre Form, die anderen Inseln. Wenn das eine lange Reihe von Ruinen ist, ein Halbkreis, wie die Kräuterhexe sagt, dann …« Er sprach den Satz nicht zu Ende.

»Was, dann? Es sind eben alte Mauern. Sie sind versunken, wie das in Sümpfen eben geschieht. Ich verstehe eure Aufregung nicht.«

»Eine Mauer, die lange Mauer einer untergegangenen Stadt«, murmelte Ulat ergriffen.

»Sie muss riesig gewesen sein«, flüsterte Bolox.

Tasil lachte. »Steine sind es, nichts weiter.«

»Aber, Onkel«, rief Maru, »wenn das die Mauern der Goldenen Stadt sind!« Sie war ganz aufgeregt und verstand nicht, warum ihr Onkel so ruhig blieb.

»Goldene Städte gibt es nur in den Märchen, wie sie der alte Biredh hier erzählt«, sagte Tasil verächtlich.

Biredh schüttelte den Kopf. »Ich habe mich schon gefragt, wann ihr es endlich bemerkt«, sagte er lächelnd.

Die Söldner starrten ihn verblüfft an.

»Es *ist* eine Goldene Stadt?«, fragte Ulat erstaunt.

»Du sagst es, mein Freund, eine Goldene Stadt, vor so langer Zeit versunken, dass selbst ihr Name in Vergessenheit geraten ist.«

»Aber, das ist unfassbar«, rief der Akkesch aufgeregt.

»Märchen«, brummte Tasil.

»Du bist ein Ungläubiger, Tasil aus Urath«, sagte Biredh ruhig.

»Ich bin nur nicht so leichtgläubig wie diese Narren hier. Wenn du sie sehen könntest! Wie Kinder, denen einer ein Spielzeug schenkt.«

»So geht es eben den Menschen, die ein Wunder der untergegangenen Zeit sehen, Urather«, sagte Biredh, und seine leeren Augenhöhlen schienen Tasil nachdenklich anzublicken.

»Ein Wunder? Das mag sein. Untergegangen? Das ist sicher. Und ein weiteres Wunder ist, dass uns die Leute von Numur nicht schon gefunden haben! Wir werden verfolgt, Männer, habt ihr das vergessen? Und habt ihr über diese zerbrochenen Trümmer vergessen, was wir hier wollen? Wir suchen nach Gold, nicht nach alten Steinen! Lasst es meinetwegen die Mauern einer Goldenen Stadt sein. Machen sie uns satt? Nein. Sind sie aus Silber oder Gold? Es sieht nicht so aus.«

Maru konnte kaum glauben, wie sich ihr Onkel benahm. Was hatte er nur? Sie waren da auf etwas Unglaubliches gestoßen, sah er das nicht?

»Eine Goldene Stadt, natürlich! Daher auch der Goldene Tempel«, meinte Ulat, der Tasil kaum zugehört hatte.

»Ungeheure Schätze müssen hier liegen«, sagte Bolox ehrfürchtig.

»Hier? Wo denn? Ich sehe hier jedenfalls nur wertlose und zerbrochene Steine«, rief Tasil ärgerlich. »Das Gold finden wir anderswo – aber bestimmt nicht hier!«

»Vielleicht hast du Recht, Urather«, pflichtete ihm Meniotaibor schließlich bei, »es sind ja leider wirklich nur Steine, die dort liegen. Wir müssen weiter.«

»Wenn wir tiefer graben würden …«, begann Ulat.

»Womit denn? Mit den Händen?«, fuhr Tasil ärgerlich auf.

»Es stimmt. Was immer dort unten liegt, wir können es nicht erreichen«, meinte Bolox nachdenklich.

»In meinen Bergen, da reden wir von diesen Städten«, sagte Vylkas andächtig, »von der Zeit ohne Krieg, ohne Blutrache.«

Die Art, wie er es sagte, ließ Maru aufhorchen. War Vylkas wegen einer Rachegeschichte hier?

»Aber diese Zeit ist lang vorbei, Dakyl«, rief Tasil. »Strydh ist jetzt Herr der Welt, und dafür solltest du dankbar sein, denn du bist ein Krieger durch und durch. Der Krieg hat bisher immer ein Stück Brot für dich abgeworfen. Ist es nicht so?«

Vylkas sah Tasil lange an, bevor er erwiderte: »Nicht der Krieg brachte mich hierher, Urather.«

»Nun, wer weiter Märchengeschichten von Biredh hören will, mag hierbleiben, aber wer nach Gold und Ehre strebt, der sollte jetzt mit mir aufbrechen!«, rief Tasil.

»Wer Ruhm und Gold sucht, findet vielleicht nur Tod und Untergang, so wie einst die Bewohner dieser Stadt«, sagte Biredh ruhig.

Aber damit schreckte er die Männer nicht. Sie halfen Vylkas auf die Beine und brachen wieder auf.

Es war bereits früher Nachmittag. Im immer noch strömenden Regen lenkten sie ihre Boote hinaus auf den Kanal. Es wurde einfacher, als sie herausfanden, dass die Wasserarme nahe der Inseln stetig nach Süden strömten. Sie ruderten schweigend, nur hier und da stritten sie leise, welcher Weg einzuschlagen sei. Sonst lauschten sie, ob nicht irgendwo ein Geräusch die Anwesenheit von Numurs Männern verriete. Aber es blieb still. Das Isberfenn war riesig, und der Sumpf jenseits der Weideninseln schier endlos. Wer konnte wissen, wo die Krieger des Alldhans inzwischen herumirrten? Niemand sprach mehr über die Mauer, die sie gefunden hatten. Maru aber spürte einen Schauder, als sie voranruderten. Irgendwo da unter ihr hatte einst eine große Stadt gelegen. Mit Menschen, die ihren eigenen Träumen und Wünschen gefolgt waren. Dann war Strydh gekommen, hatte sie verführt und in den Untergang gestürzt. Sie waren tot, vom Schlamm und vom schwarzen Wasser des Fenns begraben, und schon lange brannten keine Opferfeuer mehr zu ihrem Gedenken. Sie waren vergessen – und Strydh, der Verführer, war immer noch der Herr dieser Welt. Maru fragte sich, ob sie die Einzige war, die solche Gedanken hegte. Sie sah Biredh, der nachdenklich und schweigsam war, aber wenn sie in die Gesichter der anderen schaute, sah sie nur wachsende Anspannung. Da war kein Platz mehr für Geschichten aus alter Zeit. Sie wähnten sich kurz vor dem Ziel. Vielleicht waren sie angesichts der uralten Steine kurz nachdenklich geworden, doch jetzt dachten sie an das, was sie erwartete: Ruhm und Gold. Keiner von ihnen hatte etwas auf die Mahnung in Biredhs Worten gegeben. Wahrscheinlich hatten sie sie nicht einmal gehört. Maru schon. Der Erzähler hatte Recht: Ihr Ziel barg womöglich tödliche Gefahren. Numur jagte sie, und Numur suchte ebenfalls nach dem Gold. Vielleicht war es ihm schon gelungen, die Mauer des Schweigens um diesen Tempel zu durchbrechen? Er musste doch nur in Erfahrung bringen, was sie selbst wussten, dann würde er sie vielleicht schon dort erwarten. Maru biss die Zähne zusammen und ruderte weiter. Sie hatte ein schlechtes Gefühl, und je weiter sie nach Süden kamen, desto stärker wurde es. Sie versuchte, nicht daran zu denken, denn es half ja nichts: Was immer die Söldner dort erwartete, sie würde es mit ihnen teilen müssen. Das Unbehagen wurde stärker, wenn sie in ihre entschlossenen Gesichter blickte. Ein seltsames Fieber schien sie ergriffen zu haben. Selbst in Tasils Zügen las sie nun nichts mehr außer der Gier nach Gold. Sie wurden leichtsinnig. Hatten sie bislang breite und tiefe Kanäle gemieden, so nahmen sie nun jede Gefahr in Kauf, wenn sie der Weg nur rasch zum Ziel zu bringen versprach. Keiner unter ihnen verschwendete noch einen Gedanken an die Awathani oder an Numurs Suchtrupps. Sie dachten alle nur noch an den Goldenen Tempel. Maru seufzte. Wenn die Männer die Gefahren nicht mehr sehen wollten, dann musste sie selbst eben umso achtsamer sein. Sie hoffte, es würde schnell gehen: Sie würden den Tempel finden, sich die Taschen mit Gold füllen und schnell verschwinden, oder, und das hoffte sie aus Gründen, die sie selbst nicht kannte, fast noch mehr, sie würden ihn gar nicht erst aufspüren.

Rastlos strebten sie weiter nach Süden. Einmal nur hielten sie inne, als in der Ferne ein Hornsignal ertönte. Sie lauschten. Andere Hornsignale antworteten.

»Das war weit im Norden«, sagte Vylkas.

»Sie haben unsere Spur verloren«, frohlockte Bolox.

»Gut«, sagte Meniotaibor, »weiter!«

Es war hoher Nachmittag, als sie die letzte der Weideninseln erreichten, vor ihnen breitete sich das schwarze Wasser des Dhanis aus.

»Wohin jetzt?«, fragte Meniotaibor.

Maru zögerte, aber sie hatte Tasil schon in der Nacht alles gesagt, was sie über den Weg wusste. Nur, dass Dwailis ein Maghai war, das hatte sie weiterhin für sich behalten.

»Wir sind schon zu weit«, sagte Tasil, »die Insel des verrückten Alten muss irgendwo nordwestlich von hier im Sumpf liegen.«

Sie ruderten den Kanal ein Stück zurück. Über dem Schilf tauchten bald mehrere kleine Baumgruppen auf: Weiden.

»Welche ist es?«, fragte Ulat.

»Wir werden es herausfinden«, meinte Tasil.

»Wir könnten uns aufteilen, dann geht es schneller«, schlug Meniotaibor vor.

»Und wer sagt uns, dass du dich nicht mit dem Schatz davonmachst, wenn du ihn ohne uns findest, Iaunier?«, fragte Ulat.

»Ich«, sagte Vylkas schlicht.

»Wir bleiben zusammen«, entschied Bolox finster.

»Mir soll es recht sein«, meinte Meniotaibor mit einem Achselzucken.

»Wie schön, euch einig zu sehen«, spottete Tasil.

Sie konnten schnell vier Inseln ausmachen und hielten schweigend auf die nächste zu. Maru bemerkte, dass die Männer begannen, sich mit Seitenblicken zu belauern. Die Insel war von einem breiten Schilfgürtel umgeben. Sie war klein, einige Weiden bedeckten einen flachen Hügel.

»Ist sie das?«, fragte Meniotaibor.

Ein Wasservogel flog auf. Sonst zeigte sich kein Leben.

»Nicht die Insel des Alten, so viel ist klar«, erwiderte Tasil.

»Da ist keine Spur von einem Tempel«, meinte Ulat.

»Weiter«, rief Vylkas. Seine Stimme klang heiser.

Die nächste Insel unterschied sich kaum von der vorherigen, sie war nur etwas größer. Sie umrundeten sie und spähten über das Schilf, das auch diese Insel einschloss.

»Das ist sie auch nicht«, sagte Bolox schließlich.

»Ich hoffe sehr, diese verfluchte Insel ist nicht durch einen Zauber verborgen«, meinte Meniotaibor.

Maru roch etwas. Sie sog die Luft ein. Für einen Augenblick

war ihr gewesen, als hätte sie durch den Regen Utukkus Verwesungsgeruch wahrgenommen – aber er war schon wieder verflogen. Dann sah sie, dass auch Vylkas unruhig nach rechts und links witterte. Er warf ihr einen fragenden Blick zu.

»Was ist, Kröte?«, fragte Tasil.

In einiger Entfernung zog ein träger Strudel über das schwarze Wasser.

»Ich glaube, *Sie* ist hier«, flüsterte Maru.

»Da rüber!«, rief Vylkas.

Sie ruderten schnell in eine schmale Einbuchtung. Das Schilf schwankte, und Maru entdeckte entsetzt, dass es nur auf Suwagras wurzelte. Hier gab es keine Sicherheit. Der Dakyl hatte es auch bemerkt und trieb sie zur Eile. Maru warf einen ängstlichen Blick zurück. Ein weiterer breiter Strudel zog langsam dahin. War *Sie* es? Sie ruderten schnell weiter und wurden erst langsamer, als sie abermals zwischen zwei kleinen Inseln angelangt waren. Sie lagen dicht beisammen, zu dicht für den riesigen Körper der Awathani, so hofften sie.

»War das wirklich die verfluchte Schlange, oder nicht?«, fragte Meniotaibor leise.

»Ich glaube, ja«, sagte Maru. Eigentlich war sie sicher: Die Awathani lauerte irgendwo da unten in der Tiefe.

»Habt ihr sie nicht gespürt? Tief unten, im Wasser, ihr Männer?«, fragte Biredh.

»Wie sollen wir sie denn sehen, wenn sie da unten in der schwarzen Brühe ihre Kreise zieht?«, erwiderte Meniotaibor.

»Wärest du blind wie ich, würdest du lernen, nicht nur auf deine Augen zu vertrauen.«

»Sie ist hier«, sagte Vylkas knapp.

»Das ist doch ein gutes Zeichen«, behauptete Tasil, und als sie ihn verblüfft anstarrten, erklärte er: »Heißt es nicht, dass sie den Schatz bewacht? Wir müssen also sehr nahe sein.«

Die Männer nickten nachdenklich, auch Maru fand das auf seltsame Weise einleuchtend. Aber dann fragte sie: »Und was, wenn sie ihn wirklich bewacht, diesen Tempel? Ihr könnt doch nicht mit ihr kämpfen!«

»Ich fürchte mich nicht, Mädchen«, sagte Bolox kalt.

»Sie ist ein Tier, weiter nichts«, meinte Tasil. »Groß, aber ohne Verstand, wie alle wilden Tiere. Wir werden sie überlisten, wenn es notwendig ist.«

Biredh legte den Kopf schief. »Nur ein Tier? Bist du sicher, Urather?«

»Warum bist du eigentlich mitgekommen, alter Mann?«, fragte Tasil verärgert. »Niemand hat dich eingeladen.«

»Sicher nicht wegen des Goldes, Tasil aus Urath.«

»Das ist auch gut so, Alter«, meinte Meniotaibor mit finsterem Blick, »denn wir haben nicht vor, dich zu beteiligen.«

»Das ist gar nicht nötig, Iaunier. Ich brauche kein Gold oder Silber, ich sammle nur Geschichten. Sie sind der Besitz, der mich nährt. Und was das angeht, werde ich auf dieser Reise meinen Teil sicher bekommen.«

»Aber mehr auch nicht«, erwiderte der Iaunier düster.

Die Insel zu ihrer Linken war, wie die vorherigen, mit Weiden bewachsen. Sie war etwas größer und ragte auch höher aus dem Wasser als die anderen. Das Eiland zu ihrer Rechten war dagegen völlig kahl und von einem steilen Hügel gekrönt.

»Das sollten wir uns ansehen«, meinte Meniotaibor.

Sie tasteten sich einen breiten Schilfgürtel entlang, bis sie unvermittelt auf eine weitläufige Bucht stießen, die bis zum festen Ufer reichte. Maru erkannte sofort, dass das die Insel von Dwailis sein musste. Sie war mit grauem Gras und schütterem Buschwerk bewachsen, und dazwischen ragten allerlei seltsame Holzgestelle hervor. Vielleicht nutzte der Alte sie, um Fische oder andere Dinge zu trocknen, doch jetzt standen sie ungenutzt im strömenden

Regen. Es gab auch einen plumpen Steg, der ins Wasser hinausragte. Ein schmales Schilfboot war daran festgemacht. Zerbrochene Holzkisten und Fässer lagen am Ufer. Das alles sah nach Verwahrlosung aus. Die Söldner hielten Ausschau, doch sie entdeckten keine Hütte.

»Sollen wir an Land gehen?«, fragte Ulat.

»Wozu?«, wollte Tasil wissen.

»Wir könnten den Alten befragen.«

»Siehst du ihn irgendwo?«

»Er versteckt sich vielleicht vor uns«, meinte Bolox.

»Möglich, aber ich denke, er wird uns weder helfen wollen noch können«, sagte Tasil. »Ein Zauber liegt über dem Tempel. Glaubt mir, ich habe die Ältesten und den Edaling befragt. Es ist, wie ich es euch gestern schon sagte: Sie können nicht darüber reden.«

»Trotzdem, vielleicht weiß er irgendwas, das uns weiterhilft. Außerdem – was kann es schaden?«, fragte Ulat störrisch.

»Eine ganze Menge, Ulat von den Akkesch!«, erwiderte Tasil ungeduldig. »Einmal kostet es uns Zeit, und die ist im Augenblick fast so kostbar wie das Gold, das wir suchen. Zum anderen: Was, wenn Numur doch hier auftaucht? Dann ist es besser, wenn uns niemand hier gesehen hat, auch nicht dieser verrückte Einsiedler.«

Ulat gab Tasil widerwillig Recht, und sie wendeten die Boote, ohne die Insel zu betreten. Maru sah mit gemischten Gefühlen zurück. Die Insel wirkte nicht sehr einladend, und Wika hatte sie vor dem Maghai gewarnt. Dennoch hätte sie ihn gerne getroffen. Er mochte nicht ganz richtig im Kopf sein, vielleicht war er sogar eine Gefahr, aber Maru hatte das Gefühl, dass Dwailis wichtig war. Sie konnte nicht sagen, in welcher Beziehung, aber sein Name war oft gefallen. Irgendwie schien er der Schlüssel zu allem zu sein: Zum Goldenen Tempel, zur Awathani, zur Opferung und sogar zu Utukku. Aber da war noch etwas, etwas, das tiefer ging.

Dann wurde es ihr plötzlich klar: Wenn sie mehr über ihre Gabe und ihre Herkunft herausfinden wollte, dann war dazu niemand geeigneter als Dwailis, der Verrückte, der Zauberer, der seiner Bruderschaft den Rücken gekehrt hatte. Doch es sah so aus, als sei ihr diese Möglichkeit vorerst genommen.

Sie suchten weiter nach dem Goldenen Tempel, ohne dass sie mehr fanden als drei weitere schweigende, von Weiden bestandene Eilande.

»Aber er muss hier irgendwo sein, ich kann ihn beinahe fühlen«, rief Meniotaibor.

»Ein Zauber, es ist ein Werk der Maghai im Spiel. Sie verbergen den Schatz vor uns«, meinte Ulat.

»Wenn dieser sagenhafte Tempel leicht zu finden wäre, hätte ihn schon jemand lange vor uns geplündert, Männer«, sagte Tasil.

»Der Urather hat Recht«, sagte Bolox, der sonst immer noch sehr schweigsam war. »Wir müssen uns diese Inseln einfach genauer ansehen. Wissen wir denn, wie dieser Tempel aussieht? Vielleicht ist es nur ein Schrein zwischen den Bäumen, oder vielleicht auch einfach nur ein heiliger Stamm.«

»Das würde ich diesen Sumpfmenschen zutrauen, dass sie einen Baum als Tempel nutzen«, meinte der Iaunier grimmig.

Also ruderten sie zur nächsten Insel, kämpften sich durch dichtes Schilf und gingen an Land. Sie sahen hinter Bäume und Steine, aber sie fanden rein gar nichts, außer Moos und Wurzeln. Der Regen, der kurz nachgelassen hatte, kehrte in heftigen Schauern zurück. Sie steuerten das nächste Eiland an, und dann ein weiteres. Ihre Suche blieb erfolglos. Die Abenddämmerung rückte näher.

»Sollten das wirklich alles nur Märchen gewesen sein?«, fragte Ulat entmutigt, als sie sich wieder durch einen Schilfgürtel zur nächsten Insel kämpften.

»Du gibst schnell auf, Akkesch«, höhnte Meniotaibor. »Sollen wir dir ein Boot geben, damit du heimrudern kannst? Was ist nun mit den beiden Anteilen für dich und deinen toten Freund?«

»Verspotte ihn nicht, Iaunier. Erweise dem gefallenen Helden Ehre.«

»Ich verspotte nicht ihn, sondern dich, Akkesch.«

»Beides hilft uns nicht weiter«, mahnte Bolox.

Sie umrundeten Dwailis' Insel. Dahinter lag das Eiland, das von allen, die sie bislang gesehen hatten, das größte war. Sie näherten sich ihm von der Rückseite.

»Die hier ist es«, sagte Meniotaibor grimmig.

»Mir ist, als hättest du das eben schon einmal gesagt, Iaunier.«

»Aber dieses Mal liege ich richtig, Farwier, ich kann es spüren.«

Maru hörte ihnen zu. Ihre Reden sollten spöttisch klingen, wie die rauen Scherze unter Waffenbrüdern, die sie in den vergangenen Tagen oft von den Männern gehört hatte. Aber unter dem Spott lauerte wachsendes Misstrauen. Maru fühlte die Anspannung. Der Schatz schien einerseits zum Greifen nah, andererseits unerreichbar. Seit Stunden und Stunden ruderten sie nun schon bei Hitze und Regen durch den Sumpf. Sie alle hatten seit dem »Festmahl« im Samnath weder gegessen noch geschlafen. Es war kein Wunder, dass die Männer reizbar waren.

»Dort«, rief Vylkas plötzlich.

Maru blickte in die angegebene Richtung, konnte aber nichts Besonderes erkennen. Eine große Weide stand über dem dichten Schilf.

»Was siehst du?«, fragte Meniotaibor, der angestrengt in die Richtung starrte.

»Spuren«, sagte Vylkas. Als er merkte, dass die anderen nichts begriffen, lenkte er das Boot näher an das Schilf. Dann sahen sie es: Die Halme waren geknickt.

»Wirklich, eine Spur, mein Freund! Hier ist jemand durchgefahren. Aber fuhr er nur hinein, oder auch hinaus?«, wollte Meniotaibor wissen.

»Hinaus auch!«, sagte der Dakyl.

War das also die Insel, die sie so lange gesucht hatten? Maru konnte nichts erkennen, was auf einen Tempel hindeutete. Aber die Männer schienen sich sicher zu sein.

»Worauf warten wir noch?«, rief Bolox und setzte sein Boot in Bewegung.

Aber Tasil griff nach der groben Bordwand und hielt es fest.

»Nicht so schnell, Bolox. Wir dürfen jetzt keinen Fehler machen.«

»Fehler? Wir haben endlich gefunden, was wir suchen. Willst du mich aufhalten, Urather?«

Tasil lachte. »Aber nicht doch, Farwier, wir müssen jedoch mit Bedacht vorgehen. Ich schlage vor, dass wir die Insel von der anderen Seite aus betreten.«

»Wozu soll das gut sein?«, fragte Bolox ungehalten.

»Ein guter Vorschlag«, warf Ulat ein. »Wir umgehen den Feind und fallen ihm in den Rücken! Ist das nicht offensichtlich, Farwier?«

»Feind? Bei den Hütern! Hast du den Dakyl nicht gehört? Sie haben die Insel verlassen«, rief Bolox.

»Und wenn sie wiederkommen?«, fragte Tasil. »Die Nacht bricht bald an, und der Neue Mond wird sich erheben. Was, wenn hier die Awier aus dem Dorf auftauchen, um ihr Opfer zu bringen?«

»Sie wären keine Gegner für meine Axt!«

»Und wenn Numur und seine Krieger sie begleiten?«

»Der Urather hat Recht, auch wenn ich es nicht gern zugebe«, meinte Ulat. »Wir verstecken die Boote auf der Rückseite. Es ist immer besser, den Feind zu überraschen, als überrascht zu werden.«

Bolox ließ sich widerstrebend überzeugen. Sie umrundeten die Insel und bogen dann ins Schilf ein. Der Dakyl versuchte, ihre Landung zu ordnen, wollte, dass sie hintereinander fuhren, um im Röhricht weniger Spuren zu hinterlassen, aber es war vergeblich. Ulat und Bolox überholten und trieben ihr Boot eilig ans Ufer. Es war, als hätten sie Angst, zu spät zu kommen. Tasil schüttelte den Kopf und folgte gemächlich, aber Maru konnte ihm ansehen, dass auch er auf das Äußerste angespannt war. Donner grollte, als sie das Ufer betraten.

»Wir sollten Wachen bei den Booten lassen«, schlug Ulat vor.

»Wachen? Wozu? Aber gut, wenn du willst, Akkesch, kannst du gerne hierbleiben«, antwortete Meniotaibor.

»Das würde dir so gefallen, Iaunier!«

»Ich werde jedenfalls nicht hier warten.«

»Dann das Mädchen und der Blinde, die brauchen wir doch nicht. Da können sie auch auf die Boote aufpassen«, meinte Ulat.

Bei den Booten bleiben? Jetzt, wo es spannend wurde? Maru öffnete schon den Mund, um Ulat zu widersprechen, aber Meniotaibor nahm ihr das ab.

»Ob wir sie brauchen, weiß ich nicht, Akkesch, aber ich traue diesem Mädchen nicht«, sagte er. »Sie hat sich für meinen Geschmack viel zu gut mit den Awiern verstanden. Nachher ist sie mit unseren Booten verschwunden, wenn wir mit dem Schatz zurückkehren.«

»Lächerlich«, schnaubte Tasil.

»Sie hätte auch einen anderen Grund zu fliehen. Hast du sie nicht an die Awier verkauft, Tasil, als Opfer für die Awathani?« Das kam von Bolox, der Maru finster anstarrte.

»Das ist eine Lüge«, erwiderte Tasil mit schneidender Stimme.

»Du hast sie an die Awier verkauft?«, fragte Ulat erstaunt. »Mir scheint, die Berichte über die Treulosigkeit der Urather sind wahr.«

»Sei vorsichtig mit dem, was du sagst, Akkesch!«

»Sonst?«

»Du wärst nicht der erste deines Volkes, der in diesen Tagen hier den Tod findet«, sagte Tasil drohend.

Ulat lachte. »Dir fehlte es doch schon an Mut, für die Ehre deiner Nichte vor das Gottesgericht zu treten, Urather. Vor dir werde ich mich sicher nicht fürchten.«

»Das solltest du aber, mein Freund«, warf Meniotaibor grinsend ein. »Hast du ihn heute Nacht nicht kämpfen sehen? Er ist geschickt mit dem Messer, viel zu geschickt für einen Händler, wenn du mich fragst. Ich bin sicher, dass seine Klinge schon den Rücken vieler Männer gefunden hat.«

Tasil funkelte den Iaunier böse an. »Meine Feinde müssen mich fürchten, Iaunier, aber meine Waffenbrüder sollten mich schätzen!«

Ulat legte Meniotaibor freundschaftlich die Hand auf die Schulter. »Wie Recht du mit deiner Warnung hast, mein Freund, ist doch bekannt, dass die Urather nur schwer zwischen Freund und Feind zu unterscheiden wissen.«

»Euch beide werde ich auch in finsterster Nacht wiedererkennen«, erwiderte Tasil düster.

Maru lauschte mit offenem Mund. Ulat und Meniotaibor hatten sich seit Stunden fast ständig gestritten. Jetzt, da es gegen Tasil ging, zeigten sie Einigkeit. Sie fragte sich, wie fest dieses plötzliche Bündnis zwischen diesen Männern sein würde. Würde es auch unter dem Gewicht eines Schatzes halten?

»Ich sage, keiner bleibt hier, auch nicht der Blinde«, rief Bolox ungeduldig, »und ich sage, es wird Zeit, endlich aufzubrechen! Es mag sein, dass der Tempel hier auf dieser Insel ist, wir werden ihn aber nicht finden, wenn wir hier bei den Booten bleiben und streiten.«

Dem konnte nun keiner widersprechen. Die Dämmerung rückte schnell näher. Sie deckten auf Drängen des Dakyl die Boote mit den Schilfmatten zu, damit sie im Regen nicht vollliefen. Dann stießen sie in das Innere der Insel vor.

Binithaqu

Friedfertig wirken die Awier, träge und stumpf, und wenig Anteil nehmen sie an den Schicksalen des Reiches. Doch ihre Riten sind alt und grausam, und selbst das Menschenopfer ist ihnen nicht fremd.

Etellu-Kaidhan, Das Reich der Akkesch

Die Insel war nicht groß. Ein guter Werfer hätte einen Stein über den Hügel in der Inselmitte an das gegenüberliegende Ufer schleudern können. Die Männer drangen vor, aber sie kamen keine zehn Schritte weit, bevor der nächste Streit ausbrach. Tasil schlug vor auszuschwärmen, aber die anderen lehnten das ab. Ulat sprach davon, dass es nötig sei, für den Fall eines Hinterhalts zusammenzubleiben, und Meniotaibor meinte, es sei nicht gut, wenn einer den Tempel ohne die anderen fände und dann den ganzen Ruhm für sich beanspruchte. Maru war klar, dass es dem Iaunier weniger um den Anspruch auf Ruhm als um den auf Gold ging. Das gegenseitige Misstrauen war inzwischen so groß, dass keiner den anderen aus den Augen lassen wollte. Maru fand das lächerlich. Dieses Eiland war winzig. Wenn an einem Ende gehustet wurde, konnte man es am anderen Ende hören. Wie sollte da jemand die Entdeckung eines Tempels vor den anderen verbergen können? Aber da es eben so entschieden war, konnte sie es nicht ändern. Bolox ging voran und bahnte mit seinem kräftigen Körper einen Weg durch das dichte Buschwerk, das zwischen den Weiden wucherte. Meniotaibor, Tasil und Ulat folgten ihm, der Dakyl hinkte, auf seinen letzten Wurfspeer gestützt, hinterher, und Maru bildete mit Biredh den Schluss. Ihr erstes Ziel war der Ort, an dem sie die Landestelle der Awier vermuteten. Ein kleiner freier Platz erwartete sie.

»Das ist es, wir haben es endlich gefunden!«, flüsterte Ulat.

Maru bemerkte, dass auch die anderen in Hochstimmung gerieten. Sie half Biredh durch das Unterholz und sah dann, was der Akkesch meinte. Ein großer, flacher Stein lag in der Mitte des Platzes. Er war leicht geneigt, strahlend weiß und sorgsam von Moos befreit worden. Offenbar war das erst kürzlich geschehen, denn abgestorbenes Geflecht lag um die Platte verstreut. Magische Zeichen waren in den mächtigen Block gehauen.

»Ein heiliger Stein«, sagte Ulat ehrfürchtig.

Maru betrachtete die Symbole. Sie kannte keines davon, aber einige waren eindeutig. Da war eine Schlange, und etwas, das wie ein Mensch aussah. Es gab Boote und Bäume und Wellenlinien, die Wasser sein mochten. Die Sonne war mehrfach zu finden, immer über den anderen Zeichen stehend, manchmal von einem halben Mond begleitet. Die Zeichen fanden sich am Rand und auf den Seiten des schweren Blocks, die große obere Fläche war dagegen nackt und beinahe unverziert. Eine einzige lange Kerbe durchschnitt sie in der Mitte. Der Regen rann den Schrein hinab. Im Einschnitt bildete er einen winzigen Fluss.

Biredh befühlte den Stein. »Das ist die Blutrinne«, erklärte er.

Maru sah ihn entsetzt an. Sie hatte fast vergessen, welchem Zweck diese Insel diente.

»Wie kalt er ist«, murmelte der Blinde nachdenklich.

»Was ist das hier?«, fragte Bolox. Er hob ein Flechtwerk aus starken Zweigen auf. Gegerbtes Leder war darüber gespannt.

Keiner von ihnen hatte so etwas schon einmal gesehen.

»Wie sieht es aus?«, fragte Biredh.

»Es ist wie ein zu groß geratener Korb, drei Schritte im Durchmesser, sehr leicht, geflochten aus Weide und mit Leder bespannt. Und hier ist noch eines von gleicher Art.«

»Das ist für das Opfer«, erklärte Biredh. »Es wird darin eingeschlossen und auf den Fluss gesetzt.«

»Welchen Sinn soll das haben?«, fragte Bolox verwundert.

»Es schützt die Unglückliche vor den Flussechsen, aber es ist kein Hindernis für die Erwachte.«

Bolox ließ den Korb angewidert fallen.

Biredh fuhr ungerührt fort: »Ich nehme an, du wirst auch einen geweihten Kelch aus Stein finden. Darin wird das Blut des Opfers aufgefangen und später auf der Außenhaut des Seelengefährts aufgetragen.«

»Das sind grausame Bräuche, die diese Sumpfmenschen pflegen. Wir Farwier würden uns eher selbst zerreißen, als die Unseren wilden Bestien zum Fraß vorzuwerfen.«

»Früher waren die Zeiten weit finsterer, als sie es heute sind, Bolox von den Farwiern, auch wenn du es dir nicht vorstellen kannst.«

»Ich kann und will es nicht, Erzähler.«

Vylkas, der sich an einen Baumstamm ausruhte, spuckte, als wolle er unterstreichen, was Bolox gesagt hatte, verächtlich auf den Boden.

Meniotaibor hatte mit Ulat und Tasil inzwischen die nähere Umgebung des Opfersteins erkundet. »Er ist nicht hier«, rief er, »dieser verfluchte Tempel ist nicht hier!«

»Geduld, Iaunier, Geduld«, sagte Tasil. »Wir werden ihn schon finden.« Er lächelte, aber es sah angespannt aus.

»Und warum bist du dir da so sicher, Urather?«

»Ich kann das Gold fast schmecken. Es ist hier.«

Tasil hatte das Wort gesagt: Gold. Es war wie ein giftiger Stachel, der sich den Männern in die Gedanken bohrte. Gold! Es musste irgendwo hier sein. Opferstein hin oder her, sie waren nicht hier, um sich alte Steine anzusehen. Nun schwärmten sie doch aus, und begannen jeden Stein umzudrehen und hinter jedem Busch nachzusehen. Selbst Vylkas, der kaum laufen konnte, suchte mit. Biredh und Maru blieben zurück. Sie fanden einen Platz auf einem tief hängenden starken Ast, der vom dichten Dach des Baumes weitgehend trocken gehalten wurde.

»Glaubst du, dass sie die kleine Lathe doch noch opfern werden?«, fragte Maru den Alten. Der Gedanke ließ sie nicht los.

»Nicht, wenn sie klug sind und auf Wika hören.«

Maru dachte über Biredhs Antwort nach. Sie war schlicht, aber sie enthielt zwei Bedingungen.

»Taiwe ist ein kluger Mann«, sagte sie, um sich selbst Mut zu machen.

»Das ist er, ohne Zweifel, Maru Nehis, aber leider verstehen er und Wika sich nicht besonders gut.«

»Wie das?«, fragte Maru erstaunt.

»Das ist eine lange Geschichte. Wenn ich mich recht erinnere, hat sie vor bald fünfzig Jahren begonnen, als beide noch jung waren.«

Maru konnte sich weder die Kräuterfrau noch den Ältesten als junge Menschen vorstellen. »Kannst du sie mir erzählen? Ich will etwas anderes hören als immer nur Gold, Gold, Biredh.«

»Vielleicht, Maru Nehis, haben wir wirklich ein wenig Zeit. Aber die Geschichte von Taiwe und Wika ist noch nicht zu Ende, deshalb kann ich sie noch nicht vortragen.«

»Schade, ich wüsste gerne mehr darüber«, sagte Maru enttäuscht.

»Nun, stell dir einfach vor, dass sie in ihrer Jugend einander sehr zugetan waren, aber ihre Lebenswege führten sie auseinander und nicht zusammen. Es gab Versprechen und Entscheidungen, die ihnen im Wege standen, und da war noch jemand, der sich einmischte, obwohl er sich besser herausgehalten hätte. Aber das konnte er wohl nicht, denn er verfolgte eigene Ziele.«

»Aber wer war dieser Unselige? Und warum konnten sie diese Hindernisse nicht überwinden?«

»Das eben kann ich noch nicht sagen, Maru Nehis, deshalb muss ich hier schweigen.«

»Dann erzähle etwas anderes, Biredh«, forderte Maru. Sie hörte die Rufe der Söldner. Es klang nicht, als hätten sie etwas gefunden.

»Jetzt nicht, Maru Nehis. Lass uns lieber gemeinsam dem Regen lauschen und dem traurigen Gesang der Unken. Wusstest du, dass man sich erzählt, dass jede dieser Unken einst ein Bewohner der Goldenen Stadt war?«

»Wirklich?«

Vielleicht würde sie doch noch ihre Geschichte bekommen.

»So sagen es die Awier, die in diesem Fenn wohnen. Deshalb klingen ihre Rufe so traurig. Sie erinnern sich an den Glanz ihres einstigen Lebens, und der ist für immer verloren.«

»Wie schrecklich!«, rief Maru und sah den Alten erwartungsvoll an. Bei anderer Gelegenheit hätte Biredh sicher weiter ausgeholt, aber er schwieg jetzt, denn die Männer kehrten zurück.

»Nichts, keine Spur!«, fluchte Meniotaibor.

»Wir suchen falsch«, sagte Vylkas, der herangehumpelt kam.

»Wir haben jeden Stein umgedreht. Hier ist nichts!«, sagte Ulat niedergeschlagen. Er hielt sich die Seite. Offenbar spürte er seine Rippe.

»Wir suchen mit den Augen. Nicht mit den Gedanken«, sagte Vylkas knapp.

»Dann geh uns doch mit gutem Beispiel voran, Wolfsmensch«, rief Bolox und hieb mit seiner Axt verärgert einen Zweig von einer Weide.

»Er muss hier sein!«, beharrte Tasil.

»Aber wo?«, fragte Ulat.

»Biredh, hast du keinen Hinweis für uns? Du weißt so viel über die alten Zeiten, alter Mann, weißt du nichts über den Tempel?«, wollte Meniotaibor wissen.

»Ich habe viele Geschichten über diesen Sumpf und die alten Riten gehört, Iaunier, viele unheilvolle, wenige glückliche, aber keine, in der der berühmte Goldene Tempel näher beschrieben wurde. Aber wer weiß, vielleicht hast du ihn schon längst gefunden? Vielleicht gibt es hier gar nicht mehr als diesen Stein mit der Blutrinne.«

»Und diese Riten? Vielleicht gibt es da einen Hinweis. Erzähl uns davon«, verlangte Tasil.

»Es ist ebenso einfach wie traurig, Urather. Das Opfer wird gereinigt, in ein weißes, noch nie getragenes Kleid gehüllt, und dann auf diesem Stein dort mit einem Stich in jeden Arm verletzt. Sie fangen das Blut in einem steinernen Kelch auf, setzen die Unglückliche in das Seelengefährt und bringen sie auf den Fluss. Sie verblutet, und ihr frisches Blut und das Blut, das sie in heiligen Zeichen außen auf dem Leder auftragen, lockt die Erwachte an. Es gibt sicher noch mehr zu wissen. Es heißt, die Maghai nehmen über das Blut Verbindung zur Zermalmerin auf und zwingen sie so zurück in ihren ewigen Schlaf. Doch wie sie das tun, welche Riten und geheimen Zeichen sie verwenden, das weiß ich nicht zu sagen. Und bedenkt, als die Maghai das letzte Mal zusammenkamen, um die Erwachte zu bannen, da wirkten sie ihren Bann, ohne einen Menschen zu opfern.«

»Das hilft uns nicht weiter«, meinte Meniotaibor verärgert.

»Vielleicht stimmt, was der Alte sagt, und der ganze Tempel besteht nur aus diesem weißen Stein«, sagte Ulat enttäuscht.

»Unsinn!«, widersprach Tasil. »Sie schicken einen goldenen Ring nach Ulbai, jedes Jahr. Dieses Gold muss hier sein!«

»Und wenn sie letztes Jahr den letzten geschickt haben, Urather?«, fragte Biredh lächelnd.

Tasil lachte laut auf. »Nein, alter Mann, so einfach kommen mir diese Awier nicht davon. Es müsste einen Hinweis geben, irgendetwas, das uns sagt, dass die Ringe von hier stammen. Doch ich habe nichts dergleichen gefunden.«

»Nun, Brüder, ich sage es nicht gern, aber vielleicht hat der Erzähler Recht«, sagte Ulat. Er klang verzagt.

Maru sah in die Gesichter der Männer. Zu Müdigkeit und Hunger kamen jetzt auch Zweifel und Enttäuschung. Sie saßen im prasselnden Regen auf Baumstämmen oder an den Hügel gelehnt und stierten niedergeschlagen zu Boden. Maru konnte ihnen ansehen, wie sie versuchten, ihren goldenen Traum festzuhalten, und wie sie alle das Gefühl hatten, dass er ihnen gerade entglitt. In Maru keimte so etwas wie Hoffnung: Vielleicht würden sie ihre Suche bald aufgeben. Viel fehlte nicht. Dann gab es doch noch eine Möglichkeit, dass sie heil aus diesem Sumpf herauskam.

Plötzlich sprang Tasil auf. Seine Augen leuchteten. »Habt ihr die Hütte des Einsiedlers gesehen?«, rief er.

Marus Hoffnungen lösten sich in Luft aus. Sie sah ihm an, dass er etwas herausgefunden hatte.

»Hütte? Da war keine Hütte«, sagte Meniotaibor unwirsch.

»Eben! Aber irgendwo muss er doch wohnen! Oder glaubt ihr, er schläft im Regen?«

»Unter der Erde!«, rief Vylkas.

»Du sagst es, Dakyl, du sagst es!«

Die anderen brauchten ein wenig länger, dann begriffen sie, mehr oder weniger.

»Du glaubst also, der Tempel liegt unter der Erde?«, fragte Ulat zweifelnd.

»Vielleicht auch im Hügel. Es muss einen verborgenen Eingang geben. Und den müssen wir finden.«

»Wer findet, wird vielleicht auch gefunden«, warf Biredh plötzlich ein.

Die Art, wie er das sagte, ließ die Männer kurz innehalten.

Biredh lächelte, dann sagte er: »Hört ihr es nicht? Es kommt jemand.«

Es dauerte nur wenige Augenblicke, und die Söldner waren zwischen den Weiden verschwunden. Maru wollte Biredh eilig vom Platz führen, doch er schüttelte den Kopf. »Ich bleibe hier, Maru Nehis. Für mich besteht keine Gefahr.«

»Für dich vielleicht nicht, aber für uns, wenn wir entdeckt werden.«

»Aber hör doch: Es ist nur ein einziges Boot, und nur einer ist darin, der rudert.«

Maru war beinahe bereit, ihn in Ruhe zu lassen, aber da fing sie einen Blick von Tasil auf. Er deutete mit dem Kinn auf den Alten und vollführte eine Geste, als würde er eine Kehle durchschneiden.

»Bitte, Biredh, mir zuliebe«, drängte Maru. Sie wusste, Tasil meinte es ernst.

»Wenn du darauf bestehst, Maru Nehis«, sagte Biredh seufzend.

Maru zog den widerstrebenden Erzähler vom Platz und hinter einige Büsche, ging in Deckung und wartete. Bald hörte sie eine Stimme, die sie aber im prasselnden Regen nicht verstehen konnte. Die Stimme kam näher. Dann tauchte ein Mann am Rand der kleinen Lichtung auf. Ein Schilfüberwurf beschattete sein Gesicht. Er kam nur langsam voran. Unter dem Arm trug er eine eingerollte Matte. Sie schien schwer zu sein, und er zog noch etwas hinter sich her, das offensichtlich nicht so wollte wie er. Jetzt kam es auf die Lichtung. Es war ein junges Mädchen, kaum älter als zehn Jahre. Sie trug keinen Überwurf, der sie vor dem strömenden Regen geschützt hätte, sondern nur ein durchnässtes kurzes Garwan, und sie sträubte sich gegen die Hand des Mannes.

»Nun, komm, Lathe, wir sind doch jetzt da«, sagte der Mann verärgert. Es war Hana, der Edaling.

Das Mädchen schüttelte stumm den Kopf.

Maru wurde heiß und kalt. Hana war gekommen, um das Opfer zu vollziehen! Also hatte Wika es nicht geschafft, ihnen diesen Unsinn auszureden. Maru überlegte fieberhaft, was zu tun sei. Wika hatte ihr streng verboten, die Stimme anzuwenden, aber wenn der Edaling wirklich vorhatte, das Mädchen zu töten, dann würde sie ihm das ausreden, entweder mit ihrer Gabe oder mit anderen Mitteln. Sie griff nach dem Dolch in ihrem Gürtel.

»Hier gefällt es mir nicht«, sagte das Mädchen.

»Wir bleiben nicht lange«, antwortete Hana. Er wirkte gehetzt, sah sich immer wieder um, und bei jedem kleinen Geräusch erschrak er.

»Ich will zu meinem Großvater zurück.«

»Du wirst ihn vielleicht schon eher wiedertreffen, als du denkst. Und jetzt sei ruhig, ich muss nachdenken.«

Er begann die Matte auszuwickeln. Sie enthielt mehrere Beutel und Tücher.

»Weiß Skeldiga, was du hier machst?«, fragte Lathe.

Hana brummte eine unverständliche Antwort. Er wickelte die Tücher aus und breitete sie über den Opferstein. Sie waren schneeweiß. Maru konnte Meniotaibor und Tasil sehen, die den Edaling gespannt beobachteten. Es sah nicht so aus, als wollten sie schnell eingreifen. Maru verstand: Sie erwarteten, dass Hana ihnen den Goldenen Tempel offenbaren würde. Sie versuchte, die Ruhe zu bewahren. Wenn Hana den verborgenen Tempel enthüllte, *bevor* er das Opfer vollzog, würde sie ihn gewähren lassen. Sonst musste sie ihn aufhalten, gleich was Tasil davon hielt.

»Du kriegst Ärger, wenn sie dich hier erwischt«, sagte das Mädchen ruhig.

Lathe schien keine Angst zu haben. Maru fragte sich, ob sie wusste, was der Edaling mit ihr vorhatte. Sie war mehrere Tage im Schreinhaus gefangen gewesen, irgendetwas musste man ihr doch erzählt haben.

»Wenn du deinen Edaling nicht in Ruhe lässt, bist du es, die bald Ärger bekommt«, rief Hana verdrossen. Er zog kurze Stücke Schilf aus einem der Beutel.

»Ist das das Auwara?«, fragte Lathe neugierig.

Der Edaling steckte die Halme zurück. »Das geht dich nichts an!«

Die Dämmerung war hereingebrochen, aber die Wolkendecke war so dicht, dass man kaum erkennen konnte, ob die Sonne schon untergegangen war.

»Nun muss ich dich vorbereiten, Mädchen«, sagte Hana. Seine Stimme zitterte.

»Was hast du, Hana?«

»Ich tue es nicht gern, Lathe, aber du musst verstehen, dass es das einzig Richtige für das Dorf ist.«

»Großvater Taiwe hat auch so etwas gesagt, aber heute Morgen hatte er seine Meinung geändert.«

»Ich bin nicht dein Großvater!«, rief Hana. Seine Stimme überschlug sich. Er zitterte am ganzen Leib.

»Darüber bin ich froh, Hana«, antwortete das Mädchen ganz ruhig.

»Dein Großvater ist ein Narr, Lathe, die Sumpfhexe Wika auch. Selbst du müsstest gemerkt haben, dass unser Dorf vom Unglück heimgesucht wird.«

»Du meinst die Erwachte?«

»Die Erwachte, die Fremden, der Krieg. Und nur wir beide können das Unglück abwenden, verstehst du das, Lathe?«

Maru fragte sich, ob Hana wirklich glaubte, was er da sagte.

Lathe schüttelte den Kopf.

»Du wirst gleich ein schönes Bad nehmen, kleine Lathe. Und dann bekommst du ein neues Kleid. Aber erst musst du mir helfen, verstehst du?«

»Ich mag aber nicht baden.«

Hana machte sich am Fußende des Steinblocks zu schaffen. Es folgte ein Knirschen und dann ein lautes Klacken. Hana stemmte sich gegen den Stein, aber er rührte sich nicht. »Nun hilf mir, Kind.«

Lathe schüttelte wieder den Kopf. Ihre Augen weiteten sich vor Schrecken.

»Hab doch keine Angst, dummes Kind. Gleich wirst du etwas Wunderschönes zu sehen bekommen!«

Aber das Mädchen schaute nicht wegen des Steins so erschrocken.

»Vielleicht können wir dir behilflich sein, Edaling Hana von den Awiern«, bot Meniotaibor freundlich an.

Hana fuhr erschrocken herum. Meniotaibor stand am Kopfende des Opfersteins, und jetzt traten Bolox, Tasil und Vylkas aus ihren Verstecken hervor. Ängstlich wich Hana ein paar Schritte zurück. Dann stieß er mit dem Rücken gegen den Schild des Akkesch.

»Sei vorsichtig, Mann, ich habe mir eine Rippe gebrochen und bin auf dieser Seite etwas empfindlich«, begrüßte ihn Ulat mit falscher Freundlichkeit.

Auch Maru stand nun auf und kam mit Biredh aus ihrem Versteck.

Der Edaling war schneeweiß im Gesicht. »Was wollt ihr hier? Was habt ihr hier zu suchen? Dies ist ein heiliger Ort!«

»Dann frage ich mich, warum du ihn mit deiner Anwesenheit entweihst, Hana«, sagte Tasil.

»Ich bin der Edaling! Ich bin hier, um unseren Göttern zu dienen. Dhanis ist an meiner Seite! Weicht zurück, ihr Frevler!«, schrie Hana. Seine Stimme überschlug sich.

»Ich kann an deiner Seite nur dieses kleine Mädchen sehen, Hana. Aber ich glaube, du hast uns etwas anderes zu zeigen.«

»Ich weiß nicht, was du meinst, Urather.«

Tasil gab Bolox und Meniotaibor einen Wink. Sie packten den Block und versuchten, ihn zu verschieben. Es knirschte, aber er rührte sich nicht.

»Noch einmal, Männer.«

Vylkas vergaß seine Pfeilwunde und packte mit an. Sie schoben und zerrten, aber nichts bewegte sich.

»Sag, Edaling, wie geht das?«, fragte Ulat überfreundlich.

»Ich weiß nicht, was du meinst«, sagte Hana. Die nackte Angst stand ihm ins Gesicht geschrieben.

»Verzeih, wenn ich mich unklar ausgedrückt habe, Awier. Es war vielleicht mein Fehler. Ich bin ein Krieger und das Reden nicht gewohnt. Ich habe hier aber einen Dolch, mein Freund, der stellt solche Fragen viel deutlicher als ich. Möchtest du dich vielleicht mit ihm unterhalten?« Der Akkesch grinste breit, als er seinen Dolch aus dem Gürtel zog.

Er schien seine Macht über den Edaling sehr zu genießen, vielleicht etwas zu sehr, wie Maru fand. Sie winkte das Mädchen heran. Lathe zögerte.

»Komm her, Lathe, keine Angst. Biredh hat eine spannende Geschichte für dich.«

»Er hat keine Augen«, sagte Lathe.

»Und doch kann ich sehen, dass du ein hübsches Kind bist, Lathe. Komm zu mir!«, rief Biredh und breitete lächelnd die Arme aus. Und das Mädchen folgte.

»Ich frage dich noch einmal, Edaling Hana. Wir wissen, was dort unten ist, also sage uns, wie wir diesen Schrein bewegen können!«, forderte Ulat und legte die Spitze seines Dolches auf das

Kinn des Edalings. Hana zitterte vor Angst, schüttelte aber nur stumm den Kopf.

»Er kann vielleicht nicht darüber reden, wegen des Zaubers«, meinte Maru. Der Edaling tat ihr beinahe leid.

»Sag deiner Nichte, sie soll sich da heraushalten, Urather.«

»Sag es ihr doch selbst, Akkesch«, gab Tasil zurück.

Die Männer versuchten noch einmal, den Stein zu bewegen, sie schoben, zerrten und zogen, aber der Stein rührte sich nicht.

»Ihr seid nicht würdig, den Binithaqu zu betreten«, rief Hana mit schriller Stimme.

»Kann das sein?«, fragte Meniotaibor ratlos. »Kann es sein, dass ein Zauber uns darin hindert, den Tempel zu öffnen?«

»Das kann ich mir nicht vorstellen«, sagte Tasil kopfschüttelnd.

»Ihr werdet es nie schaffen!«, rief Hana. »Verschwindet. Der Binithaqu ist für euch verschlossen, Fremde. Schlimmer, ihr stellt euch gerade zwischen die Zermalmerin und ihr Opfer. Ihre Rache an euch wird furchtbar sein, wenn sie es nicht bekommt.«

»Wenn sie Blut will, kann sie es haben, Edaling«, sagte Ulat. Seine Hand zuckte vor, Hana schrie plötzlich auf. Der Akkesch hatte ihm mit dem Dolch durch die Hand gestochen.

Auch Lathe schrie. Maru nahm sie in den Arm und drehte ihren Kopf zur Seite. Das sollte das Mädchen nicht sehen.

Hana ging wimmernd in die Knie und hielt mit ungläubigem Blick seine blutende Hand.

»Stell dich nicht so an, Awier, der Stich war nicht tödlich«, sagte Ulat gelassen.

»Aber ich kann es euch doch nicht sagen«, jammerte Hana.

»Keine Spuren«, sagte Vylkas. Er war auf die Knie gegangen und befühlte den Boden.

»Natürlich«, rief Tasil, »wenn sie diesen Stein verschoben hätten, dann wären hier Spuren im Boden! Wie blind wir doch sind!«

»Ich weiß nicht«, sagte Meniotaibor nachdenklich, »wenn es

stimmt, was man sagt, wurde dieser Stein nicht oft bewegt. Vielleicht sind die Spuren nur verwittert?«

Tasil schüttelte den Kopf und sagte: »Wir müssen ihn anheben, das ist das Geheimnis.«

»Anheben? Diesen Felsen? Dann müssen wir Numur bitten, uns eine Ansai zu Hilfe zu schicken. Alleine werden wir das nie schaffen«, entgegnete Meniotaibor.

Ulat widersprach ihm. »Hast du noch nie gesehen, welche Meisterwerke wir Akkesch vollbringen, wenn wir Paläste und Tempel bauen, Iaunier? Und dies hier ist das Werk der Menschen der Goldenen Zeit. Ich kann mir vorstellen, dass sie zu noch größeren Wundern als wir fähig waren.«

»Vom Reden geht diese Tür jedenfalls nicht auf, Männer«, sagte Bolox und stemmte sich gegen den Stein. Die anderen halfen ihm. Es knirschte. Selbst Maru schaute gebannt auf den schweren Felsen. Dann gab die ungeheure Masse mit einem plötzlichen Ruck nach. Der Stein hob sich eine Winzigkeit an, verharrte, und dann öffnete er sich wie von selbst: Das Fußende hob sich steil gegen den Himmel, bis der Stein fast senkrecht stand. Er gab die ersten Stufen einer Treppe frei, die in der Finsternis verschwand.

»Wahrhaft, ein Wunder«, sagte Ulat ergriffen.

»Sie verstanden sich aufs Bauen, so viel steht fest«, meinte Meniotaibor anerkennend.

Alle starrten sie in das dunkle Loch, das sich vor ihnen aufgetan hatte.

»Wir brauchen Fackeln«, sagte Tasil.

»Wo sollen wir die jetzt herbekommen?«, fragte Bolox. »Hier ist doch alles völlig durchnässt.«

»Ich kann mir nicht vorstellen, dass die Ältesten hier wie die Blinden hinuntersteigen. Irgendwo an der Treppe werden sie etwas haben, das ihnen Licht gibt, wenn sie es brauchen, wir müssen es nur finden.«

»Und wenn sie Fallen gebaut haben? Wir Akkesch tun so etwas.«

»Die Akkesch werden von ihrer eigenen Angst aufgefressen, Ulat. Wir Farwier fürchten uns nicht.«

»Wenn wir noch lange warten, ist es hier draußen bald genauso dunkel wie dort unten«, meinte Meniotaibor. Dennoch bewegte er sich keinen Schritt vorwärts. Maru verstand das nicht. Vor kurzem hatten sie es nicht erwarten können, den Tempel zu betreten, und jetzt zögerten sie. War es Ehrfurcht? Hatten sie wirklich Angst, dass dort im Dunkeln tödliche Fallen auf sie lauerten? Oder fürchteten sie, dass sie ihren Traum vom Gold zerstören würden, sobald sie hinunterstiegen? Maru schaute die Stufen hinab. Modrige Luft stieg aus dem Treppenschacht hinauf. Es roch – nach Verwesung! Sie schaute sich um, suchte das Schilf nach einem Schatten ab. Aber dort war nichts außer unzähligen Halmen, die der Regen beugte. Sie lauschte. Die Unken schwiegen. Hieß das, dass Utukku doch in der Nähe war? Und mit ihm die Erwachte? Und dann stellte sie fest, dass jemand fehlte.

»Wo ist Hana?«, fragte sie.

Die Männer fuhren herum. Keiner von ihnen hatte auf den Edaling geachtet.

»Ulat, das war deine Aufgabe«, herrschte Meniotaibor den Akkesch an.

»Ihr habt mich doch hier gebraucht, sonst wäre dieser Stein immer noch verschlossen.«

Bolox war mit Tasil unterdessen zum Ufer gerannt. Aber sie kehrten ohne Hana zurück. »Sein Boot ist fort. Er hat sich davongemacht«, sagte Bolox.

»Wir müssen ihm nach«, meinte Ulat.

Das war einleuchtend, aber keiner der Männer rührte sich. Stattdessen tauschten sie lauernde Blicke aus.

»Geh nur, Ulat, niemand hindert dich«, sagte Meniotaibor.

»Warum ich? Warum nicht du?«

»Ich war es nicht, der ihn entwischen ließ, Akkesch.«

»Dann tu dich doch hervor, und fange ihn wieder ein, tapferer Iaunier.«

»Ich werde diese Insel nicht wieder verlassen, nicht, bis ich mein Boot voll mit Gold geladen habe.«

»Lasst ihn doch ziehen, Männer. Wir brauchen ihn nicht mehr, und was kann er uns schon schaden?«, meinte Bolox.

Maru kam aus dem Staunen nicht heraus. Es war doch klar, dass Hana eine Menge Schaden anrichten konnte! Er konnte Hilfe holen, vielleicht sogar den Alldhan und seine Männer. Vielleicht würde er auch mit Dwailis wiederkommen. Der mochte verrückt sein, aber er war auch ein Maghai. Vielleicht vergaß er, dass er der Zauberei den Rücken gekehrt hatte, wenn er feststellte, dass sie den Tempel plünderten. Hana war eine Gefahr in ihrem Rücken. Maru begriff, dass die Männer unter anderen Umständen ebenso gedacht hätten, aber jetzt schienen ihre Gedanken nur noch um den Goldenen Tempel zu kreisen. Für etwas anderes war kein Platz mehr. Nichts sollte sie noch daran hindern, endlich den Schatz in die Finger zu bekommen.

»Was ist, wenn er mit Numurs Leuten zurückkommt?«, fragte Maru. Sie musste es wenigstens versuchen.

»Bis dahin sind wir längst fort«, sagte Tasil abwesend. Er blickte wie gebannt den Schacht hinunter.

»Worauf warten wir noch?«, fragte Bolox, der auf der ersten Stufe stand.

Da flammte am Rande des Platzes ein Licht auf. Vylkas hatte aus einem Ast mit Moos, Flechten und Schilf eine schlichte Fackel gefertigt. Sie flackerte stark und kämpfte mit dem Regen, aber es reichte, um die ersten Stufen der Treppe auszuleuchten. Das Ende war nicht zu erkennen.

»Dort«, sagte der Dakyl und zeigte auf einen Gegenstand, der auf der sechsten Stufe abgestellt war. Es war eine Lampe. Bolox schickte sich an, sie holen zu gehen.

»Vorsicht, Farwier!«, mahnte Ulat. »Vielleicht sind hier wirklich Fallen versteckt.«

Aber Bolox kümmerte sich nicht darum. Er nahm dem Dakyl die Fackel aus der Hand und lief die Stufen hinunter. Er brauchte einen Augenblick, um das Öl in Brand zu setzen, aber dann verbreitete sich warmes Licht im Schacht. Dort unten war ein Raum oder vielleicht nur ein Treppenabsatz zu erahnen. Bolox nahm die Fackel und warf sie hinunter. Sie verlosch noch während des Fluges, aber als sie aufschlug, stoben einige Funken. Sonst tat sich nichts.

»Keine Falle, Akkesch«, rief der Farwier lachend. Dann drehte er sich um und tastete sich vorsichtig hinab. Er prüfte jede Stufe mit dem Fuß, bevor er ihr das Gewicht seines Körpers anvertraute.

»Jemand sollte hier oben Wache halten«, meinte Ulat unruhig.

»Dann bleib doch hier«, antwortete Meniotaibor, drängte ihn zur Seite und folgte Bolox.

Der Dakyl humpelte schweigend hinter ihm her.

»Ich glaube, wir gehen am besten alle, Akkesch«, sagte Tasil. »Das gilt auch für dich, Kröte. Und auch für den Blinden und seine kleine Freundin. Ich will mir keine Gedanken darüber machen müssen, was ihr hier oben anstellt.«

Maru seufzte. Sie spürte eine unerklärliche Furcht vor dieser Treppe in die Dunkelheit. Das schlechte Gefühl, das sie schon den halben Tag über begleitet hatte, kam zurück. Aber was half es? Sie schüttelte die dunklen Gedanken ab. Dort unten erwartete sie ein goldener Tempel, ein Wunder aus einer untergegangenen Zeit. Sie war weit gegangen, um ihn zu finden. Jetzt wollte sie ihn auch sehen. Als sie an Tasil vorüberging, bemerkte sie den fiebrigen Glanz in seinen Augen. Das schlechte Gefühl wurde stärker. Sie sah über ihre Schulter. Der Regen schien nachzulassen. Die Rufe der Unken schallten wieder über das Fenn. Ein Regenpfeifer sang. Alles sah ruhig und sicher aus. Sie stieg hinab.

Unten herrschte gespannte Ruhe. Maru hatte Freudenschreie erwartet, oder heftige Verwünschungen, aber es gab weder das eine noch das andere. Dann sah sie den Grund. Die Söldner standen stumm in einem kleinen kahlen Raum mit einer steinernen Tür. Bolox stemmte sich gegen die Pforte, aber sie rührte sich keinen Fingerbreit.

»Verschlossen«, sagte er schließlich keuchend.

»Es muss hier irgendwo einen Schlüssel geben«, meinte Meniotaibor, der die nackten Wände des Raums abtastete.

»Es gibt nicht einmal ein Schloss«, widersprach Tasil mürrisch.

»Sie geht nach außen auf«, sagte Vylkas und zeigte auf Schleifspuren auf dem Steinboden.

»Wie kann das sein?«, fragte Ulat verwirrt. »Gibt es vielleicht einen weiteren Eingang?«

»Vielleicht hat ja Hana den Schlüssel«, sagte der Iaunier.

»Wir können ihn fragen, wenn er zurückkommt«, knurrte Bolox mit einem finsteren Seitenblick auf den Akkesch.

»Kein Schloss, kein Schlüssel«, beharrte Tasil.

»Wäre sie aus Holz, so würde ich diese Tür mit meiner Axt zerlegen. Aber bei Stein …«

»Und doch wird deine Axt hier sehr nützlich sein, Bolox von den Farwiern«, sagte Tasil plötzlich. Er schwieg einen Augenblick, um die anderen zappeln zu lassen, dann sagte er: »Wir brauchen eine Ramme. Der Stamm einer jungen Weide müsste es tun.«

»Ich werde diesen Tempel nicht verlassen«, erklärte Bolox bestimmt.

»Wir sind doch nur im Vorraum«, erwiderte Tasil verblüfft. Er hatte offenbar mit mehr Beifall gerechnet.

»Störrisch wie ein Esel, dieser Farwier«, rief Ulat erzürnt.

»Du kannst ja gehen und uns einen Stamm mit deinem Speer fällen, Akkesch«, blaffte Bolox zurück.

»Es wird vielleicht gar nicht nötig sein, dass ihr Gewalt anwendet«, sagte Biredh sanft. Er saß mit Lathe auf einer der untersten Stufen. Das Mädchen sah erschöpft aus. »Ich bin sicher, dass es eine Vorrichtung gibt, die diese Tür öffnet.«

»Und warum bist du dir da so sicher, alter Mann?«, wollte Tasil missmutig wissen.

»Weil ich sie hier neben mir spüre, Urather.«

Meniotaibor nahm Bolox die Lampe aus der Hand.

»Ich sehe nichts, nur schwarze Zeichen an der Wand.«

»Gibt es denn viele solcher Zeichen hier, Iaunier?«

»Nein, es sind die einzigen, alter Mann«, sagte Meniotaibor erstaunt, nachdem er die Treppe ausgeleuchtet hatte.

»Was soll uns schwarze Farbe helfen?«, brummte Tasil.

»Es ist nicht nur Farbe, Urather, ich kann hören, dass die Wand dort durchbrochen ist.«

Meniotaibor befühlte die Wand. »Tatsächlich!«, rief er. »Das sind Vertiefungen! Aber sag, alter Mann, wie ist das möglich? Wie kann ein Mensch Löcher im Stein hören?«

Biredh lachte laut auf. »Das kann ich nicht. Aber eure Stimmen hallen von den Wänden, und hier, dicht neben meinem Ohr, da wird der Schall eigenartig gebrochen.«

Meniotaibor sah den blinden Erzähler mit einer Mischung aus Misstrauen und Bewunderung an. »Ich weiß nicht, ob ich dir das glauben kann, alter Mann, aber an dir ist mehr dran, als man sieht, viel mehr.«

»Und, was hat es nun mit diesen Löchern auf sich?«, wollte Ulat wissen.

Sie versammelten sich um die Zeichen, um sie zu begutachten, und schoben Biredh einfach zur Seite. Sie griffen in die Vertiefungen, einer nach dem anderen, ohne dass sich viel tat. Einmal klickte es, und alle drehten sich hoffnungsvoll zur Tür, aber mehr als das Klicken geschah nicht. Maru hielt sich zurück. Sie war unruhig. Das ungute Gefühl, es wollte einfach nicht weichen. Sie sah den anderen zu, die sich bald wieder stritten. Einer warf dem anderen vor, es falsch anzufangen, versuchte es dann selbst, war ebenso erfolglos und musste sich dann ebenfalls beschimpfen lassen, bis das Spiel wieder von vorne begann. Maru betrachtete die Zeichen. Es waren drei, und sie hatte ähnliche auch schon oben am Opferstein gesehen. Es waren eine menschliche Figur, ein langes Boot und eine gewundene Schlange. Das sagte ihr etwas. Sie fuhr mit ihrer Zunge nachdenklich über die Lippen. Wie sie dem Streit der Männer entnehmen konnte, hatten die Figuren eine unterschiedliche Anzahl von Vertiefungen. Die Schlange und das Boot hatten zwei, der Mensch nur eine. Eigentlich war es ganz einfach.

»Darf ich es einmal versuchen?«, fragte sie.

Die Männer sahen sie an, als sei sie eine fünfbeinige Ziege, und Meniotaibor lachte bitter auf: »Jetzt will sich auch noch das Mädchen einmischen. Die Hüter mögen uns beistehen!«

Aber sie ließen sie dann doch gewähren. Maru betrachtete die Zeichen genau. Dann drückte sie in der Reihenfolge, die ihr am naheliegendsten erschien: Kopf der Schlange, Bug des Bootes, Mensch, Heck des Bootes, Bauch der Schlange. Es klickte, dann knirschte es hinter der Wand, und plötzlich schwang die Tür zum Tempel mit einem tiefen Stöhnen auf. Für einen Augenblick verschlug es den Männern die Sprache. Dann stürmten sie zur Tür. Sie hielten sich nicht damit auf, Maru zu danken.

»Du bist klug, Maru Nehis«, sagte Biredh.

»Hast du gewusst, wie es geht? Warst du schon einmal hier, Biredh?«, fragte Maru, einem plötzlichen Verdacht folgend.

»Nein, Maru Nehis, und noch einmal nein«, sagte er, und dann strich er mit der Hand über das Haar von Lathe, die neben ihm saß und sich an ihn geschmiegt hatte. »Sieh nur, Maru Nehis, die Unschuld, sie ist eingeschlafen.«

Von der anderen Seite der Tür erklangen die lauten und aufgeregten Rufe der Männer.

»Dann sollten wir sie wecken, Biredh, vielleicht will sie die Wunder dieses Tempels ebenfalls sehen.«

Als Maru endlich den Tempel betrat, verschlug es ihr den Atem. Das warnende Gefühl, das sie noch auf der Treppe so stark verspürt hatte, wurde verdrängt. Der Raum war alt, das konnte sie spüren, als sie eintrat. Er war schlicht und einfach gehalten und wurde von sechs hohen, schlanken Säulen getragen. Die Männer hatten weitere Lampen entdeckt und entzündet. Verwitterte Zeichen, ähnlich denen, die sie schon gesehen hatten, schmückten die Säulen und hier und dort, in langen Reihen, die Wände. An einer der Seiten war ein großes steinernes Becken in den Boden gelassen. Vermutlich wurde dort das Opfer gereinigt. Aber das alles verblasste angesichts dessen, was Maru am anderen Ende des Raumes erblickte: Es war die Figur einer Schlange, vier Schritte lang, ein gewundener Körper mit acht kräftigen Beinen, mit langen Klauen und angedeuteten Flossen. Die Schlange wand sich in übertriebenen Bögen über einen schmucklosen, steinernen Altar, und ihr breiter Kopf mit langen Zähnen starrte den Besucher aus blitzenden Augen an. Sie war plump, ihr Leib zu dick, der Kopf zu mächtig, Klauen und Zähne maßlos übertrieben, und doch war sie das Wunderbarste, was Maru je gesehen hatte, denn sie war ganz und gar aus Gold!

»Die Augen, seht nur, Edelsteine, wie weißes Feuer«, flüsterte Tasil.

Der Dakyl versuchte, sie anzuheben. »Sie ist schwer«, murmelte er andächtig.

»Ich habe sie zuerst gesehen«, rief Ulat mit vor Aufregung heiserer Stimme.

Für einen Augenblick legte sich feindseliges Schweigen über den Tempel.

»Sei kein Narr, Akkesch, du könntest sie doch alleine gar nicht tragen«, sagte Meniotaibor.

»Aber mir steht der größte Teil zu, denn ich habe sie zuerst gesehen.«

»Wenn du nicht willst, dass sie das Letzte ist, was du gesehen hast, solltest du solche Narreteien unterlassen, Akkesch«, herrschte der Iaunier ihn an.

Ulat legte seinen langen Speer betont gelassen von einer Schulter auf die andere. »Drohst du mir, mein Freund?«

»Eine Warnung, nur eine Warnung. Es hat sich schon mancher Vogel an einem so großen Bissen verschluckt, Ulat.«

»Hört auf, Männer, vielleicht gibt es hier noch mehr, genug für alle«, rief Bolox dazwischen.

»Das hoffe ich für diesen alten Narren«, zischte Meniotaibor.

»Die Ringe«, sagte Vylkas knapp.

»Natürlich! Die Ringe müssen irgendwoher kommen«, rief Tasil. »Seht euch dieses goldene Biest an. Es ist ohne Kratzer, da fehlt kein Stück.«

»Hässlich ist sie«, sagte Vylkas, »und vollkommen.«

»Ich finde sie nur hässlich«, meinte Lathe plötzlich.

Maru musste lachen. War das Mädchen die Einzige, die sich nicht von dem Gold blenden ließ? Sie selbst sah es eher wie der Dakyl. Eigentlich hatte er genau das ausgedrückt, was sie empfand, und das war mehr als erstaunlich, denn er sagte ja sonst so gut wie nie etwas. Tasil entdeckte hinter dem Altar eine Treppe, die weiter nach unten führte.

»Da unten muss er sein, der Schatz«, flüsterte Bolox.

»Licht!«, befahl Tasil.

»Geh es dir selbst holen, Urather«, antwortete Meniotaibor.

»Kröte!«

Tasil hatte den ganzen Tag nicht viel gesagt, und mit Maru hatte er kaum gesprochen. Selbst das Wort »Kröte« hatte sie lange nicht von ihm gehört. Sie gehorchte widerwillig und brachte eine Lampe von einer der Säulen. In ihrem Schein zeigte sich eine weitere lange Treppe, die schmaler war, als jene, die sie heruntergekommen waren.

»Folgt mir«, sagte Bolox und stieg hinab.

Die Männer zögerten, und dann sagte Ulat plötzlich, mit einem verstohlenen Seitenblick auf die Schlange: »Ich bleibe hier.«

»Ich auch«, sagte Meniotaibor schnell.

»Wie Kinder«, meinte Vylkas kopfschüttelnd und begann, die Treppe hinabzuhumpeln.

»Nun komm, Biredh«, sagte Tasil.

»Du willst, dass ich mitkomme, Urather?«, fragte Biredh überrascht.

»Natürlich. Vielleicht gibt es wieder eine Tür, bei der wir deine Ohren brauchen. Oder kannst du dich an der Schönheit dieser Schlange hier nicht sattsehen?«

Biredh lachte laut auf, nahm seinen Stock und folgte Tasil die Stufen hinab. Lathe führte ihn. »Na, da werde ich wohl gar nicht mehr gebraucht«, dachte Maru. Sie musste zwischen dem Iaunier und dem Akkesch hindurch. Sie konnte den Hass der beiden Männer aufeinander beinahe fühlen.

Sie lief eilig nach unten und hörte Lathe fragen: »Sag, Großvater Biredh, sind wir hier unter Wasser?«

»Das sind wir, mein Kind, das sind wir«, erwiderte Biredh mit einem Lächeln in der Stimme.

Maru bekam ein Gefühl von Beklemmung. Bis jetzt hatte sie das völlig verdrängt, aber der Blinde hatte Recht. Sie mussten weit unter der Wasseroberfläche sein. Sie lief weiter, erreichte

Tasil und flüsterte: »Ist das klug, die beiden da oben allein zu lassen, Onkel?«

»Warum denn nicht, Kröte?«

»Ich fürchte, sie gehen sich noch gegenseitig an die Kehle.«

»Sollen sie nur, dann bleibt mehr für uns«, antwortete Tasil grimmig.

Maru war sich nicht sicher, ob das nur ein grausamer Scherz war, oder ob er das ernst meinte. Sie waren am Fuß der Treppe angelangt. Dort erwartete sie ein offener Raum, dessen Wände mit sehr vielen Zeichen geschmückt waren. Sonst war er beinahe leer. Dann entdeckten sie hinter einer der vier starken Säulen, die die Decke stützten, eine grobschlächtige, hölzerne Truhe. Sie war verschlossen. Bolox brauchte nur einen einzigen Hieb, um sie zu zerschmettern. Zwischen den zerbrochenen Brettern quoll ein matt schimmernder Strom aus Silber und Gold hervor.

»Das ist es, das ist es«, flüsterte Bolox ergriffen.

»Die sind hübsch«, sagte Lathe und hob eine runde goldene Münze auf. Sie hatte ein kleines Loch in der Mitte.

»Die Ringe!«, jubelte Tasil und bückte sich.

Das Blatt einer Axt schob sich zwischen seine Hand und das Gold. »Halt, Urather!«

»Was soll das, Bolox?«, zischte Tasil und griff nach seinem Dolch.

»Ich habe diese Kiste geöffnet, sie gehört mir.«

»Sagt wer?«

»Sagen meine Axt und ich.«

Tasil richtete sich auf und blitzte Bolox an: »Ich denke, du solltest dir das gut überlegen, Farwier.«

»Da gibt es nichts zu überlegen, Urather.« Bolox trat einen Schritt zurück und spannte seine Muskeln. Die blaue Farbe war von seinen Armen beinahe ganz verschwunden. Nur die Zauberzeichen waren gut zu sehen.

Maru starrte fassungslos von einem zum anderen. Wiederholte sich jetzt das, was sie eben einen Stock höher erlebt hatten? Sie sah, dass Vylkas Abstand zwischen sich und die beiden Streitenden brachte. Er wog seinen Wurfspeer sorgsam in der Hand. Seine tief liegenden Augen wanderten besorgt hin und her. Offenbar überlegte er noch, für wen er Partei ergreifen würde. Sein Blick streifte sie, und Maru begriff mit Schrecken, dass auch sie sich bei diesem Streit nicht heraushalten konnte.

»Hier gibt es noch mehr«, rief Biredh plötzlich.

»Was meinst du, alter Mann?«, fragte Tasil, ohne Bolox aus den Augen zu lassen.

»Hinter dieser Wand. Ich spüre einen Luftzug.«

Einen Augenblick lang blieb die feindselige Anspannung noch bestehen, dann sagte Tasil: »Gut, sehen wir uns das an. Vielleicht ist es ja genug, um diesem gierigen Farwier den Hals zu stopfen.«

Es zeigte sich, dass Biredh eine weitere steinerne Tür entdeckt hatte. Sie war beinahe nahtlos in die Wand gefügt und mit dem Auge kaum zu erkennen. Vylkas klopfte sie ab. »Nicht sehr dick«, sagte er.

»Lass sehen, Dakyl«, sagte Bolox. Er holte aus und schlug mit der Schaftseite seiner Axt zu. Die Tür erzitterte.

»Noch einmal«, rief Tasil.

Bolox holte erneut aus. Hatte er sich eben noch zurückgehalten, ließ er nun seine Waffe mit voller Gewalt gegen die Steine donnern. Es krachte, und die Tür bekam einen langen Riss. Ein dritter Schlag zerschmetterte sie.

»Guter Schlag, Bolox«, lobte Tasil. »Willst du diese Tür auch behalten? Schließlich hast du sie geöffnet.«

»Wir werden sehen«, erwiderte Bolox mit finsterer Miene.

Der Geruch von Moder und Feuchtigkeit schlug ihnen entgegen. Es war wieder eine Treppe, und wieder führte sie nach unten.

»Wie tief geht es hier denn noch hinunter?«, fragte Maru staunend.

»Bis nach Ud-Sror«, sagte der Dakyl düster und vollführte seine Geste gegen das Unglück.

»Unsinn«, rief Tasil. »Sieh doch die Flamme, wie sie flackert. Da strömt Luft. Ich glaube, es gibt dort einen zweiten Ausgang!«

»In Ud-Sror«, bekräftigte der Dakyl.

Maru lief ein Schauer über den Rücken. Warum war er so erpicht darauf, dass diese Treppe in der Stadt der Toten enden sollte? Dann näherte sich etwas. Maru fühlte so etwas wie die kaum wahrnehmbare Spannung vor einem Gewitter. Ihre Nackenhaare stellten sich auf. Dann war es da. Es war draußen, im schwarzen Wasser jenseits dieser Mauern. Es war groß, schwarz und uralt, und es streifte die Insel, als es langsam vorbeiglitt. Sie konnten es hören, ein langes, schleifendes Geräusch. Ein leichtes Zittern lief durch den Boden. Sie alle erbleichten, selbst Tasil.

»*Sie* ist hier«, flüsterte Biredh. Lathe klammerte sich an ihn. Maru hielt den Atem an. Sie meinte zu hören, wie ein Stück Fels von der Insel abbrach und über die Flanke des Eilands in die Tiefe polterte.

»Die Bestie ist draußen, jenseits dieser dicken Mauern. Wir sind in Sicherheit«, sagte Tasil heiser. Es klang nicht sehr überzeugt. Das Geräusch verebbte, die Schwingung des Bodens unter ihren Füßen hörte auf. Sie standen aber immer noch wie erstarrt und lauschten. Die Insel. Maru hatte sich bislang gar keine Gedanken über die Gestalt dieses Eilands gemacht. Sie waren von alten Mauern umgeben. Es gab gar keine Insel. Sie standen in einem uralten, versunkenen Gebäude!

Von oben ertönte ein heiserer Schrei.

»Das war Ulat«, flüsterte Bolox.

»Du verräterischer Hund«, hallte die Stimme des Akkesch die Treppe hinunter.

»Der Iaunier!«, rief Tasil.

Sie hasteten nach oben, Bolox und Tasil vorneweg. Als Maru den Tempelraum erreichte, war es schon zu spät. Sie sah Ulat in seinem Blut liegen, er hielt das Schwert, das seinen Rücken durchbohrt hatte, noch umklammert. Meniotaibor war fort. Und mit ihm die goldene Schlange. Hatte er es wirklich geschafft, das ungeheuer schwere Bildnis zu bewegen? Tasil und Bolox waren schon an der Tür, sie hetzten hindurch – und prallten zurück. Wieder ertönte ein Schrei, gefolgt von einem lauten Poltern und einem erstickten Stöhnen. Maru erstarrte, dann sah sie, wie ein menschlicher Körper die Treppe hinunterstürzte, mit grotesk verrenkten Gliedern im Vorraum aufschlug und bis zur Tür rollte. Es war Meniotaibor, und er war tot.

»Greift sie euch, Männer, lasst keinen am Leben! Der Alldhan will ihre Köpfe!«, rief eine Stimme von oben.

Fakyn! Numurs Männer hatten sie gefunden!

»Das Mädchen, schont das Mädchen«, schrie eine schrille Stimme.

Hana!

Tasil zog dem gefallenen Iaunier das Schwert aus dem Gurt und versuchte, die Tür zu schließen, aber dann sprang er zurück. Von oben dröhnte Kampfgeschrei die Treppe hinab. Sie kamen.

»Zurück! Wir müssen zurück!«, brüllte Tasil.

Bolox schüttelte grimmig den Kopf.

Der Dakyl war humpelnd im Tempel angekommen. Er nahm seinen Wurfspeer, holte aus und stieß einen scharfen Pfiff aus. Bolox sprang zur Seite. Der Spieß sauste durch die Luft, flog durch die Tür und fand offenbar sein Ziel, denn ein Mann schrie auf. Vylkas bückte sich, hob den Schild und den langen Speer des Akkesch vom Boden. Er bedeutete Maru mit einem Wink seines Kopfes, hinter ihn zu treten. Der Ansturm von Fakyns Männern war kurz ins Stocken geraten.

»Auf, ihr Feiglinge! Wollt ihr denn ewig leben?«, dröhnte Fakyns Stimme durch den Treppenschacht.

Speerträger rückten Schild an Schild durch die Tür. Dort sahen sie sich Bolox gegenüber. Seine Axt kreiste und zerschmetterte den Schild des ersten. Tasil war plötzlich an seiner Seite und hieb auf die Angreifer ein, die erschrocken zurückwichen. Aber sie waren in einer misslichen Lage, denn ihre Kameraden hinter ihnen drängten nach. Es gab kein Zurück. Sie versuchten, die Verteidiger mit ihren langen Speeren von der Schwelle zu vertreiben, doch die Nachfolgenden behinderten sie, und sie konnten ihre Waffen nicht so handhaben, wie es nötig gewesen wäre. Die Ersten fielen, die Nächsten ersetzten sie. Vylkas war jetzt auch an der Tür. Mit dem mächtigen Schild des Akkesch stemmte er sich gegen die Menschenflut. Numurs Männer wurden verwundet, stürzten, einige starben, aber es waren viele. Speerstöße prasselten auf den Schild des Dakyl ein, bis er plötzlich zerbrach. Vylkas wich humpelnd zurück, die Türschwelle war verloren. Die Männer Numurs stürmten in den Tempel. Ihr Angriff war ungeordnet, aber es sah aus, als würde die reine Zahl dieses Gefecht entscheiden. Maru verfolgte es wie im Traum. Sie sah Blut, verwundete Männer, einen wild lachenden Bolox und einen verbissen um sich schlagenden Tasil. Und plötzlich waren die Feinde überall. Ein Axtkämpfer griff sie an. Maru hatte es gar nicht gemerkt, aber sie hielt ihren Dolch schon in der Hand. Sie sah das wutverzerrte Gesicht ihres Gegners, der auf sie losstürmte. Wusste er, dass er ein Mädchen angriff? Oder war er so im Kampfesrausch, dass er auf solche Feinheiten gar nicht mehr achtete? Er schlug zu, verfehlte Maru, schrie auf und klappte zusammen. Offenbar hatte ihn jemand am Bein verwundet. Maru bemerkte, dass etwas Warmes ihre Hand hinablief. Es war Blut von ihrem Dolch. War sie das gewesen? Wieder griff sie jemand an. Sie wich aus, stach zu, verfehlte ihr Ziel und sprang zur Seite. Ihr Gegner war viel größer als sie und wollte sie mit schierer Gewalt über den Haufen rennen.

Maru war keine Kriegerin, doch sie hatte im vergangenen halben Jahr einiges von Tasil gelernt. Er war ein guter Lehrmeister, was den Kampf mit dem Messer anging. Er hatte ihr gezeigt, wie man mit und ohne Schild kämpfte, wie man stärkeren Gegnern auswich und unterlegene in die Enge trieb. Und er hatte sie gelehrt, wie man die Schwachstellen des Feindes erkannte. »Ein Messer ist immer schneller als ein Schwert oder eine Axt, Kröte«, hatte er einmal gesagt. Das war in Aurica gewesen. An einem kühlen, sonnigen Tag auf einem Feld nahe des Meeres, über dem vor blauem Himmel weiße Möwen kreisten. Tasil kannte viele Kniffe, und Maru hatte immer gegen ihn verloren, doch manchmal war der Ausgang schon knapp geworden. Sie war eine gute Schülerin, das hatte selbst Tasil zugegeben. Und sie hatte schon einmal auf Leben und Tod gekämpft. Vor einem halben Jahr, in der Gruft von Raik Utu, gegen den Thymanbadh, den Koloss aus Ton. Gegen einen Menschen hatte sie jedoch noch nie die Waffe gezogen. Der Krieger, der jetzt gegen sie anrannte, wollte sie töten, daran gab es keinen Zweifel. Sie wich aus und stach zu. »Es ist gleich, wo du deinen Gegner verwunden kannst. Jede Wunde macht ihn schwächer. Wenn du nur mit dem Messer kämpfst, versuche nicht, ihn mit einem Streich zu töten«, hatte Tasil sie gelehrt. Der Mann stöhnte, sie hatte eine Sehne unter der Kniekehle durchtrennt. Er taumelte und stürzte. Maru wich da schon dem nächsten Angreifer aus. Der Tempel war nun voller Krieger, und es wurden immer mehr. Maru wusste kaum, was sie während dieses Kampfes tat, der Stunden zu dauern schien, dabei aber doch wohl nur wenige Sekunden währte. Sie wehrte sich, stieß zu, hatte plötzlich einen Schild in der Hand, verteidigte sich, wurde am Arm getroffen, kämpfte, fiel hin, stand wieder auf, kämpfte weiter. Sie sah den Farwier, der mit seiner großen Axt einen Kreis der Angst um sich geschaffen hatte. Sie sah Tasil, der mit dem Rücken zum Altar gegen drei Gegner gleichzeitig focht. Sie sah Vylkas, der hinter seinem zerbrochenen Schild kauerte und um sich stach. Und für einen Augenblick war es, als würde das alles in unendlicher Langsamkeit ablaufen. Männer griffen sie an, und sie hatte alle Zeit der Welt, auszuweichen, sich über den Boden abzurollen, zu entkommen und anderswo zuzustechen. Sie hörte jemanden ängstlich keuchen und stellte erstaunt fest, dass sie es selbst war, sie sah einen blutenden Arm und bemerkte kaum, dass er zu ihr gehörte. Und dann entdeckte sie Lathe. Das Mädchen hatte eben noch bei Biredh hinter dem Altar gestanden, unbeachtet von den wütenden Kämpfern, doch jetzt war sie mitten unter die Schwerter geraten. Als Maru sie bemerkte, lief sie mit vor Schreck geweiteten Augen zum Ausgang, nicht darauf achtend, was um sie herum geschah. Und da war Hana, hinter ihr. Er verfolgte sie! Und er hatte einen kurzen Speer in der Hand. Maru verlor Lathe zwischen den kämpfenden Männern aus den Augen, fand sie wieder, von einem Schild achtlos zur Seite geschleudert. Das Mädchen fiel hin, zwischen die Beine der Krieger. Maru hörte jemanden laut aufschreien. War sie selbst das gewesen? Sie stürzte nach vorn, zu dem Mädchen, das auf dem Boden lag und weinte, wich einer Axt aus, stolperte, lief weiter. Da waren nur noch Arme, Beine und Schilde und Schwerter, Speere und Äxte und sie mittendrin. Sie bekam einen Stoß ab, verlor ihren Dolch, ließ ihn liegen. Hana beugte sich über Lathe. Sie stieß ihn zur Seite, hob das Mädchen, das nicht viel kleiner war als sie selbst, auf und trug es aus dem Getümmel. Sie wich einem brüllenden Kydhier aus, duckte sich unter einem Schwertstreich hindurch, stolperte, fing den Sturz gerade noch ab und trug die Unschuldige aus dem Gefecht und zu Biredh, der dort stand und mit weit aufgerissenen leeren Augenhöhlen auf die entsetzlichen Geräusche des Kampfes lauschte. Sie war schon fast dort, als sie einen jähen und durchdringenden Schmerz im Rücken spürte. Der Schmerz begann, als eine kleine Spitze in sie eindrang, und breitete sich rasend schnell aus, als sie durchbohrt wurde, und etwas unter ihrem Brustbein wieder austrat. Sie ging in die Knie. Lathe sprang aus ihren Armen und flüchtete sich zu Biredh. Hinter ihr ertönte ein heiserer Triumphschrei. Hana? Maru schaute ungläubig nach unten. Dort ragte etwas aus ihrem Gewand, ein Stück Bronze, lang und scharf. Es sah aus wie die Spitze eines Speeres. Doch was machte es da? Der Schmerz griff nach ihrem Rückgrat, fuhr ihr in die Beine. Sie fiel nach vorne, fing sich mit den Händen ab. Starrte auf die sauber gefügten Steinplatten. Blut tropfte aus ihrem Mund. Und da unten war noch mehr Blut. Es floss durch die feinen Fugen des Bodens, bildete eine Pfütze. Jemand schrie. Doch dieses Mal war sie es nicht selbst. Sie sah eine kleine Hand, die ihr Gesicht streichelte. Sie schüttelte sich, wollte aufstehen, doch die Beine versagten ihr den Dienst. Der Triumphschrei hinter ihr erstickte in einem Gurgeln. Sie spürte einen Schlag, und der Schmerz raubte ihr fast die Sinne, sie hörte etwas splittern und brechen und wusste, es gehörte zu ihr und doch wieder nicht. Es war der Schaft dieses Speeres, der so widersinnig mit ihrem Körper verbunden war. Dann wurde sie leicht. Jemand hob sie auf, so wie sie die kleine Lathe aufgehoben hatte. Sie blickte sich um. Alles erschien verschwommen. Da war Bolox, erstaunlich nah. Er lachte, aus vielen Wunden blutend, nickte ihr zu. Seine Axt drängte die unzähligen brüllenden Männer zurück, die alle ihren Tod verlangten. Sie sah den zerfetzten Schild des Akkesch auf dem Boden liegen und sah den Hünen Fakyn, der Vylkas wie eine Puppe aufhob und gegen die Wand schleuderte. Und dann wurde es Nacht um sie. Sie öffnete die Augen wieder, war irgendwo anders, auf einer Treppe, und die brüllenden Männer waren weit weg. Der Boden schwankte, jemand hielt sie auf seinen Armen. Und das Geschrei der Männer dort oben änderte sich. Es war jetzt reine Angst. Und eine Stimme flüsterte heiser: »Die Zermalmerin! Sie kommt über uns, weiter, weiter!«

Und wieder wurde es dunkel um Maru. Sie riss die Augen weit auf, aber da war nur Finsternis. Eine Treppe, das konnte sie fühlen, sie wurde eine Treppe hinabgetragen, endlos lang. Und aus der Dunkelheit flüsterte es: »Weiter, weiter, der Tempel, er stürzt ein!« Sie fühlte die Erschütterung des Bodens. Der Mann, der sie trug, schwankte. Sie schloss die Augen und fühlte, wie sie immer weiter hinabgetragen wurde. Ihre Sinne verloren sich im Nichts, und dann kam ihr eine Stimme ins Gedächtnis, die vor kurzer Zeit behauptet hatte, dass dies die Treppe zur Totenstadt Ud-Sror sei. Und sie dachte, dass es bis dahin nicht mehr weit sein könne.

Dwailis

Die Maghai sind eine alte und mächtige Bruderschaft. Doch sind sie uneins, und ein jeder folgt seinem eigenen Weg. Ihr Wissen teilen sie nicht mit ihren Brüdern, sondern hüten es eifersüchtig als Geheimnis, aus Furcht, ein anderer könne mehr Macht erlangen als sie selbst. Und dies ist gut, denn wären sie einig, wären sie eine große Gefahr für die Priester, den Herrscher und das ganze Reich.

Etellu-Kaidhan, Bericht seiner Herrschaft

Schwarze Mauern. Die ganze Stadt war von schwarzen Mauern eingeschlossen, und die Ebene, die die Stadt umgab, war dunkelgrau und staubig. Hier gab es keine Farben, es gab nur Ud-Sror. In einiger Entfernung sah Maru das Tor der Seelen, und es sah genauso aus, wie sie es sich immer vorgestellt hatte. Es ragte hoch auf, mit Zinnen, die den niedrig hängenden fahlen Himmel berührten. Dort wachten die Augen, die Strydhs Priester ihrem Gott geopfert hatten, über den Eingang der Toten. Das Tor stand offen. Maru schmeckte Staub und Wasser. Ein scharfer Geschmack füllte ihren Mund. Es war wie Feuer, das sich durch ihre Kehle hinabbrannte. Sie riss die Augen auf, hustete, spuckte aus. Besorgte Gesichter waren über sie gebeugt.

»Sie ist zurück«, sagte jemand.

»Das Wasser Bronds hat noch jeden geweckt«, sagte eine kichernde Stimme.

»Aber heilt es?«

»Wen?«, fragte die Stimme verwundert.

»Das Mädchen. Macht der Trank sie gesund?«

War das Tasil? Alles war verschwommen, Stimmen, Gesichter. Maru riss die Augen weit auf und stöhnte.

»Ich bin keine Kräuterfrau«, rief die fremde Stimme. »Das bin ich ganz bestimmt nicht, oder was denkst du? Die Lebensgeister weckt das Wasser. Das Feuer entfacht es. Aber es kann das Verlöschen nicht verhindern.«

Maru fühlte einen zerreißenden Schmerz. Ihre Hand tastete zitternd über ihren Leib. Da ragte etwas Hartes, Fremdes aus ihrer Bauchdecke. Das Feuer, das durch ihre Kehle geronnen war, erreichte den Schmerz, umhüllte ihn, dämpfte ihm. Alles andere war seltsam taub. Sie schloss die Augen.

»Hast du nicht gelernt, Speeren auszuweichen, Mädchen?«, fragte die unbekannte Stimme.

Maru schlug die Augen wieder auf und sah über sich ein fremdes Gesicht. Es war alt. Langes graues Haar klebte nass an einem zerfurchten Schädel. Sein Blick war unstet, und seine Lippen bewegten sich in einem fort. »Ausweichen ist immer besser, dummes Mädchen«, murmelte er.

»Wo bin ich?«, fragte Maru matt.

Der Alte lachte. »In meinem Haus, meiner Hütte, meinem Berg. Und vielleicht zurück von dem Ort, von dem selten einer zurückkommt. Aber es regnet, und das ist schlecht.«

Maru hob ihren Kopf ein wenig. Der Alte war bis auf einen zerschlissenen Schilfrock nackt.

»Bald wird es aufhören. Der neue Mond ist da. Es regnet. Habe ich das gesagt oder nur gedacht?«

»Dwailis?«, fragte Maru schwach.

Der Alte grinste sie an und nickte vergnügt. Sein Blick hatte etwas Milchiges. Dann wurde er plötzlich klar. »Das sieht schlimm aus, mein Kind, sehr schlimm. Lassen können wir den Speer dort nicht, herausziehen auch nicht. Sehr böse.«

»Mein Freund, du bist nicht ohne Macht. Du musst dich nur erinnern«, sagte eine sanfte Stimme.

Maru hob den Kopf noch eine Winzigkeit. Da saß Biredh am Fußende einer niedrigen Pritsche, auf der jemand lag. Jemand, dem ein Stück Bronze aus dem Leib ragte. War sie das?

»Erinnern, erinnern«, murmelte Dwailis, und sein Blick verlor sich im Nirgendwo. Dann sagte er plötzlich: »Brauche mehr Licht, wir tragen sie hinaus. Wo ist der andere Mann?«

»Ich bin hier«, sagte Tasil.

»Hilf mir, sie hinauszutragen, hier ist es zu dunkel.«

»Aber draußen ist es finsterste Nacht!«, widersprach Tasil.

»So, wirklich? Nacht? Regnet es noch?«

»Der Alte ist doch verrückt!«, rief Tasil.

Eine Mädchenstimme drang von draußen herein. »Großvater Biredh, Großvater Biredh, da kommen Männer aus dem Wasser.«

»Es gibt also Überlebende?«, sagte Dwailis kichernd. »Hat *Sie* ihre Arbeit nicht vollendet? Wie faul und fett sie geworden ist in den Jahrtausenden.«

»Lasst nur«, sagte Tasil, »ich kümmere mich darum.« Er verschwand in der Dunkelheit.

»Was ist geschehen?«, fragte Maru flüsternd. Sie versuchte, den pochenden Schmerz unterhalb ihrer Rippen auszublenden.

»Fragen, immer hat die Jugend Fragen. Und das Alter hat keine Antworten, jedenfalls keine, die der Jugend gefallen«, rief Dwailis fröhlich.

»Die Erwachte hat die Krieger getötet«, sagte Lathe. Sie kniete neben Maru und nahm ihre Hand.

Maru hatte sie gar nicht hereinkommen sehen. Sie fühlte sich unendlich schwach. Für einen kurzen Augenblick schloss sie die Augen.

»Ist sie wieder da? Ist sie fort? Oder dort?«, krächzte der Alte.

»Sie ist wieder wach, Großvater Dwailis«, sagte Lathe.

Maru blinzelte. War sie wieder eingeschlafen? Da war dieser Schmerz. Er war dumpf, wie in Wolle verpackt, aber er störte. Sie versuchte, sich aufzurichten. Sie schrie laut auf. Jede Bewegung war, als würden Messer in ihren Leib gestochen.

»Nicht bewegen, Maru Nehis.« Die sanfte Stimme schwebte durch den Raum. Sie schien den Schmerz zu lindern. Biredh!

»Ein Speer hat dich durchbohrt, Maru Nehis, und alles schien verloren. Im Tempel, erinnerst du dich?«

Maru nickte.

»Tasil hob dich auf. Wir sind nach unten geflohen. Treppe um Treppe, ohne Licht.«

»Großvater Biredh hat uns geführt«, erklärte Lathe mit kindlichem Stolz.

»Ich bin einfach dem Luftstrom gefolgt. Es ist wirklich eine dunkle Stunde, wenn die Blinden die Sehenden führen müssen. Dann kam *Sie*. Sie war wütend, ungeheuer wütend. Die schrecklichen Verheerungen, die sie im Dorf angerichtet hat, waren nichts gegen die Gewalt, die sie nun entfesselte. Ich konnte sie brüllen hören, bis hinunter in den Gang. Sie hat ihren schwarzen Leib gegen die Mauern des Tempels geschmettert, bis er schließlich einstürzte. Sie trägt ihren Beinamen Zermalmerin nicht umsonst. Der Tempel fiel, und alle, die in ihm waren, waren verloren.«

Biredh schwieg, und in Marus Kopf tanzten Bilder von der Großen Schlange, dem Tempel, den Kriegern. Ihre Erinnerung kam zurück. Da lag der hinterrücks ermordete Ulat, dort stürzte der Verräter Meniotaibor die Treppe hinab. »Bolox, Vylkas?«, fragte sie schwach.

»Ich glaube, dass sie bereits vorher gefallen sind. Der junge Farwier hat uns mit seiner Axt den Rücken freigehalten.«

»Bolox«, murmelte Maru.

»Ein tapferer Mann. Ich werde aus seinem Ende eine Geschichte machen. Eine Heldengeschichte, wie der Farwier sie mochte.«

»Werde ich sie noch hören?«, fragte Maru. Ihr wurde wieder schwarz vor Augen.

»Du darfst nicht aufgeben, Maru Nehis, hörst du?«

Maru spürte neue Wellen von Schmerz. Die dämpfende Wirkung des seltsamen Feuers ließ nach. »Wo sind wir?«

»Die Treppe, erinnerst du dich?«

»Die nach Ud-Sror?«

»Nein, dorthin führte sie nicht, auch wenn Vylkas das behauptet hat. Ich fürchte, er weiß inzwischen selbst, dass andere Wege zur Stadt der Toten führen. Viele sind sehr kurz«, sagte Biredh nachdenklich.

»Wir sind bei Dwailis?«, fragte Maru matt. Da war eben ein alter halbnackter Mann gewesen. Oder hatte sie den nur geträumt?

»Bei Dwailis, so ist es. Die Treppe brachte uns in einen langen Gang. Er führte uns unter den Fluss, ich glaube, sogar noch unter den Grund der alten Stadt und dann wieder hinauf, bis hierher. Wir kamen die Treppen kaum rechtzeitig herauf, denn als *Sie* die Insel zerstörte, brach das Wasser auch in den Gang ein. Und jetzt sind wir bei Dwailis.«

Maru nickte schwach. Sie versuchte, die Augen offen zu halten, denn wenn sie sie schloss, sah sie wieder die Mauern von Ud-Sror.

»Es hört bald auf«, sagte Dwailis, der offenbar kurz vor der Tür gewesen war. »Der Regen, er hört bald auf, aber nicht lang. Ihr wisst, was das heißt, oder? Wisst ihr es? Ich habe es euch erklärt, oder? Oder habe ich es nur gedacht? Brauche Licht. Mehr Licht. Das habe ich gesagt, oder?«

»Sollen wir Kerzen anmachen, Großvater Dwailis?«, fragte Lathe schüchtern.

»Nein, Kind, kein Menschenlicht. Sternenlicht. Mondlicht. Sonnenlicht. Je mehr, desto besser. Reines Licht.«

Tasil trat durch die offene Tür. »Sie werden uns nicht mehr stören«, verkündete er knapp.

Dwailis kicherte, als er das hörte. »Der Bestie entkommen, vom Menschen getötet. Arme Helden. Seltsame Zeiten sind das.«

»Wie geht es ihr, alter Mann? Kannst du sie heilen?«

»Bin ich ein Heiler? Bin ich eine Kräuterfrau? Nein, sage ich, und nein, Fremder. Du kennst die Antwort«, rief Dwailis. »Ich brauche ein Loch!«, verkündete er, und dann vollführte er einen eigenartigen Tanz.

Er war verrückt. Ohne Zweifel. Maru blickte zur Decke. Die Behausung des Alten bestand ganz aus alten Mauern.

»Aufhalten kann ich es vielleicht. Eine Stunde, zwei. Je mehr Licht, desto besser. Sternenlicht. Kein Menschenlicht. Wir tragen sie hinaus.«

»Aber es regnet«, rief Tasil.

»Es hört gleich auf. Spürst du es nicht in den Knochen? Ich spüre es. Brauche ein Loch in den Wolken. Nur einen Stern.«

»Dann kannst du sie heilen?«

»Heilen, Fremder? Hörst du nicht zu? Habe ich gesagt, dass ich das kann? Nein, oder doch?«

Dwailis hielt inne. Sein Blick ging ins Leere. »Nein. Ich habe es nicht gesagt und nicht gedacht. Weder das eine noch das andere. Ich kann es nicht, also kann ich es auch nicht denken. Das habe ich doch gesagt. Ich nicht, aber Wika. Wika könnte es. Vielleicht. Wika.« Und dann sagte Dwailis noch ein paarmal zärtlich ihren Namen.

»Aber die alte Hexe ist nicht hier!«

Dwailis warf ihm einen scharfen Blick zu. »Du solltest nicht so von ihr reden, Fremder, wo doch all unsere Hoffnung auf ihr ruht.« Er sprach plötzlich ganz klar. »Sie ist nicht hier, aber ihr könnt sie holen. Ihr müsstet schon längst unterwegs sein. Was macht ihr noch hier? Nehmt mein Boot, und beeilt euch! Aber halt! Erst helft mir, sie hinauszutragen. Allein kann ich das nicht.«

Lathe hielt plötzlich Marus Hand. »Hier«, sagte sie.

Maru fühlte etwas Rundes in ihrer Handfläche. Dann wurde sie emporgehoben. Die Speerspitze in ihr bewegte sich. Sie schrie laut auf.

»Gleich vorbei, gleich vorbei«, murmelte Dwailis.

Maru verlor das Bewusstsein.

Als sie wieder aufwachte, fühlte sie Regentropfen auf dem Gesicht. Es war ein leichter Regen, frisch. Sie schmeckte ihn auf den Lippen. Über ihr stand Dwailis und starrte unruhig in den Himmel. Eine Fackel brannte, von großen schwarzen Nachtfaltern umflattert. Maru fror. Sie lag am Fuß des Hügels. Direkt hinter ihr klaffte ein Loch in seiner Flanke. Sie zitterte. Die zerfetzten Überreste ihres Gewandes bedeckten sie nur notdürftig.

»Wieder fort«, murmelte Dwailis.

»Wer?«, flüsterte Maru.

»Der Stern«, lautete die bekümmerte Antwort. »Muss anderen Weg suchen, finden, nachdenken«, murmelte der Alte. Er lief auf und ab und stürmte plötzlich mit der Fackel durch das Loch im Hügel. Maru drehte den Kopf ein wenig, nur ein kleines Stück, und versuchte, den vernichtenden Schmerz in ihrem Leib zu beherrschen. Sie stöhnte. Da war die Behausung des Alten. War sie eben noch dort drin gewesen? Im Inneren des Hügels. Der Raum war gemauert gewesen, daran erinnerte sie sich.

Dwailis kam zurück, in einer Hand die lodernde Fackel, im anderen Arm Schalen und Tiegel. Er lief einige Schritte, verharrte, und ließ dann das Geschirr fallen. Töpfe rollten scheppernd davon.

»Nutzlos, alles nutzlos. Sonnenlicht, das ist es. Die Sonne. Vielleicht am Morgen. Am Morgen vielleicht. Aber was denke ich, was sage ich, was tue ich?« Er rammte die Fackel in den Erdboden, drehte sich um und kniete plötzlich dicht neben Maru.

»Der Schmerz? Kannst du ihn ertragen? Soll ich ihn fühlen? Nein. Das tue ich nicht. Nicht mehr. Kein Platz für zwei. Gefährlich, tückisch, sie ist so schwach, der Faden so dünn. Kaum zu erkennen«, murmelte er. Dann durchbohrte sie sein Blick: »Das ist seltsam. Der Faden, deine Bestimmung. Mehr als Schmerz, was darüberliegt. Da ist etwas anderes, das dich verbirgt. Warum sehe ich es nicht? Bin ich so schwach? Was schaust du mich so an? Habe ich das gesagt oder gedacht? Nein, nur gedacht, oder?«

»Wo sind die anderen?«, fragte Maru.

»Fort, wie die Sterne. Sie holen Wika. Die gute Wika. Eilen durch die Nacht. Aber es wird schwer. Das Leben. Kann es nicht festhalten. Und Wika?« Dwailis schüttelte bekümmert den Kopf. »Schwere Wunde. Tödliche Wunde. Das Metall so tief. Kann es nicht herausziehen, kann es nicht drin lassen. Schmerz kann ich mildern. Mehr nicht. Und Wika? Kann keine Wunder wirken. Wika. Wenn ich mehr Licht hätte, mehr Sterne. Den Mond, den guten Freund. Aber er ist neu in dieser Nacht. Eine unselige Nacht. Voller Tod. Und sie ist noch nicht zu Ende.«

»Dann sterbe ich?«, fragte Maru. Sie fühlte sich auf einmal nüchtern und klar.

»Alle sterben wir«, sagte Dwailis.

»Aber – ich fühle mich besser, leichter.«

»Wie die Blüte, die am schönsten ist, bevor sie vom Baum fällt. Wie die Blüte. Wika. Und der Regen, er hört nicht auf.«

»Und die Sterne?«

»Licht, göttliches Licht. Kann heilen. Ein bisschen. Aufhalten das Vergehen. Wenn ich mich erinnere. Es ist so lange her. Wenn ich mich nur erinnern könnte! Und es regnet. Keine Sterne. Alle fort«, sagte Dwailis bekümmert.

»Biredh auch?«

»Er auch, der Alte, der Gute. Dünn ist er geworden, schwach. Kann er helfen? Seine Stimme. Es macht gesund, sie nur zu hören. Ein wenig. Nicht genug für einen Speer. Sicher nicht genug.«

»Biredh, du kennst ihn lange, oder?«, flüsterte Maru. Ihr erschien diese Frage plötzlich ungeheuer wichtig. Sie konnte nicht sagen, warum.

»Oh ja, ich kenne ihn. Sehr lange schon. Er kam hierher, als sie sein zweites Auge nahmen. Alte Geschichte. Böse Geschichte.«

Der durchbohrende Schmerz kam zurück. Und wenn sie versuchte, sich nur ein bisschen zu bewegen, wurde es nur noch schlimmer.

»Sein zweites?«, fragte sie keuchend.

»Du darfst dich nicht bewegen, Kind. Das darfst du nicht. Das Metall in dir. Böse Geschichte. Er war der erste Dhanier, der an den Hof ging, heißt es. Habe ich das schon gesagt?«

»Biredh?«

»Priester wurde er. In Strydhs Tempel. Lange her, als sie in Ulbai noch Tempel bauten für den Kriegsgott. Der erste Dhanier und der letzte war Biredh, sagen sie. Opferte sein Auge, wie alle Priester. Ruhig musst du bleiben, Mädchen. Auf die Sterne warten und auf Wika.«

»Und sein zweites?« Die Schmerzen wurden schlimmer. Sie hörte Dwailis nur leise, wie durch eine Wand.

»Hat gesehen, hat erkannt, gefühlt, dass der Weg falsch ist. Wollte umkehren. Sie ließen ihn. Mochten ihn nie, den Dhanier. Habe ich das nur gedacht? Wie die Akkesch die Kydhier nicht mögen und die Kydhier die Awier nicht.« Dwailis blickte zum Himmel und erzählte weiter. »Aber sie verlangten sein Auge, die Akkesch. Das taten sie. Und er gab es her, hatte genug gesehen.«

Der Alte kicherte. Dann sprang er plötzlich auf. »Ah, der Stern!«

Maru tat jetzt jeder Atemzug weh. Sie zitterte. Dann hörte sie Dwailis seltsame Worte murmeln. Er berührte die Spitze des Speeres und legte seine Hand auf ihre Stirn. Der Schmerz ließ nach. Die Worte umhüllten ihre Wunde mit einer schützenden Schicht. Dann kam er brennender als zuvor zurück. Maru hätte schreien müssen, doch ihr fehlte die Kraft. Sie spürte den Regen im Gesicht. Die Tropfen schienen schwerer zu werden. Sie konnte sie sogar fallen hören, einzeln, dann wurden es schnell mehr, bis sie sich zu einem Rauschen vereinten. Sie fror, und dann war ihr wieder heiß.

»Schon wieder fort, schon wieder fort. Und noch Stunden, bis Wika kommt, Stunden.«

Das Wasser rann über ihren Körper. Sie zitterte und konnte nicht aufhören. Wenn sie jetzt einschliefe, würde sie nie wieder aufwachen. Sie flüsterte den fallenden Tropfen ein ›Danke‹ zu. Wurde sie jetzt auch verrückt? Ihre Gedanken verwirrten sich. Da waren Farben und Gerüche, aber etwas war falsch. Der Regen, er roch nicht frisch, nicht nach den hohen Wolken, aus denen er stammte, er roch faulig, schwarz, nach Tod und Verwesung.

Eine silbrige Stimme schlängelte sich aus der Dunkelheit. »Ich grüße dich, Maru Nehis, und ich grüße dich, alter Mann.«

Utukku!

Dwailis drehte sich langsam um. Der Daimon stand am Rand des Fackelscheins. Seine offenen Wunden schwärten.

»Schatten! Was willst du hier? Weiche!«, schrie Dwailis.

Der Daimon legte den Kopf schief und sah den alten Mann lange an. Seine kupfernen Augen leuchteten im Fackelschein.

»Ich helfe«, flüsterte er.

»Du bist ein Daimon, ein Alfskrol, ein Wesen der anderen Welt. Du hast hier keinen Platz!«

Utukku lachte schnarrend. »Schwacher Mann«, sagte er. Seine Stimme verschmolz mit dem Rauschen des Regens.

»Sie steht unter meinem Schutz, du wirst ihr nichts tun!«, schrie Dwailis. Seine halbnackte Gestalt schob sich zwischen Maru und den Daimon. Die langen Haare klebten ihm wirr an der Stirn.

»Retten kann ich sie«, sagte Utukku langsam.

»Du willst sie retten, Alfskrol? Bleibe fern von ihr!«

»Dein Blut, Maru Nehis. Gib es mir.«

»Hier fließt es, Utukku, nimm dir doch«, stöhnte Maru. Tatsächlich quoll wieder Blut aus ihrer Wunde. Sie fühlte sich unendlich schwach.

»Freier Wille muss es geben, Maru Nehis, aus dem Fleisch gegeben werden. Das weißt du!«

»Was redest du da, Alfskrol? Was willst du von ihr?« Dwailis schwenkte drohend seine magere Faust gegen den Daimon.

Utukku lachte schnarrend und stand plötzlich auf der anderen Seite der Pritsche.

»Maghai-Blut«, sagte er.

Der Geruch von Verwesung war schlimm. Die offenen Wunden eiterten, und Maru kam es vor, als würden Maden darauf herumkriechen. Aber wie konnte das sein? Der Regen fiel doch immer noch durch den körperlosen Leib des Daimons hindurch.

Dwailis lachte triumphierend. »Dann bist du falsch, Wesen der Finsternis. Hier hat nur einer Maghai-Blut, und das bin ich!«

»Schmeckst du es nicht, alter Mann?«

Dwailis starrte Utukku an, dann Maru. Sein Blick irrlichterte über ihr Gesicht. Dann murmelte er: »Natürlich. Da liegt es, ich sehe es nicht, rieche es nicht. Der Schleier. Deshalb sah ich nichts. Die Eide – gebrochen. Bin ich so blind und taub geworden? Die Augen. Dieses Grün. Natürlich! Ich Narr!«

Auf einmal war eine kalte Klarheit in seinem Blick, die Maru erschreckte. Wika hatte sie vor ihm gewarnt. Er war immer noch ein Maghai, wie Jalis, der versucht hatte, sie umzubringen. Dwailis starrte sie mit offenem Mund durchdringend an.

»Ihr Blut«, drängte Utukku. »Maghai-Blut.«

Dwailis hörte ihn nicht.

»Ich werde es dir nicht geben, Utukku. Niemals«, hauchte Maru mit aller Kraft, die sie noch hatte.

»Du wirst bald sterben, Maru Nehis«, flüsterte der Daimon. Seine kupfernen Augen waren ohne Mitleid.

»Gut. Dann wirst du es nie bekommen.«

»Kann dich retten«, sagte der Daimon leise. »Ein langes Leben. Glück. Geben, nehmen.«

Der alte Maghai löste sich aus seiner Erstarrung: »Du bist ein Alfskrol. Die Kunst des Heilens ist deiner Art nicht zu eigen!«, sagte er langsam. »Gehe zurück in das Loch, aus dem du gekrochen bist, Schatten.«

Utukku legte seinen Kopf wieder schief und betrachtete die Speerspitze, die aus Marus Bauchdecke ragte. »Ich kann nicht heilen. Aber *Sie* kann es.«

»*Sie*? *Sie*? Die Zermalmerin? Du redest wirr, Daimon!«

»Sie gibt es mir. Ich gebe es dir. Sie wird gesund.«

Dwailis sah Utukku lange an.

»Ich gebe ihm mein Blut nicht, Dwailis. Rache und Tod. Das will er«, flüsterte Maru schwach.

»Verspreche es«, sagte der Daimon.

»Du willst das Blut eines Maghai – und dann kannst du sie heilen?«, fragte Dwailis.

»*Sie* kann es.«

»Heile sie, dann gebe ich dir meines, Alfskrol.«

Utukkus kupferne Augen blitzten. Dann schüttelte er den Kopf. »Zuerst das Blut, die Kraft. Ich brauche ihr Blut. Dein Blut. Maghai-Blut. Kraft. Nur Tropfen.«

»Und sie wird gesund?«

»Du kannst ihm nicht trauen, Dwailis. Er hat *Sie* erst geweckt«, flüsterte Maru verzweifelt.

Aber der alte Maghai achtete nicht darauf.

»Du versprichst es?«

Der Daimon lachte schnarrend und nickte.

»Dann komm zu mir, Wesen der Finsternis. Ich gebe dir das meine.«

Dwailis zog ein kurzes Messer aus seinem Schilfrock und ritzte sich die Handfläche. Der Daimon war bei ihm, noch bevor er das Messer ansetzte. Die Körper der beiden erzitterten, als Utukku das Blut aufnahm. Für einen Wimpernschlag schien es Maru, als würden sie miteinander verschmelzen. Die Farben des Daimons leuchteten im Dunkel auf. Und dann war Utukku fort.

Dwailis sank auf die Knie. »Was für ein Leid. Was für ein Hass in diesem Wesen«, murmelte er erschöpft. Alle Farbe war aus seinem Gesicht gewichen.

»Aber warum hast du das getan?«

»Zeit. Wir müssen Zeit gewinnen. Für dich. Für mich. Da sind Rätsel. Um dich. Und vielleicht die Antwort?«

»Utukku – er ist gefährlich«, flüsterte Maru schwach. Sie spürte ihre Kraft schwinden.

»Ich habe gesehen, was er getan hat, Mädchen, er hat es mir gezeigt. Aufhalten! Vielleicht kann ich ihn aufhalten.« Dwailis erhob sich zitternd und wankte in seine Behausung. Er kam bald darauf zurück, verteilte weiße Tücher und Tiegel auf der Erde. »Die Zeichen, ich brauche die Zeichen«, murmelte er und blieb dann stehen, starrte ins Nichts. Unvermittelt packte er Maru an der Schulter. Sie schrie auf vor Schmerzen. Seine Augen waren glasig und seine Stimme heiser. »Aber was sind die Zeichen? Vergessen. Alt. Geheim. Vergraben! Muss sie suchen.« Und wieder verschwand er in der Hütte. Er kam auf allen vieren zurück, warf die Tiegel um und zerriss die Tücher. Dann hielt er inne. Langsam stand er auf. »Ich weiß es nicht mehr, Kind. Ich habe es vergessen.« Seine Stimme war wieder ganz klar. Er drehte sich zu Maru um, lächelte traurig und sagte: »Wehe uns.«

»Versprechen«, sagte Utukku.

Er war wieder da. Langsam bewegte er sich den Hang empor. Maru kämpfte gegen das Schwinden ihrer Sinne. Der Daimon hielt etwas in den Händen. Es war grau, unförmig, troff von Wasser und noch von anderen Dingen. War das Blut? War das Schleim?

Dwailis stand zitternd an Marus Seite. Er schien noch einmal um Jahre gealtert. Doch jetzt blickte er auf und sah dem Daimon zu, der sich langsam, beinahe mühevoll bewegte.

»Was ist das?«, fragte Dwailis.

»Von *Ihr*, ein Geschenk«, sagte die silbrige Stimme.

Dwailis trat auf den Daimon zu und besah das graue, stumpfe Etwas. »Das nicht!«, sagte er leise, fast flehend.

Utukku legte den Kopf schief. »Es heilt«, sagte er.

»Aber das ist unmöglich!«

»Es heilt«, wiederholte der Daimon.

»Das kann sie töten. Ihren Geist vernichten.«

Der Daimon lachte schnarrend. »Sag bessere Heilung.«

Dwailis biss sich auf die Lippen, wiegte sich unruhig in den Hüften. »Wahnsinn ist das. Und doch die einzige Möglichkeit. Oder? Wenn Wika nur da wäre. Wika.«

»Wir sind hier. Entscheiden. Heilen«, hauchte die silberne Stimme.

»Dann gib her, Alfskrol«, rief Dwailis und riss ihm das graue Etwas aus der Hand.

Der Daimon stieß die Luft in einem langen Seufzer aus, als sei eine schwere Last von ihm genommen. Maru konnte sehen, wie er sich veränderte. Natürlich! Er hatte feste Gestalt annehmen müssen, um tragen zu können, was immer es auch war. Seine Umrisse verschwammen mit dem Regen, bevor sie blass wieder hervortraten. Dwailis stand plötzlich vor ihr. Seine Augen waren klar, und sein Blick war bekümmert. »Es wird wehtun, Kind. Sei tapfer, und achte darauf zu bleiben, wer du bist.«

Maru verstand ihn nicht. Es fiel ihr schwer, wach zu bleiben. Sie fühlte, wie sich so etwas wie Dämmerung in ihr ausbreitete. »Was geschieht hier?«, flüsterte sie.

»Ich will es nicht. Wenn Wika hier wäre… Aber es ist die einzige Möglichkeit.«

»Sie stirbt«, stellte der Daimon fest.

»Dann muss es sein«, sagte Dwailis, seufzte, und riss ihr die Speerspitze durch die Bauchdecke.

Maru schrie auf, dass es selbst die Hüter in ihrem Schlaf hören mussten – und dann wurde sie ohnmächtig. Es war eine leichte, fiebrige Ohnmacht, die nur wenige Augenblicke dauerte. Sie wurde angehoben, und eine knochige Hand legte etwas auf ihre Hüfte. Es war kalt und nass. Sie wurde darin eingewickelt. Maru war nicht bei Bewusstsein und irgendwie doch. Sie fühlte sich leicht, sehr leicht. Ein leises Geräusch umhüllte sie, wie Wasser, das im Feuer zischt. Sie lag dort, und gleichzeitig stand sie im Schatten und sah zu. Da war ein schmales graues Band, das Dwailis um ihren Körper wand. Dort, wo der Speer sie durchbohrt hatte. Es war glitschig, kalt, aber es wurde warm, wärmer, heiß – es brannte! Wäre sie wirklich bei Bewusstsein gewesen, hätte sie noch einmal laut geschrien. Aber so lag sie regungslos auf der Pritsche und stand gleichzeitig hinter Dwailis und schaute zu, wie er das graue, seltsame Etwas auf ihre Haut drückte. Sie wurde wieder schwer, sehr schwer. Dann fiel sie. Aus den Wolken, mit dem Regen, durch die Lüfte. Schnell. Hinab in ein endloses graues Wasser, das Meer, durchbrach die Oberfläche und fiel weiter. Kalt war es. Sie blickte zurück. Oben durchbrach Licht die Wellen. Aber sie sank schnell tiefer, in die Finsternis. Sie war nicht allein. Dort war etwas, erwartete sie. Ein langer, gewundener Leib, den sie mehr spürte als sah, ein uraltes Wesen. *Sie* war es, die Erwachte. Und dann fühlte Maru, wie ihr eigener Körper sich wandelte. Er wurde immer schwerer. Ihre Haut versteinerte, dann ihr Fleisch, und sie sank weiter in eine unvorstellbare Tiefe. Ihr Atem ging flach, ihr Herz schlug immer langsamer. Ruhig war es dort, das Tosen der Wellen lag weit hinter ihr. Hier konnte sie liegen, ruhen, unvorstellbar lange schlafen, zwischen den Awathanen, ihren Brüdern und Schwestern, das Gewicht der Jahrtausende vergessen. Jemand unterbrach die Stille, sagte etwas, ein Flüstern nur. Sie drehte sich langsam um, aber da war niemand, nur schwarze, kalte See.

»Sie brauchen dich nicht«, sagte die Stimme jetzt.

Maru schüttelte stumm den Kopf. Sie konnte nicht reden, wollte auch nicht. Diese Ruhe war so kostbar.

»Einsamkeit und Tod, etwas anderes wirst du dort nicht finden, Kind, wach auf!«, sagte die Stimme. Das war Dwailis. Sie konnte ihn sehen, auch wenn er gar nicht dort war. Sein Gesicht war vor Anstrengung verzerrt. Er keuchte.

Das Atmen fiel ihr plötzlich selbst schwer. Sie fühlte mit einem Mal den ungeheuren Druck der Wassermassen, die sie dort unten begraben wollten. »Nein!«, schrie etwas in ihr. Sie strampelte, befreite sich von der Last, die sie dort unten hielt, und schoss wie ein Stück Holz zurück an die Oberfläche. Da war das Licht, die Wellen. Sie schreckte hoch, hustete Blut und Wasser.

»Versprochen«, sagte Utukku.

Marus Körper brannte wie Feuer. Der Speer war fort, aber der Schmerz war überall. Sie stöhnte laut auf. Etwas geschah mit ihr.

»Heilung«, sagte der Daimon.

»Dann verschwinde, Alfskrol, du hast, was du wolltest!«, rief Dwailis mit zittriger Stimme. Er sah erschöpft aus. Er war dort gewesen. War er in ihren Geist eingedrungen? Hatte er sie aus den lichtlosen Tiefen zurückgerufen? Maru wollte sich aufrichten, aber sie war viel zu geschwächt und fiel zurück auf ihr Lager.

»Du weißt, wer ich bin, alter Mann«, stellte die silbrige Stimme fest.

»Ich weiß es, Daimon, ich weiß es. Ich habe es gesehen. Du bist der siebenfach Verfluchte, der Mörder der Männer, Frauen und Kinder, die Geißel der Akkesch. Gebannt wurdest du, machtlos bist du und sollst es bleiben.«

»Maghai-Blut«, sagte der Daimon und lachte schnarrend.

»Einmal hast du es bekommen, und von heute an nie wieder, Alfskrol!«, schrie Dwailis.

Maru sah eine Bewegung am Rand des Feuerscheins. Eine Baumnatter schlängelte sich heran.

Dwailis sah sie auch. »Natterngezücht und Schlangenbrut. Ich werde dich zurückschicken in die Verdammnis, Feind!«, schrie er.

Der Daimon schwieg. Maru hörte ein Zischen. Da war noch eine Baumnatter. Und noch eine. Die Dunkelheit gebar weitere Schlangen und immer weitere. Maru spürte, wie eine über sie hinwegkroch. Sie schrie auf und schüttelte sie mit letzter Kraft ab.

»Du nicht, Maru Nehis«, flüsterte die silbrige Stimme.

Dwailis zog seine Fackel aus der Erde. Nachtfalter und Motten taumelten davon. Der Alte stieß die Schlangen zurück, doch sie schienen sich vor dem Feuer nicht zu fürchten. Er traf eine, sie zischte, starb. Die anderen drangen weiter auf ihn ein. Der

Alte zog sich mit der Fackel zur Tür seiner Behausung zurück. Er stammelte Wortfetzen, so als wolle er sich an einen alten Zauber erinnern. Aber seine Bewegungen waren fahrig, sein Blick voller Angst. Maru versuchte erneut, sich aufzurichten. Auf einmal spürte sie eine schwere Last auf ihrer Brust. Eine riesige Baumnatter wand sich über ihren Körper, und der Daimon stand über ihr und hielt sie niedergedrückt. Wie war das möglich? Dwailis schlug wild um sich. Es zischte jedes Mal, wenn er einen Schlangenkörper traf. Aber es waren hunderte. Der ganze Hügel schien nur noch aus sich windenden Leibern zu bestehen.

»Nein«, schrie Dwailis, und noch einmal: »Nein!«

Er heulte auf. Offenbar war er gebissen worden. Er vollführte einen grotesken Tanz, fiel auf alle viere und dann ganz zu Boden. Sein Körper verschwand unter dem Gewimmel der Schlangen. Seine Rufe wurden leiser, und schließlich verstummte er ganz. Noch einen Augenblick schienen die Schlangen zu verharren, aber dann krochen sie davon, bis die Dunkelheit sie wieder verschluckte. Die Motten kehrten zurück und umtanzten den mageren Körper des Alten im Schein der Fackel.

»Utukku! Was hast du getan?«, flüsterte Maru.

Aber er war ebenso fort wie die riesige Baumnatter, die sie eben noch niedergedrückt hatte.

Maru rollte sich matt von der Pritsche. Ihr Körper brannte vor Schmerz. Sie kroch zu Dwailis. Er lag dort, mit schmerzverzerrtem Gesicht, und atmete flach. Seine Augen hatten einen glasigen Schimmer. »Wika«, flüsterte er. Dann war es vorbei.

Maru weinte, ohne es zu merken. Die Schlangen waren fort. Nur hier und da lag noch der angesengte Leib einer toten Natter oder Viper im Regen. Marus Kräfte verließen sie. Sie glitt zu Boden. Regen prasselte auf ihr Gesicht. Sie hörte etwas, ein Schnauben. Sie blickte auf. Da war ein Berg, wo eben noch keiner gewesen war. Er war schwarz, glatt, erhaben. Maru wischte sich den

Regen aus den Augen. Sie war eine Riesin, mit einem mächtigen schwarzen Kopf und kalten Augen und langen Reihen scharfer Zähne. Träumte sie? Sie blinzelte. Der Kopf wandte sich ab und verschwand im Wasser. Und in einer langsamen Bewegung glitt ein beinahe endloser Körper hinterher. Maru hob mit zitternder Hand die Fackel. Aber der mächtige Berg war verschwunden. Nur Nachtfalter umflatterten sie. Einer von ihnen war leuchtend gelb. Maru glitt das Holz aus der Hand. Ohnmacht umfing sie.

Als sie die Augen wieder aufschlug, lag sie im Inneren der Hütte. Durch die offene Tür drang die Morgendämmerung ein. Sie blickte in die besorgten Augen Wikas.

»Habe ich dir nicht gesagt, du sollst dich fernhalten von Dwailis?«

»Ist sie wach?«, fragte Tasil.

»Glaubst du, ich würde sonst mit ihr reden, dummer Mann?«

»Kann sie reden?«

»Wenn wir sie lassen, sicher. Ihre Zunge hat sie noch, die habe ich gesehen«, sagte die Kräuterfrau.

»Was ist hier geschehen, Kröte?«, fragte Tasil.

Maru setzte an zu einer Antwort, aber wieder konnte sie es nicht aussprechen. Utukku musste wirklich einen Zauber gewirkt haben. »Da war ein Schmetterling, leuchtend gelb«, flüsterte sie stattdessen.

Wika lachte meckernd. »Ein Sonnenfalter? Im Regenmond? Redest du im Fieber?« Ihre knochige, kalte Hand tastete über Marus Stirn. »Kein Fieber«, stellte sie nüchtern fest.

Maru fühlte sich elend und schwach.

»Hübsches Kleid, das du da trägst, Nehis«, sagte die Alte spöttisch.

Maru betastete erschrocken ihren Leib. Sie lag unter einer zerschlissenen Decke, und sie war unbekleidet, beinahe. Da war etwas Fremdes, das sich um ihren Leib wand. Es war fest, aber biegsam. Und sie konnte ihre Hand fühlen, als sie es berührte, so als ob es ein Teil ihres Körpers wäre. »Was ist das?«, flüsterte sie entsetzt.

»Ein seltenes Ding, Nehis. Ein Stück Haut von *Ihr*. Sieht man nicht oft in diesen Tagen.«

»Ein Vermögen wert«, sagte Tasil. »Wenigstens das. So kommen wir doch nicht mit ganz leeren Händen aus diesem elenden Sumpf heraus. Dieser kleine Fetzen Haut ist dein Gewicht in Silber wert, Kröte.«

»Haut?« Maru verstand kein Wort.

»Hat dich geheilt, die Wunde geschlossen, Nehis«, erklärte Wika mit besorgtem Blick.

»Aber es brennt«, sagte Maru.

»Dann zieh es aus«, schlug Wika mit lauerndem Blick vor.

Maru wollte es abstreifen, versuchte, unter dieses fremde Ding zu greifen, aber es war nicht möglich. Es war wie mit ihr verwachsen. Das nackte Grauen beschlich Maru.

»Soll ich es versuchen?«, fragte Tasil.

Wika hielt ihn zurück. »Das kannst du nicht, Urather, niemand kann das. Erst Uo, der Herr des Todes, wird sie von diesem hübschen Kleid befreien.«

Maru starrte sie fassungslos an.

»Jalis hat so eines. Ich glaube, sie nennen ihn nur den Mächtigen, weil er so mächtig stolz darauf ist«, erklärte Wika grinsend. »Ansonsten ist er ein eitler und stolzer Narr, wie alle Maghai. Und die alten Helden in den alten Geschichten sollen auch solche Rüstungen getragen haben. Allerdings haben die zuerst eines von den Biestern erlegen müssen. Ich bezweifle, dass dir das gestern gelungen ist. Oder habe ich etwas verpasst, Nehis?«, fragte die Alte scharf.

Maru schüttelte stumm den Kopf.

»Unverwundbar sollen sie machen, ist es nicht so, Biredh, alter Freund?«

»So heißt es in den Geschichten«, bestätigte der Erzähler.

Wika zog eine Knochennadel aus ihrem Rock und stach Maru in die Hand.

»Au!«

Ein Tropfen Blut trat aus der winzigen Wunde.

»So viel dazu«, sagte Wika trocken. »Und ausziehen kann man sie nicht mehr, wenn man sie einmal angelegt hat. Sie ist nun ein Teil von dir, Nehis. Bis ans Ende deiner Tage, möge es fern sein.«

»Aber das ist furchtbar«, flüsterte Maru schwach. Ihr Kopf dröhnte, und ihr Körper brannte wie Feuer. Da lief ein schmales graues Band um ihre Hüften, nicht viel breiter als ihre gespreizte Hand. Sie war entstellt, für den Rest ihres Lebens. Schlangenhaut und jetzt ein Teil von ihr? Ihr wurde schlecht, und sie musste sich übergeben.

»Kann sie laufen?«, fragte Tasil.

Wika lachte meckernd. »Sei froh, dass sie noch atmen kann, Urather. Laufen? Blut hat sie verloren. Viel Blut.«

»Aber wir müssen hier weg.«

»Du hast Recht. Hier könnt ihr nicht bleiben. Der Alldhan. Wenn es hell wird, wird er Krieger schicken, nachzusehen, was mit seinen anderen Kriegern geschehen ist. Das wird er tun. Und wenn diese Männer Pech haben, werden sie der gleichen Macht begegnen wie jene, nach denen sie suchen«, sagte die Kräuterfrau und kratzte sich am Kinn. Dann grinste sie breit. »Wenn sie Glück haben, treffen sie stattdessen mich, und ich erkläre ihnen, was geschehen ist.«

»Numur wird euch viele Fragen stellen«, sagte Tasil nachdenklich.

»Ich habe keine Angst vor diesem Mann. Er führt Krieg, also

wird er mein Wissen noch brauchen. Seine Männer kommen jedenfalls schon zu mir, weil sie ihrem eigenen Heiler nicht trauen.«

»Es wäre gut, wenn ihr nicht erwähnen würdet, dass ich noch lebe.«

»Ich soll lügen?«, fragte Wika mit schlecht gespielter Entrüstung.

Tasil schüttelte den Kopf. »Das wäre nicht klug, denn ich habe so das Gefühl, dass ich Numur bald wieder in die Quere kommen werde. Sag ihm einfach, du weißt nicht, was aus uns geworden ist, wenn er überhaupt nach mir fragt. Das ist nicht gelogen, denn ich werde dir nicht sagen, wohin wir fahren werden.«

»Er wird auch ganz andere Sorgen haben«, sagte Biredh sanft.

Wika nickte. »Viele seiner Männer sind tot. Und der Wurm Hana auch. Möge ihn Dhanis gut ins nächste Leben geleiten. Es ist doch sicher, dass er tot ist, oder?«, fragte sie besorgt.

»Er war im Tempel, als es geschah«, sagte Biredh.

»Er war schon tot, bevor die Erwachte kam«, ergänzte Tasil düster.

»Er hätte auf mich hören sollen, dieser Narr. Aber nie hört einer auf die alte Wika.«

Maru sagte leise: »Er hat deinen Namen gerufen.«

»Wer, *Hana*?«

»Nein, Dwailis. Als er starb.«

Wikas knochiges Gesicht wurde plötzlich weich. »So, hat er das? Er hat das Nein gehört und doch nie angenommen. Verrückt war er eben. Wie alle Männer.«

»Ich glaube, sie kommen«, sagte eine Stimme. »Da rufen Hörner über dem Fenn.«

»Rema!«, rief Maru leise.

Es war wirklich Rema, der jetzt durch die Tür trat. Wie gerne hätte sie mit ihm geredet. Aber man ließ ihnen keine Zeit.

»Schnell«, rief Wika, »nehmt mein Boot, es ist klein und leicht.«

Tasil hob Maru mit der Decke vorsichtig auf und trug sie aus der Behausung.

»Aber ich bin nackt!«, erhob Maru Einspruch.

Wika schüttelte den Kopf. »Die Decke muss genügen. Für Eitelkeit haben wir jetzt keine Zeit.«

Wieder erklangen Hörner in der Ferne.

»Sie sind früh dran«, flüsterte Tasil grimmig.

»Der Morgen bricht bald an. Beeilt euch, solange die Dunkelheit euch noch schützt.«

»Rema«, sagte Maru schwach.

Er war plötzlich neben Tasil und hielt ihre Hand, während sie getragen wurde.

»Du erlebst seltsame Dinge, Nehis«, sagte er mit einem schiefen Lächeln.

Maru sah ihn an. Sein Dorf hatte so schwer gelitten, und mit einem Mal zuckte wieder der Gedanke durch ihren Kopf, dass es ihre Schuld war. Wie konnte sie das jemals wiedergutmachen?

»Es tut mir leid«, sagte sie, weil ihr nichts Besseres einfiel.

Rema zuckte mit den Achseln, sagte aber nichts.

Tasil legte Maru vorsichtig ins Boot. Sie bemerkte erst jetzt, dass es gar nicht regnete. Singvögel begrüßten den Morgen.

»Vielleicht sehen wir uns wieder«, rief Maru.

»Das hoffe ich, oder – soll ich nicht vielleicht besser mitkommen, Urather? Du könntest doch Hilfe beim Rudern gebrauchen!«, rief Rema plötzlich.

»Wir kommen zurecht«, sagte Tasil schroff.

»Aber …«

»Lass gut sein, Rema, mein Junge«, unterbrach ihn Wika, »Nehis ist auf einem Weg, auf dem du sie nicht begleiten kannst.«

»Mir scheint, etwas Ähnliches habe ich in diesem Sumpf schon einmal gehört, vor langer Zeit«, sagte Biredh trocken. Maru konnte an seiner Stimme hören, dass er lächelte.

»So, glaubst du, alter Mann?«, entgegnete Wika spitz. »Nun, die Narrheiten der Jugend wiederholen sich wohl immer wieder.«

»Aber sie ist verletzt!«, rief Rema.

»Ihr Onkel ist bei ihr, Rema. Sie braucht dich nicht«, murmelte Wika und legte ihm eine Hand auf den Arm. Und dann sagte sie: »Aber das Dorf, das Dorf braucht einen neuen Edaling. Und ich sehe in dir den besten Mann dafür, Rema, Afars Sohn.«

Rema sah sie erstaunt an. »Ich, Edaling?«

»Viel unfähiger als Hana kannst du nicht sein«, meinte Wika grinsend.

Tasil stieß das Boot vom Ufer ab. Maru blickte zurück. Biredh, Wika, Rema und seine Schwester standen am Ufer. Lathe winkte ihr, und sie erhob die Hand und erwiderte den Gruß schwach.

Wieder schallten dünne Hörnersignale über das schwarze Wasser. Numurs Männer konnten nicht mehr weit sein. Wenn sie auf Antwort hofften, hofften sie vergebens. Maru richtete sich auf. Aber das Ufer lag schon verlassen. Sie konnte gerade noch sehen, wie die vier Awier in Dwailis' Behausung verschwanden.

Ermattet fiel sie zurück. Eine Weide trieb an ihrem Boot vorbei.

»Was ist das, Onkel?«, fragte sie.

»Alles, was von der Insel übrig ist, scheint mir«, antwortete Tasil grimmig. »Ein paar entwurzelte Bäume.«

»Aber der Tempel, der Opferstein?«

»Die Awier werden sich einen anderen Platz zum Opfern suchen müssen.«

Maru hob den Kopf. Dort links ragten die Spitzen einer Weide aus dem Wasser. Sie hielt unwillkürlich Ausschau nach Leichen, aber es waren keine zu sehen. Ob die Flussechsen sie geholt hatten?

Dann fiel Maru noch etwas ein. »Die goldene Schlange!«, rief sie.

»Irgendwo da unten«, sagte Tasil mit einem Kopfnicken in die schwarze Flut.

»Wie schade«, sagte Maru.

Sie ließ sich zurück ins Boot sinken. Wie schwach sie doch noch war. Es begann wieder zu regnen.

»Onkel?«

»Ja, Kröte?«

»Da unten, im Tempel. Du hast mich gerettet.«

»Möglich.«

»Dann … danke ich dir.«

»Danken?« Sein Blick war finster. »Ich würde sagen, Kröte, du schuldest mir einen Schatz. Und jetzt ruh dich aus, und stör mich nicht beim Rudern.«

Maru schloss die Augen. Sie hatte etwas in der Hand. Es war rund, schwer und hatte ein kleines Loch in der Mitte. Es blinkte golden. Lathe hatte es ihr geschenkt. Hatte sie es die ganze Zeit in der Hand gehalten? Unvermittelt setzte ein starker Schauer ein, doch das Wasser war weich und warm. Beinahe sanft streichelte es ihr Gesicht. Und es entzog sie mit einem Schleier aus einer Million Tropfen den Blicken ihrer Feinde, als Tasil ihr Boot schnell nach Süden trieb.

Glossar

Personen und Götter

Alwa – *Hüterin allen Wassers, eine der erstgeborenen Göttinnen*
Arbi – Kydhischer Söldner
Abeq Mahas – Hohepriester Strydhs und Utus
Auryd – Yaman der Hakul
Biredh – Ein blinder Erzähler
Boga – Mythischer Jäger
Bolox – Farwischer Söldner
Brond – *Hüter der Herdglut und des Feuers, einer der erstgeborenen Götter*
Dhanis – *Flussgott, »Vater des Landes«*
Edhil – *Schöpfergott*
Etellu(-Kaidhan) – Begründer des Neuen Reichs der Akkesch
Fahs – *Hüter der Himmel, Sterne und Winde, einer der erstgebornen Götter*
Fran – Erdschlange, Mutter aller Awathanen
Fakyn – Schab Kischir der Serkesch
Hana – Edaling – ein Priester der Awier
Hirth – *Erdgöttin, eine der erstgeborenen Göttinnen*
Hiri – Herbergsmutter im Dorf
Iddin – Der ältere der beiden gleichgeborenen Malk (Prinzen)
Immit Schaduk – Rechte Hand des Kaidhans
Jalis – Ein Maghai aus dem Land Awi
Luban-Etellu – Kaidhan in Ulbai

Maru (Nehis) – Eine Sklavin unbekannter Herkunft
Meniotaibor – Iaunischer Söldner aus der Stadt Pleigos (Pleigide)
Numur – Ein Malk (Prinz), der Jüngere
Skeda – Ältester
Skef – Sohn Skedas, Stallbesitzer
Skeldiga – Tochter Skedas, Frau des Edalings Hana
Strydh – *Kriegsgott, letzter der erstgeborenen Götter*
Taiwe – Ältester, Seiler des Dorfes
Tasil – Reisender aus der Stadt Urath
Ulat – Ein Akkesch-Krieger
Uo – *Totengott*
Utu-Hegasch – *betrauerter Raik (Fürst) der Stadt Serkesch*
Umati – 3. Ehefrau von Immit Schaduk
Utukku – ein Akkesch-Wort für Daimonen aller Art, eigentlich kein Eigenname
Vylkas – Dakylischer Söldner
Wifis – Ältester

Begriffe

Abeq – Priester, »Vater« (Plural: Abeqai)
Abeq Abeqai – Hohepriester
Ahngötter – Die zu Göttern aufgestiegenen Raik von Serkesch
Alfskrol – Böser Geist, Unhold (Daimon)
Ansai – Einheit von 60 Mann (fünf Eschet)
Awathani – Seeschlange (w), Awathan (m)
Daimon – Dämon, jedoch nicht unbedingt böser Gesinnung. Sie werden oft als Naturgeister an Quellen, Hainen, kleineren Seen vermutet.
Eschet – Einheit von zwölf Mann

Garwan – ein kurzes, ärmelloses Kleidungsstück, das eine Handbreit über den Knien endet und mit einem schmalen Gürtel getragen wird.
Hüter – Die vier erstgeborenen Götter Alwa (Wasser), Brond (Feuer), Hirth (Erde), Fahs (Himmel)
Immit – (Titel) Rechte Hand des Kaidhans
Isberfenn – Sumpf zwischen Schwarzem Dhanis und Weideninseln
Kaidhan – »Großer Herr«, Herrschertitel des Reichs von Neu-Akkesch. Der Begriff ist dhanischen Ursprungs, auch der Fürst der Budinier führt den Titel Kaidhan.
Kischir – Einheit aus zwölf Ansai, in der Regel also 720 Mann
Leugfenn – Sumpf zwischen Weideninseln und Weißem Dhanis
Maghai – Zauberer
Malk – Sohn eines Raik oder Kaidhan (Prinz)
Raik – Fürst (einer Stadt)
Samnath – Versammlungshaus
Schab – »Anführer«. Jeder Befehlshaber in der Armee der Akkesch führt diesen Titel, vom Schab einer Eschet (zwölf Mann) bis zum Schab-ut-Schabai (»Anführer der Anführer«), dem Oberbefehlshaber eines Heeres
Suwa – Auf dem Wasser treibendes Gras, das sich zu großen Inseln verbinden kann.
Schirqu – Turmtempel der Hüter
Segel – Währungseinheit, flaches Silber- oder Bronzestück
Serkesch – Stadt Numurs, dessen Krieger deshalb gelegentlich als Serkesch bezeichnet werden.
Sker – kurzes rockartiges Kleidungsstück, Beinkleid, in Neu-Akkesch das typische Kleidungsstück der Arbeiter, Bauern, Fischer, Flussschiffer.
Ud-Sror – Unterweltstadt

Anhang

Dies ist die Unterweisung über die Götter, die Raik Utu-Hegasch für seine Söhne verfasste. Ich, Schatir, Erster Schreiber des Raik, schrieb es auf mit Segen des Fahs, im vierten Jahr der goldenen Herrschaft des Utu-Hegasch.

I

Am Anfang war nichts außer Edhil. Und Edhil war allein. Und der Tiefdenkende erdachte einen Platz für sich und für das, was kommen würde. Und dieser Platz war Udu – die Welt. Und er erdachte seine Kinder, die Hüter: Die unergründliche Alwa, Hüterin der Meere und Flüsse, den heißblütigen Brond, Hüter des Herdfeuers und der brennenden Berge, den schnellen Fahs, Hüter der Winde und des Wissens, und die schöne Hirth, die Hüterin der Erde und aller Pflanzen und Tiere. Hirth aber war so schön, dass bei ihrem Anblick Edhil ein unbedachter Gedanke entschlüpfte. So betrat Strydh die Welt.

Die Hüter aber hatten vielfältige Aufgaben, und Edhil gab ihnen Hilfe, die zweitgeborenen Götter und Alfholde, die über Berge, Meere, Flüsse und Wälder wachten und den Menschen gut gesonnen sind – wenn die Menschen sie achten. Strydh aber, der keine Aufgabe hatte, war neugierig, wie sein Vater Edhil diese Wesen erschaffen konnte. Und in der Nacht setzte er sich auf dessen Brust und belauschte ihn. Und der Tiefdenkende hatte einen Albtraum, und Unholde und Alfskrols erschienen in Udu. Da war Lärm und Durcheinander und große Angst unter den Menschen. Edhil aber erwachte und sah, was geschehen war. Er ersann Boga und Arku, die großen Jäger, und hieß sie, die Ungeheuer zu vernichten. Blutig war die Jagd. Da aber auch die Unholde seine Kinder waren, trauerte Edhil und beschloss, fortan der Welt nichts mehr hinzuzufügen. Er lenkt den strahlenden Sonnenwagen über den Himmel und beobachtet seine Schöpfung von fern, doch greift er nicht mehr in den Lauf der Welt ein. Boga und Arku erfüllten ihren Auftrag beinahe, doch beim Kampf mit der Schlange Fran und dem Riesen Mir starb Arku. Wahnsinnig über den Verlust des Freundes warf Boga sein mächtiges Horn fort und irrt seither am Rand der Welt entlang. So kommt es, dass einige Ungeheuer und Alfskrols der Vernichtung entgingen.

Strydh aber wandte sich den Menschen zu, und er verführte sie zu Schwur und Bündnis. Unsterblichen Ruhm versprach er ihnen und brachte ihnen den Krieg. Und als sie sich schaudernd abwandten, erinnerte er sie an die Eide, doch sie verweigerten die Erfüllung. Und Strydh beklagte sich bei seinen Geschwistern, den Hütern, über den Eidbruch. Schwer war die Strafe, die auf die Menschen fiel. Ihre Goldenen Städte gingen unter und sind nun vergessen. Als die Hüter von der schweren Tat des Strafgerichts ruhten, da ging Strydh hin und träufelte den Saft der Schlafblume in ihre Augen. Und seither schlafen sie, und Strydh ist der Herr der Welt. Jedoch wird gesagt, dass eines Tages das Horn des Jägers Boga wieder erschallen soll und die Hüter erwachen werden. Möge dieser Tag bald kommen.

Wir richten unsere Gebete an die Schlafenden, denn manchmal erreicht ein reiner Wunsch ihre Träume und wird erhört. Doch niemals solltet ihr zu Strydh beten. Denn Wünsche an ihn sind gefährlich. Er erfüllt sie gerne, doch ist der Preis, den er fordert, stets sehr hoch.

2

Wir hören von vielen Göttern, und euch mögen Zweifel kommen, ob wahr ist, was wir über sie wissen, wo doch andere Zungen so viel anderes berichten. Wahr ist, dass die Welt groß ist und in fernen Ländern andere Diener der Hüter walten mögen. Doch verehrt werden die ersten Kinder Edhils in ganz Udu. Hört genau hin, meine Söhne, und ihr werdet feststellen, dass mit verschiedenen Namen oft derselbe Gott gemeint ist. Wisset, dass auch im Alten Akkesch die Götter andere Namen trugen. Alwa wurde als Anzanuzi verehrt, Brond kannten die Gläubigen als Girusatu, Fahs war als Ermianu bekannt, und die schöne Hirth wurde Eperi genannt. Strydh aber wurde gefürchtet als Schelut.

Etellu, der Erste Kaidhan, Abkömmling von Göttern, war es, der uns nach der Gründung des Neuen Reiches hieß, die alten Namen zu vergessen und zu den Göttern zu sprechen, wie es unsere Brüder, die Kydhier, tun. Denn wegen der verschiedenen Namen gab es viel Verwirrung, und einer glaubte dem anderen nicht, dass er zu den rechten Göttern betete. Dies beendete Etellu. Weise war er in allem, was er tat.

Edhil hat sich abgewandt von der Welt, doch solltet ihr ihn dennoch verehren. Er lenkt den Sonnenwagen über den Himmel, und ohne ihn wäre immerfort nur Dunkelheit. Das alte Volk der Dhanier hat ihm Säulen errichtet im ganzen Land, und als Etellu das Land eroberte, verstand er ihren Sinn nicht sogleich. Doch die

Maghai unterrichteten ihn, dass am Schattenwurf der Säule der Zeitpunkt der Aussaat zu bestimmen sei. Wölbt sich der Schatten von der Säule weg, so ist es zu früh, nähert er sich im Laufe des Tages der Säule an, ist es zu spät. An zwei Tagen im Jahr ist die Schattengrenze jedoch nicht gewölbt, sondern verläuft gerade, wie eine wohlgesetzte Mauer. Der erste wird Tag der Aussaat, der zweite Tag der Ernte genannt, und die Bauern sollen sie beachten. Ihr aber, meine Söhne, mögt in diesen Dingen erkennen, wie weise Edhil ist.